कमलाकांत त्रिपाठी

जन्म : 25 फरवरी, 1950, प्रतापगढ़ (उ.प्र.) के बसौली गाँव में।

शिक्षा : सन् 1971 में इलाहाबाद विश्वविद्यालय से राजनीतिशास्त्र में एम.ए.। पंजाब विश्वविद्यालय से एम.फिल.।

सन् 1972 से 1975 तक गोरखपुर विश्वविद्यालय में प्राध्यापन के बाद भारतीय राजस्व सेवा में।

सम्प्रति : आयकर विभाग से मुख्य आयकर आयुक्त पद से सेवानिवृत्त।

प्रकाशित कृतियाँ : *पाहीघर, बेदखल* (उपन्यास), *जानकी बुआ, अन्तराल* (कहानी-संग्रह), *रोड टु एक्सेलेंस* (शोधप्रबंध)।

पाहीघर पर सन् 1991 का 'श्रीकांत वर्मा पुरस्कार' तथा हिंदी एकेडेमी, दिल्ली का साहित्यिक कृति पुरस्कार।

9788171784011
D1832233

पाहीघर

कमलाकांत त्रिपाठी

राजकमल पेपरबैक्स

पहला पुस्तकालय संस्करण
कोणार्क पब्लिशर्स प्राइवेट लिमिटेड, दिल्ली द्वारा
1991 में प्रकाशित

राजकमल पेपरबैक्स में
पहला संस्करण : 1994
दूसरा संस्करण : 2016

© कमलाकांत त्रिपाठी

राजकमल पेपरबैक्स : उत्कृष्ट साहित्य के जनसुलभ संस्करण

राजकमल प्रकाशन प्रा. लि.
1-बी, नेताजी सुभाष मार्ग, दरियागंज
नई दिल्ली-110 002
द्वारा प्रकाशित

शाखाएँ : अशोक राजपथ, साइंस कॉलेज के सामने, पटना-800 006
पहली मंजिल, दरबारी बिल्डिंग, महात्मा गांधी मार्ग, इलाहाबाद-211 001
36 ए, शेक्सपियर सरणी, कोलकाता-700 017

वेबसाइट : www.rajkamalprakashan.com
ई-मेल : info@rajkamalprakashan.com

बी.के. ऑफसेट
नवीन शाहदरा, दिल्ली-110 032
द्वारा मुद्रित

मूल्य : ₹ 199

PAHIGHAR
Novel by Kamlakant Tripathi

ISBN : 978-81-7178-401-1

उसकी प्रामाणिकता इतिहास की मोहताज न होकर लेखक की निजी पहचान से जुड़ी है जो, जाहिर है, उसके लिए इतिहास से बढ़कर है।

कमलाकान्त त्रिपाठी

अपनी बात

कम से कम अवध के सन्दर्भ में अठारह सौ सत्तावन अभी तक पुस्तकों में सिमट कर रह जाने वाला इतिहास नहीं बन पाया है। इसके कदमों के निशान आज भी इस इलाके के कोटों और गढ़ियों के खंडहरों और पुराने लकड़ाते बागों में जगह-जगह बिखरे हुए हैं। इनसे जुड़ी कथाएं जनमानस को पूरी तरह भूली नहीं है और कुछ तो लोकगीतों में ढलकर जीवनधारा से एकरस हो गई हैं। इस जीवन्त इतिहास के प्रसंगों का पुस्तकालयों एवं अभिलेखागारों में भरी सामग्री के बीच अपने अटपटे विदेशी बाने के बावजूद पहचान में आ जाना एक अजीब कौतुकपूर्ण अनुभव था जिसने इस उपन्यास की संकल्पना को जन्म दिया।

लेकिन जब इसे मूर्त रूप देने का क्रम शुरू हुआ तो अपनी जटिल सामाजिक-सांस्कृतिक बुनावट लिये हुए अवध का समग्र लोकजीवन सामने लहलहाने लगा जिससे अलग करके इसकी इयत्ता को देखना संभव नहीं था। खासियत यह कि अठारह सौ सत्तावन की जीवन्तता से संगति लेते इस लोकजीवन की अन्तर्धारा में भी एक आधारभूत निरन्तरता है जिसके चलते कल और आज में कोई तात्विक फरक नहीं दिखता। लिहाजा विषय की ठोस तथ्यात्मकता और उसके पैने, दूरगामी प्रभाव के बावजूद उपन्यास को ऐतिहासिक फलक में बाँधना संभव नहीं रह गया।

एक भेद की बात। लिपिबद्ध और शोधजन्य इतिहास से इतर इसमें जो कुछ है वह उस कथाभूमि के आत्मीय जगत से चुनकर जुटाया गया है जिसकी मिट्टी से लेखक का कायिक और मानसिक संसार बना है। अतः

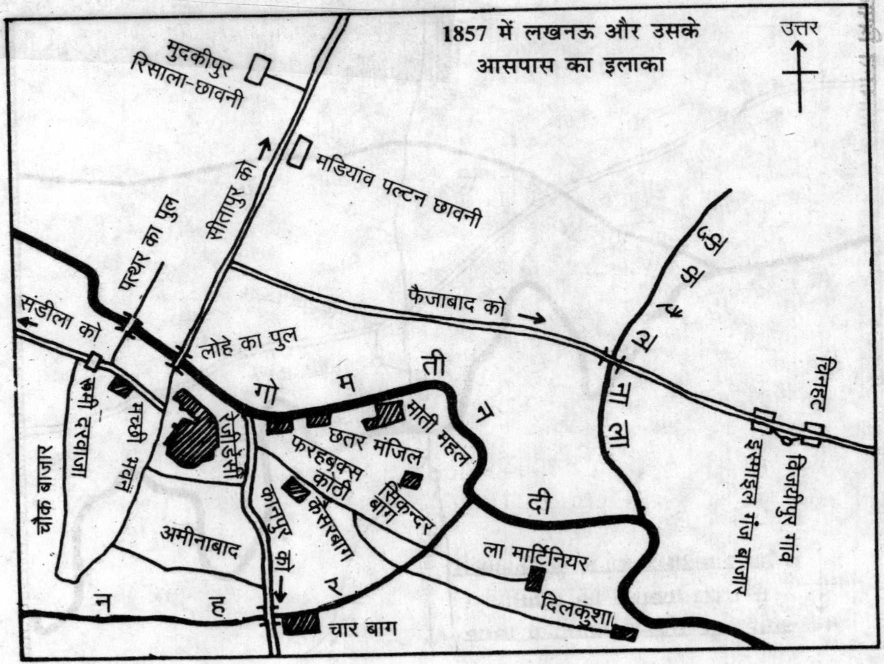
1857 में लखनऊ और उसके
आसपास का इलाका
उत्तर
मुदकीपुर
रिसाला-छावनी
सीतापुर को
मडियांव पल्टन छावनी
पत्थर का पुल
संडीला को
लोहे का पुल
फैजाबाद को
कुकरैल
नाला
गोमती नदी
चिनहट
विजयीपुर गांव
इस्माइल गंज बाजार
रूमी दरवाजा
मच्छी भवन
रेजीडेंसी
छतर मंजिल
मोती महल
फरहबक्स
कोठी
सिकन्दर
बाग
कैसरबाग
कानपुर को
चौक बाजार
अमीनाबाद
ला मार्टिनियर
दिलकुशा
नहर
चार बाग

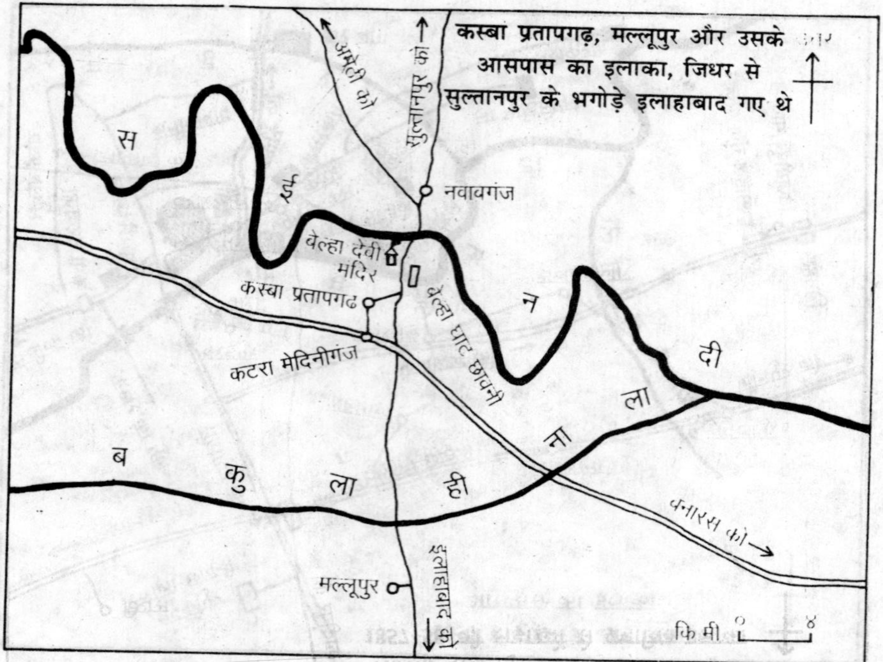

कस्बा प्रतापगढ़, मल्लूपुर और उसके आसपास का इलाका, जिधर से सुल्तानपुर के भगोड़े इलाहाबाद गए थे

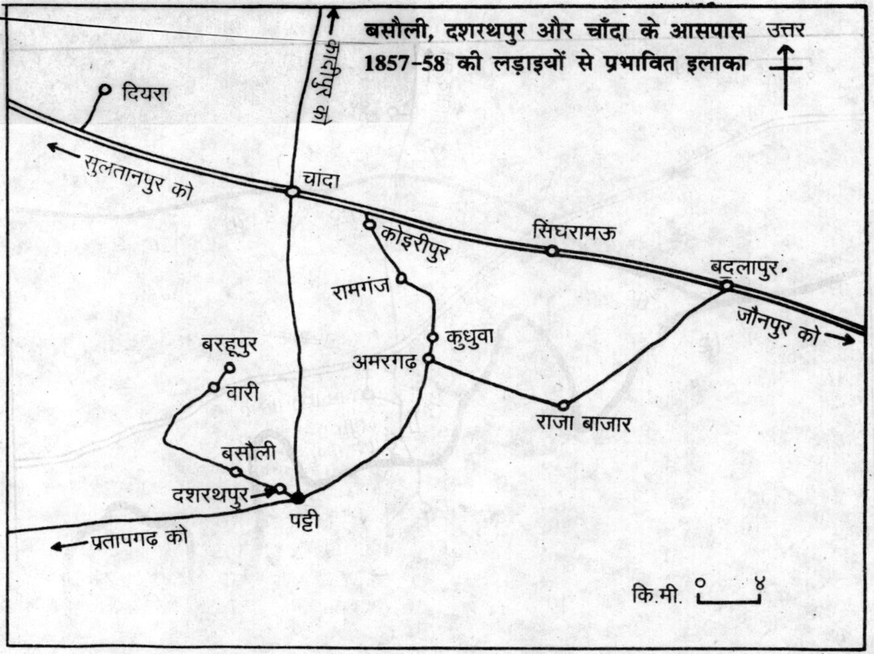
बसौली, दशरथपुर और चाँदा के आसपास
1857–58 की लड़ाइयों से प्रभावित इलाका
उत्तर
दियरा
कादीपुर को
सुलतानपुर को
चांदा
कोइरीपुर
सिंघरामऊ
बदलापुर
जौनपुर को
रामगंज
कुधुवा
अमरगढ़
बरहूपुर
वारी
राजा बाजार
बसौली
दशरथपुर
पट्टी
प्रतापगढ़ को
कि.मी.
०
४

एक

जेठ का महीना था। दोपहरी ढल गई थी लेकिन अभी भी ऐसी लपलपाती धूप थी कि लगता था आसमान से आग बरस रही हो। दशरथपुर से बसौली जानेवाली लीक पर एक बैलगाड़ी चर्रखचूँ करती, हिचकोले खाती चली जा रही थी। लीक पर और आसपास बिल्कुल सन्नाटा था, न कोई आदमी दिखता था न जानवर। परिंदे तक पेड़ की टहनियों के बीच सर छुपाए, दुबके पड़े थे। लीक के बीच की जमीन थोड़ी उभरी हुई थी पर दोनों किनारे बैलगाड़ी और इक्के के पहियों के बराबर गुजरने से नीचे धँस गए थे। रास्ते के दोनों ओर दूर तक रबी की फसल कट जाने से खाली पड़े सुनसान खेत थे जिनके बीच कहीं-कहीं बीज के लिए छोड़ी गई, थोड़ी-बहुत गन्ने की फसल दिख जाती थी। कहीं किसी कुएँ के पास घोड़े की पूँछ-जैसी छितराई बालोंवाले जेठऊ साँवा के हरे-हरे पौधे आस-पास के खेतों में पसरी वीरानगी पर हँसते हुए-से लगते थे। दूर, खेतों के पार, आम के बड़े-बड़े बगीचे या बड़े-बड़े गोल पत्तोंवाले ढाक के जंगल थे। कहीं लीक के बिल्कुल किनारे एकाकी खड़ा आम का कोई बड़ा पेड़ दिख जाता जो टिकोरों से लदा होता या नई-नई लाल कोपलों से ढका होता। पेड़ की छाया-तले कोई गिलहरी आधा धड़ उठाए जौ की बाल कुतर रही होती और बैलगाड़ी के बिल्कुल करीब आ जाने पर सर्र से भागकर पेड़ के तने पर चढ़ जाती।

बैलगाड़ी में गृहस्थी का सर-सामान था और गाड़ीवान के अलावा कुल चार जने बैठे थे। सबसे आगेवाले सज्जन की उम्र ढलान पर थी। गोरा रंग, सर पर बड़ा-सा पग्ग, बदन में मिरजई, माथे पर तिलक और झबरी, सफेद मूँछें। उनके पीछे अँगरखे-धोती में उन्नीस-बीस साल का एक नौजवान था। ऊँचा कद, चौड़े कन्धे, दुहरी काठी और गेहुँआ रंग।

सबसे पीछे छरहरे बदन का चौदह-पंद्रह साल का एक गोरा लड़का और हल्के साँवले रंग की एक अधेड़ महिला थीं। यह थे पंडित गुरुदत्त दूबे और उनका परिवार।

गुरुदत्त दूबे मिरजापुर जिले में विन्ध्याचल के पास कन्तित गाँव के रहनेवाले थे। देवी के मंदिर में पण्डा का काम करते थे। दूर-दूर से आनेवाले यात्रियों के रहने और बनाने-खाने का इंतजाम करना, उन्हें मंदिर ले जाकर दर्शन कराना और संकल्प पढ़कर दान कराना—यही उनका काम था। खानदानी बँटवारे में उन्हें अवध का यह इलाका मिला था जिसमें बछगोती तालुकेदारों की कई छोटी-मोटी रियासतें थीं। जब कभी कोई तालुकेदार देवी-दर्शन को आता था तो एकमुश्त अच्छी आमदनी हो जाती थी। लेकिन ऐसा बहुत कम होता था। इलाके के बाकी यजमान बहुत साधारण लोग थे। इसलिए गुजर-बसर-भर का मुश्किल से मिलता था। कहने को थोड़ी जमीन भी थी पर एकदम कँकरीली-पथरीली। बड़ा लड़का शंकर बड़ा पुरुषार्थी था, लेकिन ऐसी जमीन पर कोई वश नहीं चलता था। पिछले साल उसने अफीम का व्यापार शुरू किया था और जौनपुर जिले के भीलमपुर बाजार में अफीम का गोदाम खोला था। मगर इसमें भी कोई बरकत नहीं हुई।

इस नवरात्र में दशरथपुर रियासत के राय कुंजल सिंह देवी-दर्शन के लिए आए थे। गुरुदत्त ने उनकी सुख-सुविधा के लिए कोई कसर नहीं उठा रखी। राय साहब इतने खुश हुए कि कई दिन के लिए रुक गए। शंकर की लगन और मेहनत का उन पर इतना असर हुआ कि जाने लगे तो गुरुदत्त को सलाह दी कि वे आकर दशरथपुर इलाके में बस जाएँ। उनकी बसौलीवाली खुदकाश्त की जमीन कई सालों से बड़ी बदइंतजामी की हालत में थी। सारा काम कारिंदों के जिम्मे था। कहीं जुताई हुई तो समय से बुआई नहीं हो पाई, कहीं बो दिया गया तो समय से सींचा नहीं गया। कुछ पैदावार हो भी गई तो कारिंदों ने खा-पीकर बराबर कर दिया। पूरी सीर बंजर-सी होती जा रही थी। चालीस-पचास बीघे खेत थे, डेढ़-दो सौ बीघे का जंगल, आम और महुए के बाग, बँसवारी और पाहीघर के सामने पक्का कुआँ, पर कुछ निकलता ही नहीं था। कुंजल सिंह ने गुरुदत्त

से कहा—आपका बड़ा लड़का बहुत ही करतबी है, उसका हाथ लग जाएगा तो जमीन सोना हो जाएगी। गुरुदत्त संकोच में पड़कर बोले—घर में सलाह करके बताएँगे। हाथी पर बैठते-बैठते राय साहब ने कहा—बताना-वताना क्या है, सलाह बैठे तो आषाढ़ शुरू होने से पहले आ जाइएगा, आपको पछताना नहीं पड़ेगा।

गुरुदत्त को अपना गाँव-जँवार छोड़ने का मन नहीं हो रहा था। जैसा भी था, एक सिलसिला जमा हुआ था। नई जगह का क्या ठिकाना। थोड़ी-बहुत जो मंदिर से कमाई हो जाती है, वह भी चली जाएगी। पर शंकर ने सुना तो कूद पड़ा। गुरुदत्त से बोला—बाबू, ऐसा मौका बार-बार कहाँ आता है। इतना आगा-पीछा सोचने की जरूरत नहीं है। जो भी होगा, यहाँ से अच्छा ही होगा। और जेठ लगते ही गृहस्थी उठाकर नई जगह चलने की व्यवस्था करने लगा।

उस दिन सूरज निकलते ही बैलगाड़ी आ गई। शंकर जल्दी-जल्दी गृहस्थी का जरूरी सामान लादने लगा। देखादेखी छोटा भाई दुर्बली भी काम में लग गया। शंकर की माँ चुपचाप सबकुछ देखती रहीं। पर जब दरवाजे पर ताला डालने लगीं तो सँभला नहीं गया। अंदर से हूक-सी उठी और आँखों से झर-झर आँसू गिरने लगे। लगा, जैसे अब लौटकर यह घर देखना नहीं होगा। लो गंगा मैया, तुम्हारे ही मन की हो। यहाँ से तो निकाल दिया, अब आगे देखना। भैरो बाबा, तुम्हीं मालिक हो। और गाड़ीवान ने बैल हाँक दिए।

चीलघाट पर गंगा पार करते समय गुरुदत्त ने धारा के बीच में अँजुरी भर जल उठाया और माथे से लगाकर शरीर पर छिड़क लिया। दूसरी अँजुरी उठाई और शंकर और दुर्बली पर छिड़क दिया। फिर एकटक गंगा का प्रवाह देखते रहे। धारा सूखकर सिमट गई थी। बीच-बीच में बालू के द्वीप निकल आए थे। दोनों किनारों पर दूर तक धूप में रेत चमक रही थी। सबकुछ रीता-रीता-सा लग रहा था। आँखें नम हो आईं।... कैसा है यह जिंदगी का सिलसिला। गृहस्थी का एक जगह से उजड़ना और दूसरी जगह बसना। अनजान, अनिश्चित भविष्य की ओर बढ़ना, जैसे अँधेरी खोह में घुस रहे हों। पीढ़ियाँ शाखों में बँटकर कैसे बिखर जाती

हैं। जैसे हवा में उड़ती सेमल की रुई के साथ बिखरे बीज। नई जगह नया पेड़ उगता है। फिर उसके बीज बिखरते हैं।··· और यह क्रम चलता रहता है।

गुरुदत्त के पुरखे कभी मानिकपुर राज्य के राज-पुरोहित थे जहाँ कन्नौज के राठौर राजा जयचंद की अधीनता में उनके भाई मानिकचंद शासन देखते थे। मुहम्मद गोरी के हमले के समय जब राज-परिवार वहाँ से भागा तो साथ में वे भी भागे। वहाँ से आकर उन्होंने कन्तित में शरण ली। दिल्ली सल्तनत की अस्थिरता का फायदा उठाकर राठौर राजवंश ने कन्तित के आसपास अपना नया राज्य खड़ा किया। कन्तित में गंगा के किनारे पत्थर का एक किला बनवाया। बगल में बाबा भैरवनाथ का मंदिर, एक सराय और पाँच कुंडोंवाली एक बावली बनवाई। दूबे परिवार को हजार बीघे के करीब जमीन दान में दी। औरंगजेब के समय में मुगल आक्रमण के दौरान राठौर राजा मानवराज मारे गए। सारा राजवंश नष्ट हो गया। केवल राजा की पाँच रानियों में से सबसे छोटी रानी, जो उस समय गर्भवती थी, मन्त्री की सहायता से अहरौरा के जंगलों में निकल भागी। रानी से उत्पन्न पुत्र ने बाद में उल्टागढ़ में अपना नया राज्य कायम किया जिसका बँटवारा होने पर माँडा और विजयपुर की रियासतें बनीं। दूबे परिवार कुछ दिन इधर-उधर भटकता रहा और शांति स्थापित होने पर कन्तित की जमीन पर खेती करने लगा। पुरोहिती छूट गई। लेकिन दुर्भाग्य ने पीछा नहीं छोड़ा। गंगा की धारा धीरे-धीरे कन्तित गाँव की ओर सरकने लगी। अधिकांश जमीन कट-कटकर गंगा के पेट में समा गई। अब तो गंगा कन्तित की बस्ती से टकराने लगी हैं। भैरवनाथ का मंदिर पानी बढ़ने पर गंगा में डूब जाता है। बरसात भर बड़े-बड़े कगार गिरते रहते हैं। दूबे खानदान के कई लोगों ने पंडावाला काम अपना लिया। कई लोग जीविका की खोज में जौनपुर की ओर चले गए। देखादेखी शंकर ने भी पिछले साल जौनपुर जाकर अफीम का व्यापार शुरू किया था।

गुरुदत्त ने लीक पर से नजर हटाकर दोनों बेटों की ओर देखा। शंकर विवाह की उम्र बहुत पहले ही पार कर गया था। ब्राह्मणों में पंडों-पुरोहितों

की कोई प्रतिष्ठा नहीं होती। राजाश्रय गया, जमीन-जायदाद गई। ऐसे में कौन पूछता ! और सबसे बड़ी बात, रुखतुख नहीं बैठा। सो शंकर बिन-ब्याहा ही रह गया। दुर्बली की अभी उम्र है। अभी होंठ के ऊपर स्याह रेखें भी नहीं उभरीं। नई जगह शायद कुछ तालमेल बैठे, रिश्ते का जुगाड़ हो तो अंकुर फूटे और शाखा आगे बढ़े। सब ऊपरवाले के अधीन है।

पाँच दिन की बैलगाड़ी की यात्रा के बाद लोग दशरथपुर पहुँचे थे। दो दिन वहाँ रुकना पड़ा था। तीसरे दिन कागज-पत्र तैयार हुए। इलाके में लगान की दर अमूमन छः रुपए बीघा थी। लेकिन राय साहब ने गुरुदत्त से सिर्फ दो रुपए बीघा लेना स्वीकार किया। बागात, कुआँ, जंगल और पाहीघर* के बारे में कोई लिखा-पढ़ी नहीं हुई। जो वहाँ रहेगा और देखभाल करेगा, वही इस्तेमाल भी करेगा।

दशरथपुर से चले एक पहर हो गया था। बसौली आने का इंतजार करते-करते ढाक के जंगलों और नीम-जामुन के पेड़ों से घिरी कई बस्तियाँ पीछे छूट गई थीं। जब गाड़ीवान ने बसौलीवाली खोरि पर बैलों को मोड़ा, धुरियाए आसमान में इधर-उधर दो-चार तारे झलमलाने लगे थे। खोरि गाँव की मुख्य बस्ती से होकर पाहीघर तक जाती थी। बैलगाड़ी के बस्ती में पहुँचते-पहुँचते कायस्थ घर की सामनेवाली दिवठी पर छोटा-सा दिया टिमटिमाने लगा था। जब तक बैलगाड़ी बस्ती से होकर गुजरी, गाँव-भर के मरियल कुत्ते जुटकर भौं-भौं करते रहे और नंग-धड़ंग बच्चों का एक हुजूम बैलगाड़ी के पीछे-पीछे रेंगता रहा। बस्ती से आगे कुछ दूर तक खेत, फिर पाहीघर तक बागों का सिलसिला था। बाग में पेड़ इतने घने थे कि अभी से घुप्प अँधेरा छा गया था।

पाहीघर में रहनेवाले कारिंदे को पहले ही खबर कर दी गई थी। उसने पिछवाड़े के अहीरों को पकड़कर घर की साफ-सफाई करवा दी थी। एक कोने में मिट्टी की बड़ी-सी लोट में पानी भरवा दिया था, चूल्हे को ठीक-ठाक कराकर बगल में ईंधन रखवा दिया था और कुएँ के पास,

---

* दूसरे गाँव में खेती के लिए बनाया गया अस्थायी घर।

नीम के पेड़ के नीचे खाटें बिछवा दी थीं।

बैलगाड़ी पाहीघर के सामने आकर रुकी तो एक आदमी कुएँ की जगत पर बैठा मशाल जला रहा था और दो-तीन लोग उसके इर्द-गिर्द खड़े थे। कारिंदा बैठके से निकलकर आया और लोगों को डपटकर सामान उतरवाने लगा। गुरुदत्त, शंकर और दुर्बली बैलगाड़ी से उतरकर चारपाई पर बैठ गए। शंकर की माँ थोड़ी देर असमंजस में खड़ी रहीं फिर धीरे-धीरे घर की ओर बढ़ीं।

"अरे रुप्पी, मालकिन को अंदर ले जा··· घर में कुछ दिया-बाती कर दे।" कारिंदे ने जिसकी ओर मुखातिब होकर कहा वह जवानी की ओर बढ़ती एक गदराई-सी लड़की थी जो बैलगाड़ी की बगल में खड़ी नए लोगों को बड़ी उत्सुकता से देख रही थी।

अनायास हँसकर वह आगे बढ़ी। जल्दी से दिया जलाकर लाई और शंकर की माँ को साथ ले अंदर जाने लगी तो उसने एक बार पीछे मुड़कर देखा। तब तक मशाल जल गई थी। शंकर को लगा वह उन्हीं की ओर देख रही है। कुछ देर के लिए उनकी निगाह अटक गई। सुडौल शरीर और दिप-दिप करता, भरा हुआ गोल चेहरा। उन्हें लगा शायद वह हल्का-सा मुस्कराई है। या शायद उनका भ्रम हो।

खा-पीकर लोग जल्दी ही सो गए। सुबह होते ही शंकर कारिंदे को लेकर पाहीघर की जायदाद देखने निकल पड़े।

दो

बसौली अवध के उन सैकड़ों-हजारों गाँवों में से एक है जो काल के इस अनन्त प्रवाह में किसी अनजान बिंदु पर धरती को फोड़कर घरौंदे की शक्ल में उभर आए और जाने कब तक गिरते-पड़ते, बसते-उजड़ते ऐसे ही साँस लेते रहेंगे। जन-स्मृति जहाँ तक पीछे जाती है, यह गाँव इसी नाम से पुकारा जाता रहा है। आज किसी को साफ-साफ पता नहीं कि यह नाम क्यों और कैसे पड़ा। गाँव के एक तरफ बहुत बड़ी बँसवारी

है। कुछ लोग इसी से गाँव का नाम जोड़ते हैं। बँसवारी से लगा हुआ ढाक, जंगली बेल, कैथ, सिंघोर और आछी के पेड़ों और करौंदे और मकोय की झाड़ियों का जंगल है। साठ-सत्तर साल पहले तक इस जंगल के बीच एक बहुत पुराना बेल का पेड़ था जिसके चारों ओर बरगद और पाकड़ के पेड़ों की घनी छाया थी और बीच में, बेल के नीचे, थोड़ी-सी साफ जगह छूटी हुई थी। इस बेल के पेड़ को मुनि का बेल कहते थे। कहते हैं, इसके नीचे कभी वत्सल नाम के एक मुनि ने तपस्या की थी, इसीलिए इसका नाम मुनि का बेल पड़ा। संस्कृत के जानकार एक बुजुर्ग का कहना था कि गाँव का नाम मुनि के नाम पर वत्सलावली था जो धीरे-धीरे बिगड़कर बसौली हो गया। अब तो उस पेड़ का ठूँठ या उसके निकलने से बने गड्ढे का भी निशान नहीं रह गया है। गाँव में एक भी आदमी ऐसा नहीं बचा जो उस पेड़ की जगह को ठीक-ठीक बता सके। जंगल का एक बड़ा हिस्सा कट गया है और उसकी जगह साफ-समतल खेत निकल आए हैं।

जिस समय की यह बात है, बसौली गाँव की लगभग तिहाई जमीन ही खेती के लायक थी। बाकी या तो जंगल से ढकी थी या बंजर थी। गाँव को तीन ओर से घेरकर फैला हुआ एक ताल था जिसके बीच से एक उथला-सा नाला बहता था। तब ताल में धान की खेती नहीं होती थी, सिर्फ किनारे-किनारे के खेतों में धान लगते थे। ताल में जहाँ-तहाँ अपने-आप पसढ़ी या तिन्नी के पौधे उग आते थे और पानी सूखने पर लोग इन्हें इकट्ठा कर, सुखा-पीटकर चावल निकालते थे, जो व्रत-उपवास में खाया जाता था। पहली बार बरसात होते ही ताल में हरी-हरी नरई जमनी शुरू हो जाती थी, जो पानी बढ़ने के साथ इस तरह बढ़ती रहती कि चार अंगुल सिरा हमेशा पानी के बाहर झाँकता रहता था। सावन आते-आते कई गाँवों के ताल एक होकर बहने लगते थे। और गाँव के बच्चे लँगोटी पहने अपनी-अपनी तापें और खाचियाँ लेकर 'पहिना' मछली पकड़ने निकल पड़ते और ताल के उथले हिस्से में दिन-भर उछल-कूद मचाया करते थे। ताल जहाँ थोड़ा गहरा था, जाड़ा आते-आते सिंघाड़े और कुईं की बेलों से भर जाता। कुईं के फूल सूखने पर निकले गट्टों

को बच्चे तोड़-तोड़कर सुखाते और सरसों जैसा दाना निकालकर रख लेते जिसके आटे का हलवा फलाहार माना जाता था। ताल के ज्यादा गहरे हिस्सों में, जहाँ पानी बारहों महीने रहता था, कीचड़ में धँसी सीपियाँ मिलतीं जिन्हें निकालकर सुखा लेने पर दूध पिलाने से लेकर अमिया छीलने तक कई तरह का काम देती थीं। बाकी ताल आधे जाड़े तक सूख जाता और काली मिट्टी जगह-जगह से चिटक जाती। इसी के साथ उसमें दूब की छोटी-छोटी कोपलें निकल आतीं जिन्हें चरने के लिए पास के गाँवों से जानवरों के झुंड के झुंड इकट्ठा होने लगते। जब दो झुंड पहली बार मिलते तो उनमें से लड़ाकू साँड़ और भैंसे अगले खुर से मिट्टी खुरचते, तने हुए हुंकार भरते और लड़ने की मुद्रा में आमने-सामने आ खड़े होते। दो-चार बार सर से सर लगाकर सींगें टकराते, एक-दूसरे को आगे-पीछे ठेलते और फिर चरवाहों की लाठियाँ खाकर अलग हो जाते और मिलजुलकर चरने लगते। गाँव की लड़कियाँ ताल से दरार पड़ी काली-चिकनी मिट्टी के बड़े-बड़े टुकड़े निकाल लातीं और साल-भर बाल धोने के लिए रख देतीं। ताल का पानी सूखने पर नाले में थोड़ा पानी रह जाता जो जमे हुए सिंवार के बीच धीरे-धीरे बहता रहता। मछली मारनेवाले जगह-जगह से नाले को बाँधकर स्याह मटमैली 'सौरी' मछलियाँ पकड़ते या पहरा लगाकर 'सींगी' या 'टेंगुआ' इकट्ठी करते। ताल खेती लायक न होकर भी बसौली की जिंदगी से पोर-पोर जुड़ा था।

गाँव के जिस तरफ ताल नहीं था, दूर-दूर तक ऊसर फैला हुआ था जिसकी जमीन ढाक के इक्के-दुक्के पेड़ों को छोड़कर बंजर और वीरान पड़ी थी। ऊसर के कुछ हिस्सों में सख्त और नुकीली पत्तियोंवाली 'उसढ़ौरी' घास उगती, जिसके बीच-बीच सफेद पपड़ी से ढकी रेह दूर से चमकती बरफ के टापू-जैसी दिखती। गर्मियों में ऊपर की सफेद पपड़ी हटाकर नमकीन भुरभुरी रेह टोकरियों में भरकर रख ली जाती जो बारहों महीने कपड़े धोने के काम आती। बगल के गाँव का धोबी कभी-कभी अपना गधा लेकर आता और ढेर सारी रेह भरकर बड़ी-बड़ी गठरियाँ बनाने लगता। गाँव के बच्चे गधे को चारों ओर से घेरकर खड़े हो जाते और जब तक धोबी गठरियाँ लादकर चला न जाता, सहमे हुए गधे को तरह-तरह

से परेशान करते रहते।

इसी ऊसर के बीच से इक्कों और बैलगाड़ियों के लिए वह लीक गुजरती थी जिससे होकर दूबे परिवार आया था। यह लीक गाँव को तालुकेदारी रियासत दशरथपुर और पट्टी-सैफाबाद से जोड़ती थी। दशरथपुर और पट्टी इस इलाके को बाहरी दुनिया से जोड़नेवाले बड़े गाँव थे जहाँ हफ्ते में एक दिन बाजार लगता था। इन बाजारों में अनाज के आढ़तिए बैठते थे और किसानों की जरूरत की छोटी-मोटी चीजें मिलती थीं।

यह नवाबी का जमाना था और अवध की बागडोर नवाबी वंश के ग्यारहवें (और अंतिम) शासक मुहम्मद वाजिदअली शाह के हाथ में थी। इसी साल सर्दियों में वे साहिबे आलम (युवराज) से सुल्ताने आलम (बादशाह) बनकर मसनद पर बैठे थे। अवध का इलाका निजामत और चकलों में बँटा था जो मुगलों के समय के सूबों और सरकारों की याद दिलाते थे।

पट्टी से एक कच्ची सड़क प्रतापगढ़ जाती थी जो सुल्तानपुर निजामत का एक चकला था जहाँ चकलेदार रहता था। चकलेदार की मदद के लिए वहाँ एक हजार सिपाहियों, आठ तोपों और पचास घुड़सवारों की कुमुक तैनात थी जिसका अंग्रेज हाकिम कप्तान मगनस अपनी बहादुरी के लिए बड़ा मशहूर था। प्रतापगढ़ से गुजरनेवाली मुख्य सड़क एक ओर कम्पनी के 'पश्चिमोत्तर' प्रान्त के इलाहाबाद जिले तक और दूसरी ओर सुल्तानपुर निजामत से होकर लखनऊ तक जाती थी। सुल्तानपुर में ही नाजिम वाजिदअली खाँ रहता था जिसके जुल्मों के इतने चर्चे थे कि नवाब का नाम बचाने के लिए लोग उसे अहमद अली कहते थे। वाजिदअली के मातहत चार चकलेदार थे जिनकी मदद से वह सुल्तानपुर निज़ामत की लगान-वसूली का काम पूरा करता था। सुल्तानपुर में छः हजार सिपाहियों की बड़ी कुमुक थी, जिसके कुछ हाकिम और अनेक सिपाही लखनऊ दरबार के 'सिफारिशी' थे, जिनका काम सिर्फ तनख्वाह लेकर उसका एक हिस्सा अपने सरपरस्त दरबारियों को पहुँचाना और चाटुकारिता से उन्हें खुश रखना था।

बसौली, दशरथपुर, प्रतापगढ़ और सुल्तानपुर—नवाबी शासन की धुरी

इसी में पूरी हो जाती थी। बहुत कम लोग ऐसे थे जिन्हें इस बात से वास्ता था कि इसके आगे क्या हो रहा है, कि लखनऊ में बैठे बादशाह के दिमाग में इस मुल्क के बारे में क्या ख्याल उभर रहे हैं, कि उनकी निगरानी के लिए तैनात अंग्रेज रेजिडेंट कलकत्ते में बैठे बड़े लाट को क्या रपट भेज रहा है, कि बड़ा लाट सात समंदर पार विलायत में बैठे अपने आकाओं को क्या लिख रहा है।

तीन

जेठ बीत रहा था। तपन और गरमी अपनी चरम सीमा पर थी। दिन-भर लू चलती थी और कभी-कभी रात में भी गरम हवा चलने लगती थी। दूबे परिवार को बसौली आए एक पखवारा हो गया था। धीरे-धीरे सारा इंतजाम पक्का हो गया था। पिछवाड़े के अहीरों की मदद से सब कुछ सँभल गया था। अब यही इंतजार हो रहा था कि कब हवा का रुख बदले, बारिश हो और खेती की शुरुआत की जाए।

उजाली रात थी। सब लोग खा-पीकर लेट गए थे। शंकर को नींद नहीं आ रही थी। उस दिन कारिंदे के साथ खेतों और बागों का चक्कर लगाते हुए उनके मन में कई बार आया कि पूछें कि वह लड़की कौन थी जिससे उसने दीया-बाती करने को कहा था। लेकिन बात जबान तक आते-आते रह जाती थी। बाद में सब अपने-आप मालूम हो गया।

पिछवाड़े के अहीरों का सरगना था जैकरन। बड़ा हैकड़ और लट्ठबाज। बसौली के सारे अहीरों में उसका दबदबा था। उसी की बड़ी लड़की थी रूपा। शादी हो गई थी। गौना भी हो गया था। पर ससुराल में उसका मन नहीं लगता था। घूम-फिरकर यहीं रहती थी। चार साल हुए उसकी माँ मर गई थी। जैकरन कहीं से दूसरी औरत उढ़ार लाया था। उसके तीन बच्चे पहले मर्द से थे, एक यहाँ आकर हुआ था। जैकरन तो इधर-उधर घूमने, मटरगस्ती करने से फुरसत ही नहीं पाता था। घर का सारा काम-काज रूपा और उसकी सौतेली माँ के ही जिम्मे था।

मरने से पहले रूपा की माँ बीच-बीच में पाहीघर के भीतर की साफ-सफाई, सार-सँभाल कर दिया करती थी। कभी-कभार, साल-खाँड़ में जब राय साहब यहाँ आते थे तो खाना बना देती थी और छोटा-मोटा काम कर देती थी। अब यह काम रूपा के जिम्मे था। राय साहब ने जैकरन को पाहीघर के पास ही दो बीघे जमीन बिना लगान के दे दी थी। माँ- बेटी मिलकर उसमें इतनी अच्छी कमाई करती थीं कि जैकरन को फिक्र करने की कोई जरूरत नहीं थी। शायद इसीलिए उसे रूपा का इस तरह ससुराल छोड़कर यहाँ पड़ा रहना अखरता नहीं था।

देर तक नींद नहीं आई तो शंकर उठकर बैठ गए। सामने दूर तक घनी बँसवारी थी जिसके एक ओर किनारे-किनारे आम के पेड़ खड़े थे। चाँदनी का उजाला बँसवारी के भीतर घुसकर गुम हो गया था। सिर्फ सामने के बाँसों का साफ चिकना तना, नीचे सूखकर अटकी सुपेलियों और ऊपर फैली हुई हरी पत्तियोंवाली काँटेदार टहनियों के बीच चमक रहा था। पाहीघर के बाईं ओर सपाट खेत थे। उसके आगे धुंध में डूबे आम के बागों का सिलसिला था। शंकर धीरे से उठे और पिछवाड़े की ओर चल पड़े।

पीछे बाईं ओर पाहीघर की नींव से लगा हुआ दूर तक फैला जंगल था। चाँदनी में नहाता और चारों ओर जमे सन्नाटे में डूबा हुआ। ढाक के खूँथ और करौंदे, मकोय की झाड़ियाँ चाँदनी में अजब-अजब शक्लें लिए हुए लग रही थीं। कहीं लगता, कोई जानवर दुबका बैठा है तो कहीं कोई आदमी ओढ़े-बीढ़े उकड़ूँ बैठा दिखाई पड़ता। करौंदे के फूलों की महक से भरा एक झोंका आया और चारों ओर महमह कर उठा।

शंकर दाईं ओर मुड़े। कुछ दूर पर अहीरों के झोंपड़े थे। किनारेवाले झोंपड़े के सामने कुछ लोग खाटों पर गुड़ी-मुड़ी पड़े सोए हुए थे। शंकर को जानने का मन हुआ, जैकरन का घर कौन-सा है। रूपा कहाँ होगी !··· और अंदर एक सिहरन-सी हुई। पैर ठिठक गए। यह क्या हो रहा है !··· कैसा अनजान-सा अनुभव है यह ! दूर जंगल के किसी कोने से एक सियार की लंबी रोती हुई-सी आवाज आई। फिर दूसरे कोने से वैसी ही आवाज उठी। फिर तो चारों ओर हुआ-हुआ होने लगी। लगता

था जैसे पाहीघर के आस-पास, अहीरों के घर के पिछवाड़े और अगल-बगल अनेक सियार एकसाथ हौहा रहे हैं। सियारों का हौहाना बन्द हुआ तो दूर, बसौली की मुख्य बस्ती से कुत्तों के भूँकने की आवाज आई। तभी एक सियार शंकर के ठीक सामने से भागता हुआ निकल गया। इसके बाद फिर से गहरी निस्तब्धता छा गई। शंकर के पैर लौट पड़े।

चार

दो दिनों से सावन की झड़ी पड़ रही थी। दोपहर को घड़ी-दो घड़ी के लिए बूँदें टूटती थीं, फिर झिरझिराहट शुरू हो जाती थी। गुरुदत्त पाहीघर के छप्परवाले बैठके में चारपाई पर बैठे बाहर झरते बूँदों के महीन तारों को देखते-देखते निंदिया गए थे। दूर, बाग के कोनेवाले खेत में दोनों हलवाहे फावड़ा चला रहे थे और शंकर बाँस की छतरी लिए हुए बगल में खड़े थे। धुंध भरी झिरझिराहट के बीच एक मोटा बादल बड़ी-बड़ी बूँदें टपकाता पूरब की ओर से आया और खेतों और बागों पर बरसता दूर निकल गया।

गुरुदत्त की तंद्रा तब टूटी जब पिछवाड़े की ओर से आकर जैकरन बैठके में दाखिल हुआ।

"पाँव लागी महराज।"

"खुश रहो जैकरन, बारिश में कहाँ घूम रहे हो ?"

"हम लोगन के लिए बारिश क्या और सूखा क्या महराज।"

गुरुदत्त ने ध्यान दिया कि जैकरन किसी बात से उखड़ा हुआ है।

"फिर भी··· "

"बस ऐसे ही महराज··· आपकी ही सेया में हाजिर हुए हैं।"

"बोलो।"

"एक अरज है महराज··· ऊ··· कोनेवाला खेत हम कई साल से जोतते-बोते आ रहे हैं। राय साहब ने बहुत पहले हमें दिया था। सबको मालूम है। मैं तो उसमें धान बोने ही जा रहा था। आज देखा, छोटे महराज

उसमें भी मेड़ बँधवा रहे हैं।"

"हूँ··· तो यह बात है।··· तुमने राय साहब से कोई पट्टा-वट्टा लिया था ?"

"पट्टा-वट्टा हम क्या जानें महराज··· हम कोई लगान थोड़े ही देते थे।"

"लेकिन जैकरन, हम तो लगान देते हैं। राय साहब ने यहाँ की पूरी जमीन का पट्टा हमें लिखा है।"

"महराज, आप ठहरे बड़वार आदमी। आपसे हम क्या बराबरी करेंगे।··· अरे दो बीघे जमीन से आपका क्या हो जाएगा। लेकिन हमारा तो पेट मारा जाएगा। हम हमेशा से पाहीघर की सार-सँभाल करते आए हैं। अब भी करेंगे। हम कहीं पीछे तो हटे नहीं हैं।"

"अच्छा, शंकर को आने दो, हम बात करेंगे।"

इसके बाद जैकरन कुछ नहीं बोला। लेकिन वहाँ से गया भी नहीं। कोने में रखी सुतली निकालकर धीरे-धीरे बँटता रहा।

सहसा बारिश तेज हो गई। बैठके की बगल में अरवी के बड़े-बड़े पत्ते टप-टप गिरती बूँदों से हिलने लगे। बैठके के छप्पर पर, घर के खपरैल पर, नीम, जामुन और बाँस की पत्तियों पर और पिछवाड़े के जंगल पर पड़ती बूँदों की अलग-अलग आवाज गड्डमगड्ड होकर एकरस झमझमाहट में डूब गई। बीच-बीच में बादल गरजते तो झमझमाहट की एकतारता टूटती लेकिन जल्दी ही फिर जुड़ जाती। छप्पर की ओरी ने जो अब तक बूँद-बूँद टपक रही थी, अनगिनत धारों में गिरते हुए भीतर और बाहर के बीच एक झीना परदा-सा डाल दिया था।

दोपहर के करीब बारिश धीमी हुई और धीरे-धीरे बूँदें टूटने लगीं। खेतों में पानी भर गया था। फावड़ा चलाने लायक नहीं रहा। जब शंकर दोनों हलवाहों के साथ खेत से वापस लौटते हुए दिखे, जैकरन धीरे से उठा और गुरुदत्त से पैलगी करके चला गया।

गुरुदत्त ने शंकर से सलाह की। पहले तो वह तैयार नहीं हो रहे थे। कहने लगे—जैकरन कौन-सा काम करता है। उसे इधर-उधर उलझने से फुरसत कहाँ जो पाहीघर की सार-सँभाल करेगा। बाकी अहिरान के

लोग जो कुछ करते हैं, उसकी मजूरी लेते हैं, अब खेत किस बात का। लेकिन गुरुदत्त ने समझाया–पास-पड़ोस का मामला है, हमारे लिए यह नई जगह है, किसी से एकाएक कोई चीज छीनना ठीक नहीं। जैकरन नहीं तो उसकी घरवाली, नहीं तो उसकी बेटी कुछ न कुछ सेवा-टहल कर ही देती हैं।

शंकर चुप हो गए। खेत जैकरन के पास रह गया। और रूपा का पाहीघर आना-जाना बढ़ गया।

पाँच

लखनऊ। सन् अठारह सौ सैंतालीस की बरसात बीतने पर है। हवा में हल्की-सी खुनक है। वाजिदअली शाह को मसनद पर बैठे आठ महीने हो रहे हैं।

सुबह का वक्त है और सुल्ताने आलम अपने जाँबाज अरबी घोड़े पर सवार शानदार चमचमाती वरदी में फौज की कवायद देखने जा रहे हैं। पीछे-पीछे पाँच घुड़सवार अर्दली में चल रहे हैं। छतर मंजिल के सुनहरे गुंबद से सूरज की लाली धीरे-धीरे नीचे उतर रही है। दूर रूमी दरवाजे के शिखर के आसपास कुछ हल्के, मटमैले, रुई के फाहे-जैसे बादल छितराए हुए हैं। बरसाती आवेग धीमा पड़ने से थिर हुई गोमती की धारा पत्थर और लोहे के पुलों और फ्रांसीसी जनरल मार्टिन की बनवाई फरहबक्स कोठी के नीचे से धीरे-धीरे बह रही है। किनारे-किनारे दूर तक बनी इमारतों के टेढ़े-मेढ़े अक्स पानी की सतह पर निस्पंद लेटे हैं। चौक, अमीनाबाद और नक्खास के बाजारों में सुबह की सुगबुगाहट शुरू हो गई है।

आज कई दिन बाद सुल्ताने आलम इधर निकले हैं। उनके चेहरे पर शिकन साफ झलक रही है। लगता है, अंदर-ही-अंदर कुछ घुमड़ रहा है। कल अंग्रेज रेजिडेंट रिचमंड मुलाकात के लिए आया था। कहने को तो यह रस्मी मुलाकात थी। लेकिन जिस तरह घूम-फिरकर वह मुद्दे पर आकर जम गया उससे जाहिर था कि वह इसी मकसद से आया था।

मसनद पर बैठने पर जो सबसे पहला काम सुल्ताने आलम ने अपने हाथ में लिया था वह था देशी फौज की हालत सुधारना और उसकी तादाद बढ़ाना। रोज सुबह फौजी वरदी पहनकर धूप में खड़े होकर फौजी कवायद का मुआयना करते थे। फौजी टुकड़ियों को नए फारसी नाम दिए थे। अख्तरी, नादिरी, बाँका, तिरछा, घनघोर। फारसी में बोलकर कवायद कराई जाने लगी थी और इसके लिए नए-नए लफ्ज खुद सुल्ताने आलम ने तजवीज किए थे। फौज को नए किस्म के हथियार और नई चुस्त-दुरुस्त वरदी मुहैया की गई थी। नई टुकड़ियाँ भरती करने का हुक्म हुआ था।

पर अंग्रेजों को यह सब रास नहीं आया। रेजिडेंट की ओर से चेतावनी आई कि यदि फौज पर इतना खर्च किया गया तो सरकार की माली हालत बिगड़ जाएगी। और खर्च करना ही है तो पुलिस-महकमे के सुधार पर खर्च करना चाहिए जिससे अमन-कानून की हालत बेहतर हो सके।

बादशाह इस चेतावनी से तिलमिला ही रहे थे कि कलकत्ते से बड़े लाट का खरीता आ गया। लिखा था—बादशाह का देशी फौज की तादाद बढ़ाना अठारह सौ एक की संधि के खिलाफ होगा। उनका तर्क था कि जब अवध की हिफाजत की जिम्मदारी कंपनी बहादुर ने ले रखी है तो देशी फौज बढ़ाने की जरूरत क्या है। साथ में यह भी सलाह दी गई थी कि बादशाह को रिआया की हालत सुधारने पर ध्यान देना चाहिए, जैसा कि संधि में वायदा किया गया था।

पर बादशाह अच्छी तरह जानते हैं कि रिआया की हालत सुधारने के लिए सबसे पहले तालुकेदारों और जमींदारों की मनमानी बन्द करनी होगी, और इसके लिए जरूरत होगी एक सुसंगठित देशी फौज की। हर तालुकेदार के पास छोटा-मोटा किला है और हथियारबन्द सिपाहियों की कुमुकें हैं। भला वे पुलिस के बस में क्यों आने लगे। और फौज की हालत सुधारें तो अंग्रेजों को नागवार गुजरता है। चलें तो किधर चलें। सबकुछ मकड़-जाल जैसा उलझा हुआ है।

आखिर मजबूर होकर बादशाह को फौज बढ़ाने का मंसूबा छोड़ना पड़ा। नई भरती का हुक्म वापस ले लिया गया। और इसी के साथ उनका उत्साह भी ठंडा पड़ने लगा।

खैर वह तो जो हुआ सो हुआ। अब यह नई आफत। रेजिडेंट कह रहा था, बड़ा लाट हार्डिंग नवम्बर में पंजाब के दौरे के समय लखनऊ देखने आना चाहता है। क्या सबब हो सकता है उसके आने का ? शायद रेजिडेंट ने यहाँ के खिलाफ बड़ी खराब रपटें भेजी हों, और वह कोई कदम उठाने की सोच रहा हो, और उसके पहले खुद दरयाफ्त करना चाहता हो। होगा वही पुराना पचड़ा—अमन-कानून की हालत, रिआया की तकलीफें।... हूँह... सात समंदर पार से आकर जाने क्यों इन्हें हमारी रिआया की तकलीफें सताने लगीं। सारा खेल मुल्क को हड़पने का है। क्या शातिर कौम है यह ! सबको मुगालते में रखे रहे कि व्यापार करने आए हैं। और मौका लगते ही रिआया के अमन-चैन के नाम पर राज खड़ा करने लगे। कैसी होशियारी से एक के बाद एक मोहरे चलते हैं। मुगल तो खैर पहले ही बेदम हो गए थे। अब तो मराठे भी कंपनी से लड़-लड़कर बिखर गए हैं। निजाम भी उनकी गिरफ्त में है। टीपू चला ही गया। रणजीत सिंह के बाद पंजाब की हालत भी डाँवाडोल है। खुदा का शुक्र है कि अवध का वजूद अभी कायम है और अपने सर पर यह ताज मौजूद है। लेकिन कब तक ?

मराठों को दबा देने के बाद ढाल की तरह इस्तेमाल करने के लिए अंग्रेजों को अब किसी बीच के राज्य की जरूरत नहीं रह गई है। अब अवध उनकी आँखों में गड़ने लगा है। जब तक यह बचा रहे, उनकी मेहरबानी है।

बादशाह इस सोच को मन से निकालना चाहते थे। लेकिन गुत्थी से गुत्थी उलझती जाती थी। अंदाज होने पर भी बार-बार मन में उठता था—पता नहीं रेजिडेंट ने यहाँ के बारे में क्या लिखा है ? और लाट के मन में क्या है ? कहने को तो रिचमंड कह रहा था कि लाट साहब सिर्फ बादशाह की राजी-खुशी जानने के लिए आ रहे हैं। लेकिन इस बात पर जोर क्यों देने लगा कि देहात से आनेवाली मुल्की अहलकारों और तालुकेदारों की मनमानी और रिआया की तकलीफों की खबरें बढ़ गई हैं और बादशाह को इस तरफ ध्यान देना चाहिए। पता नहीं कहाँ-कहाँ से इनके पास खबरें आती रहती हैं। और हम अँधेरे में पड़े रहते हैं।

हम फिरंगियों के इतने मोहताज क्यों हैं ? बादशाह के अंदर कहीं सुई-जैसा कुछ चुभने लगा। यह ताज कितना तकलीफदेह है !

उन्होंने नामालूम-सी आह भरी और लगाम खींचकर घोड़े को रोक लिया। पीछे आ रहे घुड़सवार भी रुक गए। कुछ देर तक वह सूनी नजरों से गोमती की धारा को देखते रहे। फिर एकाएक घोड़े को वापस मोड़ लिया। वह धीरे-धीरे गोमती की रेत पर दुलकी चाल चलने लगा। बगल के पानी पर सुबह की धूप फैलने लगी थी। उस पर पड़ते इमारतों के साये एक-एक कर पीछे छूट रहे थे। बादशाह कहीं खोए-से आगे बढ़ते रहे।

छतर मंजिल दिखने लगी थी। उसका सुनहरा गुंबद हल्की धूप में चमक रहा था। उस चमक में जाने क्या था कि सुल्ताने आलम के चेहरे का खिंचाव धीरे-धीरे ढीला पड़ने लगा। उन्हें वे दिन याद आए जब वे सुल्ताने आलम नहीं थे, साहिबे आलम थे। अवध के घोषित युवराज थे। केलों के झुरमुट से घिरा वह खूबसूरत हुजूरबाग। वह चश्मेशीरीं, वह शहंशाह मंजिल। वह परीखाना। वह हुश्न, वह शबाब, वह मदभरी आँखों का जादू। वह रात-रात भर चलनेवाली शेरो-शायरी, वह घुँघरुओं की झनक, वह मोहक आलाप। उसी में फिर लौट चलें तो ? क्या होगा ? क्या सबकुछ उलट-पलट जाएगा ? क्या सल्तनत टूट जाएगी ? क्या मुल्क की तवारीख बदल जाएगी ? बदले तो बदल जाए। क्या फर्क पड़ता है ?...

वाजिदअली शाह अपने पिता की ज्येष्ठ संतान नहीं थे। लेकिन भाग्यचक्र ने अवध का मसनद उनके कदमों में ला रखा था। उनके बड़े भाई मुस्तफाअली अपने बाबा मुहम्मद अली शाह के बड़े चहेते थे और उनके शासन-काल में अपने पिता अमजदअली शाह की बड़ी शिकायतें लगाया करते थे। अमजदअली शाह मुस्तफाअली से इतने नाराज थे कि मसनद पर बैठते ही उन्हें अपना बेटा मानने से इंकार कर दिया और वाजिदअली शाह को साहिबे आलम घोषित कर दिया। गवर्नर जनरल भी इस पर अपनी रजामंदी की मुहर लगा, अवध दरबार के इस कुचक्र में शामिल हो गए। बादशाह के आदेश से मुस्तफाअली को नजरबंद कर दिया गया और उसी हालत में उन्होंने जिंदगी का एक लम्बा हिस्सा काटा

जिसके सदमे और तनहाई ने उन्हें आधा पागल बना दिया था।

बचपन में वाजिदअली शाह की परवरिश नवाबी खानदान के एक आम शहजादे के रूप में हुई जिसने उनकी शख्सियत में बड़े शोख और नाजुक रंग भरे। सन् अठारह सौ बाईस में जब वे पैदा हुए, अवध के मसनद पर उनके बाबा के बड़े भाई नासिरुद्दीन हैदर मौजूद थे। दूर-दूर तक कहीं से उनके बादशाह बनने के आसार नहीं थे। उनके पैदा होने की घड़ी को लेकर ज्योतिषियों ने उनके भविष्य के बारे में अजीब-अजीब अटकलें लगाईं और नक्षत्रों का बड़ा अशुभ संयोग बताया। इससे डरकर माँ मलका-ए-किसवर ने किसी के कहने पर छठी के दिन उन्हें जोगिया रंग के कपड़े पहनाए। फिर तो हर साल उनकी सालगिरह पर इसी रंग के कपड़ों से उन्हें सजाया जाता रहा। रंगों और रंगीनियों ने बचपन से ही उनका दामन थाम लिया था।

उनका शुरू का वक्त हरम के चोचलों के बीच लौंडियों-बाँदियों की देखरेख में बीता जिन्होंने उनकी मासूमियत का फायदा उठाकर अपनी गैर-जिम्मेदाराना हरकतों से उनकी आदतें बिगाड़ दीं। सन् अठारह सौ बयालीस में अमजदअली शाह के बादशाह बनने पर जब वे साहिबे आलम घोषित हुए, अपने मन की करने के लिए उन्हें पूरा मौका और सुविधाएँ मिलीं। ऐयाशी के रंग में वे पर्त-दर-पर्त डूबते चले गए। एक से एक खूबसूरत लड़कियाँ उनके इर्द-गिर्द मँडराया करती थीं जिन्हें वे 'परियाँ' कहना पसंद करते थे। उनके रहने के लिए खासतौर पर जो महल बनवाया गया था वह 'परीखाना' के नाम से मशहूर था। साहिबे आलम का ज्यादातर वक्त परीखाने की दीवारों के भीतर ही बीतता था जिस पर तगड़े जिस्मवाली अमेजन औरतों का सख्त पहरा रहता था। कभी-कभार ऐयाशी से दिल ऊबता तो बाग-बगीचे और महल बनवाने का शौक उठता। उन्हीं दिनों उन्होंने हुजूर बाग के नाम से एक खूबसूरत बगीचा लगवाया था जिसके दो ओर रंगीन फौवारोंवाली नहरें थीं—चश्मा-ए-शीरीं और चश्मा-ए-फैद। बाग के चारों ओर चौड़ी सड़क थी जिसके किनारे-किनारे केले के गाछ लगे थे। साल के तीनों मौसमों में रहने के लिए उन्होंने तीन अलग-अलग महल बनवाए थे। जाड़े के लिए शहंशाह मंजिल, गरमी के लिए

मकान-ए-खास और बरसात के लिए फलक सैर। सियासत और मुल्की बंदोबस्त के पचड़ों से दूर, इन महलों और बगीचों में बैठकर साहिबे आलम शेर पढ़ते थे और नृत्य और संगीत की महफिलें लगाते थे। ऐसे ही राग-रंग और मौज-मस्ती के आलम में जिन्दगी बसर हो रही थी कि तेरह फरवरी अठारह सौ सैंतालीस को अमजदअली शाह का इन्तकाल हो गया।

मसनद पर बैठने पर एक बार तो वाजिदअली शाह ने सारी ऐयाशी छोड़कर पूरी मुस्तैदी से शासन का काम देखना शुरू किया। लगता था, हर चीज दुरुस्त करके छोड़ेंगे। लेकिन जब पेचीदे मसले सामने आए और कठोर सच्चाइयों से पाला पड़ा, बादशाहत की शान का सारा आकर्षण धूमिल पड़ गया। जल्दी ही उनका उत्साह ठंडा हो गया और सब ओर से निराश और खिन्न होकर वे उसी पुराने माहौल में लौट गए।

नवम्बर में हार्डिंग पूरी तड़क-भड़क के साथ लखनऊ आया। पंजाब से लौटते हुए उसे कानपुर में रुकना था। उससे मिलकर लखनऊ आने का औपचारिक बुलावा देने के लिए वाजिदअली शाह पूरे लाव-लश्कर के साथ पहले ही कानपुर पहुँच गए थे। लखनऊ में पूरे दरबारी आडम्बर और खुशामद के साथ उसकी आवभगत हुई। पर कलकत्ता लौटकर एक बेहद सख्त खरीता उसने बादशाह के नाम भेजा। इसमें चेतावनी दी गई थी कि यदि दो साल के भीतर अवध के प्रशासन में सुधार न हुआ तो अठारह सौ सैंतीस की संधि के तहत ईस्ट इंडिया कंपनी उसे अपने हाथ में ले लेगी। बादशाह ने खरीता पढ़वाकर सुना, कुछ देर सोचते रहे, एक शेर गुनगुनाया और हरम में दाख़िल हो गए।

छः

साल बीतते-बीतते पाहीघर और उसके आसपास का नक्शा ही बदल गया। चिकनी मिट्टी से लिपी-पुती पाहीघर की दीवारें चमकने लगीं। बगल में छप्पर डालकर जानवरों का बाड़ा बना दिया गया जिसमें दो जोड़ी बैलों के अलावा एक भैंस और दो गायें बँधी रँभाने लगीं। पिछवाड़े की जमीन

साफ कर साग-सब्जी की क्यारियों में बदल दी गई। बैठके के छप्पर पर बड़े-बड़े हरे पत्तोंवाली लौकी की बेल फैल गई। कुएँ के पास बारहों महीने फूलनेवाले कनेर और गुड़हल के पौधे लग गए। बँसवारी और बाग के चारों ओर ऊँचे-ऊँचे मेड़ बाँध दिए गए।

देखते-देखते शंकर ने गृहस्थी का सारा काम सँभाल लिया। तालुकेदार से रप्त-जब्त बढ़ाकर पूरे गाँव का लगान वसूल करने लगे। रुपया भी सूद पर उधार देने लगे। जल्दी ही वे तालुकेदार के आसामी न रहकर गाँव के मालगुजार और महाजन बन गए।

गृहस्थी के भ्रमजाल से फुरसत पाकर गुरुदत्त ने भगवान की ओर लौ लगाई। बैठके में तख्त पर बैठे पूजा-पाठ किया करते, नहीं तो माला लेकर जाप करते रहते। कभी-कभी मन ऊब जाता तो लाला परमेश्वरी दयाल के यहाँ हो आते। लाला का घर बसौली की मुख्य बस्ती के निकार पर था। वे सत्तर पार कर चुके थे। अक्सर बीमार रहते थे। उठ-बैठ नहीं पाते थे। बस चारपाई पर पड़े-पड़े हुक्का गुड़गुड़ाया करते थे। गाँव-पवस्त* के बड़े पुराने-पुराने किंस्से उनको याद थे, बात शुरू करते तो खत्म होने को न आती। गुरुदत्त कुछ देर तो सुनते रहते, फिर किसी बहाने उठकर चले आते।

लाला परमेश्वरी दयाल के अलावा बसौली में कोई और घर ऐसा नहीं था जहाँ गुरुदत्त का उठना-बैठना हो पाता। मुख्य बस्ती जिसे पाहीघर वाले 'बसौली गाँव' कहते थे एक छोटे पुरवे की शक्ल में थी जिसमें लाला के घर के अलावा आठ घर कुरमी, छः घर अहीर और एक-एक घर लोहार, कुम्हार, धुनिया, और चमार थे। पाहीघर के पिछवाड़े जंगल से लगा हुआ छोटा-सा अहीर-टोला अलग से था। लाला के घर को छोड़कर बाकी सभी छप्परोंवाले थे। किसी-किसी की दीवारें भी फूस की बनी थीं। पाहीघर से कोई वहाँ पहुँचता तो लोग पैलगी करने के बाद झुककर खड़े हो जाते। न कोई बैठने के लिए कहता, न कोई इसकी आशा करता था।

गाँव के पूरब, ताल पार करें तो सरैया गाँव पड़ता था जहाँ पंडित

---

* गँवार और बिरादरी के सम्मिलित अर्थ में प्रयुक्त क्षेत्रीय शब्द।

शिवगुलाम सुकुल रहते थे जो संस्कृत के अच्छे विद्वान थे। उनके यहाँ गुरुदत्त का आना-जाना हो गया था। वे भी इस जँवार के लिए नए थे। उनके पिता पंडित हनुमान सुकुल पंडिताई के सिलसिले में गोरखपुर से भटकते-भटकते इधर आ गए थे। पास की रियासत अमरगढ़ में आश्रय मिल गया था। विद्वत्ता के चलते रियासत में उन्हें बड़ा सम्मान मिला। वहीं से इक्यावन बीघे जमीन माफी की मिली। कुछ सरैया गाँव में, कुछ आसपास के गाँवों में। हनुमान सुकुल तो सरैया आने के कुछ दिन बाद ही चल बसे। शिवगुलाम ने ही जमीन-जायदाद सँभाली। गुरुदत्त उनके साथ बैठते तो शास्त्र-पुराण की चर्चा चल निकलती और बातों से बातें फूटती चली जातीं। जाने कहाँ-कहाँ के श्लोक शिवगुलाम सुकुल की जबान पर रहते थे। ज्ञान-ध्यान की इन बातों में गुरुदत्त का मन खूब रमता। जिन्दगी-भर परिवार के भरण-पोषण के लिए, खेती, पंडिताई, पंडागीरी कर जैसे-तैसे गृहस्थी की गाड़ी खींचते रहे थे। अब जाकर थोड़ा चैन मिला तो सब ओर से अपने को काट लिया था। बस एक ही चिन्ता रह गई थी—किसी तरह दुर्बली की गाँठ में हल्दी लग जाती तो शायद कुल की रेख बची रह जाती। फिर तो वे सबकुछ छोड़कर चारों धाम की यात्रा पर निकल पड़ते।

भादों का महीना था। कुछ दिनों से बारिश बंद थी और तेज धूप हो रही थी। धान के खेतों में पानी सूख गया था किंतु मिट्टी में नमी थी। निराई के लिए यही समय था। कहीं भारी बारिश हो गई तो वह कई दिनों के लिए टल जाएगी।

शंकर सिवान का चक्कर लगाकर लौटे तो शाम हो रही थी। पश्चिम में हल्के सुरमई बादलों के आर-पार लाल पट्टी खिंची हुई थी। इसका मतलब अभी दो-एक दिन बारिश के आसार नहीं हैं। आज चलकर मजूर गिन लेते तो कल से काम शुरू हो जाता। लौटकर उन्होंने कुएँ पर हाथ-पैर धोए और लाठी उठाकर गाँव की ओर चल दिए। कुर्मियान और अहिरान का चक्कर लगाकर लौटे तो पिछवाड़े के अहीर-टोले की ओर मुड़ गए। इन लोगों को भी सहेज दें कि सुबह होते ही काम पर आ जाएँ।

जैकरन के झोंपड़े का दरवाजा खुला था। छप्पर के सामने, नीम के

पेड़ के नीचे एक टूटी खाट पड़ी थी जिसकी पाटी पकड़े एक बच्चा रोता खड़ा था। झोंपड़े के बगल में जैकरन की बहू कठौती में मछली धो रही थी और बाकी बच्चे वहीं घेरकर खड़े थे। शंकर ने खँखारा तो बहू कठौती एक ओर सरकाकर उनकी ओर पीठ करके खड़ी हो गई।

"पाँव लागी, महराज।"

"सुखी रहो,··· भगत कहाँ हैं ?"

"ऊ तो आज सबेरे से ही नहीं हैं।··· बिरादरी में कहीं भुतही पंचायत है, आज देर से आने को बोले हैं।"

"अच्छा··· कल से धान की निराई शुरू हो रही है। टोले में सबके यहाँ कहला देना, सबेरे सूरज निकलते आ जाएँगे।··· तुम्हारे यहाँ से भी कोई आएगा ?"

"रुप्पी चली जाएगी, महराज।··· इधर ही तो कहीं थी। मैं सहेज दूँगी।"

"औरों को भी कहला देना।··· नहीं छोड़ो, भगत नहीं हैं, मैं ही सबको कह आता हूँ।"

शंकर अहीर-टोले से पाहीघर की ओर लौटे तो अँधेरा हो गया था। बीच की जमीन पर अरूस और चकवड़ के ढेर सारे पौधे उगे थे जो बारिश की वजह से खूब झपसे हुए थे। उनके बीच से लोगों के आने-जाने से जमीन थोड़ी दब गई थी और पतला-सा रास्ता बन गया था। बारिश होने पर बीच-बीच में पानी इकट्ठा हो जाता था। कुछ दिनों से हो रही धूप से पानी तो सूख गया था पर कहीं-कहीं कीचड़ हो गया था। शंकर साँप के डर से लाठी ठनकाते और कीचड़ से बचते हुए जा रहे थे। दूसरी ओर से रह-रहकर ताली बजाता कोई आ रहा था। पास आया तो मालूम हुआ, औरत है। उधर ध्यान जाने से शंकर का पैर एकाएक कीचड़ में पड़कर फिसल गया। वे लड़खड़ाए। औरत ने फिस्स से हँस दिया।

"कौन है रे ?" शंकर ने लाठी से अपने को सँभालते हुए पूछा।

"हम हैं महराज।··· गिरे तो नहीं ?" और रूपा ठीक सामने आकर खड़ी हो गई।

"अँधेरे में तू कहाँ घूम रही है ?"

"महराज, तुम भी तो अँधेरे में घूम रहे हो।"

"मैं तो तुम्हारे ही टोले से आ रहा हूँ। निराई के लिए··· "

"मैं भी तो पाहीघर से ही आ रही हूँ ।" इतराहट की ऐसी खनक और ऐसी निडर चपलता कि शंकर को लगा जैसे एक लपक-सी निकलती हो। रूपा ऐसे रास्ता घेरकर खड़ी थी जैसे हटने का कोई इरादा न हो। तेज आँच पाकर शंकर की सोई देह लहक उठी। उन्होंने चारों ओर नजर घुमाई। अँधेरे में अरूस के झपसे हुए पौधों और दूर जंगल के पेड़ों के गड्ड-मड्ड सायों के सिवा कुछ नहीं दिखता था। कोई आहट भी नहीं थी।

"भगत नहीं थे, तुम्हारी माँ ने कहा, तुम आ जाओगी।" शंकर कुछ बोलने के लिए बोले।

"मैं तो आ ही जाऊँगी।" शंकर को लगा जैसे रूपा की आवाज में चपलता के साथ-साथ एक हल्की-सी चुनौती भी हो।

"तुम पाहीघर क्या करने गई थीं ?"

"तुम्हें खोजने।" रूपा धीरे-से फुसफुसाई। फिर हँस दी।

शंकर को लगा, वह थोड़ा और आगे खिसक आई है। उनका खाली वाला हाथ एक बार काँपा, फिर रूपा की बाँह पर आ पड़ा। उसकी देह शंकर के ऊपर ऐसे आकर गिरी जैसे इतनी देर से इसी का इंतजार कर रही थी। अनजाने से डर और उत्तेजना की मिली-जुली भँवर में डूबे दोनों शरीर आपस में उलझ गए।

थोड़ी देर बाद रूपा ने धीरे से अपने को अलग किया।

"जाने दो महराज··· कोई आता होगा।"

वह निकल गई तो शंकर को ऐसा लगा उनकी देह में काँटे-ही-काँटे उग आए हैं। कुछ देर मोहाविष्ट से वे वैसे ही खड़े रहे। किसी तरह सँभलकर आगे बढ़े तब महसूस हुआ कि पैर में कीचड़ लग गया है और चलते समय वह फिसल-फिसल जाता है।

दूसरे दिन रूपा निराई के लिए आई तो सहमी हुई-सी थी। निराई कर रही औरतों में हँसी-ठिठोली चल रही थी। बीच-बीच में वे कोई गीत उठा देतीं। रूपा से भी गीत के लिए बड़ी मनुहार की गई पर उसने मना कर दिया। बस जैसे-तैसे दूसरों द्वारा उठाए गए गीतों की कड़ियाँ दुहरा

कर साथ देती रही। हमजोली लड़कियों ने उसके अनमनेपन की वजह भी पूछी पर वह टाल गई। किसी तरह निराई के लिए हाथ चलाती रही।

अजीब धूप-छाँव भरा दिन था वह। हवा के झोंकों से बादल तेजी से पूरब से पश्चिम की ओर भाग रहे थे। बीच-बीच में बादलों की ओट से निकलकर सूरज झाँकने लगता। कभी किसी ओर से दौड़कर आती धूप की पीली कनात बिछती चली जाती। कभी निरवाहों के खेत में बादलों की छतरी लगी होती, पर थोड़ी ही दूर पर धूप चमक रही होती। कभी वे धूप में बैठे दूर अटकी बदली की शीतल छाया अगोर रहे होते।

दिन सरकता रहा और रूपा की निगाह बराबर पाहीघर की ओर लगी रही। अजीब-सा मीठा दर्द था जो तन-मन में खुमारी की तरह छाया था। एक हड़बड़ाहट-सी थी, जिसकी ठीक वजह समझ में नहीं आती थी। दोपहर में हलवाहा खरमिटाव लेकर आया। दिन ढले एक खेत की निराई पूरी हो गई तो गुरुदत्त दूसरा खेत बताने आए। पर शंकर नहीं दिखे तो नहीं दिखे। शाम को रूपा बाकी निरवाहों के साथ खेत से लौटकर पाहीघर मजूरी लेने गई तो उसकी निगाहें इधर-उधर कुछ खोज रही थीं। पर शंकर वहाँ भी नहीं थे। निरवाहों में से किसी ने कहा कि बड़कऊ पंडित नहीं दिख रहे हैं तो हलवाहे ने बताया कि वे सबेरे ही नहा-धोकर दशरथपुर चले गए थे। रूपा ने सुना और उसके भीतर धीरे से कुछ टूट गया। मजूरी लेकर वह अपने घर की ओर चली तो बादलों के पीछे सूरज डूब रहा था और उसकी दबी-सहमी किरनें ऊँचे पेड़ों पर दूर-दूर छितराई थीं। रूपा को लगा, कल रात से चढ़ी खुमारी उतरते-उतरते एक कसैला स्वाद छोड़ गई है। घर पहुँची तो जैकरन और उसकी बहू में किसी बात को लेकर झगड़ा हो रहा था। लगता था बहू की पिटाई भी हो चुकी थी। दोपहर से भूखे-प्यासे बच्चे एक ओर सहमे खड़े थे। रूपा उदासी की पर्तों को झटककर चूल्हा सुलगाने लगी।

शंकर दशरथपुर से लौटे तो काफी रात बीत चुकी थी। गुरुदत्त संध्या कर चुके थे और भोजन के लिए उठने से पहले उनकी राह देख रहे थे। लाठी खटकी और शंकर ने अँधेरे में खँखारा तो आवाज पहचानकर इत्मीनान हुआ।

"बड़ी देर कर दी।... एकाएक दशरथपुर जाने का क्या काम आ पड़ा था ?"

"मालगुजारी जमा करनी थी। कई दिन से सोच रहा था।" शंकर एक ओर लाठी टिकाकर खाट पर बैठते हुए बोले।

"फिर भी... बरसात का दिन, रास्ते में साँप-बिच्छू, कंजा का नाला भी तो भरा होगा।" बसौली का ताल उत्तर-पूरब की ओर सिमटकर एक नाले के रूप में बहने लगता था जो कंजा गाँव के पास दशरथपुर वाली सड़क को काटता था। तब उस पर कोई पुल नहीं था।

"हाँ... मगर उतार था।"

"फिर भी...।"

"निरवाह आए थे ?" शंकर ने थोड़ा रुककर पूछा।

"हाँ, आए थे।"

"कितना हो गया ?"

"बड़ावाला गाटा हो गया। उसकी बगलवाले में भी शुरू कर दिया है।"

"जैकरन के यहाँ से कोई आया था ?"

"उसकी बिटिया आई थी, शायद।"

शंकर चुपचाप उठे और कुएँ पर आकर हाथ-पैर धोने लगे।

सात

लखनऊ में सुल्ताने आलम सारा काम-काज अपने नए मन्त्री अली नकीखाँ पर छोड़, शायरी में मशगूल थे और अख्तर के नाम से इश्क और हुश्न पर गजलें, मसनवी और कसीदे लिख रहे थे। हरम में इधर-उधर से लाई गई आवारा किस्म की सुंदर औरतों की संख्या बढ़ती जा रही थी। उनके साथ राग-रंग की महफिलें जमाने के लिए कैसरबाग के नाम से एक शानदार शाही महल बनकर तैयार हो रहा था। सुल्ताने आलम ने रासलीला के तर्ज पर एक खेल लिखवाया था जो हर साल भादों के महीने में पूरी धूमधाम के साथ खेला जाता। सुल्ताने आलम इसमें कन्हैया बनते और

हरम की बेगमें गोपियाँ बनकर उन्हें ढूँढ़ती फिरतीं। आम शहरियों को भी यह खेल देखने की इजाजत थी, शर्त बस यह थी कि लोग गेरुए कपड़े पहनकर आएँ। बादशाह की रसिकता देखकर अस्सी-अस्सी बरस के बूढ़े भी जवानी की तरंग में डूब जाते।

इधर लखनऊ का यह आलम था, उधर ईस्ट इंडिया कंपनी के हुक्मरान गोरी चमड़ी का दायित्व निभाने के नाम पर देशी रियासतों की बदअमनी और गैरइंसाफी से उनकी रैयत को छुटकारा दिलाने के लिए गलत-सही सबकुछ करने को तैयार थे। बड़ा लाट हार्डिंग वाजिदअली शाह को चेतावनी देकर इंग्लैंड चला गया था। उसकी जगह अपूर्व कार्यक्षमता और अदम्य उत्साह लिए पैंतीस साल का एक युवक जेम्स ऐन्ड्रयू रैम्जे डलहौजी बड़ा लाट बनकर फोर्ट विलियम में आ गया था। पश्चिमी संस्थाओं और पश्चिमी प्रशासनिक ढाँचे की श्रेष्ठता के मद में चूर था डलहौजी। हिन्दुस्तान की जनता को मध्ययुगीन देशी शासन-पद्धति से मुक्ति दिलाने के लिए बेताब था डलहौजी। और कंपनी के प्रति अपनी एकांगी निष्ठा के कारण उसका क्षेत्र और मालगुजारी बढ़ाने के लिए उचित-अनुचित सबकुछ करने को तैयार था डलहौजी। इतिहास के रंगमंच पर डलहौजी और वाजिदअली शाह का एकसाथ उतरना वक्त का कोई गहरा खेल ही रहा होगा।

हिन्दुस्तान आने पर जल्दी ही डलहौजी का ध्यान अवध के उलझते जा रहे मसले की ओर गया। हार्डिंग ने वाजिदअली शाह को रिआया की हालत सुधारने के लिए दो साल का जो वक्त दिया था वह पूरा हो रहा था। ऐसे मौके पर अवध के बारे में अपनी योजनाएँ पूरी करने के लिए डलहौजी को किसी तेज और वफादार रेजिडेंट की जरूरत थी। इसके लिए कर्नल स्लीमैन सबसे उपयुक्त व्यक्ति दिखाई पड़े। स्लीमैन अठारह सौ पंद्रह के नेपाल युद्ध के बाद कंपनी की बंगाल सेना से सिविल सर्विस में आ गए थे। ठगी-महकमे के सुपरिंटेंडेंट के रूप में ठगी प्रथा का खात्मा करने में उन्होंने काफी नाम कमाया था। पाँच साल से वह ग्वालियर दरबार में रेजिडेंट का काम देख रहे थे। डलहौजी का खत मिला तो उन्हें अपनी महत्वाकांक्षाएँ पूरी करने का अच्छा अवसर दिखाई पड़ा और वे तुरंत

तैयार हो गए।

सन् अठारह सौ उन्चास की सरदियाँ अपने पूरे वेग पर थीं जब कर्नल स्लीमैन अवध के प्रशासन का कायाकल्प करने का मंसूबा लिए लखनऊ पधारे। उनके आने के साथ ही रेजिडेंसी के कार्य-कलापों में नई सरगरमी आ गई और कंपनी का शिकंजा अवध पर तेजी से कसने लगा। स्लीमैन, जो दरबार में सलीमन के नाम से जाने जाते थे, एक महत्वाकांक्षी, कर्मठ और वफादार अधिकारी थे। पर, जैसा कि प्रायः ऐसे लोगों में होता है, उनकी दृष्टि एकांगी थी। जीवन की गहराई में उनकी पैठ नहीं थी। मानव-व्यापार के जटिल अन्तर्विरोध उन्हें दिखाई नहीं पड़ते थे। अपनी धुन में दूसरे पक्ष की सदाशयता उन्हें नजर नहीं आती थी। उनका व्यक्तित्व धारदार तो था, पर उसमें गहराई नहीं थी। समग्रता नहीं थी। उदारता नहीं थी। उन्हें अपने चारों ओर अकुशल, गद्दार और षड्यंत्रकारी ही दिखाई पड़ते थे। कान के वे बड़े कच्चे थे। अफवाहें सुनना और बिना विवेक के झट से उस पर विश्वास कर लेना उनकी बड़ी कमजोरी थी।

असल में उन्हें खुली हवा में सीधा-सादा काम करने की आदत रही थी। सिविल सर्विस में आने के बाद उनका अधिकांश समय हिन्दुस्तान के उत्तरी और मध्य इलाके के गाँवों में, काम करते बीता था। सीधे-सादे हिन्दुस्तानी किसानों से उन्हें लगाव था। उन्हीं की बोली में उनकी फसलों, उनके जानवरों और बाजार-भावों के बारे में बात करना उन्हें अच्छा लगता था। दूर-दूर तक फैली फसलों, इक्का-दुक्का बस्तियों और जंगलों से होकर गुजरनेवाले रास्तों पर घोड़ा दौड़ाना, कभी किसी सड़क तो कभी किसी पुल का मुआयना करना, कभी किसी ठग-गिरोह की तलाश में बीहड़ों की खाक छानना, इसी सबमें उनका मन रमता था।

पर रेजिडेंसी में आकर सारा माहौल ही बदल गया। स्लीमैन अपने को बँधा-बँधा-सा महसूस करने लगे। खासकर लखनऊ दरबार की शहरी तहजीब और नफासत उन्हें कतई पसंद नहीं आई। उनमें काम करने की उत्कट क्षमता थी, बहादुर भी थे, बिना किसी निरर्थकता-बोध के दूर तक किसी चुनौती का पीछा कर सकते थे। पर राजनयिकोंवाली बारीकी, तटस्थता और सूझ-बूझ उनमें नहीं थी। नवाबी शासन की अक्षमता और

दरबार में मौजमस्ती का आलम उन्हें फूटी आँखों नहीं सुहाता था।

डलहौजी ने स्लीमैन की नियुक्ति का प्रस्ताव रखते समय अवध में संभावित बुनियादी परिवर्तनों की ओर इशारा किया था जिसने स्लीमैन के मन में कुछ करने की बेसब्री भर दी थी। पर यहाँ आने पर उन्हें कोई साफ रास्ता नहीं दिख रहा था। कंपनी को दिए गए कर्जों और नवाबों के अंधाधुंध खर्चों से अवध का खजाना खाली हो गया था। तालुकेदार रिआया को, नाजि़म और अमील तालुकेदारों को और दरबारी मुसाहिब नाजिमों और अमीलों को चूसने में लगे थे। सभी को अपनी-अपनी जेबें भरने की फिक्र थी। बादशाह को हरम के चोचलों, नाच-गाने की महफिलों, इश्क और शेरो-शायरी से ही फुरसत नहीं थी। वे नचनियों, भाँड़ों और हिजड़ों से ऐसे घिरे रहते थे कि कोई बात उन तक पहुँचती ही नहीं थी।

ऐसे में स्लीमैन से आशा की जाती थी कि वे रेजिडेंट की हैसियत से चुपचाप दरबार की घटनाओं पर नजर रखें, हर बात की रपट बड़े लाट को भेजते रहें और, जहाँ उचित हो, बादशाह को सलाह दे दिया करें। यह तो उनसे नहीं हो सकता था। इसके लिए वे बने ही नहीं थे।

रेजिडेंसी की निष्क्रियता और नीरस दिनचर्या से निजात पाने की छटपटाहट, खुली हवा में साँस लेने के अवसर की तलाश, और शायद अवध के किसानों के प्रति लगाव ने भी, स्लीमैन को ऐसा कदम उठाने के लिए प्रेरित किया जो कभी किसी रेजिडेंट ने नहीं उठाया था। उन्होंने डलहौजी को कुरेद-कुरेदकर खुद अवध के पूरे इलाके का दौरा कर उसकी हालत पर विस्तृत रपट तैयार करने की अनुमति प्राप्त कर ली। नवाबों के साथ हुई संधियों की तमाम धाराओं के खिलाफ था यह दौरा। लेकिन शक्ति और पौरुष से हीन अवध दरबार करता ही क्या ? रेजिडेंट के दौरे की तैयारियाँ जोर-शोर से चलती रहीं पर किसी ओर से विरोध की कोई आवाज नहीं उठी। असहाय बादशाह सब्र का घूँट पीकर रह गए।

कोई नहीं जानता, पहली दिसम्बर सन् उन्चास की उस सुबह वाजिदअली शाह के दिल पर क्या गुजरी, जब स्लीमैन का काफिला दौरे के लिए लखनऊ से निकलकर चिनहट की ओर रवाना हुआ। रात में कड़ाके की सरदी के बाद सुबह की खिलती हुई नरम धूप में छतर मंजिल

के सदर दरवाजे पर बजती पहले पहर की नौबत के स्वर घुल रहे थे। चौक, अमीनाबाद और नक्खास की सड़कों पर रईसों के पीनस और सुखपाल चमकती पोशाकवाले पहरेदारों और चाँदी के डंडे घुमाते चोबदारों के बीच इधर-से-उधर आ-जा रहे थे। आसमान में कुछ पतंगें धीरे-धीरे ऊपर उठ रही थीं और देखनेवालों के दिल पर जल्दी ही होनेवाले उनके मुकाबले के खेल की रौनक छाने लगी थी। तीतर, बटेर और मेढ़े लड़ानेवाले अपने योद्धाओं के साथ तैयार होकर शान से निकल रहे थे। और बादशाह छतर मंजिल के अपने शयनागार की खिड़की से धूप में चमकती गोमती की लहरों को चुपचाप देखे जा रहे थे। हैरान करनेवाला यह अजब माजरा था कि जब बादशाह और उनके बड़े-बड़े अहलकार अपने-अपने महलों में आराम फरमा रहे थे, दूर विलायत से आया एक सिड़ी राजदूत अवध की रिआया के दुःख से दुखी होकर धूल-भरे ऊबड़-खाबड़ रास्तों पर मैली-कुचैली बस्तियों, बीहड़ जंगलों और नदी-नालों की खाक छानने निकल पड़ा था। बादशाह को तो उसी दिन इल्म हो जाना चाहिए था कि उनकी हुकूमत के दिन गिने हुए हैं।

बादशाह को कौन याद दिलाता कि उनके पूर्वजों–अवध के पहले दो नवाबों–सआदतअली और सफदरगंज के कार्य-काल का अधिकांश समय दौरों पर ही बीता था, कि उनकी ज्यादातर रातें महल की सुविधाओं से दूर तंबुओं में कटी थीं, कि सफदरगंज अपने वतन से दूर सुल्तानपुर के एक छोटे-से गाँव में गोमती के किनारे लगे अपने तंबू में ही आखिरी नींद सो गया था। आज दौरे की कौन कहे, ऐन बादशाह की नाक के नीचे लखनऊ शहर में हो रही हलचलों का उन्हें भान नहीं था। पीढ़ियों से उतरते-उतरते खून का वेग इतना धीमा कैसे पड़ जाता है ? स्थितियाँ आदमी को मजबूर कर देती हैं या आदमी स्थितियों को अनुकूल बना लेता है, एक ऐसा सवाल है जिस पर इंसान हमेशा सर धुनता रहेगा।

आठ

शंकर की लगन और उनके असरदार व्यक्तित्व को देखकर राय साहब ने उन्हें बसौली के अगल-बगल के दो और गाँवों का मालगुजार बना दिया। उन्होंने अन्य मालगुजारों की तरह एक घोड़ा खरीद लिया और उसकी देखभाल के लिए एक साईस रख लिया। जब वे चुन्नटदार धोती पहनकर और साफा बाँधकर घोड़े पर सवार हो, लगान-वसूली के लिए निकलते तो देखनेवालों की निगाह एक बार टिक जाती थी।

जल्दी ही पाहीघर के बगल में एक और परिवार आकर बस गया। शंकर को अब पाहीघर की सीर देखने के लिए तो समय मिलता नहीं था। इसलिए उन्होंने भीलमपुर से अपने पुराने अफीमवाले कारोबार के साथी हिंछा को बसौली बुलाकर बसा लिया। बसौली आने के बाद शंकर का अफीम का कारोबार लगभग छूट ही गया था। भीलमपुर बाजार, जहाँ उनका अफीम का गोदाम था, जौनपुर जिले में अवध की सरहद से ज्यादा दूर नहीं था। बसौली से कोई नौ-दस कोस पड़ता था, लेकिन यहाँ आने के बाद शंकर कुल दो-तीन बार ही भीलमपुर जा पाए थे। हिंछा ही थोड़ा-बहुत देख-रेख कर लेते थे। इस कारोबार का तालमेल शुरू से ही ठीक नहीं बैठा था, अब तो और गिरानी की हालत में था। बड़ी मुश्किल से हिंछा के परिवार का गुजर-बसर चलता था। हिंछा तो शंकर की तरह अकेले थे लेकिन छोटे भाई बिसुन के बीवी-बच्चे थे। साथ में एक विधवा बहन भी रहती थी, सूरसती। पति के मरने के बाद अपने साल-भर के बेटे को लेकर मायके आई और फिर यहीं रह गई। बिसुन के एक लड़की थी और दो लड़के। लड़की ब्याहने लायक हो रही थी। हिंछा को इसकी भी फिक्र थी। कहने को बाजार के पास चार बीघे जमीन भी थी, लेकिन उससे खाने का भी पूरा नहीं पड़ता था। कितनी किल्लत से परिवार का गुजर चल रहा था, यह शंकर से छिपा नहीं था। तीनों गाँवों की मालगुजारी मिलने के बाद शंकर जब पिछली बार भीलमपुर गए थे तो उनके दिमाग में हिंछा को बसौली लाकर बसाने की बात घर कर गई थी। लौटकर गुरुदत्त से पूछा। उन्होंने कहा—जो ठीक लगे, करो। फिर बोले—एक तरह

से अच्छा ही है, यहाँ जंगल में पड़े हैं, किसी भले आदमी का साथ हो जाएगा।

उसी साल रबी की कटाई के बाद हिंछा बसौली आकर बस गए। पाहीघर के बगल में एक छप्पर डाल दिया गया। बाद में उसके चारों ओर दीवाल घेर दी गई। वैसे तो हिंछा, बिसुन और दुर्बली मिलकर पूरी जायदाद सँभालते थे, लेकिन शंकर ने राय साहब से कहकर दस बीघे जमीन हिंछा के नाम करा दी। शंकर को अब मालगुजारी और महाजनी का काम देखने की पूरी फुरसत थी। सूरसती और बिसुन के बच्चों के आ जाने से पाहीघर भी गुलजार हो गया था।

उसी साल रबी की बुआई खत्म होने पर जब पंडित शिवगुलाम सुकुल सरयूपार अपने पैतृक गाँव कंजही जा रहे थे, बिसुन की लड़की के लिए वर देखने हिंछा भी साथ हो लिए। उन दिनों सरयूपारी ब्राह्मणों की बड़ी प्रतिष्ठा थी और सरयू और गंगा के बीच बसे वही ब्राह्मण कुलीन माने जाते थे जो सरयूपार से आए थे। इसलिए उन्हें सरयूपार के किसी गाँव में बसे मूलवंश से अपना सजरा जोड़ना पड़ता था और अपने नाम के आगे मूल गाँव का नाम लगाने की प्रथा चल पड़ी थी। पर तब तक इस इलाके में ऐसे ब्राह्मणों की संख्या अधिक नहीं थी, इसलिए इधर के ब्राह्मण बेटी की शादी ढूँढ़ने गोरखपुर बस्ती की ओर ही रुख करते थे।

पंडित शिवगुलाम के साथ उनका लड़का कालिका भी ज़ा रहा था जो संस्कृत का विद्यार्थी था। दुर्बली से उसकी खूब पटती थी। इसलिए दुर्बली भी घूमने-घामने की इच्छा से साथ लग गया।

जिस समय चारों जन अयोध्या पहुँचे, शाम हो गई थी और मंदिरों में आरती के घण्टे बज रहे थे। पंडा का घर ढूँढ़ते-ढूँढ़ते अँधेरा हो गया और अच्छी खासी ठंड पड़ने लगी। खाना बनाकर और खा-पीकर निवृत्त हुए तो बात होने लगी कि भोर में उठकर सरयू में स्नान करेंगे और खास-खास मंदिरों में दर्शन करके जल्दी निकल पड़ेंगे। तभी पंडा ने बताया कि सरयू के उस पार फिरंगी रेजिडेंट का लश्कर पड़ा है और कल सबेरे वह सरयू पार करके इस तरफ आएगा। यहाँ सुल्तानपुर के नाजिम तोपों की सलामी देकर उसकी अगवानी करेंगे। नदी के इस किनारे से सुल्तानपुर

निजामत का इलाका शुरू होता है, इसलिए सुल्तानपुर से आकर एक दिन पहले ही नाजिम ने डेरा डाल रखा है। लश्कर ने उतरना शुरू कर दिया तो घाट खाली होने में बहुत समय लगेगा। दुर्बली का मन हुलस उठा कि कल फिरंगी लश्कर देखेंगे। लाल वरदीवाले तिलंगों को देखने की उत्सुकता उसे बहुत दिनों से थी।

अगली सुबह जब वे नहाने के लिए घाट पर आए, नदी के उस पार, ढलान के ऊपर, दूर तक तंबुओं और कनातों का सिलसिला दिख रहा था। सुबह की फैलती हुई पीली धूप के साथ फिरंगी पड़ाव में धीरे-धीरे सरगरमी आ रही थी। डेरे के एक ओर अलाव का धुआँ ऊँचाई तक उठ रहा था जिसके बीच उड़ती चिनगारियों को देखकर लगता था जैसे वहाँ आग लगी हो। नदी के इस तरफ, घाट से कुछ दूर, आम के एक बड़े बगीचे में, सुल्तानपुर के नए नाजिम आगा अली का पड़ाव था।

नहाकर लौटते हुए वे लोग नाजिम के पड़ाव के बगल से गुजरे। पेड़ों की ऊपरी शाखाओं पर फैलने के बाद धूप धीरे-धीरे नीचे उतर रही थी। नाजिम के डेरे में अगवानी की तैयारियाँ जोर-शोर से शुरू हो गई थीं। तीन बैलगाड़ियों पर सलामी के लिए तोपें लदी थीं। उनमें नथे बैलों के सींग गेरू से रँगकर चमका दिए गए थे और उनमें लाल-पीले फुलरे लटकाए जा रहे थे। एक ओर ढलान के नीचे हाथियों को नदी में नहलाया जा रहा था। जो हाथी नहा चुके थे, उन्हें सूखने के लिए धूप में खड़ा कर दिया गया था। जो सूख गए थे, उन्हें ऊपर लाकर, उनका माथा रँगकर और कारचोबी फैलाकर, उन पर हौदे कसे जा रहे थे। घोड़ों को खरहरा करके उन पर जीनें कस दी गई थीं और अब उनके गले में मूँगे और चाँदी के जेवर पहनाकर सजाया जा रहा था। कुछ संतरी, प्यादे और चोबदार डेरे के एक ओर अभी तक सुलग रहे अलाव के पास बैठे जल्दी-जल्दी चिलम का कश ले रहे थे। चारों ओर खास मौके के पहलेवाली तैयारी की हड़बड़ी थी। लेकिन रेजिडेंट बहादुर को इस पार आने में अभी वक्त था। उन लोगों ने तय किया कि इस बीच पास के कुछ मंदिरों के दर्शन और सत्तू-चबेना करके झोरा-झण्डा लेकर वे वापस आ जाते हैं।

उनके दुबारा घाट तक पहुँचते-पहुँचते स्लीमैन के काफिले ने नदी

पार करना शुरू कर दिया था। अब तो जब तक पूरा काफिला न उतर जाए, इंतजार ही करना था। दुर्बली मन-ही-मन खुश हुआ।

घाट के बगल में नदी के कगार को काटकर ढलावदार पाए बिछा दिए गए थे। पटरे से ढकी बड़ी-बड़ी नावें कई-कई मल्लाह एकसाथ खे रहे थे। थोड़ी ही देर में नदी का पाट एक किनारे से दूसरे किनारे तक घोड़ागाड़ियों, ऊँटों, घोड़ों और पैदल सवारियों से भरी नावों से ढक गया। सफेद टोपी, लाल कोट और चुस्त पतलूनें पहने, कंधे पर संगीनें रखे, नावों पर कतार बनाकर शान से खड़े, कम्पनी की बंगाल सेना के सिपाहियों को देखकर घाट पर खड़े राहगीरों की निगाह में आतंक की झुरझुरी फैल गई। थोड़ी देर बाद दूसरे किनारे पर मड़ियाते हाथियों के झुण्ड के अलावा कोई नहीं रह गया। हाथियों को कोंच-कोंचकर नावों पर चढ़ाने या पानी में घुसाने की तमाम कोशिशें नाकाम रहीं। बड़ी देर बाद किसी तरह एक हाथी नाव पर सवार हुआ। फिर तो देखादेखी कुछ और भी चढ़े। बाकी जैसे-तैसे पानी में उतरे और नावों के साथ-साथ तैरने लगे।

रंगीन कपड़ों से सजा एक बजरा, जिस पर यूनियन जैक के साथ कंपनी का झण्डा फहरा रहा था, किनारे से आकर लगा तो तोपों से सलामी के गोले दगने लगे।

यह सन् अठारह सौ उन्चास के दिसम्बर महीने की सत्रहवीं तारीख थी। स्लीमैन का काफिला सरयू पार कर अगले पड़ाव की ओर बढ़ा तो दोपहरी ढल रही थी। बगल के घाट पर जो राहगीर अब तक तमाशा देख रहे थे, नदी पार करने के लिए उतावले हो उठे। नाव पर बैठकर पंडित शिवगुलाम ने सुंघनी की डिबिया निकाली, चुटकी में लेकर नाक से लगाई और आँख बंद कर सुरसुराहट का मजा लेने लगे। नाव पर बैठे राहगीर घूम-फिरकर फिरंगी लश्कर की ही बात कर रहे थे।

"गाँव-गाँव, नगर-नगर की खाक छान रहे हैं फिरंगी।··· देखो कब तक और चलती है नवाबी।"

"अभी कौन-सी चल रही है नवाबी। हर जगह तो फिरंगी घुसे हुए हैं।"

"नवाबी रहे तो, फिरंगी आएँ तो, क्या फरक पड़ता है।"

"फरक़ क्यों नहीं पड़ता। फिरंगी अदालतों का चक्कर देखा है ?... ऐरा-गैरा कोई भी अरजी लगा दे तो भला आदमी मारा-मारा फिरे, मुंशी-मुख्तारों का चक्कर लगाए, कागज-पत्तर तैयार करवाए और गवाह ढूँढ़ता फिरे। फिरंगी राज में न ऊँच-नीच का भेद है न जात-पाँत का। जो कुछ धरम-मरजाद रह गया है वह भी चला जाएगा।"

"धरम-मरजाद लेकर चाटना है क्या ? नवाबी-जैसी धाँधलेगर्दी किसी राज में नहीं है। कुछ भी हो, फिरंगी कानून के पाबंद हैं। शेर और बकरी एक घाट पानी पीते हैं उनके यहाँ। डाका या कतल की एक वारदात हो जाए तो देखिए, सारे हाकिम उलट पड़ते हैं। यहाँ तो जिसकी लाठी उसी की भैंस। न किसी की जान का भरोसा है, न दौलत का।"

"स्वधर्मे निधनंश्रेयः परधर्मो भयावहः" पंडित शिवगुलाम जैसे अपने आपसे बुदबुदाए।

नाव राहगीरों से भर गई थी। मल्लाह ने रस्सी खोल दी। सरजूमैया की जै के साथ वह धारा की तिरछी दिशा में सरकने लगी।

दोपहरी ढलने से धूप का तीखापन कम हो गया था। नदी के पाट पर से आती हवा में हल्की ठंड थी। किनारा धीरे-धीरे पीछे छूट रहा था। दुर्बली की निगाह उस बाग की ओर लगी थी जिसमें घुसकर अंग्रेजी काफ़िला गायब हो गया था।

सरयू पार करते-करते शाम हो गई थी। उस दिन थोड़ा ही रास्ता तय हो पाया और रात बिताने के लिए एक गाँव में रुकना पड़ा। सुबह नहा-धोकर पूजा-पाठ करके पंडित शिवगुलाम ने लिट्टी लगाई। चारों जन खा-पीकर फिर चल पड़े।

सरयूपार का यह इलाका अठारह सौ एक की संधि के तहत कंपनी के कब्जे में आ गया था और यहाँ साम्राज्य की जड़ें जम चुकी थीं। जिले में अंग्रेज जज और कलेक्टर-मैजिस्ट्रेट तैनात हो गए थे। सदर मुकाम पर गोरे हाकिमों की सुविधा के लिए लाल ईंटों की मोटी दीवारों और खुले बरामदोंवाले बँगले बनकर तैयार हो गए थे, जिनमें गुलाबी चेहरे और सुनहरे बालोंवाले बच्चे और लंबे-ढीले विक्टोरियन घाघरोंवाली मेमें विलायती साजो-सामान के साथ आबाद हो गई थीं। साहब लोग तो

टूटी-फूटी हिन्दुस्तानी बोल लेते थे पर गोरी मेमों और बच्चों की गिटपिट तो बिल्कुल पल्ले नहीं पड़ने से अर्दली, खानसामा, खिदमतगार और पंखा-कुली परेशान रहते थे और अक्सर डाँट खाया करते थे। गाँवों में किसानों की हालत पहले से जरूर थोड़ी बेहतर हो गई थी। खेतों की पैमाइश करके और गाँव के नकशे बनाकर जमीन का पक्का बंदोबस्त कर दिया गया था, जिससे जमींदारों की छीना-झपटी थोड़ी कम हो गई थी। अठारह सौ चौदह में जब इलाके पर भुटवल की ओर से गुरखों ने हमला किया तो कंपनी की फौज ने ही उनका मुकाबला किया था, और भले ही तिगुनी-चौगुनी फौज लगानी पड़ी हो, उन्हें पहाड़ों से नीचे नहीं उतरने दिया था। बूढ़े अभी भी उन दिनों की याद करते थे और कहते थे कि अगर नवाब ने यह इलाका कंपनी को न दे दिया होता तो आज खुखरीधारी गुरखे यहाँ राज कर रहे होते।

कंजही पहुँचकर लोगों ने दो दिन आराम किया। हनुमान सुकुल जब सरैया जाकर बसे तो कंजही की अपने हिस्से की जमीन जोतने-बोने के लिए पट्टीदारों को दे गए थे। साल में एक बार आकर पैदावार का लेखा-जोखा ले लिया करते थे। अब तो शिवगुलाम दो-तीन साल में एक बार आ पाते हैं। मिलने को क्या मिलता है, लेकिन हाँ, मिट्टी से नाता हरा हो जाता है। इस बार तो हिंछा की लड़की के लिए वर-देखी का काम भी था, इसलिए ज्यादा रुकना पड़ गया।

आसपास कई गाँवों का चक्कर लगाया, लेकिन कहीं बात नहीं बनी। कहीं वर ठीक मिला तो घर नहीं, कहीं घर ठीक मिला तो वर नहीं, कहीं दोनों ठीक मिले तो कुल-गोत्र ठीक नहीं। वही तीन-तेरह का चक्कर। किसी ने बताया कि राप्ती के पार लोनापार के तिवारियों के यहाँ ब्याह लायक कुछ लड़के हैं, और वहाँ के तिवारियों की बड़ी प्रतिष्ठा है तो उधर चल पड़े।

उस दिन शिवगुलाम और हिंछा तड़के ही निकल लिए थे। राप्ती के घाट पर दिशा-मैदान से निपटकर दोनों ने स्नान किया। पण्डित शिवगुलाम ने रेत पर ही आसन बिछाकर पूजा की। फिर पँजीरी खाकर दोनों ने पानी पिया। वे वहाँ से चले तो दूर-दूर तक धूप छिटक गई थी।

पिछौरी ओढ़े-ओढ़े चलने से गरमी लगने लगी थी। दोनों ने पिछौरी हटाकर झोरे में रख ली और चाल तेज कर दी।

राप्ती के पार का यह इलाका दूर-दूर तक बंजर-जैसा दिखता था। कहीं-कहीं खेतों में धान की सूखी खूँटियाँ पड़ी थीं। काफी फासला तय करने के बाद चना, मटर, सरसों या गन्ने की फसल दिखाई देती, जो बिल्कुल मरी-मरी-सी लगती थी। जौ-गेहूँ की फसल के तो कहीं दर्शन ही नहीं हुए। अवध के हरे-भरे इलाके से आने के बाद इधर बड़ा उजाड़-सा लगता था।

दोनों लीक पर चुपचाप आगे बढ़े जा रहे थे। हिंछा ने मौन तोड़ा—

"यह तीन-तेरह का चक्कर न होता तो ऐसे उजाड़ में बेटी ब्याहने कौन आता ?"

"उजाड़ तो जो है सो है ही, पानी बड़ा खराब है यहाँ का। जिसको देखो वही घेंघा और फीलपाँव के रोग से ग्रस्त है।"

लोनापार पहुँचकर उन्हें मालूम हुआ कि वहाँ के तिवारियों की एक शाखा तो सुल्तानपुर निजामत के प्रतापगढ़ चकले में ही जाकर बस गई है और उसमें भी शादी लायक कोई लड़का है। गाँव का नाम बताया गया तिवारीपुर। पंडित शिवगुलाम को बड़ा आश्चर्य हुआ। तिवारीपुर तो बसौली के बिल्कुल पास है। यही ढाई-तीन कोस का फासला होगा। वहाँ गुलौरी के तिवारियों के कई घर हैं। लेकिन लोनापार के प्रतिष्ठित तिवारी भी कोई वहाँ हैं, यह शिवगुलाम को नहीं मालूम था।

एक बुजुर्ग ने पूरी बात विस्तार से सुनाई। कोई अस्सी-पच्चासी साल पहले का वाकया है। तब फिरंगी इधर नहीं आए थे और गोरखपुर का इलाका नवाबी राज में था। लोनापार के चौहार्जा तिवारी नवाबी फौज में हवलदार थे। तिवारीपुर में ब्याहे थे। संता आजी गौने के बाद दो-तीन बार ही आई-गई होंगी। तभी नवाब और कंपनी में जंग छिड़ गई। नवाबी फौज कंपनी से लड़ने दूर कहीं पूरब की ओर गई। बाद में सुनाई पड़ा कि नवाब और उनके संगी-साथी हार गए और उनकी फौज तितर-बितर हो गई। चौहार्जा का क्या हुआ, यह पहले ठीक-ठीक पता नहीं चला। कोई कहता—लड़ाई में खेत रहे। कोई कहता—कंपनी की कैद में हैं। जितने

मुँह उतनी बातें। जब सारा बवाल खत्म हुआ और नवाब का कंपनी से समझौता हो गया तब जाकर पक्की खबर आई। चौहार्जा बाबा लड़ते हुए मारे गए थे। ठीक गंगा के किनारे। कौन-सी जगह है वह··· क्या बोलते हैं··· बक्सर··· हाँ बक्सर। उस वक्त संता आजी के पैर भारी थे। उनसे बात छिपाई जाती रही। लेकिन छिपनेवाली बात हो तो छिपे। एक दिन साज-सिंगार कर रही थीं तो कुछ औरतें खुसुर-फुसर करने लगीं। उन्हें शक पड़ गया। फिर तो बताना ही पड़ा। उसके बाद उन्होंने जो अपनी कोठरी बंद की तो खोलने का नाम न लें। पति के न रहते हुए भी जिन लोगों के सामने साज-सिंगार किया, उन्हें कैसे मुँह दिखातीं। बहुत जिद की गई तो उन्होंने कहा—हमें तिवारीपुर पहुँचा दो। बड़ा मुश्किल काम था। उनकी वैसी हालत और इतना लम्बा सफर। नदी-नाले पार करना। पर वे नहीं मानीं तो नहीं मानीं। कोठरी से निकलकर पालकी में ही बैठीं। जैसे-तैसे तिवारीपुर पहुँच ही गईं। गिरधर बाबा वहीं पैदा हुए, पले, बढ़े, और गुलौरियों की गद्दी पर रह गए।

पंडित शिवगुलाम और हिंछा पूरी तरह आश्वस्त होकर लोनापार से लौटे और दो दिन कंजही में रहकर दुर्बली और कालका के साथ बसौली के लिए चल पड़े। वापसी के रास्ते में शिवगुलाम को बार-बार यह बात कोंचती रही कि अपने नए पवस्त में वह ठीक से घुल-मिल नहीं पाए हैं और उसके बारे में उनकी जानकारी बहुत कम है।

सन् पचास का वह साल पाहीघर के लिए बड़ा शुभ रहा। सरयूपार से लौटकर शिवगुलाम और शंकर हिंछा को साथ ले तिवारीपुर गए और बिसुन की लड़की की शादी लोनापार परिवार में तय कर आए।

संयोग की बात, उसी साल दुर्बली के लिए भी देखुआर आ गए। भीलमपुर के पास के एक गाँव में उसकी भी शादी तय हो गई। दोनों शादियाँ एक ही पखवारे में एक के बाद एक पड़ीं। इतने दिन बाद घर में कोई शुभ काम हो रहा था, किसी का उत्साह ही धरा नहीं करता था। दूर-दूर के रिश्ते की बहन-बेटियाँ आनकर आईं। काम-काज सँभालने के लिए कन्तित और भीलमपुर से कई औरतें आईं। कई दिन पहले से ही घर में भीड़-भड़क्का हो गया। रात में औरतें खाना-पीना होने के बाद

आँगन में कथरी बिछाकर गीत गाने बैठतीं। पहले लड़की की शादी का गीत उठाया जाता–

"पूरब-पच्छिम एक सागर बाबा, पुरइन हालर देइ।
तेहि सगरे दुलहे नहावैं, त पूछहि दुलहिना एक बात।
केकर अह्या तू नतिया अ पुतवा, कउनी बहिनिया कऽ भाइ।
राजा दशरथ कर नतिया अ पुतवा, बहिनी शुभदरा कऽ भाइ।
एतनी बचन जब सुनी हैं दुलहिन देई, धाइ बाबा लगे जाँइ।
जउनेह बर बाबा नग्र ढुँढ़त हैं, से बर सगरे नहाँहि।"

अँधेरे में आम, महुआ और जामुन के पेड़ हवा में सरसराते। उड़ती हुई सूखी पत्तियाँ खड़कतीं। आम के बौर की महक चारों ओर भिनती। थोड़ी देर बाद पेड़ों के उस पार से चाँद धीरे-धीरे ऊपर उठता। कुएँ की जगत पर और झाड़े-बुहारे द्वार पर चाँदनी छिटक जाती, जिस पर पेड़ों के साए धीरे-धीरे हिलते। और औरतें लड़के की शादी का गीत उठा देतीं–

"राम लखन मिलि घोड़वा पलानैं, कि बन कऽ अहेरेहि जाँइ।
जाइके उतरे जनक के दुअरवा, सिय जी रखावहिं फुलवारी।
केकरि अहू तू बारी-दुलारी, केकरि रखावहु फुलवारी।
राजा जनक की बारी-दुलारी, रिखि कै रखावहु फुलवारी।
जो तू अहू राजा जनक-दुलारी, चलहु न साथ हमारी।
कइसेक चलहुँ रामा तोहरेहि साथे, अबहीं त बारी-कुँआरी।
जब मोर बाबा कुश लै संकल्पैं, तब चलबै हम साथ तुम्हारी।"

दुर्बली दालान के बाहर आँखें बन्द किए लेटा रहता। गीत के स्वरों के साथ अंदर आहिस्ते-आहिस्ते कुछ पिघलता रहता। पलकों के भीतर एक के बाद एक दृश्य सरकते चले जाते–खेत, बाग, खलिहान, ऊसर, ताल और सब पर धुंधभरी बदली-सी छाई रहती। बूँदों के महीन तारों में भीगते रुई के फाहों-जैसा सबकुछ उड़ता चला जाता। एक दृश्य बार-बार उसकी आँखों में आँजता–नदी पार करता हुआ अंग्रेजी काफिला। स्लीमैन का झंडा फहराता हुआ बजरा। नावों पर कतार में खड़े चमकती, सुर्ख

पोशाकवाले तिलंगे सिपाही। कभी वह सिपाहियों के बीच उन्हीं की पोशाक में अपने को खड़ा हुआ देखता और अंदर एक झुरझुरी-सी दौड़ जाती।

दोनों शादियाँ बीतीं तो एक-एक कर लोग खिसकने लगे। कुछ दिनों बाद बहन-बेटियाँ और बाकी औरतें भी विदा हो गईं। घर सूना हो गया। बस चारों ओर की दीवार पर हथेली की छाप, दरवाजे पर नवग्रह के खाँचे का निशान और द्वार पर गड़े बाँस को देखकर लगता था, इस साल घर में शादी पड़ी थी।

नौ

आषाढ़ का पहला दौंगरा पड़ने के बाद आसमान साफ हो गया था। जंगल में हरी मुलायम फुनगियोंवाली चकट्टी घास और खेतों में छँछड़ी हुई दूब उभर आई थी। आद्रा तप रहा था और खूब तेज धूप होती थी। गरमी और उमस से लोग बेहाल थे।

सँझलौके में शंकर दिशा-मैदान के लिए पश्चिम के ताल की ओर निकले तो गन्ने के खेत के पास कई लड़कियाँ घास छील रही थीं।

"देखना, मेड़ बचाके छीलना तुम लोग, घास निकालकर मेड़ कमजोर न कर देना।" वे दूर से ही ताकीद करते हुए आगे बढ़ गए।

पीछे लड़कियों के झुंड में से किसी के कुछ बोलने और फिर जोर से खिलखिला पड़ने की आवाज आई। शंकर को लगा जैसे रूपा हो।

ताल की ओर से वे लौटे तो मुँह-अँधेरा हो गया था। किनारे की बबुराही रात के बसेरे के लिए दूर-दूर से उड़कर आए बगुलों से ढककर सफेद हो गई थी। अब भी चारों ओर से लौटते बगुलों की पाँतें बबुराही पर उतरती जा रही थीं। गन्ने के खेत के पास से घसियारिनें जा चुकी थीं। सिवान दूर तक खाली-खाली और सूना लग रहा था। वे मेड़ पर से गुजरे तो खेत के कोने से हलकी-सी सरसराहट की आवाज आई और कोई सामने आकर खड़ा हो गया।

"अरे रुप्पी तू ? अभी गई नहीं ?"

"नहीं··· तुम्हारी बाट जो देख रही थी।"

"क्यों ?"

वह थोड़ा सकपकाई, फिर सँभल गई।

"गाँव की घसियारिनें तो एक-दूसरे की खाँची उठवाकर चल दीं। मैं अकेली रह गई।"

"तो चल, जल्दी कर, उठवा दूँ तेरी घास। किधर है ?"

"पहले भर तो लूँ।"

रूपा खाँची में घास भरने लगी तो शंकर ने पास आकर पूछा–"मेरे जाते समय पीछे से तुम हँसी क्यों थीं ?"

"क्यों··· क्या करोगे ?··· फाँसी दे दोगे ?"

"बताओगी नहीं, क्या बात थी ?"

"बस ऐसे ही।"

"फिर भी ?"

"अच्छा··· छोटे महराज की तो शादी हो गई।··· कुछ दिन में बहू भी आ जाएगी।"

"हूँ··· ।"

"तुम्हारा क्या होगा ?"

शंकर कुछ देर चुप रहे।

"इस उमर में मेरा क्या होना है ?"

"अभी कौन-सी उमर हुई है, महराज ?"

"यह कौन-सा पचड़ा लेकर बैठ गई ?· कोई विधि का विधान काट सकता है क्या ?"

"लगता है, दुःखी हो गए, मैं तो ऐसे ही कह रही थी।"

"अच्छा तू बता··· तू ससुराल क्यों नहीं जाती ?"

"बस, मेरा मन।"

"फिर भी ?"

"मेरा ससुर बदमाश है और सास नारद।"

घास भरकर रूपा खड़ी हो गई थी। शंकर पास खिसक आए।

"और तेरा दूल्हा कैसा है ?"

"छोड़ो महराज, घास उठवा दो··· हम चलें।"

"तो तू खुद उठा ले।"

"ऐसा ?"

"हाँ··· ऐसा।"

"ठीक है, तो मैं जाती हूँ। कल सबेरे आकर ले जाऊँगी।" रूपा ने चलने का अभिनय किया।

"अच्छा यह बता, तू मेरा इंतजार क्यों कर रही थी ? जरूरी है कि मैं इधर से आता ?"

"इसीलिए तो मैं हँसी थी।"

"अच्छा तो यह बात··· ।"

रूपा पास खिसक आई। उसकी आवाज धीमी हो गई–

"तुम तो कुछ समझते ही नहीं, महराज। पाहीघर में रहने लगे। मालगुजार बन गए। लेकिन रह गए वही पंडा-पुरोहित।"

ताजा घास, सोंधी मिट्टी और पसीने की मिली-जुली गंध। और सबको डुबोती एक आदिम मादा गंध। गहरा होता अँधेरा। दूर पाहीघर के सामने एक दिया टिमटिमा रहा था। धीरे-धीरे रिमकती हवा में उसकी लौ हिल-हिल जाती थी।

रूपा घास की खाँची उठाए घर पहुँची तो घड़ी-भर रात बीत रही थी। जैकरन घर पर नहीं था। सौतेली माँ कुछ देर तक जली-कटी सुनाती रही। रूपा न एक चुप, न हजार चुप। वह अपने में ही खोई थी। अंदर-ही-अंदर उमड़ती जैसे नशे में डोल रही हो।

दस

अवध के दौरे से लौटने के बाद स्लीमैन दरबार के संबंध में कुछ करने को बेचैन हो उठे। मोटा पोथन्ना लिखकर साथ लाए थे वे। बहुत दिनों बाद उन्हें इस तरह खुले देहात में घूमने का मौका मिला था। इसलिए

तरह-तरह के लोगों से मिलने, एक-एक चीज ध्यान से देखने में उनका खूब मन लगा था। रास्ते में पड़नेवाली जगहों के कुदरती हालात–पेड़-पौधे, जंगल, फसलें, नदी-नाले, गाँव, बाजार, वहाँ के बासिन्दे, उनका रहन-सहन, स्वभाव, माली हालत–सब पर उनकी निगाह पड़ी थी। लेकिन सबसे ज्यादा दिलचस्पी उन्होंने ली थी किंवदन्तियों, अफवाहों, खानदानी किस्सों, झगड़ा-फसाद, बदअमनी और कत्ल के वाकयात में। जो भी उनसे किसी के खिलाफ कोई शिकायत लेकर मिला, उसका उन्होंने स्वागत किया, उसकी बात ध्यान से सुनी और बिना कोई दरयाफ्त किए डायरी में नोट कर लिया। विस्तार में जाने की उनकी ऐसी आदत थी कि सार-निःसार और गलत-सही का भेद कर ही नहीं पाते थे। किसी ने उन्हें भेड़ियों द्वारा उठा लिए गए और उनके साथ पलकर बड़े होनेवाले कुछ बच्चों के बारे में बताया था। फिर तो उनकी उत्सुकता ऐसी जगी कि जहाँ भी गए, ऐसे किस्सों के बारे में खोद-खोदकर पूछते थे और डायरी के पन्ने-पर-पन्ने भरते चले गए थे।··· पूरा भानुमती का पिटारा बन गई थी उनकी डायरी।

सवाल यह था कि कैसे इस पिटारे से मतलब की चीजें निकालकर एक तरतीबवार रिपोर्ट की शक्ल दें जिससे कि बड़े लाट डलहौजी के दिमाग में अवध के हालात का एक साफ खाका खिंच सके और स्लीमैन को अवध के बारे में अपने मंसूबों पर अमल करने का मौका मिले।

संयोग से अगली सर्दियों में डलहौजी ने फतेहगढ़ छावनी का दौरा किया जो अवध की सीमा से लगी हुई थी। अपने तमाम ताजा अनुभवों को लिए हुए स्लीमैन डलहौजी से मिले। ओस और कोहरे से भीगी हुई सर्द रात में डलहौजी के तंबू के नीचे ह्विस्की के पेग पर देर तक वे अवध दरबार की नाकामयाबी और मुल्क में बदअमनी और बदइंतजामी के किस्से बयान करते रहे। डलहौजी ने धैर्य के साथ सब सुना। फिर पूछा कि उनकी राय में क्या करना चाहिए। स्लीमैन उछल पड़े। इसी सवाल की तो वे राह देख रहे थे। बोले, वक्त आ गया है कि नवाब से अवध के शासन का हक छीन लिया जाय। एक रीजेंसी कौंसिल बनाई

जाए जिसमें रेजिडेंट की सलाह के लिए शहर की खास-खास हस्तियों को शामिल किया जाए। शासन का सारा काम इस कौंसिल को दे दिया जाए, सिर्फ महल के भीतर नवाब जो चाहें करते रहें। साफ था कि रीजेंसी कौंसिल की मार्फत स्लीमैन शासन के सारे अधिकार खुद अपने हाथ में लेना चाहते थे।

डलहौजी ने हाँ-ना कुछ नहीं कहा। सिर्फ मुस्कराकर खड़ा हो गया। इशारा था कि स्लीमैन अब जा सकते हैं।

डलहौजी तो और दूर की सोच रहा था। रेजिडेंट की सुझाई व्यवस्था तो अस्थायी होती। वह तो अवध को हमेशा के लिए गड़प करना चाहता था। इसलिए उसने स्लीमैन की सलाह पर गौर नहीं किया। लेकिन इस मुलाकात का इतना असर तो अवश्य हुआ कि नवाब द्वारा अपना पक्ष रखे जाने या किसी तरह की सफाई पेश किए जाने का रास्ता बिल्कुल बन्द हो गया।

दूसरे दिन लखनऊ से वाजिदअली शाह का दावतनामा लेकर उनका खास हरकारा डलहौजी के पड़ाव पर हाजिर हुआ। पर डलहौजी ने उसे कबूल करने से इन्कार कर दिया। नवाब ने दूसरा खरीता भेजा और पेशकश की कि शाहजादा मिर्जाफलक और वजीर अली नकी खाँ नवाब की ओर से फतेहगढ़ जाकर बड़े लाट से मिल लें। इसकी भी इजाजत नहीं दी गई। नवाब ने फिर भी आशा नहीं छोड़ी। एक और खरीता भेजकर गुजारिश की कि वजीर और शहजादे को बड़े लाट के कलकत्ता लौटते समय फतेहगढ़ और इलाहाबाद के बीच किसी वाजिब जगह पर मिलने की इजाजत दे दी जाए जिससे अवध में हुए सुधारों की जानकारी उन्हें दी जा सके और दरबार के बारे में रेजिडेंट द्वारा पैदा की गई तमाम गलतफहमियाँ दूर हो सकें। इस पर भी डलहौजी नहीं पिघला और वे सारी बातें अनकही रह गईं जो नवाब रेजिडेंट की कड़ी तोड़कर सीधे बड़े लाट तक पहुँचाना चाह रहे थे।

नवाब को डलहौजी के व्यवहार से यह अंदाज तो हो ही गया कि हवा का रुख किधर है। अब किसी को मुगालते में रखना संभव नहीं था। दरबार में जगह-जगह कानाफूसी होने लगी। जाहिर था कि अवध

पर कंपनी ने दाँत गड़ा दिए हैं, देर-सबेर उसे हड़प ही लेगी। लेकिन अगले साल बरमा की लड़ाई छिड़ जाने से डलहौजी का ध्यान उधर बँट गया। इसलिए बात कुछ दिनों के लिए टल गई।

ग्यारह

वैसे तो तीसरे, पाँचवें और सातवें साल गौना लाने का रिवाज था। लेकिन शादी के समय दुर्बली काफी सयाना था, इसलिए साल-भर के भीतर ही उसका गौना ले आए। पाहीघर में एक नया प्राणी आ रहा था, जिससे खानदान का सिलसिला आगे बढ़ने की आशा थी, इसलिए सबमें बड़ा उत्साह था। लेकिन एक छींक ने उत्साह को आधा कर दिया। जिस समय बहू की पालकी पाहीघर के दरवाजे पर आकर रुकी और शंकर की माँ ने एक-एक कर कलश, मूसल, सूप और आँचल से परछन करके उसे नीचे उतारा, कुएँ के पास किसी ने ठहाक से छींक दिया। उनका जी धक् से रह गया–हे भगवान, आगे क्या बदा है! चारों ओर बात फैल गई कि पाहीघर में बहू के आते ही छींक हो गई। जैसे-तैसे तो शादी हुई थी, अब आगे जाने क्या होता है!

वैशाख का महीना बीत रहा था। दिन-भर आग बरसानेवाली धूप और साँय-साँय चलती लू। दूसरे-तीसरे आँधी जरूर आती थी। उस साल आम खूब आया था। आँधी आती तो बाग में टिकोरों का ढेर लग जाता। कभी-कभी रात में लोगों ने कौवे बोलते सुना। कई दिन बाग की ओर से बड़ी चिरैया की मुआ-मुआ की डरावनी आवाज भी आई। एक के बाद एक हो रहे अपशकुन से लोगों के दिल दहशत से भर गए थे।

हफ्ता-भर पहले गुरुदत्त भीलमपुर की फसल निपटवाने गए थे। जाते समय तो सब ठीक-ठाक था, पर इस बीच उधर के कुछ गाँवों में हैजे की खबर सुनाई पड़ रही थी। शंकर की माँ का मन रह-रहकर आशंका से भर उठता था। दो-चार दिन का काम था, हफ्ता-भर कैसे लग गया? जब दरवाजे पर कोई खटका होता, बाहर झाँक आतीं, फिर निराश होकर

काम में लग जातीं। सँझलौका होने को आया। उन्होंने बोरसी में दबी आग कुरेदी और ओसारेवाले छप्पर से पत्ती खींचकर दिया जलाया। उपले सुलगाकर चूल्हे में रखे और बहू को चूल्हा जलाने के लिए कहकर रहठा (अरहर के सूखे डंठल) लेने बाहर निकलीं। पूरब की ओर से एक डोली आ रही थी। दो लोग डोली उठाए थे और दो लाठी लिए साथ चल रहे थे। देखते ही जी धक् से रह गया। जब वह पाहीघर के दरवाजे पर आकर रुकी, शंका के लिए कोई गुंजाइश नहीं रह गई। डोली रखकर चारों लोग खड़े-खड़े ही वापस हो गए। किसी ने पानी तक नहीं पिया।

शंकर की माँ ने काँपते हाथों से डोली का कपड़ा हटाया। भीतर हैजे से ऐंठती गुरुदत्त की देह थी। वे माथे पर हाथ रखकर वहीं बैठ गईं। जिसने जहाँ सुना, वहीं सन्न रह गया। शंकर, दुर्बली, हिंछा, बिसुन, सूरसती सभी दौड़कर आए और डोली को घेरकर खड़े हो गए। किसी की समझ में नहीं आ रहा था, क्या करें। हिंछा ने झुककर गुरुदत्त की हालत देखी। तेज-तेज साँस चल रही थी। आँखें झँप गई थीं। किसी को पहचान नहीं पा रहे थे। मुश्किल से एक बार आँख खोली।

"शं··· क··· र। दु··· र··· ब··· ली।" आवाज लड़खड़ा रही थी।

"हाँ बाबू। हम यहीं हैं।" दोनों पास आकर उनके ऊपर झुक गए।

"पाही··· घर··· आ··· गए ?" गुरुदत्त धीरे से बुदबुदाए।

"हाँ बाबू। आ गए।··· अब कैसा जी है ?"

पर कोई जवाब नहीं आया। फिर तो न आँख खुली, न आवाज निकली। हिंछा ने सूरसती से जमीन लिपवाकर उस पर चादर बिछवाई। गुरुदत्त को डोली से उतारकर उसी पर लिटाया गया। कोई भीतर से गंगा-जल लाया। शंकर और दुर्बली ने बारी-बारी से गुरुदत्त के मुँह में डाला। किसी ने कहा, गोदान कराओ। बिसुन दौड़कर पंडित शिवगुलाम को खबर करने गया। लेकिन जब तक वे आए और गोदान का बन्दोबस्त हो, गुरुदत्त के प्राण-पखेरू उड़ गए थे। शंकर की माँ जोर से चीखीं लेकिन शिवगुलाम ने डपट दिया—हैजे की मौत में रोने की मनाही है। शिवगुलाम बोले—भगवान की दया है कि सबके बीच पहुँचकर आँखें बन्द हुईं; असल में अपने लोगों के बीच पहुँचने की जिद ही थी जो उन्हें

यहाँ तक जिलाए रखी।

हैजे की लाश जलाने का दस्तूर नहीं था। सुबह ऊसर के एक कोने में गड्ढा खोदकर उसी में गाड़ दिया गया। लोग उधर से लौट रहे थे, तभी बिसुन के पेट में मरोड़ शुरू हो गया। घर पहुँचते-पहुँचते उसे भी कै-दस्त चालू। दोपहर तक देह ऐंठने लगी। पानी-पानी की रट लग गई। उठने का दम नहीं रहा तो चारपाई पैंताने से काटनी पड़ी। आधी रात बीतते-बीतते बिसुन ने भी दम तोड़ दिया। पाहीघर के इर्द-गिर्द मौत का सन्नाटा छा गया। जो गए सो तो गए ही, जो जिन्दा थे उन पर भी ऐसा आतंक छाया था कि मरे हुए की तरह डोल रहे थे।

दो लोगों की बलि लेने के बाद महामारी रास्ता बदलकर बसौली गाँव की ओर मुड़ गई। आधा गाँव खैकार कर दिया। जब तक आषाढ़ का दौंगरा नहीं पड़ गया, रोज एक-एक, दो-दो मौत की खबरें आती रहीं। कोई घर नहीं बचा था जहाँ से हैजे ने कोई जान न ली हो।

गुरुदत्त की मौत ने शंकर की माँ को बिल्कुल हिला दिया। पहले सोचती थीं, बहू आ जाए तो घर का जिम्मा उसे सौंपकर दोनों प्राणी तीरथव्रत के लिए निकल पड़ेंगे। दोनों चारों धाम की यात्रा का मंसूबा बना रहे थे। गुरुदत्त के अचानक चले जाने से सबकुछ टूट-फूट गया। धीरे-धीरे परिवार में उनकी वकत भी घटती गई और उसी के साथ दुर्बली की परेशानी बढ़ती गई। शंकर ने तो पहले ही मालिकाना सँभाल लिया था, लेकिन गुरुदत्त के जीतेजी थोड़ा लिहाज था। अब कोई उनका आगा पकड़नेवाला नहीं रह गया। घर में किसी चीज की कमी नहीं थी। लेकिन शंकर की इच्छा रहती थी कि दुर्बली हमेशा मजदूरों के साथ खेती के काम में लगे रहें। बात-बात पर टोकते थे। शंकर की माँ को नागवार लगता था, लेकिन कुछ कर नहीं सकती थीं। दुर्बली वैसे ही उखड़े-उखड़े रहते थे, इस टोकाटोकी से उनका मन बिल्कुल उचाट हो गया।

उस साल दुर्बली माघ मेले में गंगा नहाने जा रहे नहवनियों के साथ हो लिए। रास्ते में बनाते-खाते, रुकते-रुकाते लोग तीन दिन में प्रयाग पहुँचे। जिस समय संगम नहाकर पंडा के बाड़े में लौट रहे थे, कंपनी

की फौज में भरती के लिए मुनादी हो रही थी। दूसरे दिन किले में पल्टन और रिसाले की भरती थी।

दुर्बली रात में देर तक जगते रहे। अयोध्या में देखा स्लीमैन का काफिला और नावों पर कतार में खड़े सिपाहियों की लाल-चुस्त वरदी याद आई। फिर बसौली की रोक-टोकवाली बेस्वाद जिन्दगी की ओर ध्यान गया। मन-ही-मन तय किया कि कल कंपनी की फौज में तकदीर आजमाएँगे। एक बार बहू का चेहरा जेहन में उभरा और मन पीछे हटने लगा।··· दोनों की उम्र में काफी फर्क था। बहू में अभी बचपने की अल्हड़ता थी। रंग हल्का दबा हुआ था पर बड़ी-बड़ी आँखों में ऐसी चमक थी कि चेहरा जगर-मगर करता था। उस दिन छींक हो जाने से कैसे सहम गई थी! लेकिन थोड़े ही दिन में सब भूलभाल गया था। पर जब गुरुदत्त की मौत के बाद लोग कुलच्छिनी और अभागन कहने लगे थे तो चेहरा बिल्कुल उतर गया था। घर का काम निपटाकर रात में जब बूढ़ी के पैर दबाने जाती तो वे झिड़क देतीं। कभी-कभी मुँह से बुरा-भला भी निकल जाता। उस दिन बिस्तर पर आकर सिसकने लगी थी, लेकिन दुर्बली ने पूछा तो कुछ बताया नहीं था।··· उसके फौज में भरती हो जाने पर बहू पर क्या गुजरेगी ? कौन सहारा देगा उसे ? काफी देर तक दिमाग में यह सवाल घूमते रहे। फिर जाने कब नींद आ गई।

सुबह उठे तो गंगा में डुबकी लगाकर सीधे जाकर भरती होनेवालों की कतार में खड़े हो गए। कद-काठी अच्छी थी ही। नाप-जोख हुई, नाम-गाम पूछा गया और रिसाले में भरती कर लिया गया। भरती होने के बाद वहीं से नहवनियों द्वारा घर खबर भिजवा दी। शंकर की माँ ने सुना तो हक्की-बक्की रह गईं। कई दिनों तक रोती-कलपती रहीं। बहू को तो जैसे कुछ समझ में ही नहीं आ रहा था। बस सास को रोती देखती तो बिसूरती रह जाती।

बारह

सन् सत्रह सौ पैंसठ की इलाहाबाद की संधि के तहत अवध की सुरक्षा की जिम्मेदारी लेने के बाद जगह-जगह अंग्रेजी फौजें तैनात करने के लिए कंपनी वहाँ एक के बाद एक फौजी छावनियाँ कायम करती गई थी। इन छावनियों में पड़ी फौजें वैसे तो बंगाल आर्मी कहलाती थीं लेकिन उनमें अवध के हट्टे-कट्टे जवानों की बहुतायत थी। इनमें से लगभग तीन-चौथाई हिन्दू थे और अधिकांश ब्राह्मण और ठाकुर। ये छावनी के एक ओर अपने ही द्वारा बनाई बाँस और फूस की झोंपड़ियों में रहते थे, अपना खाना खुद बनाते थे और खासकर ब्राह्मण सिपाही शराब-कबाब छूना तक पाप समझते थे। हाँ भाँग और कहीं-कहीं गाँजा और अफीम का चलन जरूर था। अपने अधिकांश कार्यकाल में सात रुपए महीने की पगार पाने और उसमें से भी कई तरह की कटौतियाँ हो जाने के बावजूद अवध के ये सिपाही आराम से रहते थे और पेंशन लेकर गाँव लौटने पर कोई कुआँ, तालाब या मंदिर जरूर बनवाते थे। गोरे सिपाही जो थोड़ी दूर पर पक्की बैरकों में रहते थे, हिन्दुस्तानी सिपाहियों से तिगुनी पगार पाते थे, लेकिन अंधाधुंध पीने और 'लालबीवी' के बाजार का चक्कर लगाने के कारण हमेशा खस्ताहाल रहते थे। अपने वतन से दूर, अजनबी देश और विपरीत आबोहवा में मन लगाने के लिए उन्हें तरह-तरह के सहारे ढूँढ़ने पड़ते थे। अंग्रेज हाकिम बिगड़ी आदतोंवाले इन गोरे सिपाहियों की अपेक्षा हिंदुस्तानी सिपाहियों को ज्यादा भरोसेमंद समझते थे। ये प्रायः भले घरों के इज्जतदार लोग थे जो सीधी-सादी जिंदगी बिताते थे। अखाड़े में कसरत करते थे, नियमित पूजा-पाठ करते थे और खाली वक्त में चैन के साथ बैठकर गाँव-देश की बातें करते थे।

हिन्दुस्तानी सिपाहियों के झोंपड़ों और गोरे सिपाहियों की बैरकों से हटकर छावनी का वह बड़ा हिस्सा होता था जहाँ खूब खुली जगह में बड़े-बड़े दरख्तों से घिरे हाकिमों के शानदार बँगले, क्लब, मेस हाउस, थियेटर, लाइब्रेरी, बालरूम, बिलियर्ड-रूम और रेस कोर्स बने थे। बाकी छावनी में एक ओर गिरजाघर और कब्रगाह और दूसरी ओर अस्तबल,

तोपखाना, शस्त्रागार और परेड मैदान होते थे। सभी छावनियों का ढाँचा लगभग एक-जैसा था।

इन छावनियों में हिन्दुस्तान के भीतर एक नया इंग्लिस्तान आबाद हो रहा था जहाँ विलायत की सारी सुख-सुविधाएँ तो थी हीं, सेवा-टहल के लिए काले 'नेटिवों' की लंबी कतार भी थी और विक्टोरियन इंग्लैंड की बन्दिशें नहीं थीं।··· नीम, जामुन, पाकड़ और बरगद के बड़े-बड़े पेड़ों पर चिड़ियाँ चहकतीं, गिलहरियाँ ऊपर से नीचे और नीचे से ऊपर दौड़ लगातीं, गिरजे से रह-रहकर घण्टे की आवाज गूँजती और परेड मैदान में कंपनी के झण्डे के साथ यूनियन जैक लहराता। सुबह-सुबह जब कौवे इकट्ठे होकर काँव-काँव करते, चरखियाँ इधर-उधर फुदकतीं और कबूतर अपनी अलमस्त चाल में गुटरगूँ करते घूमते तो गोरे साहब और मेमें घुड़सवारी के लिए निकलते और घोड़ों को दौड़ाते खेतों और गाँवों के बीच दूर तक चले जाते। गरमियों में दिन-भर बरामदे में शीतलपाटियाँ और खिड़कियों-दरवाजों पर मोटे परदे पड़े रहते और दरवाजे के बाहर बैठा पंखा-कुली रस्सी से घर्र-घर्र पंखा खींचा करता। शाम को जब पास के किसी मंदिर से शंख और घड़ियाल की आवाज गूँजती या रात में दूर गाँव से ढोलक के साथ जोर-जोर से गाने की आवाज आती या सियार चारों ओर एकसाथ हुआ-हुआ करते तो गोरी मेमों के अंदर एक अनजान से डर की सिहरन दौड़ जाती। रात में क्लब या मेस हाउस में इंग्लैंड से जहाजों में लदकर आई बोतलें खुलतीं, देर रात तक पीने का दौर चलता और नई उम्र के कैडेट बैठकर जुआ खेलते। जब वे पी-पीकर धुत हो जाते तो एक-दूसरे के खानदान, अपनी बहादुरी और लड़कियों की बातें करते-करते झगड़ने लगते। आए दिन पार्टियाँ होतीं और साहब लोग बीवियों की अदला-बदली करके वॉल्ज नाचते। हिन्दुस्तानी बैरे और खिदमतगार इधर-उधर खड़े हुक्म बजाते रहते और मेमों की बेहयाई का तमाशा अचरजभरी निगाहों से देखा करते।

यह फौजी छावनियाँ हिन्दुस्तान में अंग्रेज राज की रीढ़ थीं। तब तक अंग्रेजी फौज और सिविल सर्विस पूरी तरह अलग नहीं हुई थी और

फौज के चुनिंदा हाकिम कमिश्नर, मजिस्ट्रेट और सुपरिंटेंडेंट बनकर मुफस्सिलों में कंपनी का शासन सँभालने जाया करते थे। इंग्लैंड के पढ़े-लिखे लायक कहे जानेवाले नौजवानों में से इतने सारे हिन्दुस्तान आ गए थे कि वहाँ लड़कियों के लिए जोड़े नहीं मिलते थे और अंग्रेज महिलाएँ अपनी विवाह योग्य बेटियों के साथ जहाज पर महीनों का सफर तय करके हिन्दुस्तान आती थीं और इन्हीं छावनियों की बॉल-पार्टियों में मन-पसंद वर चुनने और उन पर डोरा डालने में उनकी मदद करती थीं।

लखनऊ शहर से छः मील उत्तर ऐसी ही एक छावनी थी मड़ियाँव। रेजिडेंसी के पास गोमती नदी पर बने लोहे के पुल से जो सड़क सीतापुर जाती थी, उसी के किनारे यह छावनी आबाद थी। यहाँ पल्टन और रिसाला अलग-अलग रखे गए थे और छावनी के दोनों हिस्सों के बीच कई खेतों और बागों का फासला था। छावनी का रिसालेवाला हिस्सा मुदकीपुर गाँव के पास पड़ता था, इसलिए उसे मुदकीपुर की छावनी भी बोलते थे।

दोनों छावनियों के बीच सड़क के किनारे एक शिवाला और उसी से लगा हुआ एक पक्का कुआँ था। बगल में नीम का एक बड़ा पेड़ था, जिसके नीचे पक्का चबूतरा बना था। पल्टनिए और सवार रात में बना-खाकर फुरसत पाते तो इसी चबूतरे पर आकर बैठते, सुंघनी सूँघते, चिलम का कश लगाते, गप-शप करते और कभी-कभार मौसम के अनुसार भजन, फाग या आल्हा गाते।

इलाहाबाद में भरती होने के बाद दुर्बली को सातवें बंगाल रिसाले में भेजा गया था जो मुदकीपुर छावनी में तैनात था। बैसवारे के सुमेर सिंह दुर्बली के साथ ही भरती हुए थे और थोड़े ही दिनों में दोनों में अच्छा मेल-जोल हो गया था। भवानीप्रसाद चौबे सातवें रिसाले में जमादार थे। काफी बुजुर्ग थे, जल्दी ही उनकी सूबेदार के ओहदे पर तरक्की होनेवाली थी, जो हिन्दुस्तानी सिपाही को मिलनेवाला सबसे बड़ा ओहदा था। चौबेजी प्रतापगढ़ के पास के एक गाँव के रहनेवाले थे। बड़े प्रेमी जीव थे। बैरकपुर से लेकर अम्बाला तक कई छावनियों में रह चुके थे, कई लड़ाइयों में शरीक हुए थे। लम्बे अनुभव, मिलनसार और परोपकारी

स्वभाव तथा बुजुर्गियत के नाते पल्टन और रिसाले, दोनों में उनका बड़ा सम्मान था। गाँव में परिवार के नाम पर सिर्फ एक बेटी थी जो ब्याहने-गौनाने के बाद अपने घर रहती थी। बीवी बहुत पहले हैजे में मर गई थी। खेती-बारी पट्टीदारों को दे रखी थी। इस तरह घर-गाँव से जोड़नेवाला कोई सूत नहीं था। जिंदगी में सिर्फ दो चीजें थीं–कंपनी की फौज और शंकरजी की भक्ति, जिसमें वे तन-मन से डूबे थे। थोड़े ही दिनों के संपर्क में दुर्बली से उन्हें इतना मोह हो गया था कि उसे बेटा-जैसा मानने लगे थे। भवानीप्रसाद, दुर्बली और सुमेर सिंह की रसोई एकसाथ ही बनती थी। सुमेर सिंह का बनाया खाने का तो कोई सवाल ही नहीं था, दुर्बली भी इस मामले में नौसिखिया थे। लिहाजा, भोजन बनाने का जिम्मा भवानी प्रसाद पर ही था। लेकिन इससे उन्हें तकलीफ के बजाय खुशी ही होती थी। स्वभाव ही ऐसा था उनका।

अड़तालीसवीं पल्टन के नायक कालीबकस भी सुमेर सिंह के पवस्त के थे। सुमेर सिंह के नाते उनका परिचय दुर्बली और भवानी प्रसाद से भी हो गया था। वह पल्टनियों का साथ छोड़कर प्रायः इन्हीं लोगों के साथ रहते थे। स्वभाव के बड़े सरहंग थे, बात-बात पर लड़ने को तैयार हो जाते, लेकिन भवानी प्रसाद का अदब वह भी मानते थे। रात में इन लोगों की मंडली साथ ही बैठती थी।

उस दिन पुराने जमाने की बातें चल पड़ी थीं और भवानी प्रसाद अपने अनुभवों का खजाना लेकर बैठ गए थे।

"तब की बात ही और थी। हाकिम लोग हिन्दुस्तानी सिपाहियों से खूब घुलते-मिलते थे। तब छावनी में मेमें बहुत कम दिखती थीं। साहबों के बँगले हम लोगों के लिए हमेशा खुले रहते थे। अंदर-बाहर सब जगह हमारा आना-जाना था। ड्यूटी खतम होने पर साहब लोग हम लोगों के साथ बैठते थे, गप्पें मारते थे, हँसी-मजाक करते थे, हुक्का पीते थे, दशहरे पर हथियार पुजवाते थे और कभी-कभी देशी नाच देखने भी चले जाते थे।"

"अब क्या हो गया, पंडितजी ?" कालीबकस आगे खिसक आए।

"वैसे तो काबुल की लड़ाई* के बाद से ही मन में फरक आना शुरू हो गया था। सिंध नदी को पार कर अनजाने, बीहड़ देश में लड़ने जाने का किसी का हौसला नहीं था। एक तरह से हमें जबरन भेजा गया। बड़ी दुर्गति हुई वहाँ। सबका धरम भ्रष्ट हो गया। लेकिन धीरे-धीरे हम सब भूल गए थे। यह तो विलायत से आई इन मेमों और पादरियों ने सारा खेल बिगाड़ दिया।"

"अब तो यह हाल है पंडितजी कि जो अंग्रेज लौंडे आ रहे हैं वो लगता है विलायत से ही हमारे लिए गालियाँ सीखकर आते हैं। पहुँचते ही डन्की, सुअर, निग्गर पुकारना शुरू कर देते हैं।"

"लौंडों की बात छोड़ो, बड़े हाकिमों को अच्छी तरह मालूम है कि कम्पनी ने हमारे दम पर ही इस मुल्क को जीता है और हमारे दम पर ही उसका राज कायम है।"

"इसीलिए तो उन्होंने अभी तक अवध को नहीं छुआ।··· लेकिन आगे क्या होगा, इसका क्या भरोसा ?··· अब तो लगता है, अवध पर भी उनकी निगाह लग गई है।"

"बंगाल-सेना में अवध के इतने जवान भरे हैं। अवध पर कुछ हुआ तो क्या वो चुपचाप बैठे रहेंगे ?··· दुर्बली जो अब तक चुपचाप सुन रहे थे, आवेश में बोल पड़े।

भवानी प्रसाद ने धीरे बोलने का इशारा किया। इसके बाद बातचीत फुसफुसाहट में बदल गई।

"इसीलिए तो वो इतना सोच-विचारकर धीरे-धीरे आगे बढ़ते हैं।··· पहले वो बादशाह पर कोई इल्जाम लगाएँगे। नहीं तो दरबार में ही कोई बवाल खड़ा कर देंगे।··· तब अपना मकसद पूरा करेंगे। यही उनका तरीका है।··· अवाम और फौज दोनों को अपने साथ मिलाए बिना वो आगे नहीं बढ़ते।"

"मुझे तो लगता है, बरमा से फौजों के लौटते ही यहाँ कुछ गुल खिलेगा।"

---

* प्रथम अफगान युद्ध–सन् अठारह सौ बयालीस।

सड़क के किनारे लगे नीम के पेड़ों से झरते फूलों की खुशबू हवा में घुल रही थी। थोड़ी दूर पर अँधेरे में कहीं रह-रहकर महुआ टपकता था। दूर गाँव में कहीं बारात रुकी थी और मशाल की रोशनी में सपेड़े का नाच चल रहा था। बीच-बीच में हवा के झोंकों के साथ तैरते हुए गीत के स्वर इधर आ जाते थे।

भवानी प्रसाद ने सुंघनी की डिबिया निकाली, चुटकी भरकर नाक से लगाई और छींक आने का इंतजार करते हुए होंठों में बुदबुदाए—

"होइहैं सोइ जो राम रचि राखा।"

थोड़ी दूर पर पल्टनियों की मंडली ने झाँझ-मजीरा सँभाल लिया था और फाग के तर्ज पर चढ़ते-उतरते भजन गाना शुरू कर दिया था।

तेरह

पाहीघर के बाईं ओर महुए के बड़े-बड़े पेड़ थे। जिस साल महुआ आने को होता, बसंत बीतते-बीतते सारी पत्तियाँ सूखकर झड़ जातीं। फिर पेड़ों की टहनियाँ भूरे रंग के कूचों से ढक जातीं। कुछ दिन तक पूरे पेड़ पर कूचे ही कूचे नजर आते और पत्तियाँ न होने से वह सूखा हुआ ठूँठ-सा लगता। फिर कूचों की फुनगियाँ तोड़कर हल्के पीले फूल निकलने लगते। जब सुबह पेड़ के नीचे फैली हुई सूखी पत्तियों पर इधर-उधर कुछ फूल टपके हुए दिखते तो पूरी महुआरी बुहारकर एक ओर पत्तियों का ढेर लगा दिया जाता और शाम को उसे जला दिया जाता। इसके बाद पूरी महुआरी लकदक साफ नजर आती, जैसे महुए पर आनेवाले फूलों की अगवानी के लिए तैयार हो। जैसे-जैसे गरमी बढ़ती, महुए का टपकना बढ़ता जाता। रोज सुबह महुआ बीननेवाली औरतों का झुंड छोटी-बड़ी टोकरियाँ लिए महुआरी की ओर जाता दिखाई पड़ता। जब तक धूप में तेजी आती और लू चलनी शुरू होती, पेड़ों के नीचे बिछे फूल बड़ी-बड़ी ढेरियों में सिमट जाते। हर चार टोकरी पर एक टोकरी

बिनवार को दी जाती। बाकी महुआ ढोकर दरवाजे पर लाया जाता और धूप में फैलाकर सूखने के लिए डाल दिया जाता। जब तक महुआ सुखाने का क्रम चलता, अंदर-बाहर एक मीठी गंध खुबी रहती और चटकीले पीले रंग की ततैयाँ इधर-उधर उड़ती रहतीं जिनसे बहुत बचकर चलना पड़ता।

गरमी आने पर शंकर की माँ ने ओसारे के बाहर लेटना शुरू कर दिया था। पौ फटने के पहले ही रह-रहकर टपकते महुए की आवाज से उनकी नींद खुल गई। पश्चिम में छोटे-छोटे कुछ तारे अभी भी टिमटिमा रहे थे जिनके बीच बड़ा-सा शुकवा झक् चमक रहा था। धीरे-धीरे रिमकती हवा के साथ आई महुए के ताजे फूलों की गन्ध चारों ओर बसी हुई थी। उठते ही उनका ध्यान दुर्बली की ओर गया और अंदर से एक हूक-सी उठी। एक-एक बातें याद आने लगीं।... जब वह गया था तो ठंड पड़ रही थी। फसल की सिंचाई चल रही थी। शंकर नाराज हो रहे थे कि ऐन सिंचाई के वक्त वह गंगा नहाने चला गया। उसके फौद[1] में जाने के बाद मालूम हुआ, बहू के पैर भारी हैं। बहू तो शरम से गड़ गई थी। आखिर है तो अभी बच्ची ही। तब से कितना समय बीत गया। देखते-देखते जाड़ा निकल गया। अच्छी-खासी गरमी पड़ने लगी। मगर उसका कुछ अता-पता नहीं चला। जाने कहाँ होगा, क्या खाता-पीता होगा, कैसे उसके दिन गुजरते होंगे। काफी देर तक यही सोचती पड़ी रहीं।

अंदर बहू जग गई थी। साँकल खड़कने की आवाज सुनकर बूढ़ी उठीं और बहू को साथ ले जंगल की ओर चल दीं। वहाँ से लौटीं तो भिनसार हो रहा था। महुआ बीननेवाली लड़कियाँ आने लगी थीं। हाथ-मुँह धोकर बूढ़ी महुआरी की ओर चलीं तो बहू चौका-बर्तन में लग गई थी। आज शंकर को दशरथपुर जाना था, इसलिए रसोई जल्दी बनानी होगी। जाते समय बूढ़ी बोलीं—"मैं एक बार बिनवारों को लगा आती हूँ। तब तक चूल्हा जलाकर अदहन[2] चढ़ाओ। मैं आकर रोटी सेंक दूँगी।"

---

1. अवध के गाँवों में फौज को फौद बोलते थे।
2. दाल-चावल पकाने के लिए गरम करने को रखा खाली पानी।

"नहीं अइया··· आप जाइए··· मैं कर लूँगी।"

"सो तो ठीक है··· मगर अब तुम्हें आराम-आराम से काम करना चाहिए।" बूढ़ी ने बहू की देह को निहारा। दिन बीतने के साथ लक्षण जाहिर होने लगे थे। बहू ताड़ गई और झेंपकर अपने काम में लग गई।

बूढ़ी महुआरी से लौटीं तो शंकर कुएँ पर नहा रहे थे। सुखई साईस घोड़े को खरहरा कर रहा था। घर के अंदर घुसते ही रूपा की आवाज सुनाई पड़ी। रसोई के पास बैठी वह बहू से हँस-हँसकर बतिया रही थी। बूढ़ी की देह सुलग उठी। उन्हें देखते ही रूपा उठ खड़ी हुई।

"कहाँ चली रे रुप्पी ?··· आज महुआ बीनने नहीं आई ?"

"नहीं मालकिन··· आज जरा छोटी मालकिन का हाल-चाल पूछने बैठ गई। इसी में देर हो गई।" जाते-जाते वह बहू की ओर कनखियों से देखकर मुस्कराई।

वह निकल गई तो बूढ़ी ने बहू के पास आकर पूछा– "किसलिए आई थी यह हरजाई ?"

"पता नहीं अइया, कुछ बताया तो नहीं।"

"हुँह··· छोटी मालकिन का हाल-चाल पूछने बैठ गई··· आज एकाएक उसके लिए जाने कहाँ से ममता फूट पड़ी।"

"शायद कुछ बिसाती का सामान मँगवाने आई थी। मुझसे भी पूछ रही थी।"

"क्या कहा तुमने ?"

"मैंने मना कर दिया।"

"ठीक किया। यह पतुरियोंवाला साज-सिंगार उसी हरजाई को करने दो।"

बूढ़ी जल्दी से नहाकर रसोई में घुसीं। ढक्कन उठाकर देखा, चावल पक गया था। उसे उतारकर तवा चढ़ा दिया। बहू ने आटा माँड़ रखा था। चौका-बेलन लेकर वह रोटी बेलने लगी और बूढ़ी सेंकने लगीं।

रोटी सेंकते हुए उनका ध्यान फिर रूपा की ओर चला गया।··· तो बात यहाँ तक पहुँच गई। अब वह शंकर से कंकवा-चोटी मँगवाने लगी। लाज-शरम तो जैसे घोलकर पी गई है।··· लेकिन जब अपना ही सिक्का

खोटा हो तो दूसरे को क्या दोख देना।··· करम की बात है। शंकर की शादी हो गई होती तो यह सब क्यों होता। लेकिन कौन जाने··· उन्हें बहुत पुरानी, शंकर की पैदाइश के समय की बात याद आ गई। ससुर जी तब जिंदा थे। शाम को देवी के मंदिर से लौटकर आए तो किसी ने उन्हें खबर दी। दरवाजे के सामने पत्रा खोलकर बैठ गए। बड़ी देर तक गुमसुम बैठे रहे। फिर बोले—लड़का पंडागीरी नहीं करेगा। बड़ा रोब-रुतबा कमाएगा। लेकिन··· आगे कुछ नहीं बोले। लोगों ने पूछा भी, पर एक चुप तो हजार चुप। पता नहीं बुढ़ऊ के मन में क्या था ? ··· समय कैसे उड़ता जाता है। लगता है, शंकर और दुर्बली को पैदा हुए जुग बीत गया। जैसे किसी और जनम की बात हो। दुर्बली के बाद तो परिवार में कोई बच्चा आया ही नहीं। शंकर की शादी हुई होती तो अब तक घर भर जाता। अब इतने दिन बाद भगवान ने बहू की कोख भरी तो दुर्बली जाने किस नग्र की खाक छान रहा है।

शंकर खाने बैठे तो बूढ़ी उन्हें थाली परसकर रसोई से बाहर निकल आईं और पंखा लेकर धीरे-धीरे झलने लगीं।

"कोट* में जरूरी काम है बेटा ?"

"हाँ माँ··· वसूली का वक्त है, राय साहब ने बुलवाया है।"

"कितनी देर लगेगी ?"

"देर लगेगी माँ, शाम हो सकती है।"

बूढ़ी कुछ देर चुप रहीं, फिर जैसे सँभलकर बोलीं—"कोट तक जा रहे हो, जरा दुर्बली के बारे में पता करना।"

"फिर वही···"

"इतने दिन बीत गए। कोई सर-संदेशा नहीं भेजा। जाने कहाँ भटक रहा है अभागा !"

"फौद में भरती हुआ है। किसी छावनी में होगा। जहाँ भी होगा, आराम से होगा।··· तू क्यों इतनी चिंता करती है माँ ?"

"सत्यानाश हो इस फिरंगी फौद का। जाने कौन-सा जादू चला दिए

---

* गाँव में बनी तालुकेदार की कोठी।

मुए फिरंगी मेरे बेटे पर ?"

"फौद में उसकी जिंदगी बन जाएगी, माँ। यहाँ रहकर क्या कर लेता ?"

"खाक जिंदगी बन जाएगी। आए दिन लड़ाई-भिड़ाई लगी रहती है।··· निगोड़े ने यह भी नहीं सोचा कि बहू पर क्या गुजरेगी ?"

बूढ़ी थोड़ा और पास खिसक आईं। फिर धीरे से बोलीं—"बहू पेट से है, बेटा।"

शंकर कौर रोककर थोड़ी देर चुप रहे।

"यह तो खुशी की बात है।"

"आज तुम्हारे बाबू जिन्दा होते।··· मन में यही कसक लिए वो चले गए।" और बूढ़ी निःशब्द सिसकने लगीं।

धूप आँगन में उतर आई थी। सुखई ने घोड़े को तैयार कर दरवाजे के सामने खड़ा कर दिया था। रह-रहकर उसके पूँछ फटकारने और सर हिलाने से बजती घंटी की आवाज आ रही थी।

शंकर जल्दी-जल्दी कौर निगलने लगे।

रसोई निपटाकर बूढ़ी घर के बाहर निकलीं तो महुआरी से बिनवार लौट आए थे। नीम के पेड़ के नीचे महुए से भरी टोकरियाँ रखी थीं। वे महुआ बँटवा रही थीं तभी पश्चिम की ओर से लाठी लिए हुए जैकरन आता दिखा। उनके मन में अकारण शंका-सी उठी।

वह आकर कुएँ की जगत के पास लाठी के सहारे खड़ा हो गया। चेहरा तना हुआ था। आँखें जल रही थीं।

"रुप्पी इधर आई थी मालकिन ?" न पैलगी, न असीस।

"कुछ देर पहले आई थी।··· फिर कहीं चली गई।"

"महराज कहाँ हैं ?"

"कोट गए हैं··· क्यों ?"

"ऐसे ही··· मैं फिर आऊँगा।"

वह मुड़ा और कुछ बुदबुदाता हुआ चला गया।

इसके दो दिन बाद रूपा के ससुर ने जैकरन के खिलाफ बिरादरी की पंचायत बटोरी। जब से शंकर पाहीघर आए थे, रूपा ससुराल नहीं

गई थी। कोई अनवार आता तो कोई-न-कोई बहाना बनाकर टाल दिया जाता। रूपा का पति कच्ची उम्र का दब्बू-सा लड़का था। गाय-भैंस चराता था और जो मिलता, खाकर सो रहता था। उसे रूपा की कोई फिक्र नहीं थी। लेकिन उसका बाप बड़ा मातबर था। अपने टोले का लम्बरदार था वह। दस लोगों में उठना-बैठना था उसका। रूपा के चलते उसकी बेइज्जती हो रही थी। और फिर रूपा डीलडौलवाली औरत थी। कोई रोग-व्याधि नहीं छू गई थी उसे। शरीर में दो औरतों जितनी ताकत थी। जो काम शुरू करती उसे खत्म करके ही दम लेती। ऐसी कद-काठी वाली कमाऊ बहू को कोई क्यों छोड़ता।

पश्चिम के बाग में पंचायत जुड़ी। पाहीघर से सब दिखाई पड़ता था। पूरे पवस्त की अहीर-बिरादरी इकट्ठी हुई थी। पूरा बाग भर गया था। अहिरान की औरतें बाग के एक किनारे सिमटकर बैठी पंचायत की खलबली देख रही थीं।

रूपा अपने झोंपड़े में खटिया पर पड़ी सूनी नजरों से छप्पर की ओर ताक रही थी। आज पहली बार उसे अपना शरीर बोझ-सा लग रहा था और उसकी भूख से दहशत हो रही थी।

अहीर-टोलों के लंबरदार पंचायत के बीचोंबीच जाजिम पर बैठे थे। उनकी एक ओर जैकरन और दूसरी ओर रूपा का ससुर जगेस्सर बैठा था। बाकी लोग इधर-उधर पेड़ों से उठँगकर बैठे या दो-दो, चार-चार के गुटों में खड़े बतकही कर रहे थे। सबके हाथ में लाठियाँ थीं। पूरे बाग में लाठियाँ ही लाठियाँ दिखती थीं।

"देखो पंचों, पहले आप लोग लाठियाँ एक ओर रख दीजिए और सब लोग इतमीनान से बैठ जाइए।" बुधई लंबरदार ने जोर से हाँक देकर पंचायत की कार्यवाही शुरू की।

लोग थोड़ा सिलमिलाए जरूर, पर जो खड़े थे, खड़े ही रहे और लाठियाँ भी नहीं रखीं।

"देखो भाई, अगर लाठी से ही तय करना है तब तो हम लोगों का कोई काम नहीं है।"

लोगों ने एक-दूसरे की ओर देखा, फिर सारी लाठियाँ खट-खट पेड़ों

से लगाकर रख दी गईं।

"अब बोलो, जगेस्सर लंबरदार। किसलिए बुलाई है यह पंचायत ?"

"जैकरन से ही पूछ लिया जाए, पंचों।"

"नहीं, जैकरन से नहीं। पंचायत तुमने बुलाई है। पहले तुम्हीं बताओ।··· बाद में जैकरन से भी पूछेंगे।"

"देखो पंचों।··· दुनिया की रीत है, ब्याहने-गौनाने के बाद बेटी ससुराल में रहती है। छः साल हो गए हमें अपने बेटे का गौना लाए। जैकरन की बिटिया कभी महीने-भर से ऊपर नहीं रही हमारे यहाँ। इधर तो सालों से यहीं पड़ी है। जब भी कोई अनवार आता है, कोई-न-कोई पाठ पढ़ाकर वापस कर देते हैं। पंचों, जैकरन को अगर बेटी अपने घर ही रखनी थी तो यह शादी का स्वाँग क्यों रचा था ?"

जैकरन तिलमिलाया पर किसी तरह जज्ब करके चुपचाप बैठा रहा।

"क्यों जैकरन, तुम अपने गाँव के सरगना हो। पद-हद जानते हो। बेटी विदा क्यों नहीं करते ?"

"खर कहे संगत नसाती है पंचों। हम जगेस्सर से कैसे कहते कि बेटी अपने बेटे के लिए ब्याहकर ले गए हो कि अपने लिए ?"

जैकरन की बात से जैसे एक धमाका हुआ। जगेस्सर के गाँव के अहीरों में खलबली मच गई। सभी अपनी-अपनी लाठियाँ उठाने के लिए अधीर हो उठे।

"जैकरन, तुम ऐसी बात बोलते हो, जिससे मामला सुलझने के बजाय, उलझता है।"

जैकरन के आक्षेप में कोई असलियत थी या नहीं, यह जैकरन को भी पता नहीं था। उसने तो एक तुक्का मारा था। रूपा पर कोई उँगली उठाए, इसके पहले ही वह कसकर जड़ देना चाहता था।

और जैकरन का आक्षेप ऐसा था कि उस जमाने में लोग बड़ी आसानी से विश्वास भी कर लेते। तब ठीक से जवान होने के पहले ही लोग बाल-बच्चेदार हो जाते थे और हौसले में आकर बच्चों की शादी बड़ी कम उम्र में ही कर दी जाती थी। अक्सर लड़की की उम्र लड़के से ज्यादा रहती। गौने तक लड़की सयानी हो जाती पर लड़का छुटन्ना-सा

बना रहता। बहू के आने तक सास की उम्र अंदर-बाहर धेमा धुनने और बच्चे जनते रहने से ढल चुकी होती पर ससुर जवान, पट्ठा बना रहता। लिहाजा, कई धरों में बहू और ससुर के बीच ऊँच-नीच सुनाई पड़ता था।

"पंचों, हम लोग यहाँ बात सँभालने आए हैं, उसे और बिगाड़ने नहीं। एक-दूसरे का मुँह नोचने से तो कोई फायदा नहीं होगा।" बुधई लंबरदार ने बात को फिर से पटरी पर लाना चाहा।

"जैकरन पहले यह तो साफ करें कि उन्हें बेटी को ससुराल भेजने से इंकार है या वह खुद नहीं जाना चाहती।"

"पंचों हमें क्या एतराज होगा ? आपको तो मालूम ही है, रूपा की माँ नहीं है। वह हैजे में चल बसी तो बच्चों की देख-रेख के लिए दूसरी औरत ले आया। पंचायत ने जो दंड भराया वो भरा। भोजभात दिया। यह सब इसलिए कि बेटी की शादी ठीक-ठाक हो जाए। फिर उसके रिश्ते में जो खर्चा लगा, उसे किया··· हमें भेजना न होता तो यह सब क्यों करते ?" जैकरन थोड़ा नरम पड़ा।

"फिर भी रूपा के ससुराल न जाने की कोई वजह तो होगी ?"

"वजह वही है जो हमने पहले बताया।"

"जैकरन, जरा ऊपरवाले का ख्याल करो। क्यों सरासर झूठ बोलते हो ?"

जगेस्सर का चेहरा गुस्सा दबाने की मजबूरी से लाल भभूका हो उठा था।

"पंचों, मुझ पर नहीं पतियाते तो बेटी को बुलाकर पूछ लो। और मैं क्या कह सकता हूँ ?"

"क्या अनरथ करते हो जैकरन। जवान बिटिया को पंचायत में घसीटकर फजीहत नहीं कराओगे तो काम नहीं बनेगा ?" बुधई ने जैकरन को जोर से लताड़ लगाई।

"देखो जैकरन, हमने तो सुना है, असल बात कुछ और है।··· जब तुम्हारा ऐसा रुख है तो लोग अपनी जबान क्यों बन्द रखेंगे ? क्या यह सही नहीं है कि पाहीधर में आए बाभन मालगुजार से तुम्हारी बड़ी

रप्त-जब्त है और उसने दो बीघे जमीन तुम्हें यूँ ही जोतने-बोने के लिए दे रखी है। हमने तो सुना है…"

"हाँ-हाँ, बोलो… क्या सुना है ? मुझे किसी ससुरे का डर नहीं है।"

"खैर छोड़ो। नंगई से तो कोई बात बननेवाली नहीं है। बात कानों में पड़ी तो कह दी गई। अब वह कितनी सच है, कितनी झूठ, यह तो ऊपरवाला ही जाने। लेकिन अगर कहीं गाड़ी फँसती है तो निकालने का उपाय तो सोचना ही पड़ता है।"

"पंचों, इसमें मेरा कसूर कहाँ है ?" जैकरन ने पैंतरा बदला और भरसक निरीह बनकर बोला।

"तुम्हारा कसूर है। तुम्हारा कसूर यही है कि तुम बेटी को सँभाल नहीं पाते, उसे कस-बस में नहीं रखते। उसका रंग-ढंग देखकर भी तुम चुप बैठे रहे।"

"मुझे तो कुछ समझ में नहीं आता। पंच जैसा कहें, मैं करने को तैयार हूँ।"

"ठीक है, तो पंचायत सोच-समझकर जो फैसला करे, उसे मानो, जो दंड बोले, उसे भरो।"

इसके बाद लंबरदारों में देर तक खुसुर-फुसुर होती रही। अंत में बुधई ने फैसला सुनाया–

"देखो पंचों, पंचायत का फैसला है कि जैकरन की बेटी को जबरन ससुराल नहीं भेजा जा सकता। जगेस्सर चाहें तो अपने बेटे की दूसरी शादी कर सकते हैं। और जैकरन बिरादरी में जल्द-से-जल्द कोई लड़का देख, बेटी को दुबारा ब्याहने का जुगाड़ करें। जैकरन की गलती साबित हुई है। इसलिए पंचायत उन पर एक हंडा, एक बटुआ और एक जाजिम का दंड बोलती है। जब तक इन चीजों का इंतजाम न हो जाए, ज़ैकरन बिरादरी से बाहर रहेंगे।"

फैसला सुनकर जैकरन कुछ देर तक तो उफनता रहा। फिर धीरे-धीरे सर झुकाकर शान्त हो गया।

पंच लोग एक-एक कर उठे। गुड़ खाकर पानी पिया। फिर चिलम का कश लगाकर रुखसत हो गए। पंचायत उठते-उठते बेला ढल गई

थी। लेकिन बाग के बाहर अब भी रह-रहकर गरम हवा के थपेड़े चल रहे थे।

उस रात शंकर कुएँ की जगत के पास चारपाई पर लेटे तो सुखई धीरे-धीरे उनके पैर दबा रहा था। दबाते-दबाते वह पंचायत का ब्यौरा भी सुनाता जा रहा था। पंचायत शुरू होते ही शंकर एक ओर खिसक लिए थे। लेकिन सुखई के ऊपर पंचायत में क्या हुआ, यह देखने-सुनने का जिम्मा छोड़ गए थे। सुखई अहिराने का ही था। करता तो वैसे साईस का काम था लेकिन हर फन में माहिर था। पहले वह रियासत का कारिंदा रह चुका था। अच्छा लट्ठबाज भी था। साईसी के अलावा इधर-उधर की बातें सुनना और शंकर के कान तक पहुँचाना भी उसका खास काम था।

शंकर यह जानने के लिए व्यग्र थे कि उनका नाम पंचायत में उठा कि नहीं। सुखई बात को ऐसे घुमा-फिरा रहा था कि असली मुद्दे पर आता ही नहीं था। शंकर से एक झाड़ खाकर बोला–

"महराज, ऊ बुधई लंबरदार है न, वही जरा बढ़-चढ़कर बोल रहा था।"

"क्या बोल रहा था ?"

"कोई खास बात नहीं। बस जैकरन से यही बोला कि उसकी महराज से रप्त-जब्त है।"

"तो ?"

"जैकरन उखड़ गया महराज··· फिर तो बात ही बदल गई।"

"बुधई ने और क्या कहा ?"

"और कुछ नहीं सरकार, बार-बार यही पूछता था कि रूपा ससुराल क्यों नहीं जाती।"

"जैकरन ने क्या बताया ?"

"ऊ का बताता, महराज। उसने तो जगेस्सर को जो मुँहतोड़ जबाव दिया कि उसकी सिटी-पटाकी गुम हो गई।"

"आखिर में हुआ क्या ?"

"एक हंडा, एक बट्टआ और एक जाजिम–यही इतना दंड बोला

गया है जैकरन पर।"

"दे देगा जैकरन ?"

"ऊ फक्कड़ कहाँ से देगा, महराज ? बिरादरी के बाहर ही बना रहेगा वह। उसका क्या जाता है।"

"ढपोरसंख न बनो। उससे कह देना, जितना खर्चा लगे, मुझसे ले लेगा।··· मगर किसी को खबर न हो।"

"अच्छा, महराज।"

"अब जाओ, मुझे सोने दो।"

लेकिन वे सो नहीं पाए। रह-रहकर चलती हवा से झरते नीम के फूलों की छुअन महसूस करते काफी देर तक जागते रहे। बीच में थोड़ी देर के लिए नींद आई। तब तक भिनौखा हो गया था। कदम अपने-आप पिछवाड़े की ओर चल पड़े। कहीं किसी कोने में आछी का पेड़ फूला था और चारों ओर महमह कर रहा था। हल्के अँधेरे में चलते हुए वे जैकरन के घर के पास आकर रुक गए। आहट सुनकर हमेशा की तरह रूपा निकलकर आई। थोड़ी देर ठिठकी खड़ी रही। फिर एकाएक ऐसे उमड़ती हुई शंकर की ओर बढ़ी जैसे कोई बाँध टूट गया हो।

चौदह

सन् चौवन में बरमा की लड़ाई से फुरसत पाते ही डलहौजी का ध्यान फिर से अवध के मसले की ओर गया। उन दिनों स्लीमैन की सेहत खराब चल रही थी और वे छुट्टी लेकर कलकत्ते में पड़े थे। मुकद्दर की बात, अवध पर जो कार्रवाई करने का सपना वे बरसों से देख रहे थे, उसका वक्त आया तो वे मौके पर थे ही नहीं। उसे अंजाम देने का जिम्मा पड़ा ऊटरम पर जिन्होंने अवध के मसले पर कभी गौर ही नहीं किया था। वे तो अदन में कम्पनी के राजनीतिक दूत बनकर बम्बई से उधर जानेवाले जहाज पर सवार थे जब बीच रास्ते से उन्हें वापस बुलाया गया।

ऊटरम एक संवेदनशील अधिकारी थे और लखनऊ आकर उन्हें अवध पर हो रही बेइंसाफी का भान अवश्य हुआ होगा। लेकिन वे कर ही क्या कर सकते थे, धारा एक ओर चल पड़ी थी। और वे थे भी क्या–एक बड़ी मशीन के छोटे पुर्जे ही तो।

डलहौजी को अवध पर कार्रवाई करने के लिए इंग्लैण्ड से इजाजत लेनी थी और इसके लिए उन्हें अवध के बारे में ताजा रपट चाहिए थी। ऊटरम को फारसी नहीं आती थी, न देश के इस हिस्से के बारे में उन्हें कोई तजुर्बा था। रेजिडेंसी के दस्तावेजों को उलट-पलटकर उन्होंने एक कामचलाऊ रपट तैयार की। इस रपट में ऐसा कुछ नहीं था जो स्लीमैन की पहले की रपटों में नहीं जा चुका था। लिहाजा, ऊटरम को स्वतंत्र दृष्टि से कोई सुझाव देने का मौका नहीं मिला। स्लीमैन नहीं थे लेकिन उनके पूर्वाग्रहों ने अपनी भूमिका अदा की।

डलहौजी ने ऊटरम की रपट के साथ एक नोट लगाकर इंग्लैण्ड भेज दिया। इसमें सिफारिश की कि अवध के बिगड़ते शासन के आधार पर अठारह सौ एक की संधि को रद्द कर और अंग्रेजी फौज हटा लेने की धमकी देकर, नवाब को एक नई संधि के लिए मजबूर किया जाए। इसके तहत नवाब के लिए एक निश्चित वजीफा तय कर, शासन का काम कम्पनी अपने हाथ में ले ले। डलहौजी ने लिखा कि इस तरह कानून की मर्यादा के भीतर समस्या का समाधान हो जाएगा।

पर उस वक्त इंग्लैण्ड में बेंथम और मिल के उदारवाद की आँधी आई हुई थी। लोगों पर 'कानून के शासन' का भूत सवार था। वे यह माने बैठे थे कि पूरब के निरंकुश और ऐयाश शासकों को हटा देने से ही जनता की भलाई हो सकती है। अखबारों में रोज अवध को अंग्रेजी राज में मिलाने की अपीलें जारी हो रही थीं। ऊटरम की रपट पढ़कर तो जनमत बेकाबू हो गया। सरकार की आलोचना होने लगी कि वह बेबुनियाद डर के कारण अवध की जनता के प्रति अपने कर्तव्य को पूरा करने में हिचक रही है। संयत विचारोंवाले इक्का-दुक्का लोगों ने इस कार्रवाई के नतीजों के बारे में जो आशंका जाहिर की वह जनमत की आँधी में खो गई।

बोर्ड ऑफ डाइरेक्टर ने कैबिनेट की सहमति लेकर अवध पर कार्रवाई के बारे में डलहौजी को निर्देश भेजा। इसमें डलहौजी के सुझावों से एक कदम आगे बढ़कर अवध को सीधे कम्पनी राज में मिलाने और जरूरत पड़े तो इसके लिए ताकत का इस्तेमाल करने का हुक्म दिया गया था।

पन्द्रह

उस साल दशरथपुर कोट में दशहरे का जलसा कुछ ज्यादा ही धूमधाम से मनाया गया।

दशरथपुर उन्नीस गाँवों का एक छोटा-सा तालुका था। तीन पीढ़ी पहले यह तालुका पट्टी के बछगोती ठाकुरों के बीच बँटवारे से बना था। रियासत का कोट दशरथपुर गाँव से थोड़ा हटकर एक ऊँचे टीले पर बना था, ज़िसके तीन ओर बाँसों का घना जंगल और एक ओर बड़ा-सा तालाब था। तालुकेदार अपना कोट या गढ़ी बनाने के लिए ऐसी ही सुरक्षित जगह चुनते थे।

पट्टी से आनेवाली लीक तालाब के बगल से गुजरती हुई कोट के फाटक के सामने से निकलकर दशरथपुर बाजार में घुस जाती थी। लीक के किनारे-किनारे ही बाजार बसा था। दो बार मोड़ लेने के बाद वह बाजार से निकलती थी और बसौली की ओर चली जाती थी जिधर तालुके के अधिकांश गाँव पड़ते थे। बाजार में लीक की ओर दुकानें और उनके पीछे साहूकारों के मकान थे। कोट और बाजार के बीच खुली जगह थी जहाँ हफ्ते में दो दिन खास बाजार लगता था जिसमें बाहर के साहूकार आकर अपनी दूकानें लगाते थे। यहीं पर हर साल दशहरे का मेला भी लगता था। उस समय आसपास के खेत खाली होते थे और मेले के फैलाव में आ जाते थे। दशरथपुर का गाँव बाजार से अलग हटकर था जहाँ मिली-जुली जाति के लोग आबाद थे। रियासत का कोट बनने के बाद एक-एक घर नाई और बारी लाकर गाँव के

निकार पर बसा दिए गए थे।

कोट के चारों ओर एक आहाता था जिसकी चहारदीवारी में लीक की ओर खूब ऊँचा फाटक था। इसमें से हौदाकसा हाथी सवारी के साथ आराम से निकल जाता था। आहाते के भीतर जनाना हवेली और बारादरी को छोड़कर बाकी सभी इमारतें कच्ची थीं। फाटक से घुसने पर कुछ दूर तक खुली जमीन थी जिसके बाद नीम और जामुन के बड़े-बड़े पेड़ कोट की इमारतों को आड़ में करते खड़े थे। पेड़ों के झुरमुट के पीछे, तालाब के किनारे की ओर बारादरी और दूसरी ओर एक कतार में अस्तबल, फीलखाना और शस्त्रागार थे। बीच में एक शिवाला, कुआँ और बरगद का बड़ा-सा दरख्त था, जिसके नीचे खूब लम्बा-चौड़ा चबूतरा बना था। बरगद की डालों से झूलती बड़ी-बड़ी जटाएँ चबूतरे पर लथरती थीं और कुछ तो मोटी होकर जमीन में धँस गई थीं। यह दरख्त कोट बनने के बहुत पहले से वहाँ खड़ा था, चबूतरा जरूर बाद में बना था। चबूतरे के पीछे कचहरी थी और उसके पीछे जनाना हवेली जिसके बीच में बड़ा-सा आँगन था। आँगन के बीचोंबीच तुलसी का ऊँचा चौरा बना हुआ था। आँगन का पिछला दरवाजा एक फुलवारी में खुलता था जिसके चारों ओर केले के गाछ और आम, अमरूद तथा नीबू के पेड़ लगे थे। कोट के नौकरों-चाकरों में यह आम धारणा थी कि जनाना हवेली के किसी कमरे से एक गुप्त सुरंग निकलती थी जो चहारदीवारी के बाहर बाँस के जंगल में किसी अनजान जगह पर खुलती थी। लोग मानते थे कि इसकी ठीक-ठाक जानकारी केवल राय साहब और बड़ी रानी को है।

कोट में हर साल दशहरे के दिन खास दरबार लगता था जिसमें रियासत के सारे बछगोती पट्टीदार, मालगुजार, सीरदार और खास-खास काश्तकार शामिल होते थे। दरबार लगने के पहले एक जुलूस निकलता था जो कोट से निकलकर बाजार का चक्कर लगाता हुआ मेले तक जाता था और रावण जलने के बाद कोट में लौट आता था।

शंकर दोपहर में खा-पीकर घोड़ा कसवाकर दशरथपुर के लिए रवाना हो गए थे। कोट पहुँचे तो दशहरे का जुलूस फाटक से बाहर निकल

रहा था। सबसे आगे मुनादी बजानेवाले चल रहे थे। उनके पीछे हथियारबन्द घुड़सवार, भाला लिए हुए रियासत के गोड़इत* और लट्ठबाज सिपाहियों की कुमुक थी। उसके बाद कोट के पाँचों हाथी पूरी सजधज के साथ एक के पीछे एक झूमते हुए चल रहे थे। सबसे आगेवाले हाथी पर चाँदी का हौदा कसा था जिस पर राय कुंजल सिंह राजसी पोशाक में कीमती पत्थर जड़े जेवर पहने बैठे थे। उनके पीछे हाथी पर रियासत के दीवान, राजपंडित और कुँअर हनुमान सिंह बैठे थे। बाकी हाथियों पर राज-परिवार के लोग और दरबार के खास-खास अहलकार बैठे थे। हाथियों के पीछे मालगुजार और अमीन अपने-अपने घोड़ों पर चल रहे थे। उनके बाद पटवारियों, सीरदारों और बड़े-बड़े काश्तकारों का हुजूम था। सबसे पीछे कोट के नौकर-चाकर और नाई-बारी थे।

बाजार के पास पहुँचकर जुलूस रुका। सवारों ने बन्दूक से हवा में गोलियाँ छोड़ीं और राय साहब ने रास्ते के दोनों ओर खड़ी भीड़ पर सिक्के उछाले। सिक्के लूटने के लिए धक्कामुक्की करती भीड़ को पीछे छोड़ जुलूस बाजार की ओर बढ़ गया। जगह-जगह रुकते हुए पूरे बाजार का चक्कर लगाकर उसे मेले तक पहुँचते-पहुँचते शाम हो गई।

मेले में दूर-दूर के साहूकार आए थे। आसपास की रिआया—औरत, मर्द, बच्चे तो जैसे उमड़ पड़े थे। मेले के दक्षिण में मेघनाथ की लम्बी, ऊँची, लेटी हुई मिट्टी की प्रतिमा के बगल बाँस और कागज से बनाया गया रावण का पुतला खड़ा किया गया था। उसी की सीध में, मेले के उत्तर में एक चबूतरे पर राम की मंडली बैठी थी। बीच में सड़क जितनी जगह छोड़कर दोनों ओर दूकानों की कतारें सजी थीं। इसी छूटी हुई जगह में बन्दर और राक्षस बने लड़कों की टोलियाँ इधर से उधर पैंतरेबाजी कर रही थीं।

जुलूस रावण के पुतले के पास आकर रुका और राय साहब हाथी से उतरे। पूरे मेले की भीड़ उधर ही सिमट आई। बन्दर सेना के आगे-आगे

* गाँव में रहनेवाले पुलिस के चौकीदार जो थाने से संपर्क-सूत्र का काम करते थे और प्रायः जाति के पासी होते थे।

चलते हुए धनुषबाण लिए राम और लक्ष्मण भी उधर ही आ गए। राम ने अपना आखिरी तीर चलाया तो रावण के पुतले में एक ओर से आग लगा दी गई। जलती हुई लपटें रावण के सर तक पहुँचीं तो उसमें रखे दस गोले एक-एक कर जोर से दगे और सिर की चिन्दियाँ उड़ गईं।

राय साहब राम-लक्ष्मण का आशीर्वाद लेकर हाथी पर सवार हुए और जुलूस वहाँ से रवाना हो गया। उसके कोट तक पहुँचते-पहुँचते मेला बिखरने लगा और मैदान में जमा सारी भीड़ वहाँ से चारों ओर जानेवाली पगडंडियों पर दूर सरकती नजर आने लगी।

शाम ढले मशालों की रोशनी में चबूतरे के सामने दरबार लगा। चारों ओर दूर तक छिड़काव करके जाजिम, दरियाँ और गलीचे बिछा दिए गए थे। चबूतरे पर तने हुए चँदोवे के नीचे एक ऊँचे मसनद पर राय साहब बैठे थे। म्यान में रखी खानदानी तलवार कमर में खुँसी हुई थी। पोशाक पर किया हुआ सुनहरा काम और जेवर के जड़ाऊ पत्थर मशाल की रोशनी में झल-मल करते थे। उनके पीछे चाँदी का डंडा लिए चोबदार और चँवर डुलाता नाई खड़ा था। अगल-बगल कुर्सियों पर खास-खास दरबारी बैठे थे। सामने नजर चढ़ाने के लिए चाँदी का एक थाल रखा था। नीचे अपनी-अपनी निश्चित जगह पर राजपरिवार के लोग, रियासत के अहलकार, बछगोती पट्टीदार और खास-खास काश्तकार बैठे थे। आसपास के गाँवों से आई रिआया और नौकर-चाकर पीछे खड़े थे।

शंखोच्चार के बाद दरबार शुरू हुआ। एक-एक कर लोग उठकर कुर्सी के पास आते, राय साहब के सामने सर झुकाते और अपनी-अपनी हैसियत के मुताबिक थाल में नजर चढ़ाकर वापस अपनी जगह पर आ बैठते। नजर की रस्म पूरी होने के बाद चुने हुए अहलकारों को खिलअत और माफी की जमीनें बाँटी गईं। और तब इलाके की मशहूर तवायफ मुन्नीबाई ने महफिल में प्रवेश किया, जिन्हें इस मौके के लिए खास तौर पर चाँदे से बुलाया गया था। जब तक तबलची ने खिट-पिट करके साज मिलाया, बाईजी गलीचे पर बैठी पान चबाती रहीं। इस बीच पूरी महफिल में कतरे हुए मेवे, पान के बीड़े, इलायची और इत्र में भिने

रुई के फाहे बाँटे गए। साज मिल गया तो बाईजी उठीं और राय साहब की ओर मुखातिब होकर तान छेड़ी–

तेरे फिराक में क्योंकर ए दर्दनाक जिए।
मरे तो मर नहीं सकते, जिए तो खाक जिए।

और लोगों की जबान से वाह-वाह फिसल पड़ा। सारंगी ने बाईजी के गले की नकल करते हुए दुहराया–मरे तो मर नहीं सकते, जिए तो खाक जिए। तबले की लय पर थिरकते पैरों के घुँघरू झुनझुनाए, ऊपर-नीचे हिलती भौंहों ने तिरछी चितवन का खेल दिखाया, कमर ने लोच खाई और तेज-तेज घूमने से फैले घाघरे ने टाँगों की एक झलक दिखाकर लोगों का मन मोह लिया। राय साहब ने गले से एक कीमती हार उतारा और बाईजी की ओर फेंक दिया। फिर तो चारों ओर से चाँदी के सिक्के खनकने लगे। दो गाने के बाद मुबारकबाद सुनाकर बाईजी सुस्ताने बैठीं तो राय साहब उठकर आराम करने चले गए।

उधर बारादरी के पास सपेड़ा उस्ताद बनवारी ने अपने शागिर्दों के साथ दूसरी महफिल जमा रखी थी। जब उसने पूरे स्वाँग के साथ बंगाल की जादूगरनी मोती का नख-शिख वर्णन शुरू किया तो भीड़ उधर सरकने लगी। सपेड़ों की लोचदार, बुलंद आवाज में नागर और मोती के बीच सवाल-जवाब का सिलसिला शुरू हुआ तो चबूतरे की ओर से आ रही सारंगी, तबले और बाईजी की आवाज दब गई। राय साहब के उठ जाने से महफिल का रंग पहले ही फीका पड़ गया था। जो लोग उर्दू शायरी की नफासत और मुजरे के तौर-तरीके में बँधा-बँधा महसूस कर रहे थे, वे अब उठकर सपेड़ों की महफिल में शामिल हो गए।

नागर और मोती का यह खेल शंकर पहले कई बार देख चुके थे। पर जिंदगी-भर इस कला की साधना करनेवाले इलाके के इन नामी सपेड़ों द्वारा प्रस्तुत स्वाँग में कुछ और ही बात थी। औरत की सुन्दरता का जादू और मर्द और औरत के बीच चुम्बकीय संबंध का फसाना अनादि काल से इन्सान की जिंदगी में एक रूहानी रंग भरता रहा है और उसके इर्द-गिर्द सभ्यता और संस्कृति का जो ताना-बाना बुना गया है उसके

व्याज से वह थोड़ी देर के लिए अपनी रोजमर्रा की स्थूल जिंदगी से ऊपर उठकर दर्द और मिठास-भरे आनन्द के कुहासे में खो जाता है। शंकर ने जिंदगी की रहस्यमय गहराइयों और उलझावभरे इंसानी रिश्तों की बारीकियों में सर नहीं खपाया था, पर आज नागर और मोती की प्रेम-कथा में डूबने पर उन्हें रूपा के साथ अपने अनगढ़ संबंध की चुभन कम लग रही थी। लग रहा था, जैसे सबकुछ सहज और शाश्वत हो। रूपा के उनकी जिंदगी में आ जाने से जो एक नया रस घुल गया था वह प्रेमकथा के दृश्यों और संवादों में पर्त-दर-पर्त नए अर्थ उजागर कर रहा था। अंदर और बाहर दो अलग-अलग भावलोक थे जो आपस में मिल-मिल जा रहे थे।

शंकर नाच देखने में मशगूल थे जब कोट का एक कारिंदा उन्हें खोजता हुआ उधर आया। राय साहब ने बुलवाया था। उसी वक्त। शंकर को थोड़ा अचम्भा हुआ। तुरन्त उठे। आगे-आगे कारिंदा और पीछे-पीछे वे। कचहरी पार कर जनाना हवेली की बगल से होते हुए वह उन्हें फुलवारी के पास बने राय साहब के खास बैठके में ले गया। मशाल की रोशनी में गावतकिए के सहारे वे चार-पाँच अहलकारों के बीच बैठे थे। शंकर अंदर आए तो उन्होंने तनिक सर उठाकर देखा, पैलगी की और बैठ जाने का इशारा किया। काफी देर तक औरों से बातें करते रहे। जब एक-एक कर सब चले गए तो शंकर की ओर मुखातिब हुए।

"कहिए दूबेजी, कैसा चल रहा है ?"

"सब मेहरबानी है।"

राय साहब थोड़ी देर उनकी ओर देखते रहे, फिर बोले–"यह जैकरन का क्या मामला है ?"

"जैकरन ?" शंकर सकपका गए।

"सुना है, उसने कोई पंचायत बटोरी थी।"

"हाँ··· मगर उसने नहीं, उसके समधी ने बटोरी थी।"

"क्या बात थी ?"

"कुछ नहीं··· बिरादरी का कोई मामला था।··· जैकरन की लड़की ससुराल नहीं जाती··· ऐसा ही कोई चक्कर था।"

"पंचायत में हुआ क्या ?"

"कुछ दंड-वंड बोला है।"

"जैकरन पर ?"

"हाँ।"

"जैकरन वही है न जो पाहीघर के पिछवाड़े रहता था··· कुछ साल पहले जिसकी बीवी मर गई थी।"

"हाँ, वही है। तब से दूसरी बीवी लाया है।"

"मुझे याद है।··· उसकी बीवी पाहीघर में काम करती थी··· कुछ खेत-वेत भी दिया था शायद उसे।"

"हाँ, वही बाग के बगलवाला। वह खेत अब भी वही जोतता-बोता है।"

"अच्छा··· ससुराल क्यों नहीं जाती उसकी लड़की ?"

"अब हम क्या बताएँ हुजूर··· " और ठीक से उजाला होता तो दिखता कि शंकर का चेहरा किस तरह फक् हो गया था।

"चाल-चलन की कैसी है वह ?"

बोलना चाहकर भी कुछ नहीं बोल पाए शंकर।

"अच्छा छोड़िए।··· मैंने तो यूँ ही उड़ती-उड़ती बातें सुनी थीं। सोचा, आपसे ही दरयाफ्त कर लूँ।"

"कोई शिकायत है क्या मेरी ?"

"ऐसा आप क्यों सोचते हैं ?··· ऐसी कोई बात नहीं है।"

थोड़ी देर के लिए वे चुप रहे।

"मैं तो बस यह चाहता हूँ कि रियासत के मालगुजारों पर कोई उँगली न उठाए। इलाके में उनकी इज्जत और दबदबा बना रहे।"

शंकर अन्दर-ही-अन्दर कट गए—क्या मक्कारी है, नहीं-नहीं कहते हुए भी सबकुछ कह दे रहे हैं।

शंकर को चुप देखकर राय साहब ने बात बदली—"दीवानजी बता रहे थे, आपके गाँवों में वसूली अच्छी रही है इस साल।"

"हाँ, शायद ही किसी के यहाँ बकाया हो।"

"आपने तीनों गाँवों को अच्छा सँभाला है। आगे भी··· "

"अपनी ओर से तो मैं कोई कसर नहीं छोड़ता हूँ।"

"बड़ा चंदा देना पड़ा इस साल। अयोध्यावाला वाकया तो सुना ही होगा, आपने।"

"हाँ, थोड़ा-बहुत सुना है।"

"ऐसा तो कभी हुआ ही नहीं था।"

"सुना है बड़ा खून-खराबा हुआ।"

"खून-खराबा ?··· अरे सैकड़ों लोग मारे गए। खबर मिली है, मौलवी अमीरअली हजारों जिहादी मुसलमानों को इकट्ठा कर हनुमानगढ़ी पर धावा बोलनेवाला है। वह तो कहो, रेजिडेंट ने बादशाह पर दबाव डालकर एक बड़ी फौज उधर रवाना करवा दी है।"

"कुछ भी कहें बाबू साहेब, बादशाह की तारीफ करनी पड़ेगी कि हिंदुओं की हिफाजत के लिए इतना कुछ कर रहे हैं।"

"हाँ, दूबेजी; आप नहीं समझोगे··· सब सियासत का चक्कर है।"

थोड़ी देर दोनों चुप रहे।

"तो चलूँ मैं ? काफी रात हो गई है।"

"हाँ-हाँ··· बस एक बात का ध्यान रखिएगा।"

राय साहब उठकर शंकर के पास आ गए।

"चन्दा जो दिया है न, उसे कहीं से तो भरना पड़ेगा। और कौन जाने अभी कितना और देना पड़े। इस साल हर मालगुजार को वसूली के ठेके की रकम थोड़ी बढ़ानी होगी।··· आप समझ गए न ?"

"समझ गए।" शंकर होंठों में बुदबुदाए और आशीर्वाद लेकर बाहर आ गए।

उस समय उनका सर भन्ना रहा था। राय साहब से मिलते-जुलते इतने दिन हो गए लेकिन आज उनका बिल्कुल नया ही चेहरा सामने आया था। समझ में नहीं आ रहा था, जैकरन की पंचायत और वसूली की रकम बढ़ानेवाली बात में तालमेल कहाँ है।

शंकर कोट से निकले तो आधी रात हो रही थी। आकाश में एक ओर दशमी का अधूरा चाँद लटक आया था। रास्ता एकदम सुनसान था। किनारे खड़े पेड़ और झाड़-झंखाड़ फीकी चाँदनी में डूबे, रहस्यमय से

लग रहे थे। जाते समय दिन के उजाले में सबकुछ जैसा दिखा था, उससे बिल्कुल भिन्न। शंकर के दिल में राय साहब की पंचायतवाली बात रह-रहकर डंक मार रही थी।

कंजा का नाला पास आ रहा था। बारिश काफी पहले बीत गई थी लेकिन अब भी उसमें थोड़ा पानी था। दोपहर में आते समय तो कोई दिक्कत नहीं हुई थी लेकिन अब रात के वक्त घोड़े को बहुत सँभालकर उतारना पड़ेगा। शंकर नाले से अभी थोड़ी दूर ही थे कि एक और घुड़सवार धुँधली चाँदनी में नाले में उतरता दिखाई पड़ा। शंकर ने उत्सुकतावश घोड़े को तेज कर दिया। पास पहुँचे तो मालूम हुआ कंजा के शेख मुनव्वर अली थे। दोनों में दुआ-सलाम हुई और वे साथ-साथ नाला पार करने लगे।

शेख मुनव्वर अली दशरथपुर रियासत में अमीन थे। उन दिनों तालुकेदार और रिआया के बीच अमीन एक अहम कड़ी थे और लोग अदब से उन्हें जिलेदार कहते थे। लगान-वसूली का जो काम मालगुजार ठेके पर करते थे वही काम अमीन रियासत से पगार लेकर करते थे। अपने कारिंदों के साथ घोड़े पर सवार जिलेदार जब गाँव में घुसता था, लोगों की रूह काँप जाती थी। शेख खानदान में अमीनी और पटवारीगीरी का पेशा पीढ़ियों से चला आया था। शेख के पूर्वज हिन्दू कायस्थ थे। बाद में मुगलों के जमाने में मुसलमान बने तो शेख कहलाने लगे पर पेशा पहलेवाला ही कायम रहा। बहुत-से पुराने रस्म-रिवाज भी चलते रहे और मुसलमानों से ज्यादा हिंदुओं से रप्त-जब्त बनी रही। मुनव्वर अली फक्कड़ तबीयत के मस्तमौला आदमी थे। अपने मुँहफट स्वभाव के लिए मशहूर थे। जो दिल में आता, बेहिचक कह देते थे, चाहे कोई नाराज हो, चाहे खुश।

नाला पार कर लिया तो शेख ने बात शुरू की—"पंडितजी, राय साहब से बड़ी देर गुफ्तगूँ चलती रही। किस बात के लिए बुलाया था?"

"कुछ नहीं, बस···" पंचायतवाली बात से जुड़े रूपा के संबंध की चुभन शंकर के मुँह का स्वाद कसैला कर गई थी।

"अरे, साफ-साफ कहो न पंडितजी। वसूली बढ़ाने को बोल रहे थे

ना ?"

"हाँ··· मगर शेख, आपको··· "

"मुझको कैसे मालूम, आँ ? आप सोचते हैं, सिर्फ आपसे ही कहा है ? अरे, सभी हिंदू अमीनों को ऐसी ही हिदायत दी गई है। मुझसे जरूर नहीं कहा, लेकिन ऐसी बात छिपती थोड़े है।"

"मुझे तो शेख, कुछ समझ में नहीं आ रहा।"

"इसमें समझने की कौन-सी बात है पंडितजी ? अरे सब फिरंगी की चाल है। पर्दे के पीछे से वही खेल खेल रहे हैं। हिंदू और मुसलमान दोनों बुजदिल हैं जो उनकी चाल में आ जाते हैं।"

"ऐसा कैसे कहते हैं ?"

"अरे बाबर को मसजिद बनवाए तो तीन सौ साल के ऊपर हो रहा है। है कि नहीं ? इस बीच वह बराबर टूटती-ढहती रही, पर किसी को उसकी मरम्मत की फिक्र नहीं हुई। न कोई वहाँ नमाज पढ़ने गया, न इबादत करने। अब एकाएक मौलवियों को नई मसजिद बनवाने की धुन कैसे सवार हो गई ? कोई तो वजह होगी।"

"खैर, शेखजी, जब हममें आपस में ही सुमति नहीं है तो फिरंगी को क्या दोख देना ?"

"सब मजहब और सियासत की देन है पंडितजी,··· आपको पता है, वहाँ जो मंदिर अभी है उसे बनवाने का हुक्म बक्सर की लड़ाई में जाते वक्त खुद शुजाउद्दौला ने दिया था। हिंदू सिपाहियों को खुश करना था न। बाबर को मुसलमान सिपाहियों का हौसला बढ़ाना था तो मंदिर तोड़कर मसजिद बनवाई। और शुजाउद्दौला को हिंदू सिपाहियों को खुश करना हुआ तो फिर से नया मंदिर बनवा दिया। हुक्मरानों ने हमेशा मजहब का इस्तेमाल ऐसे ही किया है।"

"बिल्कुल पते की बात कही शेख आपने।"

"शेख कभी गैर-पते की बात नहीं कहता।··· अब यह चन्दे का ही मसला लीजिए। राय साहब ने वैरागियों को देने के नाम पर वसूली तो बढ़ा दी, लेकिन उसमें से कितनी रकम चन्दे में जाएगी और कितनी राय साहब की जेब में, इसका हिसाब कौन करेगा। होशियार लोग तो

हर मौके का फायदा उठाते हैं। पिसती तो है गरीब रिआया।"

"यही तो बात है। खाली लगान तो रिआया दे नहीं पाती, अब यह बढ़ोतरी कहाँ से भरेगी ?"

"मैं तो बड़ा नाकारा आदमी हूँ पंडितजी। मजहब की बड़ी-बड़ी बातें मुझे नहीं आतीं। क्या मंदिर और क्या मसजिद। वही ईंट-पत्थर वहाँ, वही ईंट-पत्थर यहाँ। समझ में नहीं आता कि आप लोगों के राम और हमारे खुदा में किस बात की अदावत है कि दोनों के बन्दे आपस में लड़ने-मरने को तैयार हो गए हैं।"

"इस सबका अंजाम क्या होगा, शेखजी ?"

"यह तो खुदा ही जाने।··· उधर फिरंगी मुल्क हड़पने की ताक में बैठे हैं, इधर हम आपस में जिहाद छेड़ रहे हैं। फिरंगी यही तो चाहते थे कि कोई ऐसा बवाल हो कि बादशाह मजबूर होकर खुद-ब-खुद उनकी झोली में आ गिरें।"

कंजा की सरहद आ गई थी। वहाँ से एक पगडंडी लीक से निकलकर खेतों और बागों के बीच से होती हुई मुसलमान बस्ती की ओर जाती थी। शेख खुदा-हाफिज कहकर पगडंडी पर मुड़ गए। पीली चाँदनी में दूर तक घोड़े की पीठ धुँधली-धुँधली-सी दिखती रही, फिर बाग में घुसकर बड़े-बड़े पेड़ों के साए में गुम हो गई।

शंकर आगे बढ़े। सिवान और जंगल के बाद बसौली गाँव का ऊसर था। पता नहीं चला, एकाएक चाँद कब डूब गया और घुप अँधेरा छा गया। चारों ओर पसरी रात की खामोशी को तोड़ती घोड़े की टापों की खटपट के बीच आज की घटनाएँ एक-एक कर उनके जेहन में रेंगने लगीं।··· नाच के बीच में से राय साहब का एकाएक उन्हें बुलवाना। जैकरन की पंचायत का जिक्र। रूपा के बारे में पूछताछ। और फिर वसूली बढ़ानेवाली बात पर आकर खत्म करना। कौन सारी बातों की खबर देता है उन्हें। और रूपा के मामले में बोलनेवाले वे कौन होते हैं ? खुद कौन दूध के धोए हैं ?··· लेकिन नहीं, हम उनके मालगुजार हैं। पाहीघर की सीर दे रखी है उन्होंने। इसी एहसान के बल पर ही तो···। अपमान की चोट से शंकर देर तक तिलमिलाते रहे।··· फिर शेख

की बातों की ओर ध्यान गया। कितनी जानकारी है शेख को। कभी-कभी तो साधुओं-फकीरों-जैसी बातें करने लगते हैं। क्या बात कही है–राम और खुदा में किस बात की अदावत है। यह तो उस सूफी फकीर-जैसी बातें हैं जो एक बार कोट में आया था तो हिंदू-मुसलमान दोनों उमड़ पड़े थे।··· राय साहब की बातों को याद कर जो उबाल उठा था वह शेख की बातों के फैलाव में सिलमिलाकर ठंडा पड़ गया। शंकर को लगा, रूपा और पाहीघर और रियासत और मालगुजारी के पचड़ों से परे एक दूसरी दुनिया है जो कुहासे से ढकी और बेहद उलझी हुई है पर अपनी ओर खींचती है।

इस तरह सन् पचपन का दशहरा खत्म हुआ। उसके कई दिन बाद कप्तान बार्लो की कमान में भेजी गई नवाबी फौज ने दरयाबाद और रुदौली के बीच मौलवी अमीर अली के जिहादी मुसलमानों को घेर लिया। जमकर लड़ाई हुई। दोनों ओर से कई लोग मारे गए। यह नवम्बर की सातवीं तारीख थी।

उस समय तो यह मामला किसी तरह ठंडा पड़ गया, लेकिन आनेवाले वक्त में जब भी बदअख्लाकी की हवा चली, राख में दबी चिनगारी की तरह यह बार-बार सुलगता रहा।

सोलह

लन्दन से बोर्ड ऑफ डाइरेक्टर का नवम्बर का भेजा फरमान डलहौजी को जाकर दो जनवरी को मिला। तब तक उसका कार्यकाल खत्म होने को आ रहा था। लेकिन कम्पनी का क्षेत्र और मालगुजारी बढ़ाने का उसने जो नाम कमाया था, वापस जाने से पहले उसमें एक कड़ी और जोड़ जाना चाहता था।

इंग्लैण्ड से आ रहे फरमान पर तुरंत कार्रवाई करने के लिए डलहौजी ने ऊटरम को पहले ही कलकत्ते बुला लिया था। फरमान मिलने पर कार्रवाई को कानूनी जामा पहनाने के लिए, उसके मुताबिक एक नए

इकरारनामे का मसौदा तैयार किया गया। चौबीस जनवरी को जब ऊटरम कलकत्ते से चला तो उसके साथ यह मसौदा था, बादशाह के नाम लिखी डलहौजी की एक चिट्ठी थी और यह आदेश कि यदि इकरारनामे को पेश करने के तीन दिन के भीतर बादशाह इस पर दस्तखत न कर दें तो अवध पर जबरन कब्जा कर लिया जाए और उनके सारे हक और रियायतें छीन ली जाएँ। उधर नई लगी तार की लाइन से कानपुर छावनी को खबर भेज दी गई कि रेजिडेंट की सहायता के लिए एक बड़ी फौज जल्द-से-जल्द लखनऊ की ओर रवाना कर दी जाए।

छः दिन बाद ऊटरम लखनऊ पहुँचा। वहाँ घटाटोप बदली छाई हुई थी। बीच-बीच में बूँदाबाँदी हो रही थी। कड़ाके की ठंड में ठिठुरते लोग शहर में जगह-जगह अलाव जलाकर ताप रहे थे। अफवाहों का बाजार गर्म था। रेजिडेंट के लखनऊ पहुँचने की खबर धुएँ की तरह फैल गई थी। चारों ओर कानाफूसी होने लगी। रेजिडेंट के पीछे-पीछे एक बड़ी फौज आ रही है। बड़े लाट ने कैसरबाग पर हमला करने का हुक्म दिया है। हो सकता है, बादशाह को कैद कर लिया जाए। बेगुनाह बादशाह के साथ बड़ा धोखा हुआ। जालिम कम्पनी किसी को नहीं बख्शेगी। बादशाह ने उस पर भरोसा करके गलती की।

घटनाओं के बीत जाने के बाद उन्हें देखने पर सबकुछ सामान्य लगता है। लगता है, जो कुछ हुआ उसके अलावा और कुछ हो ही नहीं सकता था। लेकिन उनके घटने के पहले किस तरह की ऊहापोह रहती है, वे क्या मोड़ लेंगी–इसको लेकर कितनी अटकलें लगाई जाती हैं, कितनी अनिश्चितता रहती है, अंदाज लगाना मुश्किल है।

ऊटरम की वह रात बड़ी बेचैनी से कटी। लखनऊ पहुँचते ही उसने वजीर अली नकी खाँ को रेजिडेंसी में बुला भेजा था जिससे कि सारी बात समझाकर दरबार तक पहुँचाई जा सके। मगर वजीर ने आते-आते तीन बजा दिए। और असली बात शुरू करने के पहले देर तक इधर-उधर की औपचारिक बातें करने की मजबूरी। ऊटरम बेसब्र हो रहा था। और जब नए इकरारनामे का जिक्र आया, जिसके तहत बादशाह के लिए बारह लाख रुपए सालाना पेन्शन की व्यवस्था कर अवध का शासन

पूरी तरह कम्पनी को अपने हाथ में ले लेना था, तो वजीर भड़क उठा। कंपनी के प्रति बादशाह की वफादारी की दुहाई देने लगा, हुकूमत में लाए गए सुधारों के गुन गाने लगा। दुनिया-भर की बेमतलब की बातें, मिन्नतें, सफाइयाँ। ऐसे आजिजी से बोल रहा था, जैसे फैसले को बदलना ऊटरम के ही हाथ में हो। बड़ी मुश्किल से इस बात के लिए तैयार हुआ कि बादशाह को समझा-बुझाकर राजी करने की कोशिश करेगा।

वजीर को विदा करने के बाद से ऊटरम के दिमाग में तरह-तरह की बातें घूम रही थीं। एक-से-एक उलझी हुई। बिस्तर पर आया तो आँखों में नींद नहीं। जब वजीर इतना भड़क उठा तो बादशाह पर क्या गुजरेगी ? और दरबारी क्या रुख इख्तियार करेंगे ? आम जनता पर क्या असर होगा ? दूर देहात के तालुकेदार, जमींदार और रिआया इस खबर को कैसे लेंगे ? कहीं देहातों में बगावत हो गई तो मामला पेचीदा हो जाएगा।··· ऊटरम ने सर को एक झटका दिया–कहाँ आकर फँस गए। अदन गए होते तो चैन से जिंदगी कट रही होती।··· करवटें बदलते हुए ऊटरम ने तय किया कि इस नाजुक मसले पर धीरे-धीरे, बहुत सब्र के साथ आगे बढ़ेंगे।

तीन फरवरी की रात ऊटरम को खबर मिली कि ह्वीलर की फौज की अगली पंक्ति लखनऊ से आठ मील की दूरी तक आ गई है। उसने सोचा, अब फैसले को और नहीं टाला जा सकता। अगले दिन बादशाह से मिलने का वक्त मुकर्रर किया गया।

जिस समय ऊटरम अपने दो सहायकों के साथ बादशाह से मिलने जर्दकोठी की ओर चला, सुबह की धुंध खत्म हो गई थी और बादलों के पीछे से सूरज झाँकने लगा था। जर्दकोठी के आहाते में अजीब-सी वीरानगी थी। पूरा माहौल सहमा-सहमा-सा लग रहा था। पहरेदारों के हाथों में हथियार नहीं थे। तोपें नीचे उतार दी गई थीं। रेजिडेंट की अगवानी करनेवालों ने तलवारें तक नहीं ले रखी थीं।

मुलाकात के कमरे में बादशाह के साथ उनके भाई सिकंदर हशमत, वजीर अली नकी खाँ, रेजिडेंसी का वकील मुसीउद्दौला, उसका सहायक साहबुद्दौला और माल महकमे के वजीर राजा बालकिशन मौजूद थे।

ऊटरम ने बड़े अदब के साथ बादशाह के सामने डलहौजी की चिट्ठी पेश की। उसे ध्यान से पढ़ने के बाद बादशाह बोले कि उसके मजमून से तो उन्हें पहले ही वाफिक कराया जा चुका है। थोड़ी देर चुप रहने के बाद वे एकाएक रेजिडेंट की ओर मुड़े और पूछा–"रेजिडेंट साहब, हमारे साथ ऐसा सलूक क्यों ? हमने क्या खता की है ?"

ऊटरम थोड़ा हतप्रभ हुआ। फिर सँभलकर धीरे-धीरे बात शुरू की–"अवध के बारे में नया नजरिया अपनाने के कारणों को बड़े लाट ने अपने खत में पूरी तफसील के साथ और साफ-साफ लिख दिया है। उसके बारे में बहस करने या उससे अलग हटने का मुझे इख्तियार नहीं है।... फिर भी बादशाह इस बात पर गौर करें कि कंपनी सरकार ने उनके गुजारे की कितनी उम्दा व्यवस्था की है। उनकी हैसियत, पदवी और सम्मान–सब बरकरार रहेंगे और उनके वारिसों को हमेशा मिलते रहेंगे। अपने महल, परिवार और नौकरों-चाकरों पर बादशाह का पूरा इख्तियार रहेगा। उनके रिश्तेदारों और खास-खास नौकरों को कंपनी वजीफा देगी। मुझे पूरा यकीन है कि यदि बादशाह इस पर गौर करेंगे तो ब्रिटिश सरकार की ख्वाहिश के मुताबिक ही चलेंगे।"

थोड़ी देर चुप रहकर ऊटरम फिर बोला–"बादशाह को यह जानकारी तो होगी कि अवध में चलनेवाली बदअमनी और रिआया की तकलीफों के नाते अठारह सौ एक का इकरारनामा टूट चुका है। ब्रिटिश सरकार ने उसकी जगह एक नए इकरारनामे का मसौदा तैयार किया है जिसे दस्तखत के लिए मुझे बादशाह के सामने पेश करने का हुक्म हुआ है।"

बादशाह ने अंदर उमड़ते तूफान को दबाकर मसौदे को हाथ में लिया और पढ़कर सुनाने के लिए साहबुद्दौला को पकड़ा दिया।

कुछ सतरें पढ़ने के बाद साहबुद्दौला का गला भर आया। उससे आगे नहीं पढ़ा गया तो बादशाह ने मसौदा उसके हाथ से ले लिया और खुद एक-एक धारा पढ़ने लगे। पढ़ते-पढ़ते उनका चेहरा तमतमा उठा। बड़ी मुश्किल से अपने को सँभाला। पढ़कर खत्म करते ही बिफर उठे–"रेजिडेंट साहब, इकरारनामे की जरूरत बराबरवालों के बीच होती है। मैं अब बरतानिया सरकार के साथ इकरारनामा करनेवाला कौन होता

हूँ ?... अवध में यह सल्तनत सौ साल तक फली-फूली। इसे हमेशा बरतानिया सरकार की मदद, हिफाजत और तरफदारी मिली। सल्तनत ने भी हमेशा पूरी वफादारी के साथ अपना फर्ज निभाया।... यह हुकूमत अंग्रेजों की बनाई हुई है। वे जब चाहें, इसे मिटा सकते हैं, उठा सकते हैं, गिरा सकते हैं। उन्हें सिर्फ हुक्म देने की देर है, तुरंत तामील होगी। उनकी ख्वाहिशों और मंसूबों की जरा भी मुखालफत नहीं होगी। हम और हमारी रिआया दोनों उनके ताबेदार हैं... "

बीच में मुसीउद्दौला ने फौजों से हथियार धराने और तोपें उतरवाने के शाही हुक्म का जिक्र किया। बादशाह उसकी बात काटकर बोले– "रेजिडेंट साहब ने देखा होगा कि हमारे सिपाही और हमारी रिआया किस तरह लाचार और किसी तरह की बगावत करने के लिए नाकाबिल हैं।... लेकिन हमारे लिए किसी इकरारनामे पर दस्तखत करना बिल्कुल बेमानी है। हमारा मुल्क चला गया। हमारी शान चली गई। हमारी इज्जत चली गई। अब हम सरकार को गुजारे के लिए तंग नहीं करेंगे। अब तो बस हम विलायत जाएँगे और मलका विक्टोरिया के सामने फरियाद करेंगे कि हमारे साथ इंसाफ किया जाए।"

बादशाह उमड़ते हुए आँसुओं को नहीं रोक पाए। यह कहते-कहते कि बरतानिया सरकार ने उनके पुरखों की हमेशा बड़ी मदद की थी, उन्होंने अपनी शाही पगड़ी उतारी और उसे ऊटरम के हाथ में रख दिया– "हम पूरी तरह से कम्पनी बहादुर के हाथ में हैं। उसी ने हमारे परदादा को बादशाह बनाया था। वही अपनी खुशी से हमें गुमनामी के अँधेरे में ढकेल सकती है। सबकुछ चला गया तो अब इकरारनामे पर दस्तखत क्या करना ?"

सभी के चेहरे गमगीन थे। कुछ देर के लिए रेजिडेंट के भी बोल नहीं निकले। उसने गला खँखारकर कहा–"जहाँपनाह, हम ऊपर के हुक्म के मुताबिक कार्रवाई करने के लिए मजबूर हैं। अगर तीन दिन के भीतर इकरारनामे पर दस्तखत न हो गया तो हमें मजबूरन मुल्क का शासन अपने हाथ में ले लेना होगा।"

और ऊटरम तेजी से जर्दमहल के फाटक से बाहर निकल गया।

बादशाह से ऊटरम की यह मुलाकात अवध की कहानी का एक बेहद बदनसीब पहलू था। बादशाह के जज्बात, उनकी बेबसी और उसे जाहिर करने का उनका अंदाज–यह सब उस लम्बे नाटक के अंतिम दृश्य थे जिसके नेपथ्य में नवाबी सल्तनत और कंपनी के बीच के पेचीदे रिश्ते की असलियत खो गई है। नवाबी सल्तनत की पूरी दास्तान ही अजूबों और विसंगतियों से भरी एक पहेली है जो हिन्दुस्तान में अंग्रेजी हुकूमत के इतिहास के पीछे छाए कुहासे में चलनेवाली हलचलों का थोड़ा-सा आभास देती है।

कायदे से देखा जाए तो सन् सत्रह सौ चौंसठ की बक्सर की लड़ाई में नवाब शुजाउद्दौला के हार जाने के बाद ही अवध की नवाबी सल्तनत खत्म हो जानी चाहिए थी। पर ऐसा नहीं हुआ। उसके बाद अगले बानबे सालों तक कायम रहनेवाले अवध दरबार का यह सारा तामझाम अंग्रेजों के बल पर चला। ऐसा क्यों हुआ ? इस सवाल का जवाब हिंदुस्तान के मामलात में अंग्रेजों द्वारा अपने असली मकसद को अँधेरे में रखकर चीजों को एक खास रोशनी में पेश करने की उनकी नीति पर कुछ रोशनी डालता है।

अवध को एकाएक हड़पने का मतलब होता सारी देशी ताकतों को असली खतरे से आगाह कर देना, जिससे वे कंपनी के तिजारती मुखौटे के पीछे छिपी साम्राज्य-लिप्सा को पहचान जातीं और आपस के भेद भुलाकर अंग्रेजों के खिलाफ एकजुट हो जातीं। अंग्रेज हुक्मरान इस बात को समझ गए थे। इसीलिए अवध को तब तक जीवित रखे रहे जब तक अंग्रेजी साम्राज्य को बढ़ाने और उसे मजबूत करने के लिए एक गुड्डानुमा मध्यवर्ती राज्य के रूप में उसकी उपयोगिता खत्म नहीं हो गई। अब जब बर्मा से लेकर सिंध तक अंग्रेजों की तूती बोल रही थी, कंपनी को अपना मकसद छिपाने की जरूरत नहीं रह गई थी। अब वह तिजारत नहीं करती थी, दुनिया के एक कोने से दूसरे कोने तक फैले अंग्रेजी साम्राज्य के एक अहम हिस्से पर हुकूमत करती थी। अब वह अंग्रेजों के बीच जॉन कंपनी और हिन्दुस्तानियों के बीच कंपनी बहादुर के नाम से जानी जाती थी। अब अवध दरबार को कायम रखकर उसके पचड़े

बर्दाश्त करने की कोई तुक नहीं रह गई थी।

इस मुलाकात के बाद लखनऊ में वाजिदअली शाह के दिन गिने हुए थे। घोर तनाव, निराशा और बोझिलता के दिन थे ये। बादशाह को बार-बार यह कचोट रहा था कि अंग्रेजों के सबसे बड़े खैरख्वाह होने के बावजूद यह दिन क्यों देखना पड़ा। वह और उनके पुरखे हमेशा अंग्रेजों के इशारे पर उठे, उन्हीं के इशारे पर बैठे। कंपनी ने जो भी कर्जे माँगे, दे दिए, जो भी इलाके चाहे, हाजिर कर दिए। शायद समझते थे कि ऐसा करते रहेंगे तो गद्दी बची रहेगी। आज उसके भी लाले पड़ गए।

लेकिन नहीं। हो सकता है यह बीच के हाकिमों की कारस्तानी हो। वे असली बात बीच में ही दबा देते हों। लाट साहब नहीं तो कम-से-कम मलका विक्टोरिया पूरी बात जानतीं तो ऐसी बेइंसाफी कभी न होने देतीं। हम उनसे फरियाद करेंगे।

एक बेहद नाजुक और शायर-मिजाज बादशाह ने उन दिनों के सदमे को कैसे बर्दाश्त किया, यह नहीं मालूम। पता नहीं उनके जेहन में यह बात आई या नहीं कि अपने लिए जिस इंसाफ की माँग करने वे विलायत तक जाने की सोच रहे हैं, अपनी रिआया को वही इंसाफ देने के लिए उन्होंने क्या जहमत उठाई। मसनद पर बैठने के शुरू के दिनों में थोड़ी सरगरमी दिखाकर जरा-सी रुकावट आने पर हरम में दुबककर बैठ गए। यह जरूर है कि अंग्रेजों ने ऐसा जाल बुन रखा था कि बिना बड़ा जोखिम उठाए कुछ कर पाना संभव नहीं था। पर अंग्रेजों की नाराजगी और खुशी से ऊपर उठकर भी तो उनका कुछ फर्ज बनता था। वे जो ताज पहनते थे, महल में रहते थे, बादशाह कहलाते थे, सिजदे कबूल करते थे, उसके चलते रिआया का भी तो उन पर कुछ हक बैठता था। उसे देने के लिए एक बार शायद सबकुछ दाँव पर लगा देना पड़ता, पर तब अंग्रेजों से दगा खाने की यह कचोट तो न रहती। जिन अंग्रेजों के लिए सारा स्याह-सफेद किया गया, जिनकी वजह से सब ओर से आँखें बंद रखी गईं, वही आज दगा दे गए। दुनियावी इंसाफ का जिम्मा सँभालनेवाले जब अपने लिए इंसाफ की माँग करने निकलते हैं तो हैरान

करनेवाला यह सवाल उठता है कि आखिर असली इंसाफ कौन करता है।

तीन दिन के ऊहापोह के बाद सात फरवरी को बादशाह ने दस्तखत न करने का अपना फैसला लिखकर भेज दिया और उसी दिन कंपनी के हाकिमों ने तमाम महकमों का कार्यभार सँभाल लिया। सबकुछ बड़ी शांति से बिना किसी खास अड़चन के संपन्न हो गया।

बादशाह ने मुल्क की हालत सुधारने के लिए कुछ किया हो या न किया हो, लखनऊ की जनता उन पर जान देती थी। तेरह फरवरी को जब वह रात के वक्त लखनऊ छोड़कर कानपुर के रास्ते कलकत्ते के लिए रवाना हुए तो पूरा शहर उन्हें एक नजर देखने के लिए उमड़ पड़ा। ऊटरम की मार्फ़त कलकत्ते से इत्तला आई थी कि सफर के बंदोबस्त की दिक्कतों का ध्यान रखते हुए बादशाह अपने साथ पाँच सौ से ज्यादा लोगों को न ले जाएँ। बादशाह ने एक इश्तिहार निकलवाकर मुल्क के अमीनों, तालुकेदारों, मालगुजारों, जमींदारों, फौजी हुक्मरानों, थानेदारों और चौधरियों तथा आम जनता को यह ताकीद की थी कि वह कंपनी सरकार का हुक्म मानें, उसे लगान अदा करें और जब बादशाह फरियाद लेकर कलकत्ते के लिए रवाना हों तो उनके साथ या पीछे-पीछे चलने की कोशिश न करें। भीड़ से बचने के लिए ही उन्होंने रात के अँधेरे में निकलने का निश्चय किया था। लेकिन किसी तरह लोगों को खबर लग गई और हजारों लोग चुपचाप उनके पीछे हो लिए।

जब बादशाह की सवारी कैसरबाग से निकली, रात के आठ बज रहे थे। अँधेरे के कुहासे में डूबे शहर के महल और बगीचे, मकबरे और इमामबाड़े, बस्तियाँ और बाजार और मन्थर गति से बहती गोमती की रह-रहकर चमकती धार बादशाह को अपनी ओर खींचते थे। लखनऊ से कानपुर जानेवाली सड़क सवारियों और पैदल चलनेवालों से भरी थी। सड़क के दोनों ओर खड़े लोगों की आँखें नम थीं, दिल उमड़ रहा था। अभी कुछ दिनों पहले जब बादशाह ने अवध की यह इकलौती पक्की सड़क एक गोरे इंजीनियर की मदद से बनवाकर पूरी की थी, किसी को गुमान भी नहीं था कि जल्दी ही एक दिन बादशाह इसी के सीने पर चलते हुए अपने वतन से दूर निकल जाएँगे।

बादशाह का दिल भारी था। आँखों में सबकुछ खो देने का दर्द और अनिश्चित भविष्य की बेकली। उम्मीद की एक हल्की-सी किरन के सहारे वह सफर पर निकले थे। लेकिन सहज बुद्धि ने भान करा दिया था कि अब किस्सा खत्म हुआ और लौटकर वतन वापस आना नहीं होगा–

दरो दीवार पे हसरत से नजर करते हैं।
खुश रहो अहलेवतन, हम तो सफर करते हैं।

सत्रह

जिस दिन अंग्रेजों द्वारा अवध पर कब्जा किए जाने की खबर प्रतापगढ़ पहुँची, राय कुंजल सिंह चकलेदार से मिलने वहाँ गए हुए थे। तरह-तरह की अफवाहें फैली थीं। हर चकले में अंग्रेज कलेक्टर तैनात होगा जो अपने मातहतों के जरिए सीधे रिआया से लगान वसूल करेगा। तालुकेदारों के कोट और गढ़ियाँ गिरा दी जाएँगी, तोपें छिन जाएँगी, कुमुक तोड़ दी जाएगी। और भी बहुत-सी बातें। नवाबी फौज के हाकिम और सिपाही बदहवास घूम रहे थे। खबर थी कि सारी नवाबी फौज तोड़ दी जाएगी। क्या होगा उनका ? कहाँ जाएँगे वे ? सब जगह घबड़ाहट थी। भविष्य अनिश्चय के अँधेरे में डूबा था। आनेवाले दिनों का खौफ लोगों के चेहरों पर काली छाया की तरह मँडरा रहा था।

प्रतापगढ़ से लौटकर राय साहब की बग्घी जब दशरथपुर कोट में दाखिल हुई, शाम होने को आई थी। ठंड बढ़ रही थी और चबूतरे के पास अलाव जलाने की तैयारियाँ हो रही थीं। पूरे कोट में एक अलस बेफिक्री का माहौल था। राय साहब बग्घी से उतरकर चुपचाप जनाना ड्योढ़ी की ओर बढ़ गए। बिस्तर पर लेटे तो चार दिन तक बाहर नहीं निकले। ऐसे ही गुमसुम पड़े रहे। किसी से कुछ बोलते नहीं थे। ऊपर से बिल्कुल शान्त, पर अंदर-अंदर बेहद बेचैन। चार दिन बाद उठे।

नहा-धोकर पूजा-पाठ किया और जाकर कचेहरी में बैठे। थोड़ी देर बैठे रहे। मन नहीं लगा तो उठ खड़े हुए। पूरे कोट का एक चक्कर लगाया। कुछ देर फुलवारी में टहलते रहे। फिर वापस आकर बिस्तर पर लेट गए। शाम को अचानक तबीयत खराब हो गई। साँस लेने में तकलीफ होने लगी। वैद्य बुलवाया गया। उसे कुछ समझ में नहीं आ रहा था। अंदाज से कुछ दवाएँ दीं। लेकिन कोई फायदा नहीं हुआ। रात में हालत और बिगड़ गई। बीच-बीच में मूर्छा आने लगी। मूर्छा टूटती तो बस इतना ही बुदबुदाते—हमारा जमाना खत्म हुआ, आगे की कौन जाने। सुबह हुई। कुँअर हनुमान सिंह को पास बुलाया। कुछ बताने की कोशिश की पर जबान नहीं खुली। हाथ के इशारे से कुछ समझाना चाहा। लोग इशारे का मतलब निकालते रहे और उनकी साँस रुक गई।

शंकर ने सुना तो तुरंत घोड़ा कसकर दशरथपुर के लिए तैयार हो गए। रास्ते-भर राय साहब से पिछली मुलाकात की बातें याद करते रहे। रूपावाली बात में उनकी दखलअंदाजी से कितनी तिलमिलाहट हुई थी ? क्या पता था कि यह उनसे आखिरी मुलाकात होगी ?

राय साहब की मौत की खबर सुनकर कोट में बहुत से लोग जमा थे। रियासत और मुल्क के भविष्य के बारे में सभी आशंकित। कुँअर हनुमान सिंह की उमर अभी कच्ची है। ऊपर से यह हुकूमत की उलट-पुलट। कम्पनी सरकार कहीं रियासत ही न जब्त कर ले। इस दगाबाज कम्पनी का क्या भरोसा ? जो नवाब जैसे खैरख्वाह की नहीं हुई वह और किसी की क्या होगी ? राय साहब की सभी बड़ाई कर रहे थे। धर्मात्मा पुरुष थे। एक तरह से उनके हक में अच्छा ही हुआ। फिरंगी हुकूमत आने के पहले अपना परदा-पानी बचाकर चले गए। अब जो रह गए, वो भोगें।

अठारह

शिवगुलाम सुकुल काफी दिनों बाद आज पाहीघर आए थे। सुना कि

शंकर दशरथपुर गए हैं और रात गए तक आ जाएँगे तो वहीं रुककर इंतजार करने लगे। अँधेरा हुआ तो ठटवार* के नीम के पेड़ तले अलाव जला दिया। सुकुल अलाव के पास आकर बैठे तो बूढ़ी भी बाहर आ गईं और बैठकर अलाव तापने लगीं। शिवगुलाम सुकुल उमर में उनसे काफी छोटे थे। इसलिए दोनों में खूब बातें होती थीं। सुकुल से घर-द्वार और पशु-प्राणी की बात पूछ चुकीं तो बूढ़ी दुर्बली और शंकर की शिकायत लेकर बैठ गईं।

"इतने दिन हो गए, घर लौटकर नहीं आया। बस एक बार हाल-चाल मिली थी। यहीं-कहीं का एक सिपाही घर आ रहा था तो उसी से कहला भेजा था।··· करम फूटा था जो फिरंगी फौद के चक्कर में पड़ गया। नहीं तो यहाँ किस बात की कमी थी ? हमें तो बिसरा ही दिया, बहू का मुखड़ा याद करके भी तरस नहीं आती। वह गया तो बहू के पैर भारी थे। जाने के बाद बिटिया हुई। उसका तो मुँह ही नहीं देखा। बहू को देखती हूँ तो छाती फटती है।··· शंकर अपने में ही मस्त है। सुकुल महराज, आप तो घर के आदमी हो, आपसे क्या छिपाना ? और छिपा भी क्या है ?" बूढ़ी की आवाज धीमी हो गई।

"वह राँड़ है न, वही जैकरन अहीर की बिटिया। ससुराल छोड़कर घर बैठी है। शंकर उसी के साथ मगन है। उसके ससुर ने पंचायत बुलाई थी। जैकरन ने दंड भर दिया। मुआ जैकरन भी एक ही लुच्चा है। देखकर अनदेखा किए रहता है।··· एक उस रास्ते, एक इस रास्ते।" बूढ़ी कुछ देर के लिए रुकीं।

"दुर्बली को भगवान ने एक लड़का दे दिया होता तो वंश में कोई दिया जलानेवाला रहता। उसी आस में जी रही थी। अब तो अजीरन आ गई हूँ। देखा नहीं जाता। भगवान से मनाती हूँ कि अब तो उठा लें तभी अच्छा।··· शंकर के बापू मुझे कलझने के लिए छोड़कर चले गए।" और बूढ़ी की आवाज भर्रा गई। वे धीरे-धीरे सिसकने लगीं।

---

* मवेशियों के लिए चारा-पानी और घर के अन्य बाहरी काम करनेवाला नौकर जो अवध के बड़े किसान रखते हैं।

"धैर्य धरो, शंकर की माँ, सब प्रारब्ध का खेल है। जितना संचित कर्मफल है वह तो भोगना ही पड़ेगा।"

अलाव की आँच मद्धिम पड़ गई थी। लकड़ियाँ जलकर बिखर गई थीं। एक गीली, आधी जली ढाक की टहनी के सिरे से सूँ··· ऊ··· ऊ··· करता पानी निकल रहा था। उसकी आवाज चारों ओर पसरे सन्नाटे को जैसे गहरा कर रही थी। शिवगुलाम आहिस्ते-आहिस्ते अलाव की लकड़ियाँ ठीक करने लगे। ध्यान कहीं और था।

शंकर की माँ किसी काम से घर के अंदर गईं तो शिवगुलाम अलाव के पास अकेले रह गए। दिमाग में बहुत-सी बातें घुमड़ रही थीं। गुरुदत्त विंध्याचल छोड़कर यहाँ आए कि खोई प्रतिष्ठा वापस मिलेगी, वंश आगे बढ़ेगा। देखते ही देखते वह चल बसे। शंकर मालगुजार बना, रोब-रुतबा कमाया। लेकिन इस कीचड़ में फँस गया। दुर्बली कंपनी की फौज में चला गया। बहू किसी तरह बेटी के सहारे दिन काट रही है। बूढ़ी की जान पौत्र की आशा में अटकी हुई है। आदमी बनाने की सोचता है, सोचता-सोचता एक दिन चला जाता है। मन का बन नहीं पाता, और बिगड़ने का क्रम स्वतः चलता रहता है। लेकिन मनुष्य का स्वभाव है, जितना पुरुषार्थ कर सकता है, किए बिना नहीं रह सकता।··· अगर कहीं से शंकर के विवाह का जुगाड़ हो जाता। उमर निकल गई है। कुल-गोत्र भी ऐसा ही है। छोटे भाई की बहू घर आ चुकी है। लोग पूछेंगे, इतने दिन कैसे पड़ा रहा। लेकिन घर धन-धान्य से भरा है। हर तरह का सुख है। कहीं मौका देखकर बात चलानी चाहिए।

सोचते-सोचते उन्हें तन्द्रा-सी आ गई। तभी घोड़े की खटपट सुनाई पड़ी।

"कौन··· शंकर ?"

"सुकुल महराज, आप अकेले बैठे हैं।" शंकर घोड़े से उतरकर अलाव के पास आए।

"शाम को आया था। सोचा, तुमसे मिलकर जाऊँगा।··· कोट के क्या हाल हैं ?"

"राय साहब नहीं रहे, आपने तो सुना होगा।"

"नहीं। अभी तो मैं कल अमरगढ़ से आया हूँ। यह तो एकदम अकस्मात् हुआ।"

"हाँ। परतापगढ़ गए थे। वहीं फिरंगी हुकूमत के बारे में पता लगा। वहाँ से लौटे तो खजमजा गए। किसी की समझ में नहीं आया, क्या हुआ। कल साँस रुक गई।"

"नारायण··· नारायण।"

"रियासत पर तो जैसे बज्र गिर गया। कुँअर साहब की अभी उम्र ही क्या है। बड़ी रानी को सब सँभालना पड़ेगा।"

"कौन जाने क्या होगा।··· अमरगढ़ कोट में तो बड़ी चखचख मची थी। राजा साहब बड़े पसोपेश में पड़े हैं।"

"क्यों ?"

"आगे ऊँट जाने किस करवट बैठता है। लोग कह रहे थे, नई सरकार ने तालुकेदारों को सारा बकाया लगान एकमुश्त जमा करने का हुक्म दिया है।"

"यह कैसे होगा ? ··· यह तो बड़ा अंधेर है।"

"ज़ैसे भी होगा, करना पड़ेगा। कम्पनी अब पूरी जमीन का नया बंदोबस्त करेगी। उसके पहले कोई पुराना बकाया नहीं छोड़ना चाहती।"

"नए बंदोबस्त में क्या होगा ?"

"पूरी उठा-पटक होगी। सभी को अपने इलाके पर अपना हक साबित करना होगा। कागज-पत्र की जाँच होगी। कहाँ किसका कब्जा है, यह देखा जाएगा।"

"नवाबी में तो ऐसा कभी नहीं हुआ।"

"तभी तो सबके होश उड़े हुए हैं।"

"क्या सब चुपचाप बैठकर देखते रहेंगे ?"

"कहना कठिन है। पंचांग के हिसाब से अगले वर्ष के ग्रह-नक्षत्र ठीक नहीं हैं। देश में विप्लव और रक्त-पात का योग है। देखो क्या होता है ?"

बूढ़ी अंदर से गरम दूध लेकर आईं।

"सुकुल महराज, आज अबेर हो गई है। बहू से पूड़ी छनवा देती

हूँ। यहीं खाकर सो जाइए। सबेरे जाइएगा।"

उन दिनों जहाँ शादी-विवाह का संबंध न हो, ब्राह्मण घर का बना कच्चा खाना नहीं खाते थे। अवचट पड़ने पर या तो खुद नेवहड़* जलाते थे, नहीं तो पूड़ी खा लेते थे। ज्यादा नेम-धरम माननेवाले तो पूड़ी भी अपने हाथ से ही बनाकर खाते थे।

"हाँ सुकुलजी। ताल का ऊबड़-खाबड़ रास्ता। अँधेरे में कहाँ भटकिएगा। आज यहीं रह जाइए।"

"नहीं शंकर। लाठी साथ में है। टेकते हुए चले जाएँगे। घर पर सब प्रतीक्षा कर रहे होंगे।"

रात गहरी हो गई थी। शिवगुलाम उठकर खड़े हुए तो शंकर ने कहा, चलिए ताल तक पहुँचा आते हैं। ताल पार कराकर जब शंकर लौटने लगे तो पं. शिवगुलाम ने धीरे से कहा–बड़ा विचित्र समय आ रहा है। दुर्बली को एक चिट्ठी लिखवा देते। हो सकता तो छुट्टी लेकर एक बार घर चला आता।"

शंकर के लौटते-लौटते आकाश में एक ओर चाँद लटक आया था। हल्की-हल्की ओस पड़ रही थी जिससे चारों ओर एक धुंध-सी लटकी हुई थी। ताल और पाहीघर के बीच दाहिने-बाएँ दूर तक घना जंगल सोया पड़ा था। रह-रहकर हवा चलने से बाँस आपस में टकराकर कर्र-कर्र बोलते थे। फिर निस्तब्धता छा जाती थी। शंकर को लगा, इस खामोश फागुनी रात के सीने में कोई तूफान दबा है।

उन्नीस

कम्पनी का शासन लागू हुआ तो एकाएक बहुत से हाकिमों की जरूरत पड़ी। दूर-दूर से गोरे हाकिम बुलाए गए। कहीं बंगाल से तो कहीं पंजाब से तो कहीं पश्चिमोत्तर प्रान्त से। लखनऊ आकर वे अवध में अंग्रेजी

---

* मिट्टी की हंडिया जिसका प्रयोग स्वयं पाकी लोग खाना बनाने के लिए करते थे।

राज का ताना-बाना खड़ा करने में मुस्तैदी से लग गए। कुछ दिन रेजिडेंसी में रोककर उन्हें सरकारी नीति और उनके काम के बारे में मोटी-मोटी ज़ानकारी दी जाती। फिर वे पालकियों या घोड़ों पर सवार हो मुफस्सिल की ओर रवाना हो जाते। बहुत-सी जगहों पर जाने के लिए न तो सड़कें थीं, न गोरों के रहने लायक मकान। अतः बहुतों को अपने बीवी-बच्चे रेजिडेंसी में छोड़कर जाना पड़ा और काफी दिनों तक तम्बुओं के नीचे गुजर करना पड़ा।

मौसम में धीरे-धीरे तपिश बढ़ रही थी। दिन में कड़ी धूप, गरम हवा और भिनभिनाती हुई मक्खियाँ। रात में घुप अँधेरा, उमस और मच्छर। ऐसे में हाकिमों को दस-दस, बारह-बारह घंटे काम करना पड़ता। अनगिनत काम थे उनके सामने। जिलों की सरहदें तय करना, कचहरी, जेल और पुलिस की व्यवस्था करना, डाक के आने-जाने का इंतजाम करना, जरूरी सड़कों का नक्शा तैयार करना और लगान की वसूली करना। कलकत्ते से तीन साल के लिए फौरी बंदोबस्त का हुक्म आया था जिसका जिम्मा भी मुफस्सिल के इन्हीं हाकिमों पर डाला गया था। बंगाल में जमींदारों के साथ किए गए स्थायी बंदोबस्त की खामियाँ सामने आ चुकी थीं, इसलिए कलकत्ते की कौंसिल अवध में उस तरह के बंदोबस्त के पक्ष में नहीं थी। इस मसले-पर लम्बा विचार-विमर्श होना था, इसलिए फिलहाल मौके पर काबिज लोगों के साथ, उनके किसी तरह के हक को मान्यता दिए बिना, तीन साल के लिए फौरी बंदोबस्त करने का हुक्म हुआ था।

मई के आखिरी दिन थे। दोपहरी ढल चुकी थी। दिन-भर आग बरसाने के बाद सूरज थोड़ा मद्धिम पड़ गया था। छिटपुट लोग घरों से निकलकर गन्ने और साँवा के खेतों की ओर चल दिए थे, जिनकी हरियाली सूखे और वीरान सिवान के बीच कहीं-कहीं लहलहा रही थी। दोपहरी-भर सुनसान पड़े रास्तों पर अब इक्का-दुक्का लोग आने-जाने लगे थे।

दशरथपुर से आनेवाली लीक पर दूर तक आसमान में उड़ती धूल दिखाई पड़ी तो लोगों का ध्यान उधर गया। कुछ देर बाद धूल के परदे

को भेदकर एक बैलगाड़ी रेंगती हुई इधर आती दिखी। फिर तो बैलगाड़ियों का पूरा काफिला ही नज़र आने लगा। लोग खड़े होकर डर और अचरज-भरी निगाहों से देखने लगे। बसौली की खोरि* पर आकर बैलगाड़ियाँ मुड़ीं और लाला के बाग की ओर आने लगीं तो लोग खेतों का काम छोड़कर और झोंपड़ों से निकलकर धीरे-धीरे वहाँ इकट्ठा होने लगे।

बैलगाड़ियों में पड़ाव का ढेर सारा सामान लदा था और कई कुली और मजदूर बैठे थे। उनके रुकते ही कुली और मजदूर झपट-झपटकर सामान उतारने लगे। डेरे, तम्बू, छोलदारियाँ, चारपाइयाँ, बिस्तर, कुर्सी, मेज, गलीचे, खाना पकाने के देग और पतीले, तस्तरी, चम्मच, छुरी काँटे और इस तरह के ढेर सारे सामान जिन्हें गाँववाले पहली बार देख रहे थे। फटाफट खूँटे गाड़कर तंबू खड़े किए जाने लगे। शाम होते-होते बाग में तम्बुओं की छोटी-मोटी बस्ती बस गई। बीच का तम्बू सबसे बड़ा और चमकदार था और सजे-बजे बँगले-जैसा दिख रहा था। उसके भीतर मोटे गलीचे बिछे थे। एक ओर आरामदेह बिस्तर लगा था, दूसरी ओर कुर्सी-मेज रखी थी। तम्बू की छत से रस्सी से खींचा जानेवाला पंखा लटक रहा था।

बन्दोबस्त के सिलसिले में इलाके के अंग्रेज हाकिम का दौरा था। उसके पहुँचने के एक दिन पहले ही पड़ाव का सारा साजो-सामान आकर लग गया था। तब बसौली के लोगों के लिए फिरंगी राज का यह पहला अनुभव था। अब तक गाँव के किसी आदमी ने फिरंगी को इतने पास से नहीं देखा था। सिर्फ उनके बारे में बातें सुन रखी थीं। बड़े-बूढ़े बताते थे–बहुत पहले, उस जमाने में जब देश में मुगलों की तूती बोलती थी, कोई फिरंगी बक्से में सामान लादकर बेचते-बेचते गाँव में घुस आता तो बच्चे ढेला मारते थे और चिल्लाते थे–देखो फिरंगी जा रहा है। समय ने पलटा खाया था। अब बक्सेवाले गोरे मुल्क के मालिक थे। दुनिया के एक कोने से दूसरे कोने तक उनकी हुकूमत थी जिसका सूरज कहीं

* बस्तियों और खेतों के बीच से जानेवाली गली जिससे होकर बैलगाड़ी जा सकती है।

डूबता ही नहीं था। अब एक गोरा हाकिम सैकड़ों हिन्दुस्तानियों का दिल दहलाने के लिए काफी था।

दूसरे दिन घोड़े पर सवार गोरा हाकिम धूप तेज होने के पहले बसौली पहुँच गया। उसके पीछे-पीछे तहसीलदार, कानूनगो, पटवारी और कई छोटे-मोटे मुलाजिम भी थे। दशरथपुर रियासत के कुछ अहलकार भी साथ में थे। दोपहरी में अपने तम्बू में आराम करने के बाद वह दिन ढले खेतों की पड़ताल करने निकला। पीछे-पीछे उसका लश्कर और उसके पीछे गाँववाले। बसौली में अपने ढंग का पहला दृश्य था यह। लोगों में डर और आशंका के साथ जबर्दस्त उत्सुकता भी थी। वे आपस में बातें करते जा रहे थे।

"यह खेत-वेत का चक्कर लगाकर क्या करेगा ?"

"नील की खेती कराएगा। उसी के लिए जाँच-पड़ताल कर रहा होगा।"

"हम खेतों में नील उगाएँगे तो खाएँगे क्या ?"

"हवा और कोड़े। जौनपुर के निलहे गोरे यही तो खिलाते हैं।"

"इससे तो नवाबी ही अच्छी थी।"

"और जब नवाबी फौद लूटपाट करने आती थी ?"

"वह तो कभी-कभार होता था।"

"गरीबों का कोई पुछत्तर नहीं है, भैया। क्या नवाब और क्या फिरंगी ? कोई हमारा करम थोड़े बदल देगा।"

साहब ने एक खेत में अपना घोड़ा रोक लिया।

"यह किसका खेत है ?"

भीड़ में से एक किसान सहमा-सहमा-सा सामने आया।

"हुजूर··· माई बाप···" वह हाथ जोड़कर सर झुकाए खड़ा हो गया।

"तुम्हारे पास कोई सबूत है ? कोई रुक्का, कोई रसीद ?"

किसान ने सर उठाया। वह कुछ देर तक मुँह बाए साहब की ओर ताकता रहा। फिर हिम्मत करके बोला–"दोहाई हो सरकार। सारा गाँव जानता है, यह मेरा खेत है।"

"किसी को कोई उज्र है ?"

"नहीं सरकार," कई लोग एकसाथ बोल उठे।

"मुंशी… नोट करो।"

और साहब आगे बढ़ गया। इसी तरह कई खेतों के बारे में दरया़फ्त करता वह पाहीघर के पास आया। लिपी-पुती दीवारोंवाला बड़ा मकान, दालान, गोरुवारी, सामने पक्का कुआँ, बँसवारी, नीम-जामुन के पेड़। द्वार पर बँधा घोड़ा–दूर से ही शान टपकती थी।

"यह किसका घर है ?"

"मालगुजार का, हुजूर।" पटवारी ने साहब के नजदीक जाकर शंकर की ओर इशारा करते हुए कहा।

साहब पाहीघर के सामने घोड़े से उतर गया। कुएँ की जगत पर चढ़ा और कुएँ में झाँककर देखा।

"यह तो बहुत बड़ा कुआँ है। और पानी कितना पास है।… किसने बनवाया इसे ?"

"हुजूर बनवाया तो रियासत की ओर से गया था, लेकिन अब मालगुजार के कब्जे में है।" जब पटवारी यह अर्ज कर रहा था, शंकर अदब के साथ सामने खड़े थे।

"यहाँ रियासत ने कुआँ क्यों बनवाया ?"

"पाही थी सरकार। रियासत की खुदकाश्त की जमीन। मगर अब तो सबकुछ मालगुजार का है।"

"कुछ लिखा-पढ़ी हुई है।"

"हाँ सरकार। खेतों का पट्टा लिया है लेकिन…" शंकर थोड़ा हड़बड़ा गए।

"मालगुजार का एक भाई कम्पनी बहादुर की फौज में है, सरकार।"

"वेरी गुड। तुम सरकार का खैरख्वाह है। फिर कोई फिक्र नहीं।… मुंशी लिखो।"

और मुंशी ने लिखा–"खतौनी नं. 107–एक चाहपोख्ता, हनुमान सिंह जमींदार, कब्जा–शंकर वल्द गुरुदत्त दूबे।"

इसी तरह आबादी के सारे नम्बर–सहन मकान, मकान-दालान, मकान-गोरुवारी, कोल्हुवार, घूर, साग-सब्जी का बाड़ा, अरवी की क्यारी–सब शंकर के नाम दर्ज कर दिए गए और इनके साथ तो जमींदार

का नाम भी नहीं जोड़ा गया। रियासत के अहलकार चाहकर भी कुछ बोल नहीं पाए, बस देखते रह गए।

पड़ाव की ओर लौटते हुए साहब ने पाहीघर के पास के खेतों के बीच अपना घोड़ा रोक लिया और बैटन घुमाकर पूछा—यह सारे खेत किसके हैं ?

"हुजूर, पाहीघर से बाग तक जितने खेत दिखते हैं सब रियासत की खुदकाश्त में थे। अब हमने सबका पट्टा ले लिया है।"

"वेल··· "

"हुजूर··· " सहसा जैकरन भीड़ से निकलकर हाथ जोड़े साहब के घोड़े के सामने आ खड़ा हुआ।

"क्या बात है ?"

"दोहाई हो सरकार। हमारे साथ भी निआव किया जाए।"

"ऐं··· तुम क्या चाहता है ?"

"हुजूर, यह सामनेवाला खेत हम मुद्दत से जोतते-बोते आ रहे हैं। राय साहब ने हमारी सेवा से खुश होकर इसे हमें दे दिया था। मेहरबानी करके इसे हमारे नाम दर्ज करा दें।"

साहब ने सवालिया निगाह से शंकर की ओर देखा। उनका चेहरा तमतमाया हुआ था। किसी तरह अपने को सँभालकर बोले—"हुजूर, हमारे यहाँ का दस्तूर है, मजदूरी के बदले कभी-कभी जोतने-बोने के लिए खेत दे देते हैं। राय साहब ने भी इसे ऐसे ही दिया था, हमने भी ऐसे ही दिया है।··· लेकिन खेत का पट्टा हमारे पास है।"

"क्यों···अब क्या कहना है ?" साहब फिर जैकरन की ओर मुखातिब हुआ।

"हुजूर, मालगुजार बड़े आदमी हैं। चाहे जो कहें। लेकिन यह खेत राय साहब ने हमें हमेशा के लिए दे दिया था। यह आए तो इन्होंने कब्जा करने की कोशिश की, हमने नहीं करने दिया।"

"और लोग क्या कहते हैं ? रियासत के अहलकार कहाँ गए ?"

सभी चुप खड़े थे। कभी साहब का मुँह देखते थे, कभी जैकरन का। किसी के बोल नहीं फूटे।

"हुजूर, गरीब आदमी हूँ। मेरे लिए कौन बोलेगा।··· आप ही निआव कर सकते हैं। इतनी दूर से आए हैं। खेत-खेत का चक्कर लगा रहे हैं। इतनी तकलीफ झेल रहे हैं। आप भी हमारी नहीं सुनेंगे तो कौन सुनेगा ?"

शंकर ने साहब के चेहरे का बदलता रंग देखा तो पटवारी को इशारे से पास बुलाया। दोनों के बीच कुछ कानाफूसी हुई। फिर पटवारी ने साहब के नजदीक जाकर उसे कुछ समझाया।

"वेल··· । तुम्हारे पास कोई सबूत नहीं है, मैन। और हम मालगुजार की इज्जत करते हैं। वह तुम्हारा हक नहीं लेगा। तुम दोनों मिलकर समझौता कर लो।"

"सरकार, हम सबके सामने गंगा उठाने को तैयार हैं। अगर मालगुजार भी गंगा उठा लें तो हम मान जाएँगे।"

साहब ने गुस्से से जैकरन की ओर देखा। उसे समझ में नहीं आया था उसने क्या कहा। लेकिन इतना अंदाज लग गया था कि उसकी हुक्म-उदूली हो रही है।

"हमें जो फैसला करना था, कर दिया।··· रास्ते से हटो।"

और साहब ने घोड़ा आगे बढ़ा दिया।

आज शंकर को पहली बार दुर्बली के फिरंगी फौज में होने से गर्व और खुशी हुई।

पश्चिम में सूरज डूब रहा था। रूपा अपने झोंपड़े के सामने खड़ी, घोड़े के पीछे-पीछे गाँववालों की भीड़ को जाते हुए देख रही थी। दूर से उसे समझ में नहीं आया था कि शंकर और उसके बाप और साहब के बीच क्या बातचीत हो रही थी। भीड़ में घुसकर गुम हो गई तो उसका दिल शंकर से मिलने को व्याकुल होने लगा।

एक दिन और जाँच-पड़ताल करने के बाद साहब ने कागज में दर्ज किया कि गाँव की परती जमीन को छोड़कर बाकी सारी जमीन किसानों के कब्जे में है। लगान-वसूली का काम मालगुजार करता है और वसूल कर तालुकेदार के पास पहुँचाता है। इसके अलावा तालुकेदार के किसी और हक का कोई सबूत नहीं मिलता। यह दर्ज करने के बाद वह अगले पड़ाव की ओर चल दिया और उसके मातहत कर्मचारी बन्दोबस्त का

बाकी काम–जरीब लगाकर रकबा नापना, गाँव का नक्शा बनाना, उसकी चौहद्दी पर पत्थर गड़वाना, खसरा और खतौनी तैयार कर हर खेत का नम्बर, रकबा और काबिज किसान का नाम दर्ज करना–पूरा करते रहे।

बीस

लखनऊ से जाने आलम क्या गए, सारी रौनक और सारी मस्ती चली गई। दरबार खत्म होने से जहाँ बहुतों की शान-शौकत खत्म हुई, बहुतों की रोजी भी छिन गई और फांके मारने के दिन आ गए। नवाबी सेना टूट गई। उसके साठ हजार सैनिकों में से चुनकर केवल पन्द्रह हजार को इर्रेगुलर पल्टन में भरती किया गया। बाकी बेकार होकर मारे-मारे फिरने लगे। दिलासा दिया गया कि दरबार के आश्रितों को पेंशन दी जाएगी पर उसकी कार्रवाई पूरी होने को नहीं आ रही थी। ऊपर से अवध का चिट्ठा फायदेमन्द दिखाने के चक्कर में नए-नए कर और चुंगियाँ थोप दी गई थीं। अफीम पर तो इतनी ज्यादा चुंगी लगा दी गई कि खरीदने में असमर्थ लखनऊ के कई अफीमचियों ने बौखलाहट में अपना गला काट लिया।

फिजाँ की रंगीनी गुम होने के साथ-साथ शहर का नक्शा भी बदल गया। छतर-मंजिल से शाही खानदान के लोगों को निकालकर उसे नए चीफ कमिश्नर जैक्सन की रिहायशी कोठी में बदल दिया गया। पहले जहाँ सुर और ताल की महफिलें जमती थीं, चौपड़ और शतरंज की बाजियाँ बिछती थीं, झलमलाते किमखाब में लिपटी बेगमें इत्र की खुशबू बिखेरती डोलती थीं, लौंडियाँ और चेरियाँ इधर-उधर इठलाती फिरती थीं, बड़े-बड़े दस्तरख्वान बिछते थे और तरह-तरह के मसालेदार पकवानों की सुगंध उठती थी, आज वहाँ विलायती बूटों की खट-खट गूँज रही थी और विक्टोरियन फर्नीचर सजाए जा रहे थे। कदमरसूल की पाक इमारत में, जहाँ पैगम्बर के पदचिन्हवाला पत्थर रखा था, बारूदखाना कायम कर दिया गया था। खुर्शीद मंजिल में मेस खुल गया था। ताराकोठी की

वेधशाला कचहरी में तब्दील कर दी गई थी। मड़ियाँव छावनी में तो फौजें थी हीं, अब मूसाबाग और सिकन्दरबाग में भी गोरी पल्टन ने डेरा डाल दिया था। सब तरफ नई गोरी सरकार का दबदबा था। पुराने रईस और शरीफजादे मायूस थे और उनकी देखादेखी आम रिआया भी अंग्रेजों की बेइंसाफी के रंज में डूबी हुई थी।

शहर का यह आलम था और देहात में बन्दोबस्त की कार्रवाई ने तालुकेदारों में तहलका मचा रखा था। गाँव के गाँव तालुकेदारों से छीनकर स्वतंत्र ठेके पर दे दिए गए थे या सीधे रिआया से लगान-वसूली की जा रही थी। साल का पूरा लगान एकमुश्त जमा करने का हुक्म हुआ था। कई तालुकेदारों ने जेवर गिरवी रखे, माल-असबाब बेचे, कमरतोड़ ब्याज पर महाजनों से कर्जे लिए, फिर भी बकाया लगान न चुका पाए। वक्त की मोहलत के लिए दी गई उनकी अर्जियाँ नामंजूर कर दी गईं और उनके इलाके जब्त कर लिए गए। कुछ को तो सरकार का कर्जदार करार कर जेल में डाल दिया गया।

शहर और देहात, सब जगह एक-सी आँधी चल रही थी। यदि किसी कोने से जरा-सी चिनगारी उठती तो सारा अवध लप् से जल उठता। और कम्पनी की छावनियों में शहर और देहात दोनों आकर जुड़ते थे।

जनवरी का महीना बीतने को था। कड़ाके की सर्दी पड़ रही थी। छावनी का बजर बजने पर जब दुर्बली की आँख खुली, उनका ध्यान अचानक पाहीघर की ओर चला गया। एक-एक चीज याद करके कचोट होती थी। दूर तक फैला ढाक का जंगल, खेत, बाग, बँसवारी, कुआँ—सब आँखों के सामने नाचने लगे। मगर बहू का चेहरा ठीक से याद नहीं पड़ता। धुँधला-धुँधला-सा हो गया है। एक टीस-भर रह गई है। चार साल बीतने को आए।

दुर्बली पड़े-पड़े बहू से जुड़े एक-एक दृश्य याद करते रहे। शादी के समय पालकी से ससुराल जाना। हल्की बारिश हो चुकी थी जिससे हवा में ठंड आ गई थी। कहीं-कहीं खेतों में हल चल रहे थे। कहारों की आपसी हूँ-हुड़क के बीच धीरे-धीरे एक-एक बस्ती, बाग, सिवान

और जंगल पीछे सरकते जा रहे थे। मन में कैसी उमड़-घुमड़ हो रही थी।··· गौने में लौटते समय पालकी में बहू बैठी थी और चारों ओर ओहार पड़ा था। आधे रास्ते तक धीरे-धीरे उसके रोने की आवाज आती रही थी। जिधर से पालकी गुजरती, लोग ठिठककर देखने लगते थे। ··· और वह पहली रात जब कोठरी में टिमटिमाते दिए की धुँधली रोशनी में उन्होंने घूँघट उठाकर बहू का मुखड़ा देखा था। जाने गरमी से, या डर और घबड़ाहट से, उस पर पसीने की बूँदें चुहचुहा आई थीं। कच्ची उम्र का वह सहमा हुआ चेहरा और सहारा ढूँढ़ती-सी वह असहाय दृष्टि दुर्बली के दिल में गड़-सी गई थी।··· जब से भरती होकर आए, घर जाने की छुट्टी नहीं मिली। बच्ची पैदा होने की खबर आई थी तो एक बार घर जाने का बहुत मन हुआ था। लेकिन तब नई-नई भरती थी और फौजी तालीम चल रही थी, इसलिए छुट्टी नहीं मिली। तब से माँ और भाई ने कई बार बुलावा भेजा लेकिन किसी न किसी वजह से बात टलती गई। उठते-उठते दुर्बली ने निश्चय किया कि घर जाने की छुट्टी के लिए साहब से बात चलाएँगे।

रात में दुर्बली भवानी प्रसाद और सुमेर सिंह के साथ नीम के चबूतरे पर पहुँचे तो एक ओर अलाव जल रहा था जिसके पास बैठे सिपाही भजन गा रहे थे–

"तोरी गठरी में लागा चोर बटोहिया तू सोवत है।"

एक भजन गाकर लोग चुप हुए तो बात चल पड़ी।

"नवाब को गए साल-भर होने को आया। उनके लौटने का तो कोई आसार नहीं दिखता।"

"कोई कह रहा था, वो कलकत्ते में बीमार पड़ गए। लाट साहब से कोई बात नहीं बनी। भाई को विलायत भेजा है। देखो वहाँ क्या होता है।"

"हमें तो भाई यही लगे कि लखनऊ से उनका दाना-पानी उठ गया।"

"मगर लखनऊ के लोग उन्हें याद बहुत करते हैं।"

"कौन याद करता है? हरम की बेगमें, नचनिए, गवैये और अफीमची।

और कौन याद करेगा ?"

"नहीं भैया, सभी याद करते हैं। लोगों को मैंने जाने आलम के लिए रोते देखा है।"

"बुजदिल होंगे।"

"शहर का तो मैं नहीं जानता। गाँवों में जरूर तराहि-तराहि मची हुई है। सारे तालुकेदार-जमींदार बहदवास घूम रहे हैं। सबसे फिरंगी कागज-पत्तर माँग रहे हैं। उनके कोट और गढ़ियाँ गिराने और कुमुकें तोड़ने का हुक्म हुआ है।"

"लेकिन आम रिआया तो खुश होगी।"

"क्या खुश होगी ? तालुकेदार नहीं खुश रहेगा तो वह रिआया को खुश रहने देगा ? एकमुश्त लगान जमा करने को कहा गया है। तालुकेदार कहाँ से करेगा ? जाएगा तो रिआया के सर पर ही। और उनकी कुमुकों में कौन हैं, रिआया के लोग ही तो।"

रात गहराने के साथ ठंड बढ़ती जा रही थी। लकड़ियाँ बुझ गई थीं। सिर्फ अंगारे की आँच रह गई थी। लोग अलाव के पास सिमट आए थे। दुर्बली ने नई लकड़ियाँ डालकर फूँका। थोड़ी देर धुआँ करने के बाद वे जलने लगीं। लोग थोड़ा पीछे खिसके।

दमदम छावनी से ट्रेनिंग लेकर आए एक सिपाही ने चर्बीवाले कारतूसों की बात छेड़ी तो सभी चनचना उठे।

"ये फिरंगी सबको किरिस्तान बनाकर छोड़ेंगे।"

"अभी किरिस्तान बनाने में कुछ बाकी रह गया है क्या ?"

"क्यों ?"

"अरे सुना नहीं, राशन के आटे में हड्डी का चूरा मिला है।"

"क्या बात करते हो ?"

"अरे किसी से भी पूछ लो। क्या तुम्हें स्वाद में फरक नहीं लगता ?"

"मुझे नहीं लगता।"

"अरे पिछले जनम में यह हड्डी चबानेवाली जोनि में रहा होगा।"

"देखो, मजाक न करो। भला चूरा मिलाते कैसे होंगे ? आटा पीसनेवाले तो हिन्दुस्तानी ही हैं।"

"पीसने के बाद नहीं मिला सकते ?"

"अरे भइया, कारतूस के लिए चर्बी जुटानेवाले ठेकेदार भी हिन्दुस्तानी ही हैं। उन्हें क्या पड़ी है ? जाए जिसका धरम जाता हो। उन्हें तो पैसा बनाना है।"

"हमारी बुजदिली से ही उन्होंने यह मुल्क हथियाया। अब इसी का फायदा उठाकर वे हमारा दीन बिगाड़ रहे हैं। वे तो चाहते हैं, उन्हीं के मुल्क की तरह यह मुल्क भी किरिस्तान हो जाए। फिर चैन से यहाँ राज करेंगे। कोई चूँ करनेवाला नहीं रहेगा।"

"फिजूल की बात है।... अरे यह राम और किसन महराज का देश है। धरम-भूमि है यह। यहाँ से धरम नहीं मिट सकता।"

"मगर हाथ पर हाथ धरकर बैठने से तो कुछ नहीं होगा, भइया।"

"उस साधू से मिले कि नहीं ?" कालीबकस ने दुर्बली के कान में कहा।

"कौन-सा साधू ?"

"आया है एक। मुदकीपुर के बाग में धूनी रमाए है।"

"उससे मिलकर क्या होगा ?"

"यह तो मिलकर ही पता लगेगा।"

"ऐसी क्या बात है ?"

"चलो, कल चलते हैं।"

"ठीक है।"

"सुमेर सिंह और चौबे महराज को भी ले लेना।"

दुर्बली चबूतरे से उठकर छावनी की ओर चले तो उनका दिल उछल रहा था। लगता था बगूले की भँवर में कोई तेज-तेज घुमा रहा हो। जैसे वह पेड़ की हिलती डाल पर खड़े हों और नीचे गरजती-हहराती नदी बह रही हो। घर जाने के लिए छुट्टी लेने की बात ध्यान से बिल्कुल हट गई थी।

जाड़े की शाम जल्दी ढल जाती है और धूप हल्की पड़ते ही ठंड बढ़ने लगती है। सूरज डूबने के साथ सिवान में इधर-उधर काम कर रहे लोग मेड़ों पर चलते हुए गाँव की ओर लौटने लगे थे। बाग और

खेतों के बीच से जानेवाली खोरि पर गायों और भैंसों का झुंड चरवाहों के साथ गाँव की ओर लौट रहा था। बस्ती में किन्हीं-किन्हीं घरों के छप्पर से चूल्हे का धुआँ उठने लगा था।

बाग में एक नई छाई कुटिया थी जिसके पास एक पेड़ से हाथी बँधा था। सामने पीपल की टहनियों का ढेर पड़ा था जिसे काट-काटकर महावत हाथी के सामने डाल रहा था। कुटिया के सामने धूनी जल रही थी जिसकी बगल में संसा गड़ा था। एक साधू देह-भर में भभूत पोते, मृगछाला बिछाकर, पद्मासन लगाए बैठा था। एक चेला धूनी में लकड़ियाँ डाल रहा था, दूसरा चिलम भर रहा था। सामने गाँव से आए पाँच-छः लोग बैठे थे।

बाग में पेड़ों की सघन छाया से सूरज डूबते ही बिल्कुल अँधेरा हो गया था। अँधेरे में दूर से पत्तियाँ खड़कने की आवाज आई तो लोगों का ध्यान उधर गया। छावनी की ओर से तीन सवार और एक सिपाही बूट चरमराते चले आ रहे थे। चारों ने आकर साधू को दंडवत किया और एक ओर खड़े हो गए।

"जय शंकर··· किसको ले आए कालीबकस ?"

"रिसालदार भवानी प्रसाद चौबे हैं, महराज। और यह दोनों उनके रिसाले के सिपाही हैं !"

"कौन-सा रिसाला है ?" चेले ने चिलम चढ़ाकर साधू को थमा दी थी।

"सातवाँ लैट रिसाला, महराज।"

"जय शंकर।··· तुम्हारा नाम क्या है बेटा ?" साधू ने एक कश लेकर धुआँ छोड़ते हुए दुर्बली की ओर मुखातिब होकर पूछा।

"दुर्बली दूबे, महराज।"

"घर कहाँ है ?"

"चकला प्रतापगढ़, निजामत सुल्तानपुर।"

"हुँह···" साधू फीकी हँसी हँसा। अँधेरे में भभूत पुते चेहरे पर सफेद दाँत चमक उठे।

"फिरंगी राज में अब निजामत और चकले कहाँ रहे बेटा··· लगता

है तुम्हें घर गए बहुत दिन हो गए।"

"हाँ महराज, तीन साल से ज्यादा हो गए।"

"घर में कौन-कौन है ?"

"माँ है, भाई है और··· "

"और ?"

"शरमाता है, महराज। लड़का है न।··· घर में नई बहू है। जब फौज में भरती हुआ था तो उसके पैर भारी थे। बाद में खबर आई कि बच्ची पैदा हुई। लेकिन उसे देखने नहीं जा पाया।" भवानी प्रसाद ने दुर्बली की ओर ममता से देखकर कहा।

"जय शंकर··· जाओ बेटा। देख आओ बच्ची को। जाओ।··· जल्दी जाओ, कहीं देर न हो जाए।" साधू जैसे अपने-आपसे बोल रहा था।

तीनों सवारों ने थोड़ा चकित होकर एक-दूसरे को देखा। कालीबकस ने दुर्बली की पीठ पर हाथ रखकर आश्वस्त किया।

साधू ने चिलम का एक लम्बा कश लिया और उसे चेले के हाथ में पकड़ा दिया। फिर आँखें बन्द कर लीं।

बाग में अँधेरा घिर आया था। दूर बस्ती में दो-एक दिये टिमटिमाने लगे थे। जलती हुई धूनी की पीली रोशनी साधू के चेहरे पर धीरे-धीरे काँप रही थी।

"सब लाल हो गया है।" साधू धीरे से बुदबुदाया।

"हमारे लिए क्या आज्ञा है, महराज ?" कालीबकस ने साधू के पास जाकर पूछा।

"जय शंकर··· सब··· सऽब लाल हो गया है ?"

"हाँ महराज,··· सब लाल हो गया है।"

साधू ने कालीबकस के कान के पास मुँह ले जाकर कहा–"सबको लेकर आधी रात को आओ।"

"ठीक है महराज।" कालीबकस ने भवानी प्रसाद को चलने का इशारा किया।

"रुको, प्रसाद लेते जाओ।" साधू ने चेले की ओर देखा। वह कुटिया के अंदर गया और बैंगन के पत्ते में लिपटा एक मुरझाया कमल का

फूल लेकर निकला। साधू ने अपने हाथ से लेकर भवानी प्रसाद की अँजुरी में रख दिया।

दूसरे दिन आधी रात को चारों फिर कुटिया पर पहुँचे। बाग सुनसान था। चारों ओर पसरे गाढ़े अँधेरे के बीच धूनी की आग दहक रही थी। साधू पास में कम्बल ओढ़े बैठा था। चेले कुटिया के भीतर सो रहे थे।

आहट हुई तो साधू ने सर उठाया।

"आ गए ?"

"हाँ महराज, आपकी आज्ञा थी, कैसे न आते।"

"अच्छा बैठो।··· कालीबकस, जरा एक बार देख लो, आसपास कोई है तो नहीं।"

कालीबकस ने कुटिया के चारों ओर घूमकर आहट ली। भीतर से हल्की-हल्की खर्राटे की आवाज आ रही थी। बगल में पेड़ से बँधा हाथी सूँड़ हिलाता या आसन बदलता तो सँकरा खड़क उठता था। बाकी सबकुछ शान्त था। कालीबकस निश्चिन्त होकर वापस आ गए। साधू ने धीरे-धीरे बात शुरू की–

"देखो बेटा, हमने तो देश और धर्म की खातिर यह बाना बना रखा है। देश रहेगा तों हम भी रहेंगे। और हमने धर्म की रक्षा नहीं की तो हमारी रक्षा कौन करेगा–धर्मो रक्षित रक्षितः।··· फिरंगी व्यापारी मुगल बादशाह के सामने नाक रगड़कर इस देश में आए। फिर व्यापार की आड़ में कूटनीति करने लगे। एक के बाद एक इलाके हथियाते गए। हमारी फूट और बुजदिली कहो। यह सब किसके बल पर हुआ ?··· आप लोगों के बल पर, सिपाहियों और सवारों के बल पर। इसके बदले आप लोगों को क्या मिला ? सात रुपए महीने की पगार और गोरे साहबों और सार्जेंटों की झिड़कियाँ। है कि नहीं ?··· अब इतने से भी संतोष नहीं। पूरे देश को क्रिस्तान बनाने की सोच रहे हैं। पादरी लाट बाजार-बाजार, छावनी-छावनी घूमता है। लोगों को बरगलाता है, लालच देता है। कैदखाने में ऊँच-नीच सबका खाना-पीना एकसाथ करके सबको भ्रष्ट कर दिया। रेलगाड़ी चलाई है, जिसमें जाति-कुजाति एकसाथ बैठकर अपना धर्म गवाएँगे। आप लोगों ने सुन होगा नए चर्बीवाले कारतूसों

के बारे में। समझाने-बुझाने से काम नहीं चला तो अब छल-कपट पर उतर आए हैं। गाय और सुअर का मांस मुँह से लगवाकर हिन्दू-मुसलमान दोनों का धर्म लेंगे। आटे में गाय की हड्डी का चूरा मिलवा दिया है। चारों ओर से घेर रहे हैं। किधर जाइएगा ?··· तो बेटा यह आपत्काल है। इसका सामना करना है।··· सबसे बड़ी चीज है, भय से मुक्ति। और सबसे बड़ा भय है मृत्यु का भय। इससे छुटकारा मिल जाए तो आदमी में अपार शक्ति आ जाती है। फिर उसे कोई नहीं जीत सकता।··· फिरंगी म्लेच्छ हैं, आततायी हैं। गाय और सुअर का मांस खाते हैं। अकच्छ हैं। दिशा जाकर पानी नहीं छूते। उन्हें देश से निकालना है। उनका, उनकी स्त्रियों-बच्चों का वध करने में कोई पाप नहीं है। बस एक बार सब लोग मिलकर उठ खड़े हों, फिर काम पूरा होने में देर नहीं लगेगी। मुट्ठी-भर गोरे क्या करेंगे ?··· ”

साधू देर तक लगातार बोलता रहा और चारों मन्त्रमुग्ध से सुनते रहे। ओस और कोहरे से भीगी सर्द रात धूनी की आँच में पिघलती रही और लोगों के भीतर धीरे-धीरे एक बवंडर-सा उमड़ता रहा।

इक्कीस

उस दिन शंकर पट्टी के बाजार से लौट रहे थे। फागुन की शुरुआत थी और दिन अभी छोटे होते थे। बाजार से निकलते-निकलते शाम हो गई थी। कंजा पहुँचे तो एक ओर टेढ़ा चाँद निकल आया था और बाग और सिवान और दूर दिखती बस्तियों के ऊपर फीकी चाँदनी की चादर-सी बिछ गई थी।

शंकर का घोड़ा कंजा की सरहद से आगे बढ़ा तो सामने से बसौली का गोड़इत रामदीन तेजी से पैर बढ़ाता चला आ रहा था। हल्की-हल्की ठंड थी और उसने एक चादर ओढ़ रखी थी। सर पर लाल साफा और हाथ में लाठी। लीक की बगल में आम का एक पेड़ था जिसकी छाया धुँधली चाँदनी को काटती लीक पर पसरी हुई थी। उसी की आड़ में

रामदीन चुपचाप बगल से निकल जाना चाहता था कि शंकर ने पहचान लिया। उन्होंने घोड़ा रोका।

"क्यों रामदीन, लगता है बहुत जल्दी में हो।"

"अरे महराज, आप ! हम तो चीन्हे ही नहीं। पाँय लागूँ।" वह हड़बड़ा उठा।

"खुश रहो। इधर कहाँ दनदनाते चले जा रहे थे ?"

"यही कंजा के गोड़इत के यहाँ तक जा रहा था।"

"इतनी जल्दी क्या है ?"

"जल्दी क्या महराज, देर तो पहले ही हो गई है और अभी लौटना भी है।"

"कोई खास काम है क्या ?" शंकर को लगा रामदीन जानबूझकर बचकर निकल रहा था। उनकी उत्सुकता बढ़ गई।

"अब कुछ ऐसी ही बात है, महराज।"

"थाने से कोई नया हुक्म आया है क्या ?"

"सो बात नहीं है महराज।" वह एक हाथ से अपना साफा ठीक करने लगा तो उसमें छिपी एक छोटी-सी पोटली सरककर नीचे गिर गई।

"यह क्या है रामदीन ?" शंकर घोड़े से नीचे उतर पड़े। रामदीन कुछ देर हक्का-बक्का खड़ा रहा, फिर पोटली सँभालने लगा।

"अब आपसे क्या छिपाना महराज, रोटियाँ हैं।"

"रोटियाँ ?"

"हाँ महराज। कल शाम बाहूपुर का गोड़इत ऐसी ही दो रोटियाँ मुझे दे गया। बोला कि मैं भी एक दर्जन बनाकर आसपास के गाँवों के गोड़इतों में बाँट दूँ।"

"भला, इससे क्या होगा ?"

"ठीक-ठीक तो मुझे भी नहीं मालूम। मगर कह रहा था, दूर पछाँह से यह रोटियाँ बाँटी जा रही हैं। जिसको भी मिलती हैं, वह ऐसे ही करता है।"

"कुछ मकसद तो होगा।"

"हम भी हैरान हैं, महराज। कुछ समझ में नहीं आता। लेकिन रोटियाँ

मिली हैं और बनाकर बाँटने का सन्देशा है तो हम भी बाँट रहे हैं। न करें तो कल को जाने क्या हो। हो सकता है किसी साधू-महात्मा का आदेश हो। न बाँटें तो सराप दे दें। कोई महामारी फैल जाए। भूडोल आ जाए या कुछ भी हो जाए। कौन जाने !"

"अच्छा, इतनी दूर से रोटियाँ बाँटी जा रही हैं तो इसकी खबर तो सरकार को होगी।"

"कौन जाने, महराज !"

"क्या किसी गोड़इत ने थाने में इत्तला नहीं की होगी ?"

"की भी हो तो थानेवाले ही क्या समझ पाएँगे ?"

"मगर खोजबीन तो करेंगे। गोरे हाकिमों को मालूम होगा तो वो ऐसे नहीं जाने देंगे। अब नवाबी नहीं है, रामदीन। गोरी सरकार है।"

"हाँ महराज।··· मगर गोरी सरकार से कोई खुश नहीं है।"

"कैसे ?"

"अब हमीं लोगों को देखिए। नवाबी में हमें निजामत से पगार मिल जाती थी। जब से गोरी सरकार आई है, सारे गोड़इतों की पगार रुकी हुई है। बंदोबस्त के समय हमने उजुर किया तो सरकार ने कहा कि हमें पहले की तरह पगार मिला करेगी। लेकिन तब से उनकी तफ्तीश ही चल रही है कि किस गाँव में कौन गोड़इत है। कहते हैं, जब तक वह पूरी नहीं हो जाएगी और कागज-पत्तर तैयार नहीं हो जाएगा, हमको पगार नहीं मिलेगी। गोरों के राज में तो हर काम लिखा-पढ़ी और जाँच-पड़ताल के बाद होता है। अब चाहे इसके चक्कर में हम भूखों मर जाएँ। यह तो कहिए, आप लोगों के यहाँ मेहनत-मजूरी कर लेते हैं तो किसी तरह गुजर हो जाता है। नहीं तो पेट कहाँ से पालते।" रामदीन भूल गया कि उसे देर हो रही थी।

"मगर रोटी बाँटने से तो नवाबी लौट के नहीं आएगी, रामदीन।" शंकर अँधेरे में धीरे से हँसे और घोड़ा आगे बढ़ा दिया। लेकिन बात उनके दिमाग में घूमती रही।

थोड़ी दूर जाकर उन्होंने घोड़ा पाहीघर के बजाय सरैया गाँव की ओर मोड़ दिया। पंडित शिवगुलाम सुकुल के दरवाजे पर पहुँचे तो वे

संध्या करके उठ रहे थे। पैलगी-अशीष हुई।

"कहीं से लौट रहे हो क्या ?"

"हाँ··· पट्टी बाजार गया था।"

"सब कुशल-मंगल तो है ?"

"सब आपका आशीर्वाद है।"

"और क्या हो रहा है ?"

"अभी बाजार से लौट रहा था तो रामदीन मिल गया। वही बसौली का गोड़इत। साफे में छिपाकर रोटियाँ बाँटने ले जा रहा था। पहले तो चुपके से निकल जाना चाहता था। मैंने टोका तब जाकर रुका। पूछने पर आनाकानी कर रहा था। वह तो रोटी की पोटली सरककर गिर गई, तब जाकर भेद खुला। मुझे बड़ा ऊटपटाँग लगा। इस तरह रोटी बाँटना—मैंने तो कभी सुना नहीं था। सोचा आपसे बताता चलूँ।"

"हूँ··· तो रोटियाँ यहाँ भी पहुँच गईं।"

"क्यों, क्या कहीं और··· ?"

"कहीं क्या, पूरे मुल्क में बँट रही हैं।"

"इसका मतलब ?"

"मतलब तो किसी को साफ-साफ नहीं मालूम। मैं अमरगढ़ कोट गया था। वहाँ सुनाई पड़ा कि कानपुर के पास किसी तांत्रिक ने फिरंगी राज हटाने के लिए कोई अनुष्ठान किया था। वहीं से गाँव-गाँव रोटियाँ बँटने का सिलसिला शुरू हुआ।"

"फिरंगी राज हटाने के लिए ?··· तभी तो रामदीन उखड़ी-उखड़ी बातें कर रहा था और छिपकर निकल जाना चाहता था।··· लेकिन क्या फिरंगी हाकिमों को खबर नहीं हुई होगी ?"

"उन्हें कैसे खबर होगी। लेकिन मान लो हुई भी, तो वे इसका मतलब क्या समझेंगे।··· कुछ नहीं आएगा उनकी समझ में। वैसे सबकुछ बहुत गुप्त रूप से हो रहा है।"

"मगर रोटी बाँटने से फिरंगी कैसे जाएँगे ?"

"बहुत-सी बातें सुनने में आई हैं, शंकर। रोटी के साथ-साथ गाँव-गाँव में संदेश भेजा जा रहा है कि लोग फिरंगी से लड़ने के लिए तैयार हो

जाएँ। कम्पनी की फौजों में भी कुछ गड़बड़ी फैल रही है। तमाम साधू और फकीर छावनी-छावनी प्रचार करते घूम रहे हैं। शंकर, तुम्हें याद होगा, पिछले साल मैंने क्या कहा था—पंचांग में विप्लव और रक्तपात का योग है।"

"हाँ, याद है।··· यह भी कहा था कि एक बार दुर्बली को बुलवा लूँ।··· कई बार लिखवाया। उसे छुट्टी ही नहीं मिली।"

"है तो सीधा लड़का। किसी टंटे में तो नहीं पड़ना चाहिए उसे।··· लेकिन गेहूँ के साथ घुन भी पिस जाता है।"

"मेरी तो समझ में नहीं आता, क्या करूँ ?"

"करोगे क्या ? जो प्रारब्ध में होगा वह तो होकर ही रहेगा।"

"अच्छा, यह फौजों में क्या गड़बड़ी है ?"

"किसी को ठीक-ठीक पता नहीं। उपद्रव तो धुएँ की तरह फैलता है। एक बार भड़क जाए, फिर उसका स्रोत किसी को मालूम ही नहीं पड़ता।"

कुछ देर यूँ ही इधर-उधर की बातें चलती रहीं। सुकुलजी को घर के अंदर से भगवान का भोग लगाने का बुलावा आया तो शंकर उठ खड़े हुए। ताल पार कर पाहीघर पहुँचे तो बूढ़ी ओसारे में बैठी रहठा जलाकर तापते हुए राह देख रही थीं। दुर्बली की बिटिया मुटुनी उनकी जाँघ पर सर रखे सो गई थी। बहू रसोई में दीवार से उँठगी झपकियाँ ले रही थी।

शंकर खाने बैठे तो बूढ़ी ने कहा—"इतनी देर कहाँ लगा दी, पूत ? बहू रसोई में बैठी-बैठी कब से अगोर रही है। बिटिया रोते-रोते सो गई। लड़कोर बहू है, कुछ तो उसका ध्यान रखा करो।"

"बाजार से लौटे तो सरैया, सुकुल के यहाँ चले गए थे। बातों-बातों में देर हो गई, माँ।··· तुम लोग खा-पी लेतीं। हमारे लिए ढककर रख देतीं।"

"किसी भलमनई के यहाँ ऐसा कभी होता है, बेटा। मरद बैठा रहे और औरतें खा लें। इस घर में यह नहीं होगा।"

"अब माँ, कभी-कभी तो देर हो ही जाती है। आज सुकुल के यहाँ

दुर्बली के बारे में बात होने लगी। फिर और भी बहुत-सी बातें चल पड़ीं। बीच में छोड़कर आते नहीं बनता। जैसे ही सुकुल भोग लगाने उठे, मैं इधर निकल आया।"

"दुर्बली के बारे में क्या बात हो रही थी बेटा ?" बूढ़ी थोड़ा आगे खिसक आईं। चूल्हे के पास घूँघट काढ़े बैठी बहू के कान भी इधर लग गए। दुर्बली का नाम सुनकर जैसे उसका सारा बदन खिंच गया हो।

"कुछ खास नहीं, माँ··· सुनाई पड़ा है कि फौज के लोग नई सरकार से नाखुश हैं।" शंकर दुर्बली की बात उठाकर पछता रहे थे।

"सो क्यों बेटा ?"

"यही तो नहीं मालूम, माँ।"

"निगोड़ा, एक बार गया तो मुड़के देखने नहीं आया। बज्र की छाती है उसकी। न बहू का मोह, न बिटिया का। मेरे जीते-जी तो लगता है मुँह देखने भी नहीं आएगा।··· जाने किस जनम का बदला चुका रहा है वह।"

"फिर शुरू कर दिया। इसी से तो मैं कोई बात नहीं करता।"

"कुशल-मंगल से तो होगा न बेटा, वह ?" बूढ़ी ने रुँधे गले को साफ कर अपने को संयत किया।

"अभी कुछ दिन पहले ही चिट्ठी आई थी। याद नहीं है क्या ? लिखवाया था कि बड़े आनन्द से है। पवस्त के कई साथी मिल गए हैं जो बड़ा ध्यान रखते हैं।··· और क्या चाहिए ?"

दूसरे दिन शंकर ओसारे में सुखई से मालिश करवा रहे थे। बहू आँगन में झाड़ू लगा रही थी। एक ओर पड़े खटोले पर मुटुनी सो रही थी। सुबह की धूप रेंगती हुई खटोले के पायताने तक आ गई थी और उसकी गरमी से बिटिया कुनमुना रही थी।

सुखई हाथ की उँगलियाँ चटखा रहा था कि शंकर एकाएक बोल उठे—"अरे सुखई वह रमदिनवा है न, नजर रखना उस पर।"

"कोई खास बात है महराज ?"

"छिपे-छिपे रोटी बाँटता है।"

"रोटी··· ?"

"हाँ, रोटी।··· तुम नहीं समझोगे। लगता है, सरकार के खिलाफ बगावत करनेवालों से मिला हुआ है। कोई न कोई खुराफत जरूर करेगा। कुछ देखना तो बताना।"

"बताऊँगा मालिक।··· अच्छा मालिक, छोटे महराज* की कोई खबर मिली ?"

"उसी की तो फिक्र है सुखई। फिरंगी सरकार की फौदों में कुछ गड़बड़ी सुनाई पड़ रही है··· सुकुल कह रहे थे, छावनियों में घूम-घूमकर साधू और फकीर सिपाहियों को भड़का रहे हैं। कुछ समझ में नहीं आता।··· जाने क्या होनेवाला है, सुखई।"

"ऊपरवाला रच्छा करेगा महराज, आप फिकर न करो।"

बहू के कान में छोटे महराज का नाम पड़ा तो वह चौंकी। झाड़ू रोककर उधर कान लगा दिए। पूरी बात तो सुनाई नहीं पड़ी लेकिन फौजों में गड़बड़ीवाली बात की भनक पड़ गई। जी धक-धक करने लगा। जाने कैसी गड़बड़ी है ! पूरी बात कैसे मालूम हो ? ··· क्या बदा है, भगवान।

बूढ़ी लोगों से अपना दुखड़ा रो लेती थीं। शंकर को भी कह-सुन देती थीं। पर बहू किससे कहे, किससे पूछे। पहले रूपा घर में आती-जाती थी तो उससे दो बातें करके जी हल्का हो जाता था। बंदोबस्त के झगड़े के बाद से उसका आना भी बंद हो गया। सारा दर्द भीतर ही भीतर छिपाए घर से आँगन, आँगन से घर डुहरुक-डुहरुक डोलती, काम में लगी रहती है। गिनती के दिन रही थी दुर्बली के साथ। अभी तो शुरू वाली शर्म और झिझक भी नहीं गई थी कि साथ छूट गया। उन दिनों की बात याद करके कलेजा मुँह को आता है। बहुत-सी बातें पहले समझ में नहीं आती थीं। अब जैसे-जैसे अकल आ रही है, समझ में आने लगी हैं। और समझ-समझकर मन मसोस उठता है। जब भी मायके गई, सखी-सहेलियों ने कुरेद-कुरेदकर पूछा, हँसी-ठिठोली की तो वह जैसे कटकर

---

* गुरुदत्त के बाद शंकर बड़े महराज और दुर्बली छोटे महराज कहे जाने लगे थे।

रह गई। इतने थोड़े दिन का साथ कि न तो ठीक से देख पाई, न बोल-बतिया पाई, न गुन-सुभाव समझ पाई। जाने कहाँ से भगवान ने यह बेटी दे दी। जब पेटवाली बात मालूम हुई थी तो कितनी झिझक हुई थी। उमर ही क्या थी उस समय ! अभी तो खेलने-खाने के दिन थे। पर धीरे-धीरे सब निपट गया। अब तो बिटिया का मुँह देखकर ही थोड़ा धीरज होता है।

शंकर मालिश करवाकर नहाने चले गए। मुटुनी जगकर रोने लगी थी। बहू उसे गोद में लेकर दूध पिलाने लगी। दिमाग में वही बातें घूम रही थीं।··· यह फिरंगी कौन हैं, कहाँ से आए हैं, क्या करना चाहते हैं ? क्या पड़ी थी उन्हें फिरंगी की फौज में जाकर भरती होने की ? और गए तो घर को जैसे भूल ही गए। कैसे कटेगी यह जिंदगी ?

बहू इन्हीं विचारों में खोई थी कि अचानक रूपा झमझमाती हुई आकर ड्योढ़ी पर खड़ी हो गई। चेहरा हमेशा की तरह बिहँस रहा था।

उस दिन पड़ताल के समय गोरे साहब का लश्कर बाग में घुसकर गुम हो गया तो जैकरन उबलता हुआ अपने झोंपड़े में लौट आया था। रह-रहकर बड़बड़ाता और दाँत पीसता था। रूपा शंकर से मिलने के लिए बेसब्र थी। वह घर से निकली तो जैकरन गुस्से में गाली देकर बोला, अब अगर कभी पाहीघर की ओर रुख किया तो टाँग तोड़ दूँगा। रूपा को भी पूरी बात मालूम हुई तो देह सुलग उठी। शंकर से मिलना-जुलना बन्द हो गया। कभी-कभी मन में कसक जरूर होती थी कि कहीं अकेले में मिल जाते तो जो फटकार सुनाती कि वे भी याद करते।

आषाढ़ आया। बारिश हुई। खेतों में हल चलने लगे। जैकरन झोंपड़े के सामने बैठा अपने खेत की ओर टुकुर-टुकुर ताकता रहा। लेकिन उसमें हल चलाने नहीं गया। खेत परती पड़ा रह गया। जैकरन को हल्की-सी आशा थी कि शंकर जोतने को कहने आएँगे। आशा टूट गई तो वह दाढ़ी बढ़ाकर बाँग देने लगा। शाम के झुलफुले में ताल के किनारे किसी ऊँची जगह पर खड़े होकर जोर से चिल्लाता—"दोहाई हो पंचों, शंकर दूबे जीने नहीं देते। हमारी रोजी छीन लिए। हमारा खेत अपने नाम करवा लिए। हम गाँव में कैसे रहें। दोहाई हो पंचों।"

शंकर सुनते और टाल देते। कुछ दिनों बाद बाँग देना बन्द हो गया। दाढ़ी जरूर बढ़ी रही।

बारिश के आखिरी दिन थे। धान फूटकर झरझर हो गया था। चारों ओर खड़ी हरी-पीली फसल के बीच जैकरनवाला खाली खेत नंगा-नंगा-सा दिखता था। सूरज डूब रहा था और उसके चारों ओर लाल बादलों की एक पट्टी खिंची हुई थी। शंकर गाँव की ओर जा रहे थे और रूपा बाग से लकड़ियाँ बीनकर लौट रही थी। सामना हुआ तो वह निगाह नीची कर आगे बढ़ने लगी।

"रुप्पी ?"

रूपा पल-भर के लिए ठिठकी, फिर आगे चल दी।

"अरे रूपा, तुम्हीं से कह रहा हूँ।"

"अब कहने को क्या है ?"

"जैकरन मुझसे वैर मानता है न ? उसी के चलते तुम भी… "

"कोई वैर मानके आपका क्या करेगा ?"

"बहुत नाराज लगती हो।"

"अब मैं इन चिकनी-चुपड़ी बातों में आनेवाली नहीं।"

शंकर को क्रोध तो आया मगर उन्होंने दबा लिया।

"देखो रूपा, हम यह कभी नहीं चाहते थे कि तुम लोग खेत से बेदखल हो। लेकिन सरकारी हाकिम के सामने… "

"हाँ-हाँ, कागज-पत्तर में बाबू का नाम हो जाता तो उसकी चोटी आपके हाथ से निकल न जाती।"

"नहीं रूपा, वो बातें तुम नहीं समझतीं, न जैकरन समझता है।"

"हम क्या समझेंगे महराज… मुझे देर हो रही है, मैं चलती हूँ।" शंकर ने भाँप लिया कि रूपा थोड़ा नरम पड़ी है।

हल्का अँधेरा हो गया था। दूर तक कोई दिखता नहीं था। शंकर ने हौले से रूपा का हाथ पकड़ लिया। रूपा को झटका-सा लगा। नीचे से ऊपर तक एक सनसनाहट-सी दौड़ गई। बहुत दिनों से दबी हुई आग जैसे लहककर जल उठी हो।

"छोड़िए महराज, कोई देख लेगा।" रूपा की कमजोर आवाज से

शंकर को बढ़ावा मिला।

"कोई नहीं है, रुप्पी।" और शंकर ने लकड़ियों का गट्ठर रूपा की अँकवार से लेकर नीचे रख दिया। उसका हाथ पकड़े वे बाग में घुस गए जहाँ अभी से अँधेरा छाने लगा था।

दोनों बाग से तब निकले जब चारों ओर गाढ़ा अँधेरा फैल गया था और पाहीघर की दिवठी पर रखा दिया टिमटिमाने लगा था।

इसके बाद चोरी-छिपे दोनों मिलने लगे। बीच-बीच में शंकर छिपाकर रूपा के यहाँ कुछ दे आते। जैकरन को मालूम तो पड़ ही जाता था। धीरे-धीरे उसकी भी ऐंठ मिटने लगी। पैलगी-आशीष शुरू हुई। और रबी की बुआई का वक्त आया तो लोगों ने देखा कि जैकरन खेत की तैयारी में लगा है और रूपा और उसकी माँ खुश-खुश उसका हाथ बँटा रही हैं।

लेकिन उस दिन के बाद रूपा पाहीघर के अंदर आज पहली बार आई थी। देखकर बहू को अचरज हुआ और खुशी भी।

"रास्ता भूल गई क्या रुप्पी ?"

"क्या बताऊँ छोटी मालकिन, बाबू के डर से यहाँ आना ही छूट गया था।"

"ऐसे तो डरनेवाली नहीं हो तुम बाबू से··· खैर क्या हुआ, तुम्हारा बाबू कैसे मान गया ?"

"जैसे बिगड़ा था, वैसे मान भी गया।"

"वहाँ क्यों खड़ी हो ? अंदर आ जाओ।"

"नहीं मालकिन। अभी जल्दी में हूँ।··· मटर के खेत तक जा रही थी। सोचा, आपको देखती चलूँ। फिर फुरसत से आकर बैठूँगी।"

"आना जरूर। बहुत-सी बातें करनी हैं तुमसे।"

"आऊँगी, आऊँगी।··· छोटे मालिक का कुछ हाल मिला ?"

"वही तो पूछना था।··· तुम इतनी जल्दी में हो, क्या कहूँ। जेठजी सुखई को फिरंगी फौद के बारे में कुछ बता रहे थे। कुछ गड़बड़ी-सड़बड़ी की बात। पूरी बात समझ में नहीं आई। सोच रही थी, किससे पूछूँ।" बहू का चेहरा उदास हो गया।

"तुम फिकर न करो, मालकिन। मैं सब पता करके आऊँगी।"

"लेकिन जल्दी आना।"

बहू ने बिटिया का मुँह आँचल से बाहर निकालकर उसकी पीठ थपथपाई।

"जा बिटिया, अब खेल। अभी बहुत काम पड़ा है।"

"चलो मुटुनी, मेरे साथ चलोगी ? खेत में मटर तोड़ेंगे।" रूपा ने उसकी ओर हाथ बढ़ा दिया।

"हाँ बिटिया, जा। बुआ के साथ चली जा। खेत में घुमाएगी।" बहू ने बच्ची को उठाकर रूपा की गोद में दे दिया।

इधर से रूपा मुटुनी को लेकर निकली, उधर से बूढ़ी डंडा टेकती आ रही थीं। नजर पड़ी तो जल-भुन गईं। बड़बड़ाती हुई आँगन में घुसीं–"फिर से आने लगी छिनाल··· शीतला माई इसे ले जातीं तो गाँव साफ हो जाता।"

बहू ने एक बार बूढ़ी की ओर देखा। फिर झाड़ू लगाने में लग गई।

"बिटिया को उसके साथ कहाँ भेज दिया, बहू ?"

"मटर के खेत तक जाने को कह रही थी।"

"ऐसे, जिसके नहीं उसके साथ मत भेज दिया करो।"

बूढ़ी और भी कुछ बड़बड़ाती रहीं और बहू सर झुकाए अपने काम में लगी रही।

बाईस

जिस समय जहाज बंगाल की खाड़ी से हुगली नदी में घुसा, पौ फट रही थी। पीछे सों-सों करता समुद्र था और सामने दूर तक नदी का मटमैला पानी। धीरे-धीरे हवा चल रही थी। जैसे-जैसे उजाला बढ़ता गया, किनारे की रेखा स्पष्ट होती गई। बड़ी-बड़ी पालदार नावों के बीच छोटी-छोटी बउलियाँ इधर से उधर आ-जा रही थीं। थोड़ा और आगे

बढ़ने पर नदी के किनारे की जमीन दूर तक नजर आने लगी। नारियल के झुरमुट, मछुआरों की बस्तियाँ, कच्चे रास्तों पर बहँगी लटकाए तेज-तेज कदम चलते नंगे बदन लोग। बीच-बीच में हौले-हौले किसी पालकी का गुजरना।

खूब तेज धूप छिटक आई थी। मुसाफिर एक-एक कर डेक से नीचे उतरने लगे थे। पर फिर से केबिनों में जाने का मन नहीं हो रहा था। इतना लम्बा सफर। लन्दन से केप-टाउन। वहाँ से महीनों का सफर पूरा कर, हिन्द प्रायदीप का चक्कर लगाते हुए मद्रास और तब बंगाल की खाड़ी। अब जाकर कलकत्ता के दर्शन हो रहे थे। रास्ते में दूर तक सिर्फ पानी ही पानी देखते-देखते मन ऊब गया था। अब धरती और पेड़-पौधे दिखाई पड़े तो मुसाफिरों का मन हुलस उठा था। केबिन के अन्दर की सड़ी गरमी से बाहर की धूप ही बेहतर थी।

जहाज कम्पनी के कर्मचारियों से भरा था। ज्यादातर लोग छुट्टियाँ बिताकर वापस लौट रहे थे। कुछ नई तैनाती के लिए हिन्दुस्तान आ रहे थे। कुछ अंग्रेज व्यापारी भी थे जो कम्पनी के हाकिमों से बिल्कुल अलग-थलग रहते थे। हाकिम उन्हें बॉक्सवाला बोलते थे और हिकारत की नजर से देखते थे। कुछ कुँआरी लड़कियाँ भी थीं जो अपनी माँओं के साथ किसी निकट सम्बन्धी के यहाँ जा रही थीं जो हिन्दुस्तान के किसी कोने में आबाद फौजी छावनी के किसी बँगले में रहता था। कहने को तो वे हिन्दुस्तान देखने जा रही थीं पर असली मकसद अपने लिए वर का जुगाड़ करना था।

क्लारा डेक की सीढ़ियों के पास खड़ी पूरब की ओर देख रही थी। सूरज की सवारी दिन-भर के सफर के लिए चमक-दमक के साथ निकल पड़ी थी। क्लारा का दिल उछल रहा था। आँखें सबकुछ देखने के लिए उत्सुक थीं। भीतर किसी अनजान पर्त में एक डर भी दुबका बैठा था। कैसा होगा हिन्दुस्तान ! कैसे होंगे यहाँ के लोग ! क्लारा के दिमाग में सुन-सुनकर एक धुँधली-सी तस्वीर बनी थी हिन्दुस्तान के बारे में। यहाँ के जंगलों, नदियों, गाँवों, शहरों, खेतों और मैदानों के बारे में। क्लारा ने सुन रखे थे यहाँ के बहुत-से किस्से। जटाजूट धारी साधू और फकीर,

धूल और गर्मी, साँप और बिच्छू, आम की टोकरियाँ और मसालेदार पकवान, राजे-महराजे और नवाब, हीरे-जवाहरात, शिकार और ऐयाशी के तमाम किस्से। आज वही हिन्दुस्तान वह आँखों से देख रही थी।

इंग्लैण्ड बहुत पीछे रह गया था। जिस दिन उसका जहाज टेम्स के मुहाने से निकलकर समुद्र के विस्तार की ओर बढ़ा था, हल्की-हल्की बारिश हो रही थी। भीगी ठंड और धुंध में लिपटा इंग्लैंड धीरे-धीरे पीछे छूट रहा था। उससे भी पीछे छूट गया था नार्थम्पटन के पास का वह देहाती इलाका जहाँ पलकर क्लारा बड़ी हुई थी। दूर तक फैली पहाड़ियों के बीच बड़े-बड़े चरागाह, राई के खेत, भेड़ों के बाड़े और उसका पुश्तैनी फार्म हाउस।

बचपन से ही क्लारा अन्तर्मुखी थी। पिता को जब ईस्ट इंडिया कम्पनी में नौकरी मिली, वह स्कूल में पढ़ती थी। वह जब कम्पनी के जहाज में सवार हो, दूर हिन्दुस्तान की किसी फौजी छावनी के रसद विभाग में सुपरिंटेंडेंट का काम सँभालने चले गए थे तो क्लारा और उसकी माँ कैथरीन बहुत अकेली पड़ गई थीं। उन्हीं दिनों क्रीमिया की लड़ाई छिड़ गई। सेबस्तपोल का घेरा लंबा खिंचा तो बड़ी तादाद में अंग्रेज सैनिकों के मरने और घायल होने की खबरों से अखबार भरे रहने लगे। चारों ओर घायलों की दुर्दशा और सरकार की बदइंतजामी की चर्चा हो रही थी। उन दिनों क्लारा बेहद उदास और अनमनी थी। नाइटिंगेल की नर्सों की टीम बनी तो वह उसमें भरती होकर घायलों की सेवा करने चली गई। लड़ाई खत्म हुई तो वह एकदम से खाली हो गई। फिर से वही उदासी और रीतापन। तब तक क्लारा की माँ को उसके विवाह की चिन्ता सताने लगी थी। उसके पिता मार्टिन बर्टन इंग्लैण्ड के खानदानी रईसों में से नहीं थे। पर कम्पनी की नौकरी ने उन्हें मजे का सम्पन्न बना दिया था और वे क्लारा का विवाह किसी संभ्रान्त वर्ग के नौजवान से करके अपनी प्रतिष्ठा बढ़ाना चाहते थे। इसके लिए हिन्दुस्तान सबसे उपयुक्त जगह थी। लिहाजा, क्लारा और उसकी माँ की हिन्दुस्तान यात्रा तय पाई गई।

कलकत्ते में दो दिन बर्टन के एक मित्र के घर रुकने के बाद पश्चिम

की ओर यात्रा शुरू हुई। उस समय कलकत्ते से रानीगंज–सिर्फ एक सौ चालीस मील तक–रेलवे लाइन बनी थी। रेल की भीड़भाड़, हड़कम्प, धुएँ और पसीने के बीच की गई यात्रा पूरी हुई तो डाकगाड़ी से सफर शुरू हुआ जो वस्तुतः दो घोड़ों से खींची जानेवाली बक्सानुमा घोड़ागाड़ी थी। क्लारा की डाकगाड़ी अवध की ओर जानेवाली डाकगाड़ियों के एक काफिले के साथ चल रही थी। सड़क ऊबड़-खाबड़ और धूल से भरी थी। बीच-बीच में सड़क के किनारे विलायती ढंग के डाकबँगले बने थे जिनमें मुसाफिरों के खाने-पीने, सोने और घोड़ों के भूसे-दाने का इंतजाम था। थके घोड़ों को बदलकर नए घोड़े भी लिए जा सकते थे पर डाकबँगले के कर्मचारी इसमें बड़ी हुज्जत करते थे और कभी-कभी घोड़ों के इंतजार में दिन-दिन-भर रुकना पड़ता था। डाकबँगले बन तो गए थे पर उनमें से अधिकांश की हालत खस्ता थी। खटमल, मच्छर, चूहों और गंदगी और रखरखाव के लिए तैनात लोगों के जाहिलपने से मुसाफिर परेशान रहते थे। जिस दिन खाना ठीक-ठाक मिल जाता और रात में ठीक से नींद आ जाती, लोग बड़े भाग्य की बात समझते थे।

मार्च का महीना बीत रहा था। रात में गुलाबी जाड़ा पड़ता था पर दिन में मौसम खुश्क हो जाता था। डाकगाड़ी बड़े भोर ही निकल पड़ती थी और धूप तेज होने के पहले अगले पड़ाव तक पहुँच जाती थी। शाम को फिर यात्रा शुरू हो जाती जो देर रात तक चलती रहती थी। क्लारा की उत्सुक आँखें बराबर खिड़की के बाहर लगी रहतीं। बंगाल, बिहार और पश्चिमोत्तर प्रांत का दूर-दूर तक फैला मैदानी इलाका। खेतों और बगीचों और गाँवों और ताल-तलैयों के बीच पसरा हुआ हिन्दुस्तान। गाड़ी कभी सघन अमराइयों के बीच से गुजरती जिनमें नए निकलते बौर और सूखी आम की पत्तियों की मिली-जुली गंध भरी होती। कहीं-कहीं सड़क के किनारे पीपल और बरगद के बड़े-बड़े दरख्त एकाकी खड़े दिखते। किसी-किसी पेड़ के नीचे चबूतरा बना होता जिस पर छोटी-छोटी लाल झंडियाँ लगी रहतीं। बीच-बीच में खेतों के किनारे, पेड़ों के झुरमुट के बीच मिट्टी और फूस से बने झोंपड़ों की बस्तियाँ थीं। बस्ती के पास किसी पीपल के पेड़ की जड़ों पर कनेर के फूल और

हरे बेल-पत्तों से ढके गोल-मटोल पत्थर रखे होते। पास में कुआँ और उसकी बगल ऊँचे गुम्बजवाला शिवाला होता जिसके ऊपर लम्बा झंडा फहरा रहा होता। पीपल की पत्तियाँ जैसे संगीत के ताल पर हमेशा हिलती रहतीं और क्लारा को बड़ी विचित्र लगतीं। खेतों और बस्तियों के बीच कहीं-कहीं सिंघाड़े और कुईं की बेलों से ढके तालाब थे जिनमें कुईं के फूल सर निकाले दिखाई पड़ते। कभी खेत के मेड़ों से गुजरते, कभी किसी खेत में काम करते इक्का-दुक्का किसान दिख जाते जिनके बदन पर घुटनों तक धोती और सर पर लिपटे गमछे के अलावा कुछ न होता जो क्लारा को बड़ा अजीब लगता। उधर खेतों में झुंड बनाकर काम करती और कहीं-कहीं मिलकर गाती औरतें सर से पैर तक एक ही कपड़े में लिपटी होतीं जिन्हें क्लारा गाड़ी की खिड़की से सर निकालकर बड़ी उत्सुकता से देखती।

एक हफ्ते तक लगातार डाकगाड़ी के हिचकोले, रास्ते की धूल और डाकबँगलों की तकलीफें झेलने के बाद यह काफिला, अवध की सीमा में दाखिल हुआ। थोड़ी-थोड़ी दूर पर सघन बगीचों, बड़े-बड़े छायादार पेड़ों, दूर तक चौरस जमीन पर खड़ी फसलों और लोगों की आमदरफ्त बढ़ जाने से जाहिर था कि अवध का इलाका काफी उपजाऊ और आबाद था। क्लारा को याद आया, अवध को गार्डेन ऑफ इंडिया बोलते हैं।

सुबह हो रही थी। पिछले पड़ाववाले डाकबंगले से गाड़ी को चले घंटा-भर से ऊपर हो रहा था। उजास फूटने पर सड़क की बगल में एक बस्ती दिखाई पड़ी जिसके निकार पर एक कुआँ था। उसकी जगत पर पानी भरने के लिए आई औरतों की भीड़ लगी थी। गाड़ी गुजरी तो औरतों ने घूँघट तिरछा कर उसकी ओर देखा, एक-दूसरे को ठेलकर हँसीं और फिर पानी निकालने और ढोने में लग गईं। एक औरत लम्बा घूँघट काढ़े, एक घड़ा कमर पर और दो सर पर रखे आराम से बस्ती की ओर जा रही थी। ऊपर से नीचे तक ढकी होने के बावजूद क्लारा को लगा उसकी सुडौल, स्वस्थ देह में एक नृत्य की-सी लचक थी। आगे सड़क से निकलकर एक लीक बस्ती की ओर जाती थी जिस पर एक बैलगाड़ी चर्रखचूँ करती चली जा रही थी। बैलगाड़ी पर बैठे किसान

ने पीछे मुड़कर क्लारा की गाड़ी को देखा और बैलों को जोर-जोर से हाँकने लगा। चारों ओर एक अलस बेफिक्री और खुशनुमा शांति पसरी थी। क्लारा को लगा जैसे वक्त एक जगह रुक गया हो। वह गई रात मुसाफिरों के बीच होनेवाले वार्तालाप के बारे में सोचने लगी।

रात में खाने के बाद लोग रोज की तरह डाकबंगले के सामने लान में पड़ी कुर्सियों पर बैठे हल्की-फुल्की बातें कर रहे थे। अवध के इलाके में पड़नेवाला यह पहला पड़ाव था। किसी ने कम्पनी द्वारा अवध के बादशाह को पिछले साल जबरन तख्त से हटाए जाने का प्रसंग छेड़ दिया। काफिले के साथ अवध के किसी जिले का मजिस्ट्रेट कलकत्ते से लौट रहा था। वह कहने लगा कि बादशाह पर हुई बेइंसाफी से अवध की अवाम बहुत नाराज है। बल्कि पूरे देश में अन्दर-अन्दर खलबली मची है। फरवरी के आखिरी हफ्ते में बरहामपुर छावनी में नए एनफील्ड रायफल के कारतूसों को लेकर सिपाहियों में बवाल उठ खड़ा हुआ था जिसे बड़ी मुश्किल से दबाया गया। मजिस्ट्रेट ने क्लारा और उसकी माँ की ओर देखकर कहा कि इस वक्त मुफस्सिलों में लेडीज़ का जाना मुनासिब नहीं है। कुछ हो गया तो खुद तो फँसेंगी ही, मरदों की जान भी आफत में डालेंगी। सभी की निगाहें उनकी ओर उठ गईं। थोड़ी देर चुप्पी रही। क्लारा और उसकी माँ धीरे से उठकर चली आईं।··· रात में क्लारा को ठीक से नींद नहीं आई। बार-बार उसके दिमाग में घूमता रहा–यदि उसके पापा की छावनी में कुछ हो गया तो क्या होगा। क्या सचमुच ऐसे समय में हिन्दुस्तान आकर उसने भूल की थी ? क्या हिन्दुस्तानियों के भीतर वाकई कोई तूफान उमड़ रहा है ? लेकिन रास्ते में जो तस्वीर सामने आई थी उसमें तो असंतोष की कोई झलक नहीं थी।

मार्टिन बर्टन की तैनाती सुल्तानपुर छावनी में थी। अवध पर अंग्रेजों का कब्जा होने से पहले ही वहाँ एक छोटी-सी छावनी थी। उसी के नाते लोग सुल्तानपुर को 'कम्पू' कहकर पुकारते थे। यह छावनी गोमती के रेहड़ों के बीच ऊँची और सूखी जमीन पर आबाद थी। खड्डों के बीच-बीच जो समतल जमीन के टुकड़े थे उन्हीं पर नदी की तरफ बंगले

बने थे। अपने ढंग की यह एक ही छावनी थी जिसमें न कोई घास का मैदान था, न ज्यादा बाग-बगीचे थे। इक्का-दुक्का पेड़ों की संख्या भी बहुत कम थी। बंगलों के आगे-पीछे जो बगीचे लगाए गए थे उनकी सिंचाई बड़ी मुश्किल से हो पाती थी। कुओं में पानी पचास फुट नीचे था। पानी खींचनेवाले मजदूर दिन-भर पानी खींचते-खींचते थक जाते पर छावनी के लिए पानी पूरा नहीं पड़ता था।''' अवध पर कब्जा होने के बाद छावनी में फौज बढ़ा दी गई थी। यहाँ एक रिसाला भी तैनात कर दिया गया था जिसने मुख्य छावनी से एक मील अलग हटकर अपना अड्डा जमाया था। कर्नल फिशर रेजिमेंट के कमांडर थे जिनके बड़े बंगले से थोड़ी दूर पर मार्टिन बर्टन का छोटा-सा बंगला था। सामने छोटा-सा लान था जहाँ खड़े होने पर नदी की धारा दिखती थी। बंगले के पीछे दो आउट हाउस थे जिनमें नौकर-चाकर रहते थे। वहाँ से थोड़ी दूर पर डेपुटी-कमिश्नर ब्लॉक और असिस्टेंट कमिश्नर स्ट्रोयन के बंगले थे। सुल्तानपुर छावनी में फौजी और गैर फौजी हाकिम मिलजुलकर एकसाथ रहते थे।

क्लारा की डाकगाड़ी जिस वक्त सुल्तानपुर छावनी में दाखिल हुई, एक घड़ी रात बीत रही थी। धुँधली चाँदनी में लिपटी छावनी उनींदी-सी पड़ी थी। गोमती का बहता पानी दूर से झिलमिला रहा था। दूर किसी गाँव से कुत्तों के भूँकने की आवाज आ रही थी। क्लारा का दिल पिता से मिलने के लिए बेचैन था पर एक कोने में अनजान-सा आतंक कुंडली मारकर बैठा था, जिससे वह सहमी हुई थी। आकाश वही था, चाँद वही था, तारे वही थे जिन्हें वह महीनों पहले इंग्लैण्ड में छोड़कर आई थी। फिर भी सबकुछ कितना अपरिचित और पराया-सा लग रहा था। जब गाड़ी बंगले के आहाते में दाखिल हुई, मार्टिन बर्टन बरामदे की सीढ़ियों पर खड़े थे। उन्होंने आगे बढ़कर गाड़ी का दरवाजा खोला और हाथ से सहारा देकर क्लारा की माँ को नीचे उतारा। क्लारा कूदकर नीचे आ गई और आवेश में पिता से लिपट गई।

मार्टिन का बंगला जो नौकरों के बावजूद अब तक सूना-सूना-सा लगता था, आज क्लारा और उसकी माँ के आ जाने से एकदम से गुलजार

हो गया। देर तक नौकरों द्वारा सामान उतारने और रखने की खटपट और आपस में जोर-जोर से बोलने की आवाजें आती रहीं। रात में जब मोमबत्ती की रोशनी में बर्टन परिवार खाने की मेज पर बैठा, क्लारा की आँखें नींद और थकान से भारी हो रही थीं। पर उसके पिता बेहद उत्साहित थे और आज ही उन दोनों को हिन्दुस्तान के बारे में बहुत कुछ बता देना चाहते थे।

अगले दिन क्लारा की आँख खुली तो छावनी के तमाम लोग घुड़सवारी करके लौट रहे थे। उनमें कई मेमें और कुछ लड़कियाँ भी थीं। क्लारा की जिद पर मार्टिन ने दो घोड़ों का इंतजाम किया और इन दोनों का भी घुड़सवारी का क्रम शुरू हो गया। नदी के रेहड़ों के बीच घोड़े दौड़ाते वे दूर तक निकल जाते। आगे खेतों और बागों का सिलसिला शुरू होता था जिसके बीच-बीच झोंपड़ों की बस्तियाँ थीं। घोड़े किसी बस्ती के पास से गुजरते तो भूँकते हुए मरियल कुत्तों के पीछे-पीछे नंग-धड़ंग बच्चे बाहर निकल आते और देर तक खड़े-खड़े घोड़ों को जाते हुए देखते रहते।

उस दिन घुड़सवारी से लौटते हुए मार्टिन और क्लारा नदी के रेहड़ों में भटक गए। रास्ता खोजते-खोजते क्लारा थोड़ा आगे निकल गई। वह खड्ड से निकलकर किसी ऊँची जगह पर पहुँचना चाहती थी जहाँ से दूर तक नजर दौड़ाई जा सके। एक सँकरे कटाव से वह ऊपर चढ़ने लगी। उसमें बस इतनी जगह थी कि किसी तरह घोड़ा गुजर सके। कटाव से बाहर निकली तो सामने समतल जमीन दिखी जिसके एक कोने में इमली का बड़ा-सा पेड़ था। पेड़ के नीचे एक टूटी-फूटी मजार थी। मजार और पेड़ के तने के बीच चादर बिछाकर एक आदमी बैठा था। सर पर बड़े-बड़े बाल और बढ़ी हुई दाढ़ी। ऊपर से नीचे तक एक ढीला-ढाला लबादा पहने था। कई पर्तों में सिले हुए कपड़े की एक गुदड़ी बगल में रखी थी। पेड़ से थोड़ी दूर पर नदी का कगार शुरू होता था और वहाँ से नदी की बहती हुई धारा दिख रही थी। उसकी हल्की-हल्की आवाज के अलावा चारों ओर सबकुछ शान्त था। क्लारा ने हिन्दुस्तान के फकीरों के बारे में सुन रखा था और उस आदमी के

पहनावे से उसे लग गया कि वह फकीर है। लेकिन ऐसी वीरान जगह उसे चुपचाप बैठे देख उसे अचरज हुआ। समझ में नहीं आ रहा था कि वह वहाँ क्यों बैठा है। फकीर का मुँह नदी की ओर होने से उसने क्लारा को नहीं देखा था। क्लारा ने पीछे सर घुमाकर दूर तक नजर दौड़ाई। मार्टिन के घोड़े का कहीं पता नहीं था। खड्डों के बीच-बीच उगे बबूल के पेड़ों के सिवा कुछ दिखता नहीं था। उसने घोड़े को मोड़कर ढलान की आड़ में कर लिया और मार्टिन का इंतजार करने लगी। बीच-बीच में फकीर की ओर देख लेती थी। फकीर रह-रहकर नदी की ओर देख रहा था जैसे उधर से किसी के आने का इंतजार हो। क्लारा को वहाँ खड़े-खड़े कुछ अरसा गुजर गया। खड्डों के ऊपर धूप फैलने लगी। अब क्लारा को थोड़ा डर लगने लगा। एक बार उसने सोचा कि नदी के पाट में उतरकर पानी के किनारे-किनारे छावनी की दिशा में चलती चली जाए। लेकिन फकीर के बारे में जानने की जिज्ञासा ने उसे रोक लिया। थोड़ी देर में कगार से चढ़कर फकीर की ओर आता एक हिन्दुस्तानी सिपाही दिखा। उसे देखते ही फकीर का चेहरा चमक उठा। सिपाही के पास पहुँचने पर फकीर ने गुदड़ी से कमल का एक फूल निकाला और उसके हाथ में देकर बोला–"सब लाल हो गया है ?"

"हाँ, मौला की दुआ से सब लाल हो गया है।"

क्लारा ने देखा कि जिधर से सिपाही आया था उधर से कई और सिपाही कगार पर चढ़ रहे थे। थोड़ी देर में सभी फकीर के पास आकर बैठ गए। अब फकीर ने चारों ओर नजर दौड़ाई और सिपाहियों से धीमी आवाज में कुछ बोलने लगा। क्लारा ने सुनने की कोशिश की पर कुछ सुनाई नहीं पड़ा। वह असमंजस में थी कि खड़ी रहे या वहाँ से चल पड़े। इतना तो जाहिर था कि वे लोग वहाँ किसी और की मौजूदगी नहीं चाहते थे। घोड़ा रह-रहकर पूँछ हिलाता था और टाँगों पर भार बदलता था। किसी भी समय उसकी आहट वहाँ तक पहुँच सकती थी। लेकिन इस एकान्त में फकीर और सिपाहियों की मुलाकात की पहेली सुलझाने का मोह भी वह नहीं छोड़ पा रही थी। क्लारा इसी पेसोपेश में थी कि दूर से घोड़े की टापों की आवाज आई। उसने मुड़कर देखा

तो मार्टिन का घोड़ा खड्ड से ऊपर चढ़ रहा था। मार्टिन पास आए तो पसीने से तर थे और बदहवास-से लग रहे थे। क्लारा को देखा तो उनकी जान में जान आई।

"ह्वेयर डिड यू डिसैपियर ?··· आई वाज··· "[1]

क्लारा ने अपने होंठों पर उँगली रखकर उन्हें बोलने से मना किया और फकीर को घेरकर बैठे सिपाहियों की ओर इशारा किया।

"डोन्ट यू सेन्स समथिंग फिशी, पापा ?"[2]

"येस··· यू आर राइट··· इट्स क्वाइट अनयूजुअल।"[3]

"दैन लेट्स गो एण्ड सी।"[4]

"नो, इट मे प्रूव डेन्जरस।"[5]

"बट वी मस्ट डू समथिंग, पापा।"[6]

"यस··· ऑफ कोर्स। वी'ल हैव टु इन्फॉर्म द अथारिटीज।"[7]

दोनों ने घोड़ों को पीछे मोड़ा और खड्ड में घुसकर नदी के किनारे-किनारे छावनी की ओर चल पड़े।

अगले दिन क्लारा को मालूम हुआ कि एक अंग्रेज सार्जेन्ट फौजी पुलिस के कुछ जवानों के साथ फकीर की तलाश में भेजा गया था। उसके पहुँचने तक सिपाही वहाँ से खिसक लिए थे। जरा देर और हुई होती तो फकीर भी न मिलता। फकीर को वहाँ से असिस्टेंट कमिश्नर के आफिस में लाया गया था। वहाँ उसकी तलाशी हुई थी। तलाशी में उसकी गुदड़ी से एक थैली मिली थी जिसमें रुपए के पच्चीस नए-नए सिक्के थे। पूछताछ के दौरान फकीर ने बताया कि ये रुपए उसे छावनी के सिपाहियों से खैरात में मिले थे। इस पर संदेह हुआ। सिपाही तो

---

1. "तुम कहाँ गायब हो गई थीं ? ··· मैं तो··· "
2. "पापा, क्या आपको कुछ गड़बड़ नहीं लगता ?"
3. "हाँ··· तुम ठीक कहती हो··· यह बड़ा अजीब है।"
4. "तो हम चलकर देखें।"
5. "नहीं, यह खतरनाक साबित हो सकता है।"
6. "लेकिन पापा, हमें कुछ जरूर करना चाहिए।"
7. "हाँ··· बिल्कुल। हमें हाकिमों को इत्तला करनी होगी।"

धेले और पाई में खैरात देते थे, रुपए के सिक्के तो जमींदारों-साहूकारों के यहाँ ही मिल सकते थे। उसकी दुबारा तलाशी ली गई। इस बार बड़े ध्यान से। खोजते-खोजते उसकी दाहिनी काँख में धागे से बँधी एक छोटी-सी डिबिया मिली। उसे खोला गया तो उसमें एक तुड़ा-मुड़ा कागज था। खोलकर पढ़ने की कोशिश की गई। उर्दू में कुछ घसीटकर लिखा गया था। मुंशी को बुलाकर पढ़ाया गया–

"मुसलमान भाइयों को दुआ-सलाम और हिन्दू भाइयों को पैलगी-असीस के बाद हाल मालूम हो कि गाँव के मन्दिर और मस्जिद दोनों में लाल-लाल चींटे लग गए हैं। बगीचा बरबाद हो रहा है। गर्मी बढ़ने दीजिए। फिर चींटों का सफाया करना है। यही हमारी अरज है। बाकी आप तो खुद समझदार हैं। जैसा ठीक समझें, करें।"

लोग इसका मतलब निकालते-निकालते थक गए लेकिन कुछ स्पष्ट समझ में नहीं आया। फकीर बराबर यही कहता रहा कि यह एक पुराना कागज है जिसे उसने रास्ते से सुंघनी रखने के लिए उठा लिया था।

फकीर को कुछ दिन हवालात में रखने के बाद कोई और सबूत न मिलने पर छोड़ दिया गया।

तेईस

शाम की चाय का वक्त था। बरामदे में चाय लगाकर अर्दली हेनरी का इंतजार करने लगा। वह रेजिडेंसी के सामने के बगीचे में टहलते हुए थोड़ा दूर निकल आए थे। अप्रैल के शुरू के दिन थे। गोमती की ओर से आती हवा में हल्की ठंड थी जो रह-रहकर बदन को सहला जाती थी और उसके झोंके से हेनरी की लम्बी, खिचड़ी दाढ़ी के बाल हिल उठते थे। घनी बरौनियों के नीचे लटकती-सी आँखों में गहरी उदासी थी। खुशनुमा मौसम के असर से चेहरे पर खिंची चिन्ता की लकीरें धीरे-धीरे ढीली पड़ रही थीं।

हेनरी। सर हेनरी लारेन्स। अवध के नए चीफ कमिश्नर। अभी

बीस मार्च को जब उन्होंने कार्यकारी चीफ कमिश्नर जैक्सन से इस पद का भार लिया था, उन्हें अंदाज तो था कि वे दहकते हुए अंगारे पर पैर रखने जा रहे हैं लेकिन जैक्सन और उसके मातहतों की नादानी और अदूरदर्शिता ने हालत इतनी बिगाड़ दी होगी, इसकी उन्हें कल्पना नहीं थी। अवध के मामलों में हेनरी को शुरू से दिलचस्पी रही थी और अवध पर कार्रवाई के खिलाफ उन्होंने कुछ लेख लिखे थे। पर उन दिनों डलहौजी और उसके चहेते हाकिमों को अपने दम्भ, हठधर्मिता और जल्दबाजी के सामने कुछ दिख ही नहीं रहा था। मौके की बात, आज जब हालत इतनी खराब हो चुकी है, उन्हें ही अवध को सँभालने का जिम्मा सौंपा गया है।

अपनी इक्यावन साल की उम्र का अधिकांश हिस्सा हेनरी ने हिन्दुस्तान की धूप और गर्मी में तपकर बिताया था। हिन्दुस्तान के सामाजिक ढाँचे, उसकी परम्पराओं और विश्वासों की उन्हें गहरी जानकारी थी। उनके प्रति सच्ची सहानुभूति भी। जब डलहौजी और उसके मातहतों ने यहाँ का सबकुछ तोड़ना-फोड़ना शुरू किया था, हेनरी को ठेस तो लगी ही थी, आनेवाले खतरे का एहसास भी हुआ था। लेकिन उस समय जैसी हवा थी, उसमें वे एकदम अलग-थलग और अकेले पड़ गए थे।

अवध पर कार्रवाई के समय हेनरी पंजाब के प्रशासनिक बोर्ड में थे। डलहौजी तो डलहौजी, बोर्ड के दूसरे सदस्य, खुद अपने छोटे भाई जॉन लारेंस की अंधाधुंध सुधार की नीति से हेनरी इतने क्षुब्ध थे कि उन्होंने इस्तीफा दे दिया। चारों ओर उनके नरम दृष्टिकोण की आलोचना हो रही थी। इतने दिनों से जिन मूल्यों पर वें जीते आए थे, जो उनके व्यक्तित्व के आधार थे, वही टूटते नजर आए थे। जिस पंजाब में शांति और स्थायित्व लाने के लिए उन्होंने इतना कुछ किया था, दिन-रात एक कर मेहनत की थी, उसी से उन्हें दूध में पड़ी मक्खी की तरह निकालकर अलग कर दिया गया था। उसी हताशा और तनाव के दौर में उन्हें एक और धक्का लगा जब उनकी चहेती पत्नी का देहांत हो गया। चारों ओर से टूटे और निराश हेनरी इंग्लैण्ड लौटने की तैयारी कर रहे थे जब उन्हें नए गवर्नर जनरल कैनिंग का बुलावा मिला। उन्हें लगा, एक

सहारा मिल गया है। एक ऐसी जोखिमभरी चुनौती जिसमें अपने को डुबोकर वे सबकुछ भुला सकते हैं।

जैसे ही हेनरी ने चाय खत्म की, अर्दली ने कनौजी लाल जासूस के आने की सूचना दी। कनौजी लाल मिसिर पहले कहीं मुफस्सिल में कचहरी के नाजिर थे। उनके हाकिम का तबादला लखनऊ हुआ तो वे भी साथ-साथ आ गए। चलते-पुरजेवाले आदमी थे। बोलने-चालने में होशियार। चुन्नटदार धोती, मिरजई और साफे में उन्हें देखकर किसी जिम्मेदार अवधिया बुजुर्ग का भरोसा होता था। लखनऊ में चीफ कमिश्नर के दफ्तर में रप्त-जब्त बढ़ाने में उन्हें देर नहीं लगी। धीरे-धीरे वे अंग्रेज हाकिमों के लिए खुफिया का काम करने लगे। वैसे तो यह महकमा फाइनैंश्यल कमिश्नर गब्बिन के अधीन था लेकिन कुछ खास जासूस चीफ कमिश्नर को सीधे खबर पहुँचाते थे।

"क्या खबर है कनौजी लाल ?" हेनरी ने आँखों में आँखें डाल कर देखा।

"अच्छी नहीं है हुजूर।"

"क्यों, क्या हुआ ?"

"डाक्टर वेल्स की कल की नादानी से सिपाही बहुत नाराज हैं।"

हुआ यह था कि अड़तालीसवीं पल्टन के डॉक्टर वेल्स छावनी के अस्पताल में दवाओं के स्टोर का मुआयना कर रहे थे। तबीयत थोड़ी खराब थी। उन्होंने मिक्सचर की एक बोतल उठाई, मुँह से लगाकर दो-तीन घूँट पी और वहीं रख दी। कुछ सिपाही देख रहे थे। घंटे-भर के अन्दर पूरी पल्टन में खबर फैल गई। सिपाही बौखला उठे। बीमार हिन्दू सिपाहियों ने दवाएँ लेनी बन्द कर दीं। उन्हें लगा, डॉक्टर ने उनका धरम बिगाड़ने के लिए जानबूझकर ऐसा किया था। किरिस्तान का छूआ तो कोई खाता नहीं था, उसकी जूठी दवा पीने से धरम कहाँ रह जाता। दिन-भर भन-भन लगी रही। शाम को कर्नल पामर ने डॉक्टर को खूब फटकारा और सिपाहियों को दिखाकर बोतल तोड़ दी। लेकिन उनका रंज नहीं गया। असल में डॉक्टर ऐसी बेहूदा हरकतें करता ही रहता था। सिपाही उसे सबक सिखाने का कोई जरिया ढूँढ़ रहे थे।

"लेकिन कनौजी लाल, मुझे तो बताया गया था कि कर्नल पामर की कार्रवाई से सिपाही मुतमईन हो गए हैं।"

"हाँ, सरकार, ऊपर-ऊपर से हो गए हैं। लेकिन उनका रंज बहुत गहरा है। तरह-तरह की अफवाहें फैली हैं उनमें।"

"आय सी··· लगता है मुझे खुद उनसे बात करनी पड़ेगी। आमने-सामने। लेकिन इसके लिए मुझे वक्त चाहिए।"

और वक्त ही हेनरी के पास नहीं था। उसी रात सिपाहियों ने डॉक्टर के बंगले में आग लगा दी। आधी रात का वक्त था। डॉक्टर और उसकी बीवी बंगले के अन्दर सो रहे थे। उनकी आया बाहर पानी के लिए निकली तो उसने देखा–दस-बारह सिपाही बंगले की छाजन पर जलते हुए लुकारे रख रहे हैं। फूस की छाजन थी। आग पकड़ते देर नहीं लगी। और पकड़ते ही बंगला झक् से जल उठा। आया चीखते हुए अन्दर भागी। चीख सुनकर डॉक्टर और उसकी बीवी जग गए। पहले तो कुछ समझ में नहीं आया। जब आग लगी होने का एहसास हुआ तो जैसे लेटे थे वैसे ही अधनंगे बाहर भागे। बड़ी फजीहत हुई। सारा सामान जलकर राख हो गया। बस किसी तरह जान बच गई। उस दिन डॉक्टर के दिल में जो डर समाया तो निकलने का नाम न ले। रेजिमेंट के बाकी हाकिमों के दिल में भी आतंक घर कर गया।

हेनरी ने सुना तो बड़ा धक्का लगा। कनौजी लाल की बात में कितना सच था ! चीजें कितनी गहराई तक जड़ें फेंक चुकी हैं।

हेनरी की सिपाहियों से सीधे बात करने की योजना बारह मई को जाकर पूरी हुई जब उन्होंने रेजिडेंसी में आम दरबार बुलाया। इस बीच बात काफी बिगड़ चुकी थी। अठारह अप्रैल की सुबह सैर के लिए जाते हुए हेनरी की बग्घी पर ढेला फेंककर कम्पनी की तौहीन की जा चुकी थी। दो मई को सातवीं रेजिमेंट के सिपाहियों ने प्रशिक्षण के दौरान नए कारतूसों को मुँह से लगाने से इनकार कर दिया था। अगले दिन जब पंद्रह सौ गोरे सिपाहियों ने तोपखाने के साथ उस रेजिमेंट को घेरा तो सिपाही घबड़ाकर भाग खड़े हुए थे। सौ के ऊपर सिपाही पकड़े गए थे जिन पर फौजी मुकदमा चल रहा था। सातवीं रेजिमेंट तोड़ दी गई थी।

उस दिन कड़ी धूप और तेज गरमी के बावजूद रेजिडेंसी के आहाते में बड़ी सरगरमी थी। दरख्तों के साये में दूर तक शामियाने लगे थे। चारों ओर शोख वरदियाँ, तमगे और क्रॉस चमक रहे थे। बाहर बग्घियों और घोड़ों की भीड़ थी। शामियाने के भीतर कतार से कुर्सियाँ लगी थीं। नीचे दरियाँ बिछी थीं। तमाम फौजी और गैर-फौजी हाकिम जमा थे। हर रेजिमेंट से छः-छः सिपाही और दो-दो गैर कमीशन पाए हिन्दुस्तानी हाकिम मौजूद थे। यह पहला मौका था जब हिन्दुस्तानी हाकिमों को भी बैठने के लिए कुर्सियाँ दी गई थीं।

हेनरी बोलने खड़े हुए तो सबकी निगाहें उधर उठ गईं। लम्बा-दुबला शरीर। खिचड़ी बाल। झुर्रियों भरे, पिचके गाल। लम्बी, फहराती दाढ़ी। चेहरे पर पीलापन और बीमारी के साए के बावजूद आँखों में सजग आत्म-विश्वास की झलक। जब उन्होंने फर्राटे से हिन्दुस्तानी में बोलना शुरू किया तो सारे सिपाही अभिभूत। ऊपर से उन्हें गदगद करनेवाली बातें, कि उनके पुरखों ने बंगाल-सेना का नाम रोशन किया, कि उन्हें बहादुरी की एक शानदार विरासत मिली है, कि उन्हें ऐसा कुछ नहीं करना चाहिए जिससे पुरखों द्वारा कमाए गए नाम पर धब्बा लगे।··· काफी घूम-फिरकर वह हिन्दू-मुसलमान के मसले पर आ गए। औरंगजेब और हैदरअली की बुराई की कि उन्होंने हजारों हिन्दुओं को जबरन मुसलमान बनाया, मंदिर तोड़े, देवी-देवता नष्ट किए। फिर रणजीत सिंह की बुराई कि उन्होंने कभी मुसलमानों को लाहौर की ऊँची शानदार मस्जिदों से अजान नहीं लगाने दी। सिपाही चौकन्ने हो गए। उनमें खुसुर-फुसुर होने लगी। हेनरी ने एक निगाह डाली और जोर देकर कहा–दूर क्यों जाते हो, अभी साल-भर पहले लखनऊ में कोई हिन्दू मंदिर बनवाने की हिम्मत नहीं कर सकता था। आपको पता होना चाहिए कि केवल अंग्रेजी हुकूमत में हिन्दू और मुसलमान दोनों का दीन महफूज रह सकता है।···

भाषण खत्म हुआ तो वफादारी के लिए चुने हुए सिपाहियों को खिलअतें और थैलियाँ भेंट की गईं। और कोई मौका होता तो उनका उत्साह धरा न करता। पर आज वे अपने साथियों से आँखें नहीं मिला

पा रहे थे। सातवीं रेजिमेंट के पकड़े हुए सिपाहियों पर कोर्ट मार्शल की तलवार लटक रही थी। उनकी हालत सोच-सोचकर उन्हें कचोट हो रही थी। लेकिन वे कर क्या सकते थे ? उन्होंने तो नमक के प्रति वफ़ादारी और अनुशासन के हित में जो ठीक लगा वही किया था। लेकिन सातवीं रेजिमेंट के सिपाही भी तो अपने ढंग से सही रास्ते पर थे। उन्होंने दीन को बचाने के लिए जो करना चाहिए था, वही किया था। तो गलती कहाँ थी ? सिपाहियों के सामने कुछ साफ नहीं था। सबकुछ धुँधले कुहासे में डूबा था।

उस दिन कालीबकस अँधेरा घिरने के बाद नीम के चबूतरे पर आए तो वह लगभग सुनसान था। बस एक कोने में दो-तीन सिपाही बैठ कर सुंघनी सूँघते कुछ बतिया रहे थे। जब से शहर की फिजाँ बिगड़ी थी, चबूतरे पर हँसी-ठिठोली, गाना-बजाना बन्द हो गया था। बातें भी होती थीं तो सहम-सहमकर, आसपास की आहट लेकर। थोड़ी देर बैठ कर कालीबकस लौटने ही वाले थे कि रिसाले की छावनी की ओर से कुछ लोग आते दिखे। पास पहुँचे तो मालूम हुआ, उनमें भवानी प्रसाद, सुमेर सिंह और दुर्बली भी हैं। कालीबकस ने उठकर भवानी प्रसाद से पैलगी की।

"का हो कालीबकस, अकेले बैठे हो ?" भवानी प्रसाद ने आशीष देकर पूछा।

"क्या करें महराज, आजकल तो साँझ होते ही लगता है, पूरी छावनी में सोता पड़ गया है।"

"ठीक कहते हो भैया। पिछले साल गरमियों में आधी-आधी रात तक चबूतरा गुलजार रहता था। सातवीं रेजिमेंट क्या टूटी, लगता है लोगों को जैसे साँप सूँघ गया हो।"

"लेकिन महराज, जिसे कुछ करना होगा वह तो कर ही रहा होगा। वह यहाँ क्या करने आएगा ?"

"क्या कर रहा होगा भइया ? फिरंगी की चाल के सामने भला किसी की चलती है। अब देखो, हेनरी के दरबार से मामला कितना ढीला पड़ गया है।"

"कुछ भी हो, यह मई का महीना आगे खिसकता नहीं दिखता महराज। मेरठ और दिल्ली में तो फिरंगियों का सफाया ही हो गया।"

"यही तो गड़बड़ है। छिटपुट एक-एक जगह होगा तो फिरंगी आसानी से निपट लेंगे। सब जगह एकसाथ मिलकर कुछ होता तो बात बनती।"

"लगता है, इलाहाबाद की हालत भी बहुत नाजुक है। कल रिसाले की दो टुकड़ियाँ वहाँ भेजी गई हैं।"

"अरे यहाँ की हालत कौन कम नाजुक है। रात में चुपके-चुपके रेजिडेंसी के भंडार में गल्ला-पानी जमा किया जा रहा है।" सुमेर सिंह थोड़ा आगे खिसककर धीमी आवाज में बोले।

"रात में ?"

"हाँ-हाँ, रात में। मैंने अपनी आँखों से देखा। परसों की ही तो बात है। मैं शहर गया था। लौटने में देर हो गई। लोहे के पुल के पास रेजिडेंसी की ओर तीन बैलगाड़ियाँ जा रही थीं। बोरे ही बोरे भरे हुए थे। मैंने गाड़ीवान से पूछा। उसने कहा, चावल है, हेनरी साहब ने मँगवाया है, पीछे के रास्ते से रेजिडेंसी में जाना है। मैंने पूछा–क्यों ? बोला–ऐसा ही हुकुम है।"

"समझने की बात है भइया। बड़ा होशियार है हेनरी। सोचता होगा, पूरी तरह तैयारी भी हो जाए और हिन्दुस्तानियों के सामने यह भी न जाहिर हो कि गोरे डरे हुए हैं।"

"लेकिन तब रिसाले की टुकड़ियाँ इलाहाबाद क्यों भेजी गई ?"

"फिरंगी जानते हैं कि इलाहाबाद हाथ से गया तो कलकत्ते से मदद मिलने का रास्ता बन्द हो जाएगा।"

"बहुत दूर की सोचते हैं फिरंगी।" दुर्बली ने अब जाकर मुँह खोला।

"हम लोगों में एका नहीं है, नहीं तो सारा सोचना-ओचना धरा रह जाता।··· अब उन लोगों की बेवफाई देखो जो दरबार में जाकर इनाम ले आए।"

"क्या बेगैरत इंसान हैं वो। आखिर जो लोग पकड़े गए, सिर्फ अपने लिए ही तो नहीं लड़े थे। हम सबके दीन-धरम का सवाल था। नए कारतूसों को लेकर सभी भन्नाए थे। सबने उकसाया तो वे आगे बढ़े।

अब वे लोग तो फाँसी पर चढ़ें, उनके बाल-बच्चे अनाथ हों, और हम जाकर फिरंगियों से इनाम ले आएँ। कहाँ का न्याय है यह। लानत है हम पर।" दुर्बली का चेहरा तमतमा आया था।

"कोई बात नहीं, दुर्बली महराज। देखना, एक दिन यही खिलअतें लेनेवाले आगे बढ़कर बगावत में भी हिस्सा लेंगे।" कालीबकस की आवाज में ऐसा कुछ था कि लगा उन्हें और बहुत-सी बातों की जानकारी है।

थोड़ी देर चुप्पी रही। कालीबकस को जैसे एकाएक कुछ याद आ गया हो।

"चौबे महराज, आपने यह परचा देखा ?" उन्होंने धोती की टेंट से एक तुड़ा-मुड़ा कागज निकाला। खोलकर भवानी प्रसाद के हाथ में दिया। अँधेरे में परचा पढ़ना संभव नहीं था, लेकिन इतना जाहिर था कि वह नागरी में लिखा है।

"कहाँ मिला यह ?"

"यहीं गाँव की बस्ती में एक झोंपड़ी की दीवार से चिपका था।"

"किसी से पढ़वाया ?"

"हाँ। बड़ी खुलासा बातें लिखी हैं।"

"जैसे ?"

"जैसे कि फिरंगी से दीन को खतरा है। दीन को बचाना है तो हिन्दू-मुसलमान एक होकर फिरंगी पर टूट पड़ो। मुल्क से फिरंगी का सफाया कर दो। वगैरह-वगैरह।"

"हूँ..." चौबेजी जैसे कुछ सोच में पड़ गए। फिर बोले–"कल शाम ऐसा ही एक परचा शहर में भी मिला था। फारसी में लिखा हुआ था। उसमें मुसलमानों को फिरंगियों के खिलाफ भड़काया गया था। लगता है, बाहर से कुछ लोग आग को हवा दे रहे हैं।"

"चौबेजी, कोई कह रहा था, ईरान और रूस के बादशाह भी फिरंगी से नाराज हैं और हिन्दुस्तान में उसका तख्ता पलटना चाहते हैं।"

"यही तो डर है। इधर फिरंगी गए और उधर से कोई दूसरी बादशाहत आ गई तो इससे मुल्क का क्या भला होगा ?"

"सो तो है। सिपाही बलवा करके फिरंगी का तख्ता तो पलट सकते

हैं लेकिन खुद राज नहीं चला सकते।"

"भइया, इसके लिए रजवाड़ों को साथ लेना पड़ेगा।"

"तब तो हो चुका। उनमें कोई दम होता तो फिरंगी यहाँ जमते ही कैसे ?"

"हाँ, भइया, उनका कोई भरोसा नहीं। वो इधर भी चलेंगे। उधर भी चलेंगे।"

"जो भी हो, दिल्ली में तो बलवाइयों ने मुगल बादशाह को अपना बादशाह ऐलान कर दिया है।"

"लेकिन भइया, उधर से आए मुसाफिर बता रहे थे कि सारे अख्तियार बादशाह को नहीं दिए गए हैं। कोई पंचायत बनी है जिसमें दस में से छः लोग तो फौज के हैं।"

"और नहीं तो बूढ़े बादशाह की कौन सुनता ?"

"देखो, कब तक चलती है यह पंचायत। मुसाफिर यह भी तो कह रहे थे कि बेगम जीनत महल चुपके-चुपके अंग्रेजों से मिली हुई हैं।"

"जो भी हो, मेरठ के भाइयों ने दिखाई बड़ी जवाँमर्दी।··· जेल का फाटक तोड़कर कैदी सिपाहियों को आजाद कर लिया। सारे गोरों का सफाया कर दिया और फिर दिल्ली पहुँचकर वहाँ भी कब्जा कर लिया। यहाँ के लोगों की तरह चूड़ियाँ पहनकर नहीं बैठे रहे वो। सातवीं रेजिमेंट के भाइयों की इतनी बेइज्जती हुई और हम फिरंगी से इनाम-इकराम लेते रहे।" कालीबकस बोलते-बोलते ताव में खड़े हो गए।

एकदम से चुप्पी छा गई। सभी के सर झुक गए। सभी के दिमाग में एक ही बात घूम रही थी। हम मेरठवालों से पीछे क्यों रह गए, क्या हम उनसे कम हैं ?

रात गहरी हो रही थी। दिन-भर चलनेवाली गरम हवा में हल्की ठंड आ गई थी। छावनी के बजर ने रह-रहकर ग्यारह घंटे बजाए। दूर गाँव की ओर से कुत्तों के भूँकने की आवाज आई। फिर सन्नाटा छा गया।

सिपाही जब उठकर छावनी की ओर चले, उनके सामने का कुहासा कुछ छँट गया था और एक नक्शा नजर आने लगा था। सिर्फ भवानी

प्रसाद चौबे के जेहन में संदेह का एक कीड़ा कुलबुलाता रहा कि यह नई उमर का जज्बाती उबाल कहाँ तक कामयाबी दिलाएगा।

उधर हेनरी पूरी मुस्तैदी से अपने काम में लगे थे। औरतों-बच्चों को छावनी के बंगलों से हटाकर रेजिडेंसी में ठहरा दिया गया था। रेजिडेंसी के चारों ओर, जहाँ दीवार नहीं थी, बालू भरे बोरे, लकड़ी के शहतीर, कनस्तर, लोहा-लक्कड़ जो भी मिल रहा था, डाल-डालकर ऊँचा घेरा बनाया जा रहा था। रेजिडेंसी की रक्षा के लिए दो तोपें और बत्तीसवीं योरोपी पल्टन लगा दी गई थी। गोला-बारूद का भण्डार हटाकर ऊँचाई पर स्थित मच्छीभवन के किले में कर दिया गया था और उसकी रक्षा के लिए तीस तोपें और सौ योरोपी सैनिक तैनात कर दिए गए थे। फौजों पर नजर रखने के लिए हेनरी खुद छावनी के एक बंगले में आकर रहने लगे थे।

हर सम्भव तैयारियाँ करने के बाद अंग्रेज साँस रोककर उपद्रव का इंतजार करने लगे। खुफिया खबरों से यह तो साफ था कि उपद्रव होगा लेकिन यह पता नहीं चल रहा था कि यह कब होगा और किस रेजिमेंट से शुरू होगा। अटकल पर अटकल लगाए जा रहे थे। रोज अफवाह फैलती थी कि आज रात में उपद्रव होगा। कहीं जरा-सा भी खटका होता तो लोग चौंककर उठ बैठते। करवट बदल-बदलकर किसी तरह रात बीतती। सबेरा होते ही फौजी अभ्यास शुरू हो जाता। योरोपी लोगों में जो भी बन्दूक उठा सकते थे, उन सबको फौजी तालीम देकर वालन्टियर फोर्स तैयार की जा रही थी।

इक्कीस मई को लखनऊ और कलकत्ते के बीच नई लगी तार की लाइन से हेनरी ने खबर भिजवाई–

"मैंने फौजी इख्तियार हासिल कर लिए हैं। सब जगह अमन है। पर कई जगहों से हम पर हमले के इरादे की खबरें मिली हैं। डाकगाड़ियों में पचास योरोपी और रिसाले की दो टुकड़ियाँ कानपुर की ओर भेजी हुई हैं जो रात तक लौट आएँगी।"

बाईस मई को दूसरा तार गया–

"यहाँ सबकुछ बिल्कुल शांत है। कल रात छावनी में एक जगह

आग लगी थी, जिसे तुरन्त बुझा दिया गया।"

चौबीस मई को ईद थी। बड़े जोर की अफवाह थी कि ईद की नमाज के बाद हमला होगा। शहर में जगह-जगह लोग नए कपड़े पहने, झुंड बनाकर सामूहिक नमाज के लिए निकल रहे थे। रेजिडेंसी में बन्द अंग्रेज औरतों-मर्दों का दिल धड़क रहा था। देखते-देखते दोपहर बीत गई। लोग नमाज पढ़कर और गले मिलकर अपने-अपने घर लौट गए। कहीं कुछ नहीं हुआ। तीन बज गए तो हेनरी को चैन आया और तार की लाइन खटखटाई–

"ईद की नमाज खत्म हो गई। सबकुछ पूरी तरह शान्त है।"

तीस मई को शनिवार का दिन था। हेनरी के छावनीवाले बंगले में डिनर का आयोजन था। सुबह उनके स्टाफ के कप्तान विल्सन को एक सिपाही ने आकर बताया कि आज रात नौ बजेवाला तोप का गोला दगने के साथ बगावत शुरू होगी। विल्सन ने तुरन्त हेनरी को सूचित किया। ऐसी अफवाहें रोज उड़ती थीं। हेनरी ने हँसकर टाल दिया। और ठीक समय पर डिनर में शामिल होने पहुँच गए। अन्दर से सभी चिन्तित थे पर कोई इस मसले पर बात नहीं करना चाह रहा था। एक-दूसरे के सामने सभी मजबूत और बेफिक्र दिखना चाहते थे पर अन्दर से सभी नौ बजने का इंतजार कर रहे थे कि देखो आज क्या होता है। जबरन इधर-उधर की बातें की जा रही थीं लेकिन सबका ध्यान एक ही चीज पर केन्द्रित था।

नौ बजेवाला गोला दगा तो सभी मेज पर ही थे। हेनरी ने विल्सन को छेड़ने की गरज से कहा–"विल्सन, योर फ्रेन्ड्स आर नॉट पंक्च्युअल।"*

विल्सन थोड़ा झेंप गया।

हेनरी को बोले पाँच मिनट भी नहीं बीते होंगे कि परेड मैदान की ओर से फट-फट गोलियाँ दगने और चीखने-चिल्लाने की आवाजें आने लगीं। सबके चेहरे पर असंतोष और आतंक का मिला-जुला भाव उभर आया–आखिर वह घड़ी आ ही गई, देखो मामला क्या शक्ल इख्तियार

---

* "विल्सन, तुम्हारे दोस्त वक्त के पाबन्द नहीं हैं।"

करता है, हम लोग तैयार तो हैं ही।

हेनरी खाना छोड़कर कमरे से बाहर आ गए। आकाश में अष्टमी का टेढ़ा चाँद लटक रहा था। बाहर धुँधली चाँदनी थी। धीरे-धीरे डोलती हवा से पेड़ों के साए चाँदनी में नहाती सीढ़ियों पर रह-रहकर हिल रहे थे। वहीं खड़े-खड़े हेनरी अपने घोड़े का इंतजार करने लगे। बगल में विल्सन आकर खड़ा हो गया। गोलियों की आवाज सुनकर बंगले के सुरक्षा-दस्ते का हिन्दुस्तानी हाकिम अपने साठ सिपाहियों को लाइन में खड़ा कर विल्सन के पास आया। सेल्यूट मारकर बन्दूकें भरने की इजाजत माँगी। विल्सन ने हेनरी की ओर देखा।

"ओह यस, लेट देम लोड।"*

हेनरी का घोड़ा आ गया था। वे कूदकर सवार हुए और तेजी से बाहर जाते हुए चिल्लाए—"मैं इन पाजियों को छावनी से बाहर निकालने जा रहा हूँ। ध्यान रखना, जब तक मैं बाहर हूँ, तुम लोग अपनी पोस्ट पर जमे रहना।"

हेनरी चले गए। पर उनकी आवाज में ऐसा कुछ था कि वे साठों सिपाही बन्दूकें ताने रात-भर अपनी पोस्ट पर खड़े रहे। चारों ओर बंगले जल रहे थे और गोलियाँ छूट रही थीं। लेकिन उन्होंने हेनरी के प्रति व्यक्तिगत निष्ठा के नाते किसी को फाटक के अन्दर फटकने नहीं दिया। उस रात छावनी में वही एक बंगला था जो लूटने या जलाए जाने से बचा रहा।

चौबीस

भवानी प्रसाद ने खाना बनाकर चूल्हे को बुझा दिया था और हवा लेने बाहर निकल आए थे। सुमेर सिंह कुएँ से पानी लेने गए थे। दुर्बली पीढ़ा रखकर थाली लगा रहे थे। सुमेर सिंह को लौटने में थोड़ी देर होने

---

* "हाँ-हाँ, उन्हें बन्दूकें भरने दो।"

लगी तो दुर्बली ने कहा–"काका, आप आइए, शुरू कीजिए। सुमेर बाबू आते होंगे।"

"नहीं, उसे आ जाने दो।"

उधर सुमेर सिंह पानी का घड़ा हाथ में लिए आते दिखे और इधर नौ बजेवाला तोप का गोला दगा। भवानी प्रसाद हड़बड़ा उठे।

"आओ-आओ। जल्दी आ जाओ, सुमेर। घड़ा रखकर जल्दी से बैठ जाओ। आज खाने में देर हो गई।"

वे लोग खाकर उठे और हाथ-मुँह धो ही रहे थे कि मड़ियाँव छावनी की ओर आग की लपटें दिखने लगीं। हल्का-हल्का शोर भी आने लगा।

"लो, शुरू हो गया।"

अगल-बगल के झोंपड़ों से सातवें रिसाले के सवार एक-एक कर बाहर आने लगे। धीरे-धीरे भीड़ लग गई। कई सवार घोड़ा कसकर आ गए और अपनी तलवारें और तमंचे सँभालने लगे। एक अजीब-सी बेचैनी थी। सभी कुछ करने के लिए हुमस रहे थे। लेकिन कोई रास्ता बताने वाला नहीं था। हमेशा फिरंगी हाकिमों का हुक्म पाकर आगे बढ़ने की आदत रही, आज खुद फैसला करना था। कुछ लोग परेशान भी दिख रहे थे। बैठे-बैठाए यह क्या गुल खड़ा हो गया। इस उपद्रव का जाने क्या अंजाम हो। कुछ देर चखचख हुई। इसके बाद एक सवार मड़ियाँव छावनी की ओर चल पड़ा। कुछ देर असमंजस में खड़े रहने के बाद बाकी भी एक-एक कर उसी के पीछे हो लिए।

दुर्बली ने भवानी प्रसाद के पास जाकर पूछा–"काका, बताइए अब क्या करना चाहिए।"

मड़ियाँव छावनी के मेस की ओर से घड़ाधड़ गोलियाँ दगने की आवाज आ रही थी। लपटों से दक्षिण का पूरा आसमान लाल हो गया था।

"दुर्बली।"

"बोलिए काका।"

"मेरा कहा मानो तो तुम निकल जाओ।"

"कहाँ ?"

"अपने घर।"

"क्यों ?"

"मेरा मन यही कहता है।"

"फिर भी।"

"देखो दुर्बली, तुम मेरे लड़के की तरह हो। मेरे दिल में जो उठा, कह दिया।··· अभी पूरी जिन्दगी तुम्हारे सामने पड़ी है। घर में जवान बहू है। माँ है, बच्ची है। यहाँ क्या होगा, किसी को पता नहीं। दोनों तरफ बराबर खतरा है। बागियों का साथ दो तो, फिरंगी के साथ रहो तो।··· पता नहीं क्यों दुर्बली, मुझे लगता है, इससे कुछ हासिल होनेवाला नहीं है।"

"तो आप भी चलिए।"

"नहीं, मैं नहीं। मेरी तो जिंदगी इस रिसाले में कट गई। मुझे अब क्या देखना है ? और कौन मेरा इंतजार करेगा ? बहू को भगवान ने उठा लिया। बिटिया अपने घर में जैसे भी है, सुखी है। मुझे तो अब इसी रिसाले के साथ जीना-मरना है। चाहे इस तरफ, चाहे उस तरफ।··· तुम्हारी बात दूसरी है बेटा। तुम राजी-खुशी रहोगे तो··· " भवानी प्रसाद की आवाज भर्रा उठी। धुँधली चाँदनी में दुर्बली देख पाते तो देखते कि उनकी आँखों के कोर भी भीगे हुए हैं।

जब तक भवानी प्रसाद और दुर्बली में बातें हो रही थीं, सुमेर सिंह झोंपड़ी में जाकर वरदी पहन आए। जब वे घोड़ा कसकर हथियार सँभालते हुए बगल में आकर खड़े हुए तब उन दोनों का ध्यान गया।

"महराज, मैं तो जा रहा हूँ।"

"कहाँ सुमेर सिंह ?··· क्या बात है ?"

"वहीं, मड़ियाँव छावनी के मेस की ओर। कालीबकस मिलेगा वहाँ। उसने मुझे कसम धरा रखी है।"

"कालीबकस ?··· तभी तो हम कहें··· अरे रुको-रुको, हम भी···।" तब तक सुमेर सिंह का घोड़ा आगे निकल गया था।

"सुमेर सिंह पर तो लगता है जैसे कोई जिन्न सवार हो।"

"वही तो देख रहा हूँ।"

"तो, अब ?"

"अब चलो, मेस तक चलकर देखते हैं। आखिर हो क्या रहा है ?"

दोनों घोड़े आम का बगीचा और खेतों को पार कर मड़ियाँव छावनी में घुसे और इकहत्तरवीं पल्टन के मेस की ओर बढ़ने लगे। मेस के इर्द-गिर्द दूर तक अंग्रेज हाकिमों के बंगले थे। जिन बंगलों में आग लगाई गई थी, अभी भी धुआँ और बीच-बीच में लपटें उठ रही थीं। बरामदों में बिखरे हुए सामान धू-धू कर जल रहे थे। एक बड़े बंगले की सीढ़ियों के पास एक लाश पड़ी दिखी। दोनों ठिठककर खड़े हो गए। चारों ओर सुनसान था। लगता था, लोग लूटपाट कर उधर से चले गए थे। वरदी से लगता था लाश फौज के किसी बड़े हाकिम की थी। पूरी वरदी खून से तर थी। चेहरे पर भी कई घाव थे।

"लगता है, गोली मारने के बाद संगीनों से भोंका गया है।"

"च्च··· च्च, भला ऐसे भी किसी को मारा जाता है। लोगों को क्या हो गया है, काका ?"

"वरदी देख रहो हो, बिरगेडियर* की लगती है।··· सिपाहियों को समझाने निकला होगा। उसे क्या मालूम रहा होगा कि काल आ गया है उसका।"

"फिरंगी अपने इतने बड़े हाकिम का मारा जाना ऐसे ही बर्दाश्त कर लेंगे ?"

"देखो वो भी आ रहे होंगे। देखते जाओ, क्या-क्या होता है ?"

मेस की ओर से कुछ सिपाही आपस में बातें करते आ रहे थे। दोनों एक पेड़ की ओट में हो गए। वे पास आए तो उनकी बातें सुनाई पड़ीं।

"एक भी फिरंगी नहीं मिला। सब ससुरे भाग निकले।"

"किसी भेदिए ने खबर कर दी होगी।"

"यही तो है। हममें एका कभी नहीं होगा। तभी तो फिरंगी हम पर राज करते रहे। और क्या उनके सर पर कोई सुरखाब का पर थोड़े

---

* ब्रिगेडियर हैण्ड्सकौम्ब तीस मई की वारदात में मारा गया था।

ही लगा है।"

दूसरे सिपाही ने कुछ कहा जो सुनाई नहीं पड़ा। वे दूर जा चुके थे।

आगे रास्ता कुछ बंगलों के पिछवाड़े से जाता था, जिधर छोटे-छोटे आउट-हाउसेज बने थे। एक बंगले के पीछेवाले बरामदे से रह-रहकर आवाज आ रही थी।

"सुना काका, आपने ? लगता है किसी के कराहने की आवाज है।"

"कोई घायल होगा।"

"चलकर देखें।"

"चलो।"

दोनों बंगले के आहाते में घुसे। आउट हाउसेज खाली पड़े थे। नौकर-चाकर अपना सर-सामान लेकर भाग लिए थे। बरामदे में बिखरे हुए सामानों के बीच एक गोरा साहब पड़ा था। दोनों घोड़ों की आहट सुनी तो एकदम चुप हो गया और घिसटकर अपने को सामानों की आड़ में करने लगा। कुछ दूर पर जल रहे एक बंगले की लपटों की रोशनी में दुर्बली ने देखा, उसकी एक टाँग खून से लथपथ थी, एक हाथ भी ठीक से नहीं उठ पा रहा था। आँखों में अजीब दहशत भरी थी। पास जाकर भवानी प्रसाद ने उसका कन्धा थपथपाया, तब जाकर उसे भरोसा हुआ।

"टुम··· टुम··· हमको मारने नहीं आया ?"

"नहीं साहब।"

"टुम··· बहुत अच्चा। बाकी बाबा लोग तो पागल हो गया है।"

"कुछ चाहिए साहब ?"

"हाँ··· हाँ, वाटर··· पानी··· पानी।"

दुर्बली पानी ढूँढ़ने आउट हाउसेज की ओर बढ़े। नीम अँधेरे में सबकुछ तितर-बितर फैला हुआ था। इधर-उधर हाथ मारते, चीजों से टकराते कुछ देर बाद एक घड़ा मिला जिसमें थोड़ा-सा पानी था। लेकर आए तो गोरा साहब भवानी प्रसाद के हाथ के सहारे से उठकर बैठा हुआ था। दुर्बली ने पानी ढालना शुरू किया तो वह गटगट पीता चला

गया। जैसे ही पानी खत्म हुआ और दुर्बली ने घड़ा नीचे रखा, मेस की ओर से भागो-भागो का शोर उठा। भवानी प्रसाद ने आहिस्ता से उसे नीचे लिटा दिया।

"गॉड ब्लेस यू··· ओह लॉर्ड क्राइस्ट··· ओह··· "* उसने आँखें बन्द कर ली थीं और धीरे-धीरे बुदबुदा रहा था।

तभी मेस की ओर से कई सिपाही भागते हुए आए। उनमें से एक चिल्ला रहा था—"भागो-भागो, तोपखाना आ गया।"

थोड़ी देर में पूरी तरह भगदड़ मच गई।

"दुर्बली, अब जल्दी से निकल लो।"

"मगर इसका क्या करें ?"

"आ रहे हैं इसके भाई-बन्धु। सँभालेंगे। अपनी जान की परवाह हो तो अब चलो।"

दुर्बली ने जाते-जाते साहब पर एक निगाह डाली। वह अब भी अंग्रेजी में कुछ बुदबुदा रहा था।

वापस मुदकीपुर छावनी पहुँचे तो मालूम हुआ, गोरी फौज नें तोपखाने के साथ शहर की ओर जानेवाली सड़क पर नाकेबन्दी कर रखी है। थोड़ी ही देर में उधर से गोलाबारी होने लगी। बागी पल्टनिए धीरे-धीरे मड़ियाँव छावनी से हटकर मुदकीपुर छावनी में जमा होने लगे। सातवें रिसाले के बीस-पच्चीस घुड़सवार भी उनके साथ हो लिए थे। बाकी सवार इधर-उधर मँडरा रहे थे। कुछ अपने झोंपड़ों में वापस चले गए थे।

सबेरा होते ही अंग्रेजी फौज ने हमला किया। हेनरी ने सातवें रिसाले के बचे हुए सवारों को बुलाया और उन्हें हमले में सबसे आगे कर दिया। जाहिर था कि वह उनकी वफादारी का इम्तहान लेना चाहता था। बागियों की फौज क्या थी, दो-तीन रेजिमेंटों से हड़बड़ी में भागे जवानों की अव्यवस्थित भीड़ थी। अनुशासित गोरी सेना के सामने जल्दी ही उनके पैर उखड़ गए। वे सीतापुर की ओर भागे। रिसाले को दौड़कर उनका

---

* "भगवान तुम्हारा भला करे··· ओह प्रभु ईसु··· ओह !"

पीछा करने का हुक्म हुआ।

दुर्बली और भवानी प्रसाद के घोड़े कभी आगे-पीछे तो कभी अगल-बगल दौड़ रहे थे। रिसाले के बाकी सवार पीछे छूट गए थे। बागी सिपाही उनके आगे-आगे तितर-बितर भाग रहे थे। बागी घुड़सवार और आगे निकल गए थे। धीरे-धीरे धूप तेज हो रही थी और हवा में गरमी बढ़ने लगी थी। दोनों घोड़े और घुड़सवार पसीने से तर थे।

सामने दूर तक सपाट खेत थे। खेतों के आगे महुए का बाग था। बागी सिपाही महुआरी में घुसे, कुछ देर पेड़ों के बीच इधर-उधर भागते दिखे, फिर नजर से ओझल हो गए। महुआरी के आगे दूर तक ऊँचे-ऊँचे सरकंडे थे। दोनों वहाँ पहुँचे तो न कोई बागी सिपाही नजर आ रहा था न घुड़सवार। दूर जहाँ सरकंडे खत्म होते थे, एक बस्ती दिख रही थी। बस्ती के निकार पर धूल उड़ रही थी और कुत्ते भूँक रहे थे। बस्ती से थोड़ा हटकर दाहिनी ओर एक तालाब का भीटा था जिस पर नीम, बबूल और शीशम के छोटे-छोटे पर सघन पेड़ थे।

भीटे के पास पहुँचे तो भवानी प्रसाद ने घोड़ा रोक लिया। दुर्बली का घोड़ा भी ठिठक गया। भवानी प्रसाद ने पीछे मुड़कर देखा। दूर तक रिसाले का कोई और आदमी नहीं दिख रहा था।

"चलो दुर्बली, पहले दिशा-मैदान से निपट लें।"

भीटे पर चढ़कर दोनों ने एक पेड़ से घोड़ों की लगामें अटका दीं। दुर्बली ने उछलकर एक नीम की टहनी तोड़ी, उसमें से दो दातूनें निकालीं, एक भवानी प्रसाद को दी और दूसरी लेकर तालाब के किनारे उतर गए। तालाब के दूसरे किनारे पर कुछ चरवाह-लड़के शोर करते हुए नहा रहे थे। थोड़ी दूर पर, तालाब के उस कोने में जहाँ सीढ़ियाँ नहीं थीं, कुछ भैंसें पानी में घुसकर बैठी पगुरा रही थीं। एक भैंस के सींग पर बैठा बगुला मछली पर ताक लगाए था। बीच-बीच में भैंस सर हिलाती तो वह पंख फड़फड़ाकर उड़ने को होता, लेकिन जैसे ही वह शान्त होकर दुबारा पगुराने लगती, बगुला फिर मछली की ताक में लग जाता। पूरे दृश्य में एक ऐसी शान्ति और निश्चिन्तता थी जो पीछे के हड़कम्प के बाद बड़ी अजीब पर बड़ी पुरसुकून लग रही थी।

दोनों ने नहाकर कपड़े बदले और धोती पेड़ की टहनियों से बाँधकर सूखने को डाल दी। भवानी प्रसाद सीढ़ियों पर एक जगह छाया देख प्राणायाम करने बैठ गए। दुर्बली कुछ खाने-पीने का इंतजाम करने गाँव की ओर चले गए। भवानी प्रसाद प्राणायाम करने के बाद देर तक जोर-जोर से ताण्डव-स्तोत्र पढ़ते रहे। जब दुर्बली एक पोटली में लाई, चना और गुड़ लिए हुए और एक लड़के से पीने के लिए एक घड़ा पानी और घोड़े के लिए भूसा और दाना उठवाए भीटे पर पहुँचे, भवानी प्रसाद घोड़ों को नीचे उतारकर पानी पिला रहे थे।

"गाँववाले बता रहे थे कि बागी घुड़सवार सीधे उत्तर की ओर गए हैं जबकि पल्टनिए गाँव के आगे से पश्चिम की ओर मुड़ गए।"

"घूम-फिरकर सभी सीतापुर ही जाएँगे।"

"वहाँ क्या करेंगे ?'

"वहाँ की पल्टन के सिपाहियों को भड़काएँगे और क्या करेंगे। वहाँ भी मारकाट करके दिल्ली पहुँचने की कोशिश करेंगे।"

"और हम लोग ?"

"वही तो सोच रहा हूँ।"

"क्यों न हम लोग भी सीतापुर चलें ?"

"बागियों के साथ ? ··· देखा नहीं बागियों की करतूत। कैसी बेरहमी से मारा था उस फिरंगी हाकिम को। यह कोई बहादुरी है ! इस तरह मारकाट करने, बंगले लूटने और जलाने से क्या हासिल होनेवाला है ? अरे, फिरंगी से लड़ने के लिए बड़ी सूझबूझ, बड़े ठंडे दिमाग की जरूरत है।··· एक बार सिपाहियों के ऊपर से अंकुश हट गया फिर तो वे मनमानी हो जाएँगे। अपने ही लोगों को लूटने-पाटने लगेंगे।··· यही कालीबकस जैसे लोग उनकी अगुअई करेंगे।"

"तो ?"

"वैसे तो लखनऊ लौटना भी बेमतलब लगता है। अपने रिसाले पर तो फिरंगी को अब एतबार रह नहीं गया होगा। देर-सबेर हथियार रखवा ही लिया जाएगा।"

"लेकिन सुमेर सिंह ?"

"वही तो हैरानी है। बागियों के साथ तो कहीं दिखा नहीं। पीछे ही रह गया होगा। भोले बाबा रच्छा करें उसकी।"

"सुमेर सिंह को देखने तो लौटना ही पड़ेगा, काका।"

दुर्बली चबैना खत्म कर घोड़े की जीन कसने लगे। अचानक उनकी निगाह दूर महुआरी की ओर उठ गई।

"काका, लगता है, वे लोग आ रहे हैं।"

"कहाँ ?"

"वह देखिए। उधर धूल उड़ रही है। महुआरी की उत्तर तरफ।"

धीरे-धीरे पेड़ों के बीच से निकलकर आते घोड़े दिखाई पड़ने लगे।

"लगता है, इधर ही आ रहे हैं।"

"मगर काका, यह तो सबके सब फिरंगी लगते हैं। देखिए न, वह हाकिम जो दूरबीन लगाकर देख रहा है। लगता है उसने हमारे घोड़ों को देख लिया है।⋯ अगर उन्होंने हमको बागी समझ लिया तो ?"

"अगर क्या, समझ लिया है। देखते नहीं कैसे झपटते चले आ रहे हैं।"

"तब ?"

"तब क्या ? चलो बैठो घोड़े पर। जल्दी भागो।"

"लेकिन ऐसे तो⋯ "

"ऐसे-वैसे कुछ नहीं। बिल्कुल वक्त नहीं है। फौरन भागो।"

दोनों कूदकर घोड़ों पर सवार हो गए।

"चलो गाँव की ओर चलते हैं। उसी की आड़ में किसी ओर निकल लेंगे।"

सरपट दौड़ते घोड़े जब गाँव में पहुँचे, सबसे पहले कुत्तों से सामना हुआ। छोटे-बड़े कई कुत्ते चारों ओर से इकट्ठे होकर कुछ दूर तक घोड़ों के पीछे दौड़े। फिर हारकर खड़े हो गए और जोर-जोर से भूँकने लगे। जिधर से घोड़े गुजरे, लोग रास्ता छोड़कर एक ओर खड़े हो गए। औरतें अपने बच्चों को खींचती हुई झोंपड़ों में घुस गईं। गाँव पार कर दोनों ने पीछे देखा। कोई नहीं दिखा तो चाल धीमी कर दी और चारों ओर नजर दौड़ाई। दक्षिण की ओर दूर तक फैला ढाक का जंगल था। घोड़े

उधर मोड़ दिए। जंगल के बीच से पतली-सी पगडंडी जाती थी। उसी से होकर जंगल में घुसे। कुछ दूर जाने पर उसमें से निकलकर दूसरी पगडंडी पूरब की ओर जाती थी। उसी पर मुड़ गए। आधे घंटे लगातार दौड़ने के बाद जंगल खत्म हुआ और दूसरा गाँव दिखाई दिया। तब तक सूरज ऊपर चढ़ आया था।

गरमी बर्दाश्त के बाहर हो गई थी। घोड़े पसीने से तर थे और बार-बार लगाम चबा रहे थे। उन्होंने चारों ओर देखा। पीछा करनेवालों का कहीं नामोनिशान नहीं था। गाँव के निकार पर एक बड़ा-सा घर देखकर दोनों रुके। घर के सामने नीम का पेड़ था और एक ओर लिपा-पुता दालान। घोड़े नीम के पेड़ के नीचे खड़े कर दोनों दालान में चारपाई बिछाकर लेट गए। रात-भर के जगे थे। जब तक घर से निकलकर कोई आया, उन्हें झपकी आ गई थी।

पच्चीस

सुल्तानपुर की छावनी। छः जून। शनिवार का दिन। छोटा हाजरी के बाद मार्टिन बर्टन दफ्तर चले गए। क्लारा की माँ सीने-पिरोने का काम लेकर बैठ गईं। क्लारा का मन ऊबने लगा। उसके लिए यह हिन्दुस्तान की पहली गरमी थी। धूप फैलते ही धाह के मारे घर से बाहर निकलना मुश्किल हो जाता था। खिड़कियों पर मोटे परदे और दरवाजों पर चिकें गिरा दी जाती थीं। बरामदे में बैठा पंखाकुली दरवाजे के छेद से निकली रस्सी खींचता ऊँघने लगता था। दोपहर होते-होते पंखे की हवा भी गरम लगने लगती थी। जिन बंगलों में खस की टट्टियाँ लगी थीं, वहाँ थोड़ा आराम था। पर यह सुविधा केवल बड़े साहबों के बंगलों में थी।

स्टडी में जाकर क्लारा ने एक किताब निकाली और आरामकुर्सी पर बैठकर पन्ने पलटने लगी। किचेन से आया के बर्तन धोने की आवाज आ रही थी। आवाज बन्द होने के कुछ देर बाद क्लारा को आभास हुआ कि कोई दरवाजे पर आकर खड़ा हुआ है। उसने आँख उठाई।

परदे के पीछे आया खड़ी थी। नीचे उसके पाँव दिख रहे थे।

"क्या बात है मरजाडी ? अंदर आ जाओ।"

सहमते हुए मरजादी अंदर आई और क्लारा के पास फर्श पर बैठ गई। मरजादी क्लारा से खूब हिली-मिली थी। क्लारा ने जब से हिन्दुस्तानी सीखनी शुरू की थी, मरजादी से बोल-बोलकर अभ्यास करती थी। लेकिन जो भाषा उसे सिखाई जाती थी, उससे मरजादी की बोली थोड़ी अलग थी। धीरे-धीरे क्लारा उसे भी समझने लगी थी। खूब खोद-खोदकर मरजादी से गाँव-घर की बातें पूछती थी। क्लारा से बतियाना, उसके ऊटपटाँग सवालों का जवाब देना मरजादी को भी अच्छा लगता था। कच्ची उम्र में विधवा हो गई थी वह। सास-ससुर और जेठ-जेठानी ने बहुत ताड़ना दी तो अपनी बच्ची को लेकर मायके आ गई। बाप छावनी के बंगलों में माली का काम करता था। एक गोरे साहब के घर में उसे भी काम मिल गया। शुरू में विलायती बंगले में घुसने में बड़ा डर लगा था। विलायती बर्तन, छुरी-काँटे, ओढ़ना-बिछौना देखकर अचरज होता था। साहबों और मेम साहबों का पीना-पाना देखकर तो वह सहम जाती थी। पर धीरे-धीरे सब आम हो गया था। लगने लगा था कि फिरंगी भी इंसान हैं, हमारी तरह वह भी लड़ते-झगड़ते, मान-मनौवल करते और रोते-हँसते हैं।

क्लारा के आने के पहले से मरजादी बर्टन के बंगले में काम कर रही थी। उससे क्लारा को यहाँ के रीति-रिवाज, चाल-ढाल समझने में बड़ी मदद मिली थी। मरजादी की बेटी क्लारा की उम्र की रही होगी। मरजादी को लगता था, क्लारा कहने को गोरी मेम है लेकिन सुभाव से एकदम सीधी और निश्छल है। जिस दिन मरजादी ने बताया कि उसकी बेटी के लड़का हुआ है, क्लारा खूब हँसी थी। उसने कहा कि उसके मुल्क में तो मरजादी की उम्र की औरतें शादी करती हैं। इस पर मरजादी शरमा गई थी और धीरे से बोली थी—"हम नहीं जानते थे कि मेमें भी हँसी करती हैं।"

मरजादी कुछ देर चुपचाप बैठी रही। क्लारा अपनी किताब में उलझी थी।

"बिटिया, हो सकता है, हम कल से काम पर न आ पावें।"

"क्यों ? बेटी से मुलाकात करने जाना है ?" क्लारा ने बिना किताब से आँख हटाए, आराम से पैर हिलाते हुए पूछा।

"नहीं बिटिया,··· वह बात नहीं है।"

"तो ?" अब क्लारा ने किताब से सर उठाकर मरजादी की ओर देखा। उसे लगा कि मरजादी का चेहरा बुझा हुआ है।

"क्या मामला है, मरजाडी ? बोलती क्यों नहीं ?"

"बड़ी असुभ-असुभ बातें सुनने में आ रही हैं बिटिया। समझ में नहीं आता कैसे कहें।··· ये तिलंगे बोलने को मना किए हैं। कल से बंगले में आने को भी मना किए हैं। जान गए तो मेरा मूड़ काट लेंगे।"

"तिलंगे ?"

"हाँ, बिटिया। यही फौदों के सिपाही। कुछ जमींदारों के आदमी भी हैं। कुछ दिन से इधर-उधर मँडरा रहे हैं। कहते हैं, साहब लोगों के बंगलों पर हमला करेंगे। सबका खून कर देंगे। सोच-सोच में मेरा तो कलेजा फटता है।"

"खून कर देंगे ? ··· पर क्यों ?"

"हमें तो कुछ समझ में नहीं आता बिटिया। कहते हैं फिरंगी हिन्दू-मुसलमान का धरम बिगाड़ रहे हैं और··· "

"और ?"

"और कहते हैं कि फिरंगी को मुलुक में राज करते सौ साल हो गए। अब उनके जाने के दिन आ गए हैं।"

क्लारा सन्न रह गई। उसे मेरठ और दिल्ली की घटनाओं की थोड़ी-बहुत खबर मिली थी। कल पापा बता रहे थे, लखनऊ में भी कुछ गड़बड़ हुई है। लेकिन सुल्तानपुर छावनी में भी ऐसा कुछ होगा, इसके बारे में कोई सोचता ही नहीं था। निरीह से लगते हिन्दुस्तानियों को सुबह से शाम अदब के साथ सलाम करते और हुक्म बजाते देख किसी को अंदेशा ही नहीं होता था कि ये हमला भी कर सकते हैं। तमाम छावनियों के कमांडर आत्म-गौरव के अँधेरे में डूबे यह माने बैठे थे कि और चाहे जहाँ गड़बड़ हो, उनकी रेजिमेंट के जवान पूरी तरह वफादार हैं। वे विक्टोरियन माहौल में पले-बढ़े कमांडर थे और अपने जवानों

में स्वामिभक्ति और वफादारी की कमी को अपनी तौहीन मानते थे। शंका होने पर भी वे अपने को छलावे में रखने के लिए मजबूर थे। यही वजह थी कि दूर-दराज मुफस्सिलों में औरतों-बच्चों से लदे-फँदे वे तब तक जमे रहे जब तक पानी सर से ऊपर नहीं हो गया।

"नाश हो इन तिलंगों का। हमें दो जून की रोटी मिलती थी। उसका भी आसरा खतम कर रहे हैं।"

अब हालत की भयानकता पूरी शिद्दत से क्लारा के सामने थी। उसे कलकत्ते से सुल्तानपुर आते समय डाकबंगले में कही उस मजिस्ट्रेट की बातें याद आईं। फिर घुड़सवारी से लौटते समय गोमती के बीहड़ों में देखे उस फकीर की ओर ध्यान गया। दिल जोर-जोर से धड़कने लगा। चेहरा एकदम सफेद।

"अब हमारा क्या होगा, मरजाडी ?" कहते-कहते उसने अपने होंठ काट लिए। उसे सिखाया गया था कि नेटिव लोगों के सामने किसी भी हालत में कमजोरी नहीं जाहिर करनी चाहिए।

"बिटिया, तुम हमारे गाँव चलो। तकलीफ तो जरूरी होगी लेकिन जो पड़ेगा मिलजुलकर झेल लेंगे।"

"नहीं मरजाडी। यह नहीं हो सकता। वे लोग तुमको भी··· "

"नहीं बिटिया। गाँववालों की आँख में फिर भी शील-संकोच होता है। वहाँ लोग इतने बेरहम नहीं कि किसी बेकसूर की जान ले लें या किसी की बहू-बेटी की इज्जत··· "

"इज्जत ? ··· तुम्हारा मतलब ? ··· क्या सेपॉय लोग हमारा इज्जत भी ले सकता है ?"

"सिपाही लोग नहीं बिटिया। वो तो सब भले घर के लोग हैं। लेकिन ये जो जमींदारों के आदमी हैं, इनका कोई भरोसा नहीं।"

"ओह मरजाडी··· वी आर डूम्ड ! ··· ओह क्राइस्ट ! ··· "* और क्लारा सारी नसीहत भुलाकर कुर्सी के हत्थे पर सर रख पूरी तरह बिलख उठी।

---

* "अरे मरजाडी··· हम बरबाद हो गए ! ··· हे ईसु··· !"

"दिल छोटा न करो बिटिया।··· ऊपरवाला सबकी रच्छा करता है।" मरजादी पास खिसक आई और क्लारा की पीठ सहलाने लगी।

तभी बाहर घोड़ागाड़ी रुकने की आवाज आई। क्लारा ने किसी तरह अपने को सँभाला। आँसू पोंछते हुए खिड़की के पास गई और बाहर देखा। मार्टिन घोड़ागाड़ी से उतर रहे थे। चेहरे पर परेशानी की झलक थी। अभी टिफिन का वक्त नहीं हुआ था। इसलिए क्लारा को मार्टिन का दफ्तर से इस तरह लौटना अजीब लगा। क्या बात हो सकती है ? तो क्या मरजादीवाली बात इतनी जल्दी सामने आ गई ?

कैथरीन ने घोड़ागाड़ी की आवाज सुनी तो सिलाई छोड़कर लिविंग रूम में आ गई।

"ह्वेयर इज क्लारा ?"[1] मार्टिन ने घुसते ही घबड़ाई हुई आवाज में पूछा।

"इन द स्टडी।"[2]

"कॉल हर। गेट रेडी। ऑल लेडीज हैव टु रीच कैवल्री लाइन्स इम्मीडिएटली।"[3]

"कैवल्री लाइन्स ? ··· ह्वाय ?"[4]

"क्विक कैथरीन। देयर इज हार्डली एनी टाइम। डोन्ट फॅरगेट टु टेक योर बेड्स। यू हैव टु पास टुनाइट देयर।"[5]

"बट ह्वाय मार्टिन ? ··· आय से ह्वाय ?"[6]

"कम ऑन डार्लिंग। इट्स नथिंग। सम ट्रबल अमंग सेपॉयज··· यू नो।"[7]

---

1. "क्लारा कहाँ है ?"
2. "पढ़ाईवाले कमरे में।"
3. "उसे बुलाओ। तैयार हो जाओ। सारी महिलाओं को तुरंत घुड़सवार फौज के पड़ाव में पहुँचना है।"
4. "घुड़सवार फौज के पड़ाव में ? ··· क्यों ?"
5. "कैथरीन, जल्दी करो। जरा भी वक्त नहीं है। अपने बिस्तर लेना मत भूलना। आज रात वहीं गुजारनी है।"
6. "लेकिन मार्टिन क्यों ? ··· मैं पूछती हूँ, क्यों ?"
7. "चलो भी प्रिये। कुछ भी नहीं है। बस सिपाहियों में कुछ गड़बड़ है।"

दरवाजा खुला तो मरजादी धीरे से निकलकर बाहर चली गई। क्लारा लिविंग रूम में आई तो उसकी आँखें अब भी लाल थीं। मार्टिन ने उसकी ओर देखा और अन्दर-अन्दर सिहर उठे।

क्लारा और कैथरीन जब बग्घी पर सवार होकर कम्पाउंड से बाहर निकलीं, कई और बग्घियाँ औरतों-बच्चों को लिए हुए रिसाले की छावनी की ओर जा रही थीं।

पंद्रहवें इर्रेगुलर रिसाले के डॉक्टर कॉर्बिन के बंगले में छः कमरे थे। पैदल छावनी से आनेवाली बग्घियाँ जब इस बंगले के सामने रुकीं, दोपहरी ढल गई थी। गरमी, धूप और रास्ते की धूल से लेडीज बेहाल थीं। बंगले में घुसते ही मैडम गोडने ने अपने परिवार के साथ सबसे बड़ेवाले कमरे पर कब्जा जमा लिया। उनके पति कमिश्नर थे और कमिश्नरी के सदर मुकाम फैजाबाद में रहते थे, लेकिन अपना परिवार सुल्तानपुर छावनी में ही छोड़ गए थे। बगलवाले कमरे में डेपुटी कमिश्नर ब्लॉक की पत्नी, उनका नन्हा बच्चा और असिस्टेंट कमिश्नर स्ट्रोयन की पत्नी जम गए। तीसरा कमरा सेना-पुलिस के कमांडर बर्नबरी की पत्नी और आठवीं अवध पल्टन के लेफ्टीनेंट जेन्किन्स की पत्नी को मिला। उन्हीं के साथ डॉक्टर ओ'डोनेल की पत्नी और उनकी बेटी भी आ गईं। चौथा कमरा बाकी लेडीज को मिला जिनमें क्लारा और उसकी माँ भी थीं। पाँचवें कमरे में क्लर्कों की बीवियाँ और बच्चे आ गए। डॉ. कॉर्बिन अपने परिवार के साथ एक कमरे में सिमट गए।

जैसे-तैसे डिनर सर्व हुआ। डिनर के बाद लेडीज हालात पर बहस करने लगीं। मिसेज जेन्किन्स ज्यादा परेशान थीं। उनके पति सेना की टुकड़ी के साथ सुल्तानपुर का खजाना लेकर लखनऊ रेजिडेंसी गए थे और अभी तक लौटकर नहीं आए थे।

"डोन्ट वरी। लखनऊ इज अ सेफर प्लेस।··· सो लांग ऐज सर हेनरी इज देयर।"* मिसेज बर्नबरी ने अपनी जानकारी से उन्हें आश्वस्त करने की कोशिश की।

---

* "परेशान मत हो। लखनऊ ज्यादा सुरक्षित जगह है··· जब तक सर हेनरी वहाँ हैं।"

"बट ह्वॉट अबाउट द जर्नी ? ··· नो रोड इज सेफ इन अउध दीज डेज।"[1]

"हू सेज दैट ? ··· डॉक्टर ओ'डोनेल वॉज टेलिंग, काउअर्ड्स हैव स्प्रेड ऑल दीज र्‌यूमर्स।"[2] मिसेज ओ'डोनेल ने बेफिक्री से बात को उड़ाते हुए कहा।

"आय विश, यू वेयर ट्रू मिसेज डोनेल, ··· बट ह्वाय हैव दे शिफ्टेड अस हिअर ?"[3]

"आय नो। अ मोहम्मडन पुलिस ट्रुपर केम फ्रॉम चान्डा टुडे। ही ब्रॉट न्यूज दैट पान्डीज फ्रॉम जौनपुर साइड आर कलेक्टिंग देयर टु अटैक। दे आर इन कम्युनिकेशन विद नेटिव ट्रुप्स हेयर।"[4] मिसेज बर्नबरी तटस्थ और संयत थीं।

"हाउ सिली ! डोन्ट यू थिंक, दे विल बि राउटेड बाय अवर मेन इन नो टाइम !"[5] मिसेज ओ'डोनेल थोड़ा उद्धत होकर बोलीं।

"मिसेज डोनेल, हैव यू थॉट ऑफ अवर नम्बर ? ··· हाउ स्मॉल यूरोपियन फोर्सेज आर इन कम्पेरिजन टु द नेटिव वन्स।"[6]

---

1. "लेकिन सफर के बारे में कौन कह सकता है ? ··· इन दिनों अवध की कोई सड़क सुरक्षित नहीं है।"
2. "कौन कहता है ? डॉक्टर ओ'डोनेल बता रहे थे, कायरों ने ऐसी अफवाहें फैला रखी हैं।"
3. "मिसेज ओ'डोनेल, मैं चाहती हूँ, आपकी बात सच हो··· लेकिन उन्होंने हमें यहाँ क्यों भेज दिया है ?"
4. "मैं जानती हूँ। एक मुसलमान सिपाही आज चान्दा (सुल्तानपुर से जौनपुर जानेवाली सड़क पर 25 मील पूरब एक बाजार) से आया था। वह खबर लाया था कि जौनपुर से आए पान्डीज (मंगल पांडेवाली घटना के बाद अंग्रेज़ बागी सिपाहियों को पान्डीज कहते थे) वहां इकट्ठे हो रहे हैं। उनका सम्पर्क यहाँ के सिपाहियों से है।"
5. "क्या बेवकूफी है ! तुम ऐसा नहीं सोचतीं कि हमारे लोगों को उन्हें तहस-नहस करने में जरा भी देर नहीं लगेगी ?"
6. "मिसेज डोनेल, आपने हमारी तादाद के बारे में सोचा है ? देशी फौजों की तुलना में योरोपी फौजें कितनी कम हैं !"

"बट माइन्ड इट, वन ह्वाइट मैन इज इनॅफ फॉर हन्ड्रेड डैम पान्डीज।"[1]

"लेट्स गो टु स्लीप नाउ। आय एम सो टायर्ड।"[2] मिसेज बर्नबरी ने बत्ती बन्द कर दी।

मिस ओ'डोनेल को नींद नहीं आ रही थी। वह धीरे से उठी और क्लारा के कमरे में चली आई। दोनों हमउम्र थीं।

"इज इट नॉट क्वाइट एक्सायटिंग क्लारा ?"[3]

"ह्वॉट ?"[4]

"ऑल दिस टरमॉयल ?"[5]

"हुँहः..." क्लारा को मिस डोनेल की अनभिज्ञता पर तरस आया। "अवर मेन हैव टु टीच अ लेसन टु दीज पान्डीज... एण्ड दे विल।"[6]

"श्योर ?"[7]

"ह्वाय... यू आर सो डिस्प्रेस्ड ?"[8]

"इट्स नथिंग।"[9]

"क्लारा, डोन्ट यू हैव फेद इन द ब्रेवरी ऑफ अवर मेन ?"[10]

"आय डू मिस डोनेल... बट परहैप्स यू आर नॉट अवेयर, हाउ ग्रेव द सिच्युएशन इज।"[11]

"आय डोन्ट केयर। आय बिलीव इन द सुपीरियॉरिटी ऑफ अवर पीपल। दैट्स ऑल।"[12]

---

1. "लेकिन यह क्यों भूलती हो कि एक गोरा सौ बागियों के बराबर है।"
2. "अब हमें सोना चाहिए। मैं बहुत थक गई हूँ।"
3. "क्लारा, क्या यह मजेदार नहीं है ?"
4. "क्या ?"
5. "यही सब गड़बड़झाला ?"
6. "हमारे लोगों को बागियों को सबक सिखाना है।... और वे सिखाएँगे।"
7. "सचमुच ?"
8. "क्यों... तुम इतनी मायूस क्यों हो ?"
9. "ऐसा कुछ नहीं है।"
10. "क्लारा, तुम्हें हमारे लोगों की बहादुरी पर भरोसा नहीं है ?"
11. "मुझे भरोसा है मिस डोनेल... लेकिन शायद आपको पता नहीं कि स्थिति कितनी भयानक है।"
12. "मैं फिक्र नहीं करती। मुझे अपने लोगों की श्रेष्ठता में विश्वास है।"

तभी मिस ओ'डोनेल की माँ ने उसे अपने कमरे में बुला लिया। उन्हें शायद अच्छा नहीं लग रहा था कि उनकी बेटी एक अदना आफिस सुपरिटेंडेंट की बेटी से घुलमिलकर बातें करे।

रात बिना किसी हादसे के बीत गई तो लेडीज का हौसला बढ़ा। सुबह होते ही वे अपने-अपने बंगलों में लौटने के लिए व्यग्र हो उठीं। वे और जरा भी तकलीफ उठाने के लिए तैयार नहीं थीं। डॉक्टर कॉर्बिन को तुरंत बग्घियों का इंतजाम करना पड़ा।

इतवार का वह दिन छावनी के फौजी और गैर-फौजी हाकिमों के लिए बेहद तनाव-भरा था। औरतों-बच्चों के लिए उन्हें खास चिन्ता थी। आसपास के सारे मुफस्सिल स्टेशनों से एक-एक कर उपद्रव की खबरें आ रही थीं। समय रहते औरतों-बच्चों को किसी सुरक्षित जगह भेजना जरूरी था। लेकिन यह नहीं समझ में आ रहा था कि कौन-सी जगह चुनी जाए। लोग जेन्किन्स के लखनऊ से लौटने का इंतजार कर रहे थे कि वहाँ के सही हालात मालूम हो सकें।

दोपहर को जेन्किन्स वापस आए और गेरिसन कमांडर कर्नल फिशर को अपनी रिपोर्ट दी। मड़ियाँव छावनी की कुछ पल्टनों और सातवें रिसाले के विद्रोह की बात बताई। वहाँ की हालत को मद्देनजर रखते हुए फिशर ने तय किया कि औरतों-बच्चों को वहाँ भेजना ठीक नहीं होगा। तब ? उनका ध्यान इलाहाबाद की ओर गया। इलाहाबाद लखनऊ की अपेक्षा करीब भी है और कलकत्ते के रास्ते में है। विद्रोह फैलने से पहले वे कलकत्ते के जितने करीब पहुँच जाएँ उतना ही अच्छा है।··· फिक्र बस यही है कि इलाहाबाद के रास्ते में कहीं गड़बड़ न हो। मगर इतना खतरा तो लेना ही पड़ेगा।

दोपहरी ढली भी नहीं थी जब कर्नल फिशर डेपुटी कमिश्नर ब्लॉक के बंगले की ओर चल पड़े। चारों ओर आग बरस रही थी। छावनी की सड़कें एकदम वीरान थीं। डेपुटी कमिश्नर के बंगले के इर्दगिर्द जमे रहनेवाले हिन्दुस्तानी संतरी, अर्दली और खिदमतगारों का आज कहीं पता नहीं था। चारों ओर दहशत और आतंक का घुटा-घुटा माहौल था। फिशर बंगले के फाटक पर घोड़े से उतरे तो अंग्रेज सार्जेंट ने सैल्यूट

मारकर घोड़े की लगाम पकड़ ली। वे सीढ़ियाँ चढ़कर बरामदा पार करते हुए बैठक में घुस गए।

ब्लॉक ने बैठक में आकर जिन के दो पेग बनाए। एक फिशर को थमाया और दूसरा खुद लेकर बैठ गए।

"चिअर्ज कर्नल···।"

"चिअर्ज··· इज'न्ट इट ऑफुली हॉट टुडे ?"[1]

"ओह एस··· दिस डैम इन्डियन समर···।"[2]

एक बड़ा-सा सिप लेकर ब्लॉक फिर से फिशर की ओर मुखातिब हुए–"वेल··· कर्नल ?"

"आई थिंक, इन द प्रेजेंट स्टेट ऑफ अफेयर्स, लेडीज एण्ड चिल्ड्रेन शुड ऑल बि सेन्ट एट वन्स।"[3] फिशर सीधे मुद्दे पर आ गए।

"आय एग्री कर्नल··· बट हैव यू कन्सिडर्ड इफ दे कैन रीच एनीह्वेयर सेफली।"[4]

"एस, आय हैव।··· जस्ट गॉट रिपोर्ट अबाउट लखनऊ। ऑल इज नॉट वेल देयर। बट अलाहाबाड इज सेफ सो फार।"[5]

"सो फार ! ··· एनी वे··· कैन वी स्पेयर इनॅफ फेदफुल फोर्स टु एस्कोर्ट देम ?"[6]

"आय थिंक, वी कैन।··· ओनली टू नाइट्स जर्नी विद अ डेज हॉल्ट एट परतापगर··· एण्ड दे विल बि इन द सेफ्टी ऑफ अलाहाबाड फोर्ट।"[7]

---

1. "चिअर्ज··· आज भयानक गरमी नहीं है ?"
2. "अरे हाँ··· यह मरी हिन्दुस्तानी गरमी··· "
3. "मैं सोचता हूँ, मौजूदा हालात में औरतों-बच्चों को तुरंत भेज देना चाहिए।"
4. "मैं मानता हूँ कर्नल··· लेकिन क्या आपने यह सोचा है कि वे कहीं सुरक्षित पहुँच भी सकते हैं ?"
5. "हाँ, मैंने सोचा है। लखनऊ के बारे में अभी-अभी रपट मिली है। वहाँ की हालत गड़बड़ है। लेकिन इलाहाबाद अभी तक सुरक्षित है।"
6. "अभी तक ! ··· जो भी हो··· क्या हम उनके साथ जाने के लिए पर्याप्त संतरी दे सकते हैं ?"
7. "मैं सोचता हूँ, दे सकते हैं। प्रतापगढ़ में एक दिन आराम करके केवल दो रातों का सफर है··· और वे इलाहाबाद किले की सुरक्षा में होंगे।"

"वेल··· लेट मी कन्सल्ट माय सुपीरियर्स। यू मे प्लीज एप्रीशिएट, इट्स वेरी क्रूशल डिसिजन। कमिश्नर्स फेमिली इज ऑल्सो विद अस··· यू नो।"[1]

"आय होप, यू विल नॉट लूज प्रेशस टाइम इन दीज सिविल फॉर्मैलिटीज।"[2]

"आय फुल्ली एप्रीशिएट योर कन्सर्न, कर्नल।··· आय कैन ओनली अश्योर··· "[3]

तभी बाहर एक घोड़े के रुकने की आवाज आई और दरवाजे पर दस्तक हुई।

"येऽऽस।"

दरवाजा थोड़ा-सा खोलकर सार्जेन्ट ने अंदर झाँका और सलाम ठोंकी।

"अ मेसेंजर फ्रॉम फैजाबाद सर। हैज ब्रॉट अ कम्यूनिकेशन फ्रॉम द कमिश्नर।"[4]

"दैट्स इट··· गेट इट।"[5]

सार्जेन्ट फुर्ती से दरवाजा भेड़कर बाहर गया और हाथ में एक पुलिंदा लेकर लौटा। अदब के साथ उसे ब्लॉक के हाथ में थमाकर वह बाहर निकल गया।

ब्लॉक ने ध्यान से पढ़ा और लपेटकर एक ओर रख दिया। फिशर की निगाह बराबर उनके चेहरे पर लगी रही।

"नाउ इट्स सेटल्ड, कर्नल। वी मस्ट टेक ऐक्शन इम्मीडिएटली।

---

1. "ठीक है··· मैं अपने बड़े हाकिमों की राय ले लूँ। आप यह तो मानेंगे कि यह बड़ा अहम फैसला है। कमिश्नर का परिवार भी हम लोगों के साथ है··· आप जानते ही हैं।"
2. "मैं आशा करता हूँ, आप इन सिविल (गैरफौजी) औपचारिकताओं में बहुमूल्य समय नहीं गवायेंगे।"
3. "मैं आपकी परेशानी पूरी तरह समझता हूँ, कर्नल।··· मैं केवल भरोसा दे सकता हूँ कि··· "
4. "फैजाबाद से एक हरकारा आया है, जनाब। कमिश्नर का संदेशा लाया है।"
5. "यह हुआ न··· ले आओ।"

कमिश्नर हैज आस्कड टु सेन्ड द लेडीज टु अलाहाबाड विदाउट डिले।''' विल यू प्लीज अरेन्ज अ एस्कोर्ट जस्ट नाउ ?"[1]

"आय थिंक इट्स पॉसिबल टु प्रवाइड अ कंटिन्जेंट ऑफ फिफ्टींथ इर्रेगुलर हॉर्स।"[2]

"थैन्क यू कर्नल। शुड वी ऑल्सो कान्टैक्ट लछमन परसाद, द कोतवाल, फॉर सम पुलिस फुट ?"[3]

"नॉट अ बैड आइडिया। ही इज रिपोर्टेड टु बि अ नाइस एण्ड फेदफुल चैप।"[4]

"दैट्स सेट देन। लेडीज विल कलेक्ट एट योर हाउस इन द ईवनिंग।"[5]

"ओ. के. मिस्टर ब्लॉक। आय टेक योर लीव नाउ। गुड डे।"[6]

"गुड डे कर्नल। टेक केयर।"[7]

फिशर के जाते ही ब्लॉक ने लछमन प्रसाद कोतवाल से सम्पर्क किया।

मार्टिन के घर में लंच खत्म होते ही ब्लॉक का संदेशा आ गया। सामान बाँधने में मदद करने के लिए कोतवाली से पुलिस के दो सिपाही भी आ गए। कैथरीन इतमीनान से एक-एक सामान बँधवा रही थी–बिस्तर, कपड़े, साज-सिंगार के सामान, फल, बिस्कुट और यहाँ तक कि ब्रान्डी की एक बोतल भी। क्लारा अनमनी-सी देखती रही–ममा को शायद असली खतरे का एहसास नहीं है। बार-बार उसके जेहन में यह सवाल उठता था कि क्या वे इलाहाबाद तक सुरक्षित पहुँच जाएँगे ? मरजादी ने इज्जत लूटनेवाली जो बात कही थी, उसको याद करके वह सिहर

---

1. "अब मामला तय हो गया, कर्नल। हमें तुरंत कार्रवाई करनी चाहिए। कमिश्नर ने महिलाओं को बिना देर लगाए इलाहाबाद भेजने के लिए कहा है। क्या आप तुरंत साथ जाने के लिए संतरी का इंतजाम करेंगे ?"
2. "मैं सोचता हूँ, पंद्रहवें इर्रेगुलर रिसाले की एक टुकड़ी भेजना संभव होगा।"
3. "धन्यवाद, कर्नल। क्या हम कुछ पैदल पुलिस के लिए लछमन प्रसाद कोतवाल से भी सम्पर्क करें ?"
4. "बुरा ख्याल नहीं है। कहते हैं वह एक भला और वफादार आदमी है।"
5. "तो सब पक्का हो गया। महिलाएँ कल शाम आपके घर पर इकट्ठी होंगी।"
6. "तो ठीक है मिस्टर, ब्लॉक। अब मैं इजाजत लेता हूँ, नमस्कार।"
7. "नमस्कार ! अपना ख्याल रखिएगा।"

उठी। जी धड़कने लगा। चुपके से वह किचेन में गई। गोस्त काटने वाला चाकू उठाया, साफ किया, एक कागज में लपेटा और छिपाकर गाउन में रख लिया।

जिस समय क्लारा और कैथरीन को छोड़ने मार्टिन घोड़ागाड़ी में फिशर के बंगले पर पहुँचे, दूर नदी के रेहड़ों में सरपताही के उस पार सूरज का लाल गोला धीरे-धीरे डूब रहा था। दिन-भर की झुलसानेवाली लू के बाद नदी की ओर से आनेवाली हवा में अब हल्की-सी ठंड थी। आतंक के साए में लिपटी छावनी के ऊपर धूल के बादल टँगे थे जो बढ़ते हुए अँधेरे में धीरे-धीरे घुल रहे थे।

फिशर के बंगले के बाहर औरतों-बच्चों को छोड़ने आई कई और घोड़ागाड़ियाँ खड़ी थीं। आहाते के अन्दर कुछ घोड़ागाड़ियों से औरतें-बच्चे उतर रहे थे। चारों ओर बड़ी अफरा-तफरी थी। एक ओर इलाहाबाद जाने के लिए एक दर्जन बग्घियाँ तैयार खड़ी थीं। कोतवाल के आदमी आनेवाली महिलाओं का सामान अलग-अलग बग्घियों पर बाँध रहे थे। लछमन प्रसाद खुद घोड़े पर सवार सारा इंतजाम देख रहे थे। बग्घियों की बगल में पन्द्रहवें रिसाले के हथियारबन्द घुड़सवारों की एक टुकड़ी और कोतवाली से आए पुलिस दस्ते के जवान खड़े थे। इन्हें बग्घियों के साथ संतरी के रूप में जाना था। डॉ. कॉर्बिन और लेफ्टीनेंट जेन्किन्स भी, जिन्हें एस्कोर्ट पार्टी की अगुअई करनी थी, सजे-बजे तैयार खड़े थे।

अँधेरा होने के साथ पुलिस के जवानों ने मशालें जला ली थीं। सारा सामान बग्घियों पर रखा जा चुका था। लोग डेपुटी कमिश्नर ब्लॉक का इंतजार कर रहे थे कि वे आएँ तो बग्घियाँ रवाना हों। छोड़ने आए हुए लोग बंगले के आहाते में इधर-उधर अपने परिवारवालों से घिरे मायूस खड़े थे। तभी ब्लॉक के हरकारे ने आकर खबर दी कि वे खजाने के सामने सिपाहियों की भीड़ से घिरे खड़े हैं।

हुआ यह था कि पाँच बजे के करीब आठवीं अवध पल्टन के लेफ्टीनेंट लेविस घबड़ाए हुए ब्लॉक के बंगले पर हाजिर हुए और बताया कि उनकी रेजिमेंट के सिपाही पगार बाँटने के लिए जिद कर रहे हैं। उनमें

यह अफवाह फैल गई थी कि आज रात अंग्रेज छावनी छोड़कर चले जाएँगे। बात तो सिर्फ औरतों-बच्चों के जाने की थी लेकिन कई कानों से होकर सिपाहियों तक पहुँचते-पहुँचते उसका यह रूप हो गया। महीने की यह सातवीं तारीख थी और जिन सिपाहियों को उपद्रव से कुछ लेना-देना नहीं था, उन्हें सबसे पहले पिछले महीने की पगार की चिन्ता हुई। ब्लॉक ने सोचा, हो सकता है पगार पाकर सिपाही संतुष्ट हो जाएँ और बवाल होने से बच जाए। वे तुरन्त खजाने तक चलने के लिए तैयार हो गए और साथ में असिस्टेंट कमिश्नर स्ट्रोयन को भी ले लिया।

जब तक वे खजाने पर पहुँचे, वहाँ भारी भीड़ जमा हो गई थी। खजाने की इमारत चारों ओर से घिरी हुई थी। भीड़ के बीच से रास्ता बनाकर गुजरते हुए ब्लॉक ने सिपाहियों की मुद्रा देखी। उनकी निगाहों में उद्दंडता साफ झलकती थी और पहलेवाले अदब का कहीं नामोनिशान नहीं था। वे अन्दर-अन्दर सिहर उठे। खजाने के दरवाजे पर पहुँचे तो खजांची गायब था। पता चला, वह भीड़ इकट्ठी होते ही ताला बन्द कर और चाभी लेकर कहीं खिसक गया। ब्लॉक ने इमारत की सीढ़ियों पर खड़े होकर सिपाहियों को समझाने की कोशिश की कि चाभी मिलते ही पगार बाँट दी जाएगी। उन्होंने ध्यान से सुना पर वहाँ से हटे नहीं। इतने में अँधेरा होने लगा। सिपाही भी खड़े-खड़े ऊबने लगे थे। अँधेरे और सिपाहियों की गफलत का फायदा उठाकर ब्लॉक चुपके से वहाँ से निकल आए।

फिशर के बंगले में ब्लॉक के पहुँचते ही लेडीज बग्घियों पर सवार होने लगीं। वहाँ पर खड़े क्लर्क भी अपने बीवी-बच्चों के साथ बग्घियों की ओर लपके। भीड़-भड़क्के में पहले तो कुछ समझ में नहीं आया कि क्या हो रहा है। लेकिन जब सारी बग्घियाँ भर गईं और कुछ लेडीज नीचे ही रह गईं तब समझ में आया कि क्लर्क भी बग्घियों पर सवार हो गए हैं और अपने परिवारों के साथ स्टेशन छोड़ना चाहते हैं।

"आस्क देम टु गेट डाउन।"* ब्लॉक ने स्ट्रोयन को बुलाकर गुस्से

* "उन्हें नीचे उतरने के लिए कहो।"

में कहा—"देयर आर नो ऑर्डर्स फॉर मेन टु लीव द स्टेशन।"[1]

स्ट्रोयन बग्घियों के पास जाकर क्लर्कों को उतारने की कोशिश करने लगे। पर कोई वहाँ रुकने को तैयार नहीं था। सभी मिन्नतें करने लगे। किसी ने छोटे बच्चे का हवाला दिया तो किसी की बीवी बीमार हो गई। कुछ तो साफ कहने लगे कि यदि वे वहाँ पर रह गए तो निश्चित ही मार दिए जाएँगे। स्ट्रोयन के नाकामयाब रहने पर ब्लॉक खुद उधर गए और क्लर्कों को काफी लताड़ा पर वे बग्घियों से ऐसे चिपके थे कि बीवी-बच्चों के सामने अपमानित होकर भी नीचे उतरने का नाम नहीं ले रहे थे। एक बार मौत का डर समा जाए, फिर तो आदमी की शर्म-हया सब गायब हो जाती है। आखिर ब्लॉक को हार माननी पड़ी। नीचे रह गई लेडीज को जैसे-तैसे बग्घियों में जगह दिलाई गई और वे बंगले से रवाना हुईं।

जिस समय बग्घियाँ एक-एक कर फाटक से बाहर निकलीं, सवारियों को छोड़ने आए लोग दोनों ओर कतार में खड़े थे। क्लारा की बग्घी उधर से गुजरी तो उसे मशाल की धुँधली रोशनी में मार्टिन के चेहरे की एक झलक दिखी। उन्होंने हाथ हिलाया तो उसके भी हाथ उठ गए। अंदर से एक हूक-सी उठी और अपने को सँभालने की कोशिश में वह ममा के कन्धे से लिपट गई।

"कम ऑन, क्लारा··· बि ब्रेव।"[2]

"ममा··· ओह ममा··· ह्वाय आर वी लीविंग पापा हेयर ?"[3]

"डोन्ट बि सिली।··· देयर आर ऑर्डर्स। दे मे हैव टु फाइट··· एण्ड सेव द स्टेशन··· सो दैट वी मे कम बैक।"[4] कहते हुए कैथरीन के होंठ काँप गए।

क्लारा के भीतर जबरन एक वाक्य उभरा—"वी विल नेवर कम

---

1. "आदमियों के लिए स्टेशन छोड़ने का हुक्म नहीं है।"
2. "ऐसा नहीं करते क्लारा··· बहादुर बनो।"
3. "ममा··· हाय ममा··· हम पापा को यहाँ क्यों छोड़ रहे हैं ?"
4. "बेवकूफ न बनो।··· हुक्म है। उन्हें लड़ना पड़ सकता है··· स्टेशन को बचाने के लिए··· ताकि हम वापस लौट सकें।"

बैक··· एण्ड पापा··· "[1] उसने दाँत भींचकर उसे अंदर ही अंदर घोंटने की कोशिश की तो वह रुलाई के रूप में फूट पड़ा। बग्घी आगे बढ़ती रही और वह हिचकियाँ लेती रही–नार्थम्पटन की अपनत्व-भरी सुरक्षा से वे किस अँधेरे बियाबान में आ गए और आगे कहाँ और क्यों जा रहे हैं। यह दहशत-भरी रात और यह पराया, अनजान और डरावना-सा लगता इलाका। ओह क्राइंस्ट ह्वॉट इंज इन स्टोर फॉर अस ![2]

बग्घियों के बाद पुलिस के पैदल सिपाही निकले और उनके पीछे-पीछे फिशर के घुड़सवार। घोड़ों के टापों की खट-खट दूर होती हुई धीरे-धीरे धूल और अँधेरे की पर्तों में गुम हो गई। छोड़ने आनेवाले भी एक-एक कर निकल गए। अँधेरे पाख की दूज थी उस दिन। थोड़ी ही देर में पूरब की ओर थाल-जैसा चाँद निकल आया और पूरी छावनी छिटकी हुई चाँदनी और रात की नीरवता में डूब गई। एक कोने में किसी दरख्त पर बैठी बड़ी चिरैया 'मुआ-मुआ' करती रही जिसकी थरथराती आवाज रात के सूनेपन में दूर तक गूँजती रही।

छब्बीस

अवध के गाँवों में जेठ का महीना तप रहा था। छोटे-छोटे नदी-नाले, ताल-तलैया सब सूखे नजर आते थे। जंगलों की घास तक सूख गई थी। ज्यादातर खलिहान निपट गए थे। और वहाँ से लाया अनाज घरों में ढेरियाँ बनाकर रख दिया गया था। औरतें फुरसत से उसे झाड़-बीन कर बड़ी-बड़ी गगरियों और कोठलों में भरकर रखती थीं, जौ-गेहूँ के सूखे डंठलों से बेनियाँ बनाती थीं और कच्चे आम काटकर खटाई और अचार डालती थीं।

उस दिन दुर्बली की बहू सुबह उठी तो एकाएक बाईं आँख फड़क

---

1. "हम कभी वापस नहीं लौटेंगे··· और पापा··· "
2. "हे प्रभु··· आगे हमारा क्या होगा !"

उठी। दुर्बली की याद आई पर मन मसोसकर काम में लग गई। चौका-बर्तन से छुट्टी पाकर दरवाजे में पड़े कच्चे आम के ढेर के पास बैठकर आम काटने लगी। कल रूपा बाग से इकट्ठे पाँच टोकरे आम तुड़वा लाई थी। बूढ़ी कहती रहीं कि भला इतने आम का क्या होगा और कौन इसे काटेगा पर वह ओंठों के भीतर हँसी दबाती, टालती रही। आखिर में बोली–मालकिन, तुम चिन्ता न करो, हम बहू के साथ बैठकर कटवा लेंगे।

दिन चढ़ आया था। बूढ़ी ने बच्ची को उठाकर तेल मालिश की और दूध पिलाया, आँखों में काजल दिया और माथे पर काजल का एक टीका लगाकर बहू की बगल में बिठा दिया। वह कुछ देर आमों के साथ खेलती रही। फिर आम का एक टुकड़ा मुँह में डाला और खट्टा लगा तो मुँह बनाकर रोने लगी।

"छोड़-छोड़··· सब जूठा कर रही है।" बहू ने आम का टुकड़ा उससे छीनकर फेंक दिया और बूढ़ी को पुकारा–"अइया, इसे ले जाइए।"

"चलो दुर्बली की धेरिया, बहू को काम करने दो।"

बूढ़ी ने बच्ची को साथ लिया और उसकी उँगली पकड़े बाहर निकल पड़ीं।

"मैं बाग की ओर जा रही हूँ, बहू। जरा घर का ध्यान रखना।"

वह निकल रही थीं, तभी सामने से रूपा अमचिरनी लिए आ रही थी।

"अइया··· देखो··· बु··· बुआ !"

"हाँ-हाँ चलो।" बूढ़ी रूपा को अनदेखा कर बच्ची को खींचती हुई-सी निकलने लगीं।

रूपा बच्ची की ओर देखकर मुस्कराई तो उसने भी हँस दिया।

अन्दर आकर रूपा बहू के पास बैठ गई और आम काटने लगी।

"छोटी मालकिंन, जानती हो न··· मैं बड़ी मालकिन को फूटी आँखों नहीं सुहाती।"

"क्यों भला ?"

"यह तो वही जानें।··· मैंने तो ऐसा कुछ नहीं किया जिससे वे

नाराज हों।"

"सच··· ?" बहू हल्का-सा मुस्कराई।

"हाँ छोटी मालकिन··· बिल्कुल सच।" और दोनों खिलखिलाकर हँस पड़ीं।

"छोटे महराज के बारे में पूछ रही थीं न उस दिन छोटी मालकिन ?"

बहू के गले में जैसे कुछ अटक गया। उसने सर उठाकर रूपा की ओर देखा और कुछ देर देखती रही। आँखें डबडबा आईं तो नजर नीची कर ली।

"बड़ी अजीब-अजीब बातें सुनने में आ रही हैं रुप्पी।"

"हाँ, छोटी मालकिन, मैंने भी सुना है।"

"तुमने क्या सुना ?"

"रामदीन गोड़इत कल बाबू के पास आया था। बता रहा था फौज के कुछ सिपाही किसी बात पर फिरंगी से नाराज हैं। और बहुत-सी बातें कर रहा था। मेरी तो कुछ समझ में नहीं आया। लेकिन कुछ गड़बड़ जरूर है।"

"मैं तो जनम की अभागिन हूँ रुप्पी। यहाँ पैर पड़ते ही ससुरजी चल बसे। 'वो' फिरंगी फौद में चले गए। जब से गए इधर मुड़के नहीं देखा। खैर जहाँ थे, कुशल से रहते। लेकिन अब यह नई आफत सुनाई पड़ रही है। समझ में नहीं आता, क्या करूँ।" कहते-कहते बहू सिसकियाँ भरने लगी।

"मैं तो मनाती हूँ, छोटे महराज इन चक्करों में न पड़ें और जल्दी घर लौट आएँ।··· नाहक फिरंगी के जाल में फँस गए। बाबू कह रहे थे, बड़े जालिम होते हैं ये फिरंगी।"

"तुमने देखा है रुप्पी, किसी फिरंगी को ?" बहू ने आँचल से आँसू पोंछते हुए कहा।

"हाँ छोटी मालकिन, ··· आया था न वह मुआ साहब··· वही जिसने बाबू को खेत से बेदखल किया था।"

"कैसा था ?"

"ऊँह, जाने दो छोटी मालकिन। इतना गोरा, इतना गोरा कि लगता

था जैसे कोढ़ी हो।"

"कोढ़ी ?"

"हाँ, और नहीं तो क्या ? चमड़ी एकदम सुफेद। ऊपर से नीचे तक जोड़ा-जामा जैसा कुछ पहने था पर हाथ और मुँह तो दिखाई ही पड़ता था।"

"शकल-सूरत कैसी थी ?"

"एकदम बन्दर-जैसी।" और रूपा फिस्स से हँस दी।

वातावरण थोड़ा हल्का हो आया।

"कल से बड़े महराज नहीं दिख रहे। कहीं बाहर गए हैं क्या ?"

"तुम्हें तो पता होगा ?" बहू की आँखों में हल्की-सी शरारत उभरी।

"हुँह··· मुझे क्यों पता होगा ?" बहू का जी हल्का हुआ, यह देख कर रूपा अन्दर-अन्दर खुश हो गई।

"घबड़ाओ नहीं। रियासत के काम से परताबगढ़ गए हैं। आज आ जाएँगे।"

दोनों बीच-बीच में बातें करती काम में लगी रहीं। पता नहीं चला दिन कितना चढ़ आया। धूप आँगन की दीवाल पर सरकती हुई नीचे उतर आई और वहाँ से दरवाजे तक पंख फैला दिए। उसकी एक फाँक आम के ढेर पर पड़ने लगी तो समय का अहसास हुआ।

"रूपा, तुम बैठो। मैं जरा नहाकर अदहन चढ़ा दूँ। बूढ़ी आ रही होंगी। जेठजी भी आते होंगे।"

"नहीं मालकिन। अब मैं भी चलूँगी। माई काम पर गई है। मुझे ही कुछ पकाना होगा। कल फिर आकर कटवा दूँगी।"

तभी बाहर कुछ आहट हुई। टापों की खटपट से लगा, दो घोड़े आकर द्वार पर रुके हैं।

"रुप्पी, जरा देखना तो कौन है।··· जेठजी आ गए क्या ?"

रूपा बाहर गई तो कुछ देर लगाकर लौटी। चेहरे पर चुहल भरी हँसी थी।

"कौन है रूपा ? ··· जेठजी हैं न ? ··· साथ में दूसरा कौन है ?" बहू ने आम काटते-काटते पूछा।

"नहीं, वो नहीं हैं।"

"तो ?"

"बता दूँ तो क्या दोगी मालकिन ?"

"दूँगी क्या… बोलो न कौन है ?"

"छोटे महराज हैं।"

बहू के हाथ से आम छूट गया। सनसनाती हुई एक लहर नीचे से ऊपर तक दौड़ गई। कुछ देर तक मुँह से बोल नहीं फूटे।

"रूपा, तुम हँसी तो नहीं कर रही हो ?"

"क्या बोलती हो तुम भी छोटी मालकिन।"

"तुमने ठीक से पहचाना भी ?"

"बोल-बतियाके आ रही हूँ छोटी मालकिन। पहले तो सही में पहचान नहीं पाई। क्या फिरंगी-जैसा बाना बना रखा है। वैसा ही जोड़ा-जामा, वैसी ही टोपी। वह तो बोले तो आवाज से पहचान लिया।"

बहू का हाथ काँपने लगा। हाथ में लिया आम ठीक से कट नहीं रहा था।

"अब इसे छोड़ो। कुछ रस-पानी का इंतजाम करो। पता नहीं कितनी दूर से आ रहे हैं। मैं बड़ी मालकिन को बुलाती हूँ।" इतना कहकर रूपा बाहर निकल गई।

बहू उठी। अपने को आड़ में रखते हुए धीरे से दरवाजे का किवाड़ बन्द किया। सूराख से आँख लगाकर देखा। नीम के चबूतरे के पास दो घोड़े खड़े थे। पर सवार नहीं दिख रहे थे। सूराख पर आड़े-तिरछे आँख करके देखने की बहुत कोशिश की पर कोई नहीं दिखा। शायद दालान में बैठे हों। एक बार मन हुआ, किवाड़ खोलकर बाहर से झाँक आए पर हिम्मत नहीं पड़ी। लौटकर आँगन में आई। मालूम था कि किस गगरी में खाँड़ रखी है, किस हाँड़ी में बूरा है। लेकिन निकाल कर शरबत बनाना बड़ा अजीब लगा। बूढ़ी क्या सोचेंगी कि कौन आया कि तुरत-फुरत शरबत बनाने बैठ गई। बूढ़ी को आने दें, खुद ही कहेंगी। पर तब तक करें क्या ? पैर काँप रहे थे। मन उड़ा-उड़ा-सा जा रहा था। बड़ी मुश्किल से अपने को सँभाला। कटे हुए आम अलग कर पानी

में धोए। फिर धूप में फैलाने लगी। तभी बाहर से बूढ़ी के रोने की आवाज आई। आम छोड़कर बहू दरवाजे के पास आ गई। बूढ़ी कारन करके रो रही थीं और बीच-बीच में किसी के समझाने की आवाज़ आ रही थी–"बस करो मावा··· बस करो। अब तो धीरज धरो। बेटा सामने है। भूखा-प्यासा आया है। पानी-वानी का इंतजाम करो।"

अच्छा तो यह साथ आनेवाले की आवाज है। 'वो' तो लगता है बोलना ही नहीं जानते।

भूख-प्यास की बात सुनकर बूढ़ी जैसे-तैसे चुप हुईं। नाक और गला साफ कर इधर-उधर देखा। एक ओर बच्ची रूपा से सटी सहमी-सी खड़ी थी। कुछ दूर पर ठटवार और हलवाहे खड़े थे। हिंछा के घर के लोग भी जमा हो गए थे।

"सूरसती बिटिया··· बहू से कहो, सरबत घोल दे।"

सूरसती के अन्दर आने की आहट सुनकर बहू किवाड़ से परे हट गई। बूढ़ी का रोना सुनकर उसका कलेजा मुँह को आ रहा था। उनके द्वारा कही एक-एक बात उसे अन्दर तक चीरती चली गई थी–तोहरिनि रहिया निहारत रहेंउ मोर भइया··· लौटि खबरिया तू न लिह्या मोर भइया··· माई का जिअरा तू न जान्या मोर भइया। और बहू को लग रहा था, जैसे उसके अन्दर गड़ी-दबी बातें कोई खोदकर निकाल दे रहा हो, जिन्हें वह खुद कभी जाहिर न कर पाती।

सूरसती अन्दर आई तो वह मुँह घुमाकर सर नीचा किए खड़ी हो गई।

"काकी सरबत घोलने को बोल रही हैं, बहू।"

अब उससे नहीं रहा गया। चेहरा हाथों से ढककर जहाँ खड़ी थी वहीं बैठ गई और सर घुटनों में छिपा लिया। हिचकियों से पीठ हिलती रही पर आवाज नहीं निकलने दी।

"तुम रहने दो, बहू। मैं घोल देती हूँ। बस इतना बता दो, सामान किधर रखा है।"

बहू किसी तरह उठी। भंडारघर में घुसकर बूरे की हाँडी बाहर निकाल दी और अपनी कोठरी में जाकर बिस्तर पर औंधी पड़ गई।

दुर्बली एक और फौजी के साथ पाहीघर आया है, यह बात आनन-फ़ानन में गाँव-भर में फैल गई। लोगों का ताँता लग गया। रामदीन गोड़इत सुनते ही दौड़ा आया और एक कोने में जमीन पर बैठा सारी बातें सुनता रहा। लाला परमेश्वरी दयाल लाठी के सहारे धीरे-धीरे चलते हुए आए और बड़ी देर तक दुर्बली के बदन पर हाथ फेरते हुए हाल-चाल पूछते रहे।

शाम को जब शंकर रियासत से लौटे, द्वार पर बड़ी चहल-पहल थी। नीम के पेड़ के नीचे चारपाइयाँ लगी थीं। पंडित शिवगुलाम सुकुल और कंजा के शेख मुनव्वर अली भवानी प्रसाद से बातें करने में मशगूल थे। एक ओर दुर्बली और कालिका घुलमिलकर बतिया रहे थे। शंकर के घोड़े की आहट पाकर उसकी ठौर पर बँधे दोनों घोड़े हिनहिनाए। शंकर अचम्भे में पड़ गए। जब वे घोड़े से उतरे और दुर्बली ने उठकर उनके पैर छुए तब उन्हें एहसास हुआ कि दुर्बली लौट आया है।

उस रात खाना-पीना होने के बाद धुँधली चाँदनी में द्वार पर पड़ी चारपाइयों पर लेटे-लेटे देर तक बातें होती रहीं। धीरे-धीरे रिमकती हवा में पेड़ के साए हिल रहे थे। भवानी प्रसाद शंकर को विस्तार से कम्पनी बहादुर और उसकी फौज और नए कारतूस और बैरकपुर और मेरठ और दिल्ली और लखनऊ के वाकए सुनाते रहे। हलचल की इन तमाम जगहों से दूर, बसौली में पाहीघर के द्वार पर पेड़ों से छनकर आती चाँदनी के धुँधले उजाले में लेटे हुए ये बातें किसी काल्पनिक लोक की कहानियाँ लगती थीं।

रात ढली और लोग निंदियाने लगे तो दरवाजे से साँकल बजने की आवाज आई। दुर्बली ने एक बार सर घुमाकर देखा, फिर सीधा लेट गए। थोड़ी देर बाद एक साया दरवाजे से निकलकर उनकी चारपाई के पास आया और सिरहाने खड़ा हो गया।

"छोटे महराज, मालकिन दरवाजा बन्द कर रही हैं। पानी-वानी पीना हो तो पी आइए।"

दुर्बली ने उझककर देखा। यह रूपा थी जिसने दबे पैर आकर बेहद धीमे स्वर में कहा था।

दुर्बली थोड़ी देर झिझके। फिर अगल-बगल की चारपाइयों की ओर देखा। सभी लुढ़के पड़े थे। वे धीरे से उठे और दरवाजे के भीतर चले गए। बहू की कोठरी में दिया टिमटिमा रहा था। वे कोठरी में घुसे तो वह गठरी बनी फर्श पर बैठ गई। उन्हें क्षण-भर को लगा, यह औरत उनके लिए बिल्कुल अजनबी है।

तीसरे दिन भवानी प्रसाद अपने घर जाने के लिए तैयार हुए। उनका गाँव बेल्हा कस्बे से, जो प्रतापगढ़ चकले के सदर मुकाम के करीब होने के कारण प्रतापगढ़ भी कहलाता था, कोस-भर दक्षिण पड़ता था। बसौली से आठ कोस का सफर। दुर्बली ने कहा—यहाँ से प्रतापगढ़ तक का रास्ता आपका देखा हुआ नहीं है, चलिए हम उसके पास आपको छोड़ आते हैं। धूप से बचने के लिए तय हुआ कि दोनों घड़ी-भर रात रहे निकल लेंगे। मगर नींद खुली तो रात ज्यादा थी। जग गए थे, इसलिए घोड़े कसकर चल पड़े। पौ फटी तो वे बेल्हा के पास से बहनेवाली सई नदी के रेहड़ों में थे। नदी के घाट से लगी हुई एक अंग्रेज छावनी थी। घाट के पास बेल्हा भवानी का पुराना मंदिर था जिसके नाम पर उसे बेल्हा घाट और छावनी को बेल्हा घाट-छावनी बोलते थे। बगल में बेल्हा का बाजार और छोटा-सा कस्बा था। चकले का सदर मुकाम बेल्हा से चार मील दक्षिण-पश्चिम पुराने प्रतापगढ़ कस्बे में था जिसे बेल्हा कस्बे से अलग करने के लिए कस्बा-प्रतापगढ़ कहते थे। अवध पर कम्पनी का राज होने के बाद नाजिम और चकले की व्यवस्था खत्म कर दी गई थी और प्रतापगढ़ चकले को एक जिला बनाकर बेल्हा कस्बे में उसका सदर मुकाम कायम करने का हुक्म हुआ था, जिसकी तैयारियाँ चल रही थीं। फिलहाल एक असिस्टेंट कमिश्नर तैनात कर दिया गया था जो बेल्हाघाट-छावनी के एक बंगले में रहता था।

जिस समय दोनों रेहड़ों से होकर बेल्हाघाट पहुँचे, पूरब में उजास फूट रही थी। नदी लगभग सूखी हुई थी। थोड़ा-बहुत पानी बीच-बीच में उभरे बालू के छोटे-छोटे द्वीपों के बीच से रेंगती धारा के रूप में बह रहा था। घाट के पूरब, नदी की दोनों ढलानों के ऊपर, जहाँ तक नजर जाती थी, बबूल के घने पेड़ थे जिनके बीच सफेद बालू ऐसे पसरी थी

जैसे दूर तक लम्बाई में सफेद चादर बिछी हो। घाट के पश्चिम जमीन थोड़ी समतल थी और ढलानों के ऊपर तक खेतों का सिलसिला चला गया था। नदी के उस पार, खेतों के आगे, आम का एक बगीचा था जहाँ से छावनी शुरू होती थी। दाहिनी ओर जहाँ नदी दक्षिण-पश्चिम की तरफ मुड़कर अदृश्य हो जाती थी, भवानी का मन्दिर था जिसके ऊपर लाल पताके फहरा रहे थे।

घाट से थोड़ा पूरब हटकर दोनों ने बबूल के पेड़ से घोड़े बाँधे और दिशामैदान के लिए निकल दिए। लौटकर बबूल की दातून तोड़ी, ढलान से नीचे उतरे और बालू पर चहलकदमी करते हुए दाँत मले। फिर पानी में घुसकर कुल्ले किए और हाथ-मुँह धोकर बाहर आ गए। पूरब में बबुराही के पार धीरे-धीरे सूरज निकल रहा था। दोनों ने सूरज देवता को हाथ जोड़े और अपने-अपने घोड़ों की ओर बढ़े।

तभी घाट पर हलचल दिखाई दी। उत्तर की ओर से बग्घियों का एक काफिला सँभल-सँभलकर ढलान पर उतर रहा था। काफिले के साथ तीन हथियारबन्द घुड़सवार थे। पीछे पुलिस का एक पैदल दस्ता भी था। सवारियों में सब गोरे लोग थे, अधिकांश औरतें और बच्चे। दोनों ने ठिठककर उनकी ओर देखा और कुतूहल से देखते रहे।

सत्ताईस

बग्घियों को सुल्तानपुर छावनी से चले घंटा-भर हो गया था। रास्ता ढाक के घने जंगल से होकर गुजरता था। बेहद ऊबड़-खाबड़, धूल से भरा और पेड़ों और झाड़ियों की वजह से टेढ़ा-मेढ़ा, घूमता हुआ। धुँधली चाँदनी में किनारे के पेड़ और झाड़ियाँ अजब-अजब खौफनाक शक्लें लिए हुए लगती थीं। बग्घियाँ पैदल चलनेवालों से भी धीमी चाल से आगे बढ़ रही थीं। क्लारा के गाल पर आँसू सूख गए थे और बग्घी के हिचकोलों से उसे झपकी आ गई थी। एक जोर के धक्के से उसका सर पीछे टकराया तो आँख खुल गई। सभी बग्घियाँ रुकी हुई थीं। दहशत

में डूबी सवारियाँ धीरे-धीरे फुसफुसा रही थीं।

"ह्वॉट इज इट ममा,··· ह्वाय हैव वी स्टॉप्ड हेयर ?"[1]

"नॉट वेरी क्लियर··· प्रबेब्ली अ म्यूटिनर कैवल्री इज एप्रोचिंग अस।"[2]

फिशर के घुड़सबार जो अब तक बग्घियों के पीछे-पीछे चल रहे थे, दोनों ओर कतार बनाकर खड़े हो गए। थोड़ी देर में कुछ दूर पर मशालों की रोशनी दिखाई दी। फिर लगा कि मशालें हिलती-डुलती करीब आ रही हैं। लोग साँस रोककर देख रहे थे। डॉ. कॉर्बिन ने आधे घुड़सवारों को उधर दौड़ाया। मशालों के करीब पहुँचकर उन्होंने अपने साथियों को जोर से आवाज दी। इधर से भी उतनी ही जोर से जवाब गया। लगा कि अब मुठभेड़ होगी। सबके प्राण गले में अटके थे। फिर जाने क्या हुआ कि मशालें मुड़कर वापस चल दीं और उसी तरह हिलती-डुलती दूर निकल गईं। लेडीज सीने पर क्रॉस बनाकर आमेन बोलीं और बग्घियाँ फिर से चल पड़ीं। बड़ी देर बाद तक बातें होती रहीं कि क्या बागी घुड़सवार हमले के इरादे से इधर आए थे या यूँ ही कहीं जा रहे थे और कुतूहलवश इधर मुड़ गए थे। अगर हमला करना चाहते थे तो वापस क्यों चले गए, क्या फिशर के घुड़सवारों से डर गए या और कोई बात थी ?

रात-भर बग्घियाँ चलती रहीं और मुसाफिर हिचकोले खाते नींद में झूलते रहे। जब भी रास्ते में कोई मिलता या क़िसी गाँव में कुत्ते भूँकते या कोई और खटका होता, लोग डर से सहम जाते पर बग्घी आगे बढ़ती तो फिर नींद में झूलने लगते।

काफिला बेल्हा से कोस-भर पहले नवाबगंज के बाजार से गुजर रहा था जब पौ फटने लगी। सड़क के दोनों ओर राशन, मिठाई और कपड़े की छोटी-छोटी दूकानें थीं जिनके सामने लोग चारपाइयाँ डाले सो रहे थे। भोर होने के पहले बग्घियों का इतना बड़ा काफिला देखकर

---

1. "यह क्या है, माँ ? हम यहाँ क्यों रुके हैं ?"
2. "कुछ स्पष्ट नहीं है।··· शायद बागी घुड़सवारों का एक दस्ता हमारी ओर आ रहा है।"

वे हैरान हो उठे। कई तो उठकर खड़े हो गए और अचरज और आतंक के साथ बग्घियों को गुजरते देखते रहे। बाजार पार करते ही नदी के रेहड़ शुरू हो गए। सड़क के दोनों ओर ऊँचे-नीचे खड्ड थे जिनके बीच की उभरी जमीन पर सरपत के गुच्छे उगे हुए थे। नीचे उतरती सड़क पर इतनी बालू थी कि बग्घियों के पहिए धँसे जा रहे थे। कोचवानों को नीचे उतरकर बग्घियों को सँभालते हुए ठेलना पड़ रहा था।

जब तक काफिला नदी के पाट पर पहुँचा, चारों ओर उजाला फैल गया था। अब लोगों को पता चला कि फिशर के घुड़सवारों में सिर्फ तीन साथ चल रहे थे, बाकी अँधेरे का फायदा उठाकर एक-एक कर खिसक लिए थे। लेकिन उम्मीद के खिलाफ, लछमन प्रसाद के पैदल सिपाहियों में सारे के सारे मौजूद थे और पूरी वफादारी के साथ अपना फर्ज निभा रहे थे।

घाट पर आकर बग्घियाँ रुकीं तो कई लोग उनसे उतर गए। घाट के छिछले पानी के नीचे से नदी की सतह झलक रही थी। किनारे की बालू कुछ दूर तक पसीजकर भीगने से दब गई थी और उस पर चलने पर पैर नहीं धँसते थे। क्लारा को नदी के किनारे-किनारे इस भीगी बालू पर चलना अच्छा लग रहा था। वह चलते-चलते पश्चिम की ओर थोड़ी दूर निकल गई। सामने मंदिर में घंटे बज रहे थे और शिखर पर लगे झण्डे सुबह की धुंध से भरे आसमान में धीरे-धीरे हिल रहे थे। दूर, पूरब के क्षितिज में घनी छायावाले छोटे-छोटे पेड़ों के पीछे से उगते सूरज की ललाई झाँक रही थी। क्लारा कुछ देर जैसे मोहाविष्ट-सी खड़ी रही। उसका मन पीछे दौड़ने लगा। अभी तो कल वह नार्थम्पटन में राई के खेतों के बीच खड़ी थी और पहाड़ियों के पीछे से सूरज उग रहा था। आज यह अनजान-सी सूखी नदी, दूर तक फैली बालू, मंदिर में बजते घंटे, उसके ऊपर फहरते झण्डे, रेहड़ों के बीच उगी बड़ी-बड़ी नुकीली घास और छोटे-छोटे पेड़ों के झुरमुट से उगता सूरज। वह कहाँ आ गई है ? इस बीच क्या गुजर गया है ? पिछली शाम जब पापा को छोड़कर बग्घी अँधेरे में चली थी, वह कौन-सी चिड़िया थी जो म्वा-म्वा बोल रही थी ? उन जंगलों में वे कौन-से पेड़ थे जिनके बीच से उसकी बग्घी

गुजरी थी ? वे घुड़सवार कौन थे जो जंगल के अँधेरे में हिलती हुई मशालें लिए गुम हो गए ? वे गाँव, वे खेत, वे बाजार कौन-से थे, जिनसे होकर उसकी बग्घी रात में गुजरी थी ? अब आगे कहाँ, किस तरफ जाना है ? लगा एक दुःस्वप्न है जिसका तानाबाना चलता ही जा रहा है।

क्लारा उधर से लौटी तो वैसे ही किनारे-किनारे चलती हुई पूरब की ओर बबूल के झुरमुटों के पास तक निकल गई। उधर से घोड़े के नथुने फड़कने की आवाज आई तो वह चौंककर रुकी। पेड़ों की ओट में दो घोड़े खड़े थे और पास में उनके सवार। पोशाक से सैनिक लगते थे। एक थोड़ा मोटे शरीर का उमर की ढलान पर था और दूसरा लम्बे-छरहरे बदन का जवानी में कदम रखता हुआ। क्लारा एकदम से डर गई–क्या यह बागी हैं या फिशर के घुड़सवारों में से हैं ? पीछे मुड़कर देखा–घाट पर लोग अपने ही में व्यस्त थे। चिल्लाने पर कोई सुनेगा, ऐसा नहीं लगता था। घुड़सवार इतने करीब थे कि भाग भी तो नहीं सकती थी। क्लारा धीरे से मुड़ी और वापस जाने लगी।

उसे घबड़ाई देख, भवानी प्रसाद झुरमुट से निकलकर थोड़ा पास आ गए।

"हम दोस्त हैं, दोस्त··· फरेंड··· अनमी नहीं।"

क्लारा ठिठकी। पीछे मुड़कर देखा। भवानी प्रसाद की मुद्रा में आश्वस्त करनेवाली वात्सल्य-भरी सहानुभूति थी। वह रुक गई।

"ये बग्घियाँ कहाँ से आ रही हैं ?" भवानी प्रसाद ने बोलने के साथ-साथ इशारे से भी पूछा क्योंकि उन्हें भरोसा नहीं था कि यह मेम हिन्दुस्तानी समझती होगी।

"सुल्तानपुर से··· तुम लोग कौन हो ?"

"हम··· दुश्मन नहीं हैं। कम्पनी के सवार हैं··· छुट्टी पर घर आए हैं।" बड़ी सहजता से भवानी प्रसाद के मुँह से झूठ निकल गया।

तब तक दुर्बली भी पास आकर खड़े हो गए। कुतूहल से क्लारा की ओर देखा। क्लारा ने भी उनकी ओर निगाह उठाई। भरोसे और गैर-भरोसे के बीच झूलती, अजीब-सी सहमी हुई निगाह। रात-भर के

सफर और अनिद्रा से थके हुए पस्त चेहरे पर एक मासूम विवशता। दुर्बली का मन हुआ, उसे दिलासा देने के लिए कुछ कहें पर जबान नहीं खुली। क्लारा ने धीरे से हाथ हिलाया और चल पड़ी। दुर्बली उसकी ओर देखते खड़े रहे।

"कुछ समझ में आया ?" भवानी प्रसाद ने धीरे से दुर्बली का कन्धा हिलाया।

"क्या ?"

"यही कि सुल्तानपुर में भी बलवा हो गया या होनेवाला है।"

"क्यों ?"

"तभी तो इतने फिरंगी एकसाथ वहाँ से भागे हैं।"

"मगर ये जा कहाँ रहे होंगे ?"

"इलाहाबाद··· कलकत्ता और वहाँ से विलायत।···और कहाँ जाएँगे ?"

"मगर पहुँच पाएँगे कहीं ? ··· और इन बग्घियों पर ?"

"जाहिर है कि बड़ी मुश्किल में हैं।"

तभी नदी के उस पार घाट के पास हो-हल्ला सुनाई पड़ा। अजीबो-गरीब कपड़ों और सर और दाढ़ी के बढ़े हुए बालों में विचित्र और डरावने से लगते लोगों का एक गिरोह हो-हो कर हँसते और शोर मचाते हुए उस ओर से नदी में उतर रहा था।

"अरे ये तो कैदी लगते हैं। इतने सारे एकसाथ ?"

"लगता है किसी जेहल से छूटकर भागे हैं।"

"मगर इधर जेहल कहाँ है ?"

"इलाहाबाद में··· लगता है वहाँ भी बलवा हो गया।"

"फिर तो ये फिरंगी बीच में फँस गए।"

"लगता तो ऐसा ही है।"

क्लारा घाट पर पहुँची तो लोग बग्घियों पर सवार हो रहे थे। कैथरीन ने उसे डाँटा कि वह इतनी दूर कहाँ निकल गई थी। उसने एक बार दोनों घुड़सवारों की ओर मुड़कर देखा और बग्घी पर बैठ गई। इधर से बग्घियाँ पानी में घुसीं और उधर से जेल से भागे कैदी। कैदियों की मुद्रा से जाहिर था कि इतने सारे फिरंगी औरतों-बच्चों को देखकर वे

उद्धत हो उठे थे और कोई भी वहशियाना हरकत कर सकते थे। लेकिन पैदल सिपाहियों ने नदी पार करती बग्घियों के दोनों ओर घेरा बना लिया था। कैदियों की हमला करने की हिम्मत तो नहीं हुई पर वे नदी में खड़े होकर बराबर हू-हू करते रहे।

भवानी प्रसाद और दुर्बली घोड़ों पर बैठकर घाट की ओर बढ़े। जब तक दोनों घाट पर पहुँचे, बग्घियाँ दूसरी ओर की ढलान पर चढ़ रही थीं। क्लारा की बग्घी पीछे थी। दुर्बली ने उसे देखा और दूर से पहचान लिया। वह इन लोगों की ओर उँगली दिखाकर बगल में बैठी मेम से कुछ कह रही थी। बग्घियों का काफिला आगे जाकर छावनी की ओर मुड़ गया और बगीचे में घुसकर ओझल हो गया। क्लारा का उँगली दिखानेवाला दृश्य दुर्बली के दिमाग में खुब-सा गया और वह देर तक सोचते रहे कि उसने उन लोगों के बारे में क्या कहा होगा।

दोनों ओर की सवारियाँ नदी पार कर आगे बढ़ गईं तो घाट सूना हो गया। भवानी प्रसाद घोड़े पर बैठते हुए बोले–"दुर्बली, धूप निकल रही है। थोड़ी देर में तेज हो जाएगी। या तो मेरे घर चलकर रुको, नहीं तो यहीं से वापस हो लो।"

"हाँ काका··· अब वापस लौटते हैं।" दुर्बली की निगाह घाट के उस पार आम के बगीचे की ओर लगी थी जिसमें घुसकर बग्घियों का काफिला थोड़ी देर पहले ओझल हो गया था।

भवानी प्रसाद ने दुर्बली को अपने घर ले चलने का ज्यादा आग्रह नहीं किया। वे नहीं चाहते थे, इतने दिनों बाद घर लौटने पर दुर्बली अपनी बहू और परिवार से दूर रहें।

भवानी प्रसाद का घोड़ा छप-छप करता पानी में घुसा और नदी पार कर बालू पर दौड़ते हुए दूर निकल गया। उनके जाते ही दुर्बली को एकाएक अजीब-सी मायूसी ने आ घेरा। लगा, जैसे अतीत का एक चहल-पहल-भरा टुकड़ा कटकर अलग हो गया हो। बंगाल सेना में भरती होने के साथ रोमांच और जोखिम-भरी जो नई जिंदगी शुरू हुई थी, वह यहाँ आकर जैसे रुक गई। सारी आपाधापी खत्म हो गई और सामने बसौली का सीधा और सुरक्षित रास्ता था। पर जाने क्यों मन एक अवसाद

में डूबता जा रहा था।

उसाँस लेकर वे घोड़े पर बैठे। रेहड़ से निकलकर साफ रास्ते पर आए तो लगाम ढीली छोड़ दी। थोड़ा ही आगे बढ़े थे कि सामने से रामदीन गोड़इत आता दिखा। साथ में कई और गोड़इत थे। गाँठ तक की धोती, मोटिया कपड़े की बंडी और सर पर लाल साफा। किसी के हाथ में लाठी थी तो किसी के बल्लम। रामदीन ने पैलगी की तो दुर्बली ने घोड़ा धीमा कर लिया और एक पेड़ की छाया देखकर रुक गए। रामदीन भी लौटकर पेड़ के नीचे आ गया।

"गाँव से आ रहे हो ?"

"हाँ, महराज··· मगर आप इतने सबेरे इधर से ?"

"भवानी काका को पहुँचाने गया था। नदी तक छोड़कर आ रहा हूँ।··· तुम इतने गोड़इतों के साथ किधर जा रहे हो ?"

"अब क्या बताऊँ महराज··· आप तो फौदी आदमी हो।"

"तो क्या ?"

"हम लोगों की पगार का मामला है··· " रामदीन ने थोड़ी दूर पर ठिठके खड़े अपने साथियों को इशारा किया कि वे आगे बढ़ें, वह पीछे-पीछे आ रहा है।

"असल में सारे गोड़इतों ने मिलकर सलाह किया है कि बेल्हा चलकर बड़े साहब का बंगला घेरेंगे। आजकल फिरंगी साँसत में तो हैं ही। यही मौका है जब हमारी बकाया पगार उनसे वसूल की जा सकती है।"

"कब से बकाया है यह पगार ?"

"जब से नवाबी गई तभी से। बन्दोबस्त के समय हमने उजुर किया था तो हाकिमों ने मान लिया था कि पहले की तरह पगार मिला करेगी। मगर तफ्तीश का बहाना बनाकर अभी तक कुछ दिया ही नहीं।"

"तो बंगला घेरने से दे देंगे ?"

"सबने यही तय किया है। कुछ लोगों की राय तो है कि अगर इतना करने पर भी पगार न मिले तो खजाना लूट लिया जाय।"

"ऐसा करोगे तो फौज गोली नहीं चलाएगी ?"

"गोरी फौद है ही कितनी··· और हिन्दुस्तानी फौद तो उनसे पहले

से ही नाराज है।··· आपसे ज्यादा कौन जानेगा, महराज ?"

"मगर पूरी फौज उनसे नाराज नहीं है, रामदीन।"

"परताबगढ़ में है ही कितनी फौद।··· पूरे चकले के गोड़इत इकट्ठा हो रहे हैं। सब मरने-मारने को तैयार हैं।"

"तो आज प्रतापगढ़ में कुछ होकर रहेगा, क्यों ?"

"चलिए, आप भी देखिए··· घर जाकर क्या करिएगा ?"

"आज ही का दिन चुनना था तुम लोगों को ?"

"क्यों, आज क्या बात है ?"

"आज सुल्तानपुर से भागकर कई फिरंगी मेमें-बच्चे इधर आए हैं। नदी के घाट पर हमने देखा था। आज अगर बवाल हुआ तो वो भी फँस जाएँगे उसमें।··· उधर शायद इलाहाबाद में भी बलवा हो गया है, जेहल से भागे हुए कई कैदी उधर से आ रहे थे। भगोड़े फिरंगी जाएँगे कहाँ ?"

"आपको उनकी इतनी फिक्र क्यों है महराज ?"

"बेगुनाह औरतों-बच्चों को परेशान करने से क्या फायदा ? वो तो पहले से ही आफत के मारे हैं। उनसे हमारी क्या दुश्मनी ?"

"अरे फिरंगी तो फिरंगी महराज। चाहे मर्द हो, चाहे औरत, चाहे बच्चे। साँपिन और सँपोले क्या साँप नहीं होते ?"

"नहीं रामदीन, मेरी समझ में तो नहीं आता। अच्छे-बुरे आदमी हर जगह होते हैं।"

"बाभनों के साथ यही तो मुश्किल है।" रामदीन धीरे से हँसा और आगे बढ़ गया।

दुर्बली पेड़ के नीचे घोड़े पर बैठे-बैठे सोचते रहे। क्या पूरी फिरंगी कौम दुश्मन है ? मड़ियाँव छावनी में जलते हुए बंगले के सामने मरा पड़ा वह ब्रिगेडियर जिसके चेहरे को संगीनों से कोंचा गया था। पानी के लिए गिड़गिड़ाता वह गोरा साहब जिसे वे घायल छोड़कर चले आए थे। और आज नदी के घाट पर दिखी वह सहमी और घबराई हुई गोरी मेम। क्या अपराध किया होगा उन्होंने ?

दुर्बली सोच ही रहे थे कि दूर से एक घुड़सवार आता दिखा। कंपनी

के रिसाले की वरदी में था। पास आया तो दुर्बली को लगा जैसे इसे कहीं देखा हो। वे जोर देकर याद करने लगे। अरे, यह तो शीतल सिंह हैं। कप्तान हार्डिंग के रिसाले के हवलदार शीतल सिंह। यह रिसाला कुछ दिनों पहले लखनऊ में तैनात था। फिर वहाँ से हटाकर मुफस्सिल में भेज दिया गया था। आमने-सामने हुए तो शीतल सिंह ने भी पहचान लिया। पैलगी-आशीष हुई। दोनों घोड़े से उतर गए। मालूम हुआ, हार्डिंग का रिसाला आजकल प्रतापगढ़ छावनी में तैनात है। शीतल सिंह गश्त से लौट रहे थे।

दोनों में बातें चल पड़ीं तो देर तक होती रहीं। शीतल सिंह लखनऊ के बारे में खोद-खोदकर पूछते रहे। दुर्बली वहाँ हुई गड़बड़ी और अपने और भवानी प्रसाद के वहाँ से भागने के बारे में संक्षेप में बताकर आज घाट पर देखे भगोड़े फिरंगियों के काफिले के बारे में बात करने लगे। फिर गोड़इतों के बारे में बात चली तो शीतल सिंह चिंतित हो उठे। उन्होंने कहा—उन्हें जल्दी छावनी की ओर चलना चाहिए। दुर्बली से भी आग्रह किया कि वे छावनी चलें और वहाँ नहा-खाकर तब घर जाएँगे।

धूप तेज हो गई थी। धीरे-धीरे गरम हवा चलने लगी थी। पेड़ों के सिमटते सायों और वीरान खेतों में खड़ी जौ-गेहूँ की खूँटियों के बीच छोटे-छोटे बगूले उठने लगे थे। पेड़ की टहनियों के हवा में हिलने के साथ दुर्बली के घोड़े की पीठ पर पड़ती धूप का एक चकत्ता धीरे-धीरे हिल रहा था। कोई बात थी जो रह-रहकर उन्हें छावनी की ओर खींच रही थी। आखिर वे वहाँ से चले तो घर की ओर नहीं बल्कि शीतल सिंह के साथ उसी रास्ते पर जिधर से अभी आए थे।

अट्ठाईस

आठ जून की उस सुबह बेल्हाघाट छावनी में बड़ी हलचल थी। बग्घियाँ घाट से आकर कप्तान हार्डिंग के बंगले के सामने रुकीं। सुबह-सुबह

इतनी बग्घियों में भरकर आए फिरंगियों को देखकर छावनी के हिन्दुस्तानी सिपाही और नौकर-चाकर तमाशा देखने आ पहुँचे। एक उद्धत भीड़ हार्डिंग के बंगले के इर्द-गिर्द जमा हो गई। खबर फैल गई थी कि सुल्तानपुर में बलवा हो गया। भीड़ की मुद्रा देखकर किसी ने उन्हें वहाँ से हटाने की कोशिश नहीं की। लोग खासकर गोरी मेमों को बड़े कुतूहल से देख रहे थे। रात-भर के सफर से उनके कपड़े और बाल धूल से अँटे और अस्त-व्यस्त थे। चेहरा मुरझाया हुआ था और आँखें नींद और थकान से बोझिल थीं। भीड़ की छेदती निगाहों के सामने वे बग्घियों से उतरीं और बंगले में दाखिल हुईं। इतने हिन्दुस्तानियों के बीच इस हालत में बग्घियों से उतरते हुए वे झिझक से गड़ी जा रही थीं। रात में तो सब ढका-मुँदा था लेकिन दिन के उजाले में उनकी असहायता सामने आ गई थी।

बंगले में जिसको जहाँ जगह मिली, निढाल पड़ गईं। किसी को सोफा मिला तो किसी को कालीन, तो कोई फर्श पर ही लुढ़क गईं। असिस्टेंट कमिश्नर ग्रांट अपने मातहतों के साथ आकर सारा बन्दोबस्त देख रहे थे। चुंगी के महकमे का एक नौजवान 'ग्लाइन' बड़ी मुस्तैदी से हँस-हँसकर लेडीज की सहायता कर रहा था और थोड़ी ही देर में उनका चहेता बन गया था। उसने खास-खास हाकिमों की बीवियों के लिए किसी तरह बिस्तरों का इंतजाम किया, लेकिन कमरों में पंखा खींचने के लिए पंखा-कुली नहीं थे। सिर्फ मिस ओ'डोनेल के कमरे के लिए, जिसमें मिसेज ब्लॉक भी अपने बच्चे के साथ थीं, वह कहीं से एक लड़का पकड़ लाया।

क्लारा ने दीवाल से सर टिकाकर आँखें बन्द कीं, और थोड़ा आराम करने की कोशिश करने लगी। जरा-सी झपकी आई थी कि बगल के कमरे से चीखने की आवाज आई। वह हड़बड़ाकर उठ बैठी और उस ओर दौड़ी। मिस ओ'डोनेल मजे से बिस्तर पर सो रही थी। बगल में पंखा खींचनेवाला लड़का हक्का-बक्का खड़ा था और मिसेज ब्लॉक गुस्से से लाल-पीली होती उस पर बरस रही थीं। तब तक बगल के कमरों से मिसेज ओ'डोनेल और कई अन्य औरतें 'व्हॉट हैप्पेन्ड''' व्हॉट

हैप्पेन्ड'[1] करती उधर जा धमकीं।

मिस ओ'डोनेल आवाज सुनकर कुनमुनाई और आँखें खोलकर उठ बैठी। उसे कुछ समझ में नहीं आ रहा था।

"लुक एट दिस डैम निग्गर··· हैड ऑलमोस्ट किल्ड द गर्ल।··· आय जस्ट गॉट हिम ऑन टाइम।"[2] मिसेज ब्लॉक ने मिसेज ओ'डोनेल की ओर मुखातिब होकर कहा।

मिसेज ओ'डोनेल घबड़ाई हुई बिस्तर पर बैठ गईं और मिस ओ'डोनेल को अपने से चिपका लिया।

"बट ह्वाय विल ही ?"[3] भीड़ में से कोई लेडी बोली।

"आय एम शुअर, ही वॉज टु स्ट्रैंगल द गर्ल। आय वॉज ट्राइंग टु कम्फर्ट माय चाइल्ड ह्वेन ऑल ऑफ अ सडेन आय सॉ हिम लीव द रोप एण्ड ड्रॉ क्लोज टु द बेड विद सच अ फीन्डिश लुक इन हिज आईज··· आय स्क्रीम्ड आउट ऑफ अलार्म।"[4] मिसेज ब्लॉक भीड़ देखकर अपनी चीख की सफाई देने लगीं।

"आय नो··· आय नो··· ऑल दीज नेटिव पिग्स। हू द हेल हैज ब्रॉट हिम ?"[5] मिसेज गोडने ने आकर अपने अनुभव और बुजुर्गी के चलते मामले को अपने हाथ में ले लिया।

"ग्रान्ट अरेन्ज्ड हिम।"[6] किसी ने कहा।

"नो, ग्लाइन हैज ब्रॉट हिम।"[7] दूसरी लेडी बोली।

---

1. "क्या हुआ··· क्या हुआ ?"
2. "इस मरे हबशी को देखो।··· लड़की को लगभग मार ही डाला था। वह तो कहो, मैंने ऐन वक्त पर देख लिया।"
3. "लेकिन यह ऐसा क्यों करेगा ?"
4. "मुझे विश्वास है, यह लड़की का गला घोंटनेवाला था। मैं अपने बच्चे को चुप कराने की कोशिश कर रही थी, जब एकाएक मैंने देखा कि यह रस्सी छोड़कर आँखों में बड़ा क्रूर भाव लिए बिस्तर के करीब जा रहा है।··· मैं घबड़ाकर चीख पड़ी।"
5. "मैं जानती हूँ··· मैं जानती हूँ··· इन सारे देशी सुअरों को। भला कौन इसे लाया है ?"
6. "ग्रान्ट ने इंतजाम किया है।"
7. "नहीं, ग्लाइन इसे लाए हैं।"

"दीज यंग चैप्स विदआउट एक्सपीरिएंस ऑफ दिस कन्ट्री··· नो गुड।"[1]

"परहैप्स द बॉय वान्ट्स टु से समथिंग।"[2]

"ही लुक्स स्काउन्ड्रॅल।··· ह्वाट विल ही से ?"[3]

सभी अन्दर ही अन्दर महसूस करने लगी थीं कि मिसेज ब्लॉक ने किसी गलतफहमी बस चीखकर भीड़ इकट्ठी कर ली थी।

"वेल··· चिअर अप यंग गर्ल··· एण्ड हैव अ वाच।"[4] मिसेज गोडने ने मिस ओ'डोनेल की पीठ थपथपाई और भीड़ छँटने लगी।

पंखा खींचनेवाला लड़का अपनी जगह वापस आया और धीरे-धीरे रस्सी खींचने लगा।

कमरा खाली हो गया और मिसेज ब्लॉक और मिस ओ'डोनेल ने फिर से लेटकर आँखें बन्द कर लीं तो क्लारा लड़के के करीब गई। बारह-तेरह साल का दुबला-पतला, साँवला-सा था वह। सिर्फ जाँघ तक ढँकनेवाली भगईनुमा धोती पहने था। गाल और पसली की हड्डियाँ उभरी हुईं। आँखों में निरीह उदासी। क्लारा को पास आती देख वह डरकर दीवार से सिमट गया।

"क्या बात थी ?" क्लारा ने धीरे से पूछा।

लड़के ने निगाह उठाई। क्लारा की आवाज और चेहरे की नरमी से उसे भरोसा हुआ।

"मेम साहब, हम तो माछी उड़ावत रहे।"

लड़के की कातर दृष्टि में कुछ था जो क्लारा को अन्दर तक हिला गया।

"किधर रहते हो ?"

"नदी के उस पार।"

"इधर कब से काम करते हो ?"

---

1. "इस मुल्क के बिना तजरबे के ये नौजवान लोग··· किसी काम के नहीं हैं।"
2. "शायद लड़का कुछ कहना चाहता है।"
3. "यह देखने से ही बदमाश लगता है।··· यह क्या कहेगा ?"
4. "ठीक है··· खुश हो जाओ बच्ची।··· और जरा होशियार रहो।"

"मेम साहब, हम इधर काम नहीं करते। हम तो नदी के कछार में भैंस चरावत रहे। वहीं से वो पकड़ ले आए।··· भैंसें कहीं निकल गईं तो क्या होगा ?"

क्लारा ने देखा, लड़के की आँखों में बेबसी के आँसू डबडबा आए थे।··· तो यह ग्लाइन की करतूत है। वही जो लेडीज से हँस-हँसकर बतियाता कितना शरीफ लगता है। खीझ से वह तिलमिला उठी।

लड़के से धीरे-धीरे बतियाती क्लारा को मिसेज ब्लॉक जलती आँखों से देख रही थीं। वह धीरे से उठी और अपने कमरे में आकर खिड़की पर खड़ी हो गई।

हार्डिंग का बंगला काफी ऊँचाई पर था और जिस कमरे में क्लारा थी उसकी खिड़की से तीन ओर का दृश्य दिखाई पड़ता था। बाहर धूप लपलपा रही थी। बाग के पेड़ों और नदी के रेहड़ में उगे सरपत के गुच्छों और बबूल के झुरमुटों से होकर तेज हवा चलने लगी थी जिससे नदी के पाट के ऊपर बालू का बादल-सा छा गया था। दाहिनी ओर छावनी से थोड़ा हटकर कच्ची दीवारों और खपरैल की नीची छतोंवाले छोटे-छोटे मकान थे जिनके बीच से टेढ़ी-मेढ़ी सँकरी गलियाँ गुजरती थीं। धूप और लू के बावजूद इन गलियों में आना-जाना जारी था। ज्यादातर लोग पैदल चल रहे थे। बीच-बीच में इक्का-दुक्का घोड़े भी निकल जाते थे। सामान ढोनेवाले कहार नंगे बदन और नंगे पाँव कन्धे पर बहँगी लटकाए झुककर तेज-तेज कदम बढ़ाते चले जा रहे थे। बीच में एक पालकी भी गुजरी जिसमें बैठे दोनों बच्चों के सर पर रखी गोल जरीदार टोपियाँ दूर से चमक रही थीं।··· क्लारा खिड़की पर खड़ी देखती रही।

इस तरह शान्ति और चैन से पसरा हुआ हिन्दुस्तान और निरीह-से लगते हिन्दुस्तानी कैसे खड़े हो गए हमारे खिलाफ ? क्या मिसेज ब्लॉक और मिस्टर ग्लाइन जैसे लोगों का व्यवहार ही जिम्मेदार है इसके लिए ? उसे मरजादी की बातें याद आईं–फिरंगी को मुलुक में राज करते सौ साल हो गए, अब उनके जाने के दिन आ गए हैं। क्या सचमुच हमें यहाँ से चला जाना पड़ेगा ? ··· सुबह घाट पर मिले दोनों घुड़सवारों की ओर उसका ध्यान गया। नौजवान घुड़सवार कैसी हमदर्दी से देख

रहा था। लगता था, कुछ कहना चाहता है। क्या कहा था उसके साथी ने–'फरेंड-अनमी नहीं'। इस हालत में भी कितने सारे हिन्दुस्तानी हमारे फ्रेंड हैं–मरजादी, लछमन प्रसाद कोतवाल और उसके सिपाही और वे दोनों घुड़सवार। बाकी एनेमी कैसे बन गए ? कहाँ-कहाँ, किस-किससे मिसेज ब्लॉक और मिस्टर ग्लाइन जैसी गलतियाँ हुईं ? और होती जा रही हैं।

खिड़की से हटकर क्लारा ममा के पास आकर बैठी ही थी कि बंगले के बाहर कुछ हलचल हुई। ग्रान्ट और ग्लाइन कुछ बोल रहे थे। वे घबड़ाए हुए लगते थे। क्लारा ने बाहर निकलकर देखा। ग्रान्ट कोचवानों को बग्घियाँ तैयार करने को कह रहे थे। ग्लाइन आराम कर रहे लोगों को उठा रहे थे। कुछ कोचवान इधर-उधर हो गए थे, इसलिए ग्रान्ट ने महावतों को बुलाकर फीलखाने से कुछ हाथी तैयार करने को कहा।

नींद और थकान से चूर लोगों के आराम में खलल पड़ने से वे बौखला उठे थे। अपना-अपना सामान समेटने के बजाय वे पूछते डोल रहे थे कि माजरा क्या है। और ग्रान्ट और ग्लाइन थे कि बस लोगों को बग्घियों में लाद देने के लिए बेसब्र हो रहे थे।

मिसेज गोडने को उठाया गया तो वे बरस पड़ीं–"ह्वॉय··· ह्वॉय ऑल दिस पैनिक ?"[1]

वे ओहदे में सबसे बड़े हाकिम की बीवी थीं। हिन्दुस्तान में रहते उन्हें काफी अरसा हो गया था। यहाँ की बहुत कुछ जानकारी रखने का दावा करती थीं। सभी उनका अदब मानते थे। ग्रान्ट को उनके सामने कैफियत देनी पड़ी–

"गोरइट्स आर कमिंग इन लार्ज नम्बर्स। गॉड नोज ह्वॉट दे आर अप टु। दे मे डिमान्ड देयर पे एण्ड इन्डल्ज इन लूटिंग एण्ड आर्शन। इफ दे कम अक्रॉस द बाडी ऑफ फ्यूजिटिव्स··· वेल··· नन कैन से ह्वॉट मे हैप्पेन।"[2]

---

1. "क्यों··· यह सब तहलका क्यों ?"
2. "बड़ी संख्या में गोड़इत आ रहे हैं। ईश्वर ही जाने, वे क्या चाहते हैं। वे अपनी पगार माँग सकते हैं और लूटपाट तथा आगजनी शुरू कर सकते हैं। यदि भगोड़ों से उनका सामना हो गया, ··· कोई कह नहीं सकता, क्या होगा ?"

"नाउ हू आर दीज... ह्वॉट यू कॉल... गोरइट्स ?"[1]

"विलेज वॉचमेन सिन्स नवाब्स टाइम। वी हैव रिटेन्ड देयर सरविसेज। बट सेटलमेंट ऑफ देयर पे हैज ड्रैग्ड ऑन।"[2]

"ह्वाय डोन्ट यू पे देम ?"[3]

"वी हैव ऑलरेडी पेड इट ओवर टु पुलिस। दे आर प्रिपेरिंग नेसेसरी पेपर्स... बट मैडम, दैट इज ऑफ द पॉइन्ट। काइन्डली गेट इन योर कैरिज।"[4]

भगोड़ों की भीड़ ग्रान्ट और मिसेज गोडने को घेरकर खड़ी सब सुन रही थी। बात खत्म होते ही उनमें बग्घियों पर सवार होने की होड़ लग गई। खुला-अधखुला सामान बग्घियों में फेंका जाने लगा। जिसको जहाँ जगह मिली, वहीं लद लिया। ग्रान्ट और ग्लाइन भी घोड़ों पर सवार हो बग्घियों के साथ चलने को तैयार हो गए।

अब सवाल था कि किधर चलें। ग्रान्ट ने सोच-विचारकर कस्बा प्रतापगढ़ में तरोल के तालुकेदार गुलाब सिंह की हवेली पर चलने का सुझाव रखा। बन्दोबस्त के दौरान उनके खानदानी झगड़े में इलाके पर उनकी सनद मानकर हाकिमों ने उनकी बड़ी मदद की थी। मामला अभी भी चल रहा था। ग्रान्ट को भरोसा था कि गुलाब सिंह उन्हें खुश करने का यह मौका नहीं जाने देंगे। मिसेज गोडने से सलाह ली गई तो उन्होंने मिसेज ब्लॉक को आगे कर दिया—

"यू हैव टूअर्ड दिस एरिया विद योर हस्बैन्ड। टेल देम ह्वॉट यू थिंक।"[5]

---

1. "अब यह... क्या कहते हैं... गोड़इत कौन हैं ?"
2. "नवाब के समय से गाँव के चौकीदार। हमने उनकी नौकरियाँ कायम रखी हैं। लेकिन उनकी पगार तय करने का मामला खिंचता रहा है।"
3. "उन्हें पगार दे क्यों नहीं देते ?"
4. "हमने पहले ही पुलिस महकमे को दे दिया है। वे जरूरी कागजात तैयार कर रहे हैं। लेकिन जनाबे आलिया, वह तो बाद की बात है। अभी आप कृपया अपनी गाड़ी में सवार हो जाइए।"
5. "तुमने अपने पति के साथ इस इलाके का दौरा किया है। तुम क्या सोचती हो, इन लोगों को बताओ।"

ब्लॉक का मुँह-लगा चपरासी फैजुल्ला खाँ मिसेज ब्लॉक के पीछे-पीछे सुल्तानपुर से चला आया था। वह छूटते ही बोल पड़ा–

"हुजूर बजा फरमाते हैं। बहुत खैरख्वाह आदमी हैं ठाकुर साहब। पिछली बार हमारे साहब दौरे पर आए थे तो उन्हीं की हवेली के पास तो कम्प किए थे।"

"एस··· एस··· तुमने देखा है न गुलाब सिंह को ?" ग्रान्ट बेसब्र हो रहे थे कि बात जल्दी तय हो।

"हाँ हुजूर। हमारी मेम साहब ने भी देखा होगा।··· वही दुबले-पतले ढलती उमर के ठाकुर जो डाली लेकर कम्प में आए थे।··· फालिज का मारा बदन। याद है न मेम साहब आपको।"

"ओह यस, आय रिकलेक्ट। आय हैव सीन रादर गुड डील ऑफ हिम। अ नाइस एण्ड रेस्पेक्टफुल चैप।··· हाउ फॉर इज हिज प्लेस फ्रॉम हेयर ?"[1]

"नॉट वेरी फार··· जस्ट फोर माइल्स ऑर सो।··· सो वी शुड मेक अ मूव नाउ।"[2]

बंगले के अहाते में खड़े पेड़ों के बीच से निकलकर बग्घियाँ खुली सड़क पर आईं जहाँ मनमनाती धूप थी और गरम-गरम लू के थपेड़ों के साथ धूल उड़ रही थी। ऐसे भयावह हिन्दुस्तानी मौसम में लेडीज कभी घर के बाहर नहीं निकली थीं। किन्तु आज अन्दर समाए खौफ और घबड़ाहट के सामने मौसम की यह भयावहता कुछ खास नहीं लग रही थी।

बग्घियाँ मील-भर चली होंगी कि सड़क एक बगीचे के बगल से गुजरी जिसके किनारे एक बड़ा-सा पक्का कुआँ था। पेड़ की डालें कुएँ की जगत के ऊपर तक फैली थीं। आमों का पकना शुरू हो गया था और सड़क के किनारे के पेड़ों पर लटके हुए हरे-हरे आमों के बीच

---

1. "अरे हाँ। मुझे याद आ गया। बल्कि उन्हें मैंने काफी देखा है। एक अच्छे और नम्र आदमी हैं।··· उनका घर यहाँ से कितनी दूर है ?"
2. "बहुत दूर नहीं। बस चार एक मील।··· तो अब हम यहाँ से चलें।"

कुछ पीले-सिंघोर आम भी दिख जाते थे। चलती हुई बग्घी पर बैठी-बैठी क्लारा की निगाह बाग के बीच फूस की बनी रखवाले की झोंपड़ी की ओर गई जिसके पास पेड़ों के नीचे कुछ लड़के लकड़ी फेंककर पेड़ों पर चढ़ने का खेल खेल रहे थे। दूर से वहाँ पेड़ों की छाया-तले सुखद ठंड और मन को खींचनेवाली निश्चिंतता पसरी हुई लगती थी।

बग्घियाँ कुएँ के पास पहुँचीं तो वहाँ पानी पीने के लिए जमा भीड़ की ओर सवारियों का ध्यान गया। सर पर लाल साफे और हाथ में लिए हुए लाठी और बल्लम से ग्रान्ट को उन्हें पहचानने में कोई शक नहीं रहा। छावनी पर धावा बोलने के पहले सारे गोड़इत वहीं जमा थे। कुछ कुएँ पर पानी पी रहे थे, कुछ आसपास पेड़ों के नीचे बैठे सुस्ता रहे थे। अब क्या हो ? जिनसे बचकर भागे, वे ही सामने पड़ गए। जिस हरकारे ने आकर गोड़इतों के बारे में खबर दी थी उससे यह तो पूछा ही नहीं गया कि वे किधर से आ रहे हैं।

बग्घियाँ कुएँ के इतने करीब आ गई थीं कि अब तो पीछे लौटना भी मुमकिन नहीं था। खैर, चाबुक मारकर घोड़ों को जोर से दौड़ाया गया। सड़क को रौंदती, धूल उड़ाती बग्घियाँ एक-दूसरे से आगे बढ़ने की कोशिश करने लगीं।

भागती बग्घियों पर गोरी सवारियों को देख गोड़इत चौंके। उन्हें सुल्तानपुर से आए भगोड़ों के बारे में खबर तो मिली थी लेकिन यह आशा नहीं थी कि वे इतनी जल्दी छावनी छोड़कर चल देंगे। और इसी रास्ते से। जल्दी-जल्दी में उन्होंने आपस में सलाह की–भगोड़ों के पास कुछ माल-पत्ता तो होगा ही। बस वे बग्घियों पर झपट पड़े।

क्लारा ने देखा, धूप से जलती सड़क पर गोड़इत नंगे पाँव दौड़ते आ रहे थे। कोचवान पूरी ताकत से घोड़ों को दौड़ाने की कोशिश कर रहे थे। मिसेज ब्लॉक का बच्चा हिचकोले खाती बग्घी में जोर-जोर से चीखने लगा था। क्लारा ने सुना, वह बच्चे को सँभालती हुई कोचवान को थोड़ा धीरे चलने के लिए कह रही थीं। थोड़ी देर में मिसेज ब्लॉक की बग्घी बाकी बग्घियों से पीछे रह गई। तभी एक गोड़इत ने तेजी से दौड़कर बग्घी को पकड़ लिया। कोचवान ने घोड़ों को जोर से चाबुक

लगाया। वे हिनहिनाकर आगे बढ़े। गोड़इत बग्घी के पीछे-पीछे घिसटने लगा। फिर उसने बाएँ हाथ से बग्घी से लटकते हुए, दाहिने हाथ से खींचकर बल्लम चलाने की कोशिश की। मिसेज ब्लॉक अपने बच्चे पर झुक गईं। उनकी बगल में बैठी मिसेज कॉर्बिन के मुँह से चीख निकल गई। क्लारा ने खौफ से आँखें बन्द कर लीं।

लेकिन गोड़इत का संतुलन बिगड़ गया। क्लारा की आँख खुली तो उसने देखा कि गोड़इत सड़क पर चित पड़ा है और सही-सलामत सवारियों को लिए बग्घी आगे बढ़ रही है।

लेकिन गोड़इतों ने पीछा करना नहीं छोड़ा। जब उन्होंने देखा कि वे बग्घियों को पकड़ नहीं पाएँगे तो दूर से ही भाला फेंककर मारने की कोशिश करने लगे। लेकिन बग्घियों के पीछे उड़ती धूल के कारण उनका निशाना नहीं बैठ रहा था। एक भाला मिसेज गोडने की बग्घी में आकर लगा और लकड़ी में खप्प से घुस गया। घोड़े उछलकर जोर से भागे और लगा कि सवारियाँ गिर जाएँगी लेकिन कोचवान ने किसी तरह घोड़ों को सँभाल लिया।

अब गोड़इत थकने लगे थे और बग्घियों से उनका फासला बढ़ता जा रहा था। थोड़ी देर में उन्होंने बग्घियों का पीछा करना बंद कर दिया और पीछे आ रहे हाथियों की ओर मुड़ गए। भागती हुई बग्घी से क्लारा ने देखा कि दूर एक हाथी को गोड़इतों ने चारों ओर से घेर लिया है और चीख-पुकार के बीच उस पर बैठी सवारियों को खींच-खींचकर नीचे उतार रहे हैं। दूर से क्लारा को लगा, सवारियों में सार्जेन्ट की वह बीवी और उसके बच्चे भी थे जो सुल्तानपुर से उसके पीछेवाली बग्घी में आ रहे थे। उसका दिल काँप उठा। तब तक उसकी बग्घी एक मोड़ पर मुड़ी और वह दृश्य आँख से ओझल हो गया।

जिस वक्त बग्घियाँ गुलाब सिंह की हवेली पर पहुँचीं, सूरज सर के ऊपर आ गया था। हवेली के चारों ओर एक आहाता था जिसका फाटक इतना सँकरा था कि एक बार में एक ही बग्घी अन्दर जा सकती थी। एकसाथ इतनी बग्घियों का हुजूम आकर लग गया तो रास्ता ही जाम हो गया। गोड़इतों से डरे हुए और धूप से बेहाल सभी लोग पहले

घुसना चाहते थे। ग्रान्ट ने खड़े होकर बग्घियों को तरतीब से लगवाया तब जाकर वे अन्दर दाखिल हो पाईं।

आहाते के भीतर एक बड़ा-सा बरगद का पेड़ था। पेड़ के नीचे एक चबूतरा था जिस पर चारपाइयाँ पड़ी थीं। हवेली धूप में जल रही थी पर बरगद की छाया-तले सुकून देनेवाली ठंड थी। बग्घियों से उतरकर लेडीज चबूतरे पर बैठ गईं। हवेली के नौकर-चाकर वहाँ आकर इकट्ठे हो गए। बगल में एक बैठका था जिसमें गुलाब सिंह आराम फरमा रहे थे। यह सुनकर कि छावनी से बड़ा साहब कई मेमों को साथ लेकर पनाह के लिए आया है, वह बाहर आए। लेडीज को इज्जत के साथ हवेली के बरामदे में ले गए, सबके लिए चारपाइयाँ लगवाईं, पानी पिलवाया और पंखा झलने का इंतजाम किया। आधा शरीर फालिज की वजह से नाकाम होने के बावजूद उनकी आवाज में कड़क और आँखों में राजपूती रोब बरकरार था जिसे देखकर लेडीज को भरोसा हुआ कि शायद वह उनकी हिफाजत कर सकें।

लेकिन यह भरोसा ज्यादा देर कायम नहीं रहा। गोड़इतों के हमले से हलाकान लेडीज जरा दम लेने की कोशिश कर रही थीं कि फैजुल्ला खाँ घबड़ाया हुआ हवेली के पिछवाड़े से आया और मिसेज ब्लॉक के पास खड़ा हो गया। वे बच्चे को थपकी देकर सुला रही थीं। कुछ देर तो उन्होंने ध्यान नहीं दिया। जब फैजुल्ला ने कई बार खाँसा तो उन्होंने उलटकर देखा।

"मेम साहब !"

"बोलो··· क्या बात है ?"

"लगता है, कुछ गलती हो गई। यहाँ कुछ गड़बड़ नजर आता है।"

"क्या मतलब ?"

"कुछ खतरा लगता है। मैं पीछे बाजार में सत्तू लेने गया था। लोग कह रहे थे, ठाकुर साहब बागियों से मिले हुए हैं। इस हवेली में बागियों का बराबर आना-जाना है।"

"मगर वे तो बड़ी दोस्ती से हमसे पेश आए।"

"वही तो हैरानी है। लोग कह रहे थे, ये न तो साहब लोगों को

नाराज करना चाहते हैं, न बागियों को। मौके का इंतजार कर रहे हैं। जिस बात से इनका फायदा होगा, वही करेंगे। लोग तो यहाँ तक कह रहे थे कि अगर आप सबको बागियों के हवाले करने से इनका काम बनता है तो उससे भी नहीं चूकेंगे।"

"ओह माय गॉड''' देन व्हाट शुड वी डू ?[1] ''' फैजुल्ला, अब हम क्या करें ? ''' जरा ग्रान्ट को इधर बुलाना।"

फैजुल्ला ग्रान्ट को बुलाने गया तो मिसेज ब्लॉक ने मिसेज गोडने के पास जाकर सारी बात बता दी। जब फैजुल्ला ग्रान्ट के पास पहुँचा, वह चबूतरे के पास खड़े गुलाब सिंह के भतीजों से बतिया रहे थे। वहाँ भी वही बात चल रही थी।

ग्रान्ट आए तो मिसेज ब्लॉक और मिसेज गोडने ने एक कोने में ले जाकर उनसे इस बारे में पूछा।

"आय नो। हिज पीपल आर अपसेट। दे आर अफ्रेड ऑफ रेबल्स। दे थिंक दैट बाय अलाविंग अस टु रिमेन हेयर, दे विल इन्कर देयर रॉथ।"[2]

"बट ही रिसीव्ड अस विद ग्रेट सिविलिटी।"[3] मिसेज गोडने ने ताज्जुब जाहिर किया।

"दैट इज बिकॉज ही डज'न्ट वान्ट टु अनॉय अस आइदर।"[4]

"आय सी''' डू यू सस्पेक्ट, ही मे हैन्ड अस ओवर टु रेबल्स ?"[5]

"आय डोन्ट थिंक सो। ही मे नॉट बि ट्रेचरस। बट म्यूनिटस रेजिमेंट्स मूविंग अराउण्ड इन नम्बर्स, ही मे ऑल्सो नॉट बि इन पोजीशन टु डिफेंड अस इन केस ऑफ अटैक।"[6]

---

1. "हे ईश्वर''' तो हमें करना क्या चाहिए ?"
2. "मैं जानता हूँ। उनके लोग परेशान हैं। वे बागियों से डरे हुए हैं। वे सोचते हैं कि यदि हमें यहाँ रहने दिया तो बागी उन पर नाराज हो जाएँगे।"
3. "लेकिन उन्होंने तो बड़ी नम्रता से हमारा स्वागत किया।"
4. "वह इसलिए कि हम लोगों को भी वह नाराज नहीं करना चाहते।"
5. "मैं समझी'''। क्या तुम्हें संदेह है कि वह हमें बागियों के हवाले कर सकते हैं ?"
6. "मैं ऐसा नहीं सोचता। वह धोखेबाज नहीं होंगे। लेकिन चारों ओर घूम रही बागी पल्टनों के चलते, हो सकता है, हमला होने की हालत में वे हमारी रक्षा भी न कर सकें।"

"देन ?"[1]

"वी'ल हैव टु मूव।"[2]

"ह्वेन ?"[3]

"जस्ट नाउ।"[4]

घंटा-भर पहले जिस तरह बग्घियाँ अंदर आई थीं, उसी तरह बाहर निकलने लगीं।

तब तक दोपहरी ढल गई थी। लू और भी तेज हो गई थी और धूल और खर-पतवार और सूखी पत्तियाँ उड़ाती चारों ओर साँय-साँय चल रही थी।

हवेली से निकलकर बग्घियाँ थोड़ा ही आगे बढ़ी थीं और लोग सोच ही रहे थे कि अब किधर चला जाय कि गोड़इतों की भीड़ फिर से आ गई। जैसे कहीं पास ही रुकी हुई उन लोगों के निकलने का इंतजार कर रही थी। अचानक सड़क के दोनों ओर उन्हें खड़े देख, घोड़ों को फिर तेज दौड़ाया गया। सबसे आगेवाली बग्घी में मिसेज ब्लॉक और मिसेज कॉर्बिन थीं। उनके घोड़े काफी मजबूत थे। उसे तो गोड़इत नहीं रोक पाए, लेकिन काफी सामान नीचे खींच लिया। उसके पीछे मिसेज गोडने की बग्घी थी जिसके घोड़ों को उन्होंने गर्दन से पकड़ लिया। उनके पीछे पूरा काफिला रुक गया। ग्रांट ने कोई उपाय न देख, पिस्तौल निकाली और चलाने की धमकी दी। देखा-देखी पार्टी के कई और लोगों ने पिस्तौलें निकाल लीं। ग्रान्ट ने देखा कि उन्होंने तो केवल धमकी दी थी पर इन लोगों में से कोई चला भी सकता है। अंग्रेजी में चिल्लाकर उन्होंने सबको सावधान किया कि किसी भी हालत में कोई गोली न चलाएँ वरना कत्लेआम शुरू होने में देर नहीं लगेगी।

पिस्तौल दिखाने का कोई असर नहीं हुआ, सिर्फ इसके कि गोड़इत बग्घियों को रोककर खड़े रहे, आगे और कुछ नहीं किया। मगर इस

---

1. "तब ?"
2. "हमें यहाँ से चलना पड़ेगा।"
3. "कब ?"
4. "बिल्कुल अभी।"

तरह कब तक रहा जा सकता था। आग बरसाती धूप और गरम-गरम लू के थपेड़े। और अगले क्षण गोड़इत क्या करेंगे, यह सोच-सोचकर सबकी फूलती साँसें। ग्रान्ट और ग्लाइन में इशारे से कुछ बातें हुईं। ग्लाइन अपना घोड़ा भीड़ से थोड़ा अलग ले गए। हाथ ऊपर उठाकर एक थैला भीड़ को दिखाया और चिल्लाकर बोले कि सारे गोड़इत कतार में खड़े हो जाएँ, उनकी पगार अभी बाँट दी जाएगी। जैसे ही गोड़इतों का ध्यान उधर गया, घोड़े हाँक दिए गए और जितने जोर से वे भाग सकते थे, उन्हें भगाया गया। बेतहाशा दौड़ती बग्घियाँ जब गोड़इतों से काफी दूर निकल आईं तो एक बाग देखकर उन्हें रोका गया ताकि सब इकट्ठी हो सकें और यह तय किया जा सके कि आगे किधर चला जाय।

डॉक्टर कॉर्बिन इलाहाबादवाली सड़क पर चलना चाहते थे। पर ग्रान्ट को पिछले दिन वहाँ बलवा होने की खबर मिल चुकी थी, इसलिए वे सड़क छोड़कर देहात की ओर बढ़ना चाहते थे। उनकी खबर के अनुसार बागी टुकड़ियाँ शहरों और कस्बों के इर्द-गिर्द घूम रही थीं लेकिन देहात अभी शांत और सुरक्षित थे। पर दिक्कत यह थी कि वहाँ कोई गन्तव्य जगह नहीं थी। फिर कोई ऐसा रास्ता नहीं था जिस पर बग्घियाँ गुजर सकें। पतली-पतली पगडंडियाँ थीं जो बागों, बस्तियों, बंजर जमीनों और खेत के मेड़ों से होकर जाती थीं और नदी-नालों में नीचे उतरती और ऊपर चढ़ती कहीं गुम हो जाती थीं। बग्घियों से उतरकर सर-सामान के साथ धूप और लू में उन पर पैदल चलने की किसी की हिम्मत नहीं थी। मजबूरन, इलाहाबादवाली सड़क पर ही बग्घियाँ आगे बढ़ीं।

थोड़ी दूर चलने पर सामने से कम्पनी के कुछ सिपाही आते दिखे। थके हुए, निराश और मायूस। चेहरे धूप में मुरझाए हुए और वर्दियाँ अस्त-व्यस्त। वे टुकड़ियों में चलने के बजाय छिट-पुट राहगीरों की तरह पैदल चले आ रहे थे और उनके हाथ में कोई हथियार भी नहीं था। बग्घियों के बगल से गुजरे तो एक बार सवारियों को कुतूहल से देखा, फिर अपने रास्ते चल दिए। लेडीज को पहले लगा कि फिर कोई आफत आई, इसलिए उनके इस तरह चुपचाप निकल जाने से उन्हें बड़ा अचरज हुआ। मिसेज गोडने ने फैजुल्ला से कहकर एक सिपाही को रुकवाया

और उससे पूछताछ करने लगीं। उसने बताया कि वह इलाहाबाद में तैनात छठी रेजिमेंट का सिपाही है। रेजिमेंट ने पिछली छः जून की रात विद्रोह कर दिया। छावनी में बंगले जलाए और लूटपाट की और जाकर मलाका जेल का फाटक तोड़ दिया। इसके बाद तो आसपास से आकर इकट्ठे हुए बलवाई सारे शहर में छा गए, किले के बाहर जो अंग्रेज मिले उन्हें खत्म कर दिया और खुसरोबाग में अपनी देशी सरकार कायम की। सिपाही रेजिमेंट टूटने से बहुत दुःखी था, उसकी रोजी-रोटी छिन गई थी और अनिश्चय की हालत में मजबूरन उसे अपने गाँव लौटना पड़ रहा था।

लोग अब तक हल्की-सी आशा लगाए थे कि इलाहाबाद में छिटपुट घटनाएँ हुई होंगी और वे किसी तरह किले में पहुँचकर सुरक्षित हो जाएँगे। लेकिन सिपाही की बात से यह आशा भी टूट गई। इतना निश्चित हो गया कि बलवाइयों से सामना हुए बिना वे किसी हालत में किले तक नहीं पहुँच सकते।

सिपाही से बात करने के बाद मिसेज गोडने पहले तो बहुत मायूस हुईं, लेकिन ज्यादा देर मायूसी में रहना उनके स्वभाव में नहीं था। लिहाजा डॉ. कॉर्बिन पर भन्नाने लगीं कि वह कहाँ सबको आग के मुँह में लिए जा रहे हैं। किसी ने उनकी बात पर ध्यान नहीं दिया तो कोचवान पर ही बरस पड़ीं। उसे बग्घी सड़क से उतारकर बगल में दिखते गाँव की ओर चलने को बोलीं। उसने बहुत ना-नुकुर किया लेकिन उसकी एक नहीं चली। आखिर उनकी बग्घी मुड़कर खेतों में घुसी और काफिले को छोड़कर गाँव की ओर चल पड़ी। पर खेत में खड़ी फसल की खूँटियों से बग्घी के पहिए रुकने लगे और कोचवान और घोड़े पसीना-पसीना होकर पस्त हो गए तो उन्हें मजबूर होकर लौटना पड़ा। जब वे बड़बड़ाती हुई दुबारा सड़क पर आईं, बाकी सारी बग्घियाँ आगे निकल चुकी थीं। अगर आगे बकुलाही का नाला न पड़ता तो काफिले से उनका साथ ही छूट जाता।

नाला सूखा हुआ था और उसकी दोनों ढलानों पर बालू की मोटी पर्त पड़ी थी जो बैलगाड़ियों, इक्कों और बग्घियों के आने-जाने से उमड़ आई थी। ढलान पर तो बग्घियाँ उतर गईं पर चढ़ाई पर पहिए बालू

में धँसने लगे और रात-भर के सफर से थके हुए घोड़ों के लिए उन्हें खींच पाना मुश्किल हो गया। आखिर लेडीज को बग्घियों से उतरना पड़ा। जलती हुई बालू में उनके पैर धँसने लगे तो वे दौड़कर ऊपर चढ़ गईं। लेकिन तब तक घोड़े इतने पस्त हो चुके थे कि खाली बग्घियाँ भी नहीं खींच पा रहे थे। कोचवान और घोड़े दोनों बालू में धँसे जा रहे थे। एक बार में दम लगाकर जितना खींचते, ढीला छोड़ते ही बग्घी उतनी ही पीछे सरक आती। डॉ. कॉर्बिन और जेन्किन्स और ग्रान्ट और सारे क्लर्कों ने मिलकर कुछ बग्घियाँ निकलवाईं लेकिन वे भी थककर निढाल हो गए। मजबूर होकर लेडीज को हाथ लगाने के लिए कहना पड़ा। झिझकते हुए एक-एक कर वे वापस नाले में उतरीं और बग्घियों को पीछे से ठेलना शुरू किया। पैर बालू में धँसने से उनकी जूतियों में गरम-गरम बालू भर गई। जहाँ बालू छू जाती, लगता जैसे गरम तवा छू गया हो। बग्घियाँ किसी तरह बाहर निकलीं तो लेडीज के ढीले-ढाले विक्टोरियन घाघरे पसीने और बालू में लथपथ हो गए थे।

"आय जस्ट कान्ट बेयर दिस क्लारा।"[1] मिस ओ'डोनेल का चेहरा आँसू और पसीने से भीगा हुआ और धूप से तमतमा रहा था।

"थिंक ऑफ दोज हू हैव बीन सराउण्डेड बाय गोरइट्स।"[2] क्लारा के दिमाग में सार्जेन्ट की बीवी और बच्चों का हाथी से खींचा जाना घूम रहा था।

"आय शैल प्रेफर टु डाई।··· फॉर मी इट्स द एन्ड ऑफ द वर्ल्ड।"[3]

"यू कान्ट चूज ईवन डेथ।"[4]

"आय डोन्ट अन्डरस्टैंड, ह्वाय वी आर फ्लींइग लाइक दिस। ह्वाय कान्ट अवर मेन फेस दीज स्काउण्ड्रल्स।"[5]

---

1. "क्लारा, मैं इसे बर्दाश्त नहीं कर सकती।"
2. "जरा उनकी सोचो, जिन्हें गोड़इतों ने घेर रखा है।"
3. "मैं मरना ज्यादा पसन्द करूँगी।··· मेरे लिए तो यह दुनिया का अंत है।"
4. "तुम मौत भी नहीं चुन सकतीं।"
5. "मेरी समझ में नहीं आता, हम इस तरह क्यों भाग रहे हैं ? हमारे लोग इन बदमाशों का सामना क्यों नहीं कर सकते ?"

"सो··· ऑलरेडी लॉस्ट फेद इन द ब्रेवरी ऑफ अवर मेन ?"[1] क्लारा व्यंग्य से मुस्कराई।

"डोन्ट बि अब्सर्ड, क्लारा। दिस इज हाइट ऑफ ह्यूमिलिएशन। ··· इट इज द कन्ट्री वी रूल एण्ड वी हैव टु पुश अवर कैरिज विद अवर ओन हैन्ड्स।"[2]

"इन्सीडेन्टली, द पीपल वी रूल ऑल्सो बिलॉन्ग टु ह्यूमन रेस।"[3]

"एस··· अ पैक ऑफ स्कमी, ब्लैक सैविजेज।··· आय हेट देम।"[4]

"हि··· श्··· श।" क्लारा ने ओंठ पर उँगली रखकर फैजुल्ला की ओर इशारा किया जो उनकी बातें सुन रहा था।

"दैट निग्गर विल नेवर अन्डरस्टैण्ड।"[5]

"द पिटी इज, वी आर आलवेज इन डार्क एज टु ह्वॉट दे अंडरस्टैण्ड।"[6] क्लारा अपने-आपसे बुदबुदाई।

नाला पार करते-करते सभी हिम्मत हार गए थे। नाले के रेहड़ से निकलते ही जो सबसे पहला पेड़ दिखा, उसकी सिमटी छाया तले सभी धम्म-धम्म बैठ गए। इमली का पुराना पेड़ था और मिट्टी कटकर बहने से तने के पास जड़ें उघड़ गई थीं। कई तो उन्हीं पर सर रखकर लेट गए और आँखें बन्द कर लीं। मरना है तो यहीं मरेंगे। लेकिन भूख और प्यास से पिनपिनाते बच्चों ने ज्यादा देर लेटे नहीं रहने दिया। मिसेज ब्लॉक का बच्चा तो चीख-चीखकर आसमान सर पर उठाए ले रहा था।

जब बच्चों का बिलखना बर्दाश्त से बाहर हो गया और शाम तक

---

1. "तो··· अपने लोगों की बहादुरी में विश्वास अभी से खो दिया ?"
2. "बेकार की बातें मत करो, क्लारा। बेइज्जती की हद है।··· इस मुल्क पर हम हुकूमत करते हैं और यहाँ हमें अपनी बग्घियों को खुद अपने हाथों से ठेलना पड़ा।"
3. "इत्तफाक से, जिन लोगों पर हम हुकूमत करते हैं वे भी आदमजात हैं।"
4. "हाँ··· निकम्मे, काले, जंगली लोगों का एक झुंड।··· मैं उनसे नफरत करती हूँ।"
5. "वह हबशी कभी नहीं समझेगा।"
6. "यही तो रोना है कि वे क्या समझते हैं, क्या नहीं, इसके बारे में हम हमेशा अँधेरे में रहते हैं।"

इलाहाबाद पहुँचने का कोई आसार न रहा तो लोगों ने ग्रान्ट की सलाह पर फिर से विचार किया। काफिले के साथ सड़क महकमे का एक फ्रांसीसी मुलाजिम डी होक्सा भी चल रहा था। वह सुल्तानपुर में तैनात था और उसे इलाहाबाद और सुल्तानपुर के बीच बराबर सफर करना पड़ता था। इस रास्ते से वह कई बार आया-गया था। और इस इलाके के बारे में काफी जानकारी भी रखता था। उसे याद था कि नाले से थोड़ा ही दक्षिण चलने पर सड़क के पूरब एक खाता-पीता गाँव पड़ता था–देल्हूपुर जहाँ रात हो जाने पर एक बार वह रुका था तो उसकी बड़ी खातिर हुई थी। मगर इतने सारे लोगों को ठहराने और खिलाने-पिलाने का इंतजाम करने में गाँववालों को बड़ी दिक्कत होगी, यह सोचकर वह अब तक चुप था। अब जब औरतें और बच्चे भूख-प्यास से अधीर हो गए और आगे चल पाने की हिम्मत न रही तो उसने उसी गाँव में चलने का सुझाव दिया। डूबते को तिनके का सहारा। कुछ खाने-पीने को मिल सकता है, इस आशा में सभी उठकर खड़े हो गए।

गाँव पहुँचने में ज्यादा दिक्कत नहीं हुई। जहाँ वे लोग पड़े थे उसके आगे सड़क से लगा हुआ एक बाग था। वहाँ रखवालों से पूछने पर मालूम हुआ कि वह बाग देल्हूपुरवालों का ही था और बाग के पूरब खेतों के उस तरफ जो बस्ती दिख रही थी वह उसी गाँव की थी। बग्घियों को सड़क के किनारे छोड़ वे खेत के मेड़ों से होते हुए बस्ती के पास पहुँचे। निकार पर लम्बरदार का घर था जिसके सामने छोटा-सा पक्का कुआँ था। दो-तीन औरतें पानी भर रही थीं। मेड़ों से होकर गोरी मेमों को पैदल आती देख वे ठिठक गईं। फिर जल्दी से घूँघट कर लिया और घड़े जगत पर छोड़, घर के अन्दर भाग गईं। लोग कुएँ के पास नीम के पेड़ों के नीचे आकर खड़े हुए तो लम्बरदार निकलकर आया। पहले तो इतने गोरों को घर के सामने देख वह घबड़ा गया पर जब डी होक्सा ने आगे बढ़कर सारी बात बताई तो बड़े उत्साह से भगोड़ों के खाने-पीने का इंतजाम करने में लग गया।

लम्बरदार की एक आवाज पर बस्ती के कई लोग जमा हो गए। नीम के पेड़ों के नीचे चारपाइयाँ बिछाकर सभी को बिठाया। कुएँ से

ताजा, ठंडा पानी लाकर रखा। प्यास से तड़पती लेडीज और बच्चे पानी की ओर लपके, तो हाँ-हाँ करके उन्हें रोका–इतनी धूप में चलकर आए हैं, मुँह में बिना कुछ डाले पानी पी लेंगे तो हलक में लग जाएगा। जल्दी से एक बड़ी-सी डलिया में गुड़ फोड़कर ले आए और सबको पानी पीने के पहले एक-एक टुकड़ा मुँह में डालने के लिए मजबूर किया।

लोग गुड़ खाकर और पानी पीकर सुस्थिर हुए तो फैजुल्ला ने लम्बरदार को बुलाकर धीरे से कान में कहा–"मेम साहब लोग और बाबा लोगों के पेट में सुबह से एक दाना नहीं गया है, सभी भूख से बेहाल हैं, जैसे भी हो कुछ खाने का इंतजाम करो।"

"च्च··· च्च। आप चिन्ता न करो मियाँ। अब वो हमारे दरवाजे पर आ गए हैं तो भूखे नहीं रहेंगे।··· बस यह बता दो कि वे क्या खाएँगे ?"

"यही तो मुश्किल है। उनके खाने लायक यहाँ क्या मिलेगा ?"

फैजुल्ला कुछ देर सोचता रहा, फिर बोला–

"ऐसा करो लम्बरदार, एक हंडे में चावल पकवा दो।··· और जितना हो सके, दूध का इंतजाम कर लो।··· वे थोड़ा-थोड़ा दूध-भात खा लेंगे।"

जल्दी से जमीन खोदकर चूल्हा बनाया गया और उस पर एक हंडा चावल राँध दिया गया। बस्ती के कई घरों से थोड़ा-थोड़ा करके मेटा भर दूध इकट्ठा हुआ।

लोगों के पेट में चूहे कूद रहे थे और उनकी निगाहें उबलते हुए चावल की ओर लगी थीं। तभी डॉ. कॉर्बिन को बकुलाही के कछार से निकलकर गाँव की ओर आता एक घुड़सवार दिखा। उन्होंने ग्रान्ट को बुलाकर दिखाया। वह घुड़सवार कछार से निकलकर ऊपर आ गया तो एक और घुड़सवार पीछे-पीछे रेहड़ों से निकलता दिखाई पड़ा। फिर तो सभी की निगाहें उधर लग गईं। ग्रान्ट ने कहा–"सीम टु बि कम्पनीज रेबल हॉर्समेन।··· मेनी मोर वुड बि फॉलोइंग देम।"*

दहशत के मारे सबकी जान सूख गई। घबड़ाई हुई लेडीज बच्चों को लेकर भागीं और झोंपड़ों में जहाँ जगह मिली, घुस गईं। बाकी लोगों

---

* कंपनी के बागी घुड़सवार लगते हैं। कई और उनके पीछे आ रहे होंगे।

ने हथियार सँभाल लिए और गोल बनाकर खड़े हो गए। घुड़सवार और करीब आया तो ग्रान्ट ने चिल्लाकर पूछा–

"हू कम्ज देयर ?"*

घुड़सवार ने कुछ कहा जो टापों की खट-खट में सुनाई नहीं पड़ा। ग्रान्ट ने फिर दोहराया–

"हू कम्ज देयर ?"

अबकी बार घुड़सवार ने तलवार ऊपर उठाकर दोस्ती का इशारा किया तो सबकी जान में जान आई। लेडीज एक-एक कर झोंपड़ों से निकलने लगीं।

दोनों घुड़सवार कुएँ के पास आकर रुके और उतरकर ग्रान्ट के सामने सैल्यूट मारकर खड़े हो गए।

"कौन ?" ग्रान्ट दिमाग पर जोर डालकर याद कर रहे थे कि इस सवार को कहाँ देखा है ?

"हवलदार शीतल सिंह··· देशी अवध रिसाला, हुजूर।"

"आय सी··· तो तुम हार्डिंग के रिसाले में हो ?"

"हाँ सरकार।"

"और तुम यंग मैन ?" ग्रान्ट दुर्बली की ओर मुखातिब हुए।

"दुर्बली दूबे, सातवाँ लैट रिसाला, हुजूर।"

"सेवन्थ लाइट कैवल्री ?··· मगर वह तो लखनऊ में तैनात है··· और खबर मिली है कि··· "

"हाँ सरकार, वहाँ बलवा हो गया। रिसाला टूटा तो हम अपने गाँव चले आए।"

"वेल··· तो सीतल सिंह··· अभी कहाँ से आ रहे हो ?"

"बेल्हाघाट छावनी से सरकार। ग्लाइन साहब ने भेजा है।"

"क्या ग्लाइन कैन्टोनमेंट पहुँच गया ?"

"हाँ सरकार।"

"और गोड़इत कहाँ हैं ?"

---

* "वहाँ कौन है ?"

"पैसा पाकर अभी तो वो चले गए हैं।"

"और जो लोग हाथियों पर सवार थे और पीछे रह गए थे ?"

"ठाकुर गुलाब सिंह उन्हें गोड़इतों से छुड़ाकर अपनी हवेली में ले गए हैं।"

"ताज्जुब है··· वे तो बहुत डरे हुए थे।··· खैर, ग्लाइन ने किसलिए भेजा ?"

"मल्लूपुर के जागीरदार अजीत सिंह ने सुना कि आप लोगों को गुलाब सिंह के यहाँ पनाह नहीं मिली तो उन्होंने छावनी में खबर भेजी कि जब तक चाहें, उनके कोट में रह सकते हैं।··· यहीं पास में है··· कोई आधा कोस पर। ग्लाइन साहब ने कहलवाया है कि आप ठीक समझें तो वहीं चले चलें।"

"वही अजीत सिंह जिसने तरोल तालुके पर अपने हक के लिए उज्र किया है ?"

"हाँ सरकार··· उनमें और गुलाब सिंह में बहुत पुराना झगड़ा है। दोनों पट्टीदार हैं··· चचा-भतीजे होते हैं।"

"आय सी··· तुम अजीत सिंह को जानते हो ?"

"हाँ सरकार। हमारा गाँव भी इसी परगने में है। हम भी सोमवंशी ठाकुर हैं। हमारा उनका एक ही खानदान है।"

"कैसे आदमी हैं अजीत सिंह ?"

"होशियार हैं।··· मगर गुलाब सिंह से ज्यादा भरोसेमन्द हैं।"

"गुड··· आज रात उनके कोट में रुकते हैं। कल देखा जाएगा।"

तब तक लेडीज बाहर आ गई थीं। दुर्बली खोजती निगाहों से उन्हें देख रहे थे। क्लारा ने उन्हें देखा तो दोनों की निगाहें टकरा गईं। चेहरे पर पहचान की एक झलक उभरी। दुर्बली को लगा भीतर एक फुहार-सी छूटी है। जब वह शीतल सिंह से मिलने के बाद वापस छावनी की ओर लौटे थे, मन में धुँधला-सा ख्याल था कि शायद उस गोरी मेम से दुबारा मुलाकात हो। छावनी में हार्डिंग के बंगले के सामने से गुजरते हुए खाली बग्घियों को खड़ी देखकर एक बार मन में आया था कि वह इसी बंगले के अन्दर कहीं आराम कर रही होगी। बाद में जब शीतल

सिंह के पास ग्लाइन का बुलावा आया था और फिरंगियों के प्रतापगढ़ से भागने की खबर मिली थी तो उन्हें अन्दर अजीब-सी बेचैनी महसूस हुई थी। तब से लेकर अब तक जो एक अबूझ-सी उलझन काँटे की तरह चुभती रही थी, क्लारा को दुबारा देखकर एकदम से गायब हो गई थी। उसके चेहरे या उसकी निगाहों में जाने क्या था जो एक मीठी-सी सिहरन भर गया था। वे अन्दर-ही-अन्दर हैरान भी हुए थे कि यह सब क्या हो रहा है, और इसका क्या मतलब है ?

भगोड़े देल्हूपुर से चले तो शाम ढल रही थी। गाँववाले उन्हें सड़क तक छोड़ने आए थे। जब लेडीज बग्घियों पर सवार हो रही थीं, वे सड़क के किनारे उदास खड़े थे। उन्हें लग रहा था, उनकी खातिरदारी में कोई कमी रह गई जिससे गोरों को गाँव छोड़कर जाना पड़ा। वे सीधे-सादे साधनहीन काश्तकार थे। सड़क के किनारे गाँव होने से कभी-कभी सरकारी मुलाजिमों से उनका सामना हो जाता था। बिना कुछ पाने की आशा किए, उनकी सेवा करके ही वे अपने को धन्य समझते थे। लेकिन आज इस तरह भूखी-प्यासी मेमों और बच्चों के साथ छावनी के गोरे हाकिम का गाँव में आकर पनाह माँगना उनके लिए बिल्कुल अजूबा था। जब से भगोड़े गाँव में दाखिल हुए थे वे अभिभूत होकर उनकी सेवा में लगे थे और अब जब वे जा रहे थे, उन्हें अपनी खातिरदारी में ही कोई कमी नजर आ रही थी। उन्हें इस बात का बिल्कुल एहसास नहीं था कि भगोड़ों की जान को कितना खतरा है और उन्हें कैसी सुरक्षित जगह की दरकार है।

शीतल सिंह ने कोट में खबर करने के लिए दुर्बली को आगे भेज दिया था। जब काफिला मल्लूपुर पहुँचा, अजीत सिंह अपने दो भतीजों–शीतलाबक्स और देवमंगल–के साथ कोट के सामने अगवानी के लिए खड़े थे। अदब के साथ लेडीज को वे अन्दर ले गए जहाँ बड़ी ठकुराइन आधा घूँघट काढ़े उनके लिए जगह का इंतजाम कर रही थीं। कोट दो खन्दों में बँटा था और दोनों खन्दों में अलग-अलग आँगन थे। बाहरी खन्द के आँगन से लगे हुए बरामदे में चारपाइयाँ बिछाकर साफ बिस्तर लगा दिए गए थे और हवा करने के लिए छोटी-छोटी बेनियाँ

रख दी गई थीं। घर की औरतें कोट के भीतरी खन्द में सिमट आई थीं। दोनों खन्दों के बीच एक दरवाजा था जिसे थोड़ा-सा खोलकर वे मेमों को एक झलक देखने के लिए उतावली हो रही थीं। जब से फिरंगियों के आने की खबर आई थी, उनमें बड़ी खलबली मची थी। फिरंगियों के लिए बर्तन-भाँड़े अलग किए जा रहे थे क्योंकि जो बर्तन वे एक बार छूकर अशुद्ध कर देंगे, वह दुबारा काम में लाने लायक तो नहीं रह जाएगा। वैसे बड़ी ठकुराइन ने कहा था कि उनके जाने के बाद अंगारे से मँजवाकर नौकरों-चाकरों को दे देने में क्या हर्ज है ? मेमें कैसे नहाती-धोती हैं, इसे लेकर औरतों को खास उत्सुकता थी। लेकिन जब उन्होंने मिसेज गोडने को बड़ी ठकुराइन के साथ फर्राटे से हिन्दुस्तानी में बात करते सुना तो वे दंग रह गईं।

भगोड़ों के मल्लूपुर कोट में व्यवस्थित होते-होते अँधेरा हो गया। दूर गाँव की बस्ती में जहाँ-तहाँ दिए टिमटिमाने लगे और कोट के ऊँचे फाटक के सामने मशाल जला दी गई। दिन-भर चलती लू के कारण चारों ओर छाया मटियालापन सुरमई शाम में घुलते हुए, अँधेरे में डूब गया। जब तक चाँद निकला, भगोड़े खा-पीकर अपने बिस्तरों पर जा चुके थे और अनजान इलाके का आतंक लिए रात चारों ओर पसर गई थी।

सुबह क्लारा की नींद खुली तो आँगन में उजाला फैल गया था। अगल-बगल चारपाइयों पर लेडीज अभी भी सो रही थीं। हल्की ठंड लिए भोर की हवा के झोंके से रह-रहकर बिस्तरों की चादरें उड़ रही थीं। जब तक यह एहसास उभरा कि वह कहाँ है और क्यों है, मिस ओ'डोनेल उठकर आँख मलते हुए उसके पास आ गई। खुले हुए दरवाजे से बाहर के दृश्य का एक चौखटा-भर दिख रहा था जिसमें एक खड़ा हुआ संतरी, दो-तीन बग्घियों के पिछले हिस्से और कुछ पेड़ों की छितराई डालें नजर आ रही थीं। धीरे-धीरे क्लारा के दिमाग में बीते दो दिनों की घटनाएँ उभरने लगीं।

"ह्वियर आर यू लॉस्ट क्लारा ?"*

---

* "क्लारा, तुम कहाँ खोई हो ?"

वह कुछ देर चुप रही।

"जस्ट थिंक ऑफ दोज लेफ्ट इन सुल्तानपुर कैन्टोनमेंट एण्ड दोज हू वेयर कैप्चर्ड बाय गोरइट्स एण्ड आर नाउ इन गुलाब सिंह'स कस्टडी।"[1]

"पान्डीज कान्ट डेयर टु टच देम।"[2]

"लेट्स होप सो।"[3]

क्लारा धीरे से उठी और मिस ओ'डोनेल के साथ चलती हुई दरवाजे के बाहर आ गई। वहाँ की हवा में पिछवाड़े के जंगल से आती करौंदे और आछी के फूलों की महक लिए हुए खुशनुमा ठंड थी। सामने खुली हुई बग्घियों पर कोचवान सोए पड़े थे। नौकर-चाकर माड़े हुए जौ की एक बड़ी-सी पैर पर गमछे बिछाकर सो रहे थे। सड़क की ओर थोड़ी दूर पर कुछ सिपाही हथियार लिए खड़े थे।

जैसे ही वे दोनों थोड़ा आगे बढ़ीं, एक घुड़सवार बगल से आकर उनके सामने खड़ा हो गया। क्लारा ने आँख उठाई। यह तो वही नौजवान था जो कल घाट पर और फिर उस गाँव में मिला था जहाँ वे दोपहर बाद रुके थे। अंदर एक झुरझुरी-सी हुई।

"क्या बात है ?" मिस ओ'डोनेल थोड़ा डपटकर बोली। उसे एक नेटिव घुड़सवार का इस तरह आकर रास्ता रोकना नागवार लग रहा था।

"खतरा है। रात में इलाहाबाद से बागियों की एक टुकड़ी इधर आई है। यहाँ से इलाहाबाद तक की सड़क उनके कब्जे में है।" दुर्बली ने घोड़े से उतरते हुए कहा।

"क्या उन्हें पता है कि हम लोग यहाँ हैं ?"

"हो सकता है, गुलाब सिंह के आदमी उन्हें खबर कर दिए हों।"

"गुलाब सिंह के आदमी ? ... मगर क्यों ?"

"उन्हें यह बिल्कुल अच्छा नहीं लगा होगा कि उनके यहाँ से निकलकर

---

1. "जरा उनके बारे में सोचो जो सुल्तानपुर छावनी में रह गए हैं, और वो जिन्हें गोड़इतों ने पकड़ लिया है और अब गुलाब सिंह के कब्जे में हैं।"
2. "बागी उन्हें छूने का साहस नहीं कर सकते।"
3. "हमें ऐसी ही आशा करनी चाहिए।"

आप लोग अजीत सिंह के यहाँ रुकें।"

"ऐसा क्यों ?"

"पुरानी दुश्मनी है दोनों में। अभी भी तालुके के लिए मुकदमा चल रहा है।"

"आय सी।··· लेट्स गो बैक क्लारा।"[1]

"क्या यह सही है कि गुलाब सिंह ने कुछ लोगों को गोरइतों से छुड़ाकर अपने यहाँ रखा है ?" क्लारा ने जबान खोली तो उसका चेहरा लाल हो आया था।

"छावनी में सुना तो मैंने भी था।"

"जाने कैसा सलूक करेंगे वो उनके साथ··· उनकी खबर लानेवाला कोई नहीं है।"

"आप कहें तो मैं जाकर ले आऊँ।"

"नहीं-नहीं··· मेरा मतलब यह नहीं था··· आप तो पहले ही हमारे लिए बहुत··· "

"कोई बात नहीं··· अभी जाऊँ तो दोपहर तक लौट सकता हूँ।"

"कम ऑन क्लारा··· डोन्ट शो सच इन्टिमेसी टु अ नेटिव सेपॉय।"[2]

मिस ओ'डोनेल नें क्लारा को लगभग खींचते हुए कहा।

क्लारा ने जलती निगाह से मिस ओ'डोनेल को देखा और घूमकर वापस चल पड़ी। थोड़ी दूर जाकर सर पीछे घुमाया और विवशता-भरी नजर से दुर्बली की ओर देखा। वह वहीं खड़े-खड़े दोनों को कोट की ओर जाते हुए देख रहे थे। उस क्षण क्लारा को लगा, उपद्रव से जलते इस बेगाने देश में कोई है जो उसे सहारा दे सकता है। यह एहसास उसे बड़ा अनोखा, रोमांचक-सा लगा।

क्लारा लौटकर आँगन में आई तो प्रायः सभी लेडीज उठ गई थीं। धूप अभी नहीं फैली थी लेकिन दिन की चमक के साथ गरमी बढ़ने लगी थी। नित्यकर्म के लिए सभी असमंजस में पड़ी थीं। अधिकांश के

---

1. "मैं समझी··· क्लारा चलो वापस चलें।"
2. "आ जाओ क्लारा··· एक देशी सिपाही से इतनी निकटता मत दिखाओ।"

सर-सामान और कपड़े-लत्ते लुट गए थे। एक तो जरूरी चीजों का अभाव, दूसरे सबकुछ के लिए एक अपरिचित, अटपटा ढंग। नौकर कुएँ से पानी लाकर आँगन के एक कोने में रख गया था पर किसी की समझ में नहीं आ रहा था, कैसे, क्या करें ? जैसे-जैसे दिन चढ़ता गया, अपरिचित माहौल में सभी का मन खिन्न होता गया और इलाहाबाद पहुँचने की बेचैनी बढ़ती गई।

मिसेज गोडने ने एक नौकर को बुलाकर पूछा–

"इलाहाबाद कितनी दूर होगा, यहाँ से ?"

"इस गाँव से इलाहाबाद जिला शुरू हो जाता है, मेम साहब। गाँव के आधे खेत इलाहाबाद में पड़ते हैं।"

"मेरा मतलब इलाहाबाद शहर से है।"

"अच्छा··· परयाग··· तिरवेनी··· ऊ तो यहाँ से दस-बारह कोस होगा।"

"यानी बीस-बाईस माइल··· तब तो ज्यादा-से-ज्यादा रात-भर का सफर होगा ?"

"नहीं, मेम साहब, एक दिन में वहाँ जाके आ भी सकते हैं। हर साल अमावस पर तमाम नहवनियाँ यहाँ से जाते हैं।"

मिसेज गोडने उसके पास सरक आईं और फुसफुसाकर बोलने लगीं–

"अगर कोई हमें इलाहाबाद फोर्ट तक पहुँचा दे तो हमारी सरकार उसे बड़ा इनाम देगी।"

"कौन पहुँचाएगा मेम साहब ! आगे सड़क पर बागी फौदें पड़ी हैं। आप लोगन की कम्पनी के ये सिपाही आजकल बौराए हुए हैं। उनका कोई भरोसा नहीं। गोरन को देखते ही उन पर खून सवार हो जाता है।"

"क्या सड़क छोड़कर हम नहीं जा सकते ?"

"पैदल जाएँ तो जा सकते हैं। मगर आप लोग मेड़-मेड़ होकर चल पाएँगे ? ··· पालकी का इंतजाम हो जाए तो बात अलग है।··· मगर इतने कहार और पालकियाँ एकसाथ चलेंगी तो बागियों को खबर लग ही जाएगी।"

मिसेज गोडने नौकर से बात कर ही रही थीं कि बाहर कुछ घोड़ों

के एकसाथ आकर रुकने की आवाज आई। लेडीज ने दरवाजे से झाँककर देखा। कुएँ के पास नीम के पेड़ के नीचे चार घोड़े खड़े थे और कंधे से तलवारें लटकाए उनके सवार उतरकर बाहरी बैठके की ओर जा रहे थे।

"यह कौन लोग हैं ?" मिसेज गोडने ने नौकर से पूछा।

"मालिक के चचेरे भाई हैं। कुल्हीपुरवाले चाचा के चारों लड़के। कुछ दिनों से बागी सिपाहियों के साथ ये भी उधिराए घूम रहे हैं। गुलाब सिंह ने टोह लेने इधर भेजा होगा। नहीं तो बागियों को खबर करने के लिए खुद ही राह-चाह लेने आए होंगे।··· जब तक आप लोग यहाँ हो, हम सबकी जान खतरे में है।"

लेडीज में डर और आतंक की एक सिहरन दौड़ गई।

चारों घुड़सवार एक उद्धत उत्तेजना में अकड़े हुए धीरे-धीरे चलकर बैठके में घुसे। थोड़ी देर बाद एक कारिंदा बैठके से निकला और अजीत सिंह और उनके दोनों भतीजों को कोट के अन्दर से बुलाकर ले गया। कुछ देर तक तो पता नहीं चला, बैठके में क्या हो रहा है। फिर जोर-जोर से बोलने की आवाजें आने लगीं। अजीत सिंह तो धैर्य से संयत स्वर में बोल रहे थे पर आगंतुकों का स्वर ऊँचा और गुस्से से भरा था। बीच-बीच में फिरंगी का नाम आने से जाहिर था कि बात उन्हीं को लेकर हो रही थी। थोड़ी देर बाद चारों बाहर निकले। उनके पीछे-पीछे अजीत सिंह। घोड़ों पर बैठते-बैठते उन्होंने अजीत सिंह को किसी बात के लिए खबरदार किया और कोट के दरवाजे की ओर क्रोध-भरी निगाह से देखते हुए धीरे-धीरे निकल गए। उसके कुछ देर बाद ग्रान्ट लेडीज के पास आए और ताकीद की कि चारों ओर दुश्मन घूम रहे हैं और हर बात में, खासकर खाने-पीने में, पूरी सावधानी बरतने की जरूरत है।

दोपहर के खाने में बेसन की ताजा तली हुई फुलौरियाँ रोटी और चावल के साथ परसी गईं। रात को हिन्दुस्तानी तरीके से बना खाना लेडीज के गले नहीं उतरा था। लोगों को मालूम हो गया था कि अंग्रेजों को दाल या कढ़ी या रसेदार के साथ खाने की आदत नहीं है। इसलिए

जहाँ तक हो सका, सूखा खाना ही बनवाया गया था। कढ़ी के लिए बेसन की फुलौरियाँ तली गई थीं, लेकिन उन्हें कढ़ी में न डालकर सूखी ही परस दिया गया था। लेडीज खाना सूँघ-सूँघकर खा रही थीं। तेल में तली हुई बेसन की फुलौरी की महक उन्हें अजीब-सी लगी तो उसे खाने के बजाय गाउन की जेबों में भरने लगीं। एक नौकरानी ने हँसी दबाते हुए जाकर बड़ी ठकुराइन को बताया। थोड़ी देर में सारे कोट में यह बात फैल गई और कोट की औरतें इसका तरह-तरह से अर्थ लगातीं, देर तक गप्पें मारती और हँसती रहीं।

खाना-पीना खतम होने तक आँगन के बरामदे में इतनी तेज धूप आ गई थी कि मेमों का वहाँ रहना मुश्किल हो गया। अब उनका इंतजाम बाहरी दरवाजे से लगे एक बड़े कमरे में किया गया जो चारों ओर से बंद होने के कारण लू से सुरक्षित और मोटी दीवारों तथा खपड़ैल की छत की वजह से अपेक्षाकृत ठंडा था।

दोपहरी ढल गई थी। पसीने और मक्खियों के बावजूद पिछली थकावट के कारण मेमें निढाल पड़ी थीं। हाथ से बेनिया डुलाती-डुलाती बीच में झपकी आ जाती थी तो बेनिया छूट जाती थी। लेकिन मक्खियों के कारण जल्दी ही फिर आँख खुल जाती और वे बेनिया उठाकर डुलाने लगती थीं। क्लारा दुर्बली के बारे में सोच रही थी–हो सकता है वह गुलाब सिंह के यहाँ चला गया हो। लेकिन दोपहर तक तो लौट आना चाहिए था। फिर सुल्तानपुर छावनी की ओर ध्यान गया–क्या हो रहा होगा वहाँ ? इतने सारे लोगों के चले आने के बाद कैसी सूनी-सूनी लग रही होगी वह ! पापा क्या कर रहे होंगे ? वहाँ बागियों का हमला हुआ तो हमें पता भी नहीं चलेगा, उन पर क्या बीती। क्या मालूम, अब तक सुल्तानपुर का रास्ता भी बंद हो गया हो।··· कोट के बाहर हहराती हुई लू चल रही थी जिससे खिड़कियाँ और दरवाजे रह-रहकर खड़खड़ा उठते हैं। एक-दो मेमों के बेनिया डुलाने की आवाज के सिवा कमरा बिल्कुल शान्त था। क्लारा की आँखें झँपने लगीं।···

कैसी अजीब-सी जगह है यह ! दूर तक ऊँचा-नीचा रेहड़। शायद किसी नदी का किनारा हो। लेकिन यहाँ तो अपना बंगला दिख रहा

है। सुल्तानपुर की छावनी ? वह भी तो गोमती के किनारे है। लेकिन नदी के रेहड़ ऐसे तो नहीं हैं वहाँ ? दूर तक फैली हुई बालू, लम्बी नुकीली घास के गुच्छे, छोटे-छोटे पेड़ों के झुरमुट और उनके बीच खड़े दो घुड़सवार। दूर मंदिर के ऊपर लाल झण्डा फहरा रहा है। यह शोर कैसा सुनाई पड़ रहा है ? ··· पापा भाग रहे हैं, उनके पीछे ममा और उनके पीछे क्लारा। भीड़ पीछा कर रही है। दूर तक निचाट बियाबान मैदान। रह-रहकर बगूले उठते हैं।··· दौड़ते-दौड़ते ममा गिर पड़ती हैं। भीड़ में से चार काले, मुस्टंडे, मुच्छड़ आदमी निकलकर आगे बढ़ते हैं। उनके कंधे से नंगी तलवारें लटक रही हैं। तभी कहीं से एक घुड़सवार तेजी से घोड़ा दौड़ाता हुआ आता है और चारों को दूर ढकेल देता है। भीड़ तितर-बितर हो जाती है। वह घोड़े से उतरता है··· अरे यह तो आम का घना बगीचा है जिसके बीच बनी फूस की झोंपड़ी के पास खड़ा वह नौजवान धीरे-धीरे मुस्करा रहा है। नींद में क्लारा मुस्कराती है। उसका सारा बदन पसीने से तर है।

मेमें उठकर बड़-बड़ कर रही हैं। कोई क्लारा को बुलाता है। वह उझककर उठती है। दरवाजा खुला हुआ है। धूप सिमटकर दूर चली गई है। उसकी चमक धीमी पड़ने से उसमें एक मटमैला फीकापन-सा आ गया है। शायद शाम उतर रही है।

उन्तीस

जब दुर्बली गुलाब सिंह की कोठी के सामने पहुँचे, सूरज ऊपर चढ़ आया था और खरमिटाव* की बेला हो चली थी। आहाते के बाहर कुछ हाथी पेड़ से बँधे मड़िया रहे थे और फाटक पर एक संतरी भाला लिए मुस्तैदी से पहरा दे रहा था। आहाते के भीतर कुछ हलचल थी लेकिन बाहर से मालूम नहीं पड़ता था, क्या बात है। वह हवेली का एक चक्कर

* सुबह का नाश्ता।

लगाकर पीछे बसे बाजार की ओर मुड़ गए और चौक में बने कुएँ के पास जाकर घोड़े से उतर पड़े। बगल में हलवाई की दुकान से दोना भर पेड़े खरीदे और पीने के लिए पानी माँगा तो हलवाई ने उनकी जाति पूछी। जब उसे मालूम हुआ कि वे ब्राह्मण हैं तो एक लड़के को जल्दी से घड़ा साफ कर कुएँ से ताजा पानी लाने के लिए बोला।

"आप तो फौदी लगते हैं महराज ?"

"हाँ, कंपनी के रिसाले में हूँ।"

"किधर से आना हो रहा है ?"

"अभी तो इलाहाबाद की ओर से आ रहा हूँ।"

"उधर का क्या हाल है ? ··· इधर तो बड़ा दंगा-फसाद हुआ।"

हलवाई जानने के लिए कम और बताने के लिए ज्यादा उत्सुक था।

"अच्छा··· क्या हुआ ?"

"अरे क्या नहीं हुआ, महराज। सुल्तानपुर से भागकर छावनी में कुछ फिरंगी आए थे। रहे होंगे कुल चालीस-पैंतालीस। ज्यादातर मेमें थीं। उसी दिन दूर-दूर से गोड़इत अपनी पगार माँगने इकट्ठे हुए थे। उन्होंने भगोड़ों को देखते ही हमला कर दिया। खूब लूटा-पाटा। कुछ को तो पूरी दोपहरी घेरे रखा। बाकी भागकर यहाँ हवेली में आए। यहाँ भी सरन नहीं मिली। गोड़इत हवेली के बाहर ताक में खड़े थे। उनके निकलते ही घेर लिया। बड़ा खून-खराबा होता, वह तो कहिए एक गोरे साहब की होशियारी काम कर गई। रुपए की थैली दिखाकर उसने सारे गोड़इतों को बझा लिया, तब तक बाकी लोग भाग निकले। ···सामान काफी हाथ लगा गोड़इतों के। कुछ गोरे तो अभी भी हवेली में बन्द हैं।"

"सही-सलामत तो हैं सभी, या कोई घायल-वायल भी हुआ है ?"

"हैं तो सही-सलामत, मगर साँसत बहुत हुई उनकी।"

दोनों में बातें हो रही थीं, तभी एक इक्केवान जो कुछ दूर पर अपने घोड़े को चना-भूसा खिला रहा था, आकर बातों में शामिल हो गया।

"सुना है, लूट का सामान भी बरामद हुआ है और हवेली में जमा है।"

"अरे क्या जमा है··· खास-खास सामान तो गोड़इत पहले ही खिसका दिए थे।"

"क्या बात करते हो, सेठ। गोरों का माल है, कोई हँसी-ठट्ठा नहीं। एक-एक का हिसाब देना पड़ेगा।"

"क्या हिसाब देना पड़ेगा! अगर बागी जीत गए और फिर से नवाबी आ गई तो हिसाब लेनेवाला कौन रहेगा ?"

"अभी दिल्ली दूर है सेठ। गोरे- ऐसे नहीं हार मान लेंगे।"

"अच्छा, हवेली में बन्द फिरंगियों का क्या करेंगे ?" दुर्बली ने अपने को मामले से भरसक निर्लिप्त दिखाते हुए पूछा।

"उनका क्या करना है महराज! अगर फिरंगी राज कायम रह गया तो उन्हें सौंपकर इनाम लेंगे। बागी जीत गए तो उनके हवाले करके वाहवाही लूटेंगे। दोनों तरफ से फायदा है।"

दुर्बली को अब आगे की बातों में दिलचस्पी नहीं थी। उन्हें जो खबर चाहिए थी वह मिल चुकी थी। पूरी बात क्लारा तक पहुँचाने के लिए वे व्यग्र हो उठे। पेड़े खाकर जल्दी-जल्दी पानी पिया और घोड़े पर सवार होकर सड़क की ओर चल पड़े।

बकुलाही के करीब पहुँचे तो सामने से चार घुड़सवार आते दिखे। अवध के देहाती राजपूतों के लिबास में–अँगरखा, धोती, सर पर सफेद साफा और पैरों में चमरौधा। चेहरा आपस में मिलने से जाहिर था कि चारों भाई थे। वे पास आए तो एक पेड़ की छाया-तले पूरी सड़क रोककर खड़े हो गए।

"फौदी लगते हो ?" सबसे छोटे भाई ने उद्दंडता से पूछा।

"हाँ, कम्पनी के रिसाले में हूँ।"

"इधर कहाँ से आ रहे हो ?"

"प्रतापगढ़ से··· और आप लोग ?"

"जाना कहाँ है ?"

"मल्लूपुर जा रहा हूँ··· रास्ता क्यों रोक रखा है ?"

"अजीत सिंह के यहाँ ?" छोटे भाई ने सवाल को अनसुनी करते हुए पूछा।

"हाँ··· लेकिन··· "

"बागी हो या गोरों के पिट्‌ठू ?"

"देखिए, मैं न बागी हूँ, न किसी का पिट्‌ठू··· मुझे जरा जल्दी है। घोड़ा थोड़ा हटा लें तो··· "

"देखो, यह सड़क गोरों के पिट्‌ठुओं के लिए बन्द है। इस इलाके में फिरंगी हुकूमत खत्म हो गई। यहाँ बाबू गुलाब सिंह का राज है और··· हम उनके भतीजे हैं।"

"जरूर बाबू गुलाब सिंह का राज होगा तभी तो राह-चलते मुसाफिरों से इस तरह हुज्जत की जा रही है।" दुर्बली का खून अंदर-अंदर खौलने लगा था और हाथ तलवार की मूठ पर पहुँच गया था।

बात आगे बढ़ती देख बड़े भाई ने आँखें तरेरकर तीनों को चुप रहने का इशारा किया और संयत होकर बोला–

"देखो भाई, अजीत सिंह ने अपने कोट में सुल्तानपुर से भागे गोरों को सरन दे रखी है। हम वहीं से आ रहे हैं। वो हमारे चचेरे भाई न होते तो आज लहास गिर जाती।··· आपको पता है, इलाहाबाद पर बागियों का कब्जा हो गया। बाबू गुलाब सिंह का हुकुम है कि हर तरह से बागियों की मदद की जाए और सड़क से गुजरनेवालों की पूरी पूछताछ हो। हमें फिरंगी के खैरख्वाहों पर नजर रखनी है। हम नहीं चाहते, भगोड़े हमारे ही इलाके में बैठकर खुराफात करें।"

"वो खुराफात क्या करेंगे भइया ! अरे वो असहाय और कमजोर हैं। आफत के मारे हैं। उनके साथ चाहे जो कर लो। ज्यादातर तो औरतें-बच्चे हैं। अजीत सिंह के यहाँ सरन माँगने आए तो उन्होंने दे दिया। आखिर सरनागत की रच्छा करना तो हमारा धरम बनता है न।" दुर्बली की भी आवाज नरम हो गई।

"सरनागत की रच्छा··· हुँह··· अरे बात यह है कि अजीत भैया गोरी मेमों के ऊपर लट्टू हो गए हैं। सुना है, कमिश्नर की वह मेम खूब रिझा-रिझाकर देशी बोली बोलती है। अरे सब नागिनें हैं, नागिनें। डसेंगी

तब पता चलेगा।" एक भाई से चुप नहीं रहा गया।

"अगर इलाहाबाद पर बागियों का कब्जा हो गया है तो फिरंगी भागकर जाएँगे कहाँ ? देर-सबेर उन्हें अपने को बागियों के हवाले करना ही पड़ेगा। और तब तक उनकी हिफाजत का बन्दोबस्त होना ही चाहिए। चाहे गुलाब सिंह के यहाँ हो, चाहे अजीत सिंह के यहाँ।"

"इसीलिए तो हमने उन्हें छोड़ दिया। गुलाब काका तो चाहते थे, फैसला होने तक वे उनकी हवेली में ही रहें, लेकिन वे डरकर वहाँ से भाग गए।"

"भाग गए या भगा दिए गए, यह तो भगवान ही जानें।··· जो भी हो, इस हालत में वे कोई गड़बड़ी करेंगे, ऐसी शंका करना बेकार है।··· अच्छा अब चलने दीजिए।"

"जाइए··· मगर गोरों पर नजर रखिएगा।··· अगर जरूरत हुई तो हम फिर आएँगे।"

दुर्बली वहाँ से चले तो बेहद झल्लाए हुए थे। उन्हें अपने आप पर अचरज हो रहा था कि कैसे इतनी बातें बना गए। सोच रहे थे, यह लगन कहाँ से लग गई। कौन है इसके पीछे ? पर उन्हें अपने अंदर झाँकने की हिम्मत नहीं हुई।

जब वह मल्लूपुर कोट पहुँचे, दोपहरी मनमना रही थी और कोट के इर्द-गिर्द खड़े पेड़ों को झकझोरती तेज लू चल रही थी। कोट के बाहर बिल्कुल सन्नाटा था। जिसको जहाँ जरा-सी आड़ मिली, वहीं दुबक कर निंदिआता पड़ा था।

जब वे कुएँ के पास घोड़े से उतरे, चार खाली पालकियाँ सड़क की ओर से आईं और कोट के पिछवाड़े की ओर चली गईं। वे कुछ देर तक ठिठककर देखते रहे। बैठके में घुसे तो एक कोने में चारपाई पर पड़े-पड़े शीतल सिंह जैसे उन्हीं का इंतजार कर रहे थे।

"सुबह-सुबह कहाँ निकल गए थे, बराभन देवता ? ··· मैं तो खोज-खाज कर हैरान था।"

"यही जरा प्रतापगढ़ तक चला गया था।··· अभी कुछ पालकियाँ कोट के पिछवाड़े की ओर जा रही थीं। क्या चक्कर है ?"

"अजीत सिंह घर की जनानियों को उनके मायके भेज रहे हैं। उन्हीं के लिए मँगवाई होंगी !"

"एकाएक इसकी क्या जरूरत आ पड़ी ?"

"असल में बड़े धरम संकट में पड़े हैं अजीत सिंह। कुछ देर पहले गुलाब सिंह के आदमी आए थे। भगोड़ों को फिर से प्रतापगढ़ ले जाना चाहते थे। अभी तो समझा-बुझाकर वापस कर दिया है, लेकिन कुछ गड़बड़ जरूर करेंगे वो। जनानियाँ कोट में रहेंगी तो बड़ी दिक्कत आएगी। ··· अच्छा इसे छोड़ो, यह बताओ, सुबह से पेट में कुछ गया कि धूप और लू में ऐसे ही खाली पेट घूम रहे हो ?"

"प्रतापगढ़ में मीठा खाकर पानी पिया था।"

"तो चलो, जल्दी बना-खा लो। कोट के पिछवाड़े एक जगह आड़ में मैंने नेवहड़* का इंतजाम कर दिया है।"

दुर्बली बना-खाकर बैठके में आए तो दोपहरी ढल गई थी। चारपाई पर लेटते ही नींद आ गई। दो रात ठीक से सोए नहीं थे। सोते-सोते शाम हो गई। उठकर बाहर आए तो कुएँ के पास अजीत सिंह और एक गोरे साहब के बीच किसी बात पर बहस हो रही थी।

"हाँ साहब, हम सही कह रहे हैं। यह शादी-विवाह का मौसम है। मायके में शादी पड़ी है तो औरतें जाएँगी ही।"

"मायके में··· मतलब ?"

"मतलब, उनके वालिद के घर, साहब।"

"हूँ··· " ग्रान्ट कुछ देर सोचता रहा।

"मगर सबके यहाँ एकसाथ शादी कैसे पड़ गई ?"

"ऐसा है हुजूर, हमारे यहाँ की सभी बहुएँ जौनपुर से आई हैं। सब एक ही खानदान की हैं। वहाँ शादी पड़ती है तो सबको एकसाथ जाना पड़ता है।"

"मगर अजीत सिंह, वे थोड़ा बाद में भी जा सकती हैं। अभी यहाँ हमारी लेडीज रुकी हैं। वे इलाहाबाद चली जाएँ। इसके बाद आप अपनी

---

* हाँडी।

लेडीज को जहाँ चाहिए, भेजिएगा।"

"सफर का दिन तो पहले से ही तय हो गया है, साहब।"

"वह टल भी सकता है।··· देखिए ठाकुर साहब, यह मत सोचिएगा कि इस मुल्क में इंग्लिश हुकूमत खत्म हो गयी। कलकत्ता से हमारी नई फौज आ रही है। पाजियों को जल्दी ही सबक सिखाया जाएगा। और यह भी याद रखिए कि इंग्लिश मैन दोस्तों के साथ दोस्ती निभाना भी जानता है।··· जरा सोचिए आपकी लेडीज चली जाएँगी तो हमारी लेडीज के लिए खतरा कितना बढ़ जाएगा।··· फिर भी आप जैसा ठीक समझें, करें।"

"ठीक है साहब, आपको शक है तो हमारी औरतें मायके नहीं जाएँगी। पहले आप लोगों की हिफाजत का बन्दोबस्त हो जाए, फिर आगे की देखी जाएगी।"

कोट के पिछवाड़े से निकलकर खाली पालकियाँ सड़क की ओर वापस गईं तो धुरिआए आसमान में इधर-उधर कुछ तारे लटक आए थे और कुएँ पर दिशा-जंगल से लौटकर हाथ-मुँह धो रहे लोगों की भीड़ लग गई थी।

रात एक पहर बीत गई थी। ज्यादातर लोग खा-पीकर लेट गए थे। दुर्बली को नींद नहीं आ रही थी तो वे आकर कुएँ की जगत पर बैठ गए। चाँद निकल आया था और हल्की चाँदनी में डूबे कोट की इमारत के भीतर धीरे-धीरे हलचल चल रही थी। बाईं ओर थोड़ी दूर पर गाँव की बस्ती झलकती थी। दाहिने, कोट से लगा हुआ आम का बगीचा दूर तक चला गया था जहाँ छाया के कारण पेड़ों के नीचे घुप्प अँधेरा था। कोट के पीछे से जंगल शुरू होता था जो धुंध में लिपटा सोया पड़ा था। कोट के सामने जहाँ पेड़ों का झुरमुट खत्म होता था, वहाँ से सड़क तक खेतों का सिलसिला था जो फसल कट जाने से सपाट दिख रहे थे। कुएँ के पास नीम के चबूतरे पर कुछ नौकर-चाकर लेटे थे जो अभी जग रहे थे और धीरे-धीरे बातें कर रहे थे। दुर्बली की निगाह कोट के दरवाजे की ओर लगी थी जहाँ एक मशाल अब भी जल रही थी। उनके मन में बार-बार यह सवाल उठ रहा था कि यहाँ

क्यों पड़े हैं ? यहाँ उनका क्या काम है ? शीतल सिंह ने उनसे सिर्फ यही कहा था कि छावनी चलकर नहा-खा लीजिए, फिर घर जाइएगा। वे इधर कैसे आ गए ? ग्लाइन ने तो सिर्फ शीतल सिंह को इधर भेजा था, वे साथ क्यों हो लिए ? और आज प्रतापगढ़ क्यों दौड़े गए थे ? रास्ते में गुलाब सिंह के भतीजों से कितनी हुज्जत हुई। सब बिना मतलब। उन्होंने अंदर-अंदर तय किया कि कल सुबह बसौली चले जाएँगे।

तभी कोट के दरवाजे से एक साया बाहर निकला। धीरे-धीरे चलता हुआ कुएँ की ओर आया और एक जगह ठिठककर इधर-उधर देखने लगा। फिर आगे बढ़ा और दुर्बली के पास आकर रुक गया। दुर्बली ने चाँदनी के उजाले में देखा–यह तो वही मेम है। वह हड़बड़ाकर खड़े हो गए।

"मैं प्रतापगढ़ गया था, मेम साहब।"

"मुझे मालूम है।"

"दिन में ही आ गया था वहाँ से, लेकिन···।"

"क्या हाल है हमारे लोगों का वहाँ ?"

"ठीक ही है। सभी सही-सलामत हैं। अभी तो गुलाब सिंह का सलूक अच्छा है उनके साथ।"

"मगर उन्होंने रोक क्यों रखा है उन्हें ?"

"यह तो ठीक से नहीं मालूम हुआ। शायद बवाल खत्म होने तक रोके रहें। बाद में जैसी हालत देखेंगे, वैसा करेंगे।"

"उनको कोई खतरा तो नहीं है ?"

"अभी तो नहीं लगता।··· लेकिन अंदर की बात क्या मालूम ? हवेली के बाहर से ही पता लगाया है।" दुर्बली यह आशंका छिपा गए कि यदि बागी जीत गए तो गुलाब सिंह भगोड़ों को उनके हवाले भी कर सकते हैं।

"वेल··· प्रतापगढ़ से सुल्तानपुर की सड़क अभी खुली है या उधर भी बागी··· ?"

"कह नहीं सकता, मेम साहब। बगावत की खबरें तो हर तरफ से आ रही हैं। गोरों के लिए इधर कोई भी सड़क खतरे से खाली नहीं

लगती।"

"और नेटिव्स के लिए ? ··· क्या हिन्दुस्तानी लोग सड़कों पर आ-जा रहे हैं ?"

"बहुत थोड़े। लोग डरे हुए हैं। अगर बागी मिले और उन्हें शंका हो गई कि मुसाफिर गोरों के काम से जा रहा है तो बात बिगड़ सकती है।"

"आय सी··· काफ़ी बुरा हाल है।"

"हाँ··· मगर आप यह सब क्यों पूछ रही हैं ?"

"कुछ नहीं, बस··· "

"नहीं-नहीं, बताइए। संकोच क्यों कर रही हैं ?"

"जाने दीजिए। आपने पहले ही हमारे लिए काफी खतरा उठाया है।··· अब मैं चलती हूँ।··· शुक्रिया।" दुर्बली क्लारा के साथ-साथ चलने लगे।

"आप बताना नहीं चाहतीं ? सुल्तानपुर से खबर लानी है न ?"

क्लारा रुकी। नजर उठाकर दुर्बली की ओर देखा। दोनों एक पेड़ के नीचे खड़े थे। धुँधलके में दुर्बली के चेहरे का खाका-भर दिखता था। एक क्षण को उसे लगा, इस शख्स से उसका दूर-दूर तक कोई नाता नहीं है। लेकिन इस पर विश्वास करने का मन क्यों होता है ? उसे देखकर सुकून क्यों मिलता है ? कुछ देर तक वह खोई-सी वैसे ही खड़ी रही।

"आप फिक्र न करिए मेम साहब, हम सुबह उधर चले जाएँगे।" दुर्बली ने चुप्पी तोड़ी तो क्लारा जैसे चौंक पड़ी।

"बताइए, कोई संदेशा ले जाना है ?"

"मैं फादर के नाम एक खत दे दूँगी। मार्टिन बर्टन नाम है उनका। छावनी में नदी के किनारे हमारा बंगला है। खबर लेकर जितनी जल्दी हो सके, लौटना होगा।"

"आप निश्चिन्त रहिए, मेम साहब।"

तीस

दुर्बली सुल्तानपुर छावनी पहुँचे तो शाम हो रही थी। फिजाँ में अजीब-सी घुटन थी। इधर-उधर आ-जा रहे सिपाहियों के चेहरे पर उत्साह के साथ-साथ आतंक का साया झलकता था। दुर्बली का मन आशंका से घिर उठा।

"क्या हुआ भइया, यहाँ ?" एक सिपाही को रोककर उन्होंने पूछा।

सिपाही ने एक बार घूरकर दुर्बली को देखा फिर व्यंग्य से हँसकर आगे बढ़ गया।

कुछ दूर जाकर एक घुड़सवार से उन्होंने दोबारा वही सवाल किया।

"लगता है बाहर से आए हो ?"

"हाँ भइया।"

"लेकिन हो पुरबिया* ही न ?"

"हाँ।"

"क्या काम है ?"

"एक खत लाया था।"

"जान की परवाह हो तो खत-वत भूल जाओ।… वह देखो, उधर। अभी भी धुआँ उठ रहा है। गोरों के सारे बंगले जला दिए गए।"

"और गोरे ?"

"कुछ जान बचाकर भागे, कुछ मार दिए गए।"

"अच्छा ? यह सब कब हुआ ?"

"कल।"

"अब क्या हो रहा है ?"

"यही तो कुछ समझ में नहीं आ रहा। गोरे नदी के किनारे-किनारे पूरब की ओर गए हैं। कुछ लोग उनका पीछा करना चाहते हैं। बाकी लखनऊ जा रहे हैं। कुछ दिल्ली की ओर जाना चाहते हैं।"

घुड़सवार चला गया मगर दुर्बली असमंजस में कुछ देर वहीं खड़े रहे।

---

* बंगाल सेना में अवध के सिपाहियों को पुरबिया कहते थे।

दो घड़ी रात बीते वह गोमती के घाट पर एक पेड़ के नीचे टिक्कर लगा रहे थे। बगल में एक साधू की कुटिया थी। साधू कुटिया के बाहर बैठा बीच-बीच में सीताराम-सीताराम बोल उठता था।

"किसी चीज की जरूरत हो तो बता देना, बच्चा।"

"नहीं बाबा, आपकी दया से सबकुछ है।"

"अच्छा किया तुम इधर आ गए, छावनी में रात बिताने लायक नहीं है।"

"लोग बता रहे थे, कल वहाँ बड़ा बलवा हुआ।··· आप उस वक्त कहाँ थे बाबा ?"

"मैं तो वहीं था बच्चा। भिक्षा के लिए गया था। कल सिपाहियों को पगार मिली थी न।"

"यह सब हुआ कैसे ?"

"सब ऊपरवाले की मरजी है। उस गोरे कर्नल की मति मारी गई थी। सिपाही तो पगार लेकर अपने-अपने घर जा रहे थे। वह सबको रोकने आया। पहले तो समझाता रहा। फिर डाँटने-फटकारने लगा। एक सिपाही को क्रोध आ गया। धाँय से गोली दाग दी। कर्नल गिर पड़ा। बड़ी देर तक छटपटाता रहा मगर कोई उसे उठाने नहीं आया। फिर तो सिपाहियों की हिम्मत बढ़ गई। छावनी पर हमला बोल दिया। वह तो कहो, औरतें-बच्चे पहले ही छावनी छोड़कर चले गए थे। नहीं तो बड़ा खून-खराबा होता।"

"सुना है, कुछ फिरंगी बचकर भाग निकले हैं।"

"हाँ इधर से ही तो गए हैं। मगर कितने बच पाएँगे, कहना कठिन है।··· दो गोरे साहब नदी के उस पार एक पठान के घर में आकर छुपे थे। किसी तरह लोगों को पता लग गया। चारों ओर से घेर लिया। शाम को भागकर नदी के किनारे आए। पीछे-पीछे भीड़ थी। एक साहब ने गोली चला दी। फिर तो भीड़ टूट पड़ी। उसने नदी में छलाँग लगा ली। सुबह आगे चन्दौर घाट के पास उसकी लाश मिली। दूसरे को भीड़ ने वहीं मारकर फेंक दिया। रात-भर सियार छीना-झपटी करते रहे।··· सबेरे मैं दिशाजंगल के लिए गया तो देखा दो-तिहाई लाश खा

गए हैं।"

"मिट्टी की बड़ी दुर्गति हुई, बाबा।"

"हाँ बच्चा। सब विधि का विधान है। कहाँ पैदा हुआ और कहाँ आकर मरा! और कैसी मौत! घर से चला होगा तो यह थोड़े ही सोचा होगा। ... जो डूबकर मरा, कहते हैं, जिले का बड़ा हाकिम था और जिसे भीड़ ने मार दिया वह दूसरे नम्बर पर था। यह वाला तो बिल्कुल जवान छोकरा था बच्चा।"

दुर्बली का ध्यान मिसेज ब्लॉक और मिसेज स्ट्रोयन की ओर चला गया और जी जाने कैसा हो आया। फिर क्लारा की ओर ध्यान गया। मार्टिन बर्टन का क्या हुआ होगा? क्या वह बचकर भाग निकले होंगे? भगोड़े नदी के किनारे-किनारे ही तो गए हैं। ज्यादा दूर क्या जा पाए होंगे। कहीं छिपे होंगे या रास्ते में मार दिए गए होंगे। अगर उधर चलें तो शायद कोई पक्की खबर मिल सके।

दुर्बली खाना लेकर बैठे तो सारी बातें घुमड़-घुमड़कर दिमाग में आने लगीं और जायका इतना खराब हो गया कि बस मुँह जूठा करके उठ गए। रात में ठीक से नींद भी नहीं आई। बार-बार सियारों द्वारा नोची जाती लाश आँख के सामने आ जाती है। हे भगवान! इस शरीर का क्या भरोसा! किसी की भी यह हालत हो सकती है। किसे पता, किसका अंत कहाँ और कैसे होगा और मरने के बाद इस चोले की क्या गत होगी। आखिर है तो सब मिट्टी ही।

दुर्बली बड़े भोर में उठ गए। दिशा-जंगल से निपटकर घाट पर नहाए और घोड़े को खिला-पिलाकर नदी के किनारे-किनारे पूरब की ओर चल दिए। लेकिन बीहड़ों और ऊँचे-नीचे कटावों के कारण ठीक किनारे से चलना मुश्किल हो गया। तब वे किनारे से थोड़ा हटकर गाँवों की बस्तियों और खेतों के बीच से गुजरते रास्तों पर चलने लगे और बीच-बीच में जहाँ नदी पर घाट बने थे, भगोड़ों की टोह लेने किनारे की ओर आ जाते। एक घाट तो बिल्कुल सुनसान था और केवट नाव को नदी के किनारे बाँधकर अपनी झोंपड़ी में बैठा चिलम पी रहा था। अगले घाट पर पहुँचते-पहुँचते राहगीरों का आना-जाना शुरू हो गया

था और केवट नाव पर दो-तीन लोगों को बिठाकर हाथ में बाँस सँभाले और राहगीरों के आने का इंतजार कर रहा था। आगेवाले घाट पर एक बारात उतर रही थी और बारातियों के साथ दूल्हे की पालकी भी नाव में रखी थी। हल्दी-रँगा जोड़ा-जामा पहने दूल्हा सहबाले के साथ पालकी में बैठा काजल लगी आँखों से टुकुर-टुकुर ताक रहा था। गाँव की औरतें घाट तक बारात को विदा करने आई थीं और अब एकसाथ मिलकर गाती हुई लौट रही थीं। दुर्बली को समझ में नहीं आ रहा था, भगोड़ों को कहाँ ढूँढ़ें और उनके बारे में किससे पूछें। सभी तो अपने में खोए थे।

जब वे दियरा घाट के पास पहुँचे, दोपहर होने को आई थी। आज सुबह से हल्के-हल्के बादल छाए थे। अब तक आसमान के बीच में उनका मोटा थक्का जम गया था जिसके पीछे रह-रहकर सूरज छिप जाता था। लेकिन जैसे ही वह बाहर आता, शीशी चटकानेवाली धूप हो जाती थी। घाट के दोनों ओर दूर तक ऊँचे-नीचे कटाव ढँक गए थे। सरपताही के बीच से ही घाट तक रास्ता जाता था जिसके दोनों ओर सर तक ऊँची नुकीली पत्तियाँ लटक रही थीं। रात लगभग निराहार बीती थी। आज भी सुबह से पेट में कुछ नहीं गया था। चलते-चलते तेज भूख लग आई थी। पता चला था कि नदी के उत्तर दियरा रियासत का कोट था जिसकी बगल में छोटा-सा बाजार था। वहाँ सत्तू-चबैना मिल जाएगा, यह सोचकर नदी पार करने के इरादे से दुर्बली घाट की ओर मुड़ गए।

घाट पर नाव खड़ी थी लेकिन केवट गायब था। दूर-दूर तक निगाह दौड़ाई। पुकार भी लगाई। मगर कोई जवाब नहीं आया। घाट से कुछ दूर पर उसकी झोंपड़ी भी सुनसान पड़ी थी। उन्होंने एक ऊँची कगार पर चढ़कर चारों ओर देखा। हवा के साथ सरपत के ऊपर उठती-गिरती लहरें-सी चल रही थीं। दूर एक घोड़ा बँधा था जो रह-रहकर पैर पीछे फेंककर धूल उड़ा रहा था। बगल में एक जगह बिना हवा के भी सरकंडे हिल रहे थे। दुर्बली को थोड़ा संदेह हुआ। वे उधर की ओर बढ़े। कुछ दूर थे तभी उस ओर से किसी के आने की आहट सुनाई पड़ी। वे रुके। सरपताही से निकलकर एक आदमी दुर्बली के घोड़े के ठीक सामने आकर

खड़ा हो गया।

"कौन हो तुम ? ··· क्या बात है ?" दुर्बली ने चौंककर पूछा।

"चलिए महराज··· आपको पार जाना है न ?··· मैं भग्गू केवट हूँ।"

"लेकिन तुम उधर क्या कर रहे थे ? ··· और कौन है वहाँ ?"

"कोई नहीं महराज।··· आप चलिए तो। घाट पर नाव खड़ी है। घोड़े को नाव पर चढ़ाइएगा या तैराकर पार करिएगा ?"

"नहीं भगत··· कुछ बात तो है। तुम इतना घबड़ाए क्यों हो ?"

"कुछ नहीं महराज··· आजकल सिपाही लोगन से बड़ा डर लगता है न।"

"क्यों··· ऐसा क्यों ?"

भग्गू के चेहरे से लगा, वह अपनी ही बात में फँस गया है।

"आपको तो सब मालूम ही होगा महराज।"

"बताओ तो, क्या बात है ?"

"अपराध छिमा हो महराज।··· परसों शाम की बात है। एक गोरा साहब पच्छिम की ओर से भागता हुआ आया और मेरी झोंपड़ी के सामने आकर गिर पड़ा। मैं बाहर निकला तो वह लगा गिड़गिड़ाने। भूख-प्यास से त्रस्त था और डर के मारे काँप रहा था। मुझसे सरन माँगने लगा। बोला–सिपाही पीछा कर रहे हैं, देखेंगे तो मार डालेंगे। दया आ गई, महराज। आखिर गोरे भी मानुस जात होते हैं।··· यहीं खड्ड में साफ-सूफ करके उसके लिए जगह बना दी। घर से दूध-रोटी लाकर खिलाया। घोड़े के लिए भी रातिम का इंतजाम किया। सोच रहा था कि कब तक इस तरह चलेगा कि कल रात चार और गोरे पैदल ही भटकते हुए घाट की ओर आ निकले। अपने साथी के बारे में पूछने लगे तो मैंने बता दिया। तब से पाँचों* वहीं पड़े हैं। उनके लिए खाना लेकर गया था। आपको इधर आता देख एकदम से घबड़ा गए हैं।··· उन्होंने ही मुझे इधर भेजा है।"

---

* लेफ्टीनेंट टकर (जो पहले आए थे), लेफ्टीनेंट लेविस, कप्तान बर्नबरी, कप्तान स्मिथ और डॉ. ओ'डोनेल।

"अच्छा ! ··· जानते हो ये गोरे कौन हैं, क्या नाम है इनका ?"

"नहीं महराज। हमें कैसे मालूम होगा। आपस में गिटपिट-गिटपिट करते हैं। उनका नाम हमारी जबान पर थोड़े ही चढ़ता है। हैं सभी फौदी। सुल्तानपुर छावनी से भागे हैं।"

"चलो, पता करते हैं।" दुर्बली घोड़े से उतरकर भग्गू के साथ सरपताही में घुसने लगे।

"हैण्ड्स अप !" तभी पीछे से किसी ने उनकी गर्दन पर तमंचा लगा दिया। भग्गू आँखें फाड़कर देखने लगा। उसकी समझ में नहीं आ रहा था, यह गोरा कब और कैसे इधर आ निकला। दुर्बली ने धीरे-धीरे हाथ ऊपर उठाए।

"दोस्त या दुश्मन ?" लेफ्टीनेंट टर्कर ने डपटकर पूछा।

"दोस्त।"

"सबूत ?"

"मेरे पास बर्टन साहब के नाम एक खत है। उनकी बेटी ने लिखा है।"

"कहाँ से ?"

"मल्लूपुर से।"

"मल्लूपुर ? ··· यह कहाँ है ?"

"प्रतापगढ़ से इलाहाबाद के रास्ते में।"

"तो वे लोग इलाहाबाद नहीं पहुँचे ?" तमंचे का दबाव ढीला पड़ने लगा।

"अभी नहीं साहब।"

"खत निकालो।" तब तक बाकी चारों गोरे भी सरपताही से निकलकर दुर्बली के चारों ओर खड़े हो गए थे।

थोड़ी देर बाद दुर्बली मल्लूपुर में रुके भगोड़ों के बारे में गोरों द्वारा खोद-खोदकर पूछे जाते सवालों का जवाब देते-देते हैरान थे। प्रतापगढ़ में गोड़इतों द्वारा लूट-पाट की खबर से गोरे इतने विचलित हो गए थे कि थोड़ी देर के लिए अपनी खुद की परेशानी भूल गए थे। डॉक्टर ओ'डोनेल तो अपनी बेटी के बारे में पूछते-पूछते इतने कातर हो उठे

कि उन्हें रोना आ गया। दुर्बली ने सोचा, ऊपर से रोब-दाब दिखाने वाले ये गोरे हाकिम अंदर से कितने कच्चे और कमजोर हैं।

मार्टिन बर्टन के बारे में इन गोरों से भी कुछ पता नहीं चला। उनका अंदाज यही था कि या तो वे मार दिए होंगे या भागकर कहीं भटक रहे होंगे।

उसी शाम दियरा रियासत के तालुकेदार रुस्मतशाह ने खबर पाकर गोरों को अपने कोट में शरण दी और दुर्बली मल्लूपुर की ओर रवाना हो गए।

वहाँ से चलते समय दुर्बली का मन बहुत भारी था। अजीब-सी खिन्नता और निराशा ने उन्हें आ घेरा था। लोगों को यह क्या हो गया है ? पागलपन की यह आग किस तरह फैलती जा रही है। आज उस मेम की चिट्ठी साथ में न होती तो गजब हो जाता। उस गोरे ने भेजा ही उड़ा दिया होता।··· पता नहीं मार्टिन का क्या हुआ ? इतनी दौड़-धूप बेकार गई। कौन जाने वह जिन्दा भी हैं या···। उस मेम को क्या जवाब देंगे ?

तीन-चार गाँव पार करते-करते सँझलौका हो गया। सामने दूर तक फैला हुआ ऊसर था। एकदम वीरान। न पेड़, न रूख, न कोई आदमी। अँधेरा बढ़ने के साथ दूर, ऊसर के आगे कुछ रोशनियाँ टिमटिमाने लगीं। जरूर कोई गाँव होगा। दुर्बली ने सोचा, अँधेरी रात में कहाँ भटकेंगे। गाँव में कहीं रुककर बना-खा लेंगे, फिर अँजोरिया होने पर आगे बढ़ेंगे। आज छठ या सत्तमी होगी–आधी रात तक तो चाँद उग ही आएगा।

लेकिन ऊसर में वे भटक गए। वे चलते जा रहे थे, सामने टिमटिमाती रोशनियाँ वहीं की वहीं बनी थीं और ऊसर खत्म होने को नहीं आ रहा था। फिर एक-एक कर रोशनियाँ भी बुझ गईं। सबकुछ चारों ओर जमे अँधेरे में खो गया। ऊपर उबल पड़ते तारों से भरा, औंधा और झुका हुआ आसमान था और नीचे सन्नाटे में डूबा ऊसर। दुर्बली अंदाज से आगे बढ़ते गए। कहीं-कहीं रेह के बीच से गुजरती पगडंडियाँ झलकती थीं लेकिन सख्त जमीन आते ही गुम हो जाती थीं। चलते-चलते काफी रात बीत गई। आसमान के एक कोने से उजास-सी फूटी और अँधेरा

हल्का पड़ने लगा। लगा जैसे सबेरा हो रहा हो। लेकिन अभी कहाँ, अभी तो आधी रात भी नहीं हुई होगी। तो यह चाँद निकल रहा है।

कुछ दूर और चले तो सामने कुछ झोंपड़े झलकने लगे और कुत्तों के भूँकने की आवाज आई। गाँव में सोता पड़ा था। घोड़े की खटपट और कुत्ते भूँकने से लोग जग गए। दुर्बली ने पूछा—कौन गाँव है। बरहूपुर का नाम सुनकर वह चौंके। यह तो जाना-पहचाना लगता है। इसका मतलब, बसौली के करीब आ गए। यही कोस-डेढ़ कोस का फासला होगा। दुर्बली ने बरहूपुर के ऊसर के बारे में सुन रखा था कि वह सात गाँवों तक फैला हुआ है और दिन डूबते ही वहाँ भूत डेरा डाल लेते हैं। किसी मुसाफिर को वहाँ रात हो जाए तो वे उसे भोर तक भटकाते रहते हैं। आज अनजाने ही अनुभव हो गया।

ऊसर में भटककर अनायास बसौली के इतने करीब आ जाने से दुर्बली को एक झटका-सा लगा। उस दिन बेल्हाघाट पर गोरी मेम से मुलाकात के बाद चित्त बराबर उड़ा-उड़ा-सा रहा था। आज बसौली का ध्यान आने पर लगा जैसे हठात् किसी ने ठोस जमीन पर ला पटका हो। सुस्थिर हुए तो पेट में चूहे भी कुलबुलाने लगे। दिन ढले दियरा बाजार में थोड़ा सत्तू-चबैना लिया था। दौड़-धूप में अब तक वह गायब हो चुका था और तेज भूख लग आई थी। उन्हें पाहीघर के आँगन में जलते चूल्हे की याद आई। फिर घूँघट काढ़कर रोटी सेंकती बहू के हाथ की खनकती चूड़ियाँ याद आईं। मन तुरंत वहाँ पहुँचने के लिए अधीर हो उठा।

इकत्तीस

उस दिन आसमान में दक्खिन की ओर बादलों का एक मोटा थक्का बराबर जमा रहा और उमस-भरी गरमी के कारण जी ऊभ-चूभ करता रहा। मल्लूपुर कोट का वह कमरा मेमों और बच्चों से भरा था। खिड़की न होने से किसी तरफ से हवा नहीं आती थी। फर्नीचर के नाम पर

सिर्फ चारपाइयाँ थीं, जिनके बिस्तर अब गन्दे हो चले थे। बच्चों ने जहाँ-तहाँ फर्श भी गन्दा कर दिया था और मक्खियाँ भिनभिना रही थीं। ज्यादातर मेमों के पास बदलने के लिए कपड़े नहीं थे। जो कपड़े वे पहनकर आई थीं, पसीने से बदबू करने लगे थे। नींद न आने से बच्चे रह-रहकर पिनपिनाते थे। मेमें पंखा झलते-झलते हलाकान थीं। जब तक खतरा बिल्कुल सामने था, तकलीफें भूली हुई थीं। लेकिन अब तीन दिन से वहाँ पड़े-पड़े मन एकदम उचाट हो गया था। आगे एक भी दिन वहाँ रहना मुश्किल लग रहा था।

क्लारा दुर्बली के वापस न आने से विकल थी। बार-बार किसी बहाने से निकलकर सड़क की ओर देख आती थी। हर बार निराश होकर लौटती और पंखा झलने लगती थी।

मुसाफिरों से खबर मिली थी कि गाँवों में बागियों का खास असर नहीं है। ग्रान्ट झूसी की ओर से घूमकर किले तक पहुँचने का उपाय सोच रहे थे। उन्होंने पक्की जानकारी के लिए डी होक्सा को एक आदमी के साथ इलाहाबाद की ओर भेजा। वे दोनों मउआइमा बाजार तक तो किसी तरह पहुँच गए। लेकिन बाजार से गुजरते समय कुछ लोग उनके पीछे हो लिए। बाजार से निकल रहे थे तो एक आदमी पीछे से चिल्लाया–मारो फिरंगी को। एक ढेला आकर डी होक्सा के घोड़े की पीठ पर लगा। फिर तो कंकड़-पत्थर की बौछार होने लगी। दोनों सीधे खेतों के बीच से घोड़े दौड़ाते हुए भागे। जाने कहाँ-कहाँ भटककर दो घड़ी रात बीते वे वापस मल्लूपुर आए। सुनकर भगोड़े निराशा में डूब गए।

आज जून की बारहवीं तारीख थी। भगोड़ों को मल्लूपुर आए चार दिन हो गए थे। शाम का वक्त था। दिन-भर की गरमी के बाद जंगल की ओर से आनेवाली हवा में थोड़ी ठंड थी। मेमें पंखा लिए आँगन में निकल आई थीं जहाँ अभी-अभी छिड़काव किया गया था। एक नौकर मिट्टी के घड़े में पानी लेकर आया था और मिसेज गोडने किसी बात पर उससे उलझ रही थीं। तभी बाहर से हाथी के घण्टों की आवाज आई और लगा, दो हाथी आकर कोट के सामने रुके हैं। कुछ मेमें बाहर

झाँकने लगीं। हाथियों के पीछे-पीछे कई हथियारबंद सिपाही भी थे। वे आकर कोट के सामने खड़े हो गए। उनका नायक ग्रान्ट को पूछते हुए आया और उन्हें एक चिट्ठी निकालकर दी। सभी भौंचक थे कि इतना बड़ा लश्कर कहाँ से और किसलिए आया है। मेमें आपस में कानाफूसी करने लगीं। उन्हें चार दिनों की उकताहट से उबरने का एक मौका मिला।

थोड़ी देर बाद ग्रान्ट अंदर आए तो मालूम हुआ, अमेठी के तालुकेदार ने भगोड़ों के लिए मदद भेजी है और अपने किले में बुलाया है। अमेठी का किला यहाँ से दूर है। लखनऊ के रास्ते में, इलाहाबाद से उल्टी तरफ। ग्रान्ट को समझ में नहीं आ रहा था, यहाँ रहकर इलाहाबाद का रास्ता खुलने का इंतजार करें या वापस अमेठी चलें। ग्रान्ट अमेठी के तालुकेदार लाल माधो सिंह को जानते थे। उन्हें पता था, अमेठी एक बड़ा तालुका है और वहाँ के कोट में लेडीज को ज्यादा सुख-सुविधाएँ मिलेंगी। लेकिन इलाहाबाद के इतने करीब आकर वापस लौटना ठीक नहीं लग रहा था। आखिर देर-सबेर पहुँचना तो इलाहाबाद ही था। कलकत्ते का रास्ता उधर से ही था और जो खबरें सुनने में आ रही थीं उनसे यह नहीं लगता था कि जल्दी हालात में सुधार हो सकेगा। ग्रान्ट ने मल्लूपुर में ही रुककर इंतजार करने का निश्चय किया।

लेकिन तीनों आला-अफसरों की बीवियाँ अमेठी जाने के लिए जिद करने लगीं। उन्हें मल्लूपुर कोट में कुछ ज्यादा ही परेशानी हो रही थी। मिसेज गोडने हर चीज से उखड़ी हुई थीं, मिसेज ब्लॉक को अपने बच्चे के बारे में शिकायत थी और मिसेज स्ट्रोयन की इन दोनों से अलग कोई राय ही नहीं थी। मिसेज ओ'डोनेल का भी इन तीनों के साथ जाने का मन था। उन्होंने अपनी बेटी से पूछा। पर वह क्लारा का साथ नहीं छोड़ना चाहती थी। और क्लारा का मन कहीं और अटका था—वह नौजवान घुड़सवार सुल्तानपुर से वापस जरूर आएगा। हमें यहाँ न पाकर उसे कैसा लगेगा। हमारे लिए उसने इतना जोखिम उठाया, हमीं यहाँ से चल दिए तो क्या सोचेगा। और आएगा तो सुल्तानपुर छावनी की खबर जरूर लाएगा। पापा कैसे हैं ? ओह गॉड, अभी तक वह आया क्यों नहीं ? ··· क्लारा ने जाने से मना कर दिया। मिसेज और मिस ओ'डोनेल

भी रुक गईं।

लश्कर के सिपाही बना-खाकर दो घंटा रात बीते चलने को तैयार हुए। अपना बचा-खुचा सामान लेकर तीनों लेडीज बाहर निकलीं। लश्कर का नायक शीतल पांडे एक तजुर्बेकार सिपाही था। उसने लेडीज को घाघरों में देखा तो ठिठक गया।

"ऐसे नहीं चलेगा, मेम साहब। रात में चेहरे का रंग छिप भी जाए तो लिबास से मालूम पड़ जाएगा। रास्ते में बड़ी गड़बड़ है। गोड़इत बल्लम लिए घूम रहे हैं। उनसे बखेड़ा कौन मोल लेगा ?"

"तो ?" मिसेज गोडने अपनी खीझ नहीं दबा पा रही थीं।

"देशी कपड़े पहनिए मेम साहब, देशी। और ऊपर से परदा कर लीजिए। तभी काम चलेगा।"

उलझन में पड़ी तीनों वापस लौटीं। आँगन में मशाल की हिलती रोशनी में अपने घाघरे फाड़कर साड़ी की तरह बाँधते हुए उन्हें रोना आ रहा था। किसी ने जाकर बड़ी ठकुराइन को खबर दी। उन्होंने अपनी पुरानी साड़ियाँ और जम्फर निकालकर दिए। नाइन बुलवाई गई। उसने हँसी दबाते हुए तीनों को किसी तरह साड़ी-जम्फर पहनना सिखाया। मिसेज ब्लॉक के बच्चे को देशी तरीके से कपड़े में लपेटकर उनकी गोद में दिया। तीनों कोट से निकलीं तो इन कपड़ों में उन्हें देखकर लोगों की हँसी नहीं रुकती थी।

लश्कर के मल्लूपुर से रवाना होते-होते रात गहरा गई थी। चाँद अभी नहीं उगा था और घुप्प अँधेरे में तारों से भरा आसमान झुका-झुका लगता था। हाथियों के घंटों की आवाज धीरे-धीरे धीमी पड़ती हुई अँधेरे में खो गई। तीनों को विदा करने निकली लेडीज एक-एक कर अंदर चली गईं। कोट के चारों ओर सन्नाटा छा गया। बस फाटक के ऊपर रोशनी का एक हिलता वृत्त बनाती मशाल जलती रही। क्लारा देर तक अँधेरे में कुछ खोजती बाहर खड़ी रही। फिर निराश होकर अंदर आ गई। रात-भर कशमकश में करवट बदलते हुए उसके भीतर कुछ टूटता रहा।

दूसरे दिन दोपहर को खबर आई कि जनरल नील की फौज इलाहाबाद पहुँच गई है और बलवाई वहाँ से भाग रहे हैं। भगोड़ों में उत्साह और

खुशी की लहर दौड़ गई। सभी वहाँ से चलने की तैयारी करने लगे। ग्रान्ट तीनों लेडीज पर खीझ रहे थे कि वे नाहक जल्दी मचाकर अमेठी चली गईं। कुछ लेडीज यह सोचकर खुश थीं कि तीनों बात-बात पर शेखी बघारती थीं, चलो, उन्हें अच्छा सबक मिल गया।

पर क्लारा के चेहरे पर इस खबर से भी कोई रंग नहीं आया। वह खोई-खोई-सी डोलती रही। दो दिन बाद जब काफिला इलाहाबाद के लिए रवाना हुआ, लोग सारी तकलीफें भूलकर चहक रहे थे। लेकिन क्लारा का चेहरा बुझा हुआ था। लगता था, अभी रो पड़ेगी। समझ में नहीं आता था उसका क्या खो गया है। रास्ते में कैथरीन ने पूछा तो वह फफक पड़ी। पापा की याद आ रही होगी–यह सोचकर कैथरीन चुप हो गई। लेडीज आपस में बतियाती रहीं पर वह लगातार अपना सर घुटनों में छिपाए रही। फाफामऊ घाट पर नाव से गंगा पार करते समय उसने धारा की ओर नजर गड़ाए हुए बगल में बैठी मिस ओ'डोनेल से कहा–

"आय विश आय कुड रिटर्न टु मल्लूपुर सम डे।"[1]

"क्लारा, यू आर जस्ट क्रेजी।"[2]

बत्तीस

उस दिन दुर्बली दोपहर तक पाहीघर नहीं लौटे तो लोगों ने सोचा कि भवानी प्रसाद उन्हें घर लिवा ले गए होंगे और वहाँ रोक लिया होगा। जब वे शाम तक भी नहीं आए तो लोगों को चिन्ता होने लगी। दूसरे दिन दोपहर को रामदीन गोड़इत पाहीघर आया। जब उससे पता लगा कि वे कल सबेरे ही घर लौटते हुए बेल्हाघाट के पास उससे मिले थे तो सब एकदम घबड़ा गए। हैरानी यह थी कि बेल्हाघाट से चलकर

1. "मैं चाहती हूँ, किसी दिन मल्लूपुर वापस लौट सकती।"

2. "क्लारा, तुम तो पागल हो।"

वे बीच में कहाँ गायब हो गए। शाम तक घर में हहान-खहान मच गया। बूढ़ी रोती जाएँ और बहू को कोसती जाएँ। निगोड़ी ने उसे रोक क्यों नहीं लिया ? इतने दिनों बाद वह फौद से लौटकर आया था, उसे फिर क्यों बाहर जाने दिया ? बहू को तो जैसे काठ मार गया था। एकदम गुमसुम हो गई थी। न रोती थी, न बोलती थी। कोई कुछ कहता तो बस टुकुर-टुकुर ताकती थी।

एक दिन ऐसे ही और निकल गया तो बूढ़ी ने कोस-कोसकर शंकर को प्रतापगढ़ भेजा। वहाँ से पूछते-पूछते वे भवानी प्रसाद के घर गए। वहाँ भी कुछ पता नहीं चला। ऊपर से भवानी प्रसाद और परेशान हो उठे। शंकर निराश होकर दो घड़ी रात बीते पाहीघर लौटे। फिर से वही रोना-धोना शुरू।

रात का दूसरा पहर था। आँगन में चाँदनी छिटकी थी और पौ फटने में अभी देर थी। रात-भर करवट बदलते-बदलते बहू को हल्की-सी झपकी आ गई थी। तभी बाहर खटका हुआ। उसकी आँखें खुल गईं। लगा, द्वार पर कोई घोड़ा आकर रुका है।··· कौन हो सकता है–बहू ने आधी सोते, आधी जगते हुए सोचा। उम्मीद की एक लकीर कौंधी। उठकर जल्दी से उसने दरवाजा खोला। कुएँ की जगत के पास चाँदनी की धुंध में कोई घोड़े की लगाम पकड़े खड़ा था। चेहरे पर नीम के पेड़ की छाया पड़ रही थी। दरवाजा खुला तो आनेवाले ने सर घुमाया और चाँदनी के उजाले में आ जाने से उसका चेहरा दिख गया। बहू का दिल धक् से हुआ। वह दरवाजा वैसे ही खुला छोड़कर अपनी कोठरी में भाग गई।

बाद में जब दुर्बली बहू की कोठरी में आए, बहू सारी शरम-हया भुलाकर उनकी छाती से चिमटकर ऐसे बिलख-बिलखकर रोई कि पूरा घर झन्ना उठा और दुर्बली स्तब्ध रह गए। वे किंकर्तव्यविमूढ़ खड़े थे और बहू की हिचकियाँ बन्द होने को नहीं आ रही थीं। उन्हें अंदाज नहीं था, उनके बिना बताए इतने दिन घर से बाहर भटकते रहने से बहू और घरवालों पर क्या गुजरी थी।

दुर्बली को बसौली आए पन्द्रह दिन हो गए थे। आषाढ़ का पहला

दौंगरा पड़ चुका था और किसानों ने खेत में साँवा, चरी, उरद, अरहर और ज्वार की फसलें बो दी थीं। अब इंतजार हो रहा था कि एक बार झमककर बारिश हो और खेतों में पानी भर जाए तो धान की बुआई शुरू हो। दुर्बली का मन खेती में ऐसा रम गया था कि कुछ समय के लिए पीछे का सबकुछ भूल गया था। खेत में काम करते हुए वे धूल-माटी में ऐसे सने रहते थे कि उन्हें देखकर लगता ही नहीं था कि कभी कम्पनी के रिसाले में थे। उनकी फौजी पोशाक बहू की कोठरी में एक कोने में डाल दी गई थी और पड़े-पड़े धूल खा रही थी।

उस दिन सुबह से बादल छाए थे। दिन ढले जोर से आँधी आई और अँधेरा छा गया। आँधी थमी तो हवा में हल्की-हल्की ठंड तैरने लगी। थोड़ी देर में एक ओर से भूरे बादलों का थक्का आया और मोटी-मोटी बूँदें गिरने लगीं—आँधी से बुहारी जमीन पर बड़े-बड़े निशान बनातीं। चारों ओर गरम, भीगी मिट्टी की महक फैल गई। बारिश तेज होने के साथ पाहीघर के किनारे-किनारे ओरी टपकने लगी और घिरती शाम के अँधेरे में बादलों की तड़क-भड़क के बीच उसका साज-सा बजने लगा। पता नहीं चला, कब सूरज डूबा और रात हो गई पर बारिश चलती रही।

पहर रात गए दुर्बली बहू की कोठरी से बाहर आए और बारिश के शोर में खोए हुए बैठके के ओसारे में पड़ी चारपाई पर आकर बैठ गए। गरमी और बारिश में शंकर ओसारे में ही सोते थे, लेकिन आज उनकी चारपाई खाली थी। दुर्बली को लगा जैसे बैठके के अंदर कोई हड़बड़ी में उठ खड़ा हुआ है। तभी बिजली चमकी और एक औरत का साया ओसारे के दूसरे कोने से निकलकर बारिश में भीगता हुआ बाहर जाता दिखा। दुर्बली का माथा ठनका—इतनी रात गए बैठके के अंदर कौन औरत आई होगी? थोड़ी देर बाद शंकर अंदर से आकर अपनी चारपाई पर लेट गए। देर तक दोनों बिना कुछ बोले चुपचाप पड़े रहे और दुर्बली को अपने मुँह का स्वाद कसैला-सा लगता रहा। बाद में बहू से खोद-खोदकर पूछने पर रूपा के बारे में सारी बातें मालूम हुईं तो उनका सर भन्ना गया।

दूसरे दिन बारिश बन्द हुई पर बादल छाए रहे। खेतों में पानी भर गया था। किसान हल-बैल, पाटा और फावड़ा लेकर सिवान की ओर दौड़ पड़े। चारों ओर हट्-हट्... नाऽऽह की आवाजें आने लगीं। आज लेव लगाकर धान बोने के लिए अच्छी तरक थी। पानी-भरे खेत में दो हराई मारकर धान छींट देना था और ऊपर से एक पाटा लगा देना था, बस। पानी सूखने के साथ घास-पात सड़ जाएगा और धान के अंकुर निकल आएँगे।

बाग के बगलवाले खेत में पाहीघर के हल चल रहे थे और दुर्बली उसके कोन गोड़ने में लगे थे। रूपा टोकरी में बीज लेकर आई तो उसे मेड़ पर रखकर दुर्बली के पास आ गई।

"काहे कीचड़-माटी में सन रहे हो, छोटे मालिक ? ... तबीयत खराब हो जाएगी।... यह घोड़ा दौड़ाना थोड़े है।"

दुर्बली ने एक बार सर उठाकर देखा और फिर अपने काम में लग गए। उन्हें रातवाली बात याद आई और अंदर-अंदर खीझ उठे।

"हमसे कोई गलती हो गई का महराज ?"

"क्यों ?"

"मैंने सोचा..." और रूपा आँखें घुमाकर इस तरह हँसी कि उसका पूरा शरीर लहरा उठा।

दुर्बली के सीने में धुक से हुआ। वे दूसरी ओर मुँह करके फावड़ा चलाते रहे पर उन्हें भान था कि रूपा उनकी ओर देखती, हल्के-हल्के मुस्कराती मेड़ पर खड़ी है।

ऊपर एक कोने में आसमान खुल गया था और धूप चमकने लगी थी। हलवाहों ने मौसम के अनुसार गीत छेड़ दिया था–

"घरवा से निकरी देखि के बदरिया
होइगा डगरिया में घाम रे
हो जोड़िअइ राम कहा।
घमवा क मारी गोरी मुँहवा ललित भये
जैसे सिन्होरिया आम रे

हो जोड़िअइ राम कहा।
गोरिया रखावइ जोन्हरिया क बलिया
छैला डगर धरे जाँइ रे
हो जोड़िअइ राम कहा।
.... ”

गीत खत्म हुआ तो रूपा दुर्बली की ओर देखकर एक बार खिलखिलाकर हँस पड़ी। बेहद लुभावनी हँसी। लेकिन कोई बढ़ावा न मिलने पर थोड़ा हतप्रभ हुई और ओठों में कुछ बुदबुदाते हुए आगे बढ़ गई। दुर्बली को लगा, जैसे उसने कहा हो–फौदी बुद्धू। मेड़ के सिरे तक जाकर उसने एक बार मुड़कर देखा। दुर्बली भौंचक से उधर ही देख रहे थे। नजर मिली तो झट सर नीचे कर लिया और फावड़ा चलाने लगे। जाने क्यों उन्हें अकस्मात् क्लारा की याद आई और जी न जाने कैसा हो गया।

रूपा उन औरतों में से थी जो बिना किसी संकोच के सहज रूप से नए-नए मरदों की ओर खिंच जाती हैं और इसको लेकर उन्हें कोई ग्लानि या शर्म महसूस नहीं होती। ज्यादा आकर्षक लगने पर, एक को छोड़ दूसरे की ओर झुकने में उन्हें कोई हिचक नहीं होती। उन्हें तो बस जो पसंद है, वह चाहिए, बाकी लोग भाड़ में जाएँ।

दुर्बली जब फौज में भरती होने गए थे, दुबले-पतले मरगिल्ले-से थे। और अब लौटे तो भरी-पूरी जवानी से खिली, सुडौल देह लेकर लौटे थे। पहले ही दिन चमकती वरदी में उन्हें देखकर रूपा का दिल लहरा उठा था। उसके बाद वह जब भी उन्हें देखती, उसकी आँखों में एक ललक-सी जल उठती और बेशर्मी से देर तक देखती रहती। शंकर जैसे भी थे, अब उम्र के ढलान पर थे और इधर जमीन-जायदाद और हाकिम-हुक्काम के चक्करों में कुछ ज्यादा ही रहने से रूपा को उनसे पहलेवाला रस नहीं मिलता था। रूपा को एहसास था कि उसकी कल रातवाली करतूत दुर्बली के सामने जाहिर हो गई होगी। लेकिन इससे शर्माने के बजाय वह उनसे और निधड़क हो गई थी। स्वभाव ही ऐसा था, उसका।

तैंतीस

उस दिन सुमेर सिंह जब दुर्बली और भवानी प्रसाद का साथ छोड़कर मड़ियाँव छावनी की ओर बढ़े, उनके जेहन में साफ नहीं था कि आगे क्या करना है। वे कालीबकस को खोजते हुए मेस के उत्तरी फाटक तक पहुँच गए। सातवें रिसाले के कुछ घुड़सवार वहाँ पहले से मौजूद थे। लेकिन पल्टनियों का जमाव दूसरे फाटक पर था। सुमेर सिंह ने घोड़ा उधर मोड़ दिया। पर कालीबकस वहाँ भी नहीं थे। वहाँ ज्यादातर सिपाही इकहत्तरवीं और तेरहवीं पल्टन के थे। मालूम हुआ, कालीबकस की अड़तालीसवीं पल्टन के जवान हाकिमों के बंगलों की ओर मुड़ गए थे जहाँ लूटपाट शुरू हो गई थी। सिपाही फाटक पर खड़े-खड़े बेसब्र हो रहे थे। कुछ दूर पर एक बंगले से लपट निकलती दिखी तो उन्होंने 'हर-हर महादेव' का नारा लगाया और धक्का देकर फाटक तोड़ दिया। भीड़ आहाते के अंदर घुस गई। पूरा मेस वीरान था। सिर्फ एक गोरा कोने में शराब पीकर धुत पड़ा था। वह उठकर भाग सके, ऐसी स्थिति में नहीं था। उसके संगी-साथी भी शायद जल्दी में उसे छोड़कर भाग लिए थे। सिपाहियों ने उसे दो-चार कुन्दे जमाए। वह गिड़गिड़ाने लगा तो उसे छोड़कर मेस का फर्नीचर तोड़ने में लग गए। फिर टूटा-फूटा फर्नीचर एक जगह इकट्ठा कर आग लगा दी। कुछ सिपाही गोरे को उठाकर आग में फेंकना चाहते थे। सुमेर सिंह से नहीं रहा गया। सिपाहियों को फटकारा और गोरे को किसी तरह घोड़े पर बिठाकर मेस के पिछवाड़े ले गए। जैसे ही उसे बरामदे में लिटाया, दक्षिण की ओर तोप के गोले दगने लगे। तभी एक गोला बिल्कुल पास आकर फटा। उसका एक टुकड़ा उछलकर सुमेर सिंह की जाँघ में लगा। खून रिसने लगा। वरदी खून से तर हो गई। जब तक उन्हें होश था, चारों ओर आग की लपटें उठती दिखाई पड़ रही थीं। कोहराम मचा था और पल्टनिए "तोपखाना आ गया" चिल्लाते हुए मेस छोड़कर भाग रहे थे। धीरे-धीरे वे बेहोश हो गए।··· होश आया तो रेजिडेंसी के देशी अस्पताल में बिस्तरे पर पड़े थे।

वह इतवार का दिन था। सुबह के वक्त लोग रेजिडेंसी के घरों और बैरकों से निकलकर चर्च की ओर जा रहे थे। अस्पताल की खिड़की से सब दिखाई पड़ता था। सभी के चेहरे बुझे हुए थे। रात में छावनी के मेस पर हमले की घटना से रेजिडेंसी में दहशत छा गई थी। सर्विस के बाद लोग चर्च से निकले तो चारों ओर भीड़-ही-भीड़ दिखती थी। छावनी के घरों से तमाम औरतें और बच्चे आकर रेजिडेंसी में शरण लिए थे। इसलिए यहाँ के सभी घर भर गए थे। चारों ओर अफरातफरी थी। चहारदीवारी के बाहर खन्दकें खुद रही थीं, तोपें लगाई जा रही थीं। फालतू पेड़ों को काटकर दीवार को ऊँचा किया जा रहा था। हेनरी खुद सारे बन्दोबस्त की देखरेख करते घूम रहे थे।

धीरे-धीरे सुमेर सिंह चलने-फिरने लगे, पर पैर में पट्टी बँधी रही। रेजिडेंसी के आहाते के बीचोंबीच एक बड़ा-सा बरगद का पेड़ था, शाम को वह आकर उसके नीचे बैठ जाते। बैरकों से निकलकर कुछ और हिन्दुस्तानी सिपाही भी वहीं आकर बैठते। आपस में बातें होतीं। रोज किसी-न-किसी मुफस्सिल से भागकर आए गोरे मर्द, औरतें और बच्चे रेजिडेंसी में दाखिल होते। आँखों में मौत का साया लिए, एकदम बदहवास। मर्द, जो काम से लौटे तो उनका बंगला जल रहा था और खून से लथपथ बीवी-बच्चों की लाशें बरामदे में पड़ी थीं। औरतें, जिनकी आँखों के सामने उनके मर्द और बच्चों को चीरकर फेंक दिया गया था। जब भी भगोड़ों का कोई नया जत्था आता, रेजिडेंसी में सनसनी फैल जाती और गोरों के चेहरों पर मौत का सन्नाटा खिंच आता। शाम को आसमान में गिद्ध मँडराते और कभी-कभी किसी ऊँचे पेड़ पर आकर बैठ जाते। अँधेरे में उनके पंख फैलाने या इधर-उधर होने से डालों का हिलना बड़ा खौफनाक लगता। रात के सन्नाटे में बड़ी चिरैया ऐसे जोर से 'मुआ-मुआ' बोलती कि पूरी रेजिडेंसी घहना उठती।

रेजिडेंसी में डाक आनी बंद हो गई थी। बाहर से या तो जासूस खबर लाते, नहीं तो नौकर-चाकर सौदा-सुलफ लेने जाते तो शहर की बातें सुनकर आते थे। सातवीं पल्टन के जो सिपाही कारतूसवाले मामले में पकड़े गए थे उनमें से तीस को फाँसी दे दी गई थी। झगड़े-फसाद

में पकड़े गए और लोगों को भी धड़ाधड़ फाँसियाँ दी जा रही थीं। मच्छीभवन के सामनेवाले टीले पर फाँसी खड़ी की गई थी। सरेआम फाँसी दी जाती थी और दहशत फैलाने के लिए लाश देर तक लटकी छोड़ दी जाती थी।

जिस दिन सुमेर सिंह को अस्पताल से छुट्टी मिली, उसी दिन लखनऊ में आषाढ़ का पहला दौंगरा पड़ा और उसी दिन छावनी की बचीखुची पल्टनें और रिसाले रेजिडेंसी में लाए गए। आसमान में सुबह से ही बादल छाए थे और गरज-तड़क हो रही थी। दोपहर बाद घटाटोप अँधेरा छा गया और बड़ी-बड़ी बूँदें पड़ने लगीं। शाम तक इतना पानी बरस गया कि रेजिडेंसी के धूल-भरे रास्ते कीचड़ में सन गए। छावनी से आनेवाली तोपगाड़ियों, घोड़ों और सिपाहियों के चलने से कीचड़ पूरे आहाते में फैल गया। दूसरे दिन आसमान साफ हुआ तो फिर से कड़ी धूप निकल आई। कीचड़ सूखकर कड़ा हो गया और पैरों में गड़ने लगा। पहले जहाँ हरे-भरे लान और खिले हुए फूलों की क्यारियाँ और करीने से कटे पेड़-पौधे थे वहाँ अब धूल और सूखा हुआ कीचड़ और गाड़ी के पहियों के आड़े-तिरछे निशान नजर आते थे। रेजिडेंसी के लिए यह बड़ा कठिन समय था और आनेवाले खतरे के लिए हो रही तैयारी में उसका पूरा नक्शा ही उलट-पुलट गया था।

दिन ढले हेनरी को खबर मिली कि रेजिडेंसी से आठ मील दूर चिनहट में बागी सिपाहियों का जमाव हो रहा है। शाम को एक गोरे हाकिम को सिख सवारों के साथ उनकी टोह लेने भेजा गया। उसने लौटकर खबर दी कि सौ के करीब सवार और पाँच सौ सिपाही वहाँ आ चुके हैं, बाकी पीछे-पीछे आ रहे हैं। वहाँ से पंद्रह मील दूर नवाबगंज कस्बे में उनकी दूसरी पंक्ति है। हेनरी ने तुरंत निर्णय ले लिया–इसके पहले कि बागी इकट्ठे होकर रेजिडेंसी पर हमला करें, सुबह-सुबह यहाँ से निकलकर उनकी अगली पंक्ति पर धावा बोल दिया जाए।

रात में ही रेजिडेंसी की फौजों को तैयार होने का हुक्म मिला। मलका की बत्तीसवीं गोरी फौज के साथ देशी पल्टनों के बचे हुए सिपाहियों, देशी और विलायती तोपखानों और सिख रिसाले के सवारों को हमले

पर जाना था। सातवें रिसाले के सवार तो भाग चुके थे, सिर्फ हाकिम रह गए थे। वे बड़े मायूस और कटे-कटे लगते थे। आधे मन से वे भी तैयार हुए। रेजिडेंसी के गोरे क्लर्कों को फौजी तालीम देकर जो वलन्टियर सवार-दस्ता तैयार किया गया था, उसे भी जाने का हुक्म हुआ। रात-भर बड़ी हलचल रही। किसी को ठीक से नींद नहीं आई। पौ फटने के पहले ही लश्कर बेली गारदवाले फाटक से निकलकर लोहे के पुल की ओर रवाना हो गया। मच्छीभवन की फौज को वहीं आकर मिलना था।

फौज के जाने के बाद रेजिडेंसी में मायूसी छा गई। एकदम सूना-सूना लगने लगा। हाकिमों के चले जाने से वहाँ चल रहा सुरक्षावाला काम भी ढीला पड़ गया। खंदक खोदनेवाले मजदूर काम पर आए पर देर तक बैठे चिलम फूँकते रहे। सुमेर सिंह का मन ऊबने लगा। फौज लड़ाई के लिए कूच कर जाए तो पीछे छूट गए फौजी की हालत बड़ी अजीब होती है। सुमेर सिंह के तो संगी-साथी भी छूट गए थे। रेज़िडेंसी उन्हें कैद लगने लगी थी। बार-बार सोचते—कहाँ आकर फँस गए। कहाँ तो चले थे कालीबकस का साथ देने और कहाँ गोरों का खैरख्वाह बनकर रह गए। उस दिन अपनी जान की परवाह न कर उन्होंने उस गोरे को बचाया था, इसलिए उनकी वफादारी पर किसी को संदेह नहीं हो सकता था। लिहाजा उनकी पूरी देखभाल हो रही थी। अस्पताल से तो वे बाहर आ गए थे लेकिन जब तक घाव बिल्कुल ठीक न हो जाए, डॉ. फेरर* उन्हें रेजिडेंसी से बाहर नहीं जाने देना चाहते थे।

बैरक के सामने खड़े-खड़े सुमेर सिंह कुछ देर सोचते रहे, फिर टहलते हुए अस्तबल की ओर चल दिए। कई घोड़ों के लड़ाई में चले जाने से वह खाली-खाली-सा लग रहा था। अस्तबल के बाहर एक कोने में कई जीनें पड़ी थीं। लगता था, जल्दी में सवार उन्हें छोड़कर चले गए थे। उनकी आहट पाकर एक घोड़ा अस्तबल में हिनहिनाया। उन्होंने झाँककर देखा। उनका ही घोड़ा था। उनकी समझ में नहीं आया, यह

---

* रेजिडेंसी के सर्जन, डॉ. जोसफ फेरर।

कब और कैसे यहाँ आ गया। पर उसे देखते ही एक विचार उनके दिमाग में कौंध उठा।

वहाँ से लौटकर वे बैरक में आए। अपनी वरदी पहनी। तलवार उठायी। अस्तबल में जाकर घोड़े को खोला। बाहर ले आकर जीन कसी। चारों ओर एक नजर दौड़ाई। कुछ लोग इधर-उधर अपने-अपने काम में लगे थे। किसी का ध्यान उनकी ओर नहीं था। कूदकर घोड़े पर सवार हुए तो जाँघ के घाव में हल्का-सा दर्द हुआ। लेकिन ठीक से बैठ जाने पर वह गायब हो गया। लगाम ढीली की तो घोड़ा धीरे-धीरे आगे बढ़ने लगा। बेली गारद की ढलान पार कर वह फाटक के पास पहुँचे। फाटक खुला था। पहरेदार सुस्त खड़े थे। इसके पहले कि किसी को कुछ समझ में आए, एक छलाँग में वे फाटक के बाहर थे। फिर तो ऐड़ लगाकर घोड़े को सरपट दौड़ा दिया और लोहे के पुल तक पीछे मुड़कर नहीं देखा।

पुल पर पहुँचकर जरा देर के लिए रुके। सोचने लगे, किधर चलें। सबसे पहले भवानी प्रसाद और दुर्बली का ख्याल आया। फिर कालीबकस की ओर ध्यान गया। कहाँ होंगे ये लोग ? और मुझे देखकर क्या सोचेंगे—गद्दार, फिरंगी का पिट्ठू ? या मेरी बात पर भरोसा करेंगे ? कौन जाने ? तभी उनका ध्यान चिनहट में जमी बागी फौज की ओर गया। शायद दुर्बली वगैरह भी वहाँ हों।··· शायद ! तो उधर ही चलते हैं।

लोहे के पुल से आगे बढ़े तो धूप निकल आई थी। नदी के कछार में घसियारिनें घास छील रही थीं। रेहड़ों के बीच गायों-भैंसों के झुंड चर रहे थे। दो दिन पहले हुई बारिश से जमीन नरम हो गई थी और बीच-बीच में झाँकती घास की फुनगियों से उस पर हल्का धानी रंग उभर आया था। पेड़ों की पत्तियाँ धुल गई थीं और धूप में चमक रही थीं। चारों ओर सबकुछ ताजा और खिला-खिला-सा लग रहा था। सिर्फ तोपगाड़ियों के निशान और बीच-बीच में पड़ी घोड़ों की लीद से लगता था कि थोड़ी देर पहले उधर से अंग्रेजी लश्कर गुजरा था।

लोहे के पुल पर से सीधी सड़क मड़ियाँव छावनी होती हुई सीतापुर

निकल जाती थी। चिनहट के लिए दाहिने मुड़कर फैजाबादवाली सड़क पर चलना था। नदी के रेहड़ खत्म होते ही खेत शुरू हो जाते थे। बारिश हो जाने से खेतों में चहल-पहल थी और किसान सड़क के दोनों ओर बैलों को फटकारते हुए हल चला रहे थे। मोड़ पर रुककर सुमेर सिंह ने पूछा तो मालूम हुआ, अंग्रेजी लश्कर बस आगे-आगे जा रहा है। आगे कुकरैल नाले पर बना पुल था जहाँ तक सड़क पक्की थी। उसके आगे उस पर मिट्टी पड़ी थी जो बारिश होने से बीच-बीच में कट गई थी। बारिश का पानी अब तक सूख चुका था और फिर से धूल उड़ने लगी थी। सामने दूर तक धूल के बादल दिख रहे थे। थोड़ा आगे बढ़ने पर धूल के बीच लश्कर की पिछली पंक्ति झलकने लगी। अब उन्हें लगा, इस तरह आगे बढ़ना ठीक नहीं होगा। लिहाजा, घोड़े को सड़क के बाईं ओर उतारकर खेतों के बीच से चलने लगे।

इस तरह लगभग डेढ़ मील चलने के बाद एक छोटा-सा गाँव दिखा। तब तक सूरज काफी ऊपर चढ़ आया था और सर पर धूप चिलचिलाने लगी थी। जोर की प्यास लग आई थी। गाँव के पास एक कुआँ देखकर वे रुके। गाँव का नाम पूछा तो मालूम हुआ इस्माइलगंज। गंज के नाम पर एक छोटा-सा बाजार था। बाकी बस्ती झोंपड़ों की थी, बीच में एक-दो मकान ही खपरैल थे। वहाँ से चिनहट दिखता था। लोगों ने बताया, बागी फौज का डेरा चिनहट गाँव के आगे एक आम के बाग में है। पहले तो थोड़े से घुड़सवार और पल्टनिए वहाँ आकर रुके थे। लेकिन अब तक कई छोटी-बड़ी पल्टनें, रिसाले और तोपखाने आ चुके हैं। वहाँ से नवाबगंज तक फौजों का ताँता लगा हुआ है। सुमेर सिंह को लगा, फिरंगी फौज को आज मुँह की खानी चाहिए।

सुमेर सिंह अभी पानी ही पी रहे थे कि सामनेवाली सड़क पर धीरे-धीरे बढ़ता अंग्रेजी लश्कर नजर आया। गाँववाले घरों से निकलकर देखने लगे। कुकरैल पुल के आगे मिट्टी पड़ी होने से सड़क काफी ऊँची थी, इसलिए लश्कर काफी दूर तक फैला हुआ था। सिख सवारों की नीली वरदी धूप में चमक रही थी। सड़क के दूसरे किनारे पर वलंटियर घुड़सवार सिख सवारों के साथ नाका बनाकर चल रहे थे। उन्होंने जिन्दगी में

कोई लड़ाई नहीं देखी थी। और अभी-अभी हथियार पकड़ना सीखा था। बड़े उत्साह में थे वे। कुकरैल पुल पर जब लश्कर नाश्ते के लिए रुका था तो वे यह कहकर चल दिए थे कि अभी पांडियों को खदेड़कर लौटते हैं, नाश्ते की क्या जरूरत है।

घुड़सवारों के पीछे बड़ी हाउट्जर तोपवाली गाड़ी थी जिसे खींचने वाला हाथी ऊँची सड़क पर झूमता हुआ चल रहा था। उसके पीछे दस छोटी तोपें थीं जिन्हें घोड़े खींच रहे थे। तोपखाने के पीछे चमकती लाल वरदीवाली गोरी पल्टन थी। उसके पीछे देशी पल्टनें। सबसे पीछे रसद और घायलों को ले जानेवाली गाड़ियाँ, डोली ढोनेवाले, भिस्ती और कुली वगैरह थे। जिस बेफिक्री से लश्कर आगे बढ़ रहा था, उसे देखकर लगता नहीं था कि उसे बागी फौज की ताकत का एहसास है।

इस्माइलगंज के सामने आकर काफिला रुका। चिनहट की ओर से कुछ राहगीर आ रहे थे। हाकिमों ने उन्हें रोककर पूछताछ की। फिर लगा, वे आपस में कुछ सलाह-मशविरा कर रहे हैं। उनका उत्साह कुछ ठंडा पड़ गया लगता था। बागियों की संख्या के बारे में नई सूचना से शायद वे असमंजस में पड़ गए थे। वे सोच रहे थे, आगे बढ़ें या पीछे लौटें।

घोड़े पर बैठे-बैठे सुमेर सिंह का घाववाला पैर दर्द करने लगा था। वे पानी पीकर कुएँ के पास एक पेड़ के नीचे पड़ी चारपाई पर बैठकर आराम करने लगे। लश्कर को रुका देख गाँववाले अपने घरों से निकल आए थे और साँस रोककर इंतजार कर रहे थे कि आगे क्या होता है।

थोड़ी देर बाद लश्कर हरकत में आया और हवा में तीन गोलियाँ चलाने के बाद हाउट्जर तोप को घुड़सवारों के बीच से निकालकर आगे बढ़ाया जाने लगा। अभी तोप का मुँह ठीक ही किया जा रहा था कि बागियों की ओर से गोलाबारी होने लगी। गाँववालों में भगदड़ मच गई। सुमेर सिंह ने अपने को कुएँ की आड़ में कर लिया। बीच-बीच में सर निकालकर देख लेते थे।

चिनहट की ओर से गोलाबारी धीमी पड़ी तो बाग से निकलकर सड़क की ओर आती बागी फौज दिखाई पड़ने लगी। उनके घुड़सवार

और पल्टनिए बीच से अलग होकर दो तरफ से अंग्रेजी लश्कर पर घेरा कसते हुए आगे बढ़ रहे थे।

सुमेर सिंह एक मकान की आड़ लेकर घोड़े पर सवार हुए और तलवार ऊपर उठाकर दोस्ती का इशारा किया। उनकी ओर गोलियों की बौछार बंद हुई तो घोड़े को ऐड़ लगाकर जल्दी से बागियों के बीच आ गए। फिर जान-पहचान के चेहरे खोजते हुए पीछे आ रही तोपगाड़ियों की ओर बढ़ने लगे। मड़ियाँव छावनी का कोई सिपाही नहीं दिखा तो उन्हें थोड़ी निराशा हुई। जगह-जगह से आई हुई पल्टनें थीं मगर सब एक होकर ऐसे लड़ रही थीं जैसे सबका एक ही कमान्डर हो। पहली बार बिना किसी गोरे हाकिम की कमान के आगे बढ़ रहे सिपाहियों में अनोखा उत्साह और मस्ती थी। समझ में नहीं आता था, पूरी फौज में बिना किसी फौजदार के तालमेल कैसे बैठ रहा था। फहराती दाढ़ीवाले एक मौलवी जरूर थे जो हाथी पर सवार थे और रह-रहकर सिपाहियों को आगे बढ़ने के लिए ललकार रहे थे। सिपाही एक-एक मकान की आड़ लेकर गोलियाँ बरसाते थे और फिर 'दीन-दीन' चिल्लाते हुए उन्मत्त होकर आगे बढ़ते थे।

बागी पल्टनें तोपों की मार से नहीं रुकीं तो गोरे हाकिमों ने सिख और वलंटियर घुड़सवारों को आगे बढ़कर चार्ज करने का हुक्म दिया। वलंटियर तो बड़े जोश से आगे बढ़े लेकिन सिख सवारों में से केवल दो को छोड़कर बाकी ने घोड़ों को पीछे मोड़ा और मैदान छोड़कर भाग निकले। उन्हें भागता देख बागियों में जोर से हल्ला हुआ और वे दूने उत्साह से आगे बढ़ने लगे। वलंटियरों के घोड़े अगली टाँगें उठा-उठाकर हिनहिनाते रहे और बागियों की भीड़ अगल-बगल से निकलकर सड़क की ओर बढ़ती रही।

बत्तीसवीं गोरी पल्टन गोलाबारी के रास्ते में न आए, इसलिए उसे सड़क से उतारकर खेतों में लिटा दिया गया था। जब बागी वलंटियर सवारों के रोके नहीं रुके तो उसे उठकर धावा बोलने का हुक्म हुआ। दोनों ओर से जोर से हल्ला बोलने की आवाज आई और दोनों फौजें आमने-सामने आकर डट गईं। दोनों ओर से चलती गोलियों से उठती

बारूद की महक और धुएँ से माहौल बोझिल हो गया। तभी गोरी पल्टन के कमांडर कर्नल के कंधे में गोली लगी। इसके पहले कि वह सँभले, दूसरी गोली आकर उसकी जाँघ में लगी और वह वहीं गिर पड़ा। कमांडर का गिरना था कि गोरी फौज के पैर उखड़ने लगे। गोरे सिपाही पीछे मुड़कर भागे। हेनरी ने दूरबीन से फौज की यह दुर्गति देखी तो बाकायदा पीछे हटने का हुक्म दिया।

बागी फौज ने सड़क पर कुकरैल की ओर भागती गोरी फौज का पीछा किया। सूरज सर के ऊपर चमक रहा था। आसमान में बादल का एक टुकड़ा नहीं था। धूप इतनी तेज थी कि शीशी चटक रही थी। दूर-दूर तक कोई पेड़-रूख नहीं दिखता था। भिस्तियों के पहले ही भाग जाने से अंग्रेजों के पास पानी की एक बूँद नहीं थी। सुबह सबने नाश्ता भी नहीं किया था। भूख, प्यास, धूप और गरमी से बेहाल वे भागे जा रहे थे। जो भी पीछे छूटता, उसे गोलियों से भून दिया जाता। कई तो गरमी से गश खाकर गिर गए और बागियों ने बिना गोली बरबाद किए, संगीनें भोंककर उन्हें खत्म कर दिया।

वापस लौट रही तोपगाड़ियों पर ऊपर-नीचे, अगल-बगल, जहाँ जगह मिली, गोरे सिपाही लद लिए थे। कुछ घोड़ों की रकाबों और कुछ सवारों के हाथ पकड़े-पकड़े भाग रहे थे। कुछ को वलंटियरों ने अपने घोड़ों के पीछे बिठा लिया था। भगोड़ों को पता था कि जो भी पीछे छूटा, जिन्दा नहीं बचेगा।

सुमेर सिंह पल्टनियों के पीछे-पीछे आ रहे थे। सड़क पर जगह-जगह लाशें पड़ी थीं और ताजा खून फैला था। उससे बचने के लिए वे घोड़ा बढ़ाकर पल्टन की अगली पंक्ति में आ गए। तभी उनके सामने कुछ दूर पर भाग रहे एक गोरे हाकिम को गोली लगी। घायल होने पर भी उसने कुछ दूर भागने की कोशिश की। फिर पस्त होकर सड़क के किनारे बैठ गया। बागियों को करीब आता देख उसने एक बार फिर उठकर भागना चाहा, लेकिन गिर पड़ा। आगे भाग रहे गोरे सिपाहियों को मदद के लिए बुलाया पर किसी ने पलटकर नहीं देखा। उसने सीने पर क्रॉस बनाया और सड़क के किनारे लेट गया। सुमेर सिंह वहाँ पहुँचकर ठिठके।

लेटे हुए गोरे को आड़ में करके घोड़े को रोका और उसे आगे-पीछे करने लगे। तभी बागियों का एक रेला आया और गोरे की ओर ध्यान दिए बिना आगे बढ़ गया। गोरे ने कृतज्ञता-भरी निगाह से सुमेर सिंह की ओर देखा। वे अपनी असमर्थता पर अंदर-अंदर परेशान हो उठे।

तभी बागियों का दूसरा जत्था आया और किसी की निगाह गोरे पर पड़ गई। वह जोर से चिल्लाया–"अरे फिरंगी··· हाकिम है, हाकिम··· मारो।" जत्था उस पर टूट पड़ा। एक सिपाही ने संगीन की नोंक से उसकी वरदी गले से कमर तक फाड़ दी। नंगा, गोरा बदन झाँकने लगा। दूसरे ने पेट में संगीन भोंक दी और बाहर निकाली तो अंतड़ियाँ भी बाहर आ गईं। गोरे की दहशत-भरी आँखें बाहर को उबल पड़ रही थीं। लेकिन जान फिर भी नहीं गई। सुमेर सिंह घोड़े को एक ओर कर, विवश-से खड़े देखते रहे और जत्था आगे बढ़ गया। छटपटाते हुए गोरे ने करवट बदली तो उसकी निगाह सुमेर सिंह से टकरा गई। वह मिन्नत-भरे स्वर में बुदबुदाया–

"किल मी··· प्लीज··· आय बेग यू··· किल मी सून।"*

सुमेर सिंह कुछ समझे, कुछ नहीं समझे। तब गोरे ने अपने गले पर उँगली फिराकर इशारा किया और टूटती आवाज में बोला–

"मार दो मुझे··· खत्म कर दो··· फॉर क्राइस्ट सेक··· " और उसकी आवाज फुसफुसाहट में बदलते हुए धीरे-धीरे बंद हो गई।

सुमेर सिंह ने आँखें फेर लीं और घोड़े को आगे बढ़ा दिया।

कुकरैल का पुल पास आ रहा था। वहाँ जो बागी घुड़सवार नाका बनाकर खड़े थे, उन्होंने भागकर आती अंग्रेजी फौज को रोकने की कोशिश की पर असफल रहे। उनकी संख्या बहुत थोड़ी थी। रह-रहकर एक-एक, दो-दो घुड़सवार वहाँ से निकलकर बागी पल्टन के साथ आते गए थे। किसी की समझ में नहीं आया, उन्होंने ऐसा क्यों किया था। शायद अंग्रेजी लश्कर को भागते और बागी पल्टन को उसका पीछा करते देख वे विजय के उल्लास में सबकुछ भूल गए थे और दुश्मन को खदेड़कर

---

* "मुझे मार दो··· मेहरबानी करके··· मैं भीख माँगता हूँ··· मुझे जल्दी मार दो।"

मारने के लिए उतावले हो उठे थे। या वे समझते थे कि अंग्रेजी फौज को पुल तक आने की नौबत ही नहीं आएगी, बीच में ही वह साफ कर दी जाएगी। जो भी हो, जब पुल पर बाकी बचे घुड़सवार वलंटियरों के एक ही हमले में तितर-बितर हो गए और अंग्रेजी लश्कर पुल से होकर आगे बढ़ने लगा तब जाकर बागियों को इस चूक का एहसास हुआ। अगर उस दिन कुकरैल पुल की नाकाबन्दी मजबूत होती तो अंग्रेजी फौज का अधिकांश हिस्सा खत्म हो गया होता और तब आगे की लड़ाई का नक्शा ही कुछ और होता।

शहर करीब आने पर इक्का-दुक्का मकान और दूकानें दिखने लगीं जिनकी आड़ लेकर अंग्रेजी फौज जवाबी हमला करने लगी। इससे बागी फौज की पीछा करने की गति धीमी हो गई और दोनों फौजों के बीच फासला बढ़ गया। एक कुएँ पर गोरे सिपाहियों को पानी भी मिल गया। सुमेर सिंह ने दूर से देखा, कुएँ के पास कई गोरे सिपाही चुल्लू बनाकर झुके हुए थे और घूँघट काढ़े हुए औरतें मिट्टी के घड़ों से उन्हें पानी पिला रही थीं। उन्हें न गोरों से कोई मतलब था, न बागियों से। वे सीधी-सादी गाँव की औरतें थीं, प्यास का मारा जो भी सामने आया, उसे पानी पिलाना अपना धर्म समझती थीं।

जब तक बागी गोमती के किनारे पहुँचे, अंग्रेजी लश्कर लोहे का पुल पार कर चुका था। बागी पुल की ओर बढ़ ही रहे थे कि अचानक गोले बरसने लगे। बेलीगारद और मच्छीभवन के तोपचियों ने भागकर आती गोरी फौज को दूर से देख लिया था। जैसे ही उसने लोहे का पुल पार किया, बागियों को रोकने के लिए वे दोनों ओर से गोलाबारी करने लगे। बागियों के लिए पुल से होकर नदी पार करना मुश्किल हो गया तो वे सड़क से उतरकर गऊघाट की ओर मुड़ गए। तब तक बागी तोपचियों ने ऊँचाई पर बने थार्नहिल के मकान पर कुछ तोपें चढ़ा दी थीं और जवाबी गोलाबारी करने लगे थे। उसकी आड़ में बागी फौजों ने जैसे-तैसे घाट से होकर नदी पार की और शहर में दाखिल हुईं।

शहर में घुसते ही बागी फौज की व्यवस्था टूटने लगी। दिन ढल रहा था और थके हुए सिपाही खाने-पीने और आराम करने का ठौर

ढूँढ़ रहे थे। एक जगह रोककर पूरी फौज को साथ टिकाने का इंतजाम नहीं हो पाया। जगह-जगह से आई फौजें विजय के उल्लास में स्वच्छन्द घूमती अलग-अलग ठिकानों पर पहुँच गईं। सबको शाही महलों में रुकने का शौक चर्राया था। छतरमंजिल, फरहबक्श, खुर्शीद-मंजिल, रसदखान कोठी, दिलकुशा–जिसको जहाँ जगह मिली वहीं जम गया। सुमेर सिंह सुल्तानपुर के घुड़सवारों के साथ छतरमंजिल में आए तो वहाँ अजीब टंटा खड़ा हुआ था। हमेशा महल के भीतर रहनेवाली बेगमें बाहर निकल आई थीं और बागियों को कोस-कोसकर हैरान कर दे रही थीं–

"अरे, कहाँ से आ गए ये सोहदे और बदमाश ! जाने आलम तो चुपचाप कलकत्ते चले गए। अब इन मुओं को क्या पड़ी थी आसमान सर पर उठाने की। अरे इनकी वजह से फिरंगी हमें भी तबाह कर देंगे। पहले ही हमारी हालत यूँ कर रखी है कि दिन गुजारना मुश्किल है। अब यह नई आफत लेकर आ गए... "

देशी हाकिमों ने बहुत समझाया-बुझाया और दिलाशा दी कि रात बिताकर फौजें चली जाएँगी तब जाकर वे किसी तरह चुप हुईं।

बागियों ने मनमाना राशन लिया, ठाट से बनाया-खाया और चिलम के कश लगाते या सुंघनी सूँघते देर रात तक गप्पें मारते रहे। उनके लेखे लखनऊ पर बागियों की फतेह हो चुकी थी और अवध में गोरों का राज खत्म हो गया था। उधर रेजिडेंसी में हेनरी रात-भर जगकर तोपें लगवाता और घेराबंदी मजबूत करवाता रहा।

चौंतीस

बागियों को लखनऊ में आए हफ्ता-भर हो गया था। रेजिडेंसी पर रोज हमले हो रहे थे और रोज ही लगता था कि आज घेरा टूट जाएगा, लेकिन बात बनते-बनते रह जाती थी। जैसे-जैसे दिन बीत रहा था, बागियों पर अंकुश खत्म होता जा रहा था। शहर में लूटपाट होने लगी थी। लड़ाई के इंतजाम के लिए एक फौजी पंचायत बनी थी जिसमें खास-खास

पल्टनों और रिसालों के सूबेदार शामिल थे। सुल्तानपुर रिसाले के रिसालदार बरकत अहमद को इसका सरगना चुना गया था। लेकिन मौलवी अहमदुल्ला शाह की फौजी पंचायत से कभी नहीं बनी। मौलवी का असर सिपाहियों पर भी था और आम रिआया पर भी। वे दोनों का ध्यान रखते थे। बागी सिपाहियों की लूटपाट से लोग आजिज आ गए तो उन्होंने मौलवी से फरियाद की। उन्होंने शहर में जगह-जगह फौजी चौकियाँ कायम कर दीं। फौजी पंचायत को यह नागवार लगा। उसने नवाबी हुकूमत फिर से कायम करने की पेशकश की। नुक्ता यह निकाला कि दिल्ली के मुगल बादशाह की सरपरस्ती में अवध में एक मुल्की सरकार कायम होनी चाहिए। इसके लिए शहजादे की खोज होने लगी, जिसे मसनद पर बिठाया जा सके। बेगमों से बात चलाई गई। मगर कोई आफत नहीं मोल लेना चाहता था। किसी को भरोसा नहीं था कि फिरंगी सरकार हमेशा के लिए खत्म हो गई। किसी तरह बेगम हजरत महल अपने नाबालिग बेटे बिरजिस कदर की ताजपोशी के लिए तैयार हुईं। कैसरबाग की बारादरी में बड़े जश्न और धूमधाम से ताजपोशी हुई। नए नवाब को नजरें भेंट की गईं और तोपों की सलामी दी गई। उनकी ओर से बेगम हजरत महल ने राज-काज सँभाला। यह जुलाई की सातवीं तारीख थी।

दूसरे दिन फौजी पंचायत के उकसाने पर बेगम ने मौलवी को फौजी चौकियाँ हटाने के लिए संदेश भेजा। वे कब माननेवाले थे ! दोनों में तनातनी शुरू हो गई। इस खींचतान के बीच बागी तोपची और पल्टनिए आधे मन से रेजिडेंसी की घेराबंदी तोड़ने में लगे रहे और रुक-रुककर लड़ाई चलती रही।

शाम ढल रही थी। दिन-भर की बूँदाबाँदी के बाद आसमान एक ओर से खुल गया था। सुमेर सिंह टहलते हुए अकेले गोमती की तरफ निकल गए। रेजिडेंसी की ओर से फट-फट गोलियाँ चलने की आवाज आ रही थी। बीच-बीच में घहनाता हुआ तोप का गोला भी दग जाता था। आसमान में एकाएक बादल दौड़ने लगे और एक ओर का खुला चौखटा उनसे ढक गया। थोड़ी देर में बारिश शुरू हो गई। किनारे की

बालू पर निशान बनाती बड़ी-बड़ी बूँदें गिरने लगीं। घाट के पास एक छोटी-सी मठिया थी। उसका दरवाजा तो बन्द था लेकिन दीवार के पास थोड़ी आड़ थी। सुमेर सिंह वहीं जाकर खड़े हो गए। सोचा था, थोड़ी देर में बारिश रुक जाएगी। लेकिन जैसा कि कहते हैं, सुबह का झगड़ा और शाम की बारिश कहाँ जल्दी रुकने को आती है ! देखते-देखते चारों ओर से गहरे स्याह बादल घुमड़ आए और झमाझम बारिश होने लगी। बालू के बीच-बीच से मटमैले पानी की पतली-पतली धारें बहती हुई नदी में गिरने लगीं। किनारे का पानी गहरा मटमैला हो गया। घटाटोप अँधेरा छा गया। बस नदी के ऊपर छक-छक करके गिरती बूँदें दूर से चमकती थीं। नदी का पानी चोट खाए साँप की तरह अँधेरे में लहरा रहा था। रात गहरा गई पर बारिश बन्द होने का नाम नहीं ले रही थी। सुमेर सिंह बौछार से भीगकर तर हो गए।

तभी नदी के बीच धीरे-धीरे सरकती एक रोशनी नजर आई। घाट की तरफ ही आ रही थी। करीब आने पर मालूम हुआ, एक छप्पर वाली नाव थी जो बारिश के बीच धीरे-धीरे किनारे की ओर बढ़ रही थी। नाव के किनारे से लगते ही बारिश से बचने के लिए सुमेर सिंह उधर दौड़ गए।

"कौन है भाई ?" अन्दर से चिढ़ी हुई-सी आवाज आई।

बारिश की धुंध और मशाल की हिलती-डुलती रोशनी में उन्होंने देखा, नाव में केवट के अलावा देशी पल्टन के पाँच सिपाही थे जो बीच में रखी एक गठरी के चारों ओर बन्दूकें लिए बैठे थे। सुमेर सिंह को देखकर वे सकपकाए।

"मैं हूँ—सुमेर सिंह··· सातवाँ लैट रिसाला।" बारिश के शोर में उन्हें चिल्लाकर बोलना पड़ रहा था।

"सुमेर सिंह ! ··· आ जाओ, आ जाओ भाई। बाहर क्यों भीग रहे हो ?"

सुमेर सिंह नाव पर चढ़े तो सिपाहियों ने खिसककर उन्हें बैठने की जगह दी।

"मुझे नहीं पहचाना ?"

"अरे तुम ? कालीबकस ? यहाँ ?" सुमेर सिंह झटके से खड़े होने लगे।

"बैठो-बैठो··· बताता हूँ।··· मैंने तो समझा था, मौलवी की चौकी का कोई सिपाही है और बखेड़ा खड़ा करने आ गया।··· चलो अच्छा हुआ।··· मगर तुम इतनी रात गए यहाँ अकेले घाट पर क्या कर रहे थे ? ··· और इस बारिश में ?"

"बस ऐसे ही घूमते हुए आ गया था। तब आसमान एक ओर से साफ था। एकाएक बारिश होने लगी।··· मगर तुम कहाँ से आ रहे हो ? उस दिन मेस में मुझे बुलाकर किधर गायब हो गए थे ?"

"मैं वहाँ आया तो मेस जल रहा था। तुम कहीं दिखे ही नहीं। तब तक तोपें आ गईं। हम मुदकीपुर पहुँचे, दूसरे दिन सीतापुर निकल गए।"

"तभी तो।··· यहाँ कब लौटे ?"

"चिनहट की लड़ाई के बाद।"

"तभी से यहाँ हो ?··· कहीं दिखे नहीं। अभी कहाँ से आ रहे हो ?"

"अभी तो··· "

"पगार वसूल करने गए थे।" बगल में बैठा दूसरा सिपाही बोल उठा।

"पगार वसूल करने ?"

"हाँ··· तुम्हारी बेगम तो हमें पगार देने से रहीं। बेचारी के पास है ही क्या ! और शहर में मौलवी ने चौकियाँ बिठा रखी हैं। सो हम गाँवों की ओर बढ़ गए। मोटा आसामी देखकर··· "

"तुम्हारा मतलब, इसे लूटकर ला रहे हो ?" सुमेर सिंह ने गठरी की ओर इशारा किया।

"तुम लूट कहते हो तो वही सही।··· हम नहीं लूटेंगे तो कोई और लूट लेगा। गाँवों में तो वैसे ही लूट-पाट मची है।"

"लूट-पाट मची है ?"

"और क्या ? जाके देखो। फौरी बन्दोबस्त में जिन तालुकेदारों के गाँव निकल गए थे वे जबरन उन पर कब्जा करने में लगे हैं। चोर-डाकू

निधड़क घूम रहे हैं। लोग पुरानी रंजिशें निकाल रहे हैं। लखनऊ में बैठकर बेगम और मौलवी क्या करेंगे ? और अपनी फौजी पंचायत ही क्या करेगी ?"

"मगर कालीबकस, यह तो सरासर लुच्चई हुई।··· क्या हम इसी के लिए लड़े थे ?"

"बाभनों के साथ रहते-रहते तुम भी बुजदिल हो गए हो, सुमेर सिंह। अरे, हम जान हथेली पर रखकर फिरंगी से लड़े, और लड़ रहे हैं। फिरंगी को शिकस्त मिली तो हमारे ही कारण न ? हमारा भी तो कुछ हक बनता है। ये नवाब, तालुकेदार तो हमेशा से यही करते आए हैं।"

सुमेर सिंह को लगा, कालीबकस से बहस करना बेकार है। अजीब-सी निराशा और बेबशी ने उन्हें आ घेरा।

देर रात गए पानी बन्द हुआ तो कालीबकस और बाकी चारों सिपाही गठरी का माल बाँटकर शहर की ओर चलने लगे। सुमेर सिंह घाट पर ठिठक गए।

"क्यों, डेरे पर नहीं चलना है ? ··· खाना-पीना नहीं होगा ?" कालीबकस ने पीछे मुड़कर पूछा।

"तुम चलो, मैं आता हूँ।"

"जैसी तुम्हारी मरजी··· सुबह तो मुलाकात होगी ?"

"हाँ-हाँ, क्यों नहीं ?"

कालीबकस ने सुमेर सिंह का ठौर-ठिकाना पूछा, अपना बताया और चारों सिपाहियों के साथ हौले-हौले कदम बढ़ाता आगे निकल गया। सुमेर सिंह कुछ देर वहीं खड़े-खड़े उसका जाना देखते रहे, फिर धीरे-धीरे चलते हुए मठिया के पास निकल आए। आसमान में बादल छँट रहे थे। बादलों की हल्की पर्त के पीछे छिपा हुआ चाँद दबी-दबी-सी उजास बिखेर रहा था। दूर शहर की इमारतें एक फीकी, मटमैली धुंध में डूबी थीं। बारिश के बाद के सन्नाटे में नदी से आ रही पानी की कुलबुलाहट ऐसे लगती थी जैसे कोई घड़ा भर रहा हो।

सुमेर सिंह ने शहर की ओर निगाह दौड़ाई—कदम रसूल, मोती-महल, कैसरबाग, छतरमंजिल, फरहबक्श, रेजिडेंसी, मच्छीभवन, लछमन-टीला—सब

धुँधली उदास चाँदनी में डूबे, सोए पड़े थे। इमारतों का आकार अलग-अलग नहीं दिखता था, बस उनके गड्डमड्ड दायरे का आभास होता था। लछमन-टीलेवाली जगह पर आकर सुमेर सिंह की निगाह ठहर गई। क्या महिमा रही होगी रामचंद्रजी के राज में इस जगह की ! आज तो बस मिट्टी-पत्थर का ढूहा है। तब से कितने राजा आए, कितनी लड़ाइयाँ हुईं, कितने विजय के उत्सव मने–कहीं किसी का पता है ? कितने मुगल, कितने नवाब–सब जाने कहाँ खो गए। मिट्टी में मिल गए। वक्त ऐसे ही चलता रहा, चलता रहेगा। एक दिन यह सारी इमारतें टूट-फूटकर खँडहर हो जाएँगी, धूल में मिलकर डीह बन जाएँगी। फिर किसी का नामोनिशान नहीं रहेगा।··· इस सबका कोई मतलब है ? कहीं कोई तत्त्व है ?

दूसरे दिन कालीबकस सुमेर सिंह के डेरे पर आए तो वे वहाँ नहीं मिले। लोगों ने बताया, वे सुबह-सुबह घोड़ा कसकर जाने कहाँ चल दिए। शायद घर गए हों।

पैंतीस

उस साल बहुत दिनों बाद बरसात में दुर्बली का बसौली में रहना हुआ। फौज में जाने के पहले उन्होंने बसौली की बरसात देखी थी, लेकिन तब उम्र दूसरी थी और चीजों को देखने की नजर कुछ और थी। इस बार सबकुछ नया-नया और अजीब लुभावना-सा लग रहा था। गीली मिट्टी को फोड़कर भदईं फसल का उगना और बारिश के साथ बढ़ते-बढ़ते झपस उठना। तेज बारिश के बाद आसमान निकल जाने पर झपसी हुई फसल पर अटकी बूँदों का फूल-सा चमकना। गड्ढों-गड़हियों में धीरे-धीरे मटमैले पानी का भरना और उफनकर थिर हो जाने पर साफ, पारदर्शी हो जाना। उस पर बूँदें पड़ने पर छोटी-छोटी भँवरों का बनना और पानी तेज होने पर एक-दूसरे से सटे हुए अनगिनत बुलबुलों का नाचना। बारिश के बाद एकबारगी पूरे जंगल का हरी, मुलायम फुनगियोंवाली घास से ढक जाना। पानी से धुले बाँस और ढाक के ताजे पत्तों पर एक हरी

सुहावनी चमक का आना। करौंदे, मकोय, खिसके और झरबेरी की झाड़ियों का गहराती हरी कंचई के साथ उमड़ी-उमड़ी-सी लगना। धान के खेत में जमते हुए अँखुओं का पहले हल्की पीली, फिर धानी, फिर हरी चादर-सा बिछ जाना। तिराई के खेतों में लगाने के लिए छोटी-छोटी क्यारियों में डाली गई खूब घनी बेरन का उगना और बढ़ना और हवा चलने पर धानी रेशमी साड़ी-सा लहराना। फिर उसे उखाड़कर पानी-भरे खेतों में रोपाई करते समय औरतों का कतार बनाकर झुके-झुके गीत गाना। घिरी हुई बदली और बूँदाबाँदी के बीच सिवान में जहाँ-तहाँ से उठते गीतों के स्वर आपस में घुलकर जलतरंग जैसे बजते और अन्दर कुछ झनझना उठता।

सावन की सत्तमी को शीतला का व्रत करनेवाली औरतें बड़े भोर में दह बिठाने जाने लगीं तो प्रसाद के लिए छनती पूड़ियों की महक से पूरा घर भर गया। दिन में रूपा प्रसाद लेने आई तो दुर्बली को सुना कर सुखई से बोली–

"अरे सुखई, गिनती के दस दिन रह गई है गुड़िया* आज से। पेड़ पर झूला डाल दो।··· इस साल तो बहू अहक भर झूल ले।"

दुर्बली ने उधर देखा तो वह मुस्कराकर आगे बढ़ गई।

दूसरे दिन पाहीघर के पिछवाड़े इमली के पेड़ की मजबूत डाल देखकर सुखई ने झूला डाल दिया। दोपहर के खाने के बाद दुर्बली सिवान का चक्कर लगाकर लौटे तो सुखई दालान के एक कोने में बैठा भाँग घोट रहा था और पिछवाड़े से लहरा-लहराकर तैरते हुए कजरी के बोल आ रहे थे–

"सावन आइ गए मनभावन, बदरा घिरि-घिरि आए ना।
बाग मोर बन पपिहा बोले, मेढक ताल लगावे ना।
फूल कली भौंरा मननाने, राग में राग मिलावे ना।
कुहुकि-कुहुकि बोले कोयलिया, मेघ झिमिक बरसावे ना।
सावन आइ गए मनभावन, बदरा घिरि-घिरि आए ना।"

---

* नाग पंचमी।

"यह गवनई कहाँ हो रही है सुखई ?"

"वही रुप्पी है छोटे महराज। आज जिद करके पिछवाड़े झुलना डलवाई है और डलते ही कढ़ा दी है।"

"मगर आवाज तो अकेली नहीं लगती।"

"दुलहिन को भी लिवा गई है न। हिंछा महराज के घर की बिटियन भी हैं। सबको बटोरके यही सब करने में तो मन लगता है उसका।"

बाहर बादल घिरे थे और रह-रहकर हवा चल रही थी। बूँदों के महीन तार हवा के झोंकों से तिरछे होकर झर रहे थे। झूलेवालियों ने दूसरा गीत कढ़ा दिया था और ऊपर-नीचे होते झूले के पेंग के साथ काँपते हुए उनके स्वर दालान तक आ रहे थे–

"लछिमन कहाँ जानकी होइहैं, ऐसी विकट अँधेरिया ना।
एक तो रैन रही सावन की, दूजे घेरे बदरिया ना।
जो सिय फूल सेज पर सोवें, चौमुख चले बयरिया ना।
सो सिय कुश-कंटक पर होइहैं, रहि-रहि चुभे गोनरिया ना।
लछिमन कहाँ जानकी होइहैं, ऐसी विकट अँधेरिया ना।"

सुनते-सुनते दुर्बली का ध्यान बरबस क्लारा की ओर चला गया। कहाँ होगी वह इस समय ? मल्लूपुर कोट में छोड़कर आए थे, जाने इलाहाबाद पहुँची या नहीं। क्या उसने मेरा इंतजार किया होगा ? कौन जाने ?

बूँदें तेज होने लगीं और थोड़ी देर में छक-छक पानी बरसने लगा। रूपा पिछवाड़े से दुर्बली की बिटिया को गले से लगाए भीगती हुई आई और दौड़कर पाहीघर के दरवाजे में घुस गई। उसके पीछे-पीछे सूरसती, बिसुन की लड़की और सबसे पीछे बहू। घूँघट में सर से पैर तक भीगती और खींच-खींचकर साड़ी को समेटती हुई। दुर्बली ने उधर देखा और एक अबूझ-सी ललक उनके भीतर कुलबुलाने लगी। क्लारा की याद पीछे दब गई। बारिश के बीच दालान के भीतर बैठे वे कुदरत के इस अजीब खेल पर विस्मित होते रहे।

"कहाँ खोय गए महराज ?"

"कहीं नहीं, सुखई।... बस ऐसे ही।"

"फौद के दिनों की याद कर रहे हैं क्या ?"

"हाँ... यही समझो।"

"आज बूटी के लिए बड़ा अच्छा मौसम है। थोड़ी-सी आपौ लीजिए। फिर देखिए, औद-फौद सब भूल जाइएगा।"

"ऐसा ?"

"हाँ सरकार।... बड़े महराज कोट से आते होंगे। आज होइ सकत है, सरैया से सुकुलौ महराज आवें।"

"ताल में तो बहुत पानी होगा। कैसे आएँगे वो ?"

"अभी उतार है, महराज।"

शाम को सब इकट्ठे हुए। भाँग छनी और वार्तालाप शुरू हो गया। शिवगुलाम सुकुल कुछ दिन पहले अमरगढ़ कोट गए थे। वहाँ के दीवान रणजीत सिंह को महदौना के तालुकेदार मान सिंह का खत मिला था। उसमें तिलंगों की बगावत के खिलाफ तमाम बातें लिखी थीं। लिखा था कि हर तालुकेदार के एक-एक गाँव में दस-दस तिलंगे होंगे। अगर बगावत कामयाब हो गई तो हर गाँव में दस-दस हाकिम बन जाएँगे। एक-एक तालुकेदार को हजार-हजार हाकिमों से निपटना होगा। तालुका तो जाएगा ही, उनकी जान के भी लाले पड़ जाएँगे।... आगे लिखा था कि आखिर में तो तिलंगों को हारना ही है। जिन अंग्रेजों ने रूस की इतनी ताकतवर दस लाख फौज को हरा दिया, जिनके सामने ईरान और चीन की बादशाहतों ने घुटने टेक दिए, उनसे यह तिलंगे सिपाही क्या खाकर लड़ेंगे ? मालूम हुआ था, मान सिंह ने ऐसा ही खत अवध के तमाम तालुकेदारों को लिखा था। सारी रियासतों में खलबली मची थी। तालुकेदार परेशान थे कि इस नई आफत से कैसे निपटें। कइयों ने कम्पनी की हुंडियों में पैसा लगा रखा था, उन्हें डर था कि कम्पनी का राज गया तो उनका पैसा डूब जाएगा। कम्पनी के बागी सिपाही जीत गए तो क्या करेंगे, इसका भरोसा किसी को नहीं था। आम रिआया तालुकेदारों का मुँह देख रही थी। वह तो उधर ही जाएगी, जिधर तालुकेदार जाएँगे।

दुर्बली पं. शिवगुलाम सुकुल की बातें सुनते रहे और धीरे-धीरे बढ़ते

भाँग के सुरूर में उनके भीतर कुछ सुगबुगाता रहा। ये तालुकेदार, जमींदार–ये 'बड़वार' लोग–सिपाहियों पर क्या भरोसा करेंगे ? इन्हें तो हमेशा से हुकूमत करने, छीन-झपटकर खाने की आदत रही है। राज चाहे जिसका हो, हुकूमत तो यही करते रहे हैं। चाहे मुगल हों, चाहे नवाब, चाहे फिरंगी, यह उनमें घुसकर अपनी जगह बना ही लेते हैं। ऊपर से चाहे जो फेर-बदल हो, गाँव-देहात में तो हुकूमत का ढाँचा वही रहता है। वही तालुकेदार, वही मालगुजार, वही पटवारी, वही जिलेदार, वही लगान, वही रिआया। अगर सिपाही बगावत में कामयाब भी हो गए तो क्या यह ढाँचा तोड़ पाएँगे ? क्या उन्हें राज-काज सँभालना आएगा ? वह तो हथियार चलाना जानते हैं, सीधे-सीधे लड़ना जानते हैं, हुकूमत के पेच वे क्या जानें ! तो क्या उन्हें भी तालुकेदारों-जमींदारों का सहारा लेना पड़ेगा ? क्या उनका, हमारा, हम सबका राज नहीं हो सकता ? ऐसी हुकूमत जिसमें सिपाही और रिआया, अमीर और गरीब सब साथ हिस्सा लें, जैसे गाँव की पंचायत में होता है। उन्हें धुँधली-सी याद आई–उस रात मड़ियाँव छावनी में वह साधू कुछ ऐसी ही बातें कर रहा था। क्या कहता था वह इस तरह के राज को, कौन-सा लफ्ज इस्तेमाल किया था उसने··· सुराज, स्वराज··· हाँ, ऐसा ही कुछ। क्या कभी वह दिन आएगा ?

अब दुर्बली के विचार बिखरने लगे। यादें गड्डमड्ड होने लगीं। मुँह सूखने लगा। जबान तालू से चिपकने लगी। आँखें बन्द कर चारपाई पर उलटकर रखे बिस्तरे पर वे उठँग गए। लोगों में अब भी बातें हो रही थीं, लेकिन लगता था उनकी आवाज कहीं दूर से आ रही थी। धीरे-धीरे उनके भीतर लहरों का एक सिलसिला शुरू हो गया। एक के बाद एक नजारे आते और निकल जाते। दूर तक खिले हुए फूल, लहलहाती हुई फसलें, सघन अमराई, कवायद करती हुई पल्टनें, उनकी चमकती हुई वरदी।··· वे यहाँ क्यों पड़े हैं ? उनके संगी-साथी, उनके रिसाले के सवार कहाँ होंगे ? कहीं लड़ रहे होंगे या उन्हीं की तरह एक कोने में दुबककर पड़े होंगे ? फिर सहसा उन्हें लगा, यह सब सोचते-सोचते बहुत अरसा गुजर गया। कब से वे यहीं पड़े-पड़े लोगों की बातें सुन रहे हैं।

और बातें हैं कि खत्म होने को नहीं आ रही हैं। अचानक फिर से लहरों का सिलसिला शुरू हो गया। दिमाग में कोई बात रुकती क्यों नहीं ? यह क्या हो गया है उन्हें ? अरे हाँ, उन्होंने भाँग खाई थी। तो यह उसी की तरंग है ? ऐसी होती है भाँग की तरंग ?

पूरी बरसात एक के बाद एक त्योहारों का क्रम चलता रहा। सत्तमी के बाद गुड़िया, उसके बाद रच्छाबन्धन, फिर जन्मअस्टमी, फिर तीज। उसके बाद बुढ़वा मंगल जिसमें हनुमानजी को रोट (मीठी पूड़ी) और सिन्दूर का प्रसाद चढ़ा। फिर आए बड़का इतवार और अनन्ता-सिंवई के त्योहार। अनन्ता की सिंवई खिलाकर बारिश खत्म होने लगी। अब कई दिनों की धूप के बाद इधर-उधर से आकर कुछ बादल जुड़ते, झींसा-झाँसी होती और जरा-सी ओरी चुवाकर वे निकल जाते। कभी खिली हुई धूप के बीच कोई भूला-भटका बादल रेशम के तारों-जैसी बूँदें झरझराता हुआ आता और बच्चे 'सियार कऽ वियाह'-'सियार कऽ वियाह' चिल्लाते, खुशी से दौड़ते। तब तक वह बागों और जंगलों पर बरसता दूर निकल जाता।

बरसात-भर बसौली की फिजाँ में बाहर चल रही लड़ाइयों की गूँज भरी रही। जब भी शंकर दशरथपुर कोट से लौटते, नई-नई खबरें लेकर आते। लखनऊ से बेगम हजरत महल ने सभी तालुकेदारों के पास परवाना भेजा था कि वे फिरंगी को मुल्क से निकालने के लिए अपनी-अपनी कुमुकें लखनऊ भेजें। कुँअर हनुमान सिंह अपने पड़ोसी तालुकेदारों से सलाह कर रहे थे। मानसिंह के खत में लिखी बातें उन्हें नहीं भूली थीं, लेकिन हवा का रुख देखकर वे धीरे-धीरे पाल्हा बदल रहे थे। पासियों और बछगोती ठाकुरों का एक जत्था दशरथपुर से लखनऊ भेजा जाने वाला था। बेगम ने मेंहदीहसन नाम के एक तजुर्बेकार हाकिम को सुल्तानपुर का नया नाजिम बनाकर भेजा था। उसके हुक्म से जगह-जगह नई पल्टनें भरती की जा रही थीं। परगने का नया तहसीलदार तैनात हुआ था जो पट्टी में पड़ाव डालकर भरती कर रहा था। तालुकेदारों के कोटों में जो पुरानी जंग खाई तोपें पड़ी थीं, उन्हें निकालकर और तेल-वेल लगाकर बागी तोपची काम लायक बना रहे थे। भारी तोपों की मरम्मत के लिए

फैजाबाद में एक कारखाना खोला गया था। लखनऊ में दिलकुशा बाग में शीशे को गलाकर गोलियाँ ढाली जा रही थीं। लखनऊ से गाड़ियों में भरकर गोला-बारूद आया था जो जगह-जगह तैनात बागी फौजों में बाँटा जा रहा था। अवध में लखनऊ रेजिडेंसी को छोड़कर और कहीं अंग्रेजी राज का नामोनिशान नहीं रह गया था। लेकिन कानपुर, इलाहाबाद और बनारस–तीन ओर से अंग्रेजी फौजें अवध की तरफ बढ़ रही थीं। सारी तैयारी उन्हें सरहद पर रोकने और लखनऊ में रेजिडेंसी का घेरा तोड़ने की थी।

नौरात्र शुरू हो गया था। पितृपक्ष बीतते-बीतते हवा में हल्की खुनक आ गई थी। धूप में शरद के दिनों का हल्का गुनगुनापन था। दुर्बली दोपहर में खा-पीकर दालान के सामने चारपाई पर आकर बैठे। नीम के पेड़ के नीचे चरख़ियों का एक झुंड इधर-उधर चोंच मारता फुदक रहा था। कुछ दूर पर काले-सलेटी परोंवाली किलहटियाँ किल-किल करती किसी बात पर लड़ रही थीं। पाहीघर के सामने तीन-चार कौवे रोटी के एक टुकड़े के गिर्द इकट्ठे होकर काँव-काँव कर रहे थे। दुर्बली की बिटिया घर से निकली और ढुनमुन-ढुनमुन करती कौवों की ओर दौड़ी। वे जरा-सा उड़े और फिर लौटकर वहीं आ बैठे। तभी एक कौवे ने झपटकर रोटी को चोंच में दबाया और उड़कर नीम के पेड़ पर जा बैठा। बाकी कौवे भी उसके पीछे-पीछे उड़े और पेड़ पर बैठकर काँव-काँव करने लगे। बिटिया थोड़ी देर तक सर उठाकर उनकी ओर ताकती रही, फिर धीरे-धीरे लौटकर घर के अन्दर चली गई।

बीती बारिश के दिनों के अ़लस सन्नाटे में नीम, जामुन और महुए के पेड़ों और बाँस के झुरमुटों से होकर हवा सरसरा रही थी। पेड़ों के नीचे बँधे मवेशी आँखें आधी मूँदें, आराम से पसरे पगुरा रहे थे। दुर्बली को आलस-सा लगा और चारपाई पर लेटकर उन्होंने आँखें बन्द कर लीं। यहाँ गाँव में कितनी शांति है ! और बाहर कितनी मारकाट मची है ! हमारे कितने सारे भाई-बन्धु–सिपाही और सवार–जान हथेली पर लेकर लड़ रहे हैं। और हम यहाँ निष्क्रिय, अलसाए पड़े हैं। जिन्दगी का कोई मकसद नहीं रह गया है। ऐसे कब तक चलेगा ?

"महराज··· महराज।"

"कौन है ?" दुर्बली की तन्द्रा टूटी। सामने सुखई खड़ा हाँफ रहा था।

"क्या बात है सुखई ?"

"फौद··· फौद आ रही है महराज।" सुखई की आँखों में दहशत भरी थी।

"फौज ?"

"हाँ महराज। ऊसर की लीक से होकर आ रही है। जरा उठकर देखिए तो।" सुखई डर से काँप रहा था।

पहले, नवाबी जमाने में, जब गाँव में फौज आती थी, उसका एक ही मतलब होता था। कहने को तो वह लगान-वसूली के लिए आती थी लेकिन उसका असली मकसद लूटपाट करना होता था। फौज आने की खबर सुनते ही पूरा गाँव खाली हो जाता था। जो जहाँ होता, वहीं से भाग निकलता था। बाँसों के झुरमुट में, अरूस के पौधों के पीछे, करौंदे और मकोय की झाड़ियों में, बाग में इकट्ठी की गई पत्तियों के ढेर में, जिसको जहाँ जगह मिलती, वहीं भागकर छिप जाता। सिपाही झोंपड़ों में घुसकर पहले तो दूध-दही के मटके साफ करते। फिर खलिहान और झोंपड़ों में जो अनाज मिलता, उसे बैलगाड़ियों और ऊँटों पर लाद लेते। जाते समय झोंपड़े भी गिरा जाते। कभी-कभी तो खड़ी फसल भी रौंदकर नष्ट कर देते। फौज का आना गाँव के लिए पूरी बरबादी थी। सुखई को वही सब याद आ रहा था।

दुर्बली उठे। सुखई उनको साथ लिए-लिए बाग के उत्तर-पश्चिमी कोने पर गया जहाँ से लीक पर से गुजरता काफिला दिख रहा था। पल्टन और सवारों की एक टुकड़ी, थोड़े से हाथी, रसद का सामान ढोने वाले ऊँट और बैलगाड़ियों पर लदी दो तोपें।

"यह तो किसी रियासत की कुमुक लगती है, सुखई।"

"तो यह नवाबी फौद नहीं है, महराज ?"

"नहीं। और देखो, यह गाँव की ओर कहाँ आ रही है ! यह तो कहीं पूरब जा रही है।"

"सो तो है।... तो आज गाँव बच गया।"

तभी पाहीघर के सामने एक घुड़सवार आकर रुका। सुखई की निगाह पड़ी तो उसने दुर्बली को दिखाया। वे उधर बढ़े। करीब पहुँचे तो मालूम हुआ, सुमेर सिंह हैं। दोनों दौड़कर आपस में लिपट गए।

उस रात अगल-बगल चारपाइयों पर लेटे दोनों देर रात तक एक-दूसरे को आपबीती सुनाते रहे।

लखनऊ से खिन्न होकर लौटने के बाद सुमेर सिंह अब तक अपने गाँव में ही पड़े रहे थे। बैसवारे में उनका गाँव गंगा के पूरबी किनारे पर कालाकाँकर रियासत से लगा हुआ था। बेगम का परवाना मिलने पर कालाकाँकर के तालुकेदार राजा हनुमंत सिंह अपनी फौज लखनऊ भेज रहे थे। जिस दिन उसे कूच करना था, उसी दिन नाजिम का संदेशा मिला कि फिरंगी बनारस की ओर से आगे बढ़ रहे हैं और उनकी मदद के लिए नेपाल से गुरखा फौज आ रही है, इसलिए उन्हें रोकने के लिए रियासती कुमुकें अवध की पूरबी सरहद पर पहुँचकर मोरचा लें। हनुमंत सिंह असमंजस में पड़ गए। बहुत सोचने-विचारने के बाद उन्होंने अपनी आधी फौज तो सिपहसालार लाल बहादुर की अगुआई में लखनऊ के लिए रवाना कर दी, बाकी आधी खुद साथ लेकर जौनपुर की ओर चलने की तैयारी करने लगे। उनके बड़े बेटे लाल प्रतापसिंह को मालूम हुआ तो उन्होंने जिद पकड़ ली कि इस फौज के साथ वे जाएँगे। उन्होंने हनुमंत सिंह से कहा—पिताजी, आप बहुत लड़-भिड़ लिए, अब आराम से बैठकर राजकाज देखिए, फिरंगी से लड़ना हमारा काम है। लेकिन हनुमंत सिंह का मन नहीं माना। उन्होंने अपने छोटे भाई माधो सिंह को बुलाकर प्रताप के साथ कर दिया और सुमेर सिंह को फौज का रिसालदार बनने के लिए बुलवाया। थोड़ी हिचकिचाहट के बाद वे तैयार हुए। गाँव-देहात में चल रही हलचल देखकर उन्हें लगा कि शायद अब लड़ाई का नक्शा बदल चुका है और लूटपाट करनेवाले दब गए हैं।

नाजिम का हुक्म था कि सरहद की ओर बढ़ते हुए जहाँ कहीं भी कम्पनी के सिपाहियों या सवारों के होने का पता लगे, वहाँ जाकर उनसे फौज में शामिल होने की गुजारिश की जाए और सबको साथ लेकर

सरहद की ओर बढ़ा जाए। दुर्बली का गाँव रास्ते में पड़ता था, इसलिए सुमेर सिंह वहाँ रुक गए थे।

सुमेर सिंह का साथ पाने के बाद दुर्बली को कौन रोक सकता था? माँ और बहू के तमाम रोने-कलपने के बावजूद वे दूसरे दिन मोरचे पर जाने के लिए तैयार हो गए।

दोनों बसौली से तड़के ही निकल लिए थे। दो घंटे के सफर के बाद वे वारी गाँव पहुँचे जिसके बाग में पिछली रात कालाकाँकर के लश्कर ने डेरा डाला था। जगह-जगह ईंट रखकर बनाए गए चूल्हों में ठंडी राख पड़ी थी। एक ओर तंबुओं के खूँटे उखड़ने के बने निशान थे। आसपास घोड़े, हाथियों और ऊँटों की ताजा लीद बिखरी थी। ऊँटों की लीद के बीच-बीच गोलाई में जमीन ऐसे साफ थी जैसे किसी ने झाड़ू से बुहारा हो, बैठकर पगुराता हुआ ऊँट बराबर पूँछ चलाता रहता है। बाग के पास एक खेत में धान कट रहा था और हवा में ताजे धान की महक फैली थी। अगल-बगल जिन खेतों में धान कट गए थे, किसान हल चला रहे थे। उन्होंने बताया कि बहुत भोर में लश्कर यहाँ से डेरा उखाड़कर आगे बढ़ गया, शायद चाँदा की ओर गया है।

वे आगे बढ़े तो बरहूपुर गाँव पड़ा जहाँ से ऊसर शुरू होता था। गाँव के बगलवाले बाग में एक छोटा-सा तम्बू लगा था। मालूम हुआ, चाँदे का कानूनगो यहाँ पड़ाव डालकर नई भरती कर रहा है। आसपास बछगोती ठाकुरों की बस्ती है, जहाँ से काफी जवान भरती हुए हैं। कल तक जितने भरती हुए थे वे सुबह कालाकाँकर के लश्कर के साथ मोरचे पर चले गए। अभी और भरती होने हैं। पड़ाव के पास कुएँ पर दोनों घुड़सवार पानी पीने के लिए उतरे। लोटा-डोरी निकाल रहे थे तभी तम्बू से निकलकर एक हरकारा कुएँ पर आया।

"कम्पनी के सवार लगते हो, आप लोग। किधर का पयान है?"

"हम कालाकाँकर के लश्कर के साथ हैं। जरा पीछे रह गए थे।"

"तो मोरचे पर जा रहे हो? ··· क्या होगा अब इस सबसे!"

"क्यों?"

"आप लोगों ने नहीं सुना? बड़ी बुरी खबर है।"

"क्या हुआ ?"

"दिल्ली पर फिरंगी का कब्जा हो गया।"

"क्या कहते हो ?"

"ठीक ही कहते हैं। कल ही तो खबर आई है। बादशाह फिरंगी की कैद में हैं और जितने शहजादे मिले सबका सर कलम कर दिया गया। फिरंगी सिपाही शहर में वो लूटपाट मचाए हैं कि नादिरशाही को मात कर दिए हैं।"

सुमेर सिंह ने दुर्बली की ओर देखा। लोटा-डोरी रखकर वे जगत पर बैठ गए थे और सर हाथों में लिए किसी सोच में डूबे थे।

"शुरुआत में ही अपशकुन हो गया, सुमेर सिंह।"

"मगर अब पीछे मुड़ने का रास्ता नहीं है।"

"क्यों ?"

"जो भी हारेगा और पकड़ा जाएगा, उसका यही हस्र होना है।"

"पता नहीं क्यों मेरा मन आगा-पीछा कर रहा है, सुमेर सिंह। लगता है, हमारे किए कुछ होगा नहीं।"

"इतना क्यों हिरासते हो भाई ? दिल्ली गई लेकिन अभी तो पूरा मुल्क बाकी है। हम दिल्ली फिर वापस जीतेंगे।"

"कौन जाने क्या होगा ? ... लेकिन फौजी हैं तो लड़े बिना रह भी तो नहीं सकते।"

दोनों पानी पीकर उठे और आधे मन से घोड़े पर सवार हुए।

बरहूपुर गाँव पार करने के बाद ऊसर ही ऊसर था। सफेद रेह और निचाट बंजर। न कोई फसल, न कोई पेड़-रूख। क्वार की चिलकती धूप में दोनों घोड़े और घुड़सवार पसीने से तर आगे बढ़ते जा रहे थे। दुर्बली को याद आई वह रात जब इसी ऊसर में भटकते हुए वे बरहूपुर गाँव पहुँच गए थे और मल्लूपुर जाने का इरादा छोड़, बसौली का रास्ता पकड़ लिए थे। इतने दिन बाद आज फिर उसी राह पर चल रहे हैं। उस दिन अँधेरा था, कोई चीज साफ नहीं थी। आज चमकती धूप है और गन्तव्य निश्चित है। फिर भी मन के भीतर संदेह का एक कीड़ा-सा क्यों कुलबुलाता है ?

छत्तीस

विद्रोह के दमन की शुरुआत बनारस से हुई। जो नई गौरी फौज मद्रास से बनारस पहुँची उसका जनरल नील नफरत की आग में जल रहा था। आते ही उसने हिन्दुस्तानी सिपाहियों से हथियार रखवा लिए और जब वे निहत्थे हो गए, उन पर गोली चलवा दी। अपनी क्रूरता से बनारस में सफलता पाकर उसका मन बढ़ गया। वहाँ से जब वह इलाहाबाद की ओर बढ़ा, रास्ते में कितने ही गाँव उजड़वा दिए। बैल और घोड़े नहीं मिले तो किसानों को पकड़कर उनसे फौजी गाड़ियाँ खिंचवाईं। इलाहाबाद पहुँचते ही उसने बर्बरता का नंगा नाच शुरू कर दिया। आसपास के तमाम गाँव जलवा दिए। कई बूढ़े-बच्चे और अपाहिज जो घरों से निकल नहीं पाए, उन्हीं के साथ जल मरे। कई जगह तो वहशत में गोरे सिपाहियों ने बच्चों को औरतों की गोद से छीनकर जलती हुई आग में फेंक दिया। लोगों को धड़ाधड़ फाँसी पर चढ़ाया गया। शहर के तमाम पेड़ कई दिनों तक लटकी हुई लाशों से भरे रहे।

इलाहाबाद की खबरें सुनकर कानपुर के बागी बौखला उठे। वहाँ नाना साहब की अगुअई में बागी सिपाहियों ने अंग्रेज फौज पर घेरा डाल रखा था। तेज धूप, गरमी, रसद की कमी और दिन-प्रतिदिन कम होती जा रही अपनी संख्या से हताश अंग्रेज फौज ने इस वायदे पर आत्म-समर्पण कर दिया कि उसे हिफाजत से गंगा के रास्ते इलाहाबाद पहुँचा दिया जाएगा। नाना ने अंग्रेजों को ले जाने के लिए छप्परवाली नावों का इंतजाम किया, हाथियों और पालकियों से घायलों को घाट तक पहुँचवाया और रास्ते में सुरक्षा के लिए सबको एक-एक हथियार साथ ले जाने की इजाजत दी। जैसे ही फिरंगी नावों पर सवार हुए, कहीं से एक बिगुल बजा। मल्लाहों ने पता नहीं क्या समझा कि नावें छोड़कर किनारे की ओर भागे। किसी अंग्रेज ने शायद घबड़ाहट में उन पर गोली चला दी। फिर क्या था! लोगों का दबा हुआ गुस्सा फूट पड़ा। किनारे खड़े सिपाहियों ने अंधाधुंध गोली बरसानी शुरू कर दी। नदी के उस पार लगी तोपें भी गोले उगलने लगीं। कुछ बागी घुड़सवार तलवारें लेकर पानी में कूद पड़े। घाट का पानी दूर

तक खून से लाल हो गया। उस दिन के कत्लेआम से उस घाट का नाम ही मैस्कर घाट पड़ गया। आखिर में नाना के आदमियों ने बीच-बचाव करके किसी तरह लगभग दो सौ मेमों और बच्चों को बचाया और कड़े पहरे में उन्हें शहर ले जाकर बीवीघर की इमारत में रखा।

जैसे-जैसे गोरी फौज कानपुर के करीब पहुँचती गई उसकी बर्बरता की हदें बढ़ती गईं और उसकी खबरें सुनकर कानपुरवालों में बदले की आग भड़कने लगी। नाना के शहर छोड़ते ही कुछ बदमाशों ने बीवीघर में कैद मेमों और बच्चों को काटकर कुएँ में फेंक दिया। गोरी फौज वहाँ पहुँची तो पूरे फर्श पर खून के थक्के जमा थे और चारों ओर कटे हुए हाथ, पैर और उँगलियाँ बिखरी थीं। उस दिन चोटी और तिलक वाले जो भी ब्राह्मण शहर में दिखाई पड़े, उन्हें पकड़कर बीवीघर के फर्श का एक टुकड़ा जीभ से चाटकर साफ करने के लिए मजबूर किया गया।

कानपुर पर कब्जा करने के बाद अंग्रेज जनरल हैवलाक थोड़ी-सी फौज वहाँ छोड़कर लखनऊ की ओर बढ़ा। उसे डर था कि कहीं रेजिडेंसी में भी बीवीघरवाला वाकया न दोहराया जाए। लेकिन रास्ते में बागियों ने जगह-जगह उसे रोका और जमकर लड़ाई हुई। वह पस्त होकर लौटा और गंगा पार मगरवारा में डेरा डालकर नई फौज के आने का इंतजार करने लगा। अगस्त में नई फौज आने पर वह फिर से आगे बढ़ा, लेकिन इस बार भी बागियों ने उसे वंसीरतगंज से आगे नहीं जाने दिया। तब तक कानपुर के इर्द-गिर्द बागियों का जमाव बढ़ने लगा था और दुबारा उसके हाथ से निकलने का खतरा देख हैवलाक को वापस गंगा पार कर कानपुर आना पड़ा। दो-दो बार अंग्रेजी फौज के वापस लौटने से बागियों का हौसला बुलन्द हो गया। पूरा अवध उनके कब्जे में था और बिरजीसी सरकार की हुकूमत में शासन का बन्दोबस्त देखने के लिए नए हाकिम तैनात किए गए थे। अब तालुकेदारों को लगा कि अवध में फिरंगी राज हमेशा के लिए खत्म हो गया और बिरजीसी सरकार की तरफदारी करने में ही भलाई है। एक-एक कर तमाम तालुकेदार अपनी कुमुकें लेकर लखनऊ पहुँचने लगे।

अवध की पूरबी सरहद जौनपुर जिले से लगी हुई थी। यह इलाका सन् सत्रह सौ पचहत्तर से ही कम्पनी के शासन में था। सन् सत्रह सौ पन्चानबे में यहाँ स्थायी बन्दोबस्त लागू हुआ था और यहाँ का राजकाज अवध से बिल्कुल अलग ढर्रे पर चल निकला था। लेकिन यहाँ अवध के तालुकेदारों के कई गाँव थे और बछगोती ठाकुरों की तमाम रिश्तेदारियाँ थीं, इसलिए कम्पनी के शासन में होने के बावजूद यहाँ के लोग अपने को अवधवालों से अलग नहीं मानते थे। अवध में बिरजीसी सरकार कायम होने पर अंग्रेजों को सबसे पहले जौनपुर के लिए खतरा दिखाई पड़ा। उन्होंने काठमांडू में बैठे अपने रेजिडेंट जी रैम्जे की मार्फत नेपाल के प्रधानमंत्री और कर्ताधर्ता राना जंगबहादुर से मदद माँगी। तीन हजार गुरखे कर्नल पहलवान सिंह और कर्नल राउटन की अगुअई में आजमगढ़ पर कब्जा करते हुए आठ सितम्बर को जौनपुर पहुँचे। चार-पाँच गोरे हाकिम बनारस से आकर उनसे मिले। उस समय पूरा जौनपुर शहर भाँय-भाँय कर रहा था। बनारस में निहत्थे सिपाहियों पर गोली चलने की खबर से पाँच जून को वहाँ विद्रोह भड़का था। सारे यूरोपियन बंगले जला दिए गए थे। खजाने का फाटक तोड़कर उसका एक-एक सिक्का लूट लिया गया था। तब से जौनपुर में बराबर बदअमनी बनी रही थी। अब गुरखा फौज की मदद से कर्नल राउटन वहाँ व्यवस्था कायम करने लगा। तभी खबर मिली कि आजमगढ़ को अतरौलिया के ठाकुरों ने फिर से घेर लिया है। कप्तान बायलो की अगुअई में बारह सौ गुरखे उधर रवाना किए गए। बागी तो निकल भागे लेकिन सैकड़ों बेगुनाह गाँववाले मारे गए। इस घटना से आजमगढ़ के आसपास का पूरा इलाका धधक उठा। कप्तान बायलो गुरखों को लिए-दिए वहीं फँस गया। उसको निकालने के लिए खुद राउटन को बड़ी तादाद में गुरखों को लेकर उधर जाना पड़ा। यह सितम्बर महीने का तीसरा हफ्ता था।

कालाकाँकर की फौज ने चाँदा के पास एक बाग में डेरा डाला था। यहाँ से जौनपुर जिले की सरहद सिर्फ चार-पाँच मील दूर थी। बाजार के पास एक सराय थी जिसके सामने सड़क के पास पड़ाव-मैदान था जहाँ रात को रामलीला होती थी। सराय से दक्षिण सड़क से थोड़ा हटकर

एक पुराना किला था जिसमें नवाब के समय में इस इलाके का चकलेदार रहता था। एक साल से वह वीरान पड़ा था। जब से नए नाजिम मेंहदीहसन की नियुक्ति हुई थी, किले में थोड़ी हलचल शुरू हुई थी। आजकल उसकी साफ-सफाई चल रही थी। खबर थी कि जल्दी ही नए चकलेदार की तैनाती होनेवाली है।

बाग में रोज नए भरती हुए जवानों के जत्थे आते थे। सुल्तानपुर के पास खानजादों की रियासत हसनपुर में डेरा डालकर नाजिम भरती करवा रहे थे। आसपास के कई गाँवों में भी भरती चल रही थी। खेतों-खलिहानों को छोड़कर किसान तरह-तरह के कपड़े पहने चाँदा के बाग में इकट्ठे हो रहे थे। कोई दोकछी धोती कसकर ऊपर से मिरजई पहने होता तो किसी के बदन पर सिर्फ गाँठ तक की धोती और फटी हुई बंडी होती। हथियार के नाम पर किसी के पास भाला तो किसी के गँड़ासा तो किसी के सिर्फ लाठी होती। बाग में एक ओर जमीन गोड़कर अखाड़ा बनाया गया था जहाँ सुबह-सुबह उठकर लोग वर्जिश करते थे। बाग के दक्खिन जहाँ से ऊसर शुरू होता था, बंदूकें चलाने का अभ्यास चल रहा था। सुल्तानपुर से गाड़ियों में भरकर राशन आया था और सराय के भंडारघर में रखा था। पहर दिन चढ़े राशन बाँट दिया जाता था और लोग जगह-जगह उपले जलाकर लिट्टियाँ सेंकने लगते थे। चाँदा के पड़ाव में कम्पनी के कई सिपाही और सवार भी थे जो खाने-पीने के बाद गश्त लगाने, नहीं तो फौजी तालीम देने ऊसर की ओर निकल जाते थे।

उस दिन दुर्बली और सुमेर सिंह गश्त पर जौनपुर की सरहद के भीतर काफी दूर निकल गए। लौटने तक शाम उतर आई। सड़क की बगल में गन्ने और बाजरे के खेतों से घिरा हुआ एक छोटा-सा गाँव था। पेड़ों के झुरमुट के बीच फूस के बने दस-बारह झोंपड़े। घिरती हुई शाम की उदासी में डूबे हुए। सड़क से लगे हुए झोंपड़े के बाहर कुछ मवेशी बँधे थे जो घोड़ों को देखते ही भड़ककर उठ खड़े हुए। इधर-उधर से आकर कुछ मरियल कुत्ते भूँकने लगे। गाँव के सिरे पर एक झोंपड़े के सामने नीम के चबूतरे पर कुछ लोग जमा थे और उनके बीच बैठा

हुआ एक साधू चिमटा बजा-बजाकर गा रहा था–

"कालाकाँकर कऽ ललनवाँ
गाड़े चाँदे में निशनवाँ
हाँ चाँदे में निशनवाँ
भैया चाँदे में··· "

घुड़सवारों को अपनी ओर जाता देख साधू चुप हो गया और लोग उलटकर देखने लगे।

"किधर से आना हो रहा है ?" दोनों पास आ गए तो साधू ने खड़े होकर पूछा।

"हम कालाकाँकर की फौज के साथ हैं। गश्त पर निकले थे।"

"अच्छा।··· हम तो समझे कि··· "

"क्या ?"

"आप लोग पूरब से आ रहे हो न। हम समझे कि फिरंगी फौद के साथ हो।··· आओ, बैठो, थोड़ा आराम कर लो।"

"नहीं बाबा। शाम हो रही है। अभी चाँदा पहुँचना है।"

"आज यहीं रुक जाओ न बेटा। एक दिन कुटिया का प्रसाद ही सही।"

"कहाँ है आपकी कुटिया ?"

"वह देखो, सामने··· ऊसर के बीच में झंडा दिख रहा है न। वही है।"

उतरती शाम के धुँधलके में दूर एक पीला झंडा फहरा रहा था। गाँव में अजीब-सी नीरवता थी। धीरे-धीरे रिमकती हवा के साथ खलिहान की ओर से आती ताजे धान की महक और यहाँ-वहाँ से उठती गोबर की गंध माहौल में घरेलू आत्मीयता भर रही थी। उस रात दोनों साधू की कुटिया पर रुक गए।

रात में ऊसर की निचाट जमीन दूर तक चाँदनी की धुंध में डूबी नजर आती थी। कुटिया के अगल-बगल नीम के छोटे-छोटे पेड़ थे और सामने बड़ी जतन से लगाई गई छोटी-सी फुलवारी थी। फुलवारी के

किनारे-किनारे कनेर के फूल लगे थे। एक कोने में पास-पास उगे हुए गेंदे के पौधों से जमीन ढकी थी। उन पर अभी फूल नहीं आए थे लेकिन हरी पत्तियाँ छू जाने पर तेजी से महक उठती थीं। बगल में एक कच्चा कुआँ था और उसके पास छोटा-सा पीपल का पेड़। बगल में तुलसी की झाड़ थी। वहीं पर साधू कमरी बिछाकर बैठा था। सामने पुआल पर दोनों सवार और गाँव के कुछ लोग बैठे थे। कुटिया के पास एक ओर कड़ाही चढ़ाकर एक चेला पूड़ियाँ तल रहा था और चारों ओर घी की सुगंध फैली थी। थोड़ी दूर पर नीम के एक पेड़ से बँधे घोड़े रह-रहकर नथुने फड़काते और पूँछ झटकते हुए जगह बदलते थे। बीच-बीच में दूर से सियारों की हुआ-हुआ की आवाज आती थी जिसके बाद गाँव की ओर कुत्ते भूँकने लगते थे।

साधू रुक-रुककर बोलता जा रहा था—"गुरखा फौज अभी आजमगढ़ में पड़ी है और बनारस से गोरी फौज नहीं आई। चढ़ाई करने का यही समय है··· म्लेच्छों को देश से निकालने के लिए गाँवों का एक-एक आदमी लड़ने को तैयार है। बस कोई हो जो उनका अगुआ बने। कुँअर साहब को अपना पुराना क्षत्रिय-धर्म निभाना चाहिए और जल्दी ही चाँदे से आगे बढ़कर हमला करना चाहिए।··· मैं तो इधर गाँव-गाँव में अलख जगा रहा हूँ।"

"आप ठीक कहते हैं बाबा। लेकिन अभी नाजिम ने आगे बढ़ने का हुक्म नहीं दिया है।"

"नाजिम··· हुँह। अगर इन्हीं लोगों के भरोसे रहे तो हो चुका काम। इन्हीं के चलते तो हमारे देश की यह दशा हुई है।··· अब तो जन-जन को जागना है और अपनी पुरानी महिमा पहचाननी है।··· राम और कृष्ण, विक्रमादित्य और भोज का देश है यह। अर्जुन और कर्ण जैसे महारथी हुए हैं यहाँ। वही खून है हममें। पहले जो हुआ सो हुआ, अब म्लेच्छों को नहीं रहने देना है इस धरती पर।"

तभी गाँव की ओर से कुछ लोगों के आने की आहट हुई और वार्तालाप बन्द हो गया। तीन जन मटके में दूध और दही लेकर आए थे। उसे भंडारे में देकर वे साधू के पास आए और उसके पैर छूकर बैठ गए।

साधू एक-एक कर सबका कुशल-मंगल पूछने लगा। तब तक रसोई तैयार हो गई और चेला भोग लगाने के लिए बुलाने आया।

दूसरे दिन दुर्बली और सुमेर सिंह कुटिया से निकले तो सुबह की खिली हुई धूप में दूर तक ऊसर के बीच-बीच में रेह चमक रही थी। गाँव की ओर से निकलकर जानवरों का झुंड धीरे-धीरे ऊसर में फैल रहा था। कुटिया की फुलवारी में धूप से नहाते कनेर के फूल हँसते हुए-से उन्हें विदा कर रहे थे। दूर तक दुर्बली मुड़-मुड़कर कुटिया के झंडे को देखते रहे और रात में साधू द्वारा कही हुई बातें उनके भीतर गूँजती रहीं।

दोनों सवार वापस चाँदा पहुँचे तो दोपहर होने को आई थी। पड़ाव में बड़ी खलबली मची थी। कल नाजिम के पड़ाव से एक हरकारा आया था। नाजिम ने हसनयार नाम के अपने एक खैरख्वाह मुलाजिम को जौनपुर का चकलेदार तैनात कर दिया था और डेढ़ हजार सिपाहियों की फौज उसके साथ कर उसे जौनपुर पर कब्जा करने के लिए रवाना कर दिया था। चाँदे की फौज के लिए हुक्म था कि वह किले में मोरचा बना कर इंतजार करे और जरूरत पड़े तो चकलेदार की मदद के लिए आगे बढ़े। इस व्यवस्था से कोई खुश नहीं था। अब तक इलाके के कई ठाकुर तालुकेदार चकलेदारी पर निगाह लगाए थे। इस नए आदमी की तैनाती से सभी मायूस हो गए। आसपास के गाँवों के नए भरती हुए जवान भी इससे नाखुश थे। नए चकलेदार की मातहती में किसी को लड़ने का उत्साह नहीं था। साधू की बातों से दुर्बली में जो जोश उमड़ा था वह ठंडा पड़ने लगा।

हसनयार खाँ हाकिमों के लिए मौज-मस्ती का इंतजाम करनेवाला एक दुनियादार मुलाजिम था। न उसे फौजी तालीम मिली थी, न उसने किसी लड़ाई में हिस्सा लिया था। जौनपुर की चकलेदारी को उसने सिर्फ रोब-रुतबा बढ़ाने और माली फायदा करानेवाली जगह समझ रखा था। उसके रास्ते में कितने काँटे हैं, इसकी ओर उसका ध्यान नहीं गया था।

उसी दिन शाम को वह चाँदा पहुँचा। उसकी फौज ने किले में आकर डेरा डाला। रात-भर घोड़ों के हिनहिनाने और ऊँटों के बलबलाने का

शोर आता रहा। सुबह वह सरहद की ओर कूच कर गया। लाल प्रताप सिंह न उसकी अगवानी करने गए, न उससे मुलाकात की।

दूसरे दिन लाल प्रताप की अगुअई में कालाकाँकर की फौज ने चाँदा के किले में आकर मोर्चा सँभाला।

दुर्बली किले की चहारदीवारी के दक्खिनी बुर्ज पर खड़े थे। सामने निगाह दौड़ाने पर गन्ने और बाजरे के खेत, आम के बाग, गाँव की बस्ती और उसके आगे दूर तक ऊसर दिखाई पड़ता था। दोपहरी ढल गई थी और पेड़ों के सिमटे हुए साए धीरे-धीरे फैलने लगे थे। एक अधेड़ आदमी सर पर गठरी रखे गाँव से निकलकर मेड़-मेड़ चलता जा रहा था और उसके पीछे पियरी के ऊपर पिछौरी ओढ़े और बड़ा-सा घूँघट काढ़े एक दुल्हन धीरे-धीरे चल रही थी। दोनों के बीच जब काफी फासला हो गया तो आदमी ने मुड़कर पीछे देखा और रुककर दुल्हन के पास आने का इंतजार करने लगा। तभी दूर, ऊसर में उड़ती हुई धूल दिखाई पड़ी और कुछ हलचल का आभास हुआ। ध्यान से देखने पर धूल से निकलकर बाहर आते कुछ आकार दिखे। धीरे-धीरे साफ हो गया कि घुड़सवार हैं। ये इतने तेज भागते हुए क्यों आ रहे हैं ? क्या गोरी फौज ने हमला कर दिया है ? दुर्बली ने मुड़कर किले के भीतर निगाह डाली। सवार और सिपाही इधर-उधर मड़ियाते पड़े थे। कोई सुंघनी मल रहा था तो कोई हुक्का गुड़गुड़ा रहा था। कई लोग बरामदे में बैठे गप्पें मार रहे थे। दुर्बली ने जोर से चिल्लाकर सबको होशियार किया। कई लोग धड़ाधड़ बुर्ज पर चढ़ने लगे। तब तक घोड़े इतने पास आ गए कि सवारों की वर्दी दिखने लगी थी। मालूम हुआ कि हसनयार की बागी फौज के सवार हैं।

इतने सवारों को एकसाथ दौड़कर आते देख दुल्हन घबड़ा गई। उसने तेज-तेज कदम चलकर आगे बढ़ने की कोशिश की, लेकिन घूँघट के कारण ज्यादा दूर नहीं चल पाई। साथ का आदमी घोड़ों से उसे बचाने के लिए पीछे दौड़ा। तब तक घोड़े वहाँ पहुँच गए थे। उनके झपाटे में आकर वह लड़खड़ाई और खेत में गिर गई। दुर्बली ने देखा, उसका पैर उघड़ गया था लेकिन घूँघट को कसकर थामे थी। अधेड़

आदमी थोड़ी दूर पर मुँह फेरे खड़ा था। उसका ससुर होगा या जेठ—दुर्बली ने सोचा और इस दृश्य से उनका मन जाने कैसा हो आया।

सवार किले के फाटक पर आकर रुके तो उनकी साँस टूट रही थी। बड़ी मुश्किल से रुक-रुककर उन्होंने आपबीती सुनाई।

बागी फौज ने बड़े जोश के साथ कोइरीपुर के पास सरहद पार की थी। सरहद की चुंगी वीरान पड़ी थी और दूर-दूर तक फौज को रोकनेवाला कोई नहीं था। आगे सिंघरामऊ का बाजार था और उसके आगे बदलापुर का थाना। फौज बाजार में पहुँचकर जश्न मनाने लगी। वह भूल गई कि उसे बीस मील आगे जौनपुर पहुँचना है। बाजार के पास एक बाग में उसने पड़ाव डाला। भंग छनी और गाँजे के कश लगे। देर रात तक सिपाही मौज करते रहे।

अगले दिन फौज ने वहाँ से कूच किया तो जौनपुर की सड़क पर आगे बढ़ने के बजाय वह कुधुवा की ओर मुड़ गई जहाँ रामगंज रियासत की पाही थी। खबर मिली थी कि वहाँ के दीवान रनधीर सिंह हसनयार की तैनाती से बेहद नाखुश थे और उन्होंने घुड़सवार दौड़ाकर जौनपुर के अंग्रेज हाकिम लिन्ड को बागी फौज की रवानगी के बारे में होशियार कर दिया था। यह भी पता लगा था कि इस समय वे कुधुवा में मौजूद थे और अपने पड़ोसी तालुकेदार महेश नारायन के साथ बैठकर बागियों के खिलाफ साजिश रच रहे थे। दोपहर में बागी फौज कुधुवा पहुँची और पाहीघर को चारों ओर से घेर लिया। महेश नारायन तो पीछे के रास्ते से निकल भागे लेकिन दीवान रनधीर सिंह गिरफ्त में आ गए और अपनी बेकसूरी का रोना रोने लगे। हसनयार ने वहाँ पहरा बिठा दिया और पाही की बगल एक बड़े से तालाब के पास डेरा गड़वाया। फिर से मौज-मस्ती शुरू हो गई।

दूसरे दिन अभी सुबह भी नहीं हुई थी कि कर्नल राउटन की गुरखा फौज का हमला हुआ। पाहीघर पर पहरे के आधे सिपाही तो सो रहे थे। एक झपाटे में गोरा हाकिम कुछ गुरखों को साथ लेकर अन्दर घुसा और कोई कुछ समझ पाए इसके पहले ही दीवान रनधीर सिंह को बाहर निकाल लाया। सिपाहियों ने दौड़कर हसनयार के डेरे पर खबर की।

जब तक उनका महावत हाथी तैयार कर उनके तम्बू के सामने लाया, गोरों ने तालाब के भीटे पर तोपें लगवाकर गोलाबारी शुरू कर दी थी। फिर क्या था, एकदम भगदड़ मच गई। गुरखे खुखरियाँ लेकर बागियों पर टूट पड़े और दूर तक पीछा करके उन्हें मारा।

घायलों की डोलियों और डेरा-डंडी समेत हसनयार की बची-खुची फौज के चाँदा के किले में दाखिल होते-होते शाम हो गई। हसनयार का हाथी रास्ता भटक गया था और उसके पहुँचने तक चाँद का हँसिया आकाश में डूब गया। गिनती की गई तो मालूम हुआ, कम से कम तीन सौ सिपाही खेत रहे।

बड़ी दहशत-भरी थी वह रात। सराय की ओर एक कुत्ता सर उठाकर जोर-जोर से रो रहा था। किले के आहाते में पड़े घायल सिपाही रह-रहकर कराहते थे। पूरब की ओर जरा-सी कोई आहट होती तो डर लगता कि फिरंगी आ गए। जैसे-तैसे करके सुबह हुई। नए भरती हुए जवानों में से कई तो घायलों को देखकर रात में ही भाग लिए थे। जो बचे थे, सुबह होने पर एक-एक कर खिसक रहे थे। जब हरकारा खबर लाया कि गुरखा फौज कोइरीपुर तक आकर फिर वापस लौट रही है तब जाकर थोड़ा इत्मीनान हुआ। नाजिम को एक लम्बा खरीता भेज कर उनसे तोपखाने के साथ एक बड़ी फौज चाँदा की ओर रवाना करने की गुजारिश की गई। यह अक्टूबर की बीसवीं तारीख थी।

सैंतीस

सिंघरामऊ में अंग्रेजी लश्कर का पड़ाव। शाम का झुलफुला घिरती हुई रात की स्याही में डूब रहा था। तम्बुओं के ऊपर पड़ती ओस की नामालूम-सी बूँदों के साथ हल्की-हल्की ठंड उतर रही थी। डेपुटी कलेक्टर पी. कार्नेजी के तम्बू में अँधेरा था। थोड़ी दूर पर गुरखे सिपाही आग जलाकर खाना पका रहे थे और चमकते हुए अंगारे ऐसे लगते थे जैसे ढाक के फूलों के ढेर पड़े हों। खिदमतगार मोमबत्ती जलाकर मेज पर

रख गया। फिर लौटा तो उसके हाथ में ब्रान्डी की बोतल और प्याले थे। कार्नेजी ने ब्रान्डी प्याले में ढाली और बुझी हुई सिगार सुलगाने लगा।

कार्नेजी खुफिया महकमे का इन्चार्ज था और कर्नल राउटन की गुरखा फौज के साथ जौनपुर से आया था। राउटन को हुक्म था कि जब तक बनारस से आ रही गोरी फौज वहाँ न पहुँच जाए, वह सिंघरामऊ में पड़ाव डालकर बागियों को सरहद पार करने से रोके, लेकिन अवध के भीतर घुसने की कोशिश न करे। खबर थी कि कर्नल लांगडन के साथ गोरी रेजिमेंट बनारस से चल चुकी थी। लेकिन अभी तक उसका कहीं अता-पता नहीं था। कार्नेजी के कान बराबर चाँदावाली सड़क की ओर लगे थे। राहगीरों से खबर मिली थी कि चाँदा में तमाम बागी फौजें जमा हो रही हैं। कार्नेजी जानता था कि कुधुवा की हार के बाद बागी चुप नहीं बैठेंगे और सुल्तानपुर से मदद आते ही फिर से आगे बढ़ेंगे। बागी पड़ाव की सही-सही खबर लेने के लिए उसने अपने खास जासूस हुलास तिवारी को कल शाम उधर भेजा था लेकिन वह अभी तक लौटकर नहीं आया था। कार्नेजी को चिन्ता हो रही थी कि अगर कहीं वह पकड़ लिया गया तो सारा काम चौपट हो जाएगा।

तभी रेजिमेंट के सर्जन पास्क और नील के खेतिहार वास्लाइक ने कार्नेजी के तम्बू में प्रवेश किया।

"ह्वॉट इज द न्यूज मिस्टर कार्नेजी ?"[1]

"नथिंग डेफिनिट टु स्पीक ऑफ।··· इट सीम्स, देयर इज ग्रेट कन्सेन्ट्रेशन ऑफ रेबल फोर्सेज एट चान्डा।"[2]

"आय डोन्ट अन्डरस्टैंड ह्वॉय वी आर लिगरिंग हेयर ? ··· आय हैड नॉट अकम्पनीड द गुरखा फोर्स टु गेट बोर्ड इन दिस रेचिड प्लेस।"[3] जौनपुर में गोरे हाकिमों की कमी के कारण वहाँ से चलते समय लड़ने

---

1. "मिस्टर कार्नेजी, क्या खबर है ?"
2. "बताने लायक कोई पक्की खबर नहीं।··· ऐसा लगता है, चाँदा में बागी फौजों का बड़ा जमाव है।"
3. "मेरी समझ में नहीं आता, हम लोग यहाँ क्यों पड़े हैं ? मैं गुरखा फौज के साथ इस बेकार जगह में ऊबने के लिए तो नहीं आया था।"

के लिए उत्साहित वास्लाइक को गुरखा रेजिमेंट के साथ कर दिया था। लेकिन तम्बू में बैठकर इंतजार करना उसे बेहद खल रहा था।

"वी'व टु वेट फॉर रीइन्फोर्समेंट फ्रॉम बनारस।"[1]

"बट इफ पान्डीज अटैक इन द मीन टाइम ?"[2]

"दैट्स व्हॉट इज वरींग मी मोस्ट।"[3]

तब तक कार्नेजी ने पास्क और वास्लाइक के प्याले भर दिए थे।

"चिअर्ज मिस्टर कार्नेजी।"

"चिअर्ज।"

"आय हर्ड, हैवलॉक्स फोर्स हैज रीच्ड द रेजिडेंसी।"[4]

"एस, लांग बैक। बट दैट इज ऑल्सो विसीज्ड विद द रेम्नैन्ट ऑफ अर्लियर फोर्सेज देयर।"[5]

"एण्ड देयर वाज लॉट ऑफ कैज्युअल्टी, आय हेयर।"[6] सर्जन पास्क ने अब जाकर जबान खोली।

"दैट्स ट्रू मिस्टर पास्क।··· इट्स डिफीकल्ट टु से इफ वी हैव गेन्ड एनीथींग फ्रॉम दिस कैम्पेन।"[7]

"यू आर राइट। आय डोन्ट थिंक, द प्रॉविजन लेफ्ट इन द रेजिडेंसी विल लास्ट फॉर लांग।"[8]

"थैंक्स टु सर हेनरी'ज फोरसाइट दैट इट हैज लास्टेड सो लाँग। ··· ही हैड एक्च्युअली स्टॉक्ड अ लॉट मोर दैन पीपल निव।"[9]

---

1. "हमें बनारस से और कुमुकें आने का इंतजार करना है।"
2. "लेकिन अगर बागियों ने बीच में ही हमला कर दिया तो ?"
3. "इसी बात की तो मुझे सबसे ज्यादा चिंता है।"
4. "मैंने सुना, हैवलाक की फौज रेजिडेंसी पहुँच गई।"
5. "हाँ, बहुत पहले। लेकिन वह भी पहले की बची हुई फौज के साथ वहाँ घिर गई है।"
6. "और मैंने सुना है, वहाँ बहुत लोग मारे गए।"
7. "यह सच है मि. पास्क।··· यह कहना कठिन है कि इस अभियान से हमें कोई फायदा भी हुआ।"
8. "आप सही कहते हैं। मैं नहीं समझता कि रेजिडेंसी में बचा हुआ भंडार अब ज्यादा दिन चलेगा।"
9. "यह तो सर हेनरी की दूरदर्शिता थी कि वह अब तक चल गया।··· दरअसल उन्होंने, जितना लोगों को मालूम था, उससे काफी ज्यादा जमा कर रखा था।"

"आय से मिस्टर कार्नेजी, इफ द रेजिडेंसी इज रेस्क्यूड, द क्रेडिट गोज मेनली टु हिम।"[1]

"मे हिज सोल रेस्ट इन पीस।"[2] वास्लाइक ने अपने लिए दूसरा पेग डाला और कुर्सी में पसरते हुए उसाँस भरी।

"आय मेट हिम वन्स इन कलकटा, यू नो। ही वाज शेकेन बाय द डेथ ऑफ हिज वाइफ··· एण्ड द वे ही वाज ट्रीटेड इन पंजाब।··· अ रियली नोबल सोल।··· वी वेयर नॉट क्वाइट काइन्ड टु हिम।"[3] मोमबत्ती की काँपती हुई रोशनी में वास्लाइक के चेहरे पर चढ़ते हुए सुरूर की आर्द्रता झलकती थी।

कार्नेजी कुछ कहने ही जा रहा था कि संतरी अन्दर आकर उसके कान में कुछ बोला।

"हाँ··· हाँ, अन्दर बुलाओ। मैं तो उसी का इंतजार कर रहा था।"

संतरी बाहर गया तो चुटिया और तिलकवाले एक सज्जन रामनामी ओढ़े और कंधे पर आगे-पीछे दोनों ओर लटकनेवाला झोला डाले तम्बू में दाखिल हुए।

"अरे तुम··· इस लिबास में तो मैं भी तुम्हें पहचान न पाता।"

"हुजूर, क्यों शर्मिंदा करते हैं!"

"हूज दैट ?"[4] सर्जन पास्क ने अपना पेग खत्म करते हुए पूछा।

"अ स्पाई··· इन अवर सर्विस।"[5]

"सो मिस्टर कार्नेजी, यू हैव गॉट मोर इम्पॉर्टेंट वर्क टु डू।··· लेट

---

1. "मेरा तो कहना है मिस्टर कार्नेजी कि यदि रेजिडेंसी बच जाती है तो इसका श्रेय मुख्यतः उन्हीं को जाता है।"
2. "उनकी आत्मा को शांति मिले।" (सर हेनरी रेजिडेंसी की घेराबंदी होने के थोड़े ही दिन बाद गोलाबारी से घायल होकर चार जुलाई को गत हो गए थे।)
3 "मैं कलकत्ते में एक बार उनसे मिला था। अपनी पत्नी की मृत्यु··· और जिस तरह लोगों ने पंजाब में उनसे बर्ताव किया था, उससे वे हिले हुए थे।··· वह सचमुच एक महान आत्मा थे··· हम उनके प्रति कतई दयालु नहीं रहे।"
4. "यह कौन है ?"
5. "एक जासूस··· हमारी सेवा में है।"

अस टेक योर लीव।"* वास्लाइक एक घूँट में अपना पेग घुटककर खड़ा हो गया।

"वेल···" दोनों को विदा करके कार्नेजी तम्बू में लौटा तो इतमीनान से बैठते हुए उसने पूछा–"क्या खबर लाया मैन ? ··· और तुम कहाँ रह गया था ?"

"कुछ न पूछिए साहब। बस यही समझिए, किसी तरह जान बच गई। चारों ओर दुश्मन के भेदिए फैले हैं।··· यह तो मेरा पोथी-पत्रा काम दे गया।" हुलास तिवारी ने अपने झोले की ओर इशारा किया और उसे कन्धे से उतारकर एक ओर रख दिया।

"हुआ क्या ?"

"पकड़ लिया लोगों ने। मैंने कहा, सरजूपार से आ रहा हूँ, चेलों के यहाँ जाना है। पूछने लगे–चेले किस गाँव में हैं ? मैं थोड़ा हड़बड़ा गया। बस, उन्होंने बैठा लिया। जब मैंने पोथी-पत्रा निकाला और दो-चार श्लोक बोलकर उन्हें आशीर्वाद दिया तब जाकर उन्होंने छोड़ा।"

"मैं लाटसाहब को तुम्हारी होशियारी के बारे में लिखूँगा।··· अब मुद्दे पर आओ।"

"साहब, या तो आप कर्नल साहब से बागियों पर तुरंत हमला करने के लिए बोलो, नहीं तो उनसे कहो डेरा-डंडी उखाड़कर जौनपुर लौट चलें।"

"क्यों ?"

"अरे साहब, ढाई-तीन हजार से कम क्या होंगे बागी सिपाही। और इतने ही नाजिम के साथ और आनेवाले हैं। अभी तो वह हसनपुर में हैं लेकिन किसी भी दिन चाँदा पहुँच सकते हैं। उनके आते ही बागी फौज हमले के लिए कूच कर देगी।"

"तोपें कितनी हैं ?"

"चार तोपें तो अभी लगी हैं। बाकी कुछ नाजिम के साथ भी आ

---

* "तो मिस्टर कार्नेजी, आपके पास ज्यादा अहम काम आ गया है। अब हम चलते हैं।"

सकती हैं।"

"ये तुम्हारा नाजिम भी चकलेदार की तरह खा-पीकर मस्त रहने वाला होगा।"

"नहीं साहब। पूरी फौजी तालीम पाई है उन्होंने। नवाब के बड़े वफादार हाकिम रहे हैं वो। उनके अलावा कई और दिलेर और नौजवान तालुकेदार भी अपनी-अपनी कुमुकें लेकर चाँदा में डटे हैं।··· बड़ी तादाद में कम्पनी बहादुर के भागे हुए सिपाही और सवार भी हैं।··· इस बार हसनयार को सबसे पीछे रखा जाएगा।"

"हसनयार की तैनाती से ये तालुकेदार नाराज नहीं हैं ?"

"अंदर-अंदर होंगे साहब। लेकिन सभी रनधीर सिंह थोड़े हैं। कालाकाँकर के राजा हनुमंत सिंह का नाम तो आपने सुना होगा। उनका जवान लड़का अपनी कुमुक के साथ दो तोपें लेकर आया है। साथ में राजा साहब के भाई भी हैं। उनकी फौज में तो बड़ा जोश है, साहब।"

"वेल··· " कार्नेजी कुछ देर तक सोचता रहा, फिर पूछा, "नाजिम की फौज कब तक चाँदा आ सकती है ?"

"किसी भी वक्त, साहब।"

"आय सी··· आइदर नाउ ऑर नेवर।" वह झटके से उठा और कर्नल राउटन के तम्बू की ओर चल पड़ा।

अड़तीस

बैसवारे के दक्षिण गंगा के तट से लगा हुआ बिसेन ठाकुरों का इलाका था जिसके तालुकेदार राजा हनुमंत सिंह अपनी जवाँमर्दी के लिए मशहूर थे। राजा की पदवी उन्हें सन् उन्चास में वाजिदअली शाह ने अता की थी। बड़ी आजाद तबीयत पाई थी राजा हनुमंत सिंह ने। इसी के चलते नवाबी हुकूमत में स्थानीय नाजिम से उनकी कभी नहीं पटी। सन् तिरपन में जब बकाया लगान के मामले में नाजिम ने उनके किले की घेराबन्दी की तो वे सूजाखार के जंगलों में निकल गए और वहाँ से लखनऊ पहुँच

कर रेजिडेंट से फरियाद की जिसने बीच-बचाव करके किसी तरह बात सुलझाई। अंग्रेज आए तो लगान की बकाया रकम एकमुश्त जमा करने के मसले पर हनुमंत सिंह की उनसे भी ठन गई। वे अड़ गए कि किश्त से एक पैसा ज्यादा नहीं देंगे। उन दिनों उनकी तबीयत खराब थी। उनके बदले उनके बड़े लड़के लाल प्रताप सिंह को जेल जाना पड़ा। फौरी बन्दोबस्त हुआ तो कलम के एक झटके से कम्पनी ने उनका तिहाई इलाका छीन लिया। इतना सबकुछ हुआ लेकिन जब सलोन में बलवा हुआ और वहाँ के गोरे हाकिमों पर आफत आई तो हनुमंत सिंह ही उनके काम आए। वहाँ से भागे गोरों को उन्होंने दो हफ्ते तक धारूपुर के किले में शरण दी और फिर कुमुक लेकर उन्हें इलाहाबाद तक छोड़ने गए। जब बिरजीसी सरकार कायम हुई और बेगम ने अवध के तालुकेदारों को परवाना भेजा तो हनुमंत सिंह ने तुरंत अपने जिगर के टुकड़े लाल प्रताप को लड़ने के लिए सरहद की ओर भेज दिया। राजपूती आन उनमें कूट-कूटकर भरी थी।

धारूपुर में हनुमंत सिंह का पुराना कोट था। पन्द्रह साल पहले उन्होंने गंगा के ठीक किनारे एक रमणीक जगह देखकर नया किला बनवाया था जिसके चारों ओर खुदी नहर में गंगा का पानी आता था। कालाकाँकर गाँव के पास बना यह किला उन्हें इतना भाया कि अपना ज्यादा समय वह यहीं बिताने लगे और उनका तालुका रामपुर-धारूपुर के बजाय कालाकाँकर के नाम से जाना जाने लगा।

उस दिन सुबह हनुमंत सिंह की नींद खुली तो एकाएक चित्त प्रताप की ओर चला गया। सरहद की ओर उसे कूच किए महीना-भर से ऊपर हो रहा था लेकिन कोई पक्की खबर नहीं आई थी। ऐसे ही कुछ उड़ती-पड़ती खबरें मिली थीं। सुनाई पड़ा था कि नाजिम ने किसी नामाकूल आदमी को जौनपुर का चकलेदार बनाकर भेजा था जो पहली ही मुठभेड़ में फिरंगी से हारकर वापस लौट आया था। पर यह पता नहीं चला था कि प्रताप उस मुठभेड़ में था या नहीं। उसके बाद बागी फौजें कहाँ हैं और क्या कर रही हैं, कुछ मालूम नहीं पड़ा था।

किले की बारादरी से दूर तक गंगा का पाट दिखता था। हल्की,

सहलाती हुई ठंड थी और बहते हुए पानी पर सुबह की धुंध छाई थी। घाट पर अभी लोगों का आना-जाना शुरू नहीं हुआ था। किनारे एक नाव खड़ी थी और मल्लाह गुड़ी-मुड़ी लगाए सो रहा था। हनुमंत सिंह उसी की ओर देख रहे थे और लाल प्रताप को लेकर उधेड़-बुन में पड़े थे। वह बहादुर जरूर है लेकिन लड़ाई के दाँव-पेंच उसे कहाँ मालूम! जवानी के जोश में क्या कर बैठे, कुछ भरोसा नहीं। इतना तो कुशल है कि साथ में माधो है, लेकिन लड़ाई के हड़कम्प में उसे कहाँ तक सँभालेगा। हनुमंत सिंह इन्हीं विचारों में खोए थे कि सात-आठ साल का एक लड़का जनाना ड्योढ़ी की ओर से उछलता-कूदता आया और उनके पैरों से लिपट गया। वे चौंककर पीछे मुड़े।

"बाबा… बाबा, यह फिरंगी कौन हैं ?"

"क्यों ?"

"बताइए तो।" रामपाल लाल प्रताप का इकलौता लड़का था और हनुमंत सिंह से खूब हिला-मिला था।

"नहीं, पहले तुम बताओ कि कौन फिरंगी का जिक्र कर रहा था ?"

"बताऊँ ?"

"हाँ-हाँ।"

"रात में माँ रोती जा रही थी… रोती ही जा रही थी। मैं पूछने लगा तो कुछ बताती नहीं थी। बड़ी मुश्किल से बोली कि बाबू फिरंगी से लड़ने गए हैं और फिर रोने लगी। भला इसमें रोने की क्या बात है बाबा ?"

"कुछ नहीं बेटा… तो बहू रो रही थी ?"

"हाँ बाबा… हम भी फिरंगी से लड़ने जाएँगे। उसका घर कहाँ है ?"

"बहुत दूर है बेटा, सात समुन्दर पार। लेकिन अपनी ताकत से वह पूरी दुनिया में छा गया है।"

"बाबा, क्या बहुत ताकत है फिरंगी के पास ?"

हनुमंत सिंह रामपाल की ओर देखने लगे। उन्हें बरसों पुराना वाकया याद आया। चालीस-इकतालीस की बात होगी। तब यह किला बन रहा था। नहर की खुदाई चल रही थी। वे धारूपुर से यहाँ का काम देखने

आए थे। साथ में प्रताप भी था। तकरीबन यही उमर रही होगी उसकी जो आज रामपाल की है। इसी की तरह निडर और बातूनी। पूछने लगा, यह नहर क्यों खुद रही है। बताया कि हमले से बचाव के लिए जरूरी है तो बोला, हमला कौन करेगा ? नवाब का नाम लेने पर उस दिन उसने भी यही सवाल किया था–क्या बहुत ताकत है नवाब के पास ? वह दिन और आज का दिन। समय कैसे भागता है ! आज उसका लड़का सामने खड़ा है और पूछ रहा है, क्या फिरंगी के पास बहुत ताकत है। क्या जवाब दें ? कोई न कोई हमेशा हमसे ज्यादा ताकतवर निकल आता है। रिआया के लिए हम भले राजा हों लेकिन बाहर से हमें कोई न कोई दबाए ही रहता है। पहले दिल्ली की सल्तनत थी, फिर नवाब आए, अब यह फिरंगी। क्या हम कभी आजाद होंगे ?

सहन में पीली धूप फैलने लगी थी। घाट पर तीन-चार लोग जमा हो गए थे और मल्लाह उठकर बाँस सँभाल रहा था। गंगा के पानी पर दूर तक छोटी-छोटी लहरें धूप में चमक रही थीं। हनुमंत सिंह को गुमसुम देखकर रामपाल निराश होकर जनाना ड्योढ़ी की ओर चला गया।

नहा-धोकर हनुमंत सिंह पूजा करने बैठे तो फिर वही-वही बातें दिमाग में घूमने लगीं। क्यों जाने दिया उन्होंने प्रताप को लड़ने के लिए ? वे ज्यादा सख्ती से मना कर देते तो क्या वह न मानता ! लेकिन उस समय लगता था जैसे फिरंगी राज अब गया, तब गया। फौजों को सरहद पर पहुँचने की देर है, बस वे फिरंगी को खदेड़कर वापस आ जाएँगी। लेकिन बात जहाँ थी अभी भी वहीं है।··· अगर प्रताप को कुछ हो गया तो बहू पर क्या गुजरेगी ! उनकी बुढ़ौती तो जो खराब होगी सो होगी ही। हे भगवान ! मन इतना कातर क्यों हो रहा है ! पूजा से उठे तो उन्होंने अपने खास हरकारे रामनिहोर को बुलाया और अस्तबल का सबसे तेज घोड़ा उसे देकर जल्द से जल्द प्रताप की खबर लाने चाँदा की ओर रवाना कर दिया।

उन्तालीस

तीस अक्टूबर की सुबह। कल रात खबर मिलने पर कि नाजिम नई फौज के साथ हसनपुर से रवाना हो चुके हैं, कालाकाँकर की फौज ने चाँदा के किले से आगे बढ़कर एक बाग में पड़ाव डाला था। हसनयार की फौज सड़क के उस पार दूसरे बाग में थी। लोग जानते थे कि नाजिम के आते ही सिंघरामऊ पर चढ़ाई का अभियान शुरू हो जाएगा लेकिन अंग्रेजों की ओर से हमले की आशंका किसी को नहीं थी। फिर भी, एहतियातन, लाल प्रताप ने सवारों की एक टोली के साथ सुमेर सिंह को दुश्मन की टोह लेने पूरब की ओर भेजा था।

दुर्बली और सुमेर सिंह बाकी सवारों से थोड़ा आगे चल रहे थे। सूरज निकल आया था और सड़क पर लोगों का आना-जाना शुरू हो गया था। ऊँची-ऊँची बाजरे की फसलों के ऊपर सर निकाले लम्बी बालें धूप में चमक रही थीं। बीच-बीच में मेड़ों पर से बच्चों की चिड़िया हड़ाने की आवाज आती थी। जानवरों के झुंड बस्ती से निकलकर खाली सिवान में फैलने लगे थे। बाजरे और गन्ने की फसलों के बीच खाली खेतों में कहीं-कहीं हल चलने शुरू हो गए थे। दोनों घोड़े कभी सड़क पर तो कभी सड़क से उतरकर खेतों के बीच से पूरब की ओर बढ़ रहे थे।

सिवान का एक चक्कर लगाकर दोनों सड़क पर आए तो कोइरीपुर का बाजार करीब आ गया था। इक्का-दुक्का मकान शुरू हो गए थे। एक घर के सामने कुएँ पर एक औरत घूँघट काढ़े पानी भर रही थी। घोड़ों की आहट सुनकर घूँघट हल्का-सा टेढ़ा कर उसने घुड़सवारों की ओर देखा। दुर्बली को एकाएक पाहीघर की याद आ गई। सिसकियों-भरा बहू का मुखड़ा दिल में उभर आया। दशहरे के पहले वहाँ से आए थे। अब दीवाली बीते दस दिन से ऊपर हो रहे हैं। लड़ाई का कुछ फैसला हो तो एक बार घर हो आएँ।

तभी उनकी निगाह सड़क पर तेजी से दौड़कर आती एक बैलगाड़ी पर पड़ी। गाड़ीवान घबड़ाया हुआ, बैलों की पूँछ उमेठता तेजी से उन्हें

दौड़ाता आ रहा था। बैलगाड़ी पास आ गई तो सुमेर सिंह ने गाड़ीवान को रुकने का इशारा किया लेकिन वह बैलों को दौड़ाता आगे निकल गया। कुछ दूर जाकर उसने पीछे मुँह घुमाया और पूरब की ओर हाथ दिखाता हुआ चिल्लाया–"पहाड़ी फौज लेकर फिरंगी आ रहे हैं। बहुत बड़ी फौज है··· बहुत बड़ी।"

दोनों ने तुरंत घोड़ों को सड़क से उतारकर सिवान की ओर मोड़ा और फसलों और पेड़ों के पीछे से चक्कर लगाते हुए पूरब की ओर बढ़े। एक भीटा दिखा तो उसकी ओट में घोड़ों को खड़ा कर दोनों ने सड़क पर पूरब की ओर नजर दौड़ाई। दूर, क्षितिज के पास, धूल उड़ रही थी। थोड़ी देर बाद धूल के परदे के पीछे से निकलकर अंग्रेजी तोपखाना आगे बढ़ता नजर आया। उसके पीछे दस-बारह गोरे हाकिम थे और उनके पीछे गुरखे सिपाहियों का हुजूम। सुमेर सिंह ने अन्दाज से गिना–डेढ़ हजार सिपाही से कम तो क्या होंगे। नये भरती हुए जवानों को छोड़ दें तो इतने सिपाही बागी फौज में भी नहीं हैं। नाजिम की फौज जब तक यहाँ पहुँच न जाए, उसका क्या भरोसा !

पूरा काफिला दिख जाने के बाद दोनों घोड़े तेजी से पश्चिम की ओर मुड़े। भीटे से कुछ दूर पर जमीन रेहकट थी। उस पर से गुजरे तो काफी धूल उड़ी। तभी सड़क की ओर से गोलियाँ चलने की आवाज आई। एक गोली दुर्बली के पैर के पास से सनसनाती हुई निकल गई। जरा-सा बचे नहीं तो वह उनके पैर को छेदती चली जाती। तब तक घोड़े बाजरे की फसल के बीच से बने रास्ते में घुसकर निशाने से बाहर हो गए।

दोनों सवार पड़ाववाले बाग में पहुँचे तो सूरज ऊपर चढ़ आया था और पेड़ों के साए सिमटने लगे थे। लाल प्रताप और माधो सिंह नहा-धोकर भोजन करने जा रहे थे। जैसे ही रसोइए ने थाली उनकी ओर सरकाई, एकसाथ दुर्बली और सुमेर सिंह की आवाज सुनाई पड़ी–"होशियार।··· फिरंगी।"

"कहाँ ?" लाल प्रताप ने अचकचाकर उधर देखा।

"कोइरीपुर में दिखे थे।··· इधर ही आ रहे हैं।"

लाल प्रताप और माधो सिंह थाली छोड़कर उठ खड़े हुए और झट तैयार होने अपने तम्बू में चले गए। जैसे ही वे जिरह-बख्तर पहन कर और हाथ में तलवार लेकर बाहर आए, हि··· श्··· श की आवाज करता एक गोला पेड़ों की टहनियाँ गिराता धम्म से आकर जमीन पर पड़ा। धमाके से जमीन घहना उठी। उछली हुई मिट्टी का एक जर्रा लाल प्रताप की आँखों में पड़ा और थोड़ी देर के लिए चारों ओर अँधेरा छा गया। गर्द छँटी तो दूर सड़क पर गुरखा फौज की एक झलक दिखी। लाल प्रताप ने आँखें मलते हुए कालाकाँकर के तोपचियों को इशारा किया और उन्होंने गोलाबारी शुरू कर दी।

घंटा-भर दोनों ओर से गोलाबारी होती रही लेकिन किसी भी फौज ने आगे बढ़कर दूसरे के ठिकाने पर हमला करने की कोशिश नहीं की। जब नाजिम की फौज ने सड़क के उस पार आकर मोरचा सँभाल लिया और उधर से भी गोलाबारी होने लगी तो लाल प्रताप ने अंग्रेजी ठिकाने की सही-सही खबर लेने दुर्बली और सुमेर सिंह को बाग के पीछे से चक्कर लगाकर पूरब की ओर भेजा।

गोलों की सनसनाहट, धुएँ और शोर के बीच दोनों आगे बढ़े। पूरे बाग में बारूद की महक भरी थी और पेड़ों के नीचे धुएँ का एक छल्ला लटका हुआ था। शाखाओं के बीच-बीच से चमकता सूरज झाँक रहा था। बाग से निकलकर दोनों बाजरे के खेतों में घुसे और पूरब की ओर बढ़ने लगे। तभी फसलों के उस पार कुछ लोगों के तेज-तेज चलने की आहट आई। वे घोड़ों से उतर गए और फसल के बीच बैठकर नीचे से झाँकने लगे। बाजरे के पौधों की नीचेवाली पत्तियाँ सूखकर झड़ गई थीं और उनके आर-पार देखने पर कई-कई पैर एकसाथ चलते नजर आए। वे दम साधे तब तक इंतजार करते रहे जब तक गुरखा टुकड़ी उधर से निकलकर दक्षिण की ओर नहीं बढ़ गई। इसके बाद वे फसल से निकलकर सड़क की ओर बढ़े। पहले जहाँ अंग्रेजी तोपखाना था, वहाँ अब भी धुआँ उठ रहा था लेकिन ध्यान से देखने पर तोपखाने की एक छोटी-सी टुकड़ी के अलावा वहाँ और कुछ नहीं दिखाई पड़ा। जाहिर था कि गुरखा फौज दो भागों में बँटकर पीछे से हमला करने

जा रही थी।

दोनों तेजी से घोड़ों को दौड़ाते हुए कालाकाँकर की तोपों के पास पहुँचे। तुरन्त उन्हें सड़क से हटाकर बाग के दक्षिणी किनारे पर लाया गया। उनका मुँह ठीक किया जा रहा था, तभी फसलों के बीच से निकल कर गुरखा फौज आती दिखी। खुखरी सँभाले गुरखों को हू-हू करते, तेजी से आते देख बागी फौज में हड़बड़ी मच गई। बिना किसी कमान की परवाह किए वह अपने-आप हरकत में आ गई। गुरखों की ओर हाथ दिखा-दिखाकर बागी सिपाही चिल्लाने लगे और अपनी पंक्ति तोड़कर दौड़ते हुए उनसे जा भिड़े। जब तक लाल प्रताप कोई आदेश देने की सोचें, उन्हें लगा, लड़ाई तो शुरू हो चुकी है और कौन, कहाँ, क्या कर रहा है, इस पर नियंत्रण रखने का कोई जरिया नहीं है।

गुरखा फौज लड़ते हुए धीरे-धीरे कालाकाँकर की तोपों की ओर बढ़ने लगी। लाल प्रताप ने तलवार उठाकर तोपों की ओर इशारा किया और सभी को उनके चारों ओर मोरचाबन्दी करने के लिए कहा। खुद भी धीरे-धीरे रास्ता बनाते हुए उधर की ओर बढ़े। जैसे-जैसे गुरखों का घेरा कसता जा रहा था, कालाकाँकर की फौज का मनोबल गिरता जा रहा था। लेकिन लाल प्रताप के आ जाने से जोश की एक नई लहर दौड़ गई। सिपाहियों ने तलवारें निकाल लीं और गुरखों से गुत्थमगुत्था हो गए। दोनों ओर से पटपट लाशें गिरने लगीं। बाग की जमीन काफी दूर तक लाल हो गई। धीरे-धीरे गुरखे पीछे हटने लगे। लेकिन उसी समय गुरखों की मशहूर शेर रेजिमेंट वहाँ पहुँच गई। उसके नायक मुडम्मन सिंह ने जोर से ललकारा। खुखरी सँभाले हुए गुरखों की वह नई टुकड़ी बागियों पर टूट पड़ी।

बागी सिपाही पहले ही थक चुके थे। उनके चेहरे पर हताशा झलकने लगी थी। लाल प्रताप ने अपने चारों ओर नजर घुमाई। सुमेर सिंह कहीं नहीं दिखे तो उन्होंने दुर्बली को इशारे से पास बुलाया और जल्दी से किले में जाकर किसी तरह और टुकड़ियाँ लाने के लिए कहा। वे बड़ी मुश्किल से वहाँ से निकल पाए। दुर्बली के जाने के बाद और कोई उपाय न देख लाल प्रताप घोड़े से उतरे और कूदकर एक तोप पर चढ़ गए।

वहीं खड़े-खड़े उन्होंने सैनिकों को ललकारा। गुरखा नायक ने उन्हें तोप पर खड़े देखा तो तेजी से उनकी ओर झपटा। लेकिन इसके पहले कि वह कोई वार करे, लाल प्रताप ने बिजली की फुर्ती से तलवार चलाई और उसे वहीं ढेर कर दिया। अपने नायक को गिरता देख गुरखे क्रोध से पागल हो उठे। उनका लेफ्टीनेंट गम्भीर सिंह दोनों हाथों में खुखरी लिए अंधों की तरह आगे बढ़ा। शेर रेजिमेंट के सिपाही हल्ला बोलते हुए उसके पीछे-पीछे चले। इतनी दृढ़ता से गुरखों को आगे बढ़ता देख बागियों का हौसला पस्त हो गया और वे तितर-बितर होने लगे। लाल प्रताप ने निराशा और असहायता की स्थिति में पीछे मुड़कर देखा। माधो सिंह और सुमेर सिंह जी-जान से लड़ते हुए उनके पास पहुँचने की कोशिश कर रहे थे। एक क्षण उनकी निगाह माधो सिंह से मिली। माधो सिंह ने चिल्लाकर उन्हें सावधान किया। तभी जोर से आकर कोई चीज उनकी गर्दन पर गिरी। वे लड़खड़ाए लेकिन फिर सँभल गए। गर्दन के पास कुछ चिपचिपाहट-सी महसूस हुई और लगा जैसे गरम-गरम बहता हुआ कुछ नीचे की ओर रेंग रहा है। उन्होंने तलवारवाला हाथ उठाने की कोशिश की। तभी एक और वार हुआ। अबकी बार वह सँभल नहीं पाए। देह झौंड़ियाई और पैर फिसल गए। नीचे गिरते हुए उनकी निगाह आसमान की ओर उठी। पेड़ की शाखाएँ और उनके बीच-बीच में खुले आसमान के चकत्ते एकसाथ नाच उठे।

आँख खुली तो जमीन पर चित पड़े थे। ऊपर हरी-हरी पत्तियों से लदी पेड़ों की शाखाएँ चँदोवा-जैसा ताने थीं। बीच-बीच में खुले, नीले आसमान के टुकड़े बेल-बूटे बना रहे थे। रुई के फाहे-जैसा हल्का, छोटा-सा एक बादल बहुत धीरे-धीरे आसमान में रेंग रहा था। सबकुछ एकदम निश्चल और शान्त। बहुत दूर से हल्की-हल्की कुछ आवाजें आ रही थीं। धीरे-धीरे वे भी डूबने लगीं। उन्होंने अपना हाथ उठाने की कोशिश की तो लगा, उस पर मनों भार रख दिया गया हो। गर्दन हिलाई तो नीचे की जमीन चिपचिपी लगी। एक अनजान से भय की लहर डूबती चेतना के आर-पार हिलक उठी।

इसके बाद सबकुछ नीम अँधेरे में डूबने लगा। झप-झप करके उभरती

यादें आपस में गड्डमड्ड होने लगीं।··· जाड़े में भोर का वक्त है और थिर होकर धीरे-धीरे बहती और दूर, रहस्यमय क्षितिज में लुप्त होती गंगा के पाट पर हल्की-हल्की भाप उठ रही है।··· विवाह के समय द्वारचार हो रहा है और गाती हुई औरतों के झुंड के बीच दो औरतें जलते हुए दीपवाले कलश उठाए हैं।··· वे कपड़ों की गठरी बनी एक लड़की के साथ गाँठ जोड़कर वेदी के चारों ओर फेरा लगा रहे हैं और मंत्रों और गीतों की मिली-जुली आवाज आ रही है। तभी डबडबाई हुई आँखों का एक जोड़ा सामने आ जाता है। यह किसकी आँखें हैं ? इनका आकार क्यों बढ़ता जा रहा है ? यह इतने करीब क्यों आती जा रही हैं ? अब तो ऊपर के हरे चँदोवे को इन्होंने ढँक लिया है।··· और अब तो यह भी डूब रही हैं। अँधेरा गाढ़ा होता जा रहा है। शांति··· परम शांति। एक बार देह थरथराई। एक पल को आँखें खुलीं। एक क्षण के लिए सबकुछ साफ और स्पष्ट दिखा। चँदोवे के बीच से दिखती नीले आसमान की अनन्तता अत्यन्त मोहक लगी। जैसे अपनी ओर बुला रही हो। उन्हें लगा, वे अनन्त आसमान के ही एक हिस्से हैं। और देह पथरा गई। जड़ और चेतन ने अपने-अपने हिस्से बाँट लिए।

रामनिहोर कालाकाँकर से चला तो जल्दी से जल्दी चाँदा पहुँचने के लिए बेचैन था। दोपहर में बिना कहीं रुके वह बराबर चलता रहा। चाँदा पहुँचते-पहुँचते रात हो गई। आधा कोस पहले, कोथरा बाजार के पास उसे खबर मिल गई कि आज चाँदा के आगे कहीं जमकर लड़ाई हुई है। उसका दिल धुक-धुक करने लगा।

उजाला पाख था और पूर्णमासी करीब थी। किले तक पहुँचते-पहुँचते चाँदनी छिटक गई। किले के चारों ओर का इलाका धुँधली चाँदनी में अजीब दहशत-भरा लग रहा था। आहाते में घुसते ही भनभन-भनभन सुनाई पड़ने लगी। थके-हारे बागी इक्का-दुक्का अब भी पूरब की ओर से मेड़-डाँड़ लाँघते किले में चले आ रहे थे। एक ओर घायलों की डोलियाँ पड़ी थीं और मरहम पट्टी चल रही थी। कुछ सिपाही नाजिम और चकलेदार को पूछते घूम रहे थे। किसी को ठीक-ठीक पता नहीं था, दोनों कहाँ हैं ? रामनिहोर को जो भी मिला, उसे रोककर उसने कालाकाँकर की

फौज के बारे में पूछा। लेकिन किसी को उसे कुछ बताने की फुरसत नहीं थी। सभी विक्षिप्त-से घूम रहे थे। वह घायलों की डोलियाँ झाँक-झाँक कर देखने लगा। जब कोई भी परिचित चेहरा नहीं दिखा तो वह निराश होकर फाटक से निकला और पूरब की ओर चल पड़ा। सड़क पर आपस में गड्डमड्ड हुए पेड़ों के साए पसरे थे। किन्हीं-किन्हीं डालों पर बड़े-बड़े गिद्ध गुपचुप बैठे थे। कभी एक-दो घुड़सवार और पैदल सिपाही किले की ओर आते दिख जाते थे। कहीं-कहीं दो-दो, चार-चार के गुटों में लोग पेड़ों के नीचे कराहते हुए घायलों को लेकर पड़े थे।

कुछ दूर चलने पर एक छोटा-सा बाग दिखा जिसमें सड़क के किनारे पास-पास खड़े चार-पाँच पेड़ों का झुरमुट था। उसके नीचे कई लोग गोल बनाकर बैठे थे और बीच में सर से पैर तक ढकी दो लाशें रखी थीं। जिन कपड़ों से वे ढकी थीं उन पर सूखे खून के धब्बे लगे थे जो रात में काले-काले दिख रहे थे। रामनिहोर ठिठककर देखने लगा।

"कौन है भाई ?" लाश के पास बैठे एक सिपाही ने सर उठाकर पूछा।

"कालाकाँकर की फौज कहाँ होगी, भइया ?"

"कौन··· रामनिहोर ?"

अपना नाम सुनते ही उसका जी धक से हो गया। घोड़ा आगे बढ़ा कर धीरे-धीरे लोगों के पास आया। पेड़ों से छनकर आती मद्धिम रोशनी में एक-एक चेहरे पहचान में आने लगे। लेकिन कुँअर साहब क्यों नहीं दिख रहे ? और माधो काका कहाँ हैं ? ये लाशें किसकी हैं ? वह घोड़े से उतरा तो किसी से पूछने की हिम्मत नहीं पड़ रही थी। आखिर सच्चाई सामने आई तो वह बुक्का फाड़कर रो पड़ा।

चालीस

दो घड़ी दिन चढ़ आया था। पाहीघर का चरवाहा जानवरों को खोल कर ऊसर की ओर चराने ले जा रहा था। एक नई ब्याई गाय भी जिसका

बछड़ा बार-बार छलाँग लगाता वापस आ जाता था। पीछे-पीछे उसकी माँ बड़े बेमन से झुंड छोड़कर लौटती। चरवाहे को परेशान देख सुखई ने बछड़े को गोद में उठा लिया और गाय के आगे-आगे चलने लगा।

बूढ़ी पिछवाड़े से छोटी-सी डलिया में पूजा के लिए कनेर और कटसराई के फूल लेकर लौटीं तो बहू चौका-बर्तन करके नहाने जा रही थी।

"भगवान के बर्तन मल दिए बहू ?"

"बस वही रह गया है, अइया। अभी मलती हूँ।" बहू नहाने के लिए उठाई धोती पर चुन्नट डालना छोड़ तुलसी के पास रखे पूजा के बर्तन मलने बैठ गई।

"तुम्हारा मन जाने कहाँ उड़ा रहता है, बहू।··· कब नहाओगी, तो कब अदहन चढ़ेगा।··· जानती हो, शंकर को खा-पीकर जल्दी जाना होता है, फिर भी सुबह से ऐंड़ी-मैंड़ी करती रहती हो।" बूढ़ी फूल रखकर बड़बड़ाने लगीं।

"रसोई में लकड़ी नहीं है, अइया। बाहर से लाना था।··· रुप्पी कई दिन से दिखी नहीं।" बहू ने खटाई से छोटे-छोटे पूजा के बर्तन मलते हुए कहा।

"उस हरजाई के हाथ-पैर अब कम ही डोले हैं।" बूढ़ी बुदबुदाते हुए निकलीं और दरवाजे पर खड़ी दुर्बली की बिटिया का हाथ पकड़ कर साथ ले जाते हुए बोलीं–"चलो, दुर्बली की धेरिया, दुआरे से रहठा उठा लाओ।"

कन्धे पर छोटे-छोटे हाथों से रहठा दबाए हुए बच्ची और उसके पीछे-पीछे अँकवार में आम की टहनियाँ लिए बूढ़ी अंदर आईं तब तक बहू आनन-फानन में नहा चुकी थी और धोती बदल रही थी। धोती बदलकर, चमचमाते हुए ताँबे के लोटे में जल लेकर, उसमें कनेर का एक फूल डालकर, उसे हथेली पर रख, कन्धे के बराबर उठाए, घूँघट में धीरे-धीरे चलती, वह बाहर निकली और देवी के थान की ओर जाने लगी। नीम के चबूतरे के पास पहुँची ही थी कि ऊसर की ओर से तेजी से दौड़कर आता चरवाहा दिखा। वह सामने आकर खड़ा हो गया और हाँफता-हाँफता बोला–"पूरब जो फौद गई थी वह लौटकर आ रही है।

छोटे मालिक… ”

इतना कहकर वह तेजी से आगे बढ़ गया। बहू हाथ में जल उठाए वैसे ही सन्न खड़ी रह गई।

शंकर खेत से लौट रहे थे, जब उन्होंने फौज के बारे में सुना। वहाँ से वे सीधे ऊसर की ओर भागे। गाँव में जिसने भी सुना, ऊसर की ओर दौड़ पड़ा। लीक पर कालाकाँकर के सिपाही पश्चिम की ओर जा रहे थे। सर झुकाए, सभी बेजान-से लग रहे थे। जितनी फौज कालाकाँकर गई थी उसकी आधी भी नहीं रह गई थी। कफन से लिपटी लाल प्रताप और माधो सिंह की लाशें बैलगाड़ी पर रखी थीं जिस पर गेंदे के पीले फूल बिखरे थे। सवा महीने पहले इसी रास्ते फौज चाँदा जा रही थी तो दोनों ठाकुर घोड़े पर सवार आगे-आगे चल रहे थे और किसी का उत्साह नहीं धरा करता था। आज उनकी लाशें देखकर लोगों का कलेजा फटता था।

लाशों के पीछे घायलों की डोलियाँ थीं। फौज आगे बढ़ी तो एक डोली बसौलीवाली खोरि पर मुड़ गई। उसके पीछे-पीछे दो पल्टनिए और एक सवार भी काफिले से अलग हो गए। पाहीघर पहुँचकर कुएँ के पास डोली रुकी। लोग उसे घेरकर खड़े हो गए। सिपाहियों ने सँभाल कर दुर्बली को उतारा और सहारा देकर दालान के ओसारे में पड़ी चारपाई पर बिठा दिया। उनके कन्धे पर पट्टी बँधी थी और पैर से भचक-भचक कर चल रहे थे। दुर्बली को इस रूप में देख बूढ़ी उनकी देह पर हाथ फेरती रोने लगीं। बच्ची पास में खड़ी थी। उसे कुछ समझ में नहीं आया, लेकिन बूढ़ी को रोती देख वह भी जोर-जोर से रोने लगी। बहू दरवाजे की आड़ में दाँत भींचे रुलाई रोकने की कोशिश करती खड़ी रही। कहीं से आकर रूपा ने बच्ची को सँभाला और चुप कराने लगी।

दालान के ओसारे में सुमेर सिंह शंकर को दुर्बली के घायल होने का वाकया सुना रहे थे–

“यह तो कहिए, गोली अंदर नहीं घुसी… कन्धे को छीलती हुई निकल गई। बस हल्का-सा जख्म है। लेकिन लगता है पैर की हड्डी उखड़ गई है। गोली लगने पर घोड़े से गिरे तो पैर पेड़ की जड़ पर पड़ गया।

इधर कोई हड्डी बैठानेवाला गुनी मिल जाता तो जल्दी ठीक हो जाते।"

"महीने के ऊपर हो गया तो हम समझे थे कि आप लोग जौनपुर निकल गए होंगे। लेकिन··· "

"क्या कहें दूबे महराज ! सब अचानक हो गया। इधर हसनपुर से नाजिम आए, उधर गुरखा फौज का हमला हुआ। दुश्मन ने धोखा देकर पीछे से धावा बोला। चारों ओर से घिर जाने पर कुँअर साहब ने दुर्बली को मदद लेने नाजिम के पास भेजा। जाते हुए रास्ते में ही उन्हें गोली लगी।··· समय से मदद मिल जाती तो··· "

दो दिन बाद सब लोग चले गए तो दुर्बली को दरवाजे की कोठरी में पहुँचा दिया गया। वहाँ बहू उनकी सेवा-टहल कर सकती थी। कंधे का घाव तो ठीक हो रहा था लेकिन पैर की हड्डी बहुत दर्द करती थी। रोज सबेरे कंजा से एक बुजुर्ग शेख पैर बिठाने आते थे। लोग उन्हें सफी चाचा कहते थे। हड्डी बिठाने में उन्हें बड़ा हुनर हासिल था। वह आते तो दुर्बली को सहारा देकर बाहर लाया जाता। सफी चाचा घंटों आहिस्ते-आहिस्ते टो-टोकर पैर में तेल की मालिश करते। हड्डी जैसे पिघलकर रत्ती-रत्ती सरकती, अपनी जगह की ओर बढ़ती जाती। सारते-सारते जब उँगलियाँ उखड़ी हुई हड्डी के पास पहुँचतीं, दुर्बली दाँत भींचकर और आँखें बन्द कर दर्द को अन्दर घुटकने की कोशिश करते। उनकी यह हालत देख सफी चाचा अपनी उँगलियाँ आहिस्ते-से वापस मोड़ लेते और दुर्बली के चेहरे का खिंचाव ढीला पड़ने लगता।

पहले दिन सफी चाचा का हाथ सारते-सारते तलवे की ओर बढ़ने लगा तो दुर्बली ने झिझककर पैर हटा लिया।

"इसमें झिझकने की क्या बात है बेटा ! यह तो बराभन का पैर है। हमें तो कैसे-कैसे लोगों की खिदमत करनी पड़ती है।··· खुदा कोई हुनर देता है तो उसके कुछ उसूल होते हैं, बेटा। हुनर के नाते बंदों की मुहब्बत और इज्जत मिलती है तो कुछ तकलीफ भी उठानी पड़ती है।··· कुछ वक्त भी जाया करना पड़ता है।··· कुदरत में हर चीज की दोहरी धार होती है, बेटा !"

दुर्बली को लगा कि सफी चाचा गुनी ही नहीं, ज्ञानी भी हैं।

इकतालीस

दुर्बली अब डंडे के सहारे सँभल-सँभलकर चलने लगे थे। सफी चाचा अब हफ्ते में एक बार आते थे और रोज मालिश करने का जिम्मा बहू पर आ गया था। जाड़ा पड़ना शुरू हो गया था और सुबह दिशा-मैदान से लौटने पर, और रात में खाने के बाद अलाव के पास बैठकर हाथ सेंकने का मन होता था। मटर की बुआई हो चुकी थी और जौ-गेहूँ के लिए खेत तैयार किए जा रहे थे। दिन में उन्हें जोतकर छोड़ दिया जाता था। रात-भर ओस की नमी मिट्टी में खुबती और उसे दबाने के लिए बड़े भोर में उठकर पाटा दिया जाता था। जल्दी नींद खुलने पर खेत में पाटा खींचते बैलों को फटकारने और नाह-नाह करके मोड़ने की आवाजें सुनाई पड़ती थीं। जब तक पूरब में ललाई फूटती, पाटे को खोलकर एकसाथ नधे चार-चार बैलों को पीछे से हाँकते हलवाहे खेत की ओर से आते दिखाई पड़ते थे।

उस दिन दुर्बली की आँख जरा जल्दी खुल गई। ओसारे में सोए थे। लघुशंका के लिए बाहर निकले तो हल्की-हल्की ओस पड़ रही थी। पूरब में उजास फूटनेवाली थी और नीम-जामुन और महुए के पेड़ और कुआँ और दालान सब कुहासे में डूबे थे। दुर्बली ने लौटकर आँखें बन्द कर लीं और कमरी ओढ़कर चारपाई पर पड़े रहे। थोड़ी देर में बँसवारी के बीच से सन्नाटे को खुट से तोड़ती एक चिड़िया की चूँ··· चुँह की आवाज आई। जरा देर बाद कुएँ के पास, जामुन के पेड़ पर दूसरी चिड़िया बोली। फिर तो यहाँ-वहाँ, बँसवारी में, पेड़ों पर चह-चह शुरू हो गई। चिड़ियों की चहचहाहट के बीच हलवाहों के आने, बैल खोलने और उन्हें नाँधकर पाटे के लिए खेत की ओर ले जाने की आहट आती रही। बैल चले गए तो कुएँ के पास खाली लोटे लिए हुए दो औरतों के साए दिखे। दोनों कुछ देर वहाँ खड़ी बातें करती रहीं। फिर एक पिछवाड़े की ओर चली गई और दूसरी घूँघट काढ़े दुर्बली की चारपाई की बगल से गुजरी और जाते हुए उनके एक पैर का अँगूठा धीरे से दबाती गई। वे इशारा समझकर उठे और बहू की कोठरी में चले गए।

बहू जल्दी-जल्दी हाथ-मुँह धोकर अंदर आई तो लगा कुछ बताने को आतुर है।

"कुछ सुना आपने ?"

"क्या ?"

"रुप्पी पेट से है।"

"आँ··· ?"

"हाँ··· अभी बाप को पता नहीं है। जिस दिन पता लगेगा, बड़ा बखेड़ा खड़ा होगा।"

"अब यही बाकी रह गया था।"

"जेठजी तो गिरवाने को बोलते हैं मगर वह मानती ही नहीं। एक ही जिद्दी है। कहती है, किसी का नाम नहीं लेगी और भगवान ने इतना जाँगर दिया है कि खुद कमाकर पाल लेगी।"

"बची-खुची जो नाक थी वह भी कटेगी।"

"मुझे तो जैकरन का बड़ा डर लगता है। कोई भरोसा नहीं, वह क्या कर बैठे।"

बहू चौका-बर्तन करने आँगन में चली गई पर दुर्बली देर तक वहीं बैठे-बैठे सोचते रहे।

पूस लगते-लगते जाड़ा बढ़ गया। थोड़ी बारिश भी हो गई थी। कुछ खेतों में जहाँ जौ-गेहूँ पिछड़कर बोया गया था, बीजमार भी हुई। कुछ लोगों ने उलटकर दुबारा बोया। जिनके पास दुबारा बोने के लिए बीज नहीं थे उन्होंने काँख-काँखकर निकलते पीले अँखुओं को देखकर किसी तरह संतोष किया और भगवान भरोसे छोड़कर बैठ गए।

उस दिन जैकरन सुबह-सुबह लट्ठ लेकर पाहीघर पर आ धमका। शंकर दिशा-मैदान के लिए गए थे। लौटे तो उसको दरवाजे पर तना हुआ बैठा देख उन्हें खटका हुआ। लेकिन उसकी ओर ध्यान न दे कुएँ पर हाथ-पैर धोते रहे।

जैकरन कुछ देर तो इंतजार करता रहा। फिर नहीं रहा गया तो उठा और कुएँ के पास जाकर खड़ा हो गया।

"महराज, हमारा निआव कर दो।"

"क्यों··· क्या हो गया ?"

"आपको तो सब मालूम ही है, महराज··· "

"इतने बेसबर क्यों हो रहे हो ? ··· दालान में बैठो। मैं दातुन करके आता हूँ। फिर इतमीनान से बातें करेंगे।"

शंकर हाथ-पैर धोकर और दातुन करके जब दालान में आए, बहुत सँभालने के बावजूद उनके चेहरे का रंग उड़ा हुआ था।

"अब बोलो जैकरन।"

"महराज··· रूपा··· "

नाम सुनते ही शंकर के भीतर एक सिहरन-सी दौड़ गई। लेकिन बाहर से निश्चिंत दिखने की कोशिश करते हुए बोले–

"क्या हुआ रूपा को ?"

"अब इतना न बनो महराज··· उसके पैर भारी हैं।"

जैकरन के आक्षेप को जज्ब करते वे चुपचाप उसकी ओर घूरते रहे।

"आप क्या बोलते हो महराज ?"

"मैं क्या बोलूँ, जैकरन ?"

"आप नहीं तो और कौन बोलेगा, महराज ?"

शंकर को लगा, जैकरन की हिम्मत बढ़ती जा रही है और उसकी बात टालना मुमकिन नहीं होगा। वे खँखारकर दृढ़ता से बोले–

"देखो जैकरन, तुम बुजुर्ग आदमी हो।··· सोच-समझकर बोलना चाहिए।··· ये मामले बड़े टेढ़े होते हैं।··· तुम अपने आदमी हो, इसलिए कह रहा हूँ। यह सही है कि रुप्पी का यहाँ आना-जाना है, लेकिन इसके अलावा और क्या है जो···। वह ससुराल छोड़ आई है। तुम्हारे कशबश में रहती नहीं। और फिर तुम अपने में ही मस्त हो। वह कहाँ जाती है, क्या करती है··· कौन कह सकता है।"

"बस··· बस करो, महराज। रस्सी को इतना न खींचो कि वह टूट जाए।"

शंकर ने देखा, जैकरन की आँखों से चिनगारियाँ फूट रही हैं। उन्हें लगा, बात किसी और तरह से सँभालनी होगी।

"अच्छा छोड़ो··· अभी यह बात बंद करो।··· यह बताओ, बारिश से तुम्हारे खेत में कितना नुकसान हुआ है ? उलटकर दुबारा बोना है या ऐसे ही छोड़ दोगे ?"

जैकरन कुछ देर अनिश्चय में शंकर के चेहरे को ताकता रहा। फिर निगाह फेरकर धीरे से बोला–

"घर में कौन भंडार रखा है कि दस बार बोएँगे। बड़ी मुश्किल से तो एक बार के लिए जुटाया था।··· और अब पिछड़ भी तो बहुत गया है।"

"कुछ पिछड़-उछड़ नहीं गया है। तमाम लोग अभी बो रहे हैं। बीज नहीं था तो मुझे बताना चाहिए था न।"

"अब क्या बताना, महराज··· जो ले जाता हूँ उसे वापस भी तो करना होता है।"

"तो खेत परती छोड़ दोगे ? तुम भी पागल हो जैकरन।··· कोई पिछौरी-उछौरी तो लाए नहीं होगे।··· चलो मैं दौरी* में तुलवा देता हूँ। कितना बीज पड़ता है उसमें ?"

"मुझे पता नहीं, महराज··· रुप्पी को मालूम होगा, नहीं तो उसकी माँ को।"

"कहाँ रहते हो, जैकरन ! ··· भरती बोर दी तुमने।··· चलो अंदाज से ले लो। दो पसेरी तुलवा देता हूँ। जो लगेगा सो लगेगा, बाकी और काम आएगा।"

जैकरन अनाज से भरी दौरी लेकर पाहीघर से निकला और अपने घर की ओर जाने लगा तो शंकर उसकी पीठ पर हाथ रख धीरे से बोले–"रुप्पी को समझाना।··· कुछ कर-कराके छुट्टी पा ले। खर्चे-वर्चे की चिन्ता मत करना। तुम्हारी इज्जत हमारी इज्जत है।"

जैकरन ने एक बार शंकर को घूरकर देखा, फिर बिना कुछ कहे आगे बढ़ गया।

रात में बहू बूढ़ी के साथ जंगल के लिए निकलीं तो अहिरान की

* अनाज रखने की टोकरी।

ओर से रह-रहकर किसी के चीखने की आवाज आ रही थी।

"कौन है, अइया ?"

"होगा कोई··· तुम्हें दुनिया-भर की चिन्ता लगी रहती है।"

"लगता है, कोई किसी को मार रहा है।··· यह रुप्पी की आवाज तो नहीं है ?"

"होगी। चोरी-छिनारा करेगी तो मारी नहीं जाएगी, और क्या होगा।"

बहू चुप रही। लेकिन उसके अंदर कुछ उफनता रहा। लौटी तो दिल बहुत भारी था।

दूसरे दिन रात में खवाई-पिआई के बाद जैकरन पाहीघर के दरवाजे पर आकर खड़ा हुआ। शंकर दालान से निकले और कमर में बँधी थैली उसे पकड़ाकर वापस चारपाई पर आकर लेट गए। जैकरन जैसे आया था वैसे ही चुपचाप चला गया।

भोर हुई तो वह रूपा के साथ बसौली से पाँच कोस दक्खिन सई नदी के घाट पर था। बीहड़ों के आगे जामताली बाजार था और उसके आगे सिद्धीपुर गाँव। गाँव में पहुँचकर उसने बेलना भक्तिन का घर पूछा तो लोगों ने दोनों को घूरकर देखा और बस्ती के निकार पर, बाग के किनारे बने एक झोंपड़े की ओर इशारा कर दिया।

बेलना भक्तिन ब्राह्मणी थी। बाल-विधवा। वैसे तो वह दाईवाला काम करती थी लेकिन मशहूर थी हमल गिराने के लिए। चार-चार, पाँच-पाँच महीने के हमल बड़ी सफाई से किनारे लगा देती थी। सिद्धीपुर में उसका मायका था। शादी हुई थी, गौना नहीं गया था, तभी विधवा हो गई। ससुराल में कोई पुछत्तर नहीं था, इसलिए यहीं रहने लगी थी। एक साल तावन में माँ-बाप और छोटा भाई चल बसे। मकान में ताला लगाकर वह बाग में आ गई। गाँववालों ने वहीं एक छप्पर डाल दिया। फिर वह लौटकर घर नहीं गई। वक्त की मार झेलते-झेलते वह बेलना से बेलना भक्तिन बन गई। खेती-बारी जो कुछ थी वह पट्टीदारों ने हड़प ली। पद-पंचायत हुई तो उसको खाने-पहनने-भर का गुजारा देने लगे।

बेलना को बचपन से ही जचकी सँभालना अच्छा लगता था। गाँव में जब किसी औरत के बच्चा होने को होता तो लोग बेलना को याद

करते। वह खुशी-खुशी पहुँच जाती थी। हाथ में ऐसा गुन था कि जच्चा का आधा दर्द तो उसे देखते ही दूर हो जाता था। लेकिन यह गर्भ गिराने वाली विद्या वह कहाँ से सीख आई, किसी को ठीक-ठीक पता नहीं। कुछ लोग फुसफुसाकर कहते थे कि जवानी में एक बार उसे भी अनचाहा गर्भ रह गया था जिससे छुटकारा पाने में वह जिंदगी और मौत के बीच झूलती रही थी। तभी से उसकी लगन इस ओर लग गई थी। लेकिन बाकी लोग इसको मनगढ़ंत मानते थे।

बेलना अपना काम बेहद सफाई और जिम्मेदारी से करती थी। किसी को कानोंकान खबर नहीं होती थी। जिस घर में उसे जाना होता, रात के अँधेरे में जाती और अँधेरे में ही लौट आती थी। हफ्ते-भर वह गुड़ और सोंठ और गरम मसाला और जाने किन-किन जड़ी-बूटियों का सत्त मिलाकर पिलाती थी और रात में तेल लेकर धीरे-धीरे पेट की मालिश करती थी। फिर ऐसी उठा-बैठक कराती कि दो-चार दिन में सब निकल कर साफ हो जाता था।

सिद्धीपुर बड़ा गाँव था। बड़ी-छोटी जाति के लोग वहाँ एकसाथ बसे थे। ऊँच-नीच होता ही रहता था। एक तरह से बेलना ने गाँव की नाक सँभाल रखी थी। धीरे-धीरे आसपास के गाँवों में भी उसका नाम हो गया था। जिसका काम बन जाता वह खुलकर तो न कह पाता लेकिन किसी और को साँसत में पड़ा देखता तो फुस्स से कान में बोल देता। इसी तरह लोगों के फुसफुसाते होंठों से होता हुआ यह नाम बसौली जैसे दूर-दराज गाँवों तक पहुँच गया था।

पता नहीं जैकरन के लात-घूँसों से हुआ या बेलना भक्तिन से कोई चूक हो गई। जिस दिन से रूपा सिद्धीपुर से लौटकर आई, जैसे उसकी देह में घुन लग गया। खून रुकता ही नहीं था। स्वस्थ, सुन्दर देह दिन-ब-दिन मुरझाने लगी। आँखें धँस गईं। गाल की हड्डियाँ उभर आईं। रंग पीला पड़ गया। उठते-बैठते पैर थरथराते थे। जो रूपा पहले बादर ब्योंतती थी, चलते-फिरते हवा से लड़ती थी, अब एकदम बुत्त हो गई। घर में ही पड़े-पड़े सौतेली माँ की धौंस और गालियाँ सुनती रहती थी।

कई दिन तक रूपा पाहीघर नहीं आई तो बहू को खटका हुआ।

मन नहीं माना तो सूरसती से कहकर उसे बुलवाया। दिन-भर उसकी राह देखती रही। जैसे-जैसे दिन ढलता गया, उसकी आशंका बढ़ती गई। शाम हो गई। अँधेरा बढ़ने लगा और उसी के साथ ठंड। सनई, गन्ने की खोई और ढाक के गोदे बटोरकर सुखई ने नीम के पेड़ के नीचे अलाव जला दिया।

शंकर सरैया की ओर निकल गए थे और अभी तक लौटकर नहीं आए थे। दुर्बली, बूढ़ी और मुट्टनी अलाव ताप रहे थे। पाहीघर के अंदर, आँगन के ओसारे में बहू ने चूल्हा जलाकर चावल-दाल का अदहन चढ़ा दिया था। "सू··· ऊ··· ऊ··· " अदहन बोलने की आवाज साँझ के बढ़ते अँधेरे में अजीब-सा सूनापन भर रही थी! बहू चावल धोने जा रही थी जब धीरे-धीरे चलता हुआ कोई साया अंदर आकर खड़ा हो गया।

"कौन ?" बहू ने बिना उसकी ओर देखे पूछा।

"मैं हूँ मालकिन।" लगा जैसे स्वर किसी गहरे खड्ड में से आ रहा हो।

"रुप्पी ?" बहू ने चौंककर देखा।

"हाँ, मालकिन।"

"तू कहाँ थी रे ? ··· इतने दिन दिखी ही नहीं। और आज बुलाया तो अब आ रही है। कब से तुम्हारी राह देख रही हूँ।"

रूपा जहाँ खड़ी थी वहीं धीरे से बैठ गई। बहू ने जल्दी-जल्दी चावल धोकर अदहन में डाला और एक कंडा आग निकालकर रूपा की ओर बढ़ाती हुई बोली–

"ले, द्वार से तनिक रहठा लेकर जला ले। बहुत ठंड है। मैं भी निकलकर आती हूँ।"

रूपा सर झुकाए वैसे ही बैठी रही। कंडे की आग सामने पड़ी ठंडी होती रही। बहू रसोई से रहठा लेकर बाहर आई तो उस पर राख की एक पर्त जमा हो चुकी थी। उसने कंडे को खोदा और ओसारे के छप्पर से फूस निकालकर उसे जलाया। ऊपर से रहठा रख दिया। आग जली तो उसकी झलमलाती रोशनी में बहू ने रूपा के चेहरे को देखा और

चौंक पड़ी।

"अरे, तुझे क्या हो गया है ! ··· तेरा तो मुखड़ा ही बिल्कुल सूख गया है।"

"अब चमकके क्या करेगा मालकिन ?" रूपा जैसे अपने-आपसे बुदबुदाई।

"क्यों··· ऐसा क्यों बोलती है ?"

"और क्या बोलूँ मालकिन ? ··· अब तो यही मनाती हूँ, जो कुछ होना हो, जल्दी हो जाए।"

बहू ने उसके चेहरे पर आँख गड़ाकर देखा और अंदर ही अंदर सिहर उठी।

"ऐसे नहीं हिरासते रुप्पी।"

"पहले मैं भी ऐसे ही सोचती थी मालकिन। लेकिन अब··· अब लगता है सबकुछ उखड़-फुखड़ गया है। अब तो बस··· "

"ऐसा नहीं है रुप्पी। फिर सबकुछ ठीक हो जाएगा और तू पहले की तरह साँड़-जैसी घूमेगी।"

रूपा फिस्स से हँस दी। अंदर की निराशा और कड़वाहट बाहर ढलक पड़ी।

"थोड़ी हिम्मत रख। पड़े-पड़े सोचा मत कर। थोड़ा घूम-फिर लिया कर, बोल-बतिया लिया कर। मन आन हो जाएगा।"

"क्या करूँ मालकिन, न उठने का मन होता है, न कुछ करने का। लगता है, अंदर का सब खाली हो गया है। देह में कोई दम ही नहीं रहा।··· ऐसे में कौन पूछेगा मुझे। जब से सिद्धीपुर से लौटी हूँ, बड़के पंडित एक बार भी नहीं दिखे। जैसा चाहते थे, वैसा कर दिया। अब मेरा क्या कसूर है ?" रूपा ने सर अपने घुटनों में छिपा लिया।

"यह दुनिया ही ऐसी है रुप्पी। कोई क्या करेगा ?"

"नहीं मालकिन, मेरा ही करम खराब था। तन की भूख ने पागल कर दिया था। ऐसी आग लगी कि सब भसम कर दिया।"

"यह मन का भरम है रुप्पी। इधर सोचो तो इधर सही, उधर सोचो तो उधर सही।"

कुछ देर चुप्पी रही। फिर रूपा उठकर खड़ी हो गई।

"चलती हूँ, मालकिन। देर होगी तो माई चिल्लाएगी।"

"बीच-बीच में आ जाया करो।"

"हाँ··· हिम्मत साथ देगी तो··· "

धीरे-धीरे चलकर बाहर जाते हुए रूपा को बहू देखती रही। लगता था, जैसे रोग से जर्जर कोई हड्डियों का ढाँचा हो। हे भगवान, इस हँसते-खेलते शरीर पर कहाँ से गाज गिर गई !

उस रात पाहीघर से आने के बाद रूपा फिर बाहर नहीं निकली। एक दिन दोपहरी में शंकर जैकरन के घर गए। द्वार पर कोई नहीं था। रूपा दरवाजे के पास एक खटोले पर पड़ी थी। पास में रखी चारपाई खींचकर वे बैठ गए। दोनों देर तक एक-दूसरे को चुपचाप देखते रहे। फिर धीरे से कराहकर रूपा ने आँखें फेर लीं।

उस दिन सुबह से बादल छाए थे और रह-रहकर पानी बरस रहा था। ठंड इतनी बढ़ गई थी कि लोग दिन ढलते ही अलाव के पास सिमट आए थे। शाम को खबर आई कि रूपा की हालत और बिगड़ गई है, आँखें उलट गई हैं और लोगों को पहचान नहीं पा रही है। बहू रात-भर छटपटाती रही। उधर जाकर देखने का कोई उपाय नहीं था। बहू भोर में उठी तो पिछवाड़े से रोने-पीटने की आवाज आ रही थी और सामने बँसवारी में कोई खुट-खुट करके बाँस काट रहा था।

दो घड़ी बाद रूपा की अरथी पाहीघर के बगल से गुजरी। 'राम-नाम सत्त है' की आवाज सुनकर बहू दरवाजे के पास आकर खड़ी हो गई। हल्का-हल्का कोहरा पड़ रहा था और आसमान धुंध में डूबा था। सिवान में खेतों के बीच से अरथी जा रही थी। आगे-आगे एक आदमी हाँडी में आग लेकर चल रहा था। मटर के खेत सफेद, बैंजनी फूलों से ढके थे। जौ-गेहूँ की फसल में रेंड़ आ रहे थे। कन्धे तक ऊँचे सरसों के पौधे पीले फूलों से लदे थे। कोहरे की धुंध में फसलें उमड़ी हुई लग रही थीं। उन्हें देखकर बहू को रूपा का गदराया बदन और हँसता-चहकता चेहरा याद आया और अंदर एक हूक-सी उठी। वह दौड़कर अपनी कोठरी में गई और देर तक बिस्तर पर मुँह औंधा किए पड़ी रही।

उस साल रबी की फसल काफी अच्छी हुई। कटाई के समय अहिरान और कुर्मियान की औरतों के झुंड खेतों में घुसे तो फसल काटने की खस्स-खस्स के साथ हर साल की तरह बीच-बीच में उनके खिलखिलाने की आवाज आती रही। जब वे कुएँ पर पानी पीने आईं, बहू को लगा अभी लोटा-गगरा माँगने धड़धड़ाती हुई रूपा अंदर आएगी और उसे चिढ़ाने के लिए शरारत-भरा कोई मजाक करेगी। तभी उसे धक् से रूपा की मौत का खयाल आया और अन्दर एक धुआँ-सा भर उठा।

तेजी से बदलते मौसम के साथ फसल कटकर खलिहान आई। भूसे के तिनके, सेमल की रुई और तरह-तरह की झाड़ियों से निकलते भुवे उड़ाती और आम के सूखे बौर और महुए के कूँचों की गन्ध लिए पछुआ हवा पाहीघर के सामने की निचाट जमीन पर सर पटकती रही और फिजाँ में पसरा हुआ सन्नाटा अजीब-सा दंश मारता रहा। लगता था जैसे कहीं कुछ था जो खो गया था।

बयालीस

कालीबकस अँधेरे में खड़े सोचते रहे।

बागी फौज मशालों की रोशनी में लखनऊ से पश्चिम एक अनजान-सी जगह पर गोमती पार कर रही थी। पीछे जंगल था और बगल में मल्लाहों का एक छोटा-सा गाँव जहाँ दिए टिमटिमा रहे थे। छोटी-छोटी कुल चार-पाँच नावें थीं। बेगम हजरत महल, बिरजीस कदर, मामू खाँ और खास-खास अहलकार पार चले गए तो बाकी लश्कर एक-एक कर नदी में उतरने लगा।

दो दिन पहले बागियों का यह लश्कर शहर से भागकर मूसाबाग आया था। आज तीसरे पहर वहाँ गौरी फौज का हमला हुआ। बागियों के पास कहने को तो बारह तोपें थीं लेकिन गोला-बारूद एक के लिए भी नदारद। फिर भी वे बेगम के लिए जान हथेली पर लेकर लड़े। चार-पाँच सौ सिपाही खेत रहे। घायलों की तो कोई गिनती ही नहीं।

लेकिन शाम होते-होते उन्हें मूसाबाग छोड़कर भागना पड़ा। खबर थी कि संडीले के रास्ते पर गोरों का रिसाला और तोपें लगी थीं। इसलिए उधर न जाकर वे उत्तर की ओर बढ़े और जंगलों और रेहड़ों में भटकते हुए गोमती के किनारे पहुँच गए। चैत का महीना था और हवा में हल्की खुनक थी। मल्लाह चिलम फूँकते अभी जग रहे थे। बेगम का संदेश पाकर वे तुरन्त नावें लेकर आ गए और पार उतरने का काम शुरू हो गया।

बेगम पार उतरकर पालकी में बैठीं तो कालीबकस नदी के इस ओर असमंजस में खड़े थे। बेहद थके हुए, पस्त और निराश। जो कुछ पीछे छोड़ आए थे, धुएँ की तरह भीतर घुमड़ रहा था। उस रात जब घाट पर सुमेर सिंह से मुलाकात हुई थी, बारिश के शुरू के दिन थे। तब कितना उत्साह था उनमें। लगता था, नवाबों-तालुकेदारों की तरह अब सिपाही राज करेंगे। कोई उनका आगा रोकनेवाला नहीं रहेगा। अगले दिन छतरमंजिल पहुँचने पर जब मालूम हुआ कि सुमेर सिंह लखनऊ छोड़कर चला गया है तो बड़ी खीझ हुई थी उन्हें—यह ठाकुर भी बुजदिल निकला ! जब हमारे ऐश के दिन आए तो दुम दबाकर भाग निकला। सवार लोग ऐसे ही कूदते हैं, कोई दम नहीं है उनमें। और यह तो भवानी प्रसाद का चेला ठहरा। जो पूजा-परतिंगा करने लगा वह भला क्या लड़ेगा।

पूरी बरसात कालीबकस लखनऊ में जमे रहे थे। वह लड़ाई में थे भी और नहीं भी थे। उनका सोचने और काम करने का अपना अलग तरीका था। लूटपाट में उन्होंने जो पैसा बनाया था, कुछ उसके बल पर और कुछ मौके का फायदा उठाकर वह बेगम के मुँह-लगे मामू खाँ के करीब पहुँच गए और उनकी सुरक्षा टुकड़ी के नायक बन गए। फौजी पंचायत को लड़ाई के लिए पैसा मुहैया कराने की जिम्मेदारी मामू खाँ पर थी और इसके लिए वह जायज, नाजायज सभी तरीके अपना रहे थे। नवाबी खानदान की खास-खास हस्तियों और शहर के रईसों में, जिसके यहाँ भी कुछ माल-मत्ता होने की खबर मिलती, मामू खाँ का दस्ता उगाही के लिए पहुँच जाता। उगाही क्या थी, सरेआम लूट थी।

जो कुछ मिलता उसका एक हिस्सा तो सरकारी खजाने में जमा होता और बाकी मामू खाँ के घर पार हो जाता। कुछ उनके लग्गुओं-भग्गुओं के हाथ भी लगता। कालीबकस इसी में खोए हुए थे। उन्हें न गाँव-जवाँर की सुध थी न घर-परिवार की।

मामू खाँ का ज्यादा वक्त तो कैसरबाग में बेगम की सोहबत में ही बीतता था। लिहाजा, कालीबकस को दरबार के पचड़े, जोड़-तोड़ और खुरपंच बहुत करीब से देखने का मौका मिला। वहाँ सभी अपना-अपना उल्लू सीधा करने में लगे थे। शहर में केवल दो हस्तियाँ थीं जो पूरे मन से लड़ाई के साथ थीं—बेगम हजरत महल और मौलवी अहमद उल्ला। बेगम की कमजोरी थे मामू खाँ जिनकी बात वे टाल नहीं पाती थीं। और मौलवी अपनी धर्मान्धता और अहं के चलते दूसरे का पक्ष समझ ही नहीं पाते थे। दोनों दो सिरे पर जल रहे थे और उन्हें जोड़नेवाला कोई सूत नहीं था। बीच में मामू खाँ, राजा जयलाल, राजा मानसिंह, रिसालदार बरकत अहमद और फौजी पंचायत के अन्य हाकिम अपनी-अपनी ढपली बजा रहे थे। सबके अपने-अपने स्वार्थ थे और उसके लिए उन्हें अलग-अलग मौकों की तलाश थी।

दरबार का यह घनचक्कर देखने के बाद कालीबकस को उन सिपाहियों पर तरस आता था जो सिर्फ पगार के लिए अपनी जान से खेलकर लड़ रहे थे। और वे जो दीन और मुल्क के नाम पर लड़ रहे थे उन पर तो उन्हें हँसी आती थी।

नवम्बर के पहले हफ्ते में खबर आई कि जंगी लाट कैम्पबेल खुद एक बड़ी फौज लेकर कानपुर से हमला करने आ रहा है। अपने फौजदारों और अहलकारों के सिलबिलेपन से परेशान बेगम ने सबको बुलाकर अपने सर की कसम धराई। आजिज आकर बेगम ने कहा—आपको दिल लगा कर लड़ना हो तो लड़िए, नहीं तो मेरा सर कलम कर लीजिए और शहर को फिरंगियों के रहम पर छोड़कर चले जाइए। सबने जान देकर लड़ने का वायदा किया और ऐसा जताया जैसे वे बेगम की बात से पानी-पानी हो गए हों। दरबार खत्म हुआ तो दोनों पक्ष अपने-अपने करतब पर खुश थे।

लेकिन लड़ना न तो बेगम को था, न इन फौजदारों, अहलकारों को। सिपाही और सवार जिन्हें लड़ना था, उन्होंने कोई कसम नहीं खाई थी। फिर भी वे लड़े और जान लगाकर लड़े। यह बात अलग है कि इस बार भी वे अंग्रेजों को रेजिडेंसी पहुँचने से नहीं रोक पाए।

कैम्पबेल नौ नवम्बर को कानपुर से चला था और सत्रह नवम्बर को रेजिडेंसी में दाखिल हो गया। बाद में इस हमले का पूरा ब्योरा दरबार में पहुँचा था। कालीबक्स ने सिकन्दर बाग के शहीदों की दास्तान सुन कर बेगम को विचलित होते देखा था। पूरी बात सुनकर एक बार उनका भी दिल दहल उठा था।

इस बार रेजिडेंसी से मिली खुफिया खबर के आधार पर अंग्रेज आलमबाग से सीधे दिलकुशा की ओर बढ़ गए। रास्ते में उन्हें कोई रुकावट नहीं मिली और वे खेतों से गाजर उखाड़कर मजे से खाते हुए चले गए। रात में उन्होंने दिलकुशा के आसपास काले, चितकबरे हिरनों का शिकार किया और बागियों को धोखे में रखने के लिए इधर-उधर गोलाबारी करते रहे। सुबह उन्होंने गोमती के पास नहर पार की और अचानक सिकंदरबाग पर धावा बोल दिया। बाग में लगभग दो हजार सिपाही रहे होंगे। पर न कोई तोप थी, न खाई, न मोरचा। किसी को शक ही नहीं था कि उधर से भी हमला हो सकता है। लेकिन हमला हुआ तो वे लड़े जान पर खेलकर। ऐसी गोली चलाई कि एक बार तो हमलावर दस्ते तितर-बितर हो गए और बिखरे हुए अंग्रेजी रिसाले के कारण सँकरी गली जाम हो गई। बड़ी मुश्किल से तोपगाड़ियों को खींचकर आगे ले जाया गया। डेढ़ घंटे तक लगातार गोलाबारी करने के बाद अंग्रेज तोपची दीवाल में एक छेद करने में सफल हो गए। फिर तो सिख और हाईलैण्डर जिन्न की तरह बाग में कूद पड़े। बागी बंदूक की आखिरी गोली तक लड़े और गोलियाँ खत्म हुईं तो उन्होंने तलवारें निकाल लीं। दुश्मन ने इमारत के सारे दरवाजे बन्द कर दिए, इसलिए कोई बाहर नहीं निकल पाया। इसके बाद तो लड़ाई नहीं हुई, चारों ओर से घेरकर बागियों का कत्लेआम हुआ। हाईलैण्डर पागलों की तरह 'कानपुर··· यू ब्लडी मरडरर्स' चिल्लाते हुए संगीनें लेकर टूट पड़े। इमारत-

भर में लाशें ही लाशें बिछ गईं। उत्तर की छतरी के पास तो एक के ऊपर चार-चार, पाँच-पाँच बागी गिरे। जो घायल थे वे भी लाशों के बीच घुट-घुटकर मर गए। सिपाहियों के अलावा बाग में कुछ बाहर के लोग, औरतें-बच्चे भी फँस गए थे। हाईलैण्डरों ने उनको भी नहीं बख्शा। चार घंटे तक लगातार खून बहाने के बाद उन्होंने बन्द इमारत में आग लगा दी। देर रात तक लोगों के जिन्दा और मुर्दा शरीर चटक-चटक कर जलते रहे और हवा में दूर तक उनकी गन्ध फैलती रही। सिकंदरबाग का हाल बतानेवाला एक भी बागी नहीं बचा। और अंग्रेज सिपाही मुतमईन थे कि कानपुर का बदला चुका दिया गया है।

ऊँचे, डरावने, ढीला-ढाला घाघरा और परोंवाली टोपी पहने, लाल मुँह और खूँखार आँखोंवाले हाईलैण्डरों को देखकर शहर में अफवाह फैल गई कि गदर में मारी गई मेमें चुड़ैल बनकर बदला लेने आई हैं। सिपाहियों में जबर्दस्त खौफ घर कर गया।

शाम को इसी क्रूरता के साथ अंग्रेजों ने शाहनजफ पर कब्जा किया और दूसरे दिन खुर्शीद मंजिल और मोतीमहल जीतते हुए वे रेजिडेंसी पहुँच गए। इस बार कैम्पबेल वहाँ रुका नहीं। रेजिडेंसी के औरतों-बच्चों और बीमारों को समेटा और उन्हें लश्कर के बीच में रखकर गोलाबारी की आड़ में कानपुर के लिए रवाना हो गया।

यह दो फौजों के बीच की लड़ाई नहीं थी। यह तो नफ़रत और बदले की आग में जलती दो नस्लों के आपसी संहार का खूनी खेल था जिसका कहर दोनों पक्षों पर बराबर पड़ा।

कैसरबाग के एक कमरे में चार अंग्रेज मर्द, दो मेमें और एक बच्ची कैद थे। सिकंदरबाग की घटना से बौखलाए कुछ बागियों ने मर्दों को अलग करके बाहर निकाला। कालीबकस भी बागियों के साथ थे। उन अंग्रेजों को शाम के झुलफुले में गोमती के किनारे, एकान्त में ले जाया गया। मुश्कें बाँधकर उन्हें कतार में खड़ा कर दिया गया। चार गोलियाँ एकसाथ चलीं। खून के फुहारे निकले और चारों शरीर छटपटाकर शांत हो गए। बागी उधर से लौटे तो अँधेरा गाढ़ा हो गया था। पता नहीं चला उनके चेहरे पर क्या था।

दोनों में से एक मेम[1] जिसका एक मात्र भाई उसके साथ कैद था और इस तरह मार दिया गया, खाना-पीना छोड़कर बैठ गई। दूसरी मेम ने, जो उम्र में बड़ी थी और बच्ची की माँ थी और जिसका पति भी इसी तरह मारा गया था, उसे बहुत समझाया। पर लगता था उसने जान देने की ठान ली थी। भाई के मरने के बाद दुनिया में उसका कोई नहीं था, उसे सब ओर अँधेरा दिखता था, और जीने का कोई मकसद नजर नहीं आता था। होते-होते बात बेगम तक पहुँची। पहले तो वे बहुत डरीं कि उन पर भी गोरों के खून का इल्जाम लग सकता है। बागियों को उन्होंने बहुत बुरा-भला कहा। फिर मेम की जान बचाने की चिन्ता हुई। एक बूढ़े सूबेदार को उन्होंने इस काम पर लगाया। जैसे भी हो, उसे मेम को खाना खिलाना था। कालीबकस भी कुतूहलवश सूबेदार के साथ हो लिए। कोठरी खोलकर मेम के सामने खाना रखा गया। कुछ दूर पर खुली हुई तलवार और तमंचा लेकर सूबेदार बैठा। कुछ देर तो वह चुपचाप बिसूरती रही। दूसरी मेम[2] ने बहुत कोसा तो किसी तरह उसने कौर उठाया। आँखों से झरझर आँसू गिरने लगे। दो-चार कौर निगलने के बाद वह फिर बैठ गई और बिलख-बिलखकर रोने लगी। कालीबकस ने देखा, सूबेदार ने छिपकर अपनी आँखें पोंछ ली हैं। उनका भी जी जाने कैसा हो आया। इस तरह कितनी औरतें, कहाँ-कहाँ बिलख रही होंगी ! यह वह कालीबकस नहीं थे जो गोमती के किनारे अंग्रेजों का कत्ल देखने गए थे।

दो दिन बाद कैसरबाग के एक बावर्ची ने कालीबकस को खबर दी कि दोनों मेमों और उनके साथ की बच्ची को वहाँ से निकालकर एक खाली हवेली में पहुँचा दिया गया है। बेगम ने उनके पहनने के लिए देशी लिबास, बुरका और काँच की चूड़ियाँ और खाना बनाने के लिए देशी बर्तन भिजवाए हैं। बावर्ची ने धीरे से हँसकर कहा, बेगम ने मेमों को आँख में लगाने का सुरमा तक भेजा है, लगता है उन्हें लौंडियाँ

---

1. मैडेलिन जैकसन।
2. मिसेज ऑर।

बनाकर किसी अमीर के हरम में रखवाना चाहती हैं। सुनकर कालीबकस को अजीब-सा लगा। उनके दिमाग में उस दिन का मेम का रोता-बिलखता चेहरा उभर आया। अब देशी तौर-तरीके और नए भेस में वह कैसी लगती होगी ? क्या उसका दुःख कुछ कम हुआ होगा ? एक दिन चलकर देखना चाहिए।

धीरे-धीरे वक्त गुजरता रहा। उस दिन सुबह से मौसम खराब था। बीच-बीच में बूँदाबाँदी हो रही थी। धूप न होने से सर्दी बढ़ गई थी और घर से बाहर कम ही लोग निकले थे। मामू खाँ कैसरबाग आए तो आलमबाग पर हमले के बारे में राय-मशविरे के लिए वहीं रुक गए। कालीबकस को फुरसत मिली तो वह बावर्ची को साथ लेकर उस हवेली की ओर निकल गए। बावर्ची एक बार बर्तन देने वहाँ जा चुका था।

कैसरबाग से निकलकर वे अमीनाबाद की ओर चले और कुछ दूर जाकर बाईं ओर एक गली में मुड़ गए। एक छोटी-सी हवेली के सामने आकर बावर्ची रुका। हवेली काफी पुरानी थी और दरवाजे पर मछली का सगुन उकेरा हुआ था। एक संतरी पहरा दे रहा था। पूछने पर उसने बताया कि यह मीर वाजिद अली की हवेली है जो खुद मोतीमहल के पास अपनी नई कोठी में रहते हैं। इस वक्त इसमें कुछ पर्दानशीन जनाना मेहमान रुके हुए हैं। कालीबकस ने कहा कि कुछ फिरंगियों के इधर आने की खबर मिली है और उस सिलसिले में हवेली की तलाशी लेनी होगी तो संतरी अड़ गया। बोला, मीर साहब की नामौजूदगी में उनके मेहमानों की इज्जत का भार उसके ऊपर है। लेकिन जब कालीबकस ने मामू खाँ का नाम लिया तो उसे न चाहते हुए भी अलग हटना पड़ा।

कालीबकस अंदर घुसे तो आँगन में एक गोरी-चिट्टी बच्ची झबला पहने खेल रही थी। बगल में बावर्चीखाना था जहाँ से धुआँ उठ रहा था। अपरिचितों को देखकर बच्ची अंदर भागी। उसके बाद बावर्चीखाने से जो औरत बाहर आई वह वही मेम थी। चूल्हा फूँकते-फूँकते उसकी आँखें लाल थीं, चेहरा तमतमाया हुआ था और बाल बिखरे थे। सामने एकाएक कालीबकस को खड़ा देखकर वह सकपका गई और याद करने की कोशिश करने लगी कि इस चेहरे को पहले कहाँ देखा है। शलवार-कुरते

में वह ऐसे लग रही थी जैसे किसी गँवार लड़की को जबरन शहरी लिबास पहना दिया गया हो। कालीबकस को लगा, आज उसके चेहरे पर पहले वाली निराशा नहीं थी। धीरे-धीरे जीने की, और उसके लिए लड़ने की चाह उभर आई थी। कालीबकस को चुपचाप खड़ा देख उसे हिम्मत हुई और बाल सँवारते हुए बोली–

"क्या बात है ?"

"हम··· आपकी खैरियत पूछने आए हैं।··· बेगम ने भेजा है।"

"ओह··· शुक्रिया। कह देना, खाना बनाने के लिए जो लकड़ियाँ मिली हैं, बहुत गीली हैं।··· और इधर बन्दर बहुत परेशान करते हैं, बना-बनाया खाना उलट देते हैं।" उसने टूटी-फूटी जबान में ऐसे भोलेपन से कहा कि कालीबकस को बरबस हँसी आ गई और पहले की झिझक व तनाव खत्म हो गया।

"आप कहें तो एक नौकरानी का इंतजाम कर दिया जाए।"

"नहीं-नहीं··· हम ऐसे ही ठीक हैं।" मेम को अंदाज था कि हिफाजत के लिहाज से ही उन्हें अलग रखा गया है और देशी औरतों की तरह रहने के लिए कहा गया है। ऐसे में अगर नौकरानी भरोसेमंद न हुई तो सारी सावधानी बेकार जाएगी।

दोनों को बातें करते सुनकर दूसरी मेम भी बाहर आ गई।

"हू'ज ही मैडेलिन ?"[1]

"अ सेपॉय फ्रॉम द पैलेस। हैज कम टु इन्क्वायर अवर वेलफेयर।"[2]

"वेलफेयर··· हुँह" मिसेज ऑर कालीबकस की ओर मुखातिब हुईं–

"आलमबाग में हमारे लोग अभी हैं न ? जाकर बेगम से कहो, हमें आजाद करके वहाँ भेज दें।"

"यह नहीं हो सकता मेम साहब।"

"नहीं हो सकता, क्योंकि तुम लोग हमें बन्धक की तरह इस्तेमाल करना चाहते हो। क्यों ?"

---

1. "यह कौन है मैडेलिन ?"
2. "महल का एक सिपाही। हमारी खैरियत पूछने आया है।"

"नहीं मेम साहब।"

"नहीं तो हमें भी क्यों नहीं मार दिया ?"

कालीबकस चुपचाप खड़े देखते रहे।

"तुम जाओ··· हमें अपने करम पर छोड़ दो।"

कालीबकस वहाँ से चले तो उनकी निगाह मैडेलिन के चेहरे पर गड़ी थी। उन्हें लगा, दूसरी मेम का उनके साथ इस तरह बोलना उसे नागवार लगा है।

उसके बाद बीच-बीच में वह किसी न किसी बहाने उस हवेली में जाते रहे।

अंग्रेजों के रेजिडेंसी छोड़कर चले जाने के बाद बागी फिर से निर्द्वंद्व हो गए थे। भंग छानना, ठाट से बनाना-खाना, गप्पें मारना और घूम-फिर कर ऐश करना–यही उनका काम था। गोरी फौज आलमबाग में अपना पैर जमाए थी। दोनों ओर की गश्ती टुकड़ियाँ आपस में टकरातीं तो खून-खराबा होता और बचे हुए सैनिक अपने-अपने ठिकानों पर लौट आते। आसपास के गाँवों के किसान सुबह अपने खेतों पर काम करने जाते तो जहाँ कहीं लाशें पड़ी मिलतीं जिन्हें सियार आधी-तीही खा चुके होते। बेगम और मौलवी बेचैन थे कि कैसे लखनऊ में अजगर की तरह फैली पड़ी बागी सेना को बटोरकर आलमबाग पर निर्णायक हमला किया जाए।

हमले छिटपुट कई हुए भी। बेगम खुद हाथी पर सवार होकर बागियों के आगे-आगे लड़ने गईं। लेकिन हासिल कुछ नहीं हुआ।

वक्त बीतता रहा। सर्दी उतार पर आ गई। फरवरी के आखिरी हफ्ते में खबर आई कि कैम्पबेल पच्चीस हजार सिपाहियों की एक जबर्दस्त फौज लेकर लखनऊ की ओर आ रहा है। सिपाहियों और सवारों के पीछे पड़ाव का सामान और रसद ढोनेवाली गाड़ियाँ, खानसामे, बाबू, भिस्ती, खलासी, साईस, भंगी, बेलदार, घास काटनेवाले, शराब और दूध बेचनेवाले, हाकिमों के नौकर, कुली, तमाशबीन–सड़क पर कुल मिलाकर पन्द्रह मील लम्बा कारवाँ था। पहली बार हिन्दुस्तान में अंग्रेजों ने इतनी बड़ी फौज एकसाथ लगाई थी। रात में जहाँ पड़ाव होता, दूर तक सफेद

तम्बू ही तम्बू नजर आते। सड़क के अगल-बगल के बासिन्दे गाँव छोड़ कर भाग गए। दूर तक खड़ी चैती की फसल रौंद उठी। यहाँ तक कि सड़क के किनारे आम के बागों में उछलते-कूदते बन्दर, जो बहुतायत में थे, शोर-शराबे के कारण दूर चले गए।

खबर सुनकर शहर में भगदड़ मच गई। लोगों ने अपना माल-असबाब उठाया, इक्कों, बैलगाड़ियों पर लादा, सर पर रखा और जिधर रास्ता मिला, भाग निकले। जो रह गए, अंग्रेजों की निगाह में बागी करार दिए गए।

जिस दिन अंग्रेजी काफिले ने दिलकुशा में पहुँचकर पड़ाव किया, कालीबकस रात में मैडेलिन से मिलने हवेली गए। मीर वाजिद अली, जो अब तक मिसेज ऑर के बहुत करीब आ गया था, वहाँ पहले से मौजूद था और तीनों को वहाँ से निकालकर अंग्रेजी पड़ाव तक पहुँचाने की तदबीर कर रहा था। उसने दो पालकियों का इंतजाम किया था और बच्ची को गोद में ले जाने के लिए एक आया साथ लाया था। कालीबकस बाजार जाकर बदन के रंग का भूरा लेप ले आए। तीनों के हाथ-पैर और चेहरे पर पोत दिया गया। बच्ची को अच्छी तरह कपड़े में लपेटकर आया ने गोद में उठाया। दोनों मेमें पालकी में बैठीं। दो पहर रात बीते लोग दिलकुशा की ओर बढ़े। रास्ते में बेगमकोठी के पास बागी सिपाहियों का नाका था। सबका दिल धुक-धुक कर रहा था। सिपाहियों ने अगर पर्दा हटाकर देखने की जिद की तो ? मीर को खासकर मेमों के नाखून का डर था क्योंकि वे बेहद गुलाबी थे और उन पर रंग नहीं चढ़ा था। लेकिन मशाल की रोशनी में दिखना तो नहीं चाहिए।

नाके पर पालकियाँ रुकते ही मीर ने आगे बढ़कर नायक को सलाम किया। कालीबकस पीछे अँधेरे में खड़े रहे।

"हुजूर, पर्दानशीन औरतें हैं। मेहरबानी करके जाने दिया जाय।"

"किधर जाना है ?"

"शहर की हालत तो देख ही रहे हैं। देहात में रिश्तेदारी है। वहीं ले जा रहा हूँ।"

नायक शरीफ था। उसने मीर को एक बार ध्यान से देखा और

सिपाहियों को नाका उठाने का इशारा कर दिया।

"दिलकुशा में फिरंगी फौज का पड़ाव है, बचकर जाना।" पालकियाँ नाका पार गईं तो उसने पीछे से सावधान किया।

"बड़ी मेहरबानी हुजूर।"

दोनों पालकियाँ, उनके पीछे कंधे पर बच्चे को लिए हुए आया और उसके पीछे मीर वाजिद अली, अँधेरे में चलते हुए आगे बढ़ गए। कालीबकस खड़े देखते रहे। जब वे आँख से ओझल हो गए, वह वापस लौट पड़े। दिलकुशा पहुँचकर मेमों ने मीर वाजिद अली का नाम खैरख्वाहों की फेहरिस्त में लिखवाया और उसे इंनाम दिलाकर वापस किया। पर मैडेलिन ने कालीबकस का नाम तक नहीं लिया। कौन जाने उसे क्या हिचक थी। और मिसेज ऑर को तो वह कभी भाए ही नहीं थे।

इस बार गोरी फौज ने दो तरफ से हमला किया। एक हिस्सा तो गोमती पार कर उत्तर की ओर से बढ़ा और दूसरा पूरब की ओर से शहर में दाखिल हुआ। बागियों का मनोबल टूट चुका था। वे कोठी पर कोठी हारते चले गए। दिल्ली के जुल्मो-सितम लखनऊ में दोहराए गए। देखते-देखते पूरा शहर श्मशान हो गया। सड़कों पर, गलियों में, टूटे मकानों के मलबों पर, गोमती के किनारे—जहाँ देखो, लाशें ही लाशें नजर आती थीं। ऊपर चील और गिद्ध मँडरा रहे थे। चारों ओर टूटे हुए हथियार, फर्नीचर, हौदे, जीनें, फटे-अधफटे गोलों के टुकड़े, झाड़-फानूस, शीशे, कपड़े, बर्तन और साज-सिंगार के सामान बिखरे पड़े थे। हवा में बारूद और सड़े हुए जिस्म की गंध बसी थी। और इन सबके बीच फिरंगी सिपाही लूटपाट करने में लगे थे। जिस चीज को वे किसी काम लायक समझते, उसे उठा लेते, बाकी तोड़-फोड़कर फेंक देते। शहर की पहचान ही कहीं गुम हो गई थी।

चौदह मार्च की रात बागियों का एक बहुत बड़ा जत्था शहर को छोड़कर लोहे के पुल से होता हुआ फैजाबादवाली सड़क पर निकल गया। बेगम ने फिर भी हिम्मत नहीं हारी। वे मैदान में डटी रहीं। लेकिन तीन दिन बाद उन्हें भी शहर छोड़ने के लिए मजबूर होना पड़ा। मामू खाँ, कुछ और अहलकार और पाँच हजार सिपाही उनके साथ थे। उन्होंने

मूसाबाग में आकर पड़ाव डाला, लेकिन आज वहाँ से भी भागने की नौबत आ गई।

अँधेरे में खड़े-खड़े पीछे की घटनाएँ कालीबकस के दिमाग में परछाईं की तरह घूमती रहीं। इन आठ-दस महीनों में क्या से क्या हो गया! कैसी आँधी चली कि सब उलट-पुलट गया, तहस-नहस हो गया। कालीबकस को उस रात, मड़ियाँव छावनी के पास, बाग में साधू द्वारा कही बात याद आई—सब··· सऽब लाल हो गया है। ऐसे आती है यह लाली ? इतना कुछ निगलकर, तोड़-फोड़कर। मन के भीतर कैसा ऊसर-सा कर देती है ! कालीबकस का ध्यान एक बार मैडेलिन की ओर गया और दिल में एक गुबार-सा उठा। उस दिन नाके पर वह पीछे, अँधेरे में क्यों खड़े रह गए ? कौन-सा चोर था उनके मन में ? बागी होकर चुपके से मेम की याद करने की बात खुल जाएगी तो क्या होगा, यही न ? और इस तमाम पचड़े से उन्हें क्या मिला ? बहुत से सवाल थे जिनका उनके पास कोई जवाब नहीं था।

कालीबकस ने एक बार सर झटककर सामने देखा। लश्कर पार होकर आगे चला गया था। मशालों की हिलती-डुलती रोशनी दूर होती-होती अदृश्य हो गई थी। मल्लाह अपने-अपने झोंपड़ों में लौट आए थे। घाट पर फिर से सन्नाटा छा गया था। सिर्फ किनारे से लगी नावों से टकरा कर बहते पानी की हल्की-हल्की आवाज आ रही थी। कालीबकस धीरे से मुड़े और जंगल के अँधेरे में चलते हुए गुम हो गए।

तैंतालीस

जंगी लाट कैम्पबेल लखनऊ पर कब्जा करने के बाद रुहेलखंड की ओर निकल गया और वहाँ के शासक खान बहादुर खान व लखनऊ से भागी बेगम और मौलवी के साथ लड़ रहे बागियों को दबाने में लग गया। उस साल पूरी गरमी और बरसात अवध के गाँवों में बागियों की टुकड़ियाँ निःशंक घूमती रहीं। तालुकेदारों में खबर फैली थी कि अंग्रेजों के दुबारा

आते ही जमीन का नए सिरे से बन्दोबस्त होगा और उनके सारे इलाके जब्त हो जाएँगे। इससे उनमें विरोध की एक नई लहर फैल गई थी। वे हर तरह से बागियों की मदद कर रहे थे। कँटीले बाँसों से घिरे उनके कोटों में बागियों को छिपने की जगह मिलती थी, उनके लिए रसद और गोला-बारूद का इंतजाम होता था और तालुके में फिरंगी फौज के घुसते ही उन्हें खबर मिल जाती थी। जुलाई के महीने में अंग्रेजी फौज की एक टुकड़ी इलाहाबाद से गंगा पार कर अवध में दाखिल जरूर हुई लेकिन दहिया और तरोल के कोटों में बागियों से हुई घमासान लड़ाई में पस्त होकर वापस लौट गई। फिर तो बरसात-भर पानी और कीचड़-भरे रास्तों, बीच-बीच में उफनते नदी-नालों, ऊँची-ऊँची घासों, झपसे हुए जंगलों और बागों और जुते हुए खेतों के कारण अंग्रेजी फौज का आगे बढ़ना मुश्किल हो गया। बारिश बीती, जाड़ा शुरू हुआ और रास्ते सूख गए, तब जाकर कैम्पबेल ने अपना अभियान दुबारा शुरू किया।

दुर्बली का पैर अब तक ठीक हो चला था। वे चलने-फिरने लगे थे। धान कटकर खलिहान में आ गया था और रोज धूप निकलते ही उसकी पिटाई शुरू हो जाती थी। वहीं धूप में चारपाई डालकर ताजे धान और पुआल की महक लेते, काम की निगरानी करते वे बैठे रहते थे। खलिहान के चारों ओर इमली और महुए के पेड़ थे जिनकी छाया घटती-बढ़ती, इधर-उधर सरकती रहती थी। दुर्बली धूप के साथ-साथ अपनी चारपाई भी सरकाते जाते थे। रोज-रोज के एक ही क्रम से उनका मन ऊबने लगा था। जब तक पैर ठीक नहीं हुआ था तब तक तो और बात थी लेकिन अब बैठे-बैठे मन नहीं लगता था।

एक दिन मन बहुत अकुलाया तो गाँव का चक्कर लगाने निकले। लेकिन उसमें भी मन नहीं रमा। पूरा गाँव ठहरा हुआ, वीरान-सा लगा। सभी अपने-अपने काम में व्यस्त थे। कोई जानवरों के लिए चारा डाल रहा था, कोई सुतली कात रहा था, कोई सानी-पानी कर रहा था तो कोई दरवाजे पर बैठा हुक्का गुड़गुड़ा रहा था। किसी के पास बैठकर बात करने की इच्छा नहीं हुई। घूम-फिरकर वापस आ गए। बहुत खाली-खाली-सा महसूस हुआ। लगा, एक बार फौज में जाकर वह गाँव

में रहने लायक नहीं रहे। एक कचोट-सी हुई।

दोपहर बाद उन्होंने घोड़ा कसा और दशरथपुर की ओर निकल गए। बाजार का दिन था। बनिए दूकानों के सामने चादर बिछाकर सामान फैलाए बैठे थे। बाहर से आए मुराई और कुजड़े, चूड़ीदार, बजाज और बिसाती खुले मैदान में कतार से दूकानें लगाए थे। पूरे बाजार से एक भनभनाहट-सी उठ रही थी। बीच-बीच में दो-दो, चार-चार के गुटों में इकट्ठे होकर लोग गदर के बारे में बातें कर रहे थे। दुर्बली खड़े होकर उनकी बातें सुनने लगे।

बड़े लाट ने इलाहाबाद में दरबार बुलाकर मलका विक्टोरिया का ऐलान सुनाया था कि उन्होंने हिन्दुस्तान की हुकूमत कम्पनी से छीनकर अपने हाथ में ले ली है और अब रिआया के दीन-धरम के मामलों में दखल नहीं दिया जाएगा और नए इलाके जीतने की कोशिश नहीं की जाएगी। उन्होंने यह भी वायदा किया था कि जिन बागियों ने किसी अंग्रेज का खून नहीं किया था वे अगर हथियार डाल दें तो उन्हें माफ कर दिया जाएगा। दूसरी ओर पछाँह की किसी रियासत से बेगम हजरत महल ने भी एक ऐलान जारी किया था जिसमें लोगों को सावधान किया गया था कि वे मलका के बहकावे में न आएँ, कि अंग्रेज कभी अपनी बात पर खरे नहीं उतरे, कि उनसे माफी की उम्मीद करना बेकार है। लोगों को समझ में नहीं आ रहा था कि वे किस पर भरोसा करें, किस पर नहीं। लखनऊ में शिकस्त मिलने के बाद कम्पनी के तमाम सिपाही अपने-अपने गाँवों में लौट आए थे और वहाँ पड़े-पड़े सरकार के रुख का जायजा ले रहे थे। लगभग सभी की रेजिमेंटों के गोरे अफसर मारे गए थे। अब उनका हाथ रहा हो या न रहा हो, उन्हें बेगुनाह कौन मानेगा ? क्या करें, क्या न करें, वे कुछ निश्चय नहीं कर पा रहे थे।

बातें हो रही थीं तभी कुछ घुड़सवार तेजी से धूल उड़ाते आए और बाजार से होकर कोट की ओर चले गए। कुछ देर के लिए लोग सहम कर चुप हो गए लेकिन फिर धीरे-धीरे भनभनाहट उभर आई। कोट से कोई खबर लाया कि आज पास ही कहीं बागियों का पड़ाव है और घुड़सवार कोट से रसद ले जाने आए हैं। पता लगा, यह बागी राना

बेनी माधो की फौज के हैं जो पीछा करती अंग्रेजी फौज को चकमा देकर बैसवारे से इधर निकल आए हैं और जगह-जगह से सिपाहियों को बटोरते उत्तर की ओर जा रहे हैं।

दिल्ली गई, लखनऊ गया। बेगम लखनऊ से निकलकर पछाँह और तराई के इलाकों में इधर-उधर भटक रही हैं। मौलवी अहमद उल्ला शाह को धोखे से मार दिया गया। लेकिन बैसवारे की रियासत शंकरपुर के तालुकेदार राना बेनी माधो ने अब भी आजादी का अलख जगा रखा है। कैम्पबेल उनका पीछा करता-करता हैरान है। एक ही दिन, एक ही समय उनके कई-कई जगहों पर होने की खबर मिलती है। उनके साथ कम्पनी के हजारों सिपाही भी हैं जो अंग्रेजों की निगाह में गोरों के खून का इल्जाम सर पर होने के कारण आखिरी दम तक लड़ने या भागकर कहीं और पनाह लेने के लिए मजबूर हैं। कैम्पबेल ने स्वयं बेनी माधो के पास संदेश भेजकर सुलह के लिए बुलाया था लेकिन उन्होंने ठुकरा दिया। कहलवाया कि शरीर पर तो उनका वश है नहीं, यह तो बेगम की धरोहर है। हाँ, किला उन्होंने जरूर बनवाया था, सो उसे छोड़कर जा रहे हैं।

शाम ढल गई थी। फीकी धूप में दशरथपुर कोट की दीवारें पेड़ों के पीछे से झलक रही थीं। बाजार उठने लगा था। लोगों ने लूटपाट के डर से दूकानें जल्दी बढ़ा दी थीं। दुर्बली लौटे तो उनके दिल में अजीब-सी कशमकश थी। राना बेनी माधो की बहादुरी के तमाम किस्से उनके दिमाग में घूम रहे थे।

जाड़े का दिन, कंजा पहुँचते-पहुँचते अँधेरा हो गया। ठंड भी पड़ने लगी। कंजा के बाग के पास आए तो देखा—बाग में दूर तक एक लश्कर फैला पड़ा है। जगह-जगह अहरा* जलाकर लिट्टियाँ सेंकी जा रही हैं। लीक के किनारे, पेड़ के पास कई घोड़े नथुने फड़काते खड़े हैं। कुछ की जीनें उतार दी गई हैं और वे सामने पड़ी घास खाने में लगे हैं। सारी हलचल अँधेरे में चुपचाप चल रही है। वे ठिठककर देखने लगे।

---

* उपलों की आग।

"कौन है ?" उन्हें ठिठका देख कई आवाजें एकसाथ उभरीं। एक आदमी बढ़कर सामने आया। दुर्बली ने अहरे की झलमलाती, धुँधली रोशनी में ध्यान से देखा। अरे, यह तो सुमेर सिंह लगते हैं।

"कौन··· सुमेर सिंह ?"

"अरे दुर्बली महराज ? ··· मुझे लग रहा था, हम तुम्हारे गाँव के पास ही कहीं होंगे।"

उस रात पाहीघर के बैठके में पास-पास लेटे हुए दोनों देर तक बतियाते रहे। और सुबह सुमेर सिंह घोड़ा कसकर निकले तो दुर्बली भी उनके साथ थे। लोगों के हजार मना करने के बावजूद वे रुके नहीं। उनके दिमाग में समा गया था कि अगर वे बसौली में रुके तो एक दिन अंग्रेजी फौज उन्हें खोजते हुए आएगी और पकड़कर ले जाएगी और एक सिपाही के लिए यह मौत से भी बुरा होगा।

बागियों का लश्कर गोमती पार कर उत्तर की ओर बढ़ रहा था। जाड़े की सुहावनी, चमकती धूप थी। दूर तक जौ-गेहूँ के छोटे-छोटे पौधों से ढके खेत और बीच-बीच में गन्ने और अरहर की खड़ी फसल दिखाई पड़ती थी। उसके आगे, क्षितिज के छोर पर, दूर से छोटे-छोटे दिखते आम और महुए के पेड़ों का सिलसिला था। राना अपने सब्जा घोड़े पर सवार लश्कर के आगे-आगे चल रहे थे। अधेड़ उम्र, गेहुआँ रंग, सुडौल, तना हुआ शरीर, ठुड्डी से दोनों ओर बँटी दाढ़ी और रोबीली मूँछें। कन्धे से लटकती ढाल-तलवार और एक हाथ में लम्बा तेगा जिसकी धार रह-रहकर धूप में चमकती थी। चेहरे पर राजपूती आन और आँखों से दृढ़ निश्चय झलकता था। दुर्बली और सुमेर सिंह सवारों के साथ राना के पीछे-पीछे चल रहे थे। जब लश्कर गाँवों के पास से गुजरता तो लोग इकट्ठे होकर जय-जयकार करते। राना की शख्सियत में कुछ था जो लोगों को उनके पीछे कुर्बान होने को प्रेरित करता था।

छः दिसम्बर को लश्कर ने सरयू के किनारे, बेहराम घाट के पास पड़ाव डाला। तीन मील तक फैली बालू के पाट के बीच से सरयू का गहरा साफ पानी थिर होकर मगर तेज गति से बह रहा था। नदी के रेहड़ों के ऊपर किन्हीं-किन्हीं खेतों में जौ-गेहूँ की बुआई अब भी चल

रही थी। पड़ाव से देखने पर दूर-दूर तक किसान खेतों में काम करते दिखाई पड़ते थे।

दुर्बली ने बालू में चूल्हा खोदकर खिचड़ी पकाई थी। वह और सुमेर सिंह बारी-बारी से सरयू में स्नान करके आए। दुर्बली ने पत्तलों पर खिचड़ी परसी। खाते-पीते दोपहरी ढल गई। दोनों घाट के ऊपर आकर बैठे। दुर्बली को सालों पहले देखे, सरयू को पार करते कर्नल स्लीमैन के काफिले की याद आई। वह भी क्या उम्र थी ! उस दिन रेजिडेंट के बजरे पर लहराता झण्डा और उस पर खड़े चमकती, सुर्ख पोशाकवाले कम्पनी के सिपाही कितने शानदार लगे थे ! ऐसा ही खुला हुआ जाड़े का दिन था और ऐसी ही तेज धूप चमक रही थी। जिंदगी कैसे अचानक मोड़ लेती है ! संयोग ही था कि अयोध्या होकर सरयू पार जाते समय रेजिडेंट के काफिले से सामना हो गया। उसी दिन कम्पनी की फौज में भरती होने की लगन लगी थी। काफिले से सामना न होता तो शायद वह आज अंग्रेजी रिसाले में न होते और गदर की इस आँधी में न पड़ते। लेकिन वक्त पर किसका वश चला है।

"कहाँ खो गए दुर्बली महराज ?"

"बस ऐसे ही··· पिछले दिनों के बारे में सोच रहा था।"

"पता है, कालीबकस लौटकर गाँव आ गया है।"

"अच्छा ? ··· कब आया ?"

"बहुत पहले··· चैत-वैशाख का महीना रहा होगा। बेगम लखनऊ से भागीं तो वह उनके साथ था। लेकिन जब उनका लश्कर गोमती पार कर आगे बढ़ा तो वह गाँव लौट आया।"

"अब क्या कर रहा है ?"

"वही जो पहले किया था। कुछ लोगों को बटोरकर एक गिरोह बनाया है और इधर-उधर डाके डालता फिरता है। पहले लखनऊ में उसकी यही करतूत देखकर तो मैं चला आया था।"

"तुमने समझाया नहीं ?"

"कहा तो बहुत कि राना के साथ आ जाओ। जो उनके साथ होगा, वही हम सबके साथ होगा। लेकिन हँसकर टाल गया। बोला–हमने बहुत

देख लिया यह सब। जाने क्या है उसके दिमाग में।"

"फिरंगी आएँगे तो क्या उसे छोड़ देंगे ?"

"पकड़ में आएगा तो क्या छोड़ेंगे। लखनऊ में कुछ गोरों के खून के समय वह भी मौजूद था।"

"अच्छा सुमेर सिंह, हमने तो किसी गोरे का खून नहीं किया। क्या हमें माफी मिल जाएगी ?"

"भगवान जानें ! ··· हमारा रिसाला लखनऊ की बगावत में बदनाम तो है ही। फिर हमने चाँदा की लड़ाई में भी हिस्सा लिया। कौन हमें बेगुनाह मानेगा ?"

दुर्बली को सहसा क्लारा की याद आई। क्या वह उसे पहचानेगी ? और वह होगी कहाँ··· इलाहाबाद, कलकत्ता या विलायत ? उसके अलावा और कौन मानेगा कि उसने गोरों की मदद की थी।

"मन क्यों हिरासते हो महराज, जो सबका होगा वही हमारा भी होगा। बेगम और नाना के साथ बहुत बड़ी फौजें हैं। कोई न कोई राह तो निकलेगी ही।"

दोनों बातें कर रहे थे तभी खबर आई कि कैम्पबेल की फौज तेजी से चलती हुई इधर ही आ रही है। खेमे में हड़बड़ी फैल गई। राना अपने तम्बू से बाहर निकले। घाट पर जो थोड़ी-सी नावें थीं, उन्हें तुरन्त तैयार किया गया। पैदल सिपाही उनकी ओर लपके। सवारों ने घोड़े सीधे पानी में घुसा दिए। अंग्रेजी तोपों को खींचनेवाले घोड़े और गोरे घुड़सवार दौड़ते-हाँफते घाट पर पहुँचे तो राना की फौज नदी पार कर ओझल हो चुकी थी। रह गए थे सिर्फ पड़ाव के ताजे निशान। कैम्पबेल खीझकर रह गया।

राना का लश्कर वहाँ से सिकरोरा पहुँचा और सिकरोरा से बहराइच। उसके आगे तराई के घनघोर जंगल, बीच-बीच में दलदल और ऊँची-ऊँची घासें थीं जिनमें हिरन, नीलगाय और जंगली सुअरों के झुण्ड घूमते थे। इस बीहड़ इलाके को देखकर मैदान से आए सिपाहियों की हिम्मत पस्त होने लगी।

तराई पहुँचकर नाना साहब, बेगम और राना—तीनों की फौजों का

आपस में तालमेल हुआ। बेगम और राना की फौजों ने तो जंगल से घिरे नानपारा के किले में शरण ली जब कि नाना साहब अपने लश्कर के साथ थोड़ा और आगे बढ़कर चर्दा के किले में रुके।··· कैम्पबेल की फौज का दबाव बढ़ता रहा। आखिर उन्हें किलों का आश्रय छोड़ हिमालय की तलहटी की ओर बढ़ना पड़ा। उन्हें हल्की-सी आशा थी कि शायद नेपाल में शरण मिल जाए।

तीस दिसम्बर को नाना साहब और राना बेनी माधो की फौजों का जहाँ पड़ाव था वहाँ से नेपाल की सरहद दूर नहीं थी। पूरब की ओर थोड़े फासले पर राप्ती नदी बहती थी। पश्चिम और दक्षिण में घने जंगल थे। सामने, उत्तर की ओर दूर तक दलदली इलाका था जिसके पार हिमालय की पहाड़ियाँ दिखती थीं। कई दिनों से रुक-रुककर बारिश हो रही थी। ठंड बहुत बढ़ गई थी। पहाड़ की ओर से आनेवाली हवा के थपेड़ों से ठंड जैसे हड्डियों में घुसी जाती थी। रात को लोग खा-पीकर लेटे तो आसमान में चिन्दी-चिन्दी बादल छाए थे और उनके बीच से पीला-पीला चाँद झाँक रहा था।

आज दिन-भर सुमेर सिंह का बदन टूटता रहा था। रात में खाने-पीने के बाद जोर से कँपकँपी होने लगी। उन्होंने दुर्बली को जगाया। दुर्बली को जो कुछ मिला सब लाकर ओढ़ा दिया लेकिन कँपकँपी नहीं गई। आँखों-आँखों में रात बीत गई। सुबह दुर्बली ने सुमेर सिंह के बदन पर हाथ रखा तो वह तवे-सा जल रहा था। मलेरिया ? कई सिपाही पहले ही इसकी चपेट में थे।

अभी लोग दिशा-जंगल से लौट ही रहे थे कि अचानक अंग्रेजी फौज का हमला हो गया। वह चुपके से आई थी और जंगल की ओट में पश्चिम की ओर से आगे बढ़कर बागी पड़ाव को दो तरफ से घेर लिया था। जब उसने जंगल में लगी बागी तोपों पर कब्जा कर लिया, तब जाकर खबर लगी। सभी आनन-फानन में तैयार हुए। थोड़ी ही देर में दोनों फौजें आमने-सामने थीं। शांत जंगल गोलियों की आवाज से गूँज उठा। लेकिन लड़ाई ज्यादा देर नहीं चली। बागी इसके लिए तैयार नहीं थे। उनके पैर जल्दी ही उखड़ने लगे।

दुर्बली ने सुमेर सिंह को सँभालकर घोड़े पर बिठाया और खुद अपने घोड़े पर सवार हुए। पेड़ों की ओट लेकर नदी की ओर बढ़ने लगे। पीछे से गोलियाँ चलने की आवाज आई। आगे घनी झाड़ियाँ थीं जिनके बीच से नदी की दिशा में जाता एक नाला था। दोनों घोड़े उसी में उतरकर निशाने से बाहर हो गए। दूर से लड़ाई का शोर आता रहा। बारिश की वजह से नाले में जगह-जगह पानी और कीचड़ हो गया था। सुमेर सिंह तेज बुखार में तप रहे थे, उन्हें घोड़ा सँभालना मुश्किल हो रहा था। नाला नदी में मिलने के पहले इधर-उधर फैल गया था। दुर्बली ने कुछ देर आहट ली और फिर नाले से निकल आए। पूरब की ओर थोड़ा फासला और तय करने पर एकाएक जंगल खत्म हो गया और नदी का पाट सामने आ गया। दोनों किनारों से सटकर उगे घने जंगल के बीच से नदी अलसाई-सी बह रही थी, जैसे पहाड़ से उतरते-उतरते थक गई हो। पानी के बहाव से तराशे और ऊपर से बहकर आए छोटे-छोटे पत्थर दोनों किनारों पर बिखरे थे। पड़ाव से आनेवाली आवाजें बन्द हो गई थीं। दूर तक किसी का नामोनिशान नहीं था। बीहड़ जंगल के एकांत में नदी का इस तरह निःशब्द बहना दुर्बली के भीतर एक अजीब-सा आतंक भर गया।

दुर्बली ने सँभालकर सुमेर सिंह को घोड़े से उतारा तो वे जमीन पर धम्म से बैठ गए। दुर्बली ने घोड़े की जीन उतारकर उसी पर उन्हें लिटा दिया। आगे बढ़कर नदी में पैर डाला तो वह बरफ से भी ठंडी लगी। बैठकर सोचने लगे, अब आगे क्या करें।

तभी नदी के ऊपर की ओर कुछ शोर सुनाई पड़ा। लगा, कई लोग एकसाथ नदी में कूदे हैं। थोड़ी देर में पानी के बीच-बीच हल्के लाल कतरे दिखाई पड़ने लगे। नदी थोड़ा पहले मोड़ लेती थी, इसलिए लोग नहीं दिख रहे थे लेकिन इतना साफ था कि ऊपर कहीं पानी में घुस कर घमासान लड़ाई हो रही है। दुर्बली सुमेर सिंह के पास आए और धीरे से पूछा–

"किसी तरह घोड़े पर चढ़ पाओगे ?"

"नहीं दुर्बली महराज, अब नहीं।··· मुझे छोड़ दो और आगे निकल

जाओ, नहीं तो दोनों मारे जाएँगे।"

"आगे से ऐसा न बोलना। यहाँ मेरा तुम्हारे अलावा और तुम्हारा मेरे अलावा और कौन है ? दोनों को साथ ही मरना-जीना है।"

तभी नदी के मोड़ पर कुछ गोरे घुड़सवार दिखाई पड़े। दुर्बली ने देखा कि वक्त नहीं है तो अपने ही घोड़े पर सुमेर सिंह को आगे बिठा लिया और घोड़े को नदी में घुसा दिया। पाट ज्यादा चौड़ा नहीं था लेकिन दूसरे किनारे तक पहुँचते-पहुँचते ठंड से देह गलने लगी। नदी पार कर दुर्बली घोड़े को जंगल में घुसाते चले गए। कुछ दूर जाकर मुड़े तो देखा, सुमेर सिंह का घोड़ा भी पीछे-पीछे आ रहा है। पर अंग्रेज सवार नहीं दिखे। लगता था, उन्होंने नदी पार करने के पहले ही पीछा करना छोड़ दिया था। फिर भी वहाँ रुकना खतरे से खाली नहीं था। अंग्रेजी फौज पास में ही थी, किसी भी वक्त उधर आ सकती थी। लेकिन जाएँ तो किधर जाएँ ? जंगल में जिधर-जिधर से बरसात का पानी बहकर नदी में आता था, रास्ते जैसे बने हुए थे, लेकिन वे किसी गंतव्य तक नहीं जाते थे, बस झाड़ियों के बीच घुसकर गुम हो जाते थे। काफी देर भटकने के बाद जब सुमेर सिंह की हालत ज्यादा खराब होने लगी, दुर्बली एक सेमल के पेड़ के नीचे रुके। उन्हें घोड़े से उतारकर नीचे बिठाया। खुद भी पेड़ से उठँगकर बैठ गए और सुमेर सिंह को लिटाकर उनका सर अपनी गोद में ले लिया। इतनी देर की भाग-दौड़ और पानी में भीगने से उनकी हालत और बिगड़ गई थी, वे नीम-बेहोशी में थे। दुर्बली को बड़ी असहायता का एहसास हुआ। वे जिधर सोचते थे, उधर ही अँधेरा दिखता था। आसमान में बादल छाए थे। बीच-बीच में चलती हवा के झोंके कँपकँपी पैदा करते थे। किसी भी समय बारिश हो सकती थी। घने पेड़ों की वजह से जंगल में और भी अँधेरा था। अनजान इलाका, न किसी रास्ते का पता, न कोई दिशा समझ में आती थी। और साथ में बीमार-बेसुध सुमेर सिंह। उन्होंने आँखें बंद कर लीं। थकावट और परेशानी के बीच जाने कैसे उन्हें झपकी आ गई। कुछ आहट सुनकर आँख खुली तो पास में बेनी माधो की फौज के कुछ सिपाही खड़े थे।

सुमेर सिंह के लिए एक डोली बनाई गई। उन्हें लेकर लोग अंदाज

से उत्तर की ओर बढ़े। शाम होते-होते नेपाल की सरहद आ गई। वहाँ से जंगल खत्म होता था और सामने दिखते पहाड़ की तलहटी में छोटे-छोटे गाँव बसे थे। बेगम, राना और बेनी माधो की फौजें सरहद के पास दूर तक फैली थीं। रात होने के पहले जगह-जगह तंबू गड़ गए और अलाव जला दिए गए। बेगम ने राना जंग बहादुर को कई रुक्के भेजे थे और नेपाल में शरण माँगी थी। लेकिन अभी तक कोई माकूल जवाब नहीं आया था। उसी का इंतजार होने लगा।

चौवालीस

उस दिन जैकरन पाहीघर से मिले खेत में हल चला रहा था। अगले दिन उसमें जौ बोने की तैयारी थी।

रूपा के मरने के बाद जैकरन के परिवार को बस उसी खेत का सहारा था। जब तक रूपा जीवित थी, बाहर से एक मर्द के बराबर कमाकर लाती थी। जैकरन की बहू घर का काम-काज सँभालती थी। दोनों मिलकर खेत में भी अच्छी कमाई कर लेती थीं। गृहस्थी की गाड़ी मजे से चल रही थी। जैकरन को घूमने-फिरने की पूरी आजादी थी। उसने काम-काज की कभी फिक्र ही नहीं की थी।

लेकिन रूपा के जाने के बाद सारा सिलसिला बिखर गया। देखते-देखते जैकरन काफी बदल गया। उसका घूमना-फिरना छूट गया। वह तन-मन से खेती के काम में लग गया। इस साल उसके खेत की कमाई सिवान में सबसे ऊपर थी। खाद बनाने के लिए उसने दिन-दिन-भर बाग से पत्तियाँ बटोरी थीं। इतनी खाद बनाई थी कि खेत को उससे पाट दिया था। बरसात में जब भी आसमान खुलता और खेत जुताई के लायक होता वह हल-बैल लिए वहीं दिखाई पड़ता। खेत से तो वह चिपक गया था, लेकिन पाहीघर से नाता तोड़ लिया था। कभी शंकर से सामना हो जाता तो बस पैलगी करके निकल जाता। न आना, न जाना, न बात, न चीत। शंकर बहुत दिनों से अन्दर ही अन्दर कुढ़ रहे थे।

उस दिन वे दशरथपुर से लौटे तो जैकरन को खेत में हल चलाता देख एकदम से आपा खो बैठे। सुनकर आए थे कि फिरंगी फिर से जमीन का बन्दोबस्त कर रहे हैं। गदर के पहले की तरह इस बार भी शुरू में तीन साल के लिए फौरी बन्दोबस्त होगा, बाद में लोगों की सुनवाई करके उसी को पक्का कर दिया जाएगा। कोई कह रहा था, गोरा हाकिम पड़ताल के लिए आने ही वाला है। पहलेवाले फौरी बंदोबस्त के सारे कागज-पत्र गदर में जल गए थे, इसलिए फिर से पूरा मौका-मुआयना करना पड़ेगा। सुनकर वहीं परेशान हो उठे थे। इस बार तो दुर्बली भी फिरंगी फौज में नहीं है कि कुछ सहारा मिले। बल्कि बागियों के साथ घूम रहा है। हाकिम पर जाने क्या असर पड़े ! आते समय रास्ते में वे जैकरनवाले खेत के बारे में ही सोच रहे थे। आकर देखा कि वह उसमें बोने की तैयारी कर रहा है तो एकदम से बिफर उठे। न आव देखा न ताव, दनदनाते हुए खेत पर जा पहुँचे।

"जैकरन ?"

"पाँव लागी महराज।" वह हल की मूँठ पकड़े आगे बढ़ता गया।

"हल बंद करो।" शंकर गुस्से से तमतमा रहे थे।

"क्यों महराज ? ··· क्या हुआ ?" जैकरन अचकचाकर रुक गया।

"इस बार यह खेत तुम नहीं बोओगे।"

"महराज, आप क्या कह रहे हैं ?"

"देखो ज्यादा बतंगड़ न बढ़ाओ। खेत दिया था तुम्हें किसी एवज में। सेंत में नहीं दिया था।··· पाहीघर का धेले का काम नहीं करते तुम। महीनों तुम्हारा चेहरा नहीं दिखता। ऐसे कब तक चलेगा ?"

"मगर महराज··· हमारा क्या होगा ? पेट लेकर कहाँ जाएँगे ?"

"कहीं और हाथ-पैर डुलाओ। मेहनत करनेवाले को पेट के लिए कमी नहीं है।"

"महराज यह फसल तो ले लेने दो। इतनी तैयारी की है।··· इतनी खाद-पाँस डाली है।"

"किससे पूछकर तैयारी की थी ? ऐसे ही अपना समझ लिया था ?"

जैकरन कुछ देर अवाक् खड़ा देखता रहा। एड़ी से चोटी तक उठती

हुई आग में जलता हुआ। पहले चेहरा आक्रामक हुआ। फिर विवशता में ऐंठकर बुझ गया। उसने चुपचाप बैलों को खोला और अपने झोंपड़े की ओर चल पड़ा।

दूसरे दिन सुबह-सुबह लोगों ने देखा, जैकरन बाग के पास खेत के कोने में पुआल बिछाकर कमरी ओढ़े बैठा है। सिवान में काम करने आए लोग एक-एक कर वहाँ इकट्ठे हुए। मालूम हुआ, वह शंकर के ऊपर अनशन करके जान देने बैठा है। लोग कुछ देर खुसुर-फुसुर करके चले गए।

दूसरे दिन वह फिर वहीं दिखा। धीरे-धीरे पूरे गाँव में बात फैल गई। अहीर-टोले में एक सनसनी-सी उठी। दिन-भर गाँव की फिजाँ में रंज और खौफ की हवा डोलती रही। शंकर को भी फिक्र हुई। रात में वे सुखई को साथ लेकर खेत पर गए और जबरन जैकरन को कुछ खिलाने की कोशिश की। उसने चिल्ला-चिल्लाकर सारा गाँव बटोर लिया। लेकिन कोई कुछ बोल नहीं पाया। मालगुजार और पाहीघर का दबदबा ऐसा था कि लोग अन्दर ही अन्दर सुलगकर रह गए।

सुबह हुई। लोग अपने-अपने काम पर चले गए। सिर्फ जैकरन की बहू और बच्चे वहाँ रह गए। बहू देर तक बैठकर उसे समझाती रही–

"देखो रूपा के बाबू, मेरा कहना मानो। बच्चों के मुँह की ओर देखो। उनका क्या होगा ? अरे खेत मालिक का था, उन्होंने ले लिया। इसनें कोई क्या करेगा ? सबके पास खेत थोड़े ही होता है। जैसे सबकी चलती है, हमारी भी चलेगी। हम भी मेहनत-मजूरी करेंगे। भगवान ने दो-दो हाथ दिए हैं। किसी तरह पेट भी भरेंगे।"

"तू जाती है कि··· "

"नहीं, बिना तुम्हें लिए नहीं जाऊँगी। तुम्हें मेरी कसम, बच्चों की कसम। महराज से तकरार न मोल लो।"

जैकरन कुछ देर उसकी ओर खाली-खाली नजरों से देखता रहा। फिर जैसे कुछ निश्चय करके उठा।

"अच्छा तू चल, मैं आता हूँ।"

वह लड़खड़ाता हुआ उठा और बाग की ओर चल दिया। बड़ी देर

तक वहाँ इधर-उधर कुछ खोजता रहा। लौटा तो हाथ में किसी बिरवे की पत्तियाँ थीं। चुपके से उन्हें छप्पर में खोंस दिया। दिन में ठीक से खाया-पिया। बच्चों के साथ हँसा-बोला। उनको दुलारा भी। शाम को चुपके से सिल-बट्टा लेकर झोंपड़े के पिछवाड़े निकल गया। पत्तियों को पीसकर कसोरे में रखा और कसोरे को अपनी खटिया के नीचे छुपा दिया। खा-पीकर बाहर निकला तो बहू से बोला कि वह जाकर टोले के लोगों को बुला लाए, उनसे कुछ बातें करनी हैं। बहू को एक बार संदेह तो हुआ लेकिन फिर उसका दिन-भर का व्यवहार याद कर टोकने का मन नहीं हुआ।

जब लोग इकट्ठे हुए, जैकरन अपनी खटिया पर कमरी ओढ़े लेटा हुआ था और खटिया के बगल खाली कसोरा पड़ा हुआ था। धीरे-धीरे कराह उठ रही थी। लोगों को मालूम होते देर न लगी कि उसने खाने के बाद माहुर की पिसी हुई पत्तियाँ पी ली थीं। बहू छाती पीटकर रोने लगी। चारों ओर तहलका मच गया। मगर किसी के कुछ वश में नहीं था। लोगों को पता था कि कोई माहुर की पत्तियाँ पीसकर पी ले तो उसे भगवान भी नहीं बचा सकते।

बिरादरी के लोगों को चारों ओर खड़े देखा तो जैकरन ने रुक-रुक कर लड़खड़ाती आवाज में कहना शुरू किया—

"देखो भैया, मैं जा रहा हूँ··· यह चोला छोड़कर जा रहा हूँ। पाहीघर के ऊपर। उस बाभन के ऊपर। पहले बेटी की जान ली, फिर खेत छीन लिया।··· देखना, निपात हो जाएगा उसका। डीह हो जाएगा पाहीघर। मेरी बात मानना। पाहीघर के बाभनों से कोई नाता न रखना। खान-पान, आना-जाना, पैलगी-असीस कुछ नहीं। उनके खेत की घास, पेड़ की पत्ती तक न छूना। जहर खाकर मर रहा हूँ। मालूम है, परेत बनूँगा। हमेशा यहीं, पाहीघर के आसपास मँडराऊँगा।··· बिरादरी में जो मेरा कहना नहीं मानेगा··· देखना क्या करता हूँ उसका··· "

जैकरन को बोलने के लिए बहुत ताकत लगानी पड़ रही थी। धीरे-धीरे आवाज डूबती गई। बीच-बीच में जैसे असह्य पीड़ा में छटपटाता था। आधी रात बाद बेहोशी आ गई। और सुबह होते-होते देह ठंडी पड़ गई।

पैंतालीस

डेढ़ साल बीत गए।

बेगम हजरत महल और बिरजीस कदर को छोड़कर बाकी किसी बागी को नेपाल में शरण नहीं मिली। कइयों ने तंग आकर आत्म-समर्पण कर दिया। कई तराई के जंगलों में भटकते हुए भूख, मलेरिया और पेचिश की बलि चढ़ गए। कुछ नेपाल की सरहद में घुसने से रोकने आई जंग बहादुर की फौज से लड़ते हुए मारे गए। अफवाह थी कि राना बेनी माधो भी अपने भाई और दो सौ सिपाहियों के साथ इसी तरह नेपाली सेना से लड़ते हुए मारे गए। लेकिन कोई पक्की खबर नहीं थी। भाग-दौड़ के दौरान उनका लड़का रघुराज सिंह उनसे अलग हो गया। नाना साहब का क्या हुआ, किसी को ठीक से नहीं मालूम। न वे पकड़ में आए, न कहीं उनकी लाश मिली। उनको लेकर तरह-तरह की बातें फैली थीं। लोग कहते थे, वे भेस बदलकर जगह-जगह तीर्थों में घूम रहे हैं। इसी तरह की बातें कई लापता बागियों के बारे में सुनाई पड़ती थीं।

पाहीघर की पहलेवाली शान नहीं रही। नए बन्दोबस्त के बाद शंकर की मालगुजारी खत्म हो गई। वे सिर्फ काश्तकार रह गए। उनका घोड़ा बिक गया। जैकरन की मौत के कुछ दिन बाद पिछवाड़े के सारे अहीर अपना घर छोड़कर दूसरी जगह जा बसे। कुछ को बसौली के अहीर-टोले में जगह मिली, कुछ बगल के गाँव हटवा के अहिरान में चले गए। सुखई ने भी पाहीघर छोड़ दिया। बरसात के मौसम में एक रात उसे साँप ने काट खाया। विषदंत ठीक से नहीं लगा था, झाड़-फूँक से बच तो गया, लेकिन उसके अंदर आतंक घर कर गया। उसे लगा जैसे जैकरन ने ही साँप बनकर उसे डसा हो। उसकी हिदायत के बावजूद उसने पाहीघर से नाता जो कायम रखा था। लिहाजा वह भी जान बचाकर भागा। उसके जाने के बाद शंकर को बहुत सारा काम अपने हाथ से करना पड़ता था। पिछवाड़े के अहीरों के चले जाने से मजदूर मिलने में भी बड़ी दिक्कत होने लगी। इन सब परेशानियों के चलते शंकर असमय

में ही बूढ़े दिखने लगे।

दुर्बली का इंतजार करते-करते बूढ़ी की कमर झुक गई। बाल पक कर सन हो गए। चेहरा झुर्रियों से भरकर लटक आया। वे झुके-झुके डंडा लेकर चलती थीं। जहाँ कोई मिलता, दुर्बली का दुखड़ा लेकर बैठ जातीं और बातें करते-करते रोने लगतीं।

बहू का बदन सूखकर काँटा हो गया। काम के बीच-बीच उसके अंदर आग-सी धधकने लगती। रात में लेटती तो अंदर एक हाहाकार-सा भरा होता। बच्ची को सीने से चिपकाए वह देर तक घुट-घुटकर रोती रहती–कहाँ जाऊँ, किससे पूछूँ कि उनका क्या हुआ। उसका हाथ अभी चूड़ियों से खाली नहीं हुआ था। काम के दौरान एक-एक कर टूटती गई थीं लेकिन दोनों हाथों में दो-दो चूड़ियाँ अब भी लटक रही थीं। कभी-कभी वह हाथ रोककर उन्हीं को बिसूरने लगती। कई-कई दिन वह माँग में सिंदूर न डालती तो बूढ़ी टोक देतीं–बहू, बेटे के जीते जी तो यह बाना न बनाओ। वह सिंदूर लेकर बैठती तो कुछ देर खोई-सी बैठी रहती। माँग भरती तो आँखों से झर-झर आँसू गिरने लगते। न वह सुहागन रह गई थी, न विधवा बन पाई थी।

आषाढ़ शुरू हो गया था, मगर अभी बारिश के आसार नहीं थे। शाम उतर रही थी। मुँह-अँधेरा हो चला था। दिन-भर लू चलने के बाद हवा एकदम सन्न थी। आँगन से दिखते आकाश में इधर-उधर कुछ तारे उभर आए थे। बहू ने दिया-बाती करके लक्ष्मी को हाथ जोड़ा। बोरसी से आग निकाली और ओसारे के छप्पर से फूस खींचकर चूल्हा जलाने लगी। जाने क्यों मन आज बहुत अधीर था। रह-रहकर आँखें भर आती थीं और दिल काँप उठता था।

तभी बाहर से चिमटा बजने की आवाज आई और किसी ने जोर से सीताराम-सीताराम पुकारा।

बूढ़ी दरवाजे से आँगन में आईं और घिरौंची पर रखे घड़े से पानी निकालने लगीं।

"इस बेला में कौन साधू आ गया। बहू जरा चुटकी देती आना।"

बहू मौनी में चुटकी का आटा लेकर निकली तो साधू कुएँ की जगत

पर बैठ गया था। उसने अपनी तुमड़ी और झोला बगल में रख दिया था और चिमटे को हाथ में लेकर धीरे-धीरे बजा रहा था। बहू ने दरवाजे से निकलते ही घूँघट काढ़ लिया। बहू को घूँघट में पास आते देख साधू को जाने क्या हुआ कि वह सकपकाकर उठ खड़ा हुआ।

"नहीं-नहीं।··· इसकी जरूरत नहीं है। आज तो यहीं धूनी रमाएँगे··· बेला हो गई है।"

बहू चुटकी लेकर वापस चली गई। बूढ़ी पानी पीकर डंडे के सहारे चलती हुई बाहर निकलीं–"का चाही महराज ?"

"कुछ नहीं माताजी, बस चार ठो कंडे मिल जाते तो टिक्कर लगा लेता।··· अँधेरा हो गया है, बड़ा दुआर देखकर रुक गया।"

बूढ़ी ने सूरसती के लड़के को बुलाकर कंडे निकलवा दिए। साधू ने कुएँ के पास अहरा लगाया और टिक्कर सेंकने लगा। थोड़ी देर बाद बहू ढाक के पत्ते पर नमक, खटाई और कलछुल में घी लेकर आई। ओसारे की दिवठी पर रखे दिए की धुँधली, पीली रोशनी में साधू की पीठ झलक रही थी। उसने सिर्फ एक कोपीन पहन रखी थी। कंधे पर जनेऊ और गले में रुद्राक्ष की माला। सर और दाढ़ी के बाल बढ़े हुए थे। बूढ़ी थोड़ी दूर पर डंडा हाथ में लिए बैठी उससे बतिया रही थीं।

"आपका धाम किधर है महराज ?"

"हम तो रमते राम हैं मावा। आज यहाँ, कल वहाँ, हमारा धाम कहाँ नहीं है ?"

बहू को लगा जैसे आवाज पहले कहीं सुनी हुई हो।

"गृहस्थ लोग कहाँ गए हैं मावा ?"

"दो बेटे हैं, महराज। एक तो हाट-बाजार गया है, आता होगा। और दूसरा···" बूढ़ी का गला भर्रा आया और वे अंदर ही अंदर सिसकने लगीं।

थोड़ी देर चुप्पी रही।

"विधि का विधान कौन टाल सकता है मावा !" साधू ने आँखें बाँह से लगा लीं जैसे धुआँ रोकने की कोशिश कर रहा हो।

बहू को ताज्जुब हुआ कि साधू ने और कुछ क्यों नहीं पूछा–क्या

बिना पूछे ही उसे सब पता चल गया !

शंकर आए तो साधू खा-पीकर जगत पर लेटा हुआ था। दोनों में देर रात तक बातें होती रहीं।

लोग सुबह उठे तो वह जा चुका था। पौ फटने के पहले ही वह अपना झोरा-झण्डा उठाकर चला गया था।

उस दिन दोपहर में खवाई-पिआई के बाद बूढ़ी दरवाजे में खटोले पर लेटी थीं और बहू उनके पाँव दबा रही थी। शंकर खँखारकर अंदर गए। बहू उठकर भीतर चली गई।

"रात में जो साधू आया था न माँ, दुर्बली का साथी था।··· वही जो यहाँ से उसे लिवा गया था—सुमेर सिंह।··· बहू की चूड़ियाँ फोड़वा देना, दुर्बली नहीं रहा।" वे इतना कहकर जल्दी से बाहर निकल गए।

जिस समय पाहीघर में रोना-पीटना मचा था, अहिरान के लोग जैकरन के चौरे पर गुड़हल के फूल, लँगोटी, खड़ाऊँ और सिखरन* चढ़ा रहे थे। दुर्बली की मौत की खबर ने जैकरन को प्रेत से ऊपर उठाकर ग्राम-देवता की श्रेणी में रख दिया था।

---

* दही मिला हुआ गुड़ का शरबत।

परिशिष्ट

उपन्यास में वर्णित स्थानों की वर्तमान स्थिति

बसौली-पाहीघर–बसौली गाँव प्रतापगढ़ जिले की पट्टी तहसील के सदर मुकाम से उत्तर-पश्चिम की ओर कोंहडौर जानेवाली वर्तमान सड़क पर पाँच किलोमीटर दूर स्थित है। पाहीघर के खँडहरों पर नए मकान बन जाने से इसके निशान मिट गए हैं, पर सामने का पक्का कुआँ मरम्मत होने के कारण पूरी तरह सुरक्षित है। जंगल कट जाने से गाँव का परिदृश्य काफी बदल चुका है लेकिन पाहीघर के इर्द-गिर्द के बाग, बँसवारी, पेड़ों के झुरमुट और खेत लगभग वैसे ही हैं। एक कोने में प्रेत का थान भी है जिसके प्रति आतंक और आस्था का मिला-जुला भाव अब भी कायम है।

दशरथपुर–यह एक बाजार है जो पट्टी से कोंहडौर जानेवाली उपरोक्त सड़क पर डेढ़ किलोमीटर दूर स्थित है। दशरथपुर का कोट ढह चुका है और उसकी जगह सिर्फ एक टीला रह गया है। बगल का तालाब भी काफी पट गया है। हनुमान सिंह के एकमात्र पुत्र रुद्रनारायण सिंह के नाबालिग मर जाने के बाद लम्बी मुकदमेबाजी हुई जिसके फलस्वरूप यह तालुका पड़ोस के बीरापुर तालुके में शामिल हो गया। काफी दिनों

तक कोट का इस्तेमाल बीरापुर तालुके के जिले (कैम्प आफिस) के रूप में होता रहा। टीला बनने के पहले जो इमारत थी उसे लोग आज भी बीरापुर के जिले के नाम से याद करते हैं।

मड़ियाँव-मुदकीपुर—लखनऊ से सीतापुर जानेवाली सड़क पर दस किलोमीटर दूर मड़ियाँव थाना है, जिसके दक्षिण-पूर्व सड़क से लगा हुआ 'पल्टन छावनी' नाम का गाँव है जो ठीक छावनी की जगह बसा हुआ है। इसलिए इस छावनी के निशान मिट गए हैं। सड़क पर दो किलोमीटर और आगे बढ़ने पर नरहरपुर गाँव से बाईं ओर एक रास्ता जाता है जिस पर लगभग डेढ़ किलोमीटर पर मुदकीपुर गाँव पड़ता है। गाँव के आसपास घुड़सवार छावनी के निशान, खासकर हाकिमों के बंगलों के कुछ ढूहे आज भी मौजूद हैं। बाकी को काटकर खेत बना लिए गए हैं। कुछ बुजुर्ग अपने पुरखों से सुनी बातों के आधार पर बताते हैं कि कहाँ घोड़े दौड़ते थे, कहाँ निशानेबाजी होती थी और कहाँ छावनी के लिए गोश्त कटता था।

चिनहट-इस्माइलगंज—लखनऊ से फैजाबाद जानेवाली सड़क पर कुकरैल नाले का पुल पार करने के बाद नौ किलोमीटर के पत्थर पर इस्माइलगंज का बाजार है। वहाँ से सड़क के दक्षिण-पूर्व लगभग एक किलोमीटर पर विजयीपुर-नरायनपुर गाँव है। गाँववालों के बीच बागियों द्वारा अंग्रेजों को हरानेवाली लड़ाई की स्मृति आज भी जीवित है। वे बताते हैं कि कैसे अंग्रेज तोपची जल्दी-जल्दी में घोड़ों को खोलकर, अपनी तोपगाड़ियाँ यहीं छोड़कर भाग गए थे। विजयीपुर (उर्फ विजयगढ़) गाँव में पहले मुसलमानों की बस्ती थी जिन्हें शायद गदर के बाद वहाँ से भागकर उत्तर की ओर स्थित उजिरगाँव में जाकर बसना पड़ा। वहाँ अब पासियों की और उसी से लगे हुए नरायनपुर गाँव में अहीरों की बस्ती है। चिनहट का बाजार सड़क पर एक किलोमीटर और आगे पड़ता है जिसके उत्तर में अभी हाल तक कई बड़े-बड़े बाग थे जहाँ बागियों ने पड़ाव किया होगा। अब भी एक बड़ा बाग मुखर्जी के बाग के नाम से जाना जाता है।

चाँदा—यह लखनऊ से जौनपुर जानेवाली सड़क पर सुल्तानपुर से

34.5 किलोमीटर पर स्थित एक बाजार है। पट्टी से कादीपुर जानेवाली सड़क यहीं से गुजरती है और बाजार चौराहे के चारों ओर बसा है। अठारह सौ सत्तावन में चौराहे के दक्षिण-पूर्व एक सराय थी और उसके पूरब थोड़ी दूर पर नवाबी किला था जिसमें चकलेदार रहता था। उपन्यास में वर्णित लड़ाई इसी जगह के पास एक बाग में हुई थी जिसके चारों ओर गन्ने और बाजरे के खेत थे। सराय की जगह अब अनाज की मंडी लगती है। मिट्टी से दबे फ़र्श, दीवार की नींव और एक अंधे कुएँ के अलावा सराय का कोई निशान नहीं रह गया है। किले की जगह पर एक छोटा-सा टीला शेष रह गया है जिसके चारों ओर की जमीन कटकर खेत बन गई है। टीले को अब भी स्थानीय लोग 'नवाब का कोट' कहते हैं। शोचनीय है कि लाल प्रताप सिंह और माधो सिंह के शहीद होने की जगह को सुनिश्चित करने और उनकी स्मृति को जीवित रखने का कोई प्रयास नहीं हुआ है।

बेल्हा-नवाबगंज–प्रतापगढ़ जिले के सदर मुकाम और उसके इर्द-गिर्द बसे कस्बे को अब भी बेल्हा कहा जाता है जिसका सम्बन्ध बेल्हादेवी के मंदिर से है। प्रतापगढ़ से सुल्तानपुर जानेवाली सड़क पर तीन किलोमीटर उत्तर नवाबगंज का बाजार है जिसके पास चिलबिला रेलवे स्टेशन है। रेलवे स्टेशन के नाम से अब बाजार को भी चिलबिला बोलने लगे हैं। सई नदी बेल्हा और चिलबिला के बीच से बहती है और उस पर पुल बन जाने के बाद से बेल्हाघाट का अस्तित्व खत्म हो गया है। पुल से थोड़ा पश्चिम नदी के दक्षिणी किनारे पर बेल्हादेवी का मंदिर आज भी अपनी जगह खड़ा है। बेल्हाघाट छावनी के सारे निशान मिट गए हैं। उसकी जगह अब एक बड़ा मैदान है जहाँ हर साल दशहरे का मेला लगता है। बेल्हा से पाँच किलोमीटर दक्षिण-पश्चिम स्थित 'कस्बा-प्रतापगढ़' अब 'प्रतापगढ़-सिटी' के नाम से जाना जाता है जहाँ गुलाब सिंह की हवेली जीर्ण-शीर्ण हालत में अब भी मौजूद है।

मल्लूपुर–प्रतापगढ़ से इलाहाबाद जानेवाली सड़क पर अठारह किलोमीटर बाद बकुलाही नाला पड़ता है जिसका पुल पार करने के बाद लगभग तीन किलोमीटर पर मल्लूपुर गाँव मिलता है। सड़क से पश्चिम थोड़ी दूर पर मल्लूपुर कोट स्थित है। वह हवेली जिसमें अंग्रेज औरतों-बच्चों

को रखा गया था, ढह चुकी है पर उसके चारों ओर की कच्ची चारदीवारी और सामने का पक्का, ऊँचा फाटक आज भी मौजूद हैं। आसपास बनी दो इमारतों में अजीत सिंह के खानदानवाले अब भी रहते हैं। वर्तमान में हवेली ठकुराइन शिवराज कुमारी, पत्नी स्व. लाल चन्द्र प्रताप सिंह के कब्जे में है और भीतर का हिस्सा खलिहान के रूप में इस्तेमाल होता है।

●●●